CW01669559

目录

第 2550 章 准备充分

恐怖的爆炸四起，众人连跑也跑不出去，因为果实是从四面八方一起轰过来的，根本没有所谓的安全路线。

他们莫不被震得如同稻草般飞舞，身体好像不是自己的了，根本指挥不了。

足足十几个呼吸之后，这剧烈的爆炸才终于停了下来。

之前还郁郁葱葱的地面变成了真正的死地，所有植物全被毁灭，只剩下一片焦黑。而众人则是横七竖八地躺在地上，没有谁能不流血受伤的。

三大九重天仙王还好，只是破了点皮，但其他人则要惨多了，骨头都是断了许多根。

凌寒松开了抱着女皇的手，在刚才的大爆炸中他将女皇紧紧护在了自己的遮挡之下，自己则是运转了不灭天经，虽然他的伤势并不是很重，但还是免不了满身是血。

瓦里直接散架了，但他却是最不需要关心的人，身体立刻重组，跟个没事人似的。

被来了这么一个下马威，众人都是骇然。

这要怎么前进？

众人先不管这些，莫不取出丹药服下，有些人伤得很重。

他们服用的丹药都是很不凡，伤势正在迅速复原着，可很快众人就露出了惊骇之色。

因为原本焦黑的地面正在生出绿色，一棵棵小树苗、小草正破土而出，长势极快。

就半天而已，树苗已经长到了几丈高，而青草也有半人高了，同时开出了花。

这！

开花之后自然结果了，五颜六色的果实再现，这里又将恢复到与之前一样。

众人连忙退了出去，前进当然是找死的行为，那里的草木更多。

数天之后，众人才终于恢复了过来，而这片区域中的草木也完全恢复了，等于回到了原点。

“看来，只有靠一个人了。”众人都是看向瓦里。

“你们……想要干什么？”哪怕瓦里不通人性，可还是本能地感觉到众人的不怀好意。

“去吧。”御虚仙王率先抓起瓦里，向着前方丢了过去。

轰！

大爆炸再起，这真是太恐怖了，哪怕众人都是站在了外面，还是可以感应到滚滚的爆炸波纹袭来，这其中蕴含着符文碎片，大大提升了破坏力。

还好，这毕竟不是爆炸的中心区域，他们受的影响不大。

爆炸停下来之后，只见一块极大的区域再次变成了死地，一片焦土，而瓦里则在迅速恢复之中，身体重组，化为了人形。

瓦里当然大怒，双眼就要激射光芒。

“一块仙金。”凌寒说道。

瓦里立刻停下，仔细考虑一下，讨价还价道：“三块！”

“两块，不能再多了。”凌寒坚定地道。

“好。”

瓦里主动前进，轰，他再次引发了大爆炸。

这时候就能看出瓦里的妖孽了，再恐怖的破坏力对他都是无法造成致命伤，都是炸完就立刻恢复。

瓦里每炸开一处安全区域，众人就前进一格，前进的速度能有多快，这由瓦里的恢复速度来决定。

大家不免感慨，这种恢复力太可怕了，难怪天生在武院中被那么多人追捧，没有天尊对其出手的话，他完全是不死不灭的。

一天之后，他们终于来到了这个区域的尽头，只见一块石碑被藤蔓包裹着，结满了紫色的果实。

这次就不用瓦里上去了，众人隔空震击，引爆了这些果实。

石碑也不知道是用什么材料做成的，坚固无比，并没有被爆炸摧毁，安然无恙。

众人上前滴血，整个区域的植物好像收到了某种信号，纷纷没入了土地中，让这个区域变得是寸草不生。

“我留下。”一名超级帝星说道，他叫吉志航，不喜说话，一路过来都是沉默着，没想到现在却是主动开口请缨。

这想想也正常，因为要开启或是关闭每个区域的阵眼都是太费力，而且又没有什么好处，这样的事情又有谁愿意干呢？

还在留在这吧，安全、省心，而且，最后大阵完全停止运转，限制就不复存在，在这个中心区域去哪都是方便无比。

凌寒不由看了何润海一眼，此人虽然微笑平和，可总觉得他眼神中有一丝阴森。

“我们绝不留下，怎么也要盯着他和柳雨菲。”他说道。

大黑狗点头，它自然也是贼精贼精的，虽然跟着何润海一路突破又苦又累，却可以掌握主动。

女皇当然不会反对，她只在乎凌寒。

他们离开了这个区域，来到了第五个区域。

这是一片火焰之地，只见熊熊烈焰冲天而起，还没有进入，便已经感应到一股可怕的高温袭来，让他们的皮肤生起了强烈的灼烧感。

“这好像是地核之火，可以将仙金都是融炼的！”谷合义说道。

“那怎么渡？”

论防御，没什么比仙金更加坚硬、耐火，要是这火焰连仙金都能融掉，那就是九重天仙王也要皱眉。

可以撑上一段时间，但总有源力耗尽的时候，那时候九重天仙王也要被炼化成渣。

就好像当初凌寒的体魄同阶无敌，可依然能够用规则慢慢炼化。

众人都向何润海看去，他还有什么办法吗？

何润海呵呵一笑，他取出一只玉瓶：“本座说了，可以帮到诸位。这是本座从九幽之地采来的寒冰泉，可以暂时熄灭火焰。”

这家伙确实准备充分。

柳雨菲低垂着目光，眼神中全是震惊，她本以为已经将这个古迹的资料全部掌握了，可现在看何润海如此得准备充分，才知道她了解到的只是一鳞半爪。

她对何润海十分了解，这绝对是枭雄，为了达成目的可以不择手段，任何人都是可以牺牲的。

“来吧！”

何润海率先而行，他挥动玉瓶，便有一大片幽森森的水液泼出，被水一泼，火焰顿时就炸灭了。

“九幽黄泉水。”大黑狗低语，眼红极了，“这可是好东西，便是九重天仙王都能封结。”

凌寒则是讶然：“这家伙还真是下得了血本，如此宝贵的东西也拿了出来？”

“舍不了孩子套不了狼，他所图肯定更大。”大黑狗点头。

“但我们这里也有两尊九重天的仙王，不但不比他弱，反比他要强，他就不怕为别人做了嫁衣？”

“那说明他一定有制衡的手段，可以保证本身的利益。”

凌寒与大黑狗互相看看，都是确定无疑。

“对他要更加留神了。”

第 2551 章 最后一关

有了克制的手段，他们很快就来到了这个区域的尽头，老规矩，在石碑上抹上鲜血，将之激活。

这一次，在谁留下来这个问题上产生了严重的分歧。

谁也不想留下来，都要继续前进。

要知道，在之前那个区域中，有好几个人都想留下来，但最终只是吉志航先开了口而已。

为什么大家的态度一下子就变了？

自然是因为看到何润海的准备太充分了，大家又不是笨蛋，自然觉得可疑了。

——谁会付出了这么大的代价，却为他人做嫁衣？

所以，大家都想跟紧了何润海，掌握主动。

何润海呵呵一笑，道：“如果没有人愿意留下来的话，本座倒也不是没有办法。”他一挥手，立刻有一人跌了出来，这是一名仙王，但只有二重天，此刻正在晕迷状态。

他的身上居然还藏着其他仙王！

不过，这名仙王显然不是自愿跟着他的，而是被胁迫的，甚至被压制了意识。

众人都是更加讶然，何润海居然连这点都提前想到了？

何润海将规则化成了锁链，将那名二重天仙王绑在了石碑上，那么就算对方因为意外情况醒了过来也不可能离开石碑的范围。

“走吧。”何润海笑道，当先而行。

众人面面相觑，但到了这个时候，他们也不可能、也不甘心退回去，都是跟着何润海而行。

再怎么样，何润海也只是九重天仙王，并非天尊，只要有大黑狗或是御虚仙王在，他不可能玩出太多的花样来。

他们紧紧跟随，退出了这里。

第六个区域，这是冰霜的世界，不但地面上全是寒冰，天空中也在飘落着白雪。

不用说，这里肯定森寒无比，也许连四重天、五重天仙王都能冻成冰棍。

众人都是看向何润海，这家伙是不是又能掏出什么大道火焰来对抗严寒。

何润海却是苦笑一下：“各位，本座虽然有些准备，但能力有限，也不可能面面俱到。”

“让我来。”火芙蓉走了出来，轰，一道青色的焰火冲天而起，她释放出了本源之火，在她的头顶上方化成了一片火幕。

本源之火，在规则层面可以达到极限，哪怕火芙蓉本身还没有达到九重天，但这道源火却是威力无穷。

御虚仙王和何润海都是直接进入了冰雪世界，他们自恃甚高，不屑于让一个小辈照拂，但大黑狗却根本不要脸，毫不介意地走到了火焰笼罩之下。

火芙蓉前进，众人则是亦步亦趣，源火沸腾，对抗着严寒。

饶是如此，他们乃是冻得双唇直哆嗦，脸色煞白煞白的。

没办法，地面有冰，哪怕他们浮地几尺，依然有寒气从脚底渗透上来，要将他们的血液都是冰结。

他们全力对抗，至少还有力量继续前进。

但他们走着走着，便发现越来越冷。

脚是离地了，可空气中的寒意却是更加可怕，他们不得不落下身形，相比之下，还不如脚踩寒冰呢。

走啊走，突然卡啦一声传来，萧英雄身形一矮，向着地下没了进去。

谷合义离得最近，连忙伸手一把将萧英雄抓住，只见脚下多出了一个大窟窿，而萧英雄刚好就踩在了这个窟窿上，让他一下子就跌了进去。

一名仙王，居然会中这样的招？

没办法，这的寒气其实是规则的交织，缠绕在身上形成了极大的压力，脚下蓦然一空，自然收势不住了。

众人虽然冻得哆嗦，还是合力将萧英雄给拉了起来。

“注意了，这里步步都有陷阱。”

他们的行进速度更慢了，这走错一步就可能万劫不复。

瓦里双眼发光，不断地扫射着，绿光化成一道道的波纹，很快，众人便发现绿光过后有阴影区域出现。

“那里的冰面十分薄弱。”瓦里提醒道。

其实不用他说众人也知道那里有状况，自然不会去踏足了。

有了瓦里的帮助，众人压力大减，虽然还是被严寒侵蚀着，但至少还在可以承受的范围之内。

然而，好景不长，嘭，远处有巨大的声音回响，震得地面剧颤。

“什么情况？”

众人都是停了下来，嘭、嘭、嘭，声音越来越近，卡卡卡，冰面也在破碎，从远处一路延伸了过来，让他们纷纷避让，因为这脚下是个湖面，要掉进去的话，那绝对够呛。

一头白色的庞然大物出现，高有七八丈，浑身长满了雪白的绒毛，居然是一头大熊。

这大熊身上并没有任何的仙光缠绕，可散发出来的气息却是恐怖无比，能够媲美高阶仙王。

“哼！”何润海立刻出手，他祭出了一把刀，一刀划过，刷，刀气直冲天宇。

啪，那头大熊顿时被斩成了两断。

没有天降血雨，没有天地同悲，这显然不是一尊真正的仙王。

不是仙王，却拥有仙王级的气息，这十分诡异。

“这应该不是真正的生命体，就好像傀儡一般。”萧英雄沉吟道。

众人都是点头，这应该是最合理的解释。

他们都是庆幸此行有九重天的仙王，否则在这样的环境下还要激战高阶仙王，这压力太大了。

一路上还有更多的白熊出现，但被三大九重天仙王轮翻出手干掉，让他们有惊无险地来到了第六个区域的尽头。当他们纷纷抹血在石碑上的时候，却发现手都被冻得快没什么知觉了。

还好，石碑被立刻激活，顿时，寒气全消，这个区域也被解决了。

火芙蓉收起了源火，而何润海根本不问了，直接丢出一名仙王，以规则之力绑在了石碑上。

他们再去第七个区域，这是一片剑的海洋，不但地上插满了剑，天空中也有剑光在划动，凌厉无比，看得众人都是皱起了眉来。

这剑威十分可怕，万万不能小看。

三大九重天仙王开道，他们还是通过了这一区域，激活了第七块石碑。

然后是第八区域，这里是一片黑色的泥地，泛着恶臭，充满了剧毒，当众人走上去的时候，立刻发现自己的护体规则正在迅速消淡。

好强的腐蚀效果。

不过这次何润海倒是有了准备，给众人各贴了一张树叶，这是天地本源之木上采下来的，有强大的解毒效果。

第八区域解决，接下来就是第九区域，只要将这里的石碑也激活了，那就能打开何风仙王最终的宝地了。

而到了这时，别有用心的人也该图穷匕现了。

第 2552 章 剧变

第九区域，这里空间混乱，一脚跨出去可能就跑到十几里外去了，再踏一步，又可能回到了后面去。

如果他们的实力足够强横的话，可以直接破阵，当力量强大到某种程度的时候，那根本不需要去在意规则，就好像强者可以随意而为一样。

可现在他们都不如当初的何风仙王，那就只有按照何风当年制订的规则来行事。

他们不断地尝试，再加上瓦里的分析能力，在花费了一个多月的时间后，他们终于来到了第九区域的尽头。

石碑，已是近在咫尺。

“开始吧！”何润海说道，语气有些兴奋。

这一道阵眼也激活之后，就能开启进入宝库的大门，有他梦寐以求的一切。

众人却都是表情肃然，到了这个时候，谁若心怀鬼胎，也差不多就要露出真面目来了。

但到了这一步，自然不可能有退缩的道理，他们纷纷割破手指，将自己的鲜血抹了上去。

轰，第九道光柱也冲天而起。

九道光柱融合，化为一道更为粗壮的光柱，冲破了天宇。

抬头看，只见天空中云层在围绕着光柱旋转，阴沉无比，好像有什么可怕的怪物要从里面跑出来。

锵锵锵，有链条的声音响动，好像什么机关被触发了。

“咦！”

他们向着左右看，只见一道道铁链在天空中纵舞，交织成了一棵大树。

咻，一道铁链向着他们袭来，有若灵蛇。

何润海似乎早有意料，扬手一甩，一名仙王便被他掷了出去，被铁链顿时贯穿了身体，紧紧地缠住。

“啊——”剧痛之下，这名仙王生生醒了过来，他大吼，嘴里则在吐着鲜血，可身体却在急速变得干瘪，好像一下子失去了所有的血液。

凌寒诸人都是大惊，却又有一种在意料之中的感觉。

他们总觉得何润海必有他谋，一位九重天仙王，又怎么可能这么好说话？

现在图穷匕现，他露出凶相来了。

锵，铁链带着那名仙王腾起，与此同时，还有另外八根铁链带着一具人体从不同的方向升了起来，而刘豪、骆阳秋、许还、吉志航赫然也在其中。

这都是之前留在八个区域中守护石碑的人！

“何润海，这是什么意思？”御虚仙王森然问道，他虽然与萧英雄等人达成了某种约定，但也不会关心这些人的生死，只是现在也涉及到了他自身，自然要发难了。

何润海却是负手而立，显得毫不在意：“没有人牺牲的话，又怎么可能有收获，这么浅显的道理，诸位不会不知道吧？”

“天下第一武院的人你也敢动，真是胆大包天！”谷合义一改平和之色，向着何润海斥道。

何润海却是淡淡而笑：“没有这些人的牺牲，化元归一果便不可能成熟，诸位，到底是哪一个更加重要，你们可考虑好了？”

他顿了一下：“不想要这无上道果的人，大可以立刻离去，本座绝不会出手阻拦，不过，等你们上报武院高层的时候，本座早已经改变身份，消失于茫茫人海之中了。”

“还是，与本座一起采取仙果呢？”

大黑狗哈哈大笑："与虎谋皮，只有自食恶果！何润海，你还是乖乖自缚！"

"慢！"御虚仙王将手一摆，把大黑狗拦了下来。

"御虚，你是什么意思，难道真要和这个家伙合作？"大黑狗盯着御虚仙王，心中则是一紧。

两大九重天仙王要是联上手的话，它除了退避三舍之外别无他法。

"呵呵，还是御虚兄果断！"何润海大笑，"咱们修道之人，只有冲击武道巅峰一个目标，为了这个目标，便是亲儿子都能牺牲，更何况外人。"

听到这话，众人都是从心中生起寒意，道一句做你儿子可真是倒霉。

这是一个枭雄，为达目的，不择手段，不计牺牲。

御虚仙王虽然不见得完全同意他的观点，但刘豪他们与他没有一丁点的关系，他根本不在意，自然也懒得去反驳了。

他要的只是化元归一果。

萧英雄等人都是脸色凝重，御虚仙王这么一表态，让他们非常难做。

如果他们选择不同流合污的话，那极可能被御虚仙王杀人灭口，可就算他们答应了，这犯了武院的大忌，御虚仙王又岂能轻易放过他们?

咻，柳雨菲突然窜了出去，身形闪动之中，率先进入了这个大阵的最中心。

这本来是实地，但随着锁链化为巨树，中间区域也发生了巨大的变化，可以穿越而过，不受任何的影响。

"化元归一果！"众人都是惊呼，柳雨菲必然是冲着仙果而去的。

绝不能让她独吞了。

众人连忙纷纷追了出去，虽然柳雨菲之前说化元归一果不只一颗，但他们这对师徒说得话又能相信吗？你看，刘豪他们就是最好的反例。

便是御虚仙王也是难以按捺得下来，立刻追了出去。

“你们怎地不追？”何润海盯着凌寒几人说道。

凌寒、女皇、瓦里和大黑狗都没有动。

大黑狗咧嘴笑，露出两排尖牙：“你都不追，我们又急什么？”

何润海哈哈大笑：“你们以为自己很聪明吗？”

“姓何的，你到底葫芦里埋的什么药？”凌寒大声说道。

“小小的三重天仙王，也敢在本座面前叫嚣？”何润海一改之前的谦逊，变得孤傲起来，“刚才那些人已经赶着去送死了，你们虽然要聪明一些，但也只是晚死一会罢了。”

果然，图究匕现，他已经忍不住露出本来面目了。

“老小子，在狗爷面前，你能翻得了天吗？”大黑狗出击，要将何润海拿下。

何润海不躲不闪，就那么看着攻击袭来，可当大黑狗的爪子挥过时，何润海的身形却是一颤，缓缓变得透明，最终消失，只剩下他嚣张的大笑声。

凌寒、女皇、大黑狗都是脸色一变，这何润海不知道什么时候就已经溜了，在此处留下的仅仅只是一道神念。

难怪他根本不惧大黑狗，因为他的真身现在根本不在此地。

“什么时候被他偷梁换柱的？”凌寒皱眉道。

“瓦里，你发现没有？”大黑狗问。

瓦里摇头，他也显得很惊讶：“第一，我没有一直盯着他，第二，他也没有发现任何的异样波动。”

“那么……我们是进是退？”

第 2553 章 全部被坑

进？

御虚仙王他们都已经进去了，现在一点动静都没有，而按照何润海的说法，他们在里面会遭遇大危险，便是御虚仙王都是无法幸免。

这是一位准天尊布下的手段，哪怕人已经死了，可手段却依然逆天。

那么，进去就是送死。

退吧？

这个时候还有退路吗？

何润海显然布了一个局，设了一个圈套，利用众人之手破掉了大阵，现在正是收割的时候，他会放任凌寒四人离开吗？

想必他应该另有手段，不会让他们轻易离开的。

“进或者退都不合适，倒不如静观其变，以不变应万变！”

最后，四人形成了共识，先看看。

瓦里放出绿光波纹，向着四面八方荡去，有什么异动他会第一时间知道。

凌寒、女皇都已经祭出了仙器，而大黑狗也是满脸肃然，接下来的战斗可能会十分凶险。

锵锵锵，铁链在天空中纵舞，发出巨大的声响，而这些铁链还在凝聚，让铁树变得越来越粗壮。

“嗯？”

凌寒他们都是向着天空看去，只见又有一人被铁链穿透了身体，带上了空中。

纪无名！

他怒吼，手中的仙器在斩舞，可没用，那铁链上闪动着奇异的符文，每当仙剑斩上去的时候就会形成了一层光膜，挡下了仙兵的锐利。

这就好像九重天仙王以规则缠绕在拳头上，完全可以与仙器硬捍一样。

纪无名大爆发，他右边的胸膛突突突地鼓动起来，可以看到那里居然还有一颗心脏！

这颗心脏汩动出了磅礴的仙王精血，让他的战力瞬间暴涨无数倍。

六重天、七重天、八重天、九重天！

纪无名仿佛回到了前世，那个无敌的九重天仙王，仙器的威能也被完全激发出来，恐怖无比。

叮叮叮地脆响传来，铁链上的光膜破碎，而这铁链又不是仙金所铸，怎么可能挡得住仙器的锋锐？只是三两下而已，就被生生斩断了。

然而，更多的铁链却是如同灵蛇一般缠绕过来，死死地困住了纪无名。

“不愧是当年的最强仙王。”大黑狗由衷说道，“本座若不涅盘的话，绝对达不到他当初的高度。”

凌寒眉头紧皱，纪无名迟迟没有杀出重围，这可不是个好消息，嘴里则道：“纪无名现在转世重生，成就还是会在你之上。”

“屁，狗爷可是大涅盘，一亿亿个仙王也未必有一个可能成功，比什么转世重生强多了。”大黑狗嗤然道。

“那你还不去帮忙？”凌寒说道。

“嘿嘿，狗爷这不是还没有修到巅峰吗，战力还是差了点。”大黑狗立刻又怂了。

锵锵锵，又一根链条飞起，带上了一个人。

这次是火芙蓉。

她虽然有万古第一仙的称号，进化指数更是高达十二，未来必成天尊，可现在却仅仅只是三重天仙王，战力撑天也就相当于六重天。

连动用前世手段的纪无名都被困住了，她又怎么可能脱身？

她怒吼，头顶的古镜不断激射着光柱，天地源火也是沸腾而出，化做了一条火龙，可仍是无法破开铁链的封锁。

紧接着，萧英雄也被铁链穿透身体，然后是柳雨菲、谷合义、苗化，进去的诸人中，除了御虚仙王，现在所有人都被制缚。

当然，纪无名暂时脱困，却还在与铁链激战，也不知道能不能成功突围。

“死狗，快去帮忙。”凌寒去踹大黑狗。

“狗爷才不去哩！”大黑狗连连摇头，“这个何风不得了，在准天尊中应该也是数一数二的存在，布下的手段太可怕了，那每一根铁链都相当于一尊九重天的仙王，数量还无穷无尽，狗爷上去就是送死。”

“算了，咱们还是快溜，大不了以后给他们烧香烧纸。”

大黑狗拔腿就要开溜。

轰！

就在这时，只听一声巨响，一道人影杀了出来，他头顶悬着一口钟，嗡，不鸣自响，发出一道道涟漪，只要被涟漪碰到一个，铁链便好像失去了生命力似的，立刻从天空中掉落了下去。

那是御虚仙王！

真不愧是现今最强的仙王——之一，御虚仙王无比强悍，他竟是硬生生杀了出来。

凌寒不由暗暗点头，乾古钟已经被他吸走了大部份的精华，瓦里都说了，现在的乾古钟只相当于五块仙金，可就算如此，这件仙器的威力还是无比强大。

也是，任意一件仙器只要将威力提升到九重天级别，那就相当于九重天仙王中的佼佼者，而现在五合一，自然可比同阶的帝星。

但更强的还是御虚仙王本身，他挥舞着双拳，缠绕着规则，便是铁链亦不能困。

然而，铁树轻轻摇颤，发出清脆的金属之声，更多的铁链也向着御虚仙王射去，百条、千条、万条，这便是御虚仙王也扛不住，这得是多少仙王在联手？

另一边，纪无名从九重天的高度跌落下来，这只是他的暴发而已，怎么可能一直维持在如此高度之上？

这战力一跌，他就被铁链穿透体，再次被困。

“啊——”御虚仙王发出怒吼，饶是他同阶无敌又如何，铁链太多了，每一根都相当于一尊九重天仙王，实是超出了他的极限。

他被压制，活动范围也越缩越小。

“哈哈哈哈！”何润海的大笑声响起，现在大局已定。

他出现了，站在了铁树的顶端，双手负在身后，一副指点江山的模样。

确实，现在一切皆在他的掌控了，虽然还有凌寒四人没有拿下，可这株“铁树”太可怕了，不知道要多少九重天仙王联手才能压制。

只能说，准天尊的强大是仙王不能启及的。

——带上天尊二字，就脱离了仙王的层次。

“师父……饶了徒儿这次！”柳雨菲虚弱地说道，她感觉自己一身的修为都在被铁链无情地抽取走，不用多久她就会成一个废人。

“贱人，你假意拜本座为师，又与本座玩暧昧，以为本座不知道你其实是为了先祖的宝藏？”何润海不屑地道，“本座将计就计，若是你真心实意，本座倒也可以让你分杯羹，可你却只想独吞宝物，那就将一身精血都献出来吧！”

“不，徒儿是真心实意的！”柳雨菲辩解道。

“既然是真心，那就献出精血，成就为师的无上之路！”何润海大道，然后冷哼一声，向着天空道，“先祖大人，是不是觉得有些不对劲？”

第 2554 章 反将一军

先祖大人？

哪怕萧英雄等人也只是虚弱，并没有失去意识，听到这话莫不心中一颤。

何风仙王？

难道何风仙王还没有死！

“先祖大人，不要再装了！”何润海冷笑道，“你布局无数年，便是为了冲击天尊万一失败，还能留一条退路。你以为就你一个人聪明？”

“你是什么意思？”一个苍老的声音响起，直入每个人的识海。

这是神识传音，而发出这道神识的……赫然便是那株铁树！

“你以为本座不知道？”何润海不屑地道，“当初你冲击天尊失败，肉身破灭，神魂也被天地针对，只能龟缩在这九星大阵之下，遮蔽天地，苟延残喘。”

“你这布局，不就是以一棵仙树为种，以好几个纪元的时间来培养，再吸引何家后辈过来，灌注精血，让你有复活的机会？”

“可惜，你这图谋早就被本座识破了！”

“本座将计就计，放出古迹的消息，吸引来这些蠢货，破了这个大阵，让你以为时机成熟，神魂从大阵中出来，催生道树，以道果为躯，衍化新生，甚至可以更上一层楼。”

“可惜，这些人可没有何家的血脉，根本不能为你所用！”

“道果可成，但你根本无法藉此重生，只会成全了本座。”

“哈哈，以准天尊的神魂为核，再加上诸多超级帝星仙王的精血，这结出的道果又将何等惊人？”

“本座会超越你，成为真正的天尊！”

“先祖，你早已经作古，还是继续长埋于地，让你的后辈子孙来辉煌一世吧！”

他涛涛不绝地说着，让所有人都是震惊。

原来，他们会得到何风仙王古迹的线索，完全就是何润海一手策划的，他是发现时机已经成熟，这才放出了消息，吸引他们过来。

果然，一位准天尊的宝藏便是超级帝星都是心动了，纷纷自投罗网。

这家伙可真是心狠手辣，不但计算他们，便是自家的老祖宗也成了他的牺牲品。

之前何润海就说过，为了冲上武道巅峰，连亲儿子都能牺牲，这么一想的话，那把老祖宗也坑了，又算得了什么呢？

“不肖子孙！不肖子孙！”铁树发出念头，充满了愤怒。

锵，所有铁链突然转向，向着树顶刺去。

“老祖宗，既然我都这么说了，你以为本座会没有准备？”何润海冷笑，他手中握着一块白色的石头，轻轻一按，顿时，石头发光。

锵锵锵，所有铁链再次转向，将之前丢下的纪无名等人再次穿透身体吊了起来。

御虚仙王得空，正要逃走，可还没有逃出去，那些铁链又来了，发起了凌厉的攻击。

“哈哈哈哈，本座可没有遵循祖训，什么期限未到不可进入！”何润海大笑，“本座进入此间不知道多少回了，早就已经摸清了这里的情况，而这个大阵的核心枢纽也早被本座控制了。”

“先祖，现在这里说话做主的可不是你，而是本座！”

“你曾是准天尊又如何，现在只是一道残魂，又怎么斗得过我？”

何润海猛地一指凌寒四人：“跟你们说过，你们只能够苟延残喘罢了，现在大局已定，你们都给本座乖乖受死吧！”

他手握石头，好像在指挥一般，锵锵锵，立刻就有十几根铁链向着凌寒他们射去。

大黑狗怒吼一声，立刻杀了出去，身形咻咻咻地闪，每次闪动就能突进一大截，直逼何润海。

擒贼需擒王，若不将何润海解决或是夺取他手中的控制枢纽，那他们将永远只有被打的份。

只是越是接近铁树，大黑狗每次瞬移的距离就越是短，甚至一次只有三五丈，好像陷入了泥泞之中，举步艰难。

“哈哈哈。”何润海大笑，“这可是准天尊布下的大阵，区区九重天仙王，你就是超级帝星又如何，根本不可能破解！”

说话之间，十几条铁链已是向着大黑狗杀了过去。

锵！

凌寒三人则是退，但他们发现，铁链的攻击范围其实有限，达不到他们原来所待的地方。

也就是说，大黑狗如果不主动出击的话，铁链也对它无可奈何。

“不好，又上了这家伙的当！”

凌寒沉声说道，何润海故意说出秘密，嚣张无比，并非他太得意了，而是演给他们看，扰乱他们的心神，果然，大黑狗就中计了。

“可惜，你觉醒得太晚了！”何润海从铁树上飞落下来，现在两大九重天仙王皆被铁链所困，而余下的三名仙王实力低微，他轻轻松松就能解决。

——呃，瓦里有些古怪，但战力太弱了，他根本不需要杀，只要一直镇压着就行。

何润海走得很慢，但气势张扬，给了凌寒三人可怕的压力。

这可是一尊九重天仙王，而可以达到这样的高度，他本身就是帝者的存在，当然恐怖无边。

凌寒三人都是慢慢退，何润海依然不急，徐徐而行。

过了好一会，何润海这才哈哈一笑："你们应该没辙了！"

他这个人小心谨慎无比，哪怕是在这样的情况下仍是没有疏忽大意，而是要完全确认了情况之后，这才终是认定胜券在握。

"乖乖给本座躺下！"何润海出手，一掌探出，密布着符文。

"老家伙，你也上当了！"咻，一道黑影从凌寒的身上扑出，迅速由小变大，向着何润海迎击而去。

居然是大黑狗！

怎么回事?

大黑狗不是已经被困了吗?

"哈哈，要是让你老小子看出端倪，狗爷不是白混了？"大黑狗大笑，它展开手段，对着何润海狂轰。

在这个距离内，铁链不达，何润海只能单兵作战。

何润海会出手，是因为他认定已经稳操胜券，谁想到居然还有一条大黑狗呢?

"你给我们弄了一道神念冒充，以为我们不能以彼之道还施彼身？"凌寒在一边悠悠说道。

"不可能！"何润海兀自不信，只是一道神念的话，又怎么可能匹敌那些铁链呢?

"少见多怪，狗爷是什么人，岂是你可以揣摩的？"大黑狗傲然说道。

瓦里可是嗤了一声，这是他们之前制订的计划，主要是凌寒策划，而瓦里负责让大黑狗的神念无比接近真实，大黑狗的真身则是藏在凌寒的空间神器中，负责最后的战斗。

现在这条大黑狗把功劳全部归在了自己身上，自然让瓦里不耻了。

第 2555 章 功亏一篑

何润海很不爽。

他自诩智慧无双，连准天尊老祖宗的谋划都被他识破了，并反过来利用，成全他的道果，让他洋洋得意。

可现在居然被人算计了，这自然让他恼羞成怒。

智商被爆，太丢人了。

然而，大黑狗已经杀到，却让他无暇多想，必须全力以赴地去应对。

同阶一战，超级帝星对帝者那是碾压的。

漫天铁链在飞，却根本触及不到这个区域，完全帮不了何润海的忙。

“打爆你这个老鬼！”大黑狗全力以赴，它人立着，双爪挥舞，打出一道道黑光，撕开了空间，震动了星宇，尽显威能。

何润海完全无意与大黑狗硬拼，他只想着要突破，只要回到铁树触角的范围，那他就是无敌的——除非再来一位准天尊。

他一心突围，但差了两个进化层次，相当于让两人的境界拉开了一大截，他这个突围的愿望始终无法实现。

“敢坑你家狗爷！”大黑狗气炸了，向来只有它阴别人的份，现在却被别人坑了，让它有一种说不出的气愤。

何润海不答，他挥舞着仙刀，要一鼓作气杀出去。

不过，凌寒也提前将仙魔剑交给了大黑狗，仙器对仙器，仙魔剑可是融合了好多仙金，论坚固和锋锐要比普通仙器超出一大截。

硬碰硬之中，何润海的仙刀被仙魔剑压制，本身的战力又不如大黑狗，显得更加窘迫。

“可恶！可恶！”何润海大声吼道，明明一切皆在掌控之中，却是风云突变，让他一下子跌进了泥淖之中。

“不肖子孙，放弃对于黑金树的控制，本座可以救你。”铁树传来声音。

是何风准天尊。

何润海不答，他可以稳操胜券就是因为他掌握了黑金树，而核心则是他手中的白色石头，这是控制枢钮。

他从不相信任何人，除了他自己。

之前他可是表达出了欺师灭主的想法，一旦他放下了对于黑金树的控制，那便无法再挟持何风了，到时候一位准天尊重生，甚至可能一跃成为真正的天尊，那灭他不是翻掌之间的事情?

要让他相信何风会看在血脉的情份上而饶过了他，他是半点也不相信的。

——换作是他，他绝对会杀死对方，而且还要让对方尝尽无数的折磨，便是亲儿子也不例外。

他不但没有交出控制枢纽的打算，反而将白色石头收了起来，一心突围。

“真以为本座没有办法呢？”他冷笑道。

能够成为九重天仙王，他又岂是泛泛之辈，会没有压箱底的绝招?

他长啸一声，一股股奇异的波动震荡，他的战力明显飙升。

之前就说了，只要境界差距不大，一名仙王想要突围，那根本是拦不住的。

大黑狗确实要比何润海强出两个段位，但算成修为压制的话，那连一个境界都是勉强。

何润海这么一爆发，大黑狗就有些拦不住了。

“他姥姥滴，你以为狗爷不会发飙？”大黑狗怒吼，也运转了秘法，身上有一枚枚符文跳动，战力也跟着飙。

两人大战，大黑狗勉强将何润海留了下来。

凌寒和女皇也出手，他们的战力与九重天级别虽然差距极大，可攻击力也不能小觑，哪个仙王敢说能够让他们随意轰击的？

他们只是负责牵制，不让何润海突破回归铁树的区域。

“你们阻不了我！”何润海大吼，他不顾一切地冲击，嘭，他被大黑狗的爪子划到，一条手臂顿时被切落下来，而凌寒和女皇的攻击也在他的身上留下了深深的伤痕。

但他冲出了大黑狗的封锁，去势如电。

“给狗爷停下！”大黑狗展开空间瞬移，要将何润海拦下来。

何润海人、刀合一，速度突然暴涨，哇，他狂喷一口仙王血，却是抢在大黑狗拦截成功之前冲了出去。

他仿佛一道光，疾射入铁树的区域。

大黑狗顿时止步，它不能再进，否则进了铁树的区域，就要轮到它被饱揍了。

何润海狼狈无比地停下来，他断了一条胳膊，腹部也留下了两个创口，仙王血流个不停，可只要不死，这种伤就是小事，总能愈合的。

他森然看着大黑狗、凌寒还有女皇，一字字地道：“待本座服下化元归一果，踏出那关键的一步，就是你们的授首之日！”

“呸，狗爷不和你玩了，走了。”大黑狗故意转过身，给了何润海一个屁股，铁内裤反射着光，可以亮瞎眼睛的。

何润海气得一口血又差点喷了出来，他催生胳膊，又让腹部伤口愈合，表面看上去已经没事了，却只有他自己知道内伤有多么严重。

但无妨，在这个区域之中，他就是无敌的王。

“你们跑不了的。”他冷冷道，“来路封锁，你们没有足够的超级帝星活血，又怎么开启得了大门？”

“你们……瓮中之鳖罢了！”

他不管了，只要将御虚仙王镇压，抽取了对方的精血，化元归一果就会成熟，而他则会采摘果服下，去冲击准天尊。

到时候，他就是无敌的。

御虚仙王也没能撑上多久，他确实强大，但还没有强大到可以力拼几千上万同阶仙王还能突破，终被镇压，浑身都是缠绕了铁链，而有一根则是直接刺破了他的胸膛，抽取他的精血。

御虚仙王怒吼，想他在仙域乃是几近无敌的存在，可来到炎霜位面，不但要处处低头小心行事，现在更是要被抽取精血，死亡似乎也是迫在眉睫的事情，让他如何能够甘心？

萧英雄、纪无名等人都在呻吟，他们的精血在不断地流逝，变得无比虚弱。

何润海放声大笑，虽然出了一点小差错，但终还是回归了正轨，一皆尽在他的掌握。

凌寒眉头紧皱，他是不是要祭出位面卷轴，召来天劫呢？

但如此一来，他也难以幸免。

他不由想到之前问瓦里、却又被瓦里反问的问题，如果敌人抓住了他的爱人相胁，他该如何选择？现在女皇虽然没在何润海的手里，但情况却是类似的。

他立刻坚定信念，为了爱人，他可以牺牲自己！

“唉！”可就在这时，一个悠悠的声音突然响了起来。

还是何风。

他还想说什么，以为何润海会听吗？

“不肖后人，你真以为一切皆在你的掌控之中？”

第 2556 章 惊人的反转

何润海先是一惊，但立刻又露出了冷笑，那是自然。

他掌握着阵法核心，大局已定。

“老祖宗，你也不用做无谓的抵抗，好吧，本座也该将你的神魂为核，凝聚道果了！”他淡淡说道，铁树已经抽取到了足够的精血，该完成最后一步了。

这化元归一果并非天生的仙果，而是后天炼成。与其说是仙果，倒不如说是一种特殊的炼丹手法，采一位准天尊的神魂，再加上无数年的时光积淀，终成绝世大丹。

当然了，之前的一切都是骗人的，化元归一果就只有一枚，也只有九重天巅峰的仙王才能服用，跨进准天尊之列。

他取出白色石头，想要将何风仙王的神魂抽取出来，但一经运转，他却是脸色一变。

不动。

怎么可能！

他明明掌握了阵法核心，而何风更只剩下一道残魂，怎么会奈何不得的？

“唉！”何风又发一声长叹，“你确实误会本座了，这原本是给何家后人的一个大造化，可助你走出最关键一步，踏入准天尊之列。”

“可惜，你自私自利，从不信人，却是聪明反被聪明误。”

何润海面目狰狞，大声道：“那又如何，现在是本座全面掌控了局面，你既然一心为了后代，那就乖乖以神魂为核，让道果催生！”

何风仙王一笑：“化元归一果又岂需要本座的神魂才能成熟？你错了，从一开始就错了。”

“胡说，胡说！”何润海厉斥，他拼命催动白石，要将何风的神魂从阵法中心抽取出来，完成最关键的布局。

嗡，一道光华从阵法中心亮起，然后便见一道人影出现，由无数的光华形成，难见其容，甚至连身材也无法辩别，模糊无比。

“你、你怎么可能脱困！”何润海却是大惊失色，跟见了鬼似的。

因为这道人影正是他何家的先祖，何风！

血脉上的联系让他立刻断定对方就是何风，他的老祖宗，可正因为如此，他才会无比得震惊。

何风怎么可能出现？

他只是一道残魂而已，躲在大阵之中才能避免被天地发现并针对，可他现在却居然脱困了？绝不可能的事情，否则这位老祖宗干嘛要布局几个纪元，不正是为了让化元归一果成熟吗？

“谁告诉你，本座是被困在这里？”何风淡淡说道，却有一种说不出的霸气。

你没有被困在这里，那你在这里干嘛，好玩吗？

何风将手一挥，铁树铿锵作响，啪啪啪，御虚仙王等人都是甩飞了下来，一个个勉强站定，莫不脸色煞白，他们都是失去了大量精血，元气大亏。

可毕竟没死，没死就好说。

何润海不由失声大吼：“你疯了，他们都是养料！你布局那么久，不就是为了抽取他们的精血来滋养化元归一果，让你可以重生！”

“之前都已经告诉过你，这化元归一果其实是为本座的后世子孙准备，可你的所作所为却是让本座寒心，那还要留给你吗？”何风淡淡道。

何润海不信，世上怎么会有这么好的人，放弃自己重生的机会只为造福后人？

凌寒插口，道：“前辈，难道你当初冲击天尊成功了？”

成是成功了，但也许也受了重创，需要无穷岁月来疗伤，顺便布了个局，为家族后人创造一个大机缘。只是何家人似乎都有多疑的毛病，他如果明确说清情况，那肯定没有这么多事。

偏偏他还要考验一下后代的忠心，何润海又是那种人不为己、天诛地灭的性格，连亲儿子都能牺牲，结果就出问题了。

怪谁呢？

何风一愣，然后失笑：“你小子倒是聪明，可惜的是，你不是本座的后代，可惜、可惜！”

“这怎么可能！”何润海失声大叫，“你既然冲击天尊成功了，为什么还要自埋于此？你骗我，你一定是在骗我。”

何风的身影在慢慢变得凝实，五官轮廓也在变得清晰，可以辩别长相了。

他看上去不过二十来岁，英气勃勃，充满了难以形容的压迫力。

“天尊！”大黑狗在一边惊呼，它追随缘生天尊无穷岁月，自然对天尊的气息无比熟悉。

这是一位天尊，货真价实。

何风双手负于身后，道：“本座、本尊当初确实就已经成功了，真正推开了天尊的大门。只是本尊有自知之明，能够成为天尊便已经是身处超高等位面，规则更接近力量本质的关系，可想要再进一步，触摸元世界的本质力量，却是不可能的事情。”

天尊的第一步，便是掌握一个位面那独一无二的力量，这并非真正的超脱，因为再去别的位面，又需要重新掌握那独一无二的力量，才能重新拥有天尊的实力。

只有成为二步天尊，真正掌握元世界那六大本质力量中的一道，才能傲视天地，穿梭任何一个位面。

“所以，本尊就想，既然狂乱可以吞天食地，甚至超越了七步天尊之限，那本尊为何不可呢？”何风淡淡说道，语气很平静，可话中透出来的意思却让众人都是心颤。

“没错，本尊是故意毁灭了肉身，这么长的岁月之中，本座便在融合这个东西。”

在他的身后，赫然多了一条尾巴。

有尾巴并非什么咄咄怪事，天底下有大量的半人，长角、长尾、长尾巴都很常见，但何风的这根尾巴却是缠绕着黑光，散发着无法形容的压力。

凌寒这下真是震惊了，甚至露出了怒容：“这是狂乱的触角！”

他在仙域位面见过，当时周恒跨越位面而来，结果狂乱也尾随于后，一击抽出差点把青火天尊都干掉。

而凌寒他们看到的，便是一根如同章鱼触手般的东西。

凌寒的记忆无比深刻，何风的这条尾巴正是狂乱的触须！

何风微微一愣，不由道：“一个小小的三重天仙王居然见过狂乱？”要知道，哪怕是九重天巅峰的仙王去了域外战场也只能充当炮灰的角色，随时可能横死，要说凌寒见过狂乱真是难以想像。

凌寒点头：“见过！”

何风呵呵一笑：“无所谓了，本尊愿意告诉你们这些，便也没有打算保密。不错，本尊融合了狂乱的触角，这么多年一直在与之融合，接下来，本尊会去一个低等位面，杀光那里的所有强者，然后再吞噬掉那个位面，相信，未来本尊必然能够成为第二个狂乱。”

真是疯了！

第 2557 章 解决

凌寒无法相信，居然还有人愿意成为狂乱这种存在的。

有什么意思？

就算占有了一个位面又如何，就只剩下自己了，你就算强成古往今来第一，那也没有人排在你的前面，没有人排在后面。

这样的孤寂，谁能忍受？

何风居然主动要成为这样的存在，不是疯了是什么？

何风似乎窥到了凌寒所想，淡淡一笑："本尊可没有疯，因为你根本不了解狂乱的强大，想要消灭它是不可能的事情，唯有也成为位面，才能与之相抗。"

"那是不是应该赞美前辈，牺牲自己，只为抵御狂乱？"凌寒说道，明知道这可能激怒何风，却还是说出了口来，不然心里实是不爽。

面对一位天尊，凌寒的杀手锏也失去了作用，位面卷轴招来的天劫可吓不住一位天尊的。

何风无所谓地笑笑："本尊没有这么高尚，但当本尊足够强大时，肯定会从低阶位面不断浮升上来，最后与狂乱对上。"

"本尊毕竟是人，只为成为最强，倒是没有想法要吞噬整个元世界。"

"所以，本尊才是你们最大的希望。"

他说的这番话很有道理，因为元世界的位面排列都是从低至高，一个位面的强大如果超过前面的，就会浮升上去，那么，当何风强大到一定程度时，就会超越炎霜位面，与狂乱正面交锋。

凌寒却是完全不看好。

狂乱为什么闹出这么大的乱子？

那是因为它本身就无比强大，通过无尽的吞噬，它成为了六步、甚至七步天尊的存在，然后才吞噬了自身所在的位面，取而代之。

可何风没有这么强大，他自己都说了，不可能成为二步天尊。既然如此，就算他去了仙域这个最低等的位面，又有资格吞噬掉仙域吗？

不可能！

再弱的位面也拥有本质力量，只是数量多少的问题，怎么也能算作是二步吧？

一名一步天尊就能搞定一个位面？凌寒不相信。

否则的话，仙域那三位不早就自己出手了，将仙域打爆之后，不是可以得窥核心处的本质力量，从而跨进二步级别，这是他们梦寐以求的。

青火天尊他们做不到，凭什么何风就行？

凌寒当然不会将这些话说出来，现在的何风已经钻进了牛角尖，万一让他想通几个纪元的布局都是白费的，那他恼羞成怒，受刺激之下不知道会干出什么事情来。

“老祖宗，原谅我这一次！”何润海突然跪了下来，向着何风求饶道。

一是为了活命，二更是为了化元归一果，现在他相信了，何风确实是在为自己的家族后代考虑。

何风森然看向何润海，目光中跳闪着杀气，他为什么故意隐瞒事实？不正是要考验他的后代，说明这个人有强烈的疑心病。

这样的人，必然是睚眦必报的。

“不肖子孙，留着做甚？”何风哼了一声，果断出手，向着何润海拍了过去。

何润海根本不敢接，连忙掉头就跑。

可天尊出手了，哪个仙王可以幸免？

啪，何雨润被毫无悬念地一巴掌拍死，犹如一只苍蝇，那么得微不足道，不堪一击。

顿时，天降血雨，哀伤之意大作。

哐！

一道闪电劈落，向着何风打了过去。

炎霜位面的层次极高，便是七步天尊行走于世间也不会遭到天地针对，但也只是如此而已。何风刚才可是出手了，而且杀的还是仙王。

仙王，代表着规则层面，某种意义上来说就是天地的代言者，这自然引起了天地之怒，向他出手。

何风随意伸手一抓，啪，闪电便被粉碎，只要战力被束缚在规则层面，那就不可能对天尊造成威胁。

何润海跳了这么半天，却就这么死了。

众人却是毫无轻松之意，何风连后代子孙都是毫不留情地干掉了，而且还把他的大秘密告诉了众人，难道还会放他们回去吗？

“不用紧张，本尊若是要杀你们的话，早就动手了。”何风一笑，他在众人的脸上一一扫过，“原本本尊是有意拿你们的精血来喂养化元归一果，成全本尊的后世子孙，可谁让子孙不肖呢？”

他有些心灰意冷，但立刻又潇洒一笑：“本尊也不是不顾全大局的人，这颗化元归一果虽然没有达到极致，但终究要超过所有的仙王大药，而且，也不必非得九重天巅峰才能服用。”

“送给你们吧！”

他伸手按在铁树上，很快铁树开花、结果，速度快得惊人。

十分古怪，一株由铁链形成的大树，居然真能开花结果。这果实只有人头大小，呈紫黑色，表面有着明显的凹凸感。

何风再一挥手，这颗果实便自动分开，向着凌寒、女皇、萧英雄等人飞去，刚好一人一块，但是大黑狗和御虚仙王却是没份。

“你们都是九重天巅峰的仙王，有资格冲击天尊，这效果不全的化元归一果对你们没有什么作用。”他解释了一句。

大黑狗不爽地咂咂嘴巴，没用不要紧，它不介意吃上一块尝尝的。

众人都是惊讶，何风居然如此大方，这心眼好的让人有点不敢相信了。

何风一挥手，身形纵起，哧，他直接撕开了空间，瞬间消失无踪。

嗡，空间震荡，只见一道黑影凭空出现。

众人又是一惊，这里连九重天仙王也无法直接破开空间离去，可现在却先后有两个人办到了。

又是一名天尊。

靠，天尊也能泛滥？

“噗！”

看清这黑影后，众人却是差点都是笑喷出来，因为这居然是一头驴子，毛发漆黑，光滑如缎。

一头……天尊级别的驴子？

“小鬼们，还不回去？”黑驴开口，有无上威严。

“前、前辈！”凌寒叫了一声，有一种说不出的别扭，看着这头黑驴就让他情不自禁地看向大黑狗，总有一种错觉，这两者是一路货。

“敢问前辈，刚才何风会如此做，是因为发现前辈的关系吧？”他问道，不然的话，打死他也不相信何风会是这样一个人。

黑驴嘿嘿笑，道：“当然，若非如此，你们以为那家伙干嘛要成全你们？他这是在故意向本尊示好，不然的话，只要本尊缠住他，等其他天尊一到，他又怎么可能逃脱？”

这么一说，众人都是恍然，何风可不是真得高风亮节，只是在为自己考虑罢了。

第 2558 章 黑驴

“多谢前辈！”众人都是向这头黑驴行礼，否则的话，何风完全可以将他们灭口之后从容离去，一位天尊呀，那是何等强大的存在。

“前辈，就这么放走何风，不怕他为害吗？”萧英雄问道。

黑驴嘿嘿一笑：“老家伙迈进天尊就已经是极限了，不可能再成为二步天尊，以这样的实力还要吞噬位面？真是开玩笑了！”

它顿了一下：“相比于狂乱，他完全就是个渣渣。”

众人都是在心里暗暗撇牙，这头黑驴应该也只是一步天尊吧，口气却如此之大，真是让人无语。

“不过，这化元归一果却是真的，你们食之，可提升些实力。”黑驴又道。

众人看着手里的果实，都是有些脸皮抽搐。

这玩意可是从铁树上长出来的，真得可以吃吗？

“还不赶紧的，仙果已经切开，每过一会就会流失一部份的精华。”黑驴喝道。

众人连忙将自己的那份仙果吃下，便是瓦里也不例外，他不是人，并不代表他就不能消化掉仙果的好处。

他们盘膝坐下，只有大黑狗和御虚仙王在那无聊地站着。

大黑狗眼珠子转个不停，突然一溜小跑来到黑驴的边上，开始套起了近乎来。

别看一个是狗，另一个是驴，可它们居然很快就有说有笑起来，甚至勾肩搭背，一副好基友的模样。

凌寒的感觉没有错，所谓物以类聚、人以群分，二黑会这么快如胶似漆，显然有着高度相符的共同语言。

不过，凌寒现在可没空理会这个，他在炼化化元归一果。

不说这果实需要抽取仙王级帝星的精血，就是它成长了几个纪元，就可以看出它的不凡了，因为按照何风的说法，若是这果实完全长成的话，可以让一名九重天仙王直接迈进准天尊去。

现在虽然效果差了些，而且还分成了好多块，但对于低阶仙王来说，还是不可多得的宝物。

这不是纯粹意义上的仙果，而是一种丹，当然这样的炼制手法也很难效仿。

凌寒一经运转药力，就发现这不但可以推动他的修为，而且还能将不灭天经推向更高的层次。

但是，仙果就只有这么一块，顾了修为就顾不了体魄。

选哪个？

凌寒只是微微犹豫，他就决定选择先练不灭天经。

天生、瓦里的体魄和恢复力都让他触动极大，之前这是属于他的专利，可现在却只能眼睁睁地看着别人拥有这样的能力，让他很是着急。

他推动着不灭天经，疯狂地吸收着化元归一果的好处，体表有一枚枚符文闪动，好像在诠释着万古诸天的秘密。

这颗仙果可是需要几个纪元的时间才生成的，蕴含的能量丰富无比，凌寒花了整整三十九天才将之完全炼化。

他有些遗憾，也有些欣喜。

不灭天经修到仙王级，共有九层，称为不灭仙王体，每一层都对应着仙王的一重天，比如一层不灭仙王体就相当于仙王一重天的全力防御。

但是，不灭天经的好处在于，修出来的是体魄，而体魄是常驻的。

他现在将不灭仙王体推进到了第六层，相当不凡了，但距离九层巅峰还要差一点。

而且，不灭天经的提升并不受境界的影响，只要凌寒的领悟力足够强，而且有足够的资源，他完全可以将不灭仙王体再升一格，达到永恒仙金体，肉身真正可比仙金。

再往上还有一层，也是终极的一层，便是不灭天尊体，但缘生天尊也只是琢磨出了半层，肉身虽然比仙金还要强横，却又达不到一步天尊全力防守的级别。

没办法，缘生天尊死得早，不然说不定他早就把这层功法给完善了。

“恢复力也是大有提升。”

“不灭真液现在化成雾状，充满了身体每个部份，受了再严重的伤也能自动恢复。”

“不过，浴火重生这个能力暂时不能使用了。”

这涉及到了规则层面，但这是炎霜位面，需要把功法做出调整才能符合这里的大道。

“而且，规则层面只能适用于仙王，我若突破天尊的话，那浴火重生就完全无效了。”

仙王受天地眷顾，所以才可能有一丝重生的机会，但天尊是绝对不行的。

死了就是真得死了。

“而且，我的进化指数似乎又提升了一些。”凌寒喃喃道，之前他是无限接近十二，但现在他觉得自己已经迈上了这个台阶。

因为他的修为没有丝毫的提升，可战力却是提升了许多，这只能从进化层次上解释。

凌寒是第一个完成炼化的，接着，火芙蓉、纪无名等人也纷纷停了下来，瓦里是最慢的，可他也是最无所谓的，身体会自己消化好处。

“既然都好了，那就滚回去吧。”黑驴出手，撕开空间之后，将众人一一踹了进去。然后才自己踏了进去，咻，空间复合，这里立刻又恢复了原状。

众人穿梭虚空，很快纷纷跌了出来，果然，他们已经回到了天下第一武院。

“滚吧滚吧。”黑驴不耐烦地扇着蹄子，“居然敢让本尊等了这么多天，真是一群不省心的小兔崽子！那个女娃子，你以后也是武院的一员了。”

这话是对柳雨菲说的。

柳雨菲顿时大喜，她其实也把凌寒诸人给坑了，正担心会不会被他们秋后算账，但成了天下第一武院的学员，生命就有了保障。

“哼！”御虚仙王一挥袖子，头一个离去。

他太不爽了，别人虽然受了伤、吃了苦，可至少也得到了好处，他呢？

元气大亏不说，乾古钟还流失了无数的精华，这一行简直亏到了姥姥家。

他看向凌寒，眼神中有杀气跳动，这个年轻人……他一定要除掉！但不是现在。

御虚仙王长啸一声，飞快离去。

萧英雄等人也陆续离去，虽然之前他们受了大难，可最后却是得到了大好处，每个人的修为都是飙涨，只要稍稍蓄积一下就能突破，而且突破之后还能保持修为高速增长一段时间。

总体来说，还是赚的。

只是……没有将凌寒干掉。

“小黑，我们也走吧。”凌寒向大黑狗说道。

嘭！

凌寒立刻被一蹄子撞翻，只见黑驴将两只蹄子都踩到了他的胸上，鼻子里都在喷着火：“小子，你叫谁小黑呢？”

得，忘了这家伙也是一身黑。

第 2559 章 仙王坟场

凌寒呵呵一笑，道：“倒是忘了前辈了，在下是在叫那条大黑狗。”

黑驴倒也没有真得想和他算账，很快就收起了蹄子，道：“周恒将你夸得那么好，可本尊左看右看，你也没有什么出奇的地方。”

周恒？

凌寒讶然，道：“前辈和周恒前辈关系很好吗？”

“嘿嘿，那小子可是本尊一手带出来的！”黑驴顿时洋洋得意。

凌寒却是不由看向大黑狗，心中暗暗点了点头，这两个家伙绝对是一路货，吹牛都不怕破天的。

“小子，你这是什么眼神！”大黑狗和黑驴同时叫道。

果然。

“周恒前辈有什么指示吗？”凌寒问道。

黑驴讶然，道：“不错，周恒那小子确实让本尊带几句话给你，你倒是蛮聪明的嘛。”

凌寒呵呵一笑：“周恒前辈去了域外战场吗？”

黑驴点头：“最近一段时间，狂乱发动的攻击突然变得狂暴起来，出动的天尊数量多得惊人，其中更有一些没有见过的新品种，让我们这边损失很大，所以高阶天尊都过去坐镇了。”

“情况有多糟？”凌寒沉声道，这域外战争可是与每个人都是息息相关，一旦让狂乱攻破防线，那整个元世界都将沦陷。

“小子，这不是你现在应该关心的。”黑驴斥道，“你不好奇周恒那小子让本尊带什么话给你吗？”

凌寒这才道：“好奇呀。”

黑驴不由郁闷，看这小子的表情，分明没有多大的好奇，只是敷衍一下它而已。

“周恒那小子说，你小子要是不追求修为的快速提升，大可以呆在武院之中，循序渐进。不过，想在最短时间内冲上九重天的话，那可以去一个地方。”黑驴还是说道。

凌寒眼睛一亮：“什么地方？”

“非常危险的地方，动辄就会让你万劫不复。”黑驴正容说道。

凌寒非但没有害怕，反而兴致勃勃：“请驴前辈明示。”

黑驴摇摇头：“还真是跟周恒说得一样，你小子果然对那地方感兴趣。”

凌寒呵呵一笑，二黑是一路货，而他和周恒却又是同类人。

危险又如何，肯定伴随着机缘，而挑战危险，让自己进步，不是最好的修炼之路吗？

“那个地方……叫做仙王坟场。”黑驴说道。

“坟场？”凌寒表情古怪地看着黑驴，这家伙不会叫他去盗墓吧？

“不是真正的坟场，而是那里死去的仙王太多了，跟个坟场似的。”黑驴想了想，“嗯，其实应该说是乱葬岗，许多仙王连埋身之地都是没有。”

凌寒讶然：“这究竟是一个怎样的地方？”

“最早的时候，这是一个监狱，关押着一些穷凶极恶的仙王。”黑驴解释道。

“既然穷凶极恶，为什么不直接干掉？”凌寒问。

黑驴摇头：“有些仙王背景极大，若是杀掉的话，会引发大问题的。”

凌寒懂了，这年头有背景的人闯了再大的祸也不会死，顶多就是被流放、关押，除非有无上大人物主持，快刀斩乱麻。

但有了狂乱的威胁，大家的目标都是抵御狂乱，需要团结一切高端力量，总不能因为一两个仙王让天尊反目吧？

“所以，才会有仙王监狱的出现。”黑驴点点头，它知道凌寒弄明白了怎么回事，“随着时间的推移，那个监狱里的仙王是越来越多，而地域也越来越大。”

“那里不讲规矩，充满了杀戮、狂暴、黑暗，可能就因为你多看了别人一眼，就会莫名引发一场生死恶战。”

“不知道从什么时候起，有仙王居然溜了进去，在那里历练，短短一亿年就从四重天迈进了九重天，当他出现并说出自己这些年的经历后，引起了巨大的轰动。”

“许多仙王效仿，但进去的人一多，自然有许多人被里面的仙王发现，遭到了残忍的屠杀。”

“那里，天天都有仙王喋血，处处都能看到仙王尸，但仙王血浇灌下，那里的仙王大药也要比任何一个地方多。”

“小子，你现在还要去那里吗？”

黑驴看着凌寒：“如果你选择进去的话，那生死自负！甚至为了防止天尊进去救人，有好几位七步天尊联手设下了禁制，易进难出。”

“本尊也不可能在你遇到危险的时候出现，只有约定一个时间才能来接引你。”

凌寒立刻展开了笑容：“当然去了！”

黑驴呲了呲牙：“你就不稍微考虑一下？”

“不用！”凌寒斩钉截铁。

黑驴哇哇大叫：“又被周恒这小子料中了，本尊又输了！哇呀呀，你这个臭小子，你考虑一下会死啊！”

它气得鼻孔喷火，这可是超越规则的力量，有本质力量喷发出来的，可怕无比。

凌寒、女皇、大黑狗连忙纷纷退后，只有瓦里很感兴趣地在看，眼神跳个不停，似乎要把这种力量的运用方式计算出来。

凌寒呵呵一笑："真是不好意思了，驴前辈。"

黑驴跳了一阵之后，却是嘿嘿笑："没事，只要将你送走，想说什么不都是随本尊开口嘛。"

这意思就是，它要撒谎了。

靠，什么天尊啊，太无耻了！

大黑狗双眼放光，扑过来抱住黑驴的大腿："哥，狗爷终于找到偶像了，从今天开始，狗爷就跟着你混了！"

黑驴洋洋得意，无耻之极。

凌寒只有无语的份，这二黑凑到一起，以后不知道会祸害多少人。

"你怎么打算？"他转头问女皇。

女皇没有说话，只是展颜一笑，美绝倾城。

凌寒点点头，女皇肯定跟他共进退的，而且他现在有空间仙器，便是九重天仙王也很难轰坏，女皇她们跟在他的身边安全系数挺高的。

——只要他自己能够保住平安无事。

"小子，你进了仙王坟场之后，绝对不能曝露自己的身份，那里的仙王被关久了，一来脑子有问题，二来那里天天杀戮，是个人都要变态，最是仇恨外面进来历练的仙王。"

"所以，你要身份曝光，就会人人喊打，任你三头六臂，修为达到九重天也是没用，一人一拳就能打得你屁滚尿流。"

黑驴警告道。

凌寒点头："驴前辈放心，在下会注意的。"

"切，本尊放什么心，你是谁啊，需要本尊关心。"黑驴嗤然说道。

凌寒却是笑，黑驴跟大黑狗一样，蔫坏是肯定的，但也有软心肠的一面，只是总被它们自己所遮掩，故意说些倔话。

第 2560 章 进

凌寒先回转洞府，此去仙王坟场绝不是一天两天的事情，他需要将一切都安排好。

柔妖女还有空间仙器中的诸女当然没有任何意见，要跟随凌寒一起。

凌寒去见了雨皇，说了一下情况之后，雨皇表示他还没有修出自己的路，需要在武院中再汲取一段时间的武道基础，但一定也会去那里的。

凌寒当然支持这位二哥的想法，他又去看了看异、严仙路等人，还有凌火九人，留下了些丹药，他给自己定了一个时间，打算在仙王坟场中待上一亿年。

在此一亿年中，他无法离开，只有活着熬到那个时候，黑驴才会来接引他，不然的话，那就只有他成就天尊，硬生生撕开监狱一角才能脱困。

这确实是一个极冒险的决定，反正大黑狗、瓦里都没有说要同行，非常得不讲义气。

凌寒拉上瓦里详谈了好几天，让对方分析一下自己的武道之路，他是靠自己摸索爬上来的，可能会有一些小细节的不足，而瓦里的分析最是严谨。

当然了，凌寒也不会全信分析，而是拿来做参考。

他自然没有空再去闯九绝阵，但据说天生却是爆发了，在第五关的名次有了很大提升，压下了阿牧、残月等人，尽显妖孽。

凌寒心中之念更坚，他一定要在修为上超越天生，然后打爆这个家伙，解放缘生天尊那一缕念头，从而复活缘生天尊。

他暂时放下了跟天生、萧英雄等人的过节，由黑驴带领，前往仙王坟场。

“武院其实有许多学员在那里，但大家都绝对不会曝露身份，所以，万一真得对敌上了，你也不用手下留情，不然只会让自己送命。”黑驴警告道。

凌寒点头，除非他将不灭仙王体推进到第九层，那他就是对上九重天仙王也能全身而退，不然遭到无数仙王围击的话，肯定糟殃。

看看御虚仙王就知道了，他可是仙王中数一数二的存在，可是遭到几千上万九重天级别的铁链围攻，最后还不是被拿下了？

蚁多咬死象，更何况仙王坟场中有许多超卓人物。

黑驴撕破空间，天尊赶路真是太快了，但黑驴还是极为小心，因为虚空之中非常危险，有可能遭到狂乱的攻击，那别看它是一步天尊，非常可能被直接干掉了。

还好，他们顺利来到了一座坟场。

凌寒不由冷汗，不是说坟场只是一个形容词，怎么真得带他来坟场了？

“这就是入口，笨！”黑驴嗤道，它带着凌寒来到了一座大坟前，伸出蹄子在墓碑上一按，上面的字符就一一亮了起来。

“进去容易，但出来难如登天！”它再次提醒凌寒，“这一亿年中，你得不到任何人的帮助，完全只能靠自己。”

“我知道。”凌寒点头。

“去吧！”黑驴踹出一脚，嘭，凌寒就一头撞到了墓碑上，身形直接没了进去，便消失不见了。

“真是期待啊，这小子在一亿年后能达到怎样的高度。”黑驴搓着蹄子，满脸的期待之色。

它撕开空间，迈了进去，顿时，空间愈合，只留下一道浅浅的涟漪。

几天之后，只见三道人影飞掠而来，好像踏着万古岁月，散发着无穷的霸道。

这三人身上都缠绕着七道异彩，俱为七重天的仙王。

谷合义、苗化、萧英雄。

他们炼化了化元归一果，俱在短时间内实现了突破，成为了七重天仙王，以他们超级帝星的资质，战力自然远远超出了这个层次。

“那小子进了仙王坟场。”

“以他的妖孽，若是放任他成长的话，出来的时候必然会在修为上超越我等。”

“必须除去！”

“而且，他身上有大秘密，我怀疑他得到了六大本质力量的淬炼，否则体术不可能那么妖孽。”

“杀了他，夺得此法，我等迈进天尊的可能性必然大增。”

三人纷纷出手，按在大坟的墓碑上，顿时，一枚枚字符再次发光。

仙王坟场，易进难出，只要是仙王就能轻易开启进去的门，但想要出来？九重天仙王都只能干瞪眼，只有天尊才能以自己的实力撕开禁制。

咻咻咻，三人也纷纷走了进去。

……

凌寒被一脚踹出去，身形踉跄，当他稳下脚步的时候，只见自己已经来到了一个阴沉沉的地方，天空中密布着阴云，四周的地面上则有黑色的气息在蒸腾，化成了种种诡异的符号。

他先不急着离去，而是调整自己的状态，适应这里的环境。

过了一会之后，他才站了起来，打量四周。

这是一座荒山，寸草不生。

他朝着一个方向前进，仙王之力展开，三天之后，他的前方出现了一座大城。

鬼王都。

这是城门上方写着的三个大字，笔力苍劲，散发着一种霸道之势，更有一种狂意，流露出天下枭雄舍我其谁的气势。

城门处居然还有守卫，但并非仙王，而是升源境的。

凌寒奇怪，这里不是只关押仙王的吗？

但他立刻恍然，有一心只求武道巅峰的仙王，但也有喜欢玩乐的仙王，而这里杀戮无数，也会催生出另一种原始欲望。

因此，仙王生子、繁衍，这也不是奇怪的事情。

“站住！”凌寒刚刚来到城门处，便被这些守卫拦了下来。

“可有通行符？”他们问。

凌寒已经大概知道，这里有许多强大的仙王建立了自己的地盘，像这鬼王都就是其中之一，而通行符则是某个势力制作的身份信符，证明你是这里的一员。

各个势力并不禁止人员的流通，只要付得起通行费用就行。

凌寒摇头：“本座是刚刚才进入此间，并无通行符。”

此话一出，这些守卫立刻如临大敌，有人发出了信号，便见一位七重天的仙王出现，对着凌寒上下打量。

“犯了什么事？”这名仙王问道。

凌寒淡淡一笑：“在天下第一武院杀了人，被判永留此间。”

那七重天仙王不由一惊，天下第一武院这六个字太有份量，能够进入其中的至少也是帝者，甚至还有帝星、超级帝星，甚至进化指数达到十二的变态。

他露出一抹慎重之色：“杀了谁，为什么要杀？”

黑驴与凌寒早就核对好了，他现在名叫李隆，确实杀了人，叫赵听，这可以在天下第一武院中查到的。

第 2561 章 鬼王都

李隆和赵听确实是天下第一武院的弟子，李隆也确实杀了赵听，只是李隆被黑驴关了起来，并没有送进仙王坟场，由凌寒取而代之。

有天尊帮忙造假，这里就算真有天下第一武院的学员，或是对武院极有了解的人都不可能看出破绽。

那七重天仙王仔细盘问，这里最恨的就是来历练的仙王，拿他们当强大的试剑石，所以诸多势力达成了共识，出现这样的人物便全面围捕、轰杀。

凌寒回答得滴水不漏，末了，这名仙王安排凌寒住在一个特定的地方，等着他去核对凌寒的故事。

这是规矩，每个新进来的仙王都是如此遭遇。

凌寒自然不会担心，他现在就是李隆，由黑驴对他施加了手段，足以维持几亿年之久。

果然，数天之后那名七重天仙王就过来了，给凌寒发放了通行符。

凌寒拿着通行符，心中微有惊讶，他的身份被证实了固然是一件好事，但这里明明是牢笼，此地之人显然有手段与外界沟通，不然怎么证明他的故事呢？

他惊讶了一下也就放到了一边，他来这里是为了快速提升自己的修为，其他一切都不重要。

“李道友，可有兴趣加入鬼王军？”这名七重天仙王问道。

这是天下第一武院的弟子，而能够进武院，绝非普通的帝者，而是未来必能成就九重天仙王的。所以，这样的人才当然有招揽的必要了。

凌寒淡淡一笑：“我被流放于此，心情不是很好，还是让我先适应一下。”

那七重天仙王点头：“也好。不过，李道友若是适应了这里，也许会发现，这里是天堂也不一定。”

“对了，本座向名。”他自我介绍道。

凌寒点头，拱手道：“谢谢向大人的青睐。”

向名离去，而凌寒有了通行符，便有了在仙王坟场自由行走的资格。

他虽然听黑驴说过一些仙王坟场的事情，但黑驴身为天尊，也不会对一个关押仙王的地方太感兴趣，因此具体的东西还需要他自己去打探。

对于鬼王都的情况，他从向名那里了解到一些，再加自己的打探，渐有一个概念。

鬼王都当然是一个势力——这里所有的城市都是一个独立的势力，鬼王都有二十多名九重天仙王坐镇，以青鬼仙王为首。

别看大家都是九重天，可武无第二，肯定有最强的一个，这个青鬼仙王便是一个赫赫有名的凶人，传说他当年好杀、嗜奸，不知道杀了多少前途无量的骄子，也祸害了不知道多少女仙王。

按道理，他应该死上几百遍，可他的亲叔却是一位四步天尊，所以，他没死，被流放到了这里。

到了这里，青鬼仙王却是如鱼得水，聚拢了一大群臭味相投之人，建立了鬼王都，顺我者生、逆我者亡，哪怕在仙王坟场这样的鬼地方，鬼王都也是排名靠前的杀戮之地。

这里确实杀戮四起，凌寒光是在这里住上三天的功夫，就看到了七起大战，其中两场有仙王喋血，另五场也是以一方被重创而收场。

而说到这七场战斗的起因，却都是极其得微不足道，完全可以说上几句就能解决的，在这里却非要用鲜血来洗。

在这里，仁慈是致命的弱点。

不过这样也好，在这里就是要不断地战斗，时刻都让自己处在生死边缘，巨大的压力之下，修为才会迅速提升。

凌寒出动，待在客栈虽然要稍微安全一点，但显然与他的来意不符。

他来到客栈的一楼，这里还兼卖酒菜，他要了几个菜，再点上一壶酒，慢慢地喝了起来。

别看这里是杀戮战场，可食物却是相当地鲜美，据说肉食都是仙王级的大兽。当然了，兽类仙王也能点人族仙王的肉来食用，在这里没有任何的法则需要遵守。

酒也是好酒，哪怕凌寒是三重天仙王，喝了几口就有点微醺。

“小子，我家少主要见你，跟我来吧！”一名仙王出现在凌寒面前，是个三十来岁的中年男子，身材很是魁梧。

凌寒讶然，他才刚来这里，应该没有得罪过什么人吧，怎么突然有什么少主要见他呢？

“你家少主是谁？”他问道。

“还真是个新人，连我家少主都不知道。”这名仙王冷笑，显得很是不屑。

凌寒有种无语感，能够成就仙王的应该都是人杰，怎么这人做狗腿子还做得这么津津有味呢？

这名仙王继续说道：“我家少主姓唐，名远，乃是唐明伯大人唯一的公子！”

唐明伯？

这个凌寒就知道了，鬼王都有二十几个九重天仙王，唐明伯正是其中之一，在此城当然也算是一霸。难怪这个唐远如此嚣张，有个九重天的老爹可以倚靠，这个背景很厚。

不过，这还是不能解释为什么唐远会突然盯上了他。

“咦，你怎么还坐着不动？”这名仙王满脸都是讶然，都已经解释了唐远的身份，你小子居然还敢坐着？

凌寒想了想，自己身后虽然还有大黑狗、周恒这种关系，可在这里根本派不上用场，天尊不会进到这里的，九重天仙王过来则会被打成渣渣，仙王坟场就是一个法外之地。

要是他选择强硬面对唐远，那极可能立刻就与唐明伯杠上。

他进入这里确实是为了战斗，最后肯定会战九重天仙王，但并非现在。就像人不可能一口吃成胖子，他现在去硬捍九重天仙王只会让自己头破血流。

这是不智之举。

也罢，便去看看这唐远究竟想干什么吧。

凌寒长身而起，淡淡道："带路。"

那名仙王顿时起了不满之意，你还以为自己是个人物吗？不过三重天仙王而已，放在仙王坟场中根本连屁都算不上！

他刚想说话，却是看到了凌寒的眼神，好像能够直入他的心底，让他不由打了个哆嗦，泛起一股无法形容的寒意，到口的话立刻就咽了下去。

这样的人物也许唐远可以喝斥，但绝不是他能够惹得起的。

他哼了一声："跟我来。"

他在前面带路，引着凌寒出了客栈，很快就来到了一座别院。

进得别院后，他们穿堂过榭，来到了一座花园中，只见正有几个年轻人在饮酒做乐，还有美丽的女子在翩翩起舞。

光看这副场景，谁能相信这是一个监狱？

第 2562 章 死亡竞技场

“回少主，李隆带到。”带路的仙王单膝着地，恭敬地说道。

一名年轻人回过头来，看了眼凌寒，笑道：“还愣着干嘛，过来坐”他向着凌寒招手，并指了指一张空位。

凌寒启步而行，来到了空位边上，然后坐下。

他的屁股刚要碰到椅子，只见有一名年轻人出手，啪，他底下的椅子顿时化为了碎屑，而一股大力按落下来，压着凌寒要一屁股坐在地上。

出手之人身上缠绕着三道异彩，也是一名三重天的仙王。

下马威？

凌寒坐下，好像底下就有一张椅子似的，而那名仙王袭来的压力则是被他轻易化解。

他随手从空间仙器中取出一张椅子，垫在了屁股底下，坐得是四平八稳。

“这就是唐少的待客之道吗？”凌寒笑道，“穷得连椅子也要自备？”

“哈哈哈哈！”唐远立刻大笑，他向着出手的仙王看去，道，“罗央，你看，这就是天下第一武院出来的天才，果然厉害吧？”

那被称为罗央的仙王则是无所谓地笑了笑，刚才那一击他根本没有全力以赴，自信全力出手的话定能拿下凌寒。

——这些二世祖都是在这里出生，生于此、长于此，自然不认为天下第一武院有什么了不起的。

“算是有点实力吧。”他这样说道。

“本少最赏识年轻有为的人。”唐远指了指自己，“给你一个机会，跟随本少，那本少可以跟你保证，在这个鬼王都里，你可以横着走，没有人敢动你一根毫毛！”

“还不快谢谢唐少！”那几个坐看表演的年轻人立刻向凌寒叫道。

凌寒确实有隐忍低调的想法，可要让他屈于人下做狗，这却是他完全不能接受的事情。他淡淡一笑：“谢谢唐少的赏识，不过在下一个人闲惯了，还是继续一个人好了。”

“李隆！”罗央站了起来，露出冷笑，“不要给脸不要脸，你还以为这里天下第一武院，你还是受尽恩宠的天之骄子？”

他这话充满了嫉妒。

别看他们都是什么少、什么公子，可是说白了，又有哪一个不是囚犯？只能在这个小地方称王称霸，做个井底之蛙罢了。

而且，他们别无选择，并非他们犯了什么大恶才被关在了这里，而是因为他们的父母就是这里的囚犯，生下来就被打上了不可消去的记号，永世被困。

因此，他们的行为会无比得放肆，以这样的方式来宣泄他们的不甘，而他们也十分嫉妒外来者，因为对方至少有的选择。

凌寒端坐不动：“你是在教训我吗？”

“找打！”罗央出手，向着凌寒轰击而去。

“让你一次，不代表我好欺负！”凌寒森然说道，凝起拳头向着罗央轰去。

嘭！

两人的拳头对上，罗央顿时闷哼一声，整个人横飞而起，重重地撞到一块假石上，将这块石头撞得粉碎，这才停了下一。

凌寒讶然，倒不是因为他没一拳把罗央打爆，他手底下留了力，这点他清楚得很，而是罗央仅仅撞断了一块石头就停了下来。

按他的估算，这家伙怎么也要被他打飞半座城才是。

这石头十分坚硬。

“哈哈哈哈，果然很强！”唐远却是鼓起了掌来，“一拳就把罗央打飞了，在三重天仙王，你可以排进前十了。”

另外几个年轻仙王都是震惊，说不出话来。

罗央则是挣扎着爬了起来，脸上有着无法相信之色，他原本不相信天下第一武院出来的人有什么了不起，可双方境界一样，他却被一拳打飞，这差距再明显不过了。

但更多的却是恼恨，居然让他当众丢脸，若非唐远还没有发话，他一定会去搬救兵，把凌寒镇杀当场。

反正在这里死仙王是再正常不过的事情了。

唐远停下鼓掌，道：“看在你这样的实力上，本少可以允许你不做狗。这样吧，你替本少打死亡竞技场，只要赢得血战王的称号，本少就赐你一颗升龙丹。”

“唐少！”其他年轻人都是又惊又嫉，纷纷站了起来。

凌寒讶然，这什么升龙丹很牛逼吗，居然让这些年轻人激动成那样子。

“你不知道升龙丹是什么吧？”一名年轻仙王看了凌寒一眼，“升龙丹可以提升我们突破境界的机率，而且可以叠加使用，最多达到一成。”

一成。

别看这机率并不高，但仙王九重天，一步一登天，于绝大部份仙王来说，终其一生都可能被束缚在某个境界上，比如四重天、比如七重天。

因此，别说多一成突破的机率，就算只有百分之一、千分之一，这也是宝贵无比的机会，要打破头去争、去抢。

难怪了，听唐远说要赏赐凌寒一颗升龙丹，这些人都是急红了眼。

凌寒也是恍然，难怪这些人资质不怎么样，却可以达到二重天甚至三重天的高度，应该是用升龙丹拔上去的吧。

不过，这什么升龙丹也太妖孽了吧，居然有这样的功效。

凌寒沉吟，然后道：“这死亡竞技场又是怎么回事？”

“竞技场当然是战斗的地方，而只要能够连赢十场，就能获得血战王的称号。”一名仙王解释道，“不过，不要以为十连胜很容易，平均下来，每隔百年也就能出一个这样的人来。”

“而且——”这名仙王似乎故意要恐吓凌寒，“进入死亡竞技场，死亡率可是高达四成！”

凌寒却是露出了微笑：“听起来似乎很有趣的样子，我参加了。”

他来这里就是为了战斗，这死亡竞技场应该就是他的最好选择。

几个年轻仙王都是惊呆了，都已经跟他说了，死亡竞技场危险无比，可他居然毫不犹豫就决定要去参加，这是对自己多少有信心？

唐远则是拍手大笑：“好！好！本少果然没有看错人，李隆，你若能获得血战王的称号，本少必不会亏待你。”

凌寒只是微笑，他自然不会将这种二世祖当回事。

“来，喝酒！”唐远的心情十分愉悦，与众人推杯换盏，很快就喝得半醉。

这种酒的劲真是大，便是凌寒这样的实力都有些撑不住，更何况这些普通仙王了。

唐远很急，立刻替凌寒安排，三天之后就会进行第一场比赛。

凌寒也详细了解了一下这个死亡竞技场。

第 2563 章 第一场

死亡竞技场，名副其实，自从开办到至今，不知道死去了多少仙王，乃是城中最最著名的杀地，可同时也是人气最旺的地方。

被流放在这里，动辄就会有性命之危，每个人都会变得疯狂，对于看到别人负伤、流血甚至死亡充满了兴趣。

而且，在这里的人修炼速度特别快，好像天地在补偿他们似的，能够迈进仙王的人会以一种恐怖的速度达到仙王境，但有些人生而迟钝，早早就停在了山河境、斩尘境，不再有寸进。

所以，尽管死亡的仙王很多，可一来有外面犯事的仙王进来，再加上本地生下的孩子也能极快地迈进仙王，导致仙王的数量一直高居不下。

凌寒感慨，也许只有超高等位面才可能出现这样的情况，否则的话，哪怕将仙域抵御异域入侵的仙王算进去，那仙王的数量也就几万个，顶多这里一个城的数量。

别看十连胜就能获得血战王的称号，可难度却是高得离谱。

因为前五连胜容易，可只要超过这个数，竞技场方面就会针对，派出高手就行狙击，甚至最后一场还会派出另一位血战王来战。

当然了，所有出来迎战的仙王都是境界相仿的，最多也只会超出一个境界，但遇到这种情况的话便可选择避战，要求换一个对手。

不过，最多只能换三次，否则连胜就要被终结，从头再来。

血战王之上，还有百胜血战王、千胜血战王，那就不需要连胜了，只要胜场达到一百、一千就行。

在仙王坟场、不止是鬼王都，像这样的死亡竞技场都是最受欢迎的，而像唐远这样的二世祖也以拥有一名血战王为荣，经常会派出自己的血战王与别人的血战王对战。

唐远之前就有一名血战王，而且胜场达到了九十七，但在冲击百胜血战王的时候，却被城里另一个二世祖针对，直接轰杀当场，害得唐远十分没有面子，更与对方恶战了好几回。

那是城里另一名九重天仙王陆高全的儿子陆离，这二世祖也不是个东西，在唐远那血战王的酒里下了毒药，害得对方战力大亏，最终难逃一死。

两个二世祖本来就因为父辈的争权夺利而互不顺眼，经过这茬之后当然更加对立，见上面就会打架，只是没有再闹出人命来。

而像罗央这种，他们其实也是二世祖，父辈不是八重天仙王，就是七重天的，父辈以唐明伯为首，他们便以唐远为首，这是一个利益集团，属于一荣俱荣、一损俱伤的关系。

“李隆，你要再给本少将陆离那个王八蛋的血战王宰了，本少就多赏赐你一颗升龙丹！”唐远喝得醉醺醺的，又给凌寒开出了奖励。

凌寒淡淡一笑，他的进化指数都达到了十二，需要升龙丹吗？

不过，他并不介意拿过来研究一下的。

罗央等人则是嫉妒无比，但想到成就血战王的难度之高，而且陆离这个人又极度阴险，知道凌寒的存在之后，肯定会下杀手的。

成就血战王都是奇难，更何况还想要杀死陆离的血战王了。

等着掉脑袋吧。

他们都是冷笑，真以为升龙丹很好赚？

凌寒没有回客栈，像唐远这种二世祖也知道收买人心，将凌寒安排在了别院住下，居然还派出三名美丽的侍女来给他陪睡，自然被凌寒拒绝。

对此，唐远虽然感到很不可思议，居然还有不近女色的男人，但同时也对凌寒高看了几分，充满了期待。

他也是城里颇有权势的人了，在他的安排下，还打乱了竞技场之前的安排，将凌寒插队安排了进去。

三天之后，凌寒便出现在了竞技场上。

“李隆，你要给本少争气！”唐远在后台向凌寒说道，“本少可是在你身上押了许多的钱，所以，你要是敢输掉的话，要么死在竞技场上，要么本少亲手宰了你，将你的人头挂在竞技场的旗杆上。”

酒醒之后唐远尽显他二世祖的残忍、蛮横一面，谁让他失望，他就让谁死，这就是他的王法。

凌寒有一种暴起杀人的冲动，但还是压制了下来，心道自己在离开仙王坟场之前一定要干掉这个二世祖，真以为有个九重天的老子就可以任意枉为？

唐远当然不知道凌寒心中所想，否则他肯定要先把凌寒凌迟处死，见凌寒没有说话，只以为凌寒是怕了，听进去了自己的威胁，不由露出满意的笑容。

“不过，你要是表现得好，本少也不会亏待你，该给你的东西一定会给你！”他话锋一转，给了凌寒一记棒槌之后，又赏了一颗糖。

凌寒根本懒得理会，当鼓声响起之后，他大步走出了休息室，来到了比赛场地。

这既然可以让仙王在此厮杀，防御当然强大，否则仙王随便轰上一记，这里就要崩塌了。

凌寒见识过这里的石头之硬，之前罗央被他轰了一记，居然只是撞断了一块石头就停了下来，这足以证明了。

是不是因为天尊施加的手段，让这里的仙王无法逃遁，所以附带效果就是石头、大地都是变得坚硬无比。

凌寒在脑子里胡思乱想，这时他的对手也出现了。

“黑方，李隆，这是我们的唐远唐少亲自推荐的选手，仙王三重天的修为，实力不详，还请大家睁大了双眼，亲自见证！”解说在高台上大声说道，他也是一位仙王，虽然只是一重天，但要将声音传到每一个角落却是毫无问题。

这个解说非常有激情，瞬间就把观众的情绪给带动了起来，引发了一阵阵的尖叫。

“再是红方，这是我们已经有些熟悉的选手了。”解说继续做着介绍，“因波尼，来自坦亚位面的天才，拥有一件可怕的武器，被称为魔锯杀手。他已经四连胜了！”

“今天，到底是李隆中止因波尼的四连胜，还是因波尼继续扩大连胜的势头？只要因波尼再赢这一场，他就要进入血战王的真正挑战环节！”

“大家……兴奋吗？”

轰，所有人都是欢呼，这里的观众五花八门，有男有女，有大人，也有小孩，但一个个都是疯狂无比，叫得是歇斯底里。

“唐远，这就是你新找的宠物？”看台的贵宾席上，一名年轻人向唐远问道，脸上带着不屑。

第 2564 章 毒蜘蛛

“哦，你不看好他吗？”唐远反问。

那年轻人与唐远坐在了一排，而像罗央等人则要坐在后面一排，显然，在地位上这个年轻人可以与唐远平起平坐。

此人叫赵双，也是一名九重天仙王的儿子，否则的话当然没有与唐远坐在一起的资格。

他在凌寒和因波尼的身上来回看了几圈，道：“因波尼虽然也是三重天的修为，但他可是一位帝者，只是没有闯过天下第一武院的九绝阵而已，本身的实力不容小觑。”

“而且，他还有一件科技位面的兵器，魔锯的威力无比强大，正因为如此，他才能杀得了一名武院的学员，只是不想激怒那个位面的天尊，才将他流放到了这里。”

“你那个宠物毫无出奇之处，怎么可能是因波尼的对手？”

唐远哈哈大笑：“要不，咱们赌一赌？”

“赌什么？”赵双并不怂。

“就赌……三株婆罗仙花！”唐远想了想。

赵双顿时眼眸一紧，道：“唐远，你就这么自信？”

婆罗仙王价值惊人，他虽然拿得出来，却也要心疼好一会，而唐远的身家与他差不多，之前更是因为自己的血战王输亡，亏了一大笔钱。

这都穷得有些叮当响了，居然还敢赌得这么大?

如此有把握?

他再看了看凌寒，却是露出了笑容：“赌了！”他太不看好凌寒了，只以为唐远是在死要面子。

唐远哈哈大笑，悠悠道：“这个李隆……乃是天下第一武院的学员！”

“什么！”赵双大吃一惊，能够进天下第一武院，至少也是帝者的资质，而且还是帝者中的佼佼者，因为绝非是个帝者就能通过九绝阵的，像因波尼就是最好的反例。

但想了想，赵双就放下了心来，武院的学员又如何，因波尼还杀了一个哩。

唐远还是笑容满面，继续道：“你要知道，这家伙可是因为杀了武院的一名学员，才被流放到这里的。”

赵双又吃了一惊，凌寒也杀了一个武院学员？

“你怎么知道的？”他忍不住问道。

唐远得意无比：“这家伙前几天才进入仙王坟场，进城的时候刚好被向军的老子遇到，然后我就收到了消息，赶紧把这家伙给招揽了。”

赵双呲牙：“向名是你爹的手下！难怪了，我居然没有收到一丁点的消息，原来都被向名给压下去了。”

唐远大笑，鬼王都有二十多名九重天仙王，虽然以青鬼仙王为首，但每个人又都有自己的利益，自然免不了尔虞我诈，争权夺利了。

“什么事情这么好笑？”一个妩媚的声音响起，只见一名黑衣女子走了过来，她着了一条裙子，却不但将两条如玉般的胳膊露了出来，便是胸前一大片白肉也是毫无遮掩，可以明显看到那两团隆起。

裙子也只是及膝，露出两截白生生的小腿，脚上没有穿鞋，白玉似的美足娇小玲珑，十片指甲呈粉红色，仿佛盛开的花朵，甚是诱人。

她发丝乌黑如墨，可红唇却是如烈焰一般红润，鼻梁高挺，眼珠微带绿色，整个人散发出一种狂野的诱惑。

唐远和赵双看到这名女子，不由同时露出一抹贪婪之色，但更多的却是忌惮，根本不敢在她高耸的胸、挺翘的臀上多看一眼，老实无比。

因为这个妩媚入骨的女人叫杨笑玲，她的父亲也是一位九重天的仙王，而本身更是达到了仙王四重天。

光是如此还不足以让这两个二世祖如此忌惮，而是这个女人就是一只毒蜘蛛，喜欢玩弄男人，而且不是普通的玩玩，而是会玩坏、玩残、玩死。

饶是这二人喜好美色，可对这个女人也只敢流流口水，根本不敢碰。

“玲姐。”唐远二人同时叫道，鬼王都有三个二世祖明显要地位高出一筹，杨笑玲便是其中之一。

杨笑玲扭着小屁股走了过来，她的身后则是跟着十名赤着上身的男子，个个精壮无比，身上缠绕着异彩，一道、两道不等。

这些都是她的面首，她从不介意让别人知道她有这方面的爱好和强烈需要。

“那小子是你的新宠物？”杨笑玲坐了下来，纤手指着凌寒。

“是的。”唐远乖乖地说道，虽然杨笑玲不可能杀他，但只是揍他一顿的话，自己的父亲当然也不可能因此与杨家闹翻。

通常来说，只要事情别闹得太多，父辈都不会插手他们之间的打闹。

杨笑玲舔了一下微厚的嘴唇，沾着些唾液，反射着光，有一种迷离的放荡，她道：“如果这小子获得血战王的称号，就让他陪我玩上几天。”

“玲姐看得上他，这是他的荣幸。”唐远连忙说道，这杨笑玲都开了口，就算凌寒被玩坏玩死，他也屁都不敢放一个。

“那看表演吧，但愿这家伙不是空长了这么俊俏的脸蛋。”杨笑玲说道。

唐远和赵双互相看看，都是在心里嘀咕了一句，这长得俊俏有什么用，男人得有实力、得有权力，这才是根本。

场中，凌寒与因波尼相隔十丈而立，因为解说还在那啰嗦调动观众情绪。

“闭嘴，不然老子先把你干了！”因波尼突然冲着解说吼道。

轰！

观众们非但没有因为这句话而丢香蕉皮，反而变得无比狂热。

他们需要的就是这种无法无天的人，来上演一出血腥杀戮给他们看。

那解说则是被因波尼血红的眼神给吓住了，那太杀气腾腾了，他可不敢去测试因波尼的胆量，因为这里的人命太不值钱了，仙王亦如草芥。

“那就让战斗开始吧！”他大声叫道。

“嘎嘎，小白脸，老子会把你的脸踩成肉泥，再把魔锯插进你的屁股！”因波尼祭出了一把锯刀，激活之后，刀齿顿时高速运转过来。

凌寒讶然，因为锯刀上面并没有什么符文生光，可给他的感觉却又充满了威力。

这不是仙器，他立刻断定。

科技位面的产物，不是仙器，却又拥有和仙器媲美的威力。

这个念头在凌寒的脑海中一闪就过去了，那又如何，在他绝对的实力之下，一拳即可干翻。

“死吧，小白脸！”因波尼挥舞着魔锯，向着凌寒杀了过去，脚下只是一点，他就突进到了凌寒面前，刀齿急转，还有刺耳的声音响动。

第 2565 章 陆离到

凌寒有些郁闷，居然被人称为小白脸。

没办法，他现在是伪装成了李隆的模样，而李隆确实是一个小白脸，非常、非常得英俊，甚至达到了俊俏的地步，比许多女人都要“美”。

他心中生恼，拳头便握得紧紧的，然后挥了出去。

他现在可是走出了自己的路，意境圆满，而体魄更是达到了六重天级别，这一拳打出，威力无穷，几不弱于拿仙器在轰。

可因波尼却不知道，他见凌寒居然敢拿拳头来迎自己的魔锯，不由冷笑。

这小子以为魔锯不是仙器，就能小瞧了？

哼，只有他自己才知道，这件魔锯在铸炼的时候还加入了一丝丝的仙金，所以相比于其他仙王级的战甲，这要更加锋利、坚固。

你是仙王又如何，魔锯刀齿一切，保证手断、胸断，瞬间就被一切为二。

观众席上众人也是激动又兴奋，一开战就能看到无比血腥的画面，自然大爽。虽然战斗也会瞬间结束，但他们想要看的也只是流血和死亡而已。

“蠢货！”赵双冷笑，明知道对手操着兵器，居然还要硬凑上去，这得有多么得想不开？

唐远也是惊讶，无法相信天下第一武院居然会教出这样的笨蛋来。

他可是在凌寒身上下了重注，要是输了的话……他擦了把冷汗，就算凌寒真得被因波尼轰杀，他也要把凌寒的尸体鞭足一万年才能解恨。

杨笑玲轻轻嗤了一声，这个小白脸原来这么蠢，玩着也没劲。

就在众人的尖叫高喊声中，凌寒的拳头迎上了魔锯的刀齿。

如果将时间流速减慢一万倍的话，便能清楚地看到，刀齿的尖端碰到了凌寒的拳头，却是立刻就被崩掉了一只角。

因为刀齿是在旋转的，立刻又有另一个尖角扎了上来，可同样被一崩就断。

时间流加快一点，就能听到“叮叮叮”的脆响声不绝于耳。

而让时间流正常的话，那一切就如电光闪过，凌寒一拳轰过，嘭，魔锯便被轰成了两截，而无数刀齿碎片在天空中弹射，有几片还反向着因波尼扎去。

噗噗噗，他的脸上、胸口、腹部莫不被碎片扎到，顿时鲜血长流。

“啊！”因波尼发出惨叫，痛得入骨啊。

这一拳，震惊了全场，一片死寂，只有因波尼的惨叫在回响。

但只是一瞬间而已，如同海啸般的欢呼声便此起彼伏，观众们似乎要将喉咙都给喊破。

爽，太爽了，徒手碎魔锯，精彩！

“好！”唐远也是兴奋地站了起来，他虽然招揽了凌寒，也对凌寒十分看好，但终究是没有看到凌寒真正出手，并不知道对方达到了什么程度。

但现在他知道了，还清楚明白，自己是低估了凌寒。

这小子……一定能够成为血战王，而且还能干翻陆离的血战王，替他把面子挣回来！

赵双则是喃喃，他十分懊恼，当时怎么不是他父亲的下属在城门轮职呢，否则凌寒就将成为他的手下，替他争战，替他赚取无数的利益。

“有意思的小白脸。”杨笑玲舔了舔烈焰般的红唇，目光有些迷离。

“别再鬼叫了！”凌寒突击，他对因波尼这种人自然不可能有什么同情，而且在这个仙王坟场中，同情心也是多余的，实在没有几个人有宽恕的必要。

他挥起一拳，再次轰了出去。

因波尼连忙伸手去挡，可手臂挨了凌寒一拳，规则和源力形成的护盾立刻破碎，手臂断碎，一蓬鲜血飞溅，而断骨也冒了出来，显得很是血腥。

嘭，凌寒的拳势不停，又轰在了因波尼的左肋处，磅礴无比的力量震荡之下，因波尼整个人顿时爆碎，化成了无边的血雨。

诡异的是，没有天地同悲，没有天降血雨，似乎这里是被天地抛弃的地方。

观众席上先是一呆，然后欢呼声再次如同海洋。

他们就爱看这种杀戮，而且还是一拳爆体的超爽画面。

不过，有些人却看得更多，莫不对凌寒注以深邃的目光。

要一击轰杀同阶仙王，这本来就需要强大的实力，而一拳直接把身体都是打爆了，这需要的力量更是惊人，足以证明凌寒的实力绝不止帝者那么简单，可能是一位帝星。

在这里，仙王无数，帝者并不少见，但帝星的数量却是蓦然骤减，绝对有限。

“好！好！好！”唐远猛地又站了起来，不断地鼓着掌，显得开心无比。

这一战，他不但收获了一名良将，而且还赢了一大笔钱，双喜临门自然超级爽。

“唐远，你还真是走了狗屎运。”赵双忍不住说道，他嫉妒无比。

唐远得意洋洋，对于他们这些二世祖来说，拥有一名强大的血战王是无比有面子的事情。

“让这小子多赢几场，我等着他来侍寝。”杨笑玲也站了起来，一扭腰，便要离开竞技场。

“妖精！”唐远和赵双同时在心中说了一句，他们对这个妖娃充满了兴趣，但同时又无比得忌惮，就是对方脱光了躺在他们面前，他们也不敢骑马纵横。

那自己要付出的代价太大了。

“此战，李隆胜！”解说宣布了结果，虽然这有点多余，一个死人又怎么可能胜出呢？

在观众的欢呼声中，凌寒走出了战斗区域，回到了休息室。

只是一会，便见唐远跑了过来。

“哈哈，干得好！干得好！”唐远夸赞道，“来来来，我已经摆好了酒宴，给你庆功。”

回到别院，果然，唐远已经嘱人办好了酒宴，而且也来了许多客人。

这些客人都是唐家这一系的，像是罗央等等，父辈追随唐明伯，儿子辈则是跟着唐远混，而这一次请的人很多，还有一些女仙王。

女仙王个个豪放，对着凌寒不断地抛媚眼，似乎毫不介意与他这个猛男大战一场——当然不是用拳脚、刀剑了。

凌寒只当未见，他来这里可不是为了泡妹子的。

“唐少，陆离来了。”酒席正进行时，一名侍从突然走过来，向着唐远汇禀。

顿时，所有人都是闭上了嘴，场面一下子变得寂静无比。

陆离那可是唐远的死对手，两位大少斗来斗去，互有胜负，也让恩怨越结越深。

“他来做甚么？”唐远冷笑，但立刻一挥手，道，“让他进来，难道本少还怕他不成！”

第 2566 章 砸场子

很快，那名侍从就领着两人过来，走在前面的那人充满了嚣张的味道，好像生怕别人不知道他是个二世祖似的，就差在脸上写上我很牛逼四个字了。

另一人则是十分低调，双眼低沉看着地面，好像一个牵引木偶，前面那人走一步，他也跟一步，步伐之间没有一丝一毫的差错。

这二人都是仙王，一个缠绕着两道异彩，另一个则是三道。

“陆离！”唐远看着那嚣张之人，嘴里则是说道，他很想控制情绪，显得大局在握，可还是忍不住流露出了恨意。

因为上一次两人交锋，他可是惨败，手下的血战王不但冲击百胜失败，还被轰杀成渣，也让他损失了一大笔钱，让他将陆离恨得入骨。

“唐远！”陆离呵呵一笑，因为他在最近一次的交锋中占到了上风，自然在心理上占有优势地位。他看向凌寒，道：“这就是你新招的人，名叫李隆？”

“是又如何？”唐远反问。

陆离却不理会唐远，而是向凌寒道：“李隆，跟随本少吧！”他开口就直接挖墙角，“跟着唐远这种货色，你只有被埋没的份。而且，你知道你的前任是怎么死的？”

“被本少的血战王给轰杀的！”他森然说道。

这话可是充满了威胁，你不跟随我，那你的命运将和你的前任一样，死在他的血战王手里。

唐远气得浑身发抖，他指着陆离：“陆离，你太过份了！”

陆离哈哈大笑：“手下败将，乖乖在一边待着！”他再又看向凌寒，“怎么样，想死得凄惨，还是荣誉一世？”

众人都是怒目，这家伙也太嚣张了，跑到别人的地盘上来公然挖墙角、威胁，简直不把他们唐氏一脉放在眼里。

凌寒理都没理，心里则是在考虑，是不是离去的时候多收拾一个二世祖呢？

“真是让我失望！”陆离摇摇头，“本以为你是一个聪明人，但现在看看，太蠢了！”

唐远控制住自己的情绪：“陆离，你等着，本少一定会让你将这些话都给吞回去！”

陆离不屑：“先让这小子成为血战王吧，否则连跟本少手下一战的资格也没有！”

血战王可以主动挑战非血战王，但非血战王就只有成为血战王之后，才能向其他血战王发起挑战。

唐远冷然道：“这是小事一桩，让你的血战王洗干净脖子，迟早让他血溅五步！”

“想要成为血战王也没有那么容易，过了这一关再跟本少叫吧。”陆离一挥袖子，“这种宴会真是没有意思，看着都是没劲。”

“走了！”他转身就要离去。

“进了我的地盘，想这么简单地走？”唐远森然说道，要是让对方这么轻易就离开的话，他以后还有脸见人？

“怎么，还想留下本少？”陆离冷笑，“阿猿，断后！”

那个从头到尾始终不吭声的人站定，然后转过身来，锵，他手中已是多了把剑，发出清脆的声响，剑身嗡嗡而颤，杀气冷冽。

他一人一剑，却是散发出让群雄辟易的霸气，仿佛只要他不倒下，便无人可以冲破他的防线。

“杀了！”唐远冷冷说道，陆离他不敢杀，但他手下的狗却是毫无问题，大卸八块都行。

“我来！”一名年轻仙王跳了出来，他同样是三重天仙王，修为比唐远还要高，只是他爹的身份比不上唐伯远，因此他也只能做唐远的小弟。

咻，他身形扑出，手中已是多了把剑，一剑飞仙，疾削那“阿猿”的咽喉。

“记住，你是死在我郭——”

噗！

他还没有把名字说完，只见他的人头已是被生生削飞，断颈处鲜血狂喷。

同阶一战，一刀断头。

这是何等的实力碾压？

关键是，这个阿猿也太凶残了，被他斩杀那人的爹可是一位七重天的仙王。

虽然七重天仙王不能和九重天的无上存在相比，可又哪里是一名三重天仙王能够惹得起的？

阿猿收剑，他看着诸人，目光奇寒，没有一丝情感，仿佛他看的并非一个个活蹦鲜跳的人，而是一具具待宰的牲畜。

所有人都被吓住了，这说杀就杀，毫不拖泥带水，完全压住了众人。

凌寒则是饶有兴趣地看着阿猿，脑海里则是回放着刚才那一剑，只说力量的话，他并非强大到碾压的地步，可出剑的速度太快了，快到让他的对手都无法防御的地步。

这个人，似乎值得一战。

“哈哈哈！”陆离放声大笑，“唐远，你还想跟我斗？真是自不量力，在我这个新收的手下面前，你这个小白脸能顶一剑吗？”

他大步而去，无人敢拦。

等到陆离离去，阿猿这才将长剑收起，转身，一步一步，举止呆滞，好像木偶一般。

可他的步伐虽然如此滑稽，却愣是没有一个人笑得出声来，只觉全身都在发寒。直到阿猿的身形也消失了，众人这才感觉到空气的回暖。

这个人杀气真是太重了，可以不知不觉间就影响到别人，这心神被夺，就算原本实力差不多也要被惨败了。

“废物，都是一群废物！”唐远突然大发脾气，目光在众人的身上一一扫过，将酒杯一通乱砸。

陆离就是来扫他的兴，可他偏偏还是中招了，没办法，谁被如此骑到头上会不生气？

唐远又是砸杯子又是翻桌子，然后转身就身，这开什么庆功会，他哪还有兴致。

可只是四天之后，凌寒便被安排了第二场战斗。

按以往的惯例，一场战斗结束之后至少也要休养个把月的时间，因为生死恶战难免会受伤，有些人一口气歇上百八十年也不奇怪。

不过凌寒第一场赢得十分干脆俐落，并没有受什么伤、伤了什么元气，再加上唐远又憋足了气，自然想让凌寒尽快成为血战王，然后向陆离的血战王挑战。

凌寒的第二名对手是竞技场中的老兵了，战斗场次不下千场，但连胜了最多七场。

可能够下场千次而不死，更取得过七连胜，这也说明了他的战力很不一般。

只是现在已经没有人再在他的身上投资了，他打竞技场完全为了糊口，赚些修炼资源——在竞技场上出战，其实都是有出场费的，因实力、人气来决定多少。

“小伙子，手下留情啊！”此人一看到凌寒就笑眯眯地打起招呼来。

第 2567 章 无耻之极

竞技场中严禁打假赛，一被发现的话，作假相关人员全部处死。

因为这个竞技场的主人正是青鬼仙王，谁人敢挑衅他的威严？

之前有一名九重天仙王的儿子为了赌资而让手下打假赛，结果此人被青鬼仙王直接镇杀，根本不给他老子一点面子。

此事之后，便没有哪一个二世祖敢让手下打假赛了。

现在这个老兵请凌寒手下留情，可不是要打假赛，而是自己万一落败，希望凌寒可以不下杀手。

凌寒淡淡一笑，他并非杀人狂魔，没有非要杀死对手的嗜好："好说。"

"多谢了。"这老兵笑道。

看台上。

"嘿嘿，胡经又使上这招了。"

"这家伙最是阴险，骗了许多人，以为他是老实巴结，结果暴起而攻，轻易就送了性命。"

"这小白脸应该是上当了。"

"嘿嘿，实力强有什么用，脑子不灵光就是送死的份。"

"没办法，新来的，不知道要在这里生存，就必须得狠，一旦出手就绝不留情，否则就是在找死。"

众人议论纷纷，看得久了的人自然知道那名老兵是什么货色。

"小伙子，我教你一个道理。"胡经装作要和凌寒说话的样子，待来到近处之后，他暴起发难，一道刀光冲天而起，他果然如众人所说的那样，阴险无比。

之前说的话只是为了麻痹凌寒，全是在为这一刀铺垫。

他的嘴角含着冷笑，为什么他现在很少到竞技场战斗？便是因为他这一招用久了当然就不行了，所以需要间隔一段时间，等大家差不多将他忘掉的时候，他再出来耍阴招。

他这么阴险，自然已经为自己找到了退路，万一凌寒强大无比，连这样的暴起突袭也无法伤到的话，他就会立刻撤退。

场边有一条安全通道，只要进了通道，竞技场的战斗就会中止。

凌寒虽然没将这个对手放在眼里，可一旦战斗起来，他绝不会掉以轻心，而且他的实力真是超越太多了，对方一刀斩过来，刀光还没有劈到呢，他就已经做出了反应，一拳轰了出去。

嘭！

胡经只觉双手发麻，根本握不住刀柄，立刻被打飞了出去。

他大惊失色，没想到对方的实力强大得远远超出想像，哪还有半点犹豫，立刻拔腿就向安全通道跑。

仙王的速度那是何等之快，他一掠之下已是接近通道，可就在这时，他听到耳边传来一个柔和的声音：“你跑什么？”

只是听在胡经的耳朵里，这简直和催命符似的，让他全身都是起了一层鸡皮疙瘩，却是脚下加劲，跑得更快了。

啪，他只觉肩上一重，便不由自主地停了下来。

“啊！”他暴吼一声，手中赫然又多了一把尖刀，向着凌寒的肋下刺去。

“老兄，你也太不地道了吧？”凌寒笑道，随手一抄，这把尖刀就落进了他的手中。

胡经也笑，只是这笑容却是牵强无比，比哭还难看：“小兄弟，你不要误会，我刚才真得在教你一个道理，一定要提防某些阴险小人，利用你的善心。”

这人的无耻真是无法想像。

凌寒哈哈一笑："那我应该怎么处理这些阴险小人呢？"

胡经眼珠子滴溜溜地转，他自然不会说要下什么杀手之类，当即义正辞严地道："要好好地教育，怎么能够如此无耻呢？"

凌寒摇头："我觉得，还是杀了比较好，一了百了，省得麻烦。"

"饶命！"胡经发出惨叫，"我上有老、下有小，我要是死了，我这一家就全部完了！"

凌寒讶然，他已经知道这个人极度无耻，可如此得没有下限还是让他吃了一惊。

刷，就在这时，只见胡经突然出腿，一脚直踢凌寒的天灵盖，而脚尖上赫然有一道寒光在闪，居然是他的鞋底同样藏着一把尖刀。

一脚踢到，胡经只觉自己脚上的尖刀刺进了骨头之中，这种质感他太熟悉了，不知道杀过多少人了。

他顿时大喜，只是还没有来得及绽出笑容，却猛地惨叫起来。

因为他这一刀却是刺在了他自己的手掌心，原来凌寒不知道什么时候擒住了他的右手，然后挡在了自己面前，吃了他的一记腿刀。

他吃痛，可心里更多的却是慌，这一连串的绝招用出来，却都被凌寒轻松化解，这个人的实力强大到他无法想像的地步。

他狂流冷汗，到了这个地步，凌寒要还能饶他的话，连他自己都是不能相信。

凌寒笑，道："还有什么招？"他很好奇，这个人可以利用无耻想出多少阴招来。

胡经无语，一来他确实没招了，二来就算有，对上凌寒的绝对实力他也知道根本不可能凑效。

"没了？真是让我失望啊！"凌寒摇摇头，然后将拳头扬了起来，"有什么遗言需要我带给你家里的吗？"

胡经又哪有什么老、小，这只是他编造出来的，在这样的绝望关头他也凶性大发，没被控制的左手向着凌寒的双眼插去，体内则是涌出了无数道链条。

这是大道化成的规则之链，他没指望杀了凌寒，只是希望可以伤到对方。

凌寒随手一抛，胡经就被他丢了出去，嘭，身在半空却是蓦然炸裂，化成了血雨纷落。

这种阴险、无耻的小人，自然不可能让凌寒手下留情。

“李隆胜！”解说大声宣布着结果。

观众们都是欢呼，凌寒两次获胜都是将对手完全打爆，这完全满足了他们渴望看到残酷一面的欲望。

凌寒却是毫无喜色，他杀人可不是因为他喜欢，而是觉得对方该死罢了。

唐远的心情也稍微好了一点，凌寒两战全胜自然在他的意料之中，但这么干脆俐落还是让他觉得惊喜。

快点十胜，他忍不住要去压制陆离，最近一段时间他吃亏太多，都快要被其他地位相当的二世祖耻笑坏了。

接下来的日子，凌寒差不多每隔三天就会战斗一次，莫不是一边倒的碾压式获胜，而只要对手不是太过，他也不会故意取人性命。

十天之后，凌寒已是五连胜在握。

到了这一步，接下来的战斗就不会轻松了，竞技场会刻意针对，尽一切可能阻止他成为血战王。

这个称号是一种荣誉，是一种对于实力的肯定，哪能轻易授人的。

这一次等的时间就要长一些，十天之后，凌寒终于等到了他的第六个对手。

第 2568 章 第六个对手

第六个对手就不一样了，这代表着凌寒正式进入了冲击血战王称号的进程。

在仙王坟场中，任何一个城市都将血战王的封号控制得极严，不会让人轻易得到，使之真正成为一种无上荣耀，如此一来，只要血战王出战，就能赢得观众满座。

因此，竞技场方面经过慎重选择，才给凌寒安排好了对手。

在此之前，便是唐远也没有打探到一丁点的消息，完全不知道凌寒这次的对手是谁。

“黑方，是我们死亡竞技场最近才冒出来的新人，李隆！”解说开始大声吹嘘起来，“根据我得到的资料，李隆乃是天下第一武院的学员，弑杀了另一名学员，才被判流放至此。”

弑杀同门，这可是一项非常严重的罪名，可当解说的声音落下，所有人却是兴奋地欢呼起来，好像把凌寒当成了英雄。

在这里的人谁没有犯过事？

谁做恶越凶、越残忍，谁就越能赢得尊重，凌寒的罪行虽然不算深重到天地不容，但还是让大家对他很是“看好”。

这家伙有前途。

“现在，李隆已经五连胜，进入了挑战血战王称号的环节，而今天，则是他要面对的第一道槛。”

“究竟他能不能像之前五次那样，干脆俐落地一拳干掉对手呢？”

“让我们拭目以待吧！”

解说微微一顿，然后又提高了音量，大吼道：“现在，我们来揭开狙击者的身份！那就是……塞昂！”

轰，顿时众人的情绪被瞬间点爆。

“塞昂！塞昂！塞昂！”

他们纷纷高叫着，开始还很杂乱，但很快就连成了一气，整整齐齐，如同雷动，气势无比惊人。

看来，这个塞昂还颇有人气。

“让欢呼声更加热烈一点，请出我们的狙击者！”解说好像疯了似的，“红方，塞昂，曾经八连胜的勇士！”

嘭！

一道人影从竞技场的通道处直接纵了起来，重重地落到了地上，扬起了一地的灰尘。

这是名三重天的仙王，只是第一场狙击，竞技场还没有重视凌寒到直接派出四重天仙王来。

塞昂是个碧眼金发的男人，身材十分魁梧，裸露着双臂和大腿，可以看到他的皮肤非常白，却是长满了金色的汗毛，给人一种大猩猩的感觉。

他十分骚包，向着四周不断地摆弄肌肉，甚至还把上衣给掀了起来，引起看台上女人的一片片尖叫声。

引发一阵小高潮后，塞昂轻喝一声，他的身上泛起了一道银光，只见整个人居然没进了一件银色的战甲之中，顿时变成了高达三丈的小巨人。

竞技场是允许使用战甲、仙器等外物的，只要修为相差在一个境界就行了。

轰，欢呼声更是要掀破天了。

“呵呵，真没有想到，竞技场居然如此重视这小子，头一战就派出了塞昂。”赵双微笑着说道，他看向唐远，“敢不敢再来赌一次？”

唐远也有些慎重，这个塞昂虽然只有八连胜，可他取得八连胜的次数却是高达三十多，这份战绩极其惊人，否则他也不可能有这么高的人气。

而且，塞昂本身就是三重天的帝者，再加上战甲之助，他的战力自然又高了一个层次，便是有些四重天的仙王也不是他的对手。

“怎么，不敢了？”赵双激将道，“对自己的手下这么没有信心？”

唐远这种二世祖当然不可能受得了这个气，立刻昂着脖子道：“有什么不敢的，还是赌三株婆罗仙花！”

“好啊！”赵双大笑，正好把之前输的赌注给赢回来，“唐远，你还是祈祷这小子还能留下一条命吧。”

唐远哼了一声：“谁杀谁，可不一定呢，走着瞧吧。”

“哈哈哈哈！”赵双大笑，他感觉自己这次肯定是稳操胜券了。

另一边，解说又说了一通，将观众的情绪彻底点燃后，便道：“现在，就让战斗开始吧！”

“哈哈哈哈，小子，脖子洗干净没有？棺材订好没有？”塞昂大笑道，带着无比得嚣张，“还有什么遗言要交待吗，我这个人还是很通情达理的。”

凌寒微笑，伸出右手，向着塞昂勾了勾手指。

这个挑衅动作立刻让看台上的人疯狂起来，好多人转而支持凌寒，开始“李隆李隆”地叫了起来。

“敢抢我的人气！”塞昂大怒，脚下一弹，战甲这庞然大物立刻冲向了凌寒，刷，战甲手中居然还多了一把剑，但并非实体，而是由光芒组成。

这叫粒子剑，凌寒听瓦里说过，这是纯粹的能量体，具有可怕的破坏力，从这方面来说，并不逊于仙兵。

而且，粒子剑并非实体，根本不好招架，因此十分得难对付。

之前杨至玄虽然拥有战甲，却并没有粒子剑这样的装备，显然不如塞昂这套。

塞昂一上手就用上了战甲、粒子剑，摆明了要速战速决。

凌寒对战甲不乏了解，这玩意拥有十分强大的恢复力，要么爆发力强大到可以直接摧毁其的程度，要么就只有磨，耗到战甲的能量殆尽。

否则，拥有战甲的一方便立在了不败之地。

凌寒当然不会选择后者，他凝了凝拳头，也是身形纵起，向着塞昂迎去。

嘭！

他的速度更快，后发却是先至，一拳轰在了战甲的胸口位置，而左手一拂，打在战甲的右手腕上，轻易就把粒子剑给拨走了。

塞昂吃了一惊，没想到凌寒的速度那么快，而力量也是惊人，他就算有战甲的力量加持也是不敌凌寒那一拂之力。但他立刻露出了冷笑，因为这件战甲可不同于以往了。

最近，他花了大价钱让战甲升级了，并非三星战甲，而是四星，可以辅助四重天仙王战斗的。

他无法让战甲发挥全威，可从防御的角度来说，便是四重天巅峰的仙王也很难威胁到战甲的防御，那他自然是高枕无忧了。

这是个秘密，他没有告诉过任何人，因为他有野心，不满足于做个狙击的角色，自己要再次冲击血战王，这样他每战斗一场，收获的出场费将翻上好几个倍。

想破我的战甲，你真是痴人说攀！

卡、卡卡卡。

可一念未毕，他却骇然听到战甲破裂的声音，刺耳无比。

轰，看台上的观众却是彻底疯狂了，他们看到了什么？

塞昂的战甲被凌寒一拳直接破开！

那个家伙太野蛮了，徒手直接拆战甲。

天那！

第 2569 章 扩大连胜

这真是太惊人了。

虽然战甲极少极少是用仙金做成的，但这可是科技位面的结晶，从某种意义上来说，科技其实也是一种功法，都是怎么利用力量。

高阶战甲坚固无比，否则在战斗中一打就坏，那还能够起到什么作用？

可现在呢？

众人都是张大了嘴，麻木地看着凌寒徒手就撕碎了战甲，那叫一个野蛮、那叫一个暴力，太他玛德震撼了！

便是唐远和赵双都是失声、无语，这真是一个超级猛人。

但只是一会之后，唐远就哈哈大笑起来，道："赵双，多谢你的三株婆罗仙花，加起来，我可是在你身上赚了六株了！"

赵双无语，看向凌寒的眼神则是充满了恼怒，这个家伙为什么那么猛，就不能乖乖地死吗？

"这才是第六战而已。"他镇定下来，"接下来……竞技场会派出更多的高手，想要获得血战王称号，难如登天。"

唐远这次却是对凌寒充满了信心："赵双，那接下来再赌好了。"

赵双没有接口，现在对于凌寒的实力他完全没底，又不知道接下来竞技场会派出什么高手来，岂敢冒然打这个赌？

而且，婆罗仙花太珍贵了，他现在已经连续失去了六株，不知道要被老子骂成什么样了，哪敢这么乱来？

但他相信，在第十场的话，竞技场方面一定会出动真正的高手，阻止凌寒成为血战王的。

他就赌第十场，一次把输掉的全部赢回来，甚至还要大赚一票。

场中。

凌寒几次撕扯之下，塞昂就出现在了他的面前，脸上充满了惶恐，好像一个手无缚鸡之力的美女遇到了色狼，只差尖叫出声了。

他浑身都在哆嗦，皮肤上的黄毛好像在跳舞一般。

凌寒微微一笑："刚才你说什么来着，我并没有听清楚，你再说一次。"

塞昂又哪里还敢说第二遍，他远比别人更要惊骇，一来他是当事人，面临生死危机的可是他自己，二来也只有他自己知道战甲其实是被升级了，远远超出了三重天级别。

这个怪物啊，怎么就让他碰到了。

"呵呵，我说着玩的，大哥你不要当真。"塞昂勉强挤出一抹笑容。

凌寒哈哈大笑，拍着塞昂的肩："那我也和你随便玩玩。"

啪，他一掌下去，塞昂就嘭地一下，直接四分五裂了。

腿、手、头，全部分家，就好像五马分尸似的。不过，仙王哪会这么容易死的，甚至只要凌寒不继续出手，塞昂把身体拼拼凑凑，连大伤都不会留下。

"大哥，你开心就好。"塞昂还得挤出笑容。

他没有求饶，因为在竞技场投降是没用的，想要活命就只有自己跑去生命通道。

凌寒展颜一笑："好哇！"

他再拍一掌，嘭，塞昂的身体就完全化成了血雾。

"哎哟，用力大了些。"凌寒喃喃，自然不会放在心上，对方一上手就想杀他，对于这种人不需要手下留情。

"李隆胜！"解说大声宣布道。

"李隆！李隆！李隆！"全场之人都在大声叫着凌寒的假名，激动得无以复加。

虽然凌寒知道这些人其实很病态，也很变态，但过万仙王都在为他欢呼，无尽狂热，这还是让他的情绪起了些波澜，受到了感染。

难怪这里的人如此疯狂，在这里战斗得太久了，恐怕再正常的人都要发狂吧？

凌寒立刻坚定信念，他来这里战斗的目的是为了强大，而不是为了杀戮，满足某种虚荣心，又或是满足其他人的期望。

他离开了竞技场，唐远亲自过来迎接他，而不是像往常一样，自顾自就跑了，到了别院再给他庆祝。

第六战的胜利，意义非凡。

凌寒依然顾我，他自然不会吃这一套，唐远这个人翻脸无情，现在只是因为凌寒对他有利用价值，他才会笼络一下，可只要与他的利益发生冲突，他肯定会毫不犹豫地把凌寒舍弃。

唐远有些迫不及待，他在陆离身上吃了太多的亏，一定要酣畅淋漓地讨回来，而凌寒就是他的希望。

在这样的前提下，他不介意给凌寒最高的待遇。

这让他的那些小弟都是嫉妒非常，看向凌寒的目光极其不善，可现在凌寒“圣眷正隆”，他们也不敢对凌寒怎么样，甚至有些人还要称凌寒一声“隆哥”。

唐远在催，赶紧安排第七战，但竞技场那里可是青鬼仙王的地盘，他能够施加一些压力，可真说要当家作主，那只是意想天开。

过了半个月，第七战的对手才确定了下来。

这次倒是提前知会了唐远，对方叫做李何。

“李何！”听到这个名字之后，唐远又变得慎重起来，他手里有许多资料，只要翻翻就能找出李何大大小小的事情。

此人，曾经在竞技场中获得过九连胜，而且本身更是四重天仙王，比塞昂可要强多了。

“不怕，李隆可是血战王级别的战力，哪怕差了一个境界，他也一定可以赢！”唐远给自己增加信心。

第二天，第七战开始。

当解说介绍到双方的身份时，观众们再次清一色地支持起李何来。

毕竟凌寒只是崭露头角，可李何却是这里的“老人”，历数百场战斗而不死，这本身就是一种实力的体现。

李何是个身材瘦削的中年男子，身上缠绕着四道异彩，双手枯瘦无比，而且乌黑，好像是烧焦的木头，可扬动之际却又反射着寒光，有若金属。

凌寒看得仔细，他的手掌、手腕上布满了符文，那其实很隐晦，却瞒不过他的眼睛。

“不想死的话，从这里爬过去，然后滚！”李何开口，他张开了双腿，还用手指了指腿间，意思再明显不过。

——竞技场是绝不能打假赛的，上来就不战而降，那是绝对不被允许的，就是逃出这个战斗区域，也会被竞技场方面拿下，凌迟处死。

李何只是在羞辱凌寒。

听到这话，看台上的人却是大兴奋，尖叫连连。

凌寒朝着四周看了看，这些人真得是仙王吗，怎么和市井俗人没有什么区别？

环境的影响真有这么大吗？

“小子，本座在跟你说话，你居然敢当作没有听到？”李何冷冷说道，“你知道上一个激怒本座的人是怎么死的吗？”

凌寒微微一笑：“怎么死的？”

第 2570 章 自食恶果

“很惨！”李何露出一抹笑容，充满了残忍。

他右手一抖，只见一条青蛇立刻从他的袖子中钻了出来，然后是一条蜈蚣，又是一只蝎子……密密麻麻，全是毒物。

“等下，你就会被本座的这些宝贝一点一滴地吃掉。”李何说道，“仙王血肉可是大补之物，会让这些宝贝长得更快。”

变态！

凌寒点点头，他就没有在这里遇到一个正常人。

那宰了就是，这种玩弄毒物的人真是没什么好交流的。

他弹指，一道剑扫出，噗，青蛇顿时被剑气削掉了脑袋。

如果只是掉脑袋的话，青蛇还不会死，但凌寒的这道剑气中还蕴含着他的武道意志，这对于青蛇就是灭顶之灾了，立刻将它的识海震爆。

识海破、肉身碎，这肯定死了。

“小青！小青！”李何犹如死了亲儿子似的，立刻哭丧大叫，真是连眼泪都快要滚出来了。他嚎了一阵，抬起头来，双眼中全是凶光。

“敢杀本座的宝贝，本座要让你死无葬身之地！”

凌寒淡淡一笑：“说得好像你本来还很仁慈似的。”

“你不会死得容易的！”李何杀了过来，他伸出双手，枯瘦如焦木的双手突然发光，竟是化成了金色，好像两颗小太阳，让人的眼睛都要睁不开了，根本无法直视。

李何冷笑，这可是他修炼的一门秘法，光芒中有金系大道，可以刺伤眼睛和划伤神识感应，谁若不知道底细，很容易就中招了。

接下来他还有一套连招，保证可以干净俐落地拿下对手。

到时候，他可不会轻易让凌寒死掉，而是要让他的那些宝贝活吃凌寒，听着对方的哀嚎，会让他每根神经都为之兴奋。

他正冷笑，却是蓦然看到一只铁拳迎面砸了过来。

这是怎么回事？

他先是一惊，然后才反应过来，这是凌寒向他发起反击了。

怎么可能？

被他秘法影响，凌寒居然还能这么精确地一拳打来？

只是这个念头才刚刚升起，嘭，他的面门上已是被重重地打了一拳，恐怖的力量顿时在他的体内震荡，还有一道无法形容的武道意志，让他仿佛在面对一位九重天仙王，高高在上。

这不是凌寒的境界太高了，而是他修的道太大气磅礴了，明明只是三重天而已，却居然给人九重天仙王的威压感。

嘭！

然后，他就重重地摔倒在了地上，只觉浑身每根骨头都是化成了粉碎，根本没有一丝丝的力气可以动用。

凌寒出现在了他的头顶，以居高临下之势看着他，脸色平静，丝毫没有得意之色，好像打败他乃是再平常不过的事情。

实力差距真是太大了，这天底下怎么可能有如此变态的人。

凌寒淡淡一笑："我这个人一向公平，你想怎么对我，我就怎么对你。"

李何先是一愣，然后才猛地反应过来，惊恐无比得发现，他的那些宝贝都是眼发凶光，盯在他的身上。

确却地说，是在看他的血肉。

仙王血肉啊，对它们可是大补之物。

“不——”他刚刚开口，啪，一只毒蝎已是跳到了他的脸上，两只钳子夹住了他的舌头，一剪就将之两断，然后从嘴里钻了过去。

这一带头，更多的毒物纷纷从他的嘴里钻了进去。

“唔！”李何发出闷哼，脸皮顿时抽搐起来，这些毒物不但在生吃他，而且本身还带着剧烈的毒性，让他承受了巨大的痛苦。

这本来是他看着落败对手遭受的痛苦，他则是在一边看得哈哈大笑，可交换一下位置之后，他才知道这是多么得残忍。

他发誓，若是可以逃过这一劫，绝对要将所有毒物全部杀掉。

“吃了他！”

看台上的观众却是沸腾了，他们其实不在乎毒物吃谁，只要场面够血腥就好。

李何愤怒而又恐惧，这些观众一直是为他欢呼的，可现在居然却是在替那些毒物鼓劲，要让它们快点吃了自己，让他无法接受。

可他更加恐惧，因为他真得要被毒物生生吃掉，从此魂消于世。

然而，在毒素的麻痹之下，他根本发出不了任何的声音，可意识却是出奇得清醒，能够感觉到每一分痛苦的细微之处，这让他要发疯了。

他全身骨头都断了，可身体居然还在哆嗦，皮肤都在抖动，可见他正承受何等剧痛。

凌寒一挥手，啪，李何顿时被震爆，同样化成粉碎的还有那些毒物。

看着就恶心。

“不！”看台上，许多观众都是哀嚎起来，为什么要这么快就干掉李何，应该让他被生生吃掉，这样才过瘾啊。

这些人向着凌寒倒嘘起来，恨不得再放一群毒物来吃掉凌寒，以补偿他们的失望。

凌寒冷冷扫了一圈这些人，接触得越多，他就越是明白，这里的人都是疯了，完全不需要对他们怀有什么同情，死一个好一个。

万一让他们中哪一个逃了出去，一名仙王可以造成多么惊人的破坏？

在解说宣布凌寒获胜之后，他离开了战斗区域，去了后场的休息室。

唐远这次就没来看他了，毕竟他自认为是主子，偶尔奖励一下手下可以，但哪能一直纡尊降贵？万一让对方自以为是，连他这个主子都不放在眼里呢？

他紧锣密鼓地安排，只要凌寒再赢三场，那就可以加冕血战王，去挑战陆离的血战王。

一天一天过去，这次时间就更长了，一个多月后，第八战的对手确定。

司马清。

“司马清？”唐远拿到对手资料的时候，却是讶然，因为这个司马清其实和李何的实力差不多，都是四重天仙王，也在以前取得过九连胜。

要说有什么不同，那就是司马清取得的九连胜次数要比李何多，可也只是多了两次而已。

李何根本不是凌寒的一合之敌，那司马清即使比李何强出一些，那又如何，能够多挡凌寒几招？

这根本就是要送给凌寒一场胜利嘛。

“难道是看在父亲的面子上，竞技场故意相让？”唐远摸摸下巴，“不过，李隆的实力确实强，这样的放水其实也并不为过。”

第二天，凌寒的第八战开始。

果然，当解说介绍完双方的资料后，看台上一片嘘声，这不是在故意放水吗？

“假赛！假赛！假赛！”众人都是大喊，打假赛就应该全部处死。

第 2571 章 万鬼戟

司马清却是完全不为所动。

他是一名四重天仙王，身材中等，容貌平常，但仙王自然有仙王的风采，散发着惊人的压迫力，便是升源境凑近而来也会被生生震爆。

“战斗……开始！”解说这次就没敢多吊胃口，赶紧宣布战斗开始。

司马清双手一振，一道豪光顿时冲天而起，他的双手中已是多了一把长戟，戟身乌黑，但戟尖却是赤红，有黑气升腾，好像可以听到万千怨魂在尖啸。

哪怕战斗区域有阵法压制，不会让战斗波动冲出来，可众人还是忍不住脸色发白，这尖啸声居然连阵法也无法完全挡下来。

“仙器！”

“天哪，我居然看到仙器了！”

“这是青鬼大人当年用过的万鬼戟！”

“我收回刚才的话，根本没有放水，绝对没有放水！”

“一把仙器镇压，这是让李隆连八连胜也做不到吗？”

众人都是惊呼，不少人都是认出司马清手里的长戟乃是仙器，而且还是当初青鬼仙王用过的无上宝器！

虽然限于实力，司马清不可能发挥出仙器的最强威力，可怎么也有五重天级别吧？

这还不足以镇压凌寒吗？

放水？放水个屁！

赵双也是大喊后悔，他得知凌寒的第八个对手是司马清的时候，也是与唐远一样的想法，以为竞技场方面打算放水，所以果断拒绝与唐远对赌，那纯粹是在送钱。

谁知道会有这样的反转。

应该赌的啊！

唐远的脸色则是难看，仙器啊，而且还是九重天仙王昔年用过的兵器，威能必然无比恐怖。

犯得着吗？好歹他也是个人物，怎么连这点面子都不给他？

这下凌寒凶多吉少。

他恨，别看他赢了赵双两次，而且还吞了凌寒的出场费，可他砸在凌寒身上的钱却是更多，以为打乱竞技场的安排，让凌寒提前出场不要打点的？

他的成本还没有收回来哩，要是凌寒现在挂了，他肯定血亏。

“该死的！”他嘀咕。

场中。

司马清将长戟直指凌寒，道：“你错就错在太高调了，提前将自己的实力全部展示出来，不然的话，以你的实力成为血战王不难。”

凌寒展颜一笑：“哦，你以为我的实力完全展现出来了？”

他看着对方手中的长戟，心热如火。

这可是仙器，他若是拿下，给仙魔剑吞噬，那仙魔剑的层次必然又能向前提升一格。

仙金稀少，得一块是一块啊。

“哼，就算你还隐藏了实力，但在仙器的镇压之下，一切都是虚妄。”司马清不屑说道，他不是小看凌寒，而是对这杆万鬼戟太有信心了。

——九重天仙王当年用过的宝器，能不厉害吗？

“来！”凌寒用手指勾了勾，仙器又如何，那也要看在谁的手里使出来。

“真是愚昧！”司马清哼了一声，他大步向着凌寒走了过去，但速度并不快，一步步落下，仙器在复苏，给予凌寒强大的压力。

他是故意的，就是想让凌寒战栗，因为他知道自己公平一战不是凌寒的对手，能够如此欺凌一名强者，他心里非常得爽。

凌寒容色肃然，他虽然将不灭天经推到了不灭仙王体第六重的高度，但还是无法媲美仙金，与仙器硬撼的话，他肯定会吃亏的。

但仙魔剑是他的底牌之一，他不想这么快就曝露了。

正好，他要试试在这样的逆境下战斗，对于他的战力提升应该很大。

嘭！嘭！嘭！

司马清越来越近，万鬼戟上的符文一一发光，一个个骷髅头冒了出来，向着凌寒飘去，张嘴就咬。

凌寒凝拳轰击，嘭，一个骷髅头立刻被他打爆，但他也是身形微微一颤，这骷髅头蕴含着强大的力量，足以撼动他了。

而且，这只是一个骷髅头而已，更多的骷髅头浮现，向着凌寒发起攻击。

“哈哈哈哈，在万鬼戟之下，你又算个屁？”司马清挥舞着长戟袭来，这骷髅头虽然可以对凌寒造成威胁，但要真正轰败、甚至轰杀凌寒的话，那还需要以仙器直接轰击。

凌寒伸出手抓起一条大道，向着司马清砸了过去。

这就是不讲理了，直接以力镇压。

司马清知道他与凌寒实力差距很大，如果以伤换伤的话，那纵使万鬼戟可以将凌寒轰杀，他挨上凌寒一击也绝对会死。

所以，他必须招架。

他挥舞着万鬼戟迎上，嘭，仙器轰上了大道，爆发出阵阵空间涟漪。

司马清只觉双臂都在颤抖，而若非万鬼戟已被复苏，化解了凌寒大部份的力量，这冲击肯定还要可怕无数倍，让他心里发寒。

这个男人到底强大到了何等地步？

但事到如今，他显然也不可能再退缩，否则就算凌寒肯放过他，也要被竞技场方面清算掉。哦，都给你仙器了，你居然还可耻地投降求饶了？

“杀！”他虎吼，仙王之力涌动，万鬼戟上生出了一道道青色的尖刀，这是他将自己的力量注入了仙器中，将仙器的威能进一步激发。

否则的话，他可不认为自己的实力可以对凌寒造成什么威胁。

“你杀得了谁？”凌寒冷笑，他展开自己的道，如行云流水。

饶是司马清有仙器在手，可还是显得捉襟见肘。

倒不是万鬼戟不强，而是司马清太弱，无法将仙器的威能完全发挥出来。

“咦，好奇怪，李隆明明只是三重天的仙王，可为什么我却有一种错觉，他好像是九重天的无上之王！”

“我也有这种感觉！”

“啊，我也有。”

看台上众人都是纷纷惊呼，他们疯狂是疯狂，却是货真价实的仙王，哪一个会是等闲之辈？

“修为不可能做假。”

“那就只有一个可能。”

“——这小子悟出了自己的道！”

“奇材！奇材啊！”

司马清奋力而为，可实力差距太大，他就是再奋力也没有用，很快就被压制。

各种规则在凌寒的手中信手拈来，让司马清难受无比，若非手中仙器可以破开一切规则，他根本挡不住凌寒的三拳两腿。

可现在的问题也只是他能够撑上多久而已，想要翻盘？不可能的事情。除非万鬼戟可以全面发威，但那肯定不现实了。

司马清不敢再打下去了，他开始撤，打到现在也足以证明他确实全力以赴了，不存在放水的可能，而再要继续下去，他相信自己会被凌寒轰杀成渣。

他逃，但凌寒已是进入了佳境，规则化成锁链，将他牢牢地困住。

第 2572 章 牛二

几百招之后，司马清无奈地倒了下去。

他想跑，可是没有成功，如今的凌寒已经形成了自己的路，在意境上甚至比许多九重天仙王还要高，只要实力不如他，根本不可能逃出他的围困。

万鬼戟静静地躺在地上，哪怕现在没有在复苏状态，可依然予人一种可怕的压力。

凌寒想要去捡，但手还没有触到呢，万鬼戟自行发光，一个个符文闪没，散发出九重天级别的神威。

没有人操控，万鬼戟反倒更加可怕了。

凌寒叹了口气，以他现在的实力还不足以炼化九重天级别的仙器，否则就不是仙魔剑炼化万鬼戟，而是他被万鬼戟轰杀成渣。

可惜啊，难得看到一件仙器。

凌寒十分郁闷，这也表现在他的脸上。

靠，赢了这么艰难的一战，居然还是这么一副表情？

好欠抽啊。

不少观众都是觉得凌寒装逼，可反过来想想，谁要拥有这样的实力，也能装逼是不是？

这一战之后，凌寒就真得出名了。

手执仙器、还高了一个境界，却依然无法镇压，这是何等强大的存在？

“想要狙击李隆登顶，看来只有出动血战王了。”

“普通的血战王也悬，怎么也得是二十胜以上的血战王吧？”

“二十胜！你以为二十胜容易吗？血战王的二十胜可全部是从其他血战王身上得来的，而且重复战胜同样的对手是不计数的，更何况输了还要扣掉胜场。”

“嗯，最多出动七八胜的血战王吧。”

众人议论纷纷，开始讨论起了凌寒下一个对手，到底谁才能阻止凌寒成为新的血战王。

这一战真是太辉煌了，便是唐远也是兴奋不已，他再次为凌寒办了场酒会，接下来只要再有两胜，凌寒就能成为血战王了。

他快能找陆离报仇了，这想想就让他兴奋。

第九战来得更晚了，整整三个月后，凌寒的对手才能选定，然后竞技场方面进行了很大的宣传，吸引了无数人的到来。

一票难求，这足以证明此战的受关注程度。

不过，凌寒这个新对手是谁却还没有揭露，便是唐远也没有打探到，只能到时候才会揭晓了。

一行人以唐远为首，来到了竞技场，唐远破例先去了后场休息室，给凌寒好好打了下气，期待着等下再次看到一场大胜。

等时间到了之后，唐远便被请了出去，便是他这个二世祖也不敢影响竞技场的运转。

凌寒上场，静静地等待他的对手出现。

解说照例介绍起凌寒的身份，说得是口沫横飞，激情磅礴。众人很给面子地欢呼雀跃，但很快就过了这个劲，纷纷期待起凌寒的对手来。

这个对手是谁，众人真是太想知道了。

“现在，大家一定很期待李隆的对手吧？”解说停顿了一下，向着四周看了看，见众人都是露出不耐烦的表情时，这才揭晓了答案。

“也许大家都已经猜到了，这是一位血战王！”

这确实是大家早有预料的，但还是纷纷欢呼起来，而且也越来越期待了，这位血战王到底是谁？

“他就是——”

“牛二！”

很可笑的名字，可众人非但没有笑，反而发出了震天响的欢呼声。

“牛二，大力铁牛族的天骄，早在一百多万年前就成了血战王，如今已有三十二次胜场。”解说也在卖力说着，然后一一数起了牛二的战绩。

这当然是他成为血战王后的战斗，三十二次的胜场虽然不算多，而且花费了一百多万年才取得这样的成绩，好像他的战力也不怎么样。

可事实上并非如此。

这个胜场可是净胜场次，意味着他对上其他血战王的胜率超过五成！更关键是，他喜欢毫无约束的战斗，所以很少在竞技场中战斗，否则他的胜场将远远不止这个数。

这一次，竞技场方面也是花费了很大的代价才将他请了回来，狙击凌寒登顶。

“……让我们，以最热烈的欢呼声请出我们的血战王勇士，牛二！”

哗，欢呼声震天动地，这里大部份观众都是仙王，同时放声大吼大叫，这场面无比壮观。

牛二登场。

凌寒看了过去，不由得表情古怪。

那是一个身材魁梧无比得大汉，足有一丈高，而他也只有身材像人，头是牛头，手是牛蹄，屁股后面也长了一条长长的尾巴，通体乌黑。

不同的是，他头上只长了一只牛角，而并非两只。

正如解说之前的介绍，这并非人族，而是异族，只是现在化成了人形态罢了。

牛二大步而行，他手中拎着一把大刀，这并非仙器，而是用准仙金制成，拥有足够的锋利和坚固，可以让他连续战斗个几百年才需要去修复。

“滚！”牛二抬起刀指着解说，“不然老牛宰了你。”

那个解说屁都不敢放一个，立刻乖乖地闭上了嘴。

“你就是最近那个传得沸沸洋洋的人？”牛二收回了刀，看向凌寒，目光凶厉，“不过，你远远没有老牛想像得那么高大威猛。”

凌寒则是盯着牛二到处看，眼神灼灼。

“小子，你这么看着老牛是什么意思？”牛二不悦地问。

凌寒笑道：“看你哪个部份适合做成烤串，哪些部份又适合红烧、清蒸。”

牛二顿时气得七窍生烟，这个人族仙王居然将他当成了待宰的牲畜吗？

老子是大力铁牛族，不是水牛！

“该死的小子，老牛要宰了你！”牛二大吼，他挥舞着屠刀，一个跳劈就向着凌寒攻了过去。

嘭！

一声巨响，只见地上已是多了一个巨大的坑，灰烟弥漫，牛二收回了刀，目光捕捉着凌寒的动向：“没有让老牛失望，还算有点实力。”

凌寒已经退后百丈，刚好是这个巨坑的极限，再进哪怕半寸都会让自己的脚尖踏空。

牛二咧嘴笑，心中却是再没有大意，凌寒能够躲掉这一刀并不稀奇，关键是，他退的距离太精确了，好像对他的力量有着无比得了解。

他们只是初见，可凌寒却能做出这样的反应，这份眼力吓人。

这样的对手是不能轻视的。

“作为牛肉串，你的话多了点。”凌寒笑道，他脚下一点，向着牛二冲击而去。

“你这个人族小辈！”牛二气得鼻孔生烟，这小子还真把自己当成食材了？

他哇哇大叫，挥舞着大刀向着凌寒劈斩而去。

轰！轰！轰！

能够拥有赫赫凶名，更被竞技场请来狙击凌寒，牛二的实力惊人，刀光惊人，若非这里有强大的禁制，恐怕漫天星辰都会被刀气扫落下来。

第 2573 章 九连胜

凌寒抄起一支大道，向着牛二镇压过去。

轰！

两人对轰，牛二的刀很快，也很锋利，但凌寒的体魄更是不弱，不灭仙王体都是修到了第六层，可以硬拼准仙器的大刀而不坏，相反却是震得那把大刀出现了许多的细微裂纹。

不过，能够被请来狙击凌寒，牛二的实力确实强大。

他是四重天仙王，而且还是帝者，生命指数超过了九千点，战力极其惊人，便是凌寒都不得不打起了点精神，微微有些兴趣。

但以他的体魄之强横，便是任牛二轰击也是无所谓，强至仙王六重天，又哪是牛二可以伤得了的？

看台上，众人则是发出着海啸的吼声，但其实就只有一个字：“杀”。

无论是凌寒杀了牛二，又或是牛二杀了凌寒，他们都无所谓，只要可以看到精彩的战斗，然后以一方的死亡结束就行了。

“可惜啊可惜！”赵双连连摇头，“这么好的机会本少居然没有抓住！唉，看来没有下次了。”

他也没有想到竞技场方面居然这么狠，不但出动了血战王，而且还是胜场为正的，更是牛二这样的高手。

唐双则是沉着脸，他对凌寒很有信心，但牛二太强了，让他也不敢轻言凌寒可以胜出。

他更是不解，竞技场方面是不是太过份了，为了狙击凌寒成为血战王，居然出动了牛二这样的强者？就算血战王的称号十分荣耀，可凌寒也通过几场战斗证明了他的实力。

难道……是陆离在背后搞鬼？

那这家伙肯定要付出巨大的代价，因为光是牛二的出场费就高得惊人，更何况还要影响竞技场方面的人了。

他不明白，但只有暗暗替凌寒助威了，希望凌寒可以胜出。

场中。

啪地一声响，牛二手中的大刀猛地崩碎，这把准仙器原本可以用上几百年再去养护一下，可凌寒的拳力太霸道了，硬生生就把这把刀轰碎了。

要知道，凌寒可是能够徒手撕碎同阶、甚至高出一阶的战甲，轰碎一把准仙器又算得了什么呢？

“人族杂碎，还真是小看你了！”牛二并不惊慌，而是身体一抖，他的独角开始生光，居然引动了大道，化出了无尽的涟漪。

凌寒微显惊讶，这只独角给他的感觉要比之前的准仙器更具有威力。

这牛二是大力铁牛族，这应该是他的种族天赋，让他获得了境界之上的战力。

牛二微微低头，对准了凌寒，然后发起了冲锋。

他的速度贼快，几乎是脚一动，便已经出现在了凌寒身前，独角对着凌寒狠狠地撞了过去。

牛二的嘴角裂出一抹得意的笑容，种族天赋一旦发动，他的独角将变得和仙金一样坚固、锋利，足以撕破凌寒的身体，将对方生生刺穿。

嗯？

他突然发现不对劲，虽然低着头看不见，但神识却是如触角，让他“看”到一只大手沉稳有力地握着了他的独角。

顶不动了。

牛二使劲推，可凌寒却是纹丝不动，力量远在他之上。

一个三重天的仙王，怎么可能拥有这么恐怖的力量？

“愚蠢的人族小子，你以为这就是我大力铁牛族全部的种族能力？”牛二冷笑，他这一族虽然号称大力铁牛，但力量大、防御厚却绝非所有的特点。

事实上，他们最强大的种族能力并没有体现在他们的名字上。

嗡，独角上猛地射出了一道光，向着凌寒打去。

这是一道死光，如果被轰中的话，便是九重天仙王都可能被轰杀。

凌寒大吼一声，右手蓦然爆发出可怕的力量，嘭，只见一蓬鲜血飙飞，牛二的独角竟是被他生生拔了下来，那道死光则是偏了方向。

“啊！”牛二惨叫，独角是他们这一族最强大的武器，同时也是一身力量的源泉，失去了牛角，他的实力将瞬间跌到谷底。

凌寒再补上一拳，嘭，牛二的识海顿时被震破，轰然倒在地上，化成了原形，乃是一头巨大的黑牛，皮肤坚硬如铁。

他快速出手，便将这头大牛尸体收进了空间仙器中，这可是仙王级的食材，哪能浪费了。

看台上，众人都是直呲牙。

凌寒这动作也太熟练了，轰杀、收尸，而且还小心翼翼地避免将牛二打爆，难道真如凌寒之前所说，要将牛二葱爆、烤串不成？

难以想像，这么一个威猛霸道的家伙居然是一个吃货。

凌寒则是看着手中的独角，他感应得到，独角中蕴含着强大的能量，也许可以派上大用。

“不可思议！不可思议！牛二居然败在了李隆的手下，天那，他已经获得了九连胜，还有谁能够阻止他成为下一个血战王？”解说口沫横飞，惊呼连连。

赵双则是悄然吐了口气，之前他还懊恨没有和唐远打赌，但现在却是庆幸连连，否则他又要输得极惨。

他再也不想在凌寒身上打赌了，要是下注，那也是赌凌寒可以获胜。

观众们都是欢呼大喊，虽然凌寒没有把牛二轰爆，场面太不血腥了，但看了一场精彩的战斗，关键最后牛二也死了，这就值了。

第九战结束，凌寒回到唐远的别院，又开始了低调的生活。

他需要一些时间来积淀前些天战斗的成果，还需要好好研究一下那只牛角，看看能不能入药，其中蕴含着惊人的能量，不亚于仙王级别的大药。

“再胜一场，这颗升龙丹就是你的了。”唐远拿出一只丹瓶，在凌寒的眼前摇了摇，似乎在故意诱惑他一样。

凌寒本身对升龙丹自然毫无兴趣，他只是想要分析一下这种丹药的成份，凭什么可以提升仙王晋阶的机率。

他没做回应，一如平时。

唐远似乎也习惯了凌寒的这种态度，并不以为忤，只要凌寒能够连战连胜，他就愿意接受凌寒这样的“臭脾气”。

而接下来的第十战最是关键，只要凌寒能够再赢，那就可以成为血战王，拥有挑战陆离那血战王的资格。

他发动了自己的力量，去对竞技场展加影响，试图让第十名狙击者变得容易对付一些。

又是三个月后，凌寒的第十名对手终是确定。

这一次，观众自然无数，而杨笑玲这头毒蜘蛛也出现了，她一坐在唐远和赵双的边上，立刻就让这二人噤若寒蝉。

她盯着凌寒看，眼神有些热切，她需要凌寒赢，因为她只“干”血战王。

第 2574 章 突变

“玲姐，你可知道李隆的对手是谁？”唐远忍不住问道。

杨笑玲可是二世祖中排名前三的存在，他没有面子打探到的消息，杨笑玲却不一定不行，他实在是好奇，便忍不住开口问了。

“放心，只是一个小人物。”杨笑玲轻启红唇。

“嗯？”唐远和赵双都是讶然，第九个对手乃是牛二这样的可怕对手，而第十个居然是一个小人物？

不可能吧。

杨笑玲淡淡笑道：“那小子已经证明了自己的实力，而且，本小姐也特地让人关照了一下，难道连这点面子也不给吗？”

唐远和赵双都是恍然，如果说凌寒只是一介小人物，那竞技场方面自然不可能放水，可凌寒之前九战、尤其是第九战已经完全证明他的实力，那么第十场真得不用派上什么超卓强者。

竞技场方面也只是限制血战王的数量，以保证这个称号的荣耀，可不是死了命地不让人得到这个称号。

唐远彻底放心，而赵双自然也没有与唐远赌斗的兴趣。

解说还在兴奋地介绍着凌寒的身份，就算凌寒现在的名气很大了，可事实上真正见过的人却是不多，因此还是有一片片的尖叫声响起。

凌寒不动声色，等待着他的对手出现。

“这一次，李隆的对手是马——咦！”解说话还没有说完，却见竞技场的通道中突然出现了骚动，嘭，一道人影飞了出来，却是嘭地一下摔了个结结实实。

显然不是那人自己跳出来的，因为他脸上结结实实挨了一记，半边脸庞都是塌了下去。

这是一名四重天的仙王，可现在身上的异彩却是若隐若现，代表着他的生命之火也是摇摇欲坠。

解说大惊，因为这就是凌寒的对手，可现在居然被人打得奄奄一息，这还怎么跟凌寒打？

而且，是谁居然敢在竞技场中放肆，不知道这是青鬼仙王的地盘吗？

嘭，又一道人影飞射而出，只见这是一个高达丈许的大汉，但长着牛头、牛蹄、牛尾，头生独角，不是牛二又是谁？

凌寒都是吃了一惊，想要打开空间仙器来看一看，牛二的尸体还在不在。

不对啊，他昨天还和众女一起吃了葱爆牛肉。

“是你杀我弟弟？”这大汉盯着凌寒，眼神凶厉无比。

哦，原来这是牛二的哥哥，难不成叫牛大吗？

凌寒点点头：“味道还不错，就是有点老。”

大汉气炸，嗤，他的鼻孔中喷着白气，直触地面，却是生生将地面轰出了两个洞来。

这非常赫人，要知道竞技场的砖石都是坚固无比，足以承受仙王的大战，可他只是喷出两道鼻息就让地面破了两个洞，这太恐怖了。

“牛、牛大！”解说终于说出了话来，他的声音都在抖，因为竞技场有太多关于牛大的传说。

凌寒不由失笑，这家伙还真是叫牛大。

轰！

整个看台却是疯狂了，几乎九成的人都是站了起来，大声欢呼着，而对象正是牛大，好像他是一位无敌的勇士。

“牛大，竞技场有竞技场的规矩，你要给弟弟报仇，这我可以理解，以后可以向他挑战，但不能坏了规矩，否则你会更惨！”解说道，虽然他心里七上八下的，但这太不符合规矩了，他必须说。

牛大将硕大的牛眼一瞪，森然道：“既然知道我要为弟弟报仇，你还不给我闭嘴，否则我不但杀你，还会把你三个小妾、两个儿子、六个女儿都干掉！”

解说浑身一颤，露出无比得恐惧之色。

牛大比牛二还让人害怕，不止是因为他的境界更高、天赋更好、实力更强，还因为他为人做事更加心狠手辣。

别人杀了当事人也就算了，可牛大还会把当事人相关的人员也揪出来，一一杀死在当事人的面前，然后才把当事人给宰了。

这才铸就了牛大的赫赫凶名，真是夜能止儿啼的。

可真要让牛大乱来，他也脱不了关系啊！

解说正要硬着头皮再劝，却是突然一怔，他收到了一个神识传音。

他立刻露出恭敬之色，同时也放松了下来，这位主既然发话了，天塌下来也不用怕。过了一会，他道：“我刚刚收到阴河大人的指示，大人说了，念在牛大丧弟之痛的份上，特准他出战。”

顿时，全场哗然。

还能这么来的？

虽然牛大还没有显露他的修为，可看台上的人都是清楚无比，牛大乃是仙王五重天，更是一位帝星！

按竞技场的规矩，狙击战只允许境界差距在一重天，现在牛大比凌寒高了两重天，而且还是帝星，战力直飙七重天去了。

这不是摆明了欺负人吗？

可发话的人乃是阴河仙王，那除非青鬼仙王出口，不然的话，谁也改变不了这个结果。

因为……阴河仙王乃是青鬼仙王的徒弟，而且也是唯一的徒弟，更是七重天的修为，可称二世祖中的第一人。

看台上，唐远、赵双、杨笑玲都是怔住了，也让他们感到无力。

无论是论父辈实力，还是本身的战力，他们都是远远比不上阴河仙王，除了接受之外，他们别无办法。

“哈哈哈哈！”一声长笑中，只见陆离出现，他身后依然跟着阿猿，腰间插着剑，他的手则是按在了剑柄上，似乎随时都会拔剑杀人。

“陆离！”唐远咬牙说道，他现在正心情不爽，任他如何高看凌寒，也知道这次凌寒肯定要玩完，而一个死人自然不值得他再费心力。

这时候，他最不想的就是看到陆离，被对方在伤口上撒盐。

“滚，我不想看到你！”唐远说道。

陆离则是冷笑：“唐远，我就是来看你笑话的！你以为，只是为了争夺一个小小的血战王称号，为什么会如此困难？”

“难道都是你在搞鬼？”唐远震惊地问道，他确实有过这样的猜测，但并不认为陆离有这么大的能量。

“不是本少又是谁？”陆离放声大笑。

“不可能，不可能，你不可能做到的！”唐远心中慌乱无比，如果此言为真，那陆离拥有的力量就太惊人了。

陆离嗤笑：“唐远，你凭什么和本少斗？给你一个机会，来，给本少跪舔，本少可以收你当个小弟。”

唐远自然落不下这个面子，他老爹好歹也是九重天仙王，他只是不解，为何陆离一下子拥有了这样惊人的能量。

第 2575 章 何来的底气？

要知道，现在可不止是简单地影响了竞技场的人员安排，甚至让阴河仙王都是出面，这样的能量实是惊人。

“陆离，你现在还真是不得了！”杨笑玲开口，带着冷笑。

明明看到她就坐在这里，可陆离不但没有对她恭敬行礼，甚至只若未见，这胆子也太肥了。

“杨笑玲，想上本少的床吗？”陆离看向杨笑玲，放肆地扫视着她的胸、臀、腿，毫不掩饰他的欲望，“今天晚上，本少就给你这个机会。”

杨笑玲不由脸色森冷，她喜欢玩弄男人没错，但她可是主动的那个，从来没有哪个男人敢把她当作玩物。

陆离又是什么东西，敢在她面前放肆？

唐远不由在心中冷笑，陆离真是得意忘形了，居然连杨笑玲都敢调戏，不知道这头毒蜘蛛的狠辣吗？

自己找死，活该！

“你这张嘴欠抽！”杨笑玲出手，向着陆离抓了过去。

她是四重天仙王，而陆离只是二重天，差距大如天地，这一抓根本不是陆离可以抵御的。

刷，剑光一闪，惊耀长空。

杨笑玲顿时暴退，她惊骇地低头，只见左胸上赫然多了一道伤口，正有鲜血汩汩涌出来，深可见骨，若是再深一点，那她的心脏都会被破坏。

她抬起头，只见陆离的身前已是多了一个年轻人，正缓缓收剑，鲜血则是顺着剑尖流下。

这是阿猿，刚才正是他及时出手，不但将陆离护住，甚至还将杨笑玲轻创。

三重天仙王而已，却能一剑伤四重天，妖孽无比。

陆离哈哈大笑：“玲姐，还是乖乖来本少床上吧，本少那方面的功夫不错，保证让你爽飞天。”

杨笑玲的媚脸阴沉如水，她震惊于阿猿的实力惊人，但更让她不解的是陆离的大胆，手下人伤了她，他不但没有惊慌失措，而且还敢调侃、甚至羞辱自己。

他倚仗的是什么？

唐远和赵双也不能理解，但他们可以肯定的是，陆离绝不是笨蛋，所以他不可能平白无故就发起神经来。

“玲姐，相信本少，你会乖乖爬上本少的床，在本少的身下承欢的。”陆离再次调戏杨笑玲，但说了这句之后，他又看向唐远。

“唐远，你也一样，本少可以跟你打个赌，你会跑到本少的府第，舔跪本少，求本少收你做小弟。”

唐远虽然心中七上八下，可闻言还是大怒，道：“陆离，你的脑袋被驴踢了吧，本少要是会向你投降，那本少还不如做个女人算了！”

陆离露出邪气的笑容，一屁股坐了下来：“还是先坐下看戏吧，本少要看看这个敢忤逆我的小子是怎么被大卸八块的。”

唐远三人虽然不爽之极，可阿猿木无表情地按剑直立，却让他们完全得没有脾气。

除非请出高手来镇压阿猿，不然他们根本奈何不了陆离。

三人也是气鼓鼓地坐了下来，一边看着场中，一边在心中想道，待回去之后定要好好地调查陆离，为什么突然胆气大壮，到底是拥有了怎样的后台？

他们这边心情各异，而在场中，凌寒与牛大的战斗也要开始了。

“人族小白脸，我不会让你轻易死掉！”牛大森然说道，“在任何一个与你有关的人没有死掉之前，我都会让你活着，眼睁睁看着这些人一个个死在你的面前。”

凌寒不为所动，众女全在空间仙器中，其他人全部死光了也没有关系，因此，只要他没事，那众女便也同样无事，他完全没有后顾之忧。

他展颜一笑：“我得谢谢你。”

谢谢自己？

牛大怎么也没有想到凌寒会突然冒出这么一句来，他愣了一下，才道：“谢我杀了你吗？”

“牛肉快吃完了，你送的真是及时。”凌寒笑道，目光扫着牛大，带着挑剔。

这是在挑食材的目光啊！

牛大不由暴怒，这小子吃了他的弟弟，又把他当成猎物了？

“你才是我的猎物！”他大吼一声，忍不住出手了，咻，一道银光向着凌寒砸了过去。

他可是五重天的帝星，实力比之牛二不知道要高出多少倍，生命指数更是飙进了一万点，甚至接近一万一的高度，便是凌寒也不敌。

凌寒身形闪动，将银光让过。

嘭，银光砸到了竞技场边缘的墙壁上，直接嵌了进去，但还是留下了一截尾巴在外面。

这是一只银色的镯子，也不知道是用什么材料制成的，坚硬得吓人。

“来！”牛大对着镯子虚空一抓，咻，镯子立刻倒飞回来，重新落进了他的蹄子里。

凌寒的心中有怒火在燃烧，他不惧牛大，可牛大的出现显然不符规矩，他干嘛要吃这个亏？他高声道：“我要换个对手！”

按照竞技场的规矩，他有三次换对手的权力，用掉这个权利之后，他的连胜也会作废，需要从头开始。

牛大自然不会理会，再次挥动镯子砸向凌寒。

解说则是一愣，凌寒的要求符合情理，可牛大的出现已经坏了规矩，却得到了阴河仙王的支持，这就不能用常理来衡量了。

他到底要不要发声呢？

就在这时，他又听到了声音，给了他指示。

他立刻凛然听命，然后大声道："阴河大人说了，战斗继续，这场战斗一定要以死亡来终结。"

什么！

就算这个竞技场以"死亡"来命名，可还是有一线生机的，那就是只要逃进生命通道，另一方就不能再做追击。

当然了，出去了还能打、还能杀，这是个无法无天的地方。

可在青鬼仙王的地盘上，那让你守规矩就得守规矩，这是一位仙王的威严。

现在……居然一定要以一方的死亡来终结？

想也不用想，死战的话，肯定是凌寒挂掉了。

这不是摆明了要凌寒死吗？

凌寒听在耳里，不由冷笑，还真是欺人太甚！

他杀机如沸，看向牛大。

饶是牛大修为更高，战力也超过了凌寒，但还是被这一眼看得心中直打鼓，有一种寒意滋生。但他立刻按捺了下去，这是杀弟仇人，他定要杀掉。

“人族渣渣，你再瞪我又有什么用，改变不了你注定要死的命运！”他挥舞了一下银镯，这镯子立刻变大，化成了一个直径足有四尺的圆环。

他挥动着银环，向着凌寒当头砸了下去。

第 2576 章 不公

凌寒脸色阴沉，愤怒到爆。

他不介意对手的强大，但无法忍受的则是不公。

如果牛大在大街上拦着他，要报杀弟之弟，那他则会欣然一战。

可在这里，对方明摆着是在欺负人，这让凌寒大怒。

他将规则缠绕在双拳上，向着银环迎了过去，真以为他不敢一战吗？

轰！

拳头砸在银环上，顿时引发了一道道波动，向着四面八方荡去。

腾腾腾，凌寒和牛大同时倒退。

答、答、答，鲜血不断地从拳头滴下来，凌寒却是看也不看一眼，他的体魄只达到了六重天的高度，哪怕缠绕上了规则，也很难达到七重天的级别。

因此，在与银环的直接碰撞中，他的皮破了，肉绽了，鲜血流淌。

牛大震惊，这个人族难道和他是亲戚吗，怎地体魄如此强大？要知道，他才是铁牛族的，一身皮肤坚如铁，具有惊人的防御力。

还好，在罡煞环的轰击之下，凌寒还是不敌、负伤了。

他只要保持高压，完全可以将凌寒的每根骨头都是砸得粉碎。

“嘎嘎嘎，再来！”牛大再次冲出，他将银环舞动，形成了一道道冲击波，将空气都是震爆了，向着凌寒不断地冲击而去。

嗡嗡嗡，冲击波袭到，震得凌寒的皮肤都是一阵阵地起伏，好像水面起风了，在波动一般。

而牛大也冲了过来，银环挥舞，向着凌寒拍了过去。

“哼，这么急着要被葱爆还是清蒸？”凌寒冷然说道，他展开自己的道，双拳连轰，与牛大对拼。

虽然他的拳头一直在受伤，但不灭仙王体拥有极强的恢复力，不灭真液更是化成了雾状，布满了他的体内，根本不需要凌寒主动运转。

因此，他虽然受伤不断，可恢复的速度也不慢，让他可以一直保持在强大的状态下。

牛大震惊，这个人族怎地那么难杀？

他终是知道光是祭出这么一件武器的话完全不足以斩掉凌寒，难怪自己的弟弟死在了对方手里，确实，此人妖孽无比。

“你值得我拿出更多的实力来！”牛大狂笑，独角发光，体内顿时涌动出强大的力量，让他身周的空间都是塌陷了，光线出现了诡异的曲折。

他们这一族，力量全部在独角上。

“哈哈哈哈，看我砸扁你！”他再次杀出，拿着银环乱舞，力量达到他这样的层次，根本不需要任何的技法，只需要以蛮力镇压就行了。

凌寒不为所动，双手一抄，抓起一条大道便向着牛大砸去。

两人对轰，牛大还是在场面上占了优势。

他原本就拥有更强的战力，现在发动了种族天赋之后自然变得更强了，轰得凌寒连连倒退，身上的皮肤也不断地裂开，鲜血飞溅。

看台上大呼小叫，每个人都在尖叫。

他们确实惊讶了一下竞技场的不守规矩，但战斗一开始之后，他们就不在意了。

同情凌寒？

谁在乎！

他们只想看到血腥杀戮，至于公平不公平，这跟他们有什么关系？

“杀了他！”

“生生砸爆了！”

“剥皮、挖心！”

有些人口味极重，不但要牛大杀了凌寒，而且手段还五花八门，极其残忍。

牛大哈哈大笑：“听到大家的呼声没有，人族，停止无谓的抵抗，乖乖将性命交出来吧！”

凌寒扫了眼看台，虽然他早已经知道这里的人都是疯子，可现在这些人的表现还是让他吃惊了一下。他没有回话，只是取出一块红布，对着牛大晃了晃。

靠，你以为我是凡牛？

牛大不由气炸，他早就开化了智慧，甚至比大部份人族还要聪慧，你居然拿块红布出来，是想斗牛吗？

这是何等嘲讽？

“你找死！”牛大力灌银环，嗡，这个银环发出惊人的光芒，好像化成了一颗太阳似的。他猛地一鼓嘴，向着凌寒吹了过去，顿时有一大片火焰吐出，向着凌寒烧了过来。

凌寒沉着应对，敌人强大，甚至有碾压他之势，可越是在这样的情况下，他越是冷静从容，展开了自己的道，守得极尽完美。

他依然在受伤，可有如此表现却是惊呆了每个人。

要知道，他只是三重天仙王，与牛大整整差了两个境界，而且牛大还是帝星，按理来说，这是无可弥补的差距，可现在两人都打了一千多招，凌寒也只是浑身流血，并没有断手断脚，战力还在，简直是个奇迹。

台上，唐远三人都是暗暗替凌寒加油，他们现在被陆离压制，而如果凌寒能够不死的话，相当于他们在另一个回合中赢了陆离。

陆离则是有些震惊，不由向着阿猿看去，凌寒的战力之强让他想到了阿猿，这也是个能够跨越境界战胜敌人的妖孽。

甚至……阿猿有凌寒这么强大吗？

他不知道，心里完全没底。

不过没有关系，这是一场死战，就算打上十年，也要以一方的死亡收场。

凌寒血战，他虽然受伤不断，可精气神却是达到了一个新的高度。

与如此强敌死战，没有任何的帮手，死亡之刃便悬在了头上，这让他强迫自己挖掘出每一分潜力来。

看台上，清一色支持牛大的欢呼声，巴不得凌寒快点被轰杀，最好是脑袋被砸爆、身体被轰成血雨，越是凄惨越好。

凌寒孤军奋战，似乎在与整个天地为敌，孤独无比。

可他的眼神却是越来越明亮，他这个人十分得犟，越是这样，他的斗志就越是昂然，他的心灵就越是强大，越是要奋起，然后抽每个人耳光。

牛大也变得疯狂起来，这样的欢呼声有着极强的感染力，让他双眼通红，渴望着凌寒的鲜血。

“死！死！死！”他大开大合，咻，独角打出一道死光，便是九重天仙王在不提防之下也会遭到重创。

凌寒脚踩空间规则，将这记死光让过。

他正在蕴酿反击，而他要么不出手，出手必然是石破天惊的一击。

敌强我弱，他必须一击建功，否则战斗必然将无尽地缠绵下去。

牛大战力全开，连死光都用上了，他已经毫无保留，要以最强大的攻势碾压凌寒，一波带走。

凌寒冷静沉着，突然，他的眼神一凛，战意冲天而起。

他出手了，时间大道扬动，顿时，牛大的身形一滞。

不过，牛大的实力太强了，便是时间规则也困不住他，立刻就恢复了自由之身，但只是一瞬间，凌寒也杀了过来，出现在他的面前。

仙魔剑已是准备饮血了。

第 2577 章 斩杀牛大

牛大先是一惊，没想到凌寒之前在如此劣的情况下居然还有所保留，没有动用时间规则这样的大杀器。

但是，实力碾压之下，他也只是稍微受了点影响，这能左右大局吗？

而且，你主动送上门来，那真是找死了！

难道你不知道，他可是大力铁牛族。

这个名字便清清楚楚地说明了，他不但力气大得惊人，而且还具有强横无比的体魄。

他伸手向着凌寒抱去，要以恐怖的力量和体魄，生生将凌寒压成血泥。

“人族，你可真是蠢，居然敢自投罗网！”他冷笑，虽然凌寒的体魄也很强横，但他相信在自己这一抱之下，凌寒肯定只有全身骨头都粉碎的份。

噗地一声，一截剑尖从牛大的背心处穿了出来。

牛大脸上的表情顿时凝固，而鲜血则是从他的嘴里喷涌出来。

他松开了双手，脚下踉跄，然后呆呆地看着凌寒手中那把不沾一丝血迹的长剑。

这是把仙器！

他立刻判断了出来，可他再低头看看自己的胸口，那已经多了个血洞。

被仙器直接命中要害，就是九重天仙王都要饮恨。

他无法相信地看向凌寒，这个人族之前在那么恶劣的情况都没有祭出仙器，否则的话，怎么也能与他打个平手，仙器之威岂能小觑？

对方太能忍了，明明掌握时间规则却不动用，就是为了配合仙剑给予他致命一击。

确实，在一开始的时候他肯定会有提防，不会让凌寒轻易近身，但战斗到这个时候，他自信已经摸清了凌寒所有底牌，才会大意中招。

这不怪他疏忽了，而是凌寒真得太能忍了，随时都会陨落的啊。

他死得不冤，却又不甘。

凌寒收剑，淡淡道："放心，我绝不会浪费的，清蒸牛头，红烧牛块，酒醩牛尾，早就想好了。"

噗，牛大再喷一口血，他死了不算，还要被凌寒当成食材吃掉？

可生机已经全部离体而去，他再不甘心也只有躺倒在地上，双眼兀自睁得大大的，却是再无一丁点的气息。

凌寒手快，立刻将牛大的尸体收进了空间仙器，这是他的战利品。

这是一个谁都没有想到的大转折，全场的观众还在为牛大助威，期盼着看到牛大将凌寒挤成一团烂泥，可谁能想到会出现这样的变化。

欢呼声瞬间停了下来，全场不说鸦雀无声，但也是静悄悄地一片，只有沉重的呼吸声在此起彼伏，呆呆地看着全身沐浴着鲜血的凌寒。

不可思议！太不可思议了。

陆离原本满脸微笑，可现在这笑容却是蓦然凝固，显得十分尴尬。而唐远三人则是长舒了一口气，放声大笑起来。

爽，太爽了，之前他们受足了气，现在却相当于狠狠地抽了陆离一耳光，让他们爽得浑身毛孔都是舒张开来。

"哼！"陆离实在忍不住，一巴掌拍在扶手上。

"陆离，这就是太嚣张的后果，做人做事，都不要太得意忘形了。"唐远大笑，此时不反击更待何时？"你等着，过几天我就会让李隆去挑战你的血战王。"

陆离长身而起，一甩袖子，转身就走。

“喂，别走啊，这么输不起吗？”唐远继续嘲讽。

刷，一道剑光划过，唐远顿时戛然收声，因为一支剑尖已是抵在了他的咽喉上，而剑柄则是握在阿猿的手里。

此人连四重天的杨笑玲都能一剑斩伤，更何况是二重天的唐远了。

唐远顿觉四肢冰冷，他半点也不敢动弹，因为他见过阿猿出手，这种人根本不知道什么叫做畏惧，想要以他的背景让对方生起顾忌，那真是做梦。

“唐远，这番话还给你！”陆离冷然说道，“不然的话，你只会自取其辱。”

阿猿收剑，默默地跟在陆离身后，亦步亦趋。

直等两人都走得没影了，唐远这才一屁股坐到了地上，只觉背上全是冷汗，虽然四周的欢呼声如海，可他却是半点也没有听到，脑海中全是之前的一幕。

他离鬼门关如此之近，现在回想起来，依然让他的心脏激跳，好像要从嘴里蹦出来似的。

场中。

凌寒冷冷地看着四周全部站起来的观众，大家已经消化了牛大被他轰杀的事实，开始替他欢呼起来。

在这里，死者一文不值，强者可以获得无上荣耀。

凌寒伸出大拇指，向着天空。

这个动作立刻让人群更加地沸腾，一位新的血战王在向他们致敬，与他们一起庆祝。

然而，凌寒慢慢地将手翻转，大拇指朝下，变成了在嘲讽所有人。

欢呼声瞬间停了下来，所有人看着凌寒，目光中充满了愤怒。

你这是什么意思？

凌寒继续挑衅，他做了一个抹颈的动作。

顿时，嘘声四起。

“该死的猪，你应该被开膛破肚！”

“我想要吃你的脑子！”

“谁下去杀了他，居然如此嚣张！”

观众们都是被激怒了，虽然确实有特立独行的血战王，但像凌寒这样挑衅观众的却是绝无仅有。

看台上，唐远也是十分不悦，一个强大的血战王可不仅仅是面子的事情，而是每参加一场战斗，出场费也是相当可观的。

可这个出场费根据什么来定？

人气。

就算你只是一胜血战王，但观众喜欢，却可以得到天价的出场费，而像凌寒这样，却观众唾弃的话，那出场费便可能低得惊人。

他最讨厌的事情之一，甚至可以排到前三，那就是破财。

哼，他肯定会好好教训凌寒的。

场中，凌寒扫视一圈，道：“谁想死的话，尽管下来。更加欢迎异族，只要不是老鼠、蚯蚓之类，我一定会让你们发挥全部的作用。”

观众们一听，更加愤怒了。

你这是将我们当成食材了？

只是不满声虽然四起，却无人下场，因为想要挑战血战王的话，那本身也必须是血战王，他们背后可没有阴河仙王，可以让他们无视规矩的。

凌寒没有再做挑衅的动作，已经够了。

他大步而行，走进了生命通道，然后离开了竞技场，回到了唐远的别院。

他需要去消化与牛大的这场战斗，必然会给他无数的感悟。

几天之后，他破关而出，只觉修为果然提升了一大截，距离推开四重天的大门已是近在咫尺了。

果然，血战是提升修为最快的途径。

唐远又举办了一场宴会，给凌寒庆祝，可当酒宴进行到一半时，一人却是突然过来，说是杨笑玲召见凌寒。

第 2578 章 底线

当来者将这句话说出之后，众人都是脸色古怪。

杨笑玲果然兑现了诺言，对凌寒“出手”了。

凌寒还不知道杨笑玲是谁，不由看向唐远，道：“杨笑玲是谁？”

唐远拍了拍凌寒的肩：“去了你就知道了！不过，本少先提醒你，玲姐的脾气可是比本少还要大，你千万不要惹恼了她，否则你绝对不会有好果子吃。”

凌寒虽然不会害怕，却是在心里暗暗惊讶，看起来这个杨笑玲比唐远还要势大，所以说要人就要人。

他心有好奇，便点了点头，跟着那名来人出发。

很快他们就来到了另一座别院，来人不断地引路，带着凌寒来到一个巨大的大厅中。

这应该是一间浴室，因为地上便是一座巨大的浴池，占据了整个房间八成的地方，浴池中放的是热水，有水汽升腾，水面上则是漂浮着花瓣，正随着水波轻轻摇动。

一名女子正坐在池中，而两名侍女则是在她洗发，乌黑的长发可以垂到腰间，现在则是随波而动，有若水草。

这个人背对着凌寒，凌寒便只能看到她雪白的背部，但上面还有一朵花的纹身，什么品种便非凌寒所能辩别，因为他来到这个位面的时间并不长。

“禀玲大人，李隆带到。”来人跪在地上，眼睛垂得低低的，半点也不敢乱瞧。

“嗯，下去吧。”背对着的女子说道，声音妩媚入骨。

“是。”来人立刻退了出去，好像如释重负一般。

哗啦，水声扬动，那名女子转过身来，现出一张妖艳迷人的脸蛋来，而她也毫不介意让凌寒看到她胸前的大好春光，非但没有遮掩一下，反而还挺起了胸，欲加挺拔。

“我美吗？”她问道。

这个女人，当然就是杨笑玲了。

凌寒洒脱一笑，道：“很美。”这是良心之言，对方确实长得很美，虽然达不到女皇的级数，却依然称得上是出色的美女，尤其是那种带着刺的妖艳，着实让人心动。

当然了，这肯定动不了他的心。

杨笑玲放声大笑，显得狂野而又放纵，她向凌寒勾了勾手指：“那你还愣着做什么，还不快点过来，难道你不是一个男人？”

虽然她说着这样豪放的话，可两名侍女却是只作未闻，毫无表情变化，依然做着自己的事情。

凌寒摇摇头：“抱歉，我已经有妻室了。”

“那又如何？”杨笑玲依然笑得无比放纵，“你以为我会看上你，想与你长相厮守？你想多了，也太自以为是了，本小姐只是想要玩玩你而已。”

凌寒讶然，这个女人居然喜欢玩弄男人？

他随即失笑，男人能玩女人，为什么有权势、有能力的女人不能玩弄男人？更何况是在这样的鬼地方？

这与他无关。

“我若不从，难道你还想强迫我不成？”凌寒失笑道。

杨笑玲则是大笑：“你以为，只有男人才能强迫女人？错了，错了！你虽然新晋血战王，而且战力极强，可毕竟只是三重天的修为，你打得过七重天、八重天仙王吗？”

“我父可是九重天仙王，只要他出手，可以瞬间就把你轰杀成渣。”

“在死亡面前，你从是不从？”

凌寒展颜一笑，在这里他会克制一下自己的脾气，但绝不会扔掉底线。

要让他为了保命就去和别的女人上床，而且还是扮演被玩弄的角色?

不可能的事情。

他摇摇头：“杨小姐还是去找别人吧，在下没有这个兴趣。”

他转身就走。

“站住！”杨笑玲猛地站了起来，哗啦，水声四起，她戟指凌寒，“你若敢走出这扇门，本小姐保证让你死无葬身之地！”

凌寒只作未闻，脚下行云流水。

“来——”

“报！”

杨笑玲刚想说话，却见一名仙王猛地推门而入，跪倒于地，打断了她的话。

“何事！”她不耐烦地问。

“杨缺大人召见！”这名仙王说道。

杨笑玲的脸色不由一白，瞳孔中闪过一道恐惧，她至少停顿了一个呼吸的时间，才道：“我知道了。”

那名仙王等了一下，又道：“大人说了，让小姐放下一切，立刻前去。”

杨笑玲吸了口气，沉声道：“我说了，我知道了！”

那名仙王这才没有继续说下去，但还是跪在了地上，显然，杨笑玲不动身的话，他会一直跪在这里。

“更衣！”杨笑玲伸出了双手，两名侍女连忙取来衣物替她穿上。

“走！”她哼道，还狠狠地看了眼那名仙王，就差踹上一脚了。

凌寒隐约听到了一些，但自然不可能放在心上，他回到了唐远的别院，因为他想弄一颗升龙丹，研究一下那到底是用什么材料做成的。

“咦，你怎地这么快就回来了？”唐远看到凌寒之后，顿时充满了惊讶。

要知道被那个毒蜘蛛玩弄过的男人，不在床上躺个一年半载的根本不可能有力气站起来，他已经做好了心理准备，等把凌寒接回来后，再让他好生修养个十年八年，再去挑战陆离的血战王。

可凌寒居然自己走着回来了，这真是让他吃惊无比。

凌寒只是笑笑，道：“升龙丹呢？”

唐远顿时眉头一皱，凌寒这话让他十分不满，你以为自己是谁，可以用这样的口气跟他说话？

“李隆，你以为自己成了血战王，可以将唐少都不放在眼里了？”罗央立刻跳了出来，指着凌寒道，“呸，在唐少面前，你连屁都不是！”

“还不快快跪下，求唐少网开一面！”

凌寒向着罗央看去，道：“看来你真是好了伤疤忘了痛，想死吗？”

“李隆，你太嚣张了！”罗央森然说道，他可不介意火上添油，让凌寒彻底与唐远闹翻的。

“你再说一遍试试。”凌寒笑道。

“你这头无知的蠢——”

嘭！

凌寒出手，一拳就把罗央的脑袋轰爆，那无头的身体兀自还指着他，模样有些好笑，又充满了诡异。

三番两次挑衅于他，以为他好欺负吗？

噗，溅飞的鲜血都洒到了唐远的身上，让他激灵灵地打了个寒战。

他有种做梦般的不真实感，凌寒居然敢当着自己的面杀人，而且还是他的小弟，更是一名七重天仙王的儿子！

嘶，这个世界难道是疯了吗？

先有一个阿猿，再接着是凌寒，都不把他们这些二世祖当回事了？

第 2579 章 罗浮明

唐远盯着凌寒，眼神中全是怒火。

他无法想像，一个手下居然敢不听自己的命令，毫不犹豫地跟他翻脸。

吃了九重仙王胆了吗？

他森然道：“李隆，你知道自己在做什么吗？”

嘭！

他的脸上顿时挨了一拳，出手之人当然是凌寒了。

唐远暴怒，可还没有说出狠话，脖子上已抓着一只大手，箍得他紧紧的，甚至让他的骨头都是卡卡卡地作响，可怕的武道意志震荡，让他变得虚弱无比，只见气都喘不过来，胸闷无比，真可能被生生憋死。

他生出无尽的寒意，凌寒真得会杀了自己，真的。

凌寒淡淡一笑：“你可不要搞错了，我从来都不是你的手下！你听着，我可以继续去竞技场，出场费也可以不要，但你不要来打扰我，否则，罗央就是你的下场！”

说完，他收回了手。

唐远又气又怒又惊，凌寒居然还敢威胁自己？

他怎么敢！他怎么能！

要知道，自己的背后可是站着一位九重天的仙王，任你凌寒再牛逼哄哄，又岂能与九重天仙王为敌？只要他老子一出手，随便就能把凌寒给轰杀成渣。

不说别的，光是罗央他老子出手，一位七重天仙王就能打得凌寒屁滚尿流了。

这一道槛他绝对过不了，可居然还在自己面前放肆，开条件，靠，此人的脑袋是怎么长的？

想到这里，他不由又想到了阿猿，此人杀了他一名手下，那同样是一名七重天仙王的后代，甚至还打伤了杨笑玲，怎么屁事都没有？

就算那两位大人物不会去动陆离，可他的面子难道还能大到让两位仙王都不敢动他手下的地步？

鬼王都最近是怎么了？

唐远很想硬气一点，也很想爆发，可立刻想到之前被凌寒抓住脖子的一幕，顿时全身都是寒意，让他不由自主地哆嗦起来。

这是个狠人，跟阿猿一样，看向他的目光根本不带一丝感情，仿佛他只是一具冷冰冰的尸体。

如果现在翻脸的话，在场有谁可以阻止凌寒？

凌寒既然敢杀罗央，反正已经闯下了滔天之祸，那再把他也干掉又算什么呢？

再说了，唐远对凌寒的提议其实也很有兴趣，因为他这个人挥霍无度，对于钱财充满了需求，而在凌寒身上的投资又远远还没有收回来，他现在还真是有点穷。

就看罗央的老子吧。

如果凌寒能够在一名七重天仙王手下逃出生天，那他也不妨利用一下凌寒，这样的打手还是挺管用的，而且陆离的仇还没有报回来。

等利用凌寒赚足了钱，再把陆离的仇给报了，然后再将他宰了。

唐远在心中想道，他这个人确实有二世祖的纨绔之风，但同时也很现实。

“好！”他点头说道，只是脸上却是全无喜色。

众人都是大惊，没想到唐远居然会妥协，要知道，这位主何曾受过这样的季屈？可再一想，现在凌寒拥有压倒性的力量，唐远难道还能跟他翻脸不成？

就像之前在竞技场，他被阿猿用剑架在脖子上，不也一样怂了？

其实，这家伙就是仗着有个九重天仙王的老子，抛开这一点，他就是再寻常不过的仙王。

只是罗央尸骨未寒，他就这样揭了过去，岂不是让人寒心？

跟着这样的老大，会不会转个身就被对方卖了？

唐远却是没有心情在意这种事情，他虽然妥协了，可面子却也是丢得干干净净，哪还会在意别人？他一甩袖子，扬长而去。

——尽快让凌寒去和陆离的血战王决斗，之后再不断地让凌寒上场，将他每一分价值都是榨得干净。

当然了，前提是凌寒过得了罗央老子这一关，罗浮明可不是忍气吞声的人。

果然，这一天还没有去，罗浮明就来了。

“见过罗叔！”唐远亲自去迎，哪怕他自持甚高，可在老子的得力干将面前也得表现出必要的恭敬，否则将这些人全部赶去竞争对手的麾下，一个光杆司令又能干什么呢？

罗浮明点点头，脸色很难看，道：“那个杀了罗央的恶子可还在你的府上？”

“在的。”唐远说道。

“他杀了罗央，你竟然不将他绑了送到本座府上？”罗浮明问道，语气间带着明显的不满，你是不是还想包庇这个人？

唐远很冤，他其实也想杀了凌寒，居然敢威胁自己！可一来他舍不得钱，二来他也没这个能力，只能实话实说：“不瞒罗叔，那恶子实力强大，现在反客为主，连小侄也奈何不了他！”

“哦？”罗浮明讶然，他在家，然后看到儿子的尸体送了过来，得知凶手是谁、在哪之后，就急匆匆地杀了过来，根本没有问别的事情。

他心中一格愣，想到了许多事情，因为最近一段时间鬼王都有暗波涌动，似要变天，不会跟那有关吧？

唐远却不知道，他道：“那人叫李隆，是新晋的血战王。”

操！

罗浮明立刻怒容满面，忌惮之意全去。

区区血战王而已，而且还是新晋的，那有什么好怕的？

他立刻道：“本座要拿下此人，带回去杀了以祭典央儿，你不会反对吧？”

“当然不会。”唐远道，他知道这是父亲的得力干将，父亲是绝对不会允许他因为钱和私怨而让这样的干将离心背德。

所以，罗浮明真要将凌寒宰了的话，他也不会出面求情。

再说了，他也很想看到凌寒死在面前，脖子好像还在隐隐生痛！

罗浮明一拂袖，道：“带路！”

唐远带路，来到了凌寒住的地方，可找了一圈，却根本没有发现凌寒的下落。

“贤侄，人呢？”罗浮明森然问道。

唐远擦了下冷汗，他确实将凌寒安排住在了这里，而且还派人在外面监视，明明没有看到对方出去。

“贤侄，你真没有包庇这个恶子？”罗浮明又问，这个小子连自己也敢欺蒙吗？

唐远灵机一动：“那家伙一定躲在了空间神器中！”

罗浮明扬动神识，到处寻找了起来。

只是一会，他的神识就锁定在一只小盒子上，虽然那被隐藏得很好，可他还是感应到了不同的气息。

这是……仙金！

他顿时眼睛一亮，要知道连他都没有仙器，可现在一块仙金却是摆在了他的面前，让他如何能够不怦然心动？

丧子之痛立刻被他丢到了脑后，因为儿子死了可以再生，可仙金错过了还有第二次机会吗？

刷，就在这时，一道人影闪动，凌寒凭空出现，身上的气息强大而不稳定。

第 2580 章 杀子之恨

凌寒一直在研究牛二的角，这么多天下来，他自然也有了许多了解。

这是大力铁牛族所有力量所聚，从某种意义上来说，这就是仙药，甚至比仙药还要强大。

凌寒没有将之炼成丹药，因为他对这个世界的仙药还不是很了解，无法有效地利用。

因此，他改变了一下，决定把两只牛角简单地炼化一下，提取出其中的精华来。

回到唐远这别院后，他就开始进行这项工作，而因为怕受到干扰，他就进了空间仙器。

之前，他向瓦里讨教过，在这件仙器上布下了阵纹，使得这件空间仙器很难被发现，而就算被发现了，阵纹发动，也能起到相当的防御效果。

再怎么样，这也是仙器，只是不能攻伐而已，可将所有的力量都放到了防御上，这自然也很牛逼的。

——只是凌寒毕竟仅是三重天仙王，所以罗浮明只要认真一找，还是很快就把空间仙器找到了。

凌寒对自己施加时间流，现实时间只是过去了小半天都不到，他就把两只牛角炼化掉了，化成了一碗金液。

他现在有了那只烧不坏的炉子，无论是炼丹还是提炼材料都是杠杠的给力。

“一人一份。”凌寒打了小半碗金液给女皇，还有小半碗则是给柔妖女。

这是大补之物，只见碗面上升腾着大道符号，衍化天地万物。只是这玩意非仙王根本无福消受，所以刘雨桐她们就没份了。

小恐也有，三人一兽，平均分配。

“这真能吃吗？”柔妖女皱着眉说道，她可是亲眼看到这是牛角融炼的。

凌寒伸手：“不要就给我。”

“谁说人家不要的！”柔妖女连忙端起碗，还白了凌寒一眼，这个家伙真是的，自己只不过撒散娇而已，怎么就不解风情呢？

女皇一笑，率先将金液饮尽。

小恐见主人喝了，才伸出舌头舔了起来。

凌寒也是一饮而尽，柔妖女则是如受气包小媳妇，慢慢地饮用。

吃掉之后，三人一兽立刻开始炼化药力。

牛角中的能量，恐怖得惊人。

牛二便是四重天的帝者，而牛大更是五重天的帝星，他们近乎九成的能量被抽取出来，就算平均分成了四份，依然可比顶级仙药。

凌寒原本想要继续提升体魄的，但牛角虽然大补，却无法与化元归一果相比，只能提升修为罢了。

因此，凌寒也别无选择。

他的修为开始飙升。

到了仙王阶段，哪怕是最最顶级的仙药天天服用，这要跨出一个境界也需要以百万年的时间来计，而到了七重天、八重天之后，根本只有有限几种大药才能起到作用。

因此，凌寒这个修为飙升其实也是相对的，相比于其他仙王的进境，他可称极速，可将三重天分作十步的话，这也只是能够让他向前跨出一步而已。

但凌寒之前就已经接近三重天巅峰，这一步跨出之后，他真正触摸到了四重天的天花板。

要知道，他的进化指数已经达到了十二，甚至超过一丝丝也有可能，终点至少也是一步天尊，冲击四重天会有瓶颈吗？

时间流加速之下，只是“十一天”而已，他就轰破了四重天的屏障。

天劫顿时生成。

凌寒当然不可能在空间仙器中渡劫，否则在天劫的轰击下，便是仙金也可能被打烂的。

所以，凌寒一脚跨出了仙器。

咦？

凌寒立刻发现，面前正站着两个人，一个是唐远，另一个则是中年男子，身上缠绕着七道异彩。

他只是一想，立刻反应过来，这是罗央的老子，跑来找他报仇了。

来啊。

“该死的小子！”罗浮明目光凶厉，更有无尽的贪婪，因为他看到凌寒是从那块仙金中飞出来的，也顺势将那块仙金收了起来。

这是一件空间仙器，他立刻断定，而这让他更加心中怦怦跳，都奢侈到仙金做成了空间仙器，这家伙的身家得多么惊人？

仙王坟场在一开始的时候确实关押的是有来头、有背景的仙王，不方便直接杀掉，所以才把他们丢进这里自凶残杀，可时间久了，许多没啥背景的仙王也被丢了进来。

因为相比于直接杀死，丢进仙王坟场才是更好的折磨。

——再怎么样，这都是一个监狱，而且还充满了杀戮，有今天可能没明天，压力如山。

罗浮明便是后者，他没什么背景，相反，他得罪了一个大有来头的人，所以才被丢进仙王坟场。

他可以肯定，凌寒的身后一定站着天尊，否则怎么可能如此奢侈，把仙金做成了空间仙器？

“受死！”他出手，一举就要夺命。

他可不在乎凌寒的背景如何，到了这里谁都只是贱命一条。

凌寒展颜一笑："你确定？"

轰，天地如在回应，就是一道闪电劈落下来。

罗浮明硬生生收回了攻击，这家伙居然要渡劫了。

他可不敢干扰，境界越高，天劫越是恐怖，因为越是接近天地极限，天地越是针对，不会让人轻易达到的。

像他这样的七重天仙王为什么无法迈进八重天？

一方面固然是大道难以掌握，另一方面则是惧怕天劫，可能成功之时便是道消之日。

靠，怎地会如此之巧，偏偏就赶上了凌寒渡劫呢？

唐远也是一愣，凌寒要渡劫了，岂不是说……他要成为四重天仙王了？

嘶，这家伙还没有得到升龙丹，这么轻易就冲上四重天了？

他嫉妒死了，他不知道吃了多少升龙丹，可现在还停留在二重天，如果这些升龙丹花在另一个二重天仙王身上，说不定那人已经达到四重天、五重天了。

他的资质确实不高，甚至可以说是顽劣，全亏他有了一个好老子，不然他根本不可能成为仙王。

一对比，他自然嫉妒无比。

凌寒只是一笑，这两人胆敢干涉自己渡天劫吗？

他冲天而起，迎击仙王大劫。

轰！

一道闪电劈过，可怕无比。

凌寒挨了一记，顿时被劈飞，斜向着城外飞去。

他暂时还不想与九重天仙王翻脸，因此没在城中渡劫，否则在这样的大劫之下，估计鬼王都都要没了。

轰！轰！轰！

闪电不断地劈来，如影随形，这是天地的针对，他逃到哪里都是无用。

咻，罗浮明也在后面跟着，别说有杀子之恨，光是冲着凌寒身上的空间仙器，他也不可能放过凌寒的。

第 2581 章 仙王四重天

凌寒迎击天劫，识海之中也在发生着剧烈的变化。

仙种正在进行第四变。

天劫轰轰，威力大得惊人，劈得凌寒这样的体魄都是遍体鳞伤，这大劫的威力绝对达到了七重天的高度，否则不可能轰破凌寒的体魄。

但天劫威力越大，凌寒反倒越是欣喜。

因为他只要能够熬得住不死，那么这可以迅速提升他的修为，天劫是最最纯粹的能量，最适合做仙种的养份了。

识海之中，仙树早已经重化种子，现在正在抽芽，第四次化成了树苗。

一边，罗浮明眉头紧皱。

只是冲击四重天而已，可天劫之威却怎么像他当初突破七重天？

这是怎样的怪物啊，四重天就能当七重天？

关键是，凌寒还没死！

当初他也不过如此吧，侥幸熬了过去，却是伤痕累累，距离鬼门关真得只有一步之遥。

不得了，太不得了了，这个年轻人简直就是个妖怪！

不过，渡过天劫，他肯定元气大伤，而且自己已经修到了七重天巅峰，要镇压当初七重天初期的自己，而且还是受了重创，那自然是轻而易举的事情。

而凌寒越是妖孽，他身上便越可能藏着惊人的宝物。

罗浮明难掩贪婪，说不定他可以因为这个机缘从此一飞冲天，什么唐明伯、什么青鬼仙王，都只能在他面前匍匐。

轰！

天劫狂轰乱炸，凌寒的修为越接近天地极限，天地的反应也越是激烈，千方百计地阻止他登临绝巅。

凌寒自信满满，在他的识海中，仙种正在茁壮成长，已是长出了两片肥芽，长势喜人。

他希望，可以在渡过天劫后，走出一步。

别看只有一步，如果按部就班来的话，那却是几亿甚至几百亿年的苦修。

时间在迅速过去，罗浮明盘坐于地，他正在调整自己的状态，要以最最巅峰的战力一举将凌寒轰杀，否则的话，他不知道像凌寒这种有背景的人会拥有多少可怕的底牌。

一天时间……很快过去。

天劫也到了尾声，随着最后一道闪电落下，漫天乌云突然就烟消云散了，好像从来都不存在过。

轰！

一道可怕的攻击过来，震碎了空间，让整个天空都是充斥了闪电，化成了雷海。

天劫又来了？

不是！

这是罗浮明出手了，他修的居然也是雷之大道，因此，扬动起了漫天的雷霆，好像天劫再次出现了。

凌寒长啸一声，挥拳迎上。

嘭！

他顿时被震飞，但罗浮明也是身形一颤，居然没能乘胜追击。

凌寒的嘴角露出一抹笑容，只是这么一次交手，就让他对双方的战力对比有了十分清楚得了解。

他刚刚跨进四重天，但生命指数已是飙上了一万，而罗浮明则是七重天仙王，可本身的资质并不高，最多就是皇者，亏得他已经是七重天巅峰，所以生命指数达到了一万一千多。

在外界，皇者成为七重天仙王是完全不可能的事情，但在这里却因为升龙丹的关系，却让不可能变成了可能。

战力是有差距，但并没有达到一面倒碾压的地步。

凌寒身形一抖，不灭天经自动运转，他在天劫中所受的伤正在迅速恢复。

天劫就是这点好，劈的时候无比恐怖，但只要熬过就好了，不会留下大道之伤。

罗浮明却是目瞪口呆，凌寒的战力之强已经让他咋舌了，可对方的恢复力为什么也如此可怕？

你真是人吗？

他咬了咬牙，无论是为子报仇，还是他本身的贪婪，他都不可能半途而废的。

杀！

他连连出手，无论怎么样，他在战力上还是占据着绝对的优势，大不了多花费一些手脚，难道七重天仙王还不能干掉一个新晋的四重天仙王吗？

此时，唐远也赶了过来，他之前跟丢了，后来看到了天劫肆虐，这才找对了方向。

不止是他，还有他的那些小弟们，但也就七个人。

他们看到凌寒正在与罗浮明拼杀，一个个都是张大了嘴，好像鱼儿脱了水，还在一张一合的。

这简直就是天方夜谭。

四重天仙王可以猛到这样的地步？

不过，凌寒再猛，被轰杀也只是时间问题。

唐远等人都是摇头，凌寒的战力明显不及，却非要与罗浮明硬拼硬，这要还不死的话岂有天理？

仙王难杀，那是因为仙王跑得快，像凌寒这种一根筋的，只战不退，那不死才怪。

“死！死！死！”罗浮明扬动漫天仙雷，恨不得立刻将凌寒轰成碎渣。

可凌寒的防守却是无比得顽强，虽然身上的伤是越来越多，也越来越重，却依然还在战斗，反击之力十分凌厉。

凌寒在逼自己，他还有底牌，比如仙魔剑，比如境界上限一开，他的体术又有提升空间了。

可他都没有动用，就是以规则之力与罗浮明周旋，他要进一步巩固、延伸自己的路。

这后果就是他的伤越来越重，一次又一次与死亡擦肩而过，而在这样的生死之间，凌寒也是明悟不断，他相信这次战斗之后，他的战力会有长足的进步。

修为快速提升带来的弊端应该可以快速解决，不至于出现心境跟不上修为的情况。

“不要再做无谓的抵抗，本座给你一个痛快！”罗浮明哼道，凌寒的顽强让他都是心惊。

这个年轻人只要修为再提一个台阶，绝对可以与他平起平坐。

凌寒伤势无比严重，他的一条胳膊已经断了，腹间也有一个巨大的创口，将他的身体都是打穿了，左脚瘸了，右脚更是没了，整个人完全成了血人。

他气喘如牛，生命之火也是摇摇欲坠。

哪怕他的恢复力惊人，可对手的攻击更凌厉，肯定是一步步将他拖向死亡的深渊。

完蛋了，这下他真要完蛋了。

唐远看着，心中也不知道是什么感受。

一方面，他想要杀了凌寒这个敢威胁他的“逆臣”，另一方面他还想要靠凌寒替他报仇，替他赚钱，因此，他现在很纠结。

其他人就要简单了，他们恨凌寒抢走了唐远的“恩宠”，自然希望凌寒死了。

“死吧！”罗浮明冷笑，凝聚雷霆成剑，要一举轰穿凌寒的胸膛，在狂暴的雷系大道之下，凌寒的生机也将瞬间全部灭绝。

凌寒露出一抹笑容，仙魔剑终是祭了出来，他不能再玩下去了，不然就不是磨砺，而是找死。

第 2582 章 逼退

仙魔剑出，瞬间自行复苏，这可是凌寒亲手炼出的仙器，只要他一个念头就能发挥出完全的威力来。

光是仙魔剑的话，当然不可能匹敌七重天的仙王，但是凌寒与仙魔剑合璧，那就不一样了。

仙器的锋锐、破坏力可以完全发挥，这就恐怖了。

一剑在手，凌寒顿时不同。

他强势反击，反观罗浮明，他以规则缠绕在身上，想要硬捍仙魔剑，可一来他只是七重天仙王，而且还是皇者之资，二来仙魔剑可不是寻常的仙器，而是吞噬了好多仙金，破坏力更上层楼。

两者加到一起，罗浮明哪可能徒手匹敌仙魔剑，立刻被斩得飙血，还好他的境界高出太多，没有像牛大一样直接被斩死。

他有了顾忌，哪敢再逼得紧，只能远距离轰击，但如此一来，杀伤力自然要下降一截，想要轰杀凌寒？难。

这就是仙器的重要性，直接改变了战局。

不过，凌寒祭出仙魔剑，可不是想以此为胜。

——罗浮明的境界高出太多，战力优势明显，除非可以像坑杀牛大一样直接一剑毙命，否则的话，根本不可能轰杀得了。

以为对方是白痴，会死拼到底？

凌寒左手握着位面卷轴，开始抽取其中的能量。

天地之间一片平静，并没有雷云滚滚而来。

凌寒暗暗点头，不愧是超高等位面，包容性太强了，并没有针对于他。这要在仙域的话，他根本不敢放肆炼化位面卷轴，稍稍大力一点，就会真得招来天尊劫。

他贪婪地吸收着位面卷轴中的力量，在他的体内奔腾着，让每一个细胞都似在欢呼雀跃。

与此同时，他的力量也在提升，速度快得惊人。

凌寒呼吸着，鼻间喷吐着白气，化成了一条白龙，一进一出。

他的心跳之声磅礴，仿佛雷动，无比得沉稳、有力，这是在提升他的体魄。

罗浮明震惊，他感应到了凌寒惊人的生命力，生命之火旺盛如炉，这真是一名仙王吗？仙王可以达到这样恐怖的地步？

这小子手中的东西是什么，就是这玩意出现之后，凌寒的生命之火才会如此旺盛，而心跳更是如同雷动，甚至可以影响到他，让他的心跳频率同步。

“给我拿来！”他展开身法，要绕过仙魔剑的锋利，将位面卷轴抢过去。

凌寒又岂会如他所愿，他身形动转，让过了这一击，尔后强势反击，仙魔剑斩出一道道剑气，耀动长空。

他需要时间，仙王等级越高，跨度就越是大，要让他的体术达到四重天的高度，他需要抽取位面卷轴的量至少是一到三重天的总和。

十天时间是至少的。

凌寒不急不徐，他与罗浮明激战，之前他就能撑得住，更何况现在他还有仙魔剑在手，而且每过一会会，他的实力就会强大一分，只会让形势越来越向着他的方向倒去。

罗浮明还在奋力，他抱着希望，可以将凌寒镇压、轰杀。

一天、两天、三天、四天，时间飞逝，凌寒的实力越来越强。

他的体术已经赶上并超过了规则之力，不像规则，这是线性提升的，一步一个脚印，可体术不同，只要境界上限打开，就能冲上一个新台阶。

体术与规则合壁，再加上仙魔剑，他真正拥有了与罗浮明对抗的实力。

当然了，这一是因为罗浮明没有仙器在手，二也是因为他的资质太差了，在外界的话，他是完全不可能成为七重天仙王的，撑死一重天、二重天而已。

“啊！”罗浮明发出怒吼，他猛地转身，咻，他化作一道轻烟，瞬间便告消失。

他没有信心打下去了，对方越来越强，甚至可能超越于他！

凌寒并没有追击，一名仙王一心想走，而且在境界上还远远超过他，他又怎么拦得住？

他迟早会在鬼王都大闹一场，到时候该算的账都会算个清楚。

看着持剑而立的凌寒，唐远从心底升起一股寒意。

这个年轻人太可怕了，刚跨进四重天就能力拼七重天仙王，甚至将对方驱走。这么说来，如果凌寒达到六重天的话，岂不是就能匹敌九重天的至高存在了？

他最大的倚仗就是他的老爹，可如果凌寒能够与他老爹平起平坐，那他在凌寒还能有一丁点的底气吗？

虽然距离那一天还有些遥远，但唐远却有种感觉，这一天肯定会来。

他都如此，更何况是其他人了，看向凌寒的目光莫不充满了恐惧。

他们都是因为父辈的关系才能横行霸道，可现在站在他们面前的，却是一个足以与他们的老子相抗衡的人，岂能不让他们骇破了胆？

在仙王坟场，没有规矩，只有杀戮，在凌寒面前，他们没有一丁点的安全感。

凌寒收剑，他向着唐远道：“血龙丹。”

唐远一哆嗦，见凌寒流露出不悦之色，连忙伸手取出一只丹瓶，恭敬地送到凌寒的手里。

他现在是真得怕了凌寒，因为对方真得可以威胁到他的生命，甚至杀了他之后还能从容离去。

他爱耍威风，骄纵、狂暴，但是相比于他的性命，这一切都是可以被抛弃的。

凌寒接过丹瓶，在唐远的肩上轻轻拍了下："有战斗的时候就来叫我，我说过会出场战斗，说话算话。"

唐远居然有种受宠若惊之感，连忙点头。

凌寒扬长而去，他需要闭关，一是巩固境界，二是消化与罗浮明这一战的经验。

这一闭关，哪怕他用了时间流加速，却依然用了三个月时间。

期间，女皇、柔妖女纷纷突破，因为凌寒并没有回城，她们的突破自然也没有引发任何人的注意。

凌寒估计了一下自己的实力，战力全开的话，可以战七重天仙王——当然是罗浮明这种靠升龙丹提升上来的，如果对手乃是帝者甚至帝星的话，凌寒也就可以自保。

他回到唐远的住处，才刚刚安顿下来，唐远便过来了。

"您可回来了，我是不是可以向陆离挑战了？"唐远有些迫不及待，找陆离报仇一直是他的执念，让他一直在苦等凌寒的回来。

因此，哪怕他要对付凌寒，那也得等到他向陆离报了仇之后。

凌寒倒是无所谓，他来此的目的就是战斗，便点点头："好。"

"那我去安排了。"唐远可不敢久待，凌寒让他从心底生起寒意。

凌寒挥挥手，这些天他一直在消化之前一战的经验，现在，他终于有空取出了升龙丹，打算好好研究一下。

这能够让皇者、甚至王者都迈进仙王，并且不止于一重天，让他好奇。

第 2583 章 驯服

凌寒掰下一丁点升龙丹的药末，以神魂进行扫视，但无论材料是什么，经过了炼制之后，自然无法轻易辩别。

他放在嘴里尝了尝，顿时有无数的明悟在他的眼前划过，大道似在跟前，触手可及。

难怪这可以提升仙王突破的机率，效果有点逆天。

他把唐远叫了过来，问起升龙丹的事情。

“从哪来的？”

唐远的回答十分简单：“父亲大人给的。”

至于唐明伯又是从哪得到的升龙丹？青鬼仙王。

凌寒摸了摸下巴，想要搞清楚升龙丹的丹方，难道他还要去找青鬼仙王？

创造出升龙丹的人绝对是天才中的天才，听唐远说，这升龙丹在仙王坟场每个城市都有，虽然价值惊人，可数量也绝对谈不上稀有。

古怪。

像这样宝贵的丹药，数量应该少得可怜才是。

可惜瓦里不在，不然他可以帮助自己进行分析，只说这点，他比自己这个大丹师还要牛逼无数倍。

有机会的话，得去青鬼仙王的府第去看看。

等等，他将罗浮明逼走，这应该不是什么秘密，或许青鬼仙王已经知道了他的存在，有招揽他的想法。

为什么他还没有见到青鬼仙王？

对方也许有别的事情耽误了，暂时还顾不上他。

很快，陆离那边传来回应，答应了唐远的挑战，这让唐远十分兴奋，他等了那么久，终天等到可以报仇雪恨的一天了。

战斗定在了三天之后，血战王对血战王，这样的战斗自然格外吸引眼球，当竞技场放出消息之后，立刻引发了无数人的疯狂。

如果有谁做下调查的话，那么将会发现观众清一色地支持施渊——也就是陆离的那名血战王。

为什么？

之前凌寒那嘲讽的动作实在太招人恨了，人气掉得厉害，让鬼王都的所有人都想看到他死。可从另一个角度来说，这又是人气旺的表现，否则哪有这么多人关注？

臭名远扬那也是名。

这一天，观者如云，门票被炒到了惊人的高位，可还是供不应求。

凌寒在后场等了一阵后，他被请了出来，成为血战王后，他的待遇提高了不少，而他的对手也在同一时间出现。

施渊，现在已经是九胜血战王了，考虑到输了还要扣胜场，他的战绩其实相当可观。不过，连牛大和牛二都是死在了凌寒手里，三重天修为的施渊要是可以赢得了现在的凌寒，那真是不可思议的事情了。

解说正在做着介绍，观众们也都在给施渊打气，可凌寒却是无聊之极，修为都比自己低，能够让他有什么战意？

看台上，唐远却不是这样的想法，他十分兴奋，就算凌寒只是虐一个山河境他都开心，因为这代表着他赢了陆离。

还有那个阿猿！

他狠狠地捏着扶手，他一定要这个人死！

美中不足的是，陆离虽然答应了挑战，可人却没有出现。

大概是知道输定了，所以才没有来，免得被他当众羞辱吧。

唐远在心中说道，嘴角则是露出冷笑。

战斗开始，果然，这太没有悬念了，施渊三两招就被凌寒轰杀。

“是不是很不爽，想要在本少面前得瑟一番？”陆离的声音却是突然响了起来。

唐远一愣之后，不由大喜，他从来没有想过自己有一天居然会因为听到陆离的声音而高兴起来。

哈哈，赢得了一场大胜，可没有人的脸能打岂不是太不痛快了？

他猛地回头，刚想说话时，却是骇然。

因为他看到的可不止是陆离，还有杨笑玲。

这位二世祖中地位可以排进前三的毒蜘蛛，居然如同小媳妇似地伴着陆离，而陆离的一只手还探进了她的裙子，肆意玩弄着她饱满的山峰。

这！

唐远知道杨笑玲这个人豪放无比，男女关系乱得惊人，可向来只有她玩弄男人的份，怎么可能反过来被陆离玩弄？

论实力，杨笑玲可是四重天仙王，比陆离要高多了。论背景，杨缺仙王的实力也要强于陆高全，九重天仙王有排名，青鬼仙王第一，杨缺和东方破分列二三，差距不是很大。

而陆高全的话，也就排在十来名，与他的父亲差不多。

所以，陆离有什么资格肆意玩弄杨笑玲？

正是这样的不解，让他浑身发寒。

陆离一屁股坐了下来，杨笑玲则是跪在他的边上，替他揉捏起来，乖巧如侍女。

“唐远，是不是很惊讶？”他笑道。

惊讶的何止是唐远，赵双也是完全说不出话来，这一幕是打破他们的脑袋也无法想像的，也不能相信。

“本少说过的话，从来都会实现！”陆离洋洋得意。

他之前说杨笑玲会上他的床，现在来看不但实现了，而且效果惊人，杨笑玲简直跟个娼妓似的，还有一丁点尊严可言吗？

唐远和赵双都是震惊得说不出话来，这一幕需要他们花上好几天的时间才能接受吧。

“唐远，你现在的层次太低了，本少根本懒得跟你玩。”陆离不屑地说道，“不过，既然你非要玩，那本少就成全你。”

“给你一个机会……跪下！”

唐远一听，立刻冷哼，开什么玩笑？他虽然不知道杨笑玲怎么会乖得像条狗，可杨笑玲是杨笑玲，他是他，怎么可能像陆离屈服？

别说是陆离，就是阴河仙王也不可能让他跪舔！

“陆离，你不要白日做梦了！”

陆离放声大笑，然后道：“要不，咱们打个赌吧！今天晚上，你一定会亲自来到本少的府上，像条狗一样地跪舔本少！对了，要来的时候，别忘了带上你那条狗，本少对他有点兴趣。”

“都跟你说了是白日做梦，你怎么还不醒？”唐远冷然说道。

“呵呵，明天见了。”陆离长身而起，然后扬长而去。

杨笑玲亦步亦趋，好像取代了阿猿的位置，眼神中则是藏着愤怒和耻辱。

过了好一会，唐远才看向赵双，道：“刚才那一幕，到底是不是真实的？”

“不会有人易容成玲姐的模样吧？”赵双也不能接受。

唐远摇头：“易容的话，上哪去找一个四重天的女仙王？而且，又有谁敢假冒玲姐？”

“……陆离的身上，到底发生了什么变化，让他拥有了如此惊人的权势？”赵双倒抽凉气，只觉手足都在发冷，他顿了一下，问，“你会不会去？”

唐远哼了一声：“就算那真得是玲姐，她是她，我是我，想让本少低头？呸，那是不可能的事情！还想让本少跪舔？本少宁可去死！”

赵双却是不敢苟同，道：“玲姐那是何等脾气，可居然被治得如此服服贴贴，唐远，你可不要将话说得太满了！”

唐远没有再说话，心中却是有着傲气，就算陆离成了九重天仙王又如何，他老子也是，怕个屁。

第 2584 章 彻底输了

一行人回转。

凌寒依然在研究升龙丹，这是此地的特产，从来没有听说过哪里还有这种丹药。

这让他生起一种猜测，也许升龙丹的某种材料只有这里才能生长。

照这么说的话，如果升龙丹可以带出去，那能赚取到多少财富？

让仙王提升修为，这应该是天尊才能拥有的手段，但这里升龙丹却可以将突破的机率最多提升到一成，这是非常恐怖的。

理论上来说，只要吃足升龙丹，那么冲击十次就有一次是定能突破的。

这想想都吓人啊。

他在这里想得出神，另一边，唐远却是接到了他老子的来信。

一名仙王出现，他身上缠绕着五道异彩，看到唐远之后，将手一拱，道："属下见过公子。"

五重天仙王就不怎么放在唐远的眼里了，他只是抬抬手，道："何事？"

"大人有一道令谕，嘱属下带给公子。"这名仙王取出一封信，上面有特殊的符号，只要一打开，这符号就会破碎、消失，所以，有没有被人动过手脚一看便知。

唐远接过信，但并没有拆，只是挥挥手："我知道了，下去吧。"

那名仙王却没有动，继续道："大人有令，要公子立刻拆信观看。"

唐远一愣，顿时生起一股不悦之意，这家伙居然敢催促自己？靠，现在的人都怎么了，一个个都想骑到他的头上吗？

他当即就想发飙，但想了想，还是忍了下来，父亲会这么吩咐，肯定是有要事了。

他拆信，一看，一张脸顿时涨得通红，双眼都要喷出火来了。

“混蛋！”他立刻一拍桌子，直接站了起来，指着那名仙王道，“你居然敢伪造我父的书信来欺我？”

“不敢，这确实是大人的令谕！”那名仙王沉声说道，并不卑也不亢。

唐远反倒平静下来，再次看起了书信。

这确实是唐明伯的字迹，而且，封印的符号也是父亲独有的，并没有拆开的痕迹。

可他真得不敢相信，因为父亲居然要他立刻去陆离的府上赔罪，如果不能让陆离满意的话，那他也不用回来了，从此就当没有他这个儿子。

他的手都在抖，信上还添了一字，要他穿上裙子，就那么一路走过去。

太可怕了！

他曾经放出狠话，如果他要向陆离低头的话，那不如穿条花裙子满街跑，可现在呢，唐明伯直接吩咐他这么干。

陆离的能量……强大得超乎想像。

他敢和陆离放对，便是因为他也有个九重天仙王的老子，可现在唐明伯居然胳膊肘子向外拐，偏向了陆离，顿时让他感觉心里空荡荡，在无尽的愤怒、委屈之中，也升起了强烈的寒意。

难怪连杨笑玲都会变成那样，亲老子都在施压，能有什么办法？

他无力地坐了下去，久久之后才道：“我知道了！”

“属下告退。”那名仙王转身离去。

唐远沉默了许久，脸上浮起了苦涩的笑容，老子都这么说了，他岂敢不遵？

本以为赢了陆离一回，却没有想到却是输到了家，连老子都站在了陆离那边。

他想到陆离之前的话，还要将凌寒带上，脸上便渐渐升起了冷笑。

凌寒这个人，放肆、无忌，要是和陆离起了冲突……嘿嘿、嘿嘿嘿嘿，反正不关他的事情，他会第一时间撇清关系的。

他立刻站了起来，去见凌寒。

“李隆，有事，跟本少、请跟本少来上趟。”他心中有气，语气便有些冲，但立刻又改了回来。

凌寒扫了他一眼，道：“何事？”

他玛德，你问个毛线，叫你走、你就跟着走是了，哪来这么多的废话，这是一个下属该有的态度吗？

但他立刻控制住，现在还不是跟凌寒翻脸的时候，最重要的就是把凌寒骗去陆离那。

他连忙道：“我要赴个宴会，再和陆离斗一场，需要你的出手。”

凌寒点头：“好。”

他们出发，可刚出了别院，唐远就把外面的衣物一撕，露出了一条花裙子来。

饶是凌寒天不怕地不怕，可看到这副光景仍是忍不住嘴角抽搐了一下。

什么情况？

这家伙是哪一根神经搭错了，还是鬼上身了？

如果凌寒从头到尾都看到陆离与唐远的交锋，他肯定能够立刻猜出唐远是彻底输了，但他并没有，因此，他只是觉得奇怪而已。

唐远也是脸上一阵阵地火烧，他强行一笑：“这个宴会就是易装的主题——”见凌寒脸色一黑，他连忙道，“你不用、你不用！”

两人招摇过市，难免遇到行人，莫不对唐远投过异样的目光，便是凌寒也被顺便扫上了几眼。

两个变态！

不过，大部份人都是认得唐远的，哪里敢招惹这个二世祖，不怕惹来杀身之祸吗？莫不看了一眼就跑，心道这种败家二世祖再变态也跟他们无关。

半个时辰之后，他们来到了一座别院，这是陆离的住处。

门口有两个守卫，看到唐远这模样顿时大笑起来。

这可是唐家大少，现在却是穿了条花裙子，真是把什么脸都丢光了。

别人怕唐远，他们可不怕，因为他们的主子是陆离！

凌寒扫了一眼，眉头微皱。

要说他们赴宴的主题是易装，那么这两名守卫又岂敢笑话唐远，哪怕再大胆、再无知的下属也不可能这么来的。

其中有鬼。

他立刻道："大胆，居然敢笑话唐少！"

一名守卫立刻冷哼，道："什么唐少，在我们大少面前就是渣渣，上门赔罪也敢这么嚣张，你是不想活了吗？"

凌寒立刻恍然，原来唐远是来献降旗的，难怪穿上了花裙子，啧啧啧，这诚意还真是十足。

不过，拉上自己做什么？

凌寒看向唐远，嘴角浮起一抹冷笑，却并不说话。

唐远顿时感觉压力如山，额头上有冷汗一层层往下流，他本以为可以将凌寒逛进陆府，到时候就由不得凌寒翻天了，可现在还没有进去啊，怎么就让凌寒发现了？

"不用紧张，我可没有说不进去了。"凌寒笑道，他倒要看看，这又是怎样一个龙潭虎穴。

唐远顿时如释重负，连忙道：“谢谢隆哥，谢谢隆哥。”

这心情大起大落的，让他连哥都是叫了出来。

两名守卫都是失声，这人也太牛逼了吧，连唐远都要叫哥？

到底是谁呢？

第 2585 章 拱火

唐远不敢激怒凌寒，也决定对陆离低头，可不代表随便什么阿猫阿狗都能欺负他。

他一推手，嘭嘭，两名守卫便被他震飞了出去。

“我们走！”他恢复了几分二世祖的威风。

只是他一身花裙子，这样做只是无比得搞笑。

凌寒反剪着个双手，跟在唐远的身后，悠悠闲闲的，他很好奇，怎么唐远会突然怂了，而且怂到穿上花裙子来讨好对方的地步。

有意思。

他们进去，很快就有人迎了上来，倒是没有讽刺唐远，而是在前面带路。

一路走，他们来到了花园，只见这里正在举行一个盛大的宴会，宾客如云。

“唐远公子到！”那引路的人突然停下，然后放声大叫。

这吼得太响了，顿时将所有人的目光都是吸引了过来，然后，便看到有人喷了出来，有酒、也有食物，有些人还好，对着空处喷的，可有些却是直接喷到了别人的衣物上。

笑声响作，无比欢乐。

唐远恨不得地上有个洞让他钻进去，他自然知道这些人都是在取笑自己，这是他这个二世祖从来没有受到过的耻辱，让他立刻想要转身离去。

可他并不傻，父亲都特意写了一个令谕给他，这是非常严重得信号，他要敢发这个脾气，估计会被唐明伯打得半死，然后还是得回来讨好陆离。

所以，注定要受这个耻辱的话，那干嘛还要再被打一顿呢？

赵双也在，他倒是受邀而来的，看到唐远的这副模样，自然震惊得无以复加。

先有杨笑玲，再是唐远，陆离简直就是青鬼仙王般的存在，无人可逆。

“哈哈哈哈！”陆离大笑，他出现了，如同被众星拱月，身边全是鬼王都的二世祖，一个个都以他为首。杨笑玲也是一个焦点，她美艳如花，妩媚入骨，一直是二世祖中的大姐大，现在却如小鸟依人，乖巧无比。

这一刻的陆离，简直就是站在了人生巅峰，再风光不过了。

“唐远，本少说你会来的，对不对？”他说道。

唐远咬了咬牙，做了一揖：“陆少说得是，是小弟之前一直瞎了眼，竟然和陆少做对，小弟该打！”他对着自己的脸连连抽掌，用力还挺大的。

陆离哈哈大笑，等到唐远连抽了自己几十个耳光后，他才淡淡道：“行了，行了，本少就收了你做个小弟，以后有点眼色就行了。”

毕竟，唐明伯也是九重天仙王，他手中握着唐明伯想要的东西，但也不可能太过欺人。

现在他赚足了面子，也可以见好就收了。

唐远松了口气，他也怕陆离给他更多的难堪，现在这样，虽然他很丢面子，但还在可以接受的范围之内。他连忙笑道：“谢谢陆少，小弟以后一定以陆少马首是瞻，陆少说干什么，小弟就干什么。”

这番话说得陆离很满意，他点了点头，笑容满面。

唐远向凌寒看去，语气一厉：“还不快跪下，拜见陆少！”

他自然是故意的，他知道凌寒肯定不会听从，那他趁机就和凌寒断绝关系，而以陆离现在的耻高气扬，肯定会施压让凌寒屈服，到时候两人就要直接干上。

最好的结果，自然是凌寒将陆离干掉，然后再被九重天仙王镇杀，这就太完美了。

凌寒笑吟吟地看着唐远，道：“你这是在找死吗？”

他可不在意唐远和陆离这种纨绔子弟的斗争，但非要将他也卷进去的话，他也不介意大闹一场，然后离去。

仙王坟场大得是，许多势力也属于敌对系的，难道鬼王都的强者还敢跑去那些地方出手吗？

“李隆，看在你实力不错的份上，本少对你百般容忍，可现在是在陆少面前，岂有你放肆的地方？”唐远森然说道，凌寒的反应自然在他的意料之中。

“本少不是你的对手，可这里乃是陆少的府地，你难道还想闹翻天？”

“不要自误！”

听唐远这么一说，其他二世祖也纷纷开口，要凌寒拜见陆离。

“以为自己是血战王就了不起？”

“白痴啊，血战王只不过能打一些而已，还不是一条狗？”

“狗，就要有狗的态度！”

“区区三重天仙王而已。”

他们对凌寒的认识还停留在很早之前，并不知道凌寒已经成为四重天仙王，因为凌寒与施渊战斗时根本不需要全力以赴，随意出手就干掉了。

这些人固然是在拍马，但也让陆离有些下不了台，现在唐远已经是他小弟了，也自承管束不了凌寒，而且这里又是他的地盘，又岂能眼睁睁地看着凌寒放肆？

所以，他必须镇压了凌寒。

他自己当然不敢了，只不过是二重天仙王，而且勉强才达到了王者之资，哪可能是凌寒的一合之敌？

“阿猿！”陆离向着边上看去。

阿猿立刻走了出来，之前他一直站着，却仿佛融入了空气中，根本没有人发现他的存在，可这么一动，明明只是简单地行走而已，他却如同出了鞘的剑，散发出夺人的寒意。

锋芒毕现，有若绝世神兵。

他原本普普通通，可现在却是有四道异彩出现，右手也搭在了剑柄上，眼神凌厉，充满了可怕的杀气。

四重天仙王？

凌寒讶然，他的修为提升速度已经够快了，没想到这个阿猿却也不慢。

这个年轻人不容小觑，战力很惊人。

他道："你很强，为什么要给那种二世祖做狗？"

阿猿又走了几步，停在了凌寒身前三丈处，身体微曲，好像一头野兽，随时可能爆发出惊天动地的战斗力。

他漠然道："师父要我保护他。"

凌寒咦了一声，道："你师父是谁？"

"少跟他废话，给本少拿下他！"陆离气恼地说道，"不要杀了，本少要活口，让他受尽痛苦，让他知道忤逆本少的后果！"

阿猿没有回答，但叮地一声，长剑已是出鞘，直指凌寒，顿时寒意更增。

"你是自缚，还是要我出手？"他问道。

凌寒展颜一笑："你如果放手而战的话，说不定可以挡我百招，但心有顾忌，那十招之内我便可以让你饮恨！"

阿猿目光一跳，他一直冷漠无比，好像一具战兵似的，但现在终于有了一些情绪波动。

嗡，剑身震动的声音传出，他已是出剑了，袭向凌寒的心脏。

第 2586 章 阴河仙王到

空间规则。

凌寒微显讶然，阿猿出剑时，空间出现了诡异的波动，这是对方在操控空间规则，才让这一剑快得离谱，剑出，声音才刚刚震动出来，可剑尖已经碰到了他的衣物上。

对方在空间大道的掌握上真是不弱，否则的话，剑万万不可能这么快。

凌寒微微一笑，同样操控空间规则。

诡异的一幕出现，阿猿虽然不断地推进，剑身前刺，却总是无法触到凌寒的身体，好像那短短的半寸距离突然变成了无尽之海。

阿猿眉头一皱，他自然也发现了，凌寒在用空间规则来对抗自己。

达到仙王级别，拼的就是规则，尤其是双方掌握了相同的规则，那谁在规则上的掌控更深，谁就拥有优势。

他不如凌寒吗？

不可能！

他可是超级帝星，境界相同，有谁可以压制他？

“定！”他左手一拂，要强行固定空间，束缚凌寒。

凌寒微微一笑：“我一力可破万法，你也想定我？”

嘭！

他一拳虚轰，空间顿时如同水晶般纷纷破碎，空间规则又岂能束缚得住他？

要知道，他现在的体术已是可以硬撼普通的七重天仙王，四重天级别的规则也想束缚他？哪怕超级帝星都是不可能。

“拿出全部的战力来，否则十招之内，你必死无疑。”凌寒说道，带着无比的自信。

阿猿沉吟不语，但他立刻便一振长剑，捏了一个古怪的剑诀，顿时，他的体内散发出可怕的气息，仿佛一头远古巨兽复苏了，在发出着咆哮。

刷，他运转出一套完全不同的剑法，一剑削过，天地都要为之失色。

凌寒倒退，阿猿现在的战力十分恐怖，他若不全力以赴的话还真是不好对付，可他还想看看这套剑法的威力，便只是退，任阿猿尽展剑法之威。

“快点拿下他！”见阿猿占了上风，陆离顿时恢复了嚣张，在一边催促起来。

“走！”阿猿却是冷然说道，别人不知道，他却是清楚无比，凌寒的战力在他之上，他现在可以压制住凌寒，那也只是他动用了一套秘法，暂时将战力提升了三倍，可这并不能持续太长时间。

而他显然不可能在短时间内拿下凌寒，因此，他能做的也只是拖住凌寒而已。

什么！

陆离大惊，他对阿猿充满了信心，别说境界相同，就是在境界处于劣势的情况下，阿猿还是可以赢得胜利。

可现在阿猿居然让他走，这说明了什么？

阿猿没有信心战胜凌寒，所以才会让他走。

嘶！

陆离虽然不爽之极，可对于阿猿，他却又相信之极。

此人不怎么说话，是绝对的行动派、实干派，他既然认为自己不敌凌寒，那就绝对不是谦虚之言，而是真得不敌。

他立刻转身就走，而且是用跑的。

如果连阿猿也无法阻止凌寒的话，那他就只能去找他的老子，或是另一个人，那是比他老子还要强大的存在。

唐远看在眼里，不由露出一抹冷笑，你陆离不是很威风吗，还不是被他的小弟吓跑了。

凌寒哼了一声，身形急闪，向着陆离追击而去。

“给我留下！”阿猿出剑，空间规则运转之中，他的速度也是飞快，一刺直刺凌寒的背心。

凌寒眉头一皱，阿猿很强，尤其是现在运转了某种秘法，让他的战力变得更加强大，这一剑连他也不敢生受，否则不死也要被重创。

他放弃追击陆离，回身一拳，向着阿猿的长剑轰去。

轰！

拳头撞上剑尖，震荡出恐怖的冲击波，附近的人避之不及，顿时被震倒于地。

不过，陆离第一个逃跑，他并没有被冲击波触到，身形加速，越跑越快。

再怎么样，他也是一名仙王，而且还是二重天仙王，这一跑、一加速，那基本连五重天仙王都不可能追得上了。

“你的对手是我！”阿猿冷然说道。

凌寒摇摇头：“可惜，你不是我的对手。”

“我有无敌剑心，可斩尽一切！”阿猿说道，语气平静，战意丝毫不受影响。

凌寒哈哈大笑，道：“看在你这份战意上，就与你好好一战！”

他也全力以赴，双手勾动大道，体术发动，战力直飙七重天。

阿猿再强，那也要受限于超级帝星的资质，虽然用了秘法提升战力，但这可以和凌寒的体术相比吗？

他被全面压制，瞬间就落在了下风。

唐远等人一见，都是大惊失色，连忙纷纷逃走。

——陆离都跑了，显然发现情况不对，他们留在这里找死不成？

凌寒也被激起了战意，双拳连轰，只有战斗一个想法。

嘭！

只是十几拳之后，阿猿便被他轰中了一拳，整个人横飞出去，一路撞碎了三块大石头才停了下来，虽然爬都爬不起来了，可右手还是紧紧地抓着剑柄，没有松开。

凌寒身形纵起，向着唐远追了过去，既然闹翻，那他就大开杀戒了。

他的速度太快了，而且也只是晚了一会儿，空间规则发动之下，他迅速拉近了与唐远的距离。

唐远回头一看，不由吓得脸都绿了，连忙发力狂奔。

凌寒连续三个瞬移，已是追到唐远的身后，一拳轰了过去。

“哼！”

随着一记冷哼传来，一股可怕的劲力也向着凌寒轰了过去，引动诸天规则，化成了一只巨大的手掌，向着凌寒狠狠地拍了过去。

凌寒顿时生起强烈的心悸，连忙身形一折，将这一击让了过去。

余劲掠过，让他的衣物猎猎作响，甚至肌肤都有些生疼。

出手之人，实力惊人。

凌寒转过身来，只见他的面前站着一名年轻男子，一身灰色的长袍，上面绣着一条条河流，盯着看的话，却能发现这些河居然在奔腾，有阴气森森。

最重要的是，这个人的身上居然缠绕着七道异彩。

七重天仙王。

“阴河大人！”唐远死里逃生，不由惊喜无限，向着这七重天仙王叫道。

阴河大人？

此人就是青鬼仙王的弟子，阴河仙王！

阴河仙王不屑地看着凌寒：“见了本座，还不束手就擒？”

凌寒淡淡一笑，从阴河仙王的出手来看，对方可不是普通的七重天仙王，而是一名帝者，这意味着对方的战力可以无限接近八重天。

难怪刚才那一击如此可怕。

“我想杀的人，你也保不了！”他说道。

第 2587 章 强势镇杀

阴河仙王失笑，一个小小的四重天仙王居然敢在他面前如此放肆？

他摇摇头：“李隆，你这自信究竟是从何而来？”

凌寒不答，只是目注唐远，杀机如沸。

敢坑自己，当然要做好被他打击的准备。

唐远不断地后退，凌寒这眼神太凌厉可怕了，让他从心底升起寒意。

阴河仙王冷哼：“退什么，有本座在，他伤得了你一根毫毛吗？”

唐远尴尬无比，一方面他十分害怕凌寒，可另一方面阴河仙王乃是青鬼仙王的弟子，而且青鬼仙王并没有子嗣，阴河仙王就相当于儿子一般，受尽了青鬼仙王的宠爱。

他的话，岂能不听？

不给这位主面子，绝不可能有好下场的。

他壮着胆子停下，却是止不住地哆嗦，只觉脚软。

凌寒咧嘴一笑，向阴河仙王道：“要不要打个赌，我一定可以宰了这个家伙。”

“放肆！”阴河仙王大吼，他可是七重天帝者，凌寒敢在他面前如此放肆，实是不知所谓。

“那就走着瞧！”凌寒说道。

他战力全开，再加上仙魔剑的话，匹敌阴河仙王应该还是不难的，而唐远又不是七重天，他想杀同样不难。

“给我拿下！”阴河仙王再次出手，他右手伸出，哗哗哗，一条条黑色的大河浮现，如同黑色的龙，向着凌寒缠绕而去。

凌寒二话不说，直接祭出了仙魔剑。

他的战力也只是可敌寻常的七重天仙王，但遇到一个七重天巅峰的帝者，他绝对无法抗衡。

所以，不用仙魔剑就是与自己过不去了。

“仙器！”阴河仙王不由地眉头一皱，他并不知道凌寒还有一件仙器。

虽然凌寒曾经在死亡竞技场中用过仙魔剑，但当时一用即收，并没有大曝光。而阴河仙王这次又是收到了陆离的求救信号，立刻急匆匆地跑了过来，根本没有时间了解凌寒的情况。

因此，仙魔剑的出现让他也是吃了一惊。

有没有仙器在手，对于仙王来说这是两种完全不同概念。

面对仙器的锋锐，便是阴河仙王都是不得不小心翼翼，必须让开仙魔剑的锋锐，否则被削到哪里哪里伤，刺中要害更是只有死路一条。

凌寒咧嘴一笑，道：“还不快逃？”

这话是对唐远说的。

唐远一愣，看这架势。阴河仙王完全不能镇压凌寒啊，他要还留在这里，不是自寻死路吗？

可阴河仙王都说他不要跑了，他要是不给对方面子的话……难啊。

阴河仙王的脸色则是变得十分难看，他之前信誓旦旦、自信满满，认为翻手之间就能拿下凌寒，但万万没有想到对方的战力居然如此可怕。

——就算是进化指数十二的变态，那四重天的修为也最多匹敌六重天吧？

这是怎样的怪物啊！

没办法，谁又能想到，凌寒居然可以抽取虚子能量淬炼身体，使得体术之威远远超过了境界，再加上仙魔剑，连七重天帝者都能对抗了。

他不得不承认，虽然凌寒赢不了他，可他也不可能压制得了凌寒。

“滚！”他恼羞地喝道。

唐远顿时如奉佳音，连忙转个身，撒腿就跑。

他早就没面子了，自然不在乎当众逃之夭夭。

凌寒将手一扬，顿时有一物飞扑了出来：“去，杀了他！”

正是小恐。

小家伙的境界是凌寒一行人中最高的，如今已是仙王六重天了，再加上它可是一个位面制造出来的怪物，战力自然也是超出境界的，否则它怎么对得起战兽的称号？

轰，它冲了出去，三两步就追上了唐远，然后张开嘴，向着唐远咬了过去。

嘴一张，瞬间放大了几百倍，就看到一座小山似的东西张开了大嘴，一口就把唐远就吞了进去。

小恐的嘴立刻缩小，它还砸了一下嘴巴，似乎在回味似的。

阴河仙王目瞪口呆，他怎么也没有想到，凌寒身上居然还藏着一头仙王级别的大兽——这个大字可不是通过体型来判定的，而是境界。

都成仙王了，自然是大兽。

“小恐，来，我们再来收拾这个家伙。”凌寒笑道。

小恐立刻屁颠屁颠地跑了回来，硕大的眼睛盯着阴河仙王，杀气腾腾。

凌寒摊了摊手，道：“我说了，我要杀的人……一定会杀了。”

阴河仙王压下狂躁的火气，然后深深地吸了口气，道：“那你是不是也要将本座杀了？”

“会的，只是不是现在。”凌寒笑道。

阴河仙王将眉毛一挑，这家伙还真是胆大包天，连自己也想杀：“哦，那你想什么时候动手，我也好有个准备？”

“五重天、六重天吧，你不会等太久的。”凌寒说道。

阴河仙王大笑，道：“你还想迈进五重天六重天？真是天大的笑话，你今天就会死在这里！”

凌寒微笑：“放心，我会在九重天仙王收到消息之前离去的，就不劳你费心了。而且，我还会时常回来，把我看不顺眼的人一一宰了。”

阴河仙王不由暴怒，凌寒这意思是，自己根本留不住他！而他还要时不时地溜回鬼王都，将诸如陆离这样的人干掉，甚至包括自己。

“你走得了吗？”他冷冷说道。

要是让一个四重天仙王肆意杀了人，还能从容逃出鬼王都，那他以后还要做人吗？

像赵双等人逃出去之后，肯定会去找自家大人汇禀情况，因此九重天仙王肯定不时就会到来，到时候凌寒就真是死蟹一只了。

凌寒与小恐联手攻击阴河仙王，他们的战力都是达到七重天级别，联手之下自然占了上风，但优势并不明显，毕竟阴河仙王的战力快要达到八重天了。

战了一会，凌寒果断止战，道：“小恐，咱们走！”

小恐低吼一声表示领命，一人一兽顿时甩下了阴河仙王，向着城外的方向跑。

阴河仙王哼了一声，连忙急走追击，他如何能够让凌寒离去？

他的速度确实要比凌寒与小恐稍快一筹，但他也不敢追得太近，仙魔剑一斩，他就必须躲闪，只能隔空虚击，给凌寒制造麻烦。

这对凌寒与小恐的行进造成了一些困扰，可并不严重，只是一炷香的时间都不到，城门已是在望。

可就在这时，只听一记冷哼响起，一只滔天大手从城里伸了出来，向着凌寒疾快无比得抓了过去，大道之光闪耀，散发着至高无上的气息。

九重天仙王出手了。

第 2588 章 九重仙王追杀

一名九重天仙王出手，向着凌寒抓了过去。

凌寒很强，很妖孽，但也绝对不可能在四重天的时候匹敌九重天，仙王九重，一步一登天，他已经能够跨越三重天激战了，不可能没有极限。

好在他早有准备，这只大手按出来的一瞬间，他已是将小恐抓了起来，直接丢进了空间仙器中，然后脚下踩动，空间瞬移发动，身形一闪，已是出现在了极远之处。

嘭，这一掌拍了个空，却是将底下一大片的屋舍都是夷为平地，许多人根本不知道发生了什么情况就被仙王之力轰杀成渣。

也有些仙王侥幸没死，只是受了重伤，躺在废墟中哼哼，满脸都是不解，他们招惹了哪一位强者，居然遭到了如此惩罚？

这就是仙王坟场，强者可以为所欲为。

“哼！”冷哼声再起，之前那名九重天仙王再次出手，一只滔天大手伸出，将整个鬼王都都是覆盖。

现在还想逃出城？

不可能的事情了，九重天仙王都已经出手了，而且将神意锁定在了他的身上。凌寒的速度是很快，但绝对不可能快得过九重天仙王。

所以，凌寒立刻身形一折，向着地面落去。

在落地一瞬间，他展开了欺天术，瞬间改变了形貌、改变了气息，完全就是换了一个人。

他融入了人群，不过都是瑟瑟发颤的人群，在九重天仙王伟力之下骇得胆寒。

这是城里，地形复杂，随便钻进一间屋子就能隐蔽身形。

九重天仙王这一掌并没有拍下来，这一次他覆盖了整个鬼王都，要是拍得结结实实，至少会死九成以上的人，哪怕是他也无法承受这个后果。

财富，其实大多是通过普通人创造出来的，而在这里，低阶仙王还牵涉到另一个大秘密，不能被他如此屠戮。

咻，一道人影踏空而至，身上缠绕着九道异彩。

他就是陆高全，陆离的老子，在陆离逃回他的地方后，便第一时间以神识搜索全城，很快就发现了凌寒，于是直接出手想要拿下凌寒。

不过，相隔了这么远的距离，他终是无法发挥全威，才会被凌寒逃过一劫，否则的话，九重天仙王出手，又岂是一名四重天的小家伙可以逃得过的？

陆高全负手而立，正在搜索着每一寸土地，要将凌寒揪出来。

“见过陆大人！”阴河仙王飞掠而至，向着陆高全抱了抱拳，他是青鬼仙王的弟子，本身也是七重天的帝者，并不需要在对方面前太怂。

陆高全点点头：“此子是什么来头，竟能躲过本座一击？”

阴河仙王道：“那人叫李隆，乃是天下第一武院的一名逆徒，之前在竞技场中战斗过，显露出了卓越无比的战力。”

这是他仅知的信息。

陆高全讶然：“你都已经出手了，居然还拿不下他？”这倒不是在损阴河仙王，而是他真得震惊。

七重天的帝者居然拿不下四重天仙王，这说出去谁能相信？

阴河仙王只觉脸上一热，道：“那凶人有一件仙器，我不敢硬接。”

除了九重天的仙王，谁能硬接仙器？

陆高全仍是不能释怀，七重天对四重天有整整三个境界的优势，不亚于成年男子在欺负六七岁的小儿，就算对手拿着利器，可只要稍稍注意一下，还是可以轻易制胜的。

可阴河仙王却对凌寒无可奈何，只能说明一点，对方的战力强得超乎想像。

从他刚才一击落空就能佐证了，九重天仙王出手啊。

咻咻咻，又有几道身形飞掠而至，俱是身上缠绕着九道异彩，这些人自然都是鬼王都的顶级大人物，刚才陆高全一击覆盖全城，自然将他们全部惊动了。

“唐大人，恐怕要告诉你一个不幸的消息。”阴河仙王向其中一名强者说道，“令郎被杀，而凶手正是令郎手下的血战王，如今藏匿在下方。”

唐明伯顿时浑身喷涌出火焰，瞬间暴怒，一挥手就要向着下方轰去。

——既然凶手在下方，那就全部干掉，什么无辜之人，跟他有什么关系?

仙王想要蕴育后代真是太难了，他都活了几个纪元，还是在被流放进仙王坟场之后才拥有了自己的子嗣，被他宠上了天。

他这一出手，其他九重天仙王连忙阻止。

“唐兄，不要冲动。”

“令郎之仇当然要报，但附加损失必须控制到最低，否则我们都会有大麻烦。”

“不过四重天的仙王，就算挖地三尺也能将他找出来。而且唐兄不觉得就这么一击轰杀凶手，会太便宜了对方吗？”

众人一番劝说，唐明伯终是收回了手，然后身形一矮，落到了下方的区域中。

“所有人都给本座出来，限三息时间，否则本座会将躲藏起来的人全部杀死。”他森然说道，语声传荡，无处不达。

一、二、三。

短短三个呼吸的时间内，只见一道道人影从各个地方跑了过来，全部凛然站在唐明伯的面前，但彼此之间却是相隔甚远。

这可是仙王坟场，每个人都只相信自己，谁敢与另一个人站得近了，不怕被突下杀手吗?

在这里挂了，那真得是白死，毫无价值。

唐明伯目光扫过，只见每个人都是脸上充满了敬畏，还有一丝丝的茫然，并没有纯粹的害怕。他眉头一皱，道：“你们互相检举，指认出自己认识的人。”

他相信，如果凌寒隐藏在这些人当中，那他肯定不被人所知，那么只要众人互相认出有关联的人，剩下的那一定就是他要找的人。

但他显然低估了这里人的戒心。

这可是仙王坟场，谁会没事交朋友、窜门子？

他这样的强者当然不同，有人投靠，可以组建自己的势力，可其他人呢，他们就只能自我保护，那就是将每个人都当成敌人，不与任何人产生一丁点的交集。

因此，只有区区几十个人互相证明了身份，可绝大部份都是保持了缄默。

靠！

唐明伯差点吐出脏字来，这是他想出来的一条“妙计”，没想到却被证明是个愚蠢的做法。

他刚想说话，却是神情一怔，然后露出了冷笑：“本座说了，所有人都要滚出来，哈哈，你以为躲起来本座就不会发现你吗？”

他猛地出手，向着一座房舍抓了过去。

第 2589 章 冤大头

唐明伯自然不相信凌寒就会乖乖地跑出来，因此，他也一直在用神识搜索这个区域，看看有没有人躲在屋子里面没出来，又或是藏在了空间神器之中。

刚才，他就发现了一丝微弱的波动。

这是一个空间神器，而以他九重天仙王的境界，已经与大道平起平坐，神识那是何等之敏锐？

他立刻发现，这个空间神器藏着生灵。

因此，他果断地认为凌寒就藏在里面。

他悍然出手，毫无顾忌。

嘭！

就在他的大手要抓到屋舍上的时候，只听一声巨响，这屋舍先行破毁，便见一只黑色的大手轰了出来，抵在了唐明伯的大手上。

这出手之人十分强大，一击之下唐明伯的大手竟是直接震得支离破碎。

“嗯？”

“咦？”

之前还漫不经心的陆高全等人全部露出诧异之色，甚至有些动容。

可以化解唐明伯这一击，证明了对方的实力绝对不弱于他。

这肯定不是凌寒了！

“阁下是谁，为何要藏头露尾？”陆高全喝道。

“呵呵，你们非要咄咄逼人吗？”一个苍老的声音响起，只见一个身形佝偻的老者也踏着空气出现，慢慢地走上了半空。

这人真得老，背心弓得和煮熟的虾似的，手中握着一根拐柱，满头灰白的头发，身上并没有异彩缠绕，显然他特意压制了气息。

可看到这名老者的时候，陆高全等人却是全部倒抽了一口凉气，露出了无比得震惊之色。

“展飞羽！”他们异口同声道。

展飞羽，这是一名老牌仙王，早就达到了九重天，而他可不是鬼王都的人，而是吉开城城主最最得力的手下，相当于杨缺在鬼王都的地位。

更关键的是，吉开城可是与鬼王都向来不对付，双方都想将对方给干掉、吞并，掠夺对方的人口。

在仙王坟场，人命虽然不值钱，却也同样是最最珍贵的资源。

一个敌对势力的骨干级人物，悄然躲藏在鬼王都，偷偷摸摸地想要干什么？

等等，凌寒为什么要逃到这里来？

哦，明白了！

凌寒肯定是吉开城的人，奉命来到了这里，至于要干什么还不清楚，反正这小子闯了大祸，才会跑到这里向展飞羽求助。

嘿嘿，真是个笨蛋啊，这么轻易就把展飞羽给曝露了，否则真不知道要到什么时候才能发现他的存在，或许已经阴谋得逞，造成了巨大的破坏。

要知道，吉开城的二把手亲自出动，这图谋会小吗？

这么说起来，还真要感谢一下凌寒了，这个成事不足的笨蛋。

他们相信，凌寒现在肯定藏在了展飞羽身上的空间神器之中，因此，只要将展飞羽拿下，便能一网打尽了。

而在人群中，凌寒也是目瞪口呆。

他只是随便一逃，居然还能扯出一尊九重天仙王来的，而且看上去还十分牛逼的样子。

果然，他真不愧是惹事精，随便就找到了一个冤大头，强力无比。

他悄然退后，就算看戏也要躲得远远的，否则九重天仙王大战，这声势太可怕了，余威都是恐怖无比。

展飞羽绝对是最最郁闷的人，其实他藏身于此已经有好几年的时间了，之前一直好好的，可究竟发生了什么事情，居然让他曝露了？

而且看陆高全等人的表情，似乎并不知道自己在此，只是无意间把他给撞了出来。

这可真是躺着也中枪啊，太冤了。

究竟是哪个王八蛋把祸水引过来的，害得他图谋许久的计划可能要就此泡汤，让他火大无比。如果让他知道这个人是谁，他一定要宰了这个家伙。

不，只宰一次怎么行，要重创了再治好，然后再打，折磨个几百次才干掉。

展飞羽压下心中的郁闷和不爽，道："既然被发现了，本座便先告辞了！本座也敬告各位一句，跟着青鬼混可没有什么好果子吃，还是投靠到我吉开城来，共创大业。"

他决定走，但还是不忘要贬低一下青鬼仙王，哪怕没用也要搅乱一下人心。

"展飞羽，你跑得了吗？"唐明伯森然说道，杀子仇人就在对方的身上，而且，他现在想得更多了，这是不是吉开城的阴谋，要故意让他断子绝孙？

此仇，不共戴天！

展飞羽心中真得很想骂娘，唐明伯这眼神太狠了，好像跟他有杀父杀子之仇似的，他玛德，你向青鬼表忠心也不必演得如此认真吧？

他哼了一声："青鬼不出，谁能阻挡本座？"

他可是帝者，比普通的九重天仙王要强出一大截，比如陆高全、唐明伯这种，其实都只是皇者之资，若非这里是仙王坟场，他们可能一辈子都只能驻足于一重天。

当然了，放到仙域去，皇者迈进仙王的可能性无限为零，但这里是超高等位面，就创造了无限的可能。

“我呢？”一个悠悠的声音响起，又一名九重天仙王出现，突兀无比。

“杨缺！”展飞羽立刻眼眸一紧，看向这个新出现的九重天仙王。

杨缺，鬼王都的二把手，他看上去不过二十来岁，很英俊、很潇洒，双手手背上各有一个半圆，合起来的话，刚好是一个太极图。

展飞羽十分慎重，杨缺的实力丝毫不弱于他，打起来的话，他们难分高低，而这里还有许多九重天仙王，虽然一个个上都不是他的对手，可战力又岂能忽略了。

被围攻的话，他麻烦巨大。

最可怕的是当然是青鬼仙王，要是他被困住的话，青鬼仙王再出手，他就真得必死无疑了。

“展兄，既然来了我鬼王都，也不知会本座一声，让本座有失地主之仪。还是留下来多坐坐吧，每天品品茶，论论道，也是不错。”杨缺说道，语气平静。

展飞羽哈哈一笑：“本座忙得很，还是下次杨兄来吉开城吧。”

他毫不迟疑，立刻转身就走，不给诸大仙王有合围他的机会。

杨缺率先而动，一脚迈出，身形快如电。

达到九重天的高度，就算一亿个仙王中可能也没有一个有机会跨进天尊位。因此，大家都有足够的时间去修更多的规则。

像时间、空间规则自然是九重天仙王最可能去修炼的，因此，九重天仙王的速度其实都差不多，只要资质相仿的话，在空间、时间规则上的掌握不会有太多的差距。

除非是新晋的九重天仙王，还没在时间、空间规则上花费功夫。

仙王想追上仙王，难，尤其是九重天级别，没有境界优势，没有规则优势，怎么追得上？

第 2590 章 回马枪

展飞羽跑，杨缺追，后面还有鬼王都的一干九重天仙王，速度都是不慢。

不过，展飞羽掌握了主动权，他率先开跑，只要不被阻挡，基本不用担心会被追上。

这里本来就在城市的边缘，以九重天仙王的高速，那真是三两步就能迈过去。

展飞羽露出一抹轻松之色，但同时也是愤愤，居然就这么灰溜溜地跑了，实是不甘。

“呵呵，进了我鬼王都，不留下一点就想离开吗？”一声冷笑之中，只见一只青惨惨的大手从城中伸起，疾快无比地拍了过来。

这是一只骷髅大手，通体发青，十分瘆人。

展飞羽顿时神情大凛，因为这是青鬼仙王出手了。

他根本不敢去接，否则一旦被阻缓一下，让杨缺等人包围上来，那他肯定走不脱了。

这只骷髅大手拍得飞快，应该是青鬼仙王早就蓄势的一击，嘭，打在了展飞羽的后背上，轰得他狂喷鲜血。

可展飞羽根本停也不停，双脚发力，穿透重重空间，一瞬即是千里。

他逃出了城。

一位九重天仙王一意逃脱，真得难以阻止。

唐明伯怒吼，疾追不停：“老匹夫，给本座站住！”杀子仇人还在对方身上的空间神器中，他岂能放过。

展飞羽虽然已经跑得极远，可唐明伯这声吼还带着神识波动，因此让他听了个清楚，他郁闷无比，自己什么还没有干呢，就被过街老鼠般喊打，而且，连唐明伯这种货色也敢向自己叫嚣，靠。

到底是哪个王八蛋害得他？

不行，他不能这么灰溜溜地跑了，一定要弄个清楚、弄个明白，否则他也要成为笑柄了，连失败之处在哪里都不知道，就坏了无数年的图谋。

展飞羽这么一去，杨缺等人自然也纷纷散去，留在这里又有什么意义？

只是这么一来，他们也警觉到鬼王都的防守有多么大的漏洞，连被敌对势力的二把手潜入都是毫无反应，自然加强了防守，否则吉开城大举入侵，他们也要等人进了城才会知道。

凌寒脸色古怪，他也没有想到这件事情居然会以这样的方式收场。

嗯，这么说来，陆高全等人应该以为他已经跑出了鬼王都，这时候他来杀一个回马枪的话……嘿嘿。

凌寒漫步而行，随便找了个地方暂时歇歇脚，他决定等晚上的时候就去陆离的别院。

这个回马枪绝没有一个人想得到。

他等了半天之后，悄然来到了陆离的别院，一身气息完全藏匿，他是来打猎的，可不想反被人猎了去。

以他现在改进过的欺天术，便是一步天尊亦不可能识破，因此，这里就算有九重天仙王，凌寒也不用担心会被揪出来。

他还是小心翼翼的，在别院中寻找着。

因为担心此地可能有九重天仙王，他自然也不敢放出神识，否则被人捕捉到的话，他也将无处遁形。

摸索了好一阵，他来到了一间屋舍，隐约听到了里面的说话声，而他立刻就认了出来，其中一人乃是陆离。

找到了。

他愈加小心，悄悄地凑了过去，透过门口的缝隙看。

欺天术的隐藏之下，哪怕四重天仙王走过他的身边也可能将他视而不见。这连天都只可以欺，更何况是人了。

屋中只有两个人，一个是陆离，另一个也是个年轻人，但只是看上去年轻，他虽然身上没有异彩显化，可凌寒却有一种感觉，对方的实力绝对在他之上。

而且，这人居然和陆离还长得有几分相像，但绝不是陆高全，这人凌寒见过。

“……没事吧？”这个年轻人在向陆离问话。

陆离显得十分恭敬：“多谢叔叔关心，小侄无恙。”

叔叔？

这是陆高全的弟弟？咦，好像没有听说过有这样的一号人物。

等等，陆离突然爆发，让唐远都是被迫低头，甚至穿上花裙子前去求和，难道是因为这个突然冒出来的叔叔？否则的话，一切都太没有道理了。

但就算这个人是九重天仙王，又是凭什么让唐明伯都是低头呢？

比青鬼仙王还要强？

凌寒越发得小心，欺天术运转得圆满如意，如果在这么近的距离被九重天仙王发现，他肯定无法逃脱。

陆高全的这个弟弟叫陆高尖，他的眼神中满是宠溺之色：“我得知你险些被一名歹人伤害，十分不安，若非当时正在与青鬼商议大事，绝不会让那名凶人逃走。”

陆离十分感动，只觉这个最近才重聚的叔叔比他老子还要宠自己。他连忙道：“叔叔若是出现，那李隆肯定死无葬身之地。”

有机会他就狂拍马屁，他的地位可以一下子飙升，甚至让杨笑玲都是上了他的床，全是因为陆高尖的关系。

“叔叔与青鬼大人商议大事要紧，小侄并无危险。”陆离乖巧地说道，他知道怎么讨好对方。

陆高尖却是摇头：“在这个世界，再没有人比你更加重要，待本座抓到那个行凶之人，本座定要将他碎尸万段！”说到最后一句话时，他的双眼中迸发出可怕的杀机，寒意森然。

陆离只是感动，这个叔叔对他太好了。

凌寒作为局外人，却是想得更多，这个叔叔对侄子的爱护似乎过了头啊。

嘶，不会是亲生儿子吧？

凌寒旁观者清，陆高尖看向陆离的眼神，那是只有老子看儿子才可能具备的。

靠，太乱了。

陆高尖轻轻敲着扶手，道：“吉开城图谋鬼王都，这点本座知道，可为什么要派人袭杀于你？这于他们有什么好处？难道，王昀已经知道本座的事情了？”

王昀便是吉开城的城主。

他皱着眉头：“不可能啊，本座已经无比低调了，他们不可能因为本座的关系就针对于你……古怪，到底是哪里出了纰漏？”

他百思不得其解，这一次来鬼王都，他可是担负着使命，除了一众九重天仙王之外，便只有陆离知道他的存在，怎么会让吉开城打探到消息，并针对布局呢？

——这是自然，因为这一切都是误打误撞罢了。

凌寒暗笑，心道别说陆高尖了，就是天尊在此也肯定要想得脑袋发疼，这本就是一场误会，哪有合理的解释？

陆高尖顿了一下，取出一枚玉符，向着陆离递了过去，道：“拿着，这里面有一套功法，你从明天起就改练。”

第 2591 章 天尊功法

陆离接过，然后好奇地道："叔叔，这是什么功法？"

陆高尖容色肃然："这叫九化天经！"

天经！

凌寒心中一动，只有天尊之法才有资格被称为天经，仙王术最多只能被称为天功。

陆高尖居然可以拿出一部天尊功法，这十分惊人。

他是挖了哪个天尊坟吗？

难怪陆离的地位一下子提升了那么多，显然因为陆高尖的关系，让唐明伯低头，甚至青鬼仙王都是偏袒，否则当初竞技场中也不可能有牛大的出现了，就因为阴河仙王发了话。

现在想想，为何阴河仙王要故意针对凌寒？自然是因为陆离的关系，目标是压制唐远，结果他则成了直接受害人，还好他实力够强，反将牛大宰了。

一切的根源在此，陆高尖！

"九化天经？"陆离喃喃，他还不知道这是一门天尊功法。

"九化天经，乃是一位天尊所创！"陆高尖悠悠说道。

"什么！"陆离顿时惊呼，手都不自禁地颤抖起来。

天尊所创的功法，那是何等至高无上的存在？

陆高尖微笑，很满意陆离的反应，他点点头："这位天尊便被称为九化天尊，不过，早在几个纪元前就已经死了。"

"天尊……居然也会陨落？"陆离无法相信。

天尊那是何等高高在上的大人物，一根手指就能碾死九重天仙王，可现在居然说天尊殒落了，这让人如何相信？

“天底下只有无敌的力量，而没有不朽不灭的存在。”陆高尖淡淡说道。

陆离的呼吸急促，道：“九化天尊是被谁杀死的？”

“一位真正无敌的存在。”陆高尖的声音带着微微的颤抖，似乎因为想到了这位存在而心惊。

“谁？”陆离追问。

陆高尖顿了一下：“你现在还没有资格知道这个，不必多问，你只需知道，九化天尊留下的这部功法，可以让你有机会迈进天尊！”

嘶！

陆离的手更加抖了，能够迈进天尊？连九重天在他看来都是遥不可及的，现在居然说他有可能成为天尊，这让他怎么能够不激动，更是无法相信。

凌寒却是摇头，天尊功法是天尊功法，得了就能成为天尊，那真是开玩笑了，否则大黑狗不早就成天尊了？

御虚仙王、东方锐、玄荣不也能够成天尊了？

不不不，修天尊法甚至可能让人陷入对方的道而无法自拔，让原本有机会突破天尊的人都是止于九重天，永远无法跨出那最最重要的一步。

也许，有人也是对陆高尖这么说的，才让他深信不疑，能够成为天尊，哪个九重天会不激动得热血冲头，忘了其他事情？

不过，不管怎么样，凌寒都想要将这九化天经夺过来，参考一下总是没错的。

陆离如奉至宝，小心翼翼地将玉符收了起来。

“这并非全部的九化天经。”陆高尖却是说道。

“啊？”陆离顿时露出失望之色。

“傻小子，如果是完整的九化天经，你根本不可能掌握。”陆高尖笑道，“九化天经共有九部，每一部都是阐述一条大道、一种规则，每多掌握一部，战力就会成倍提升，当九道合一，便有机会一举轰破屏障，冲上天尊之位。”

陆离又兴奋起来：“叔叔，那你可有完整的九化天经？”

“本座没有。”陆高尖摇头，“不过，有位大人物便掌握了全部的九化天经，只要我们尽心尽力为这位大人物办事，他就不吝赐于我们更多的九化天经。”

陆离不由目光火热：“叔叔，我们都能成为天尊吗？”

“一定可以！”陆高尖笑道，他抬头看着天空，“而且，我们一定会离开这个鬼地方，从此啸傲天下，让这片天地再也困不住我们！”

他顿了一下：“你且好好休息，明天起就修炼九化天经，争取早日掌握。如果有什么不懂的地方，可以直接来找我——原本，你的境界还低了点，本座想等你修为再高一些的时候再将九化天经传给你。”

但经过凌寒一事后，他决定要好好提升这个“侄子”的实力，否则他会抱憾终生。

他离去，咻，身形一闪，立刻消失不见。

陆离却哪有休息的心情，他太兴奋了，将玉符取了出来，将之贴在了额头上，抽取其中的信息。但他立刻感应到一股寒意，不由自主又将手放了下来。

他骇然大惊，因为身边不知什么时候多了一个人！

“阿——”他想要叫阿猿，但立刻想到阿猿在白天的战斗中受了重创，此刻还躺在了床上，这是他太习惯阿猿在身边保护自己，下意识地就想召唤对方。

凌寒展颜一笑：“不介意将这东西给我吧。”他伸出手，去拿玉符。

陆离又怎么可能匹敌，根本没有任何反应呢，玉符便落到了凌寒手里。

他们两人之间的实际战力差距可是多达五重天，都已经不是碾压了，而是星辰压。

陆离颤声道：“你是谁，你难道不知道，你正在给自己惹下大麻烦吗？”

凌寒哦了一下：“原来我这副模样你认不出来。”他现在不是李隆的模样，而是自己的真面目。

他心念一动，立刻恢复了“原样”。

“你你你，是你！”陆离顿时吓得脸色发白，绝没有想到这个闯入者居然会是凌寒。

怎么会如此胆大包天，白天刚离开，晚上就又潜了回来。

“这下认出来了？”凌寒笑，没想到居然有一天他的真容无人识，伪装出来的模样却是具有赫赫凶名。

“你不要乱来，我父、我叔都是九重天仙王，而且我叔叔还在为一名强大无比的存在做事，你若敢动我一根头发，也会死无葬身之地。”陆离恐吓道。

凌寒伸出手，一揪，陆离就有一大把头发被他硬生生拔了下来，让陆离不由惨叫，声音大得惊人。

其实没有这么疼的，陆离这么叫只是为了发出信号，让人知道他这里发生了情况。

凌寒微笑：“不要抱有无谓的幻想，我已经把四周的空间封锁，你就算叫破了喉咙也不可能有人听到。”

陆离顿时脸如死灰，也许别的四重天仙王无法封锁他的求救信号，但凌寒说能就肯定能，这个人太妖孽了。

他颤抖，怕得要命。

其实他和唐远一样，十足的二世祖、纨绔子弟，自己掌握主动的时候，嚣张无比，可一旦处在劣势地位，他就失去了一切勇气。

第 2592 章 调虎离山

“跟我说说你叔叔的事情。”凌寒问。

他对陆高尖的来历十分好奇，还有对方口中所说的大人物，可以随手拿出天尊功法赏赐于人，到底是什么来头，这魄力十分惊人。

陆离一丁点也不敢隐瞒，吐了个彻彻底底。

陆高全、陆高尖兄弟得罪了一个强大的势力，被拿下之后，他们并没有被杀，而是被扔进了仙王坟场。

到了这里之后，两兄弟一起打拼了许多年，却因为一个女人的关系，从此分道扬镳。

——这个女人就是陆离的母亲。

凌寒猜到了更多的东西，可能陆高全发现了陆高尖与自己女人偷情的事情，于是，两兄弟反目了。

是不是如此先不管，总而言之，陆高全运气很好，这么多年下来居然都没有挂掉，反而成了九重天仙王，而陆高尖就更加牛叉了。

他不但也成了九重天仙王，而且还结识了一个大人物，作为对方的代表来到了鬼王都，被捧为上宾，更被其他九重天仙王巴结。

便因为他手里掌握着九化天经，也只有通过他才能得到九化天经的其他部份。

这里是个监狱，每个人都想离开，可除非成为天尊，不然谁也别想靠自己的力量出去。

凌寒问那名大人物是谁，但陆离对此毫无概念，因为陆高尖一直守口如瓶。

“这么没用，留你做什么？”凌寒说道。

“不要杀我，你要什么我都愿意给你。”陆离求饶。

“不用这么麻烦。”凌寒轰出一拳，嘭，陆离的脑袋顿时被轰成了碎渣。

他立刻转身离去，陆离被杀的事情一旦曝光，肯定会引起轩然大波。

随便找了一个隐秘之地，凌寒恢复了原来的模样，进了空间仙器，然后与女皇、柔妖女共同研究九化天经——像刘雨桐她们修为太低了，根本不可能参悟透天尊之法。

之前凌寒可以修炼不灭天经，那是因为有黑塔之助，否则断无可能。

将玉符贴在额头上，立刻有无数的符号在识海中升腾，但玄奥又复杂，无法掌握其中之秘。

这可是天尊秘法，岂能够被人轻易掌握？

但凌寒修习过不灭天经，立刻升起一股感觉，这虽然不好掌握，但也没有难到登天的地步。

九化天尊将这部功法分成九份，绝非故意刁难人，而是充满了大智慧。

因为只有这样才能被仙王掌握，否则的话，就算是帝者级别的九重天仙王也要花上无数时间才能领悟其中一二的玄妙。

掌握了一部份之后，以此为基，便能一步步将九化天经的掌握提升，当然了，将两部份九化天经融合也绝非轻而易举的事情。

“天尊之法，值得一学。”

三人都是钻研了起来，时间流加速，完全忘了外面的世界。

这部功法确实值得他们花大精力去修炼。

他们这里倒是挺安静的，可鬼王都却是乱了套。

陆离死了！

要换了以前，陆离死了虽然也会引起骚动，但毕竟只是一个二世祖，顶多让陆高全愤怒得要杀人，在城中到处寻找凶手。

但这一次，因为陆离多了一个叔叔——也可能是亲爹。

陆高尖发现陆离死了，比陆高全还要愤怒、疯狂，而他又是代表着某位大人物，对青鬼仙王都有极大的影响力，于是，整个鬼王都鸡飞狗跳，到处都在找杀人凶手。

最有嫌疑的，当然是展飞羽了。

他看似离开了鬼王都，其实立刻又潜了回来，半夜杀人！

老匹夫啊老匹夫，真是该死！

城里当然不可能找到展飞羽的存在，陆高尖便向青鬼仙王提出要求，出兵攻打吉开城，誓要替陆离报仇。

不过，青鬼仙王既不笨也不冲动。

他可以为了九化天经与陆高尖代表的大人物合作，甚至投靠对方，但为了陆高尖就要与吉开城火拼，他却绝不可能如此鲁莽。

除非……陆高尖可以提供一支军队，整体战力不弱于鬼王都，那么两家合力，攻打吉开城就不会付出太大的代价了。

双方没谈拢，出兵之事自然也成空谈。

三年之后，凌寒头一个结束了闭关状态，他初步掌握了九化天经。

不灭天经是防御向的，淬炼体魄，提升恢复力，而九化天经则是攻击向的，每一部修一支大道，九道合一，便可能藉此超越规则，领悟那独一无二的力量。

这一部九化天经，修的是金之道。

金，代表着锐和煞。

凌寒举起双手，左手只是简单地缠绕上金系规则，但右手却是以九化天经引动金之大道缠绕其上，他双拳一起挥出，分别打在了一块石头上。

仙王坟场中的石头都非常坚硬，虽然在凌寒的一击之下两块石头同时碎开，但一块只是裂成了七份，另一块则是化成了粉末。

——粉末状的石头是右手轰出来的。

凌寒可以保证，他用的力量是完全一样的，可结果却是相差极大，足以证明九化天经的强大了。

“九部天经合一，威力难以想像！”凌寒感慨道。

这可是一位天尊创造的功法，而能够成为天尊，又有哪一个不是天纵奇材呢？

“好想获得其他部份的天经。”他喃喃说道。

那位神秘大人物让陆高尖拿着这部份九化天经来招揽青鬼仙王他们，能够藉此迈进天尊肯定是骗人的，但价值依然惊人。

“这个地方似乎隐藏着许多秘密。”

“升龙丹若是可以在外界大量生产的话，足以改变这个位面的整体实力。”

“还有九化天经，为什么这里会有天尊的功法？”

“那位大人物图的又是什么？”

凌寒想了一阵，自然不可能有什么头绪。

他出了空间仙器，开始去找城里一个个二世祖，谁又能够阻止他杀人，顿时让鬼王都再次鸡飞狗跳，也让许多高阶仙王怒不可遏，认为这是吉开城的严重挑衅，必须进行反击。

在这样的情况之下，青鬼仙王也压制不了众怒，决定出动大军攻打吉开城。

大军很快就聚集起来，然后出动，青鬼仙王亲自出动，再加上杨缺、陆高尖等九重天仙王，声势可说是浩浩荡荡。

凌寒站在城头，看着大军消失在天际，嘴角不由露出一抹笑容。

调虎离山成功，他可以去青鬼仙王的府上，好生探查一下，升龙丹到底是怎么一回事。

第 2593 章 婆罗仙花

凌寒一直对升龙丹很好奇，这到底是怎么炼出来的，居然可以让资质平平的人升入仙王境，甚至在仙王境还能继续昂首挺进。

这不合理。

超高等位面确实牛逼，但也不应该牛逼到这样的份上。

再者，一位城主……应该很富有吧。

凌寒悄然而行，来到了城主府。

他小心翼翼，一路潜行，凭借着欺天术和他本身的实力，一路简直如入无人之境。

青鬼仙王不在，哪怕他没用欺天术，估计也没有人发现得了他。

阴河仙王并不住在这里，而是别有住处，虽然也有几个六重天仙王在巡视，但这自然不足以对凌寒构成什么威胁，只要小心就是了。

反倒是他不知道此地的情况，不得不绕来绕去，一间间屋子地寻找哪里才是青鬼仙王存放贵重东西的地方。

因此，大半夜下来，他才终于找到了地方。

这是一间书房，但有一个小型阵法切割出了一方空间。

换成普通的四重天、甚至七重天仙王都未必可以发现，可凌寒精通空间规则，一丁点异样就能引起他的注意，立刻便将目光锁定在其上。

不过，发现是一回事，可要破解又是一回事。

这是九重天仙王布下的手段，阵纹复杂，难以推究。

凌寒有的是时间，大军出征哪是一天两天就能归来的，而这里平时又没有人进来，他自然可以慢慢推算的。

他还真是定定心心，一天、两天、三天，时间不断地过去，他在阵纹的推衍上也在不断地加深，甚至还生起了种种明悟，对他的武道非常有帮助。

半年之后，凌寒终是露出喜色。

这个阵法被他破解了。

真是辛苦！

凌寒擦了下额头，虽然没有出汗，可他却是感觉好像大战了一场。

这半年时间，他一直沉浸在对于阵法的钻研之中，甚至还用上的时间流加速，看似只过去了半年，可于凌寒来说，却已经是五百多年了。

花费五百多年破解一道九重天仙王布下的阵法，这速度可丝毫不慢，主要是青鬼仙王不在，否则凌寒哪可能在这里一呆就是半年多的，以为九重天仙王只是摆设吗？

阵法破开，这里面是一个小型空间，放着许多的升龙丹，自然被凌寒全部收进了囊中，这没啥好客气的。

除此之外，他还发现了一张丹方。

升龙丹的丹方。

凌寒目光扫过，却是露出了无比得讶然之色。

因为升龙丹的炼制原料简单得一塌糊涂，只需要婆罗仙王的果实就够了。

一种材料！

这恐怕只有最最低级的丹药才会仅仅用到一种材料，可升龙丹却明明是仙王级别的大丹。

不可思议，无法想像。

不但如此，这升龙丹的炼制手法也是简单无比，别说是五星大师了，就是刚刚入门的学徒也能轻易将之炼制出来。

这太不合理了，似乎婆罗仙王的果实就已经是半成品——不，不止是半成品，而是接近九成九的准成品，所谓的炼丹就只是进行一下包装罢了。

“这个婆罗仙花又是什么鬼？”

“咦，之前我好像听唐远说过。”

凌寒使劲想，他曾经听唐远偶尔说起，打赌赢了赵双，获得了几株婆罗花，当时他也没有放在心上，但以他的记忆力当然是过耳不忘的，只需要想一想，就能从脑海中翻找出来。

“似乎，这里的仙王都在种植这种仙药。”

凌寒离开了城主府，他要去寻找青鬼仙王的药园，看看婆罗仙花到底是什么东西。

这个并非什么秘密，随便打探一下就知道了，只是当凌寒来到地方之后，却是发现这药园居然有一位八重天仙王在坐镇。

他可以匹敌普通的七重天仙王，但遇上帝者级别的话，则需要祭出仙魔剑、发动全部的力量，而对手的实力再强大一点他就扛不住了。

毕竟境界差距放在那呢。

“我如果将九化天经全部弄到手，参悟透彻的话，不用仙魔剑应该就能战阴河仙王这种对手，可现在不行，更不可能是八重天仙王的对手。”

凌寒并没有盲目自信，一个人只有认清自己的实力才能称为强者，否则离死不远的。

有八重天仙王坐镇，这个药园显然与他无缘了。

不过，城里可不止青鬼仙王一个人才有药园，种植婆罗仙花，他可以去别的地方转转。

找谁呢？

凌寒眼睛一亮，身形一转。

前一阵子他着实杀了不少二世祖，这也是引发鬼王都向吉开城大举进攻的根本原因，不过，死的二世祖一多，九重天仙王自然有了防备，到了后面就不好下手了。

因此还有一些二世祖活着，比如赵双，比如杨笑玲。

就去找赵双吧，能够拿出婆罗仙花打赌，应该对此有些了解。

凌寒先去了赵双的别院，不过发生“刺杀”事件后，赵双便搬回了老子的府第，相比于自由，还是小命更加重要。

赵双的老子叫赵元意，这次自然也随着青鬼仙王出征了，可不能因为你的儿子没有被宰就可以在这里坐看，既然出征，就要全力以赴，否则只会被吉开城各个击破。

凌寒便杀去了赵元意的府第，他还是十分低调，小心翼翼，谁知道有没有仙王给他下套，突然就冒出一名九重天仙王来。

他一路潜行，也不放出神识搜索，但要找到赵双真得不难。

——大厅之中，这个家伙正结朋伴友，进行着一场宴会，有美女翩翩起舞，却是衣着曝露，动作尺度大得惊人，极尽撩人之事。

有些二世祖十分不老实，抱着倒酒的美丽侍女上下其手，可赵双却兴致不高，好像有着重重心事。

“赵哥，不要闷闷不乐了，来，小弟敬你一杯！”有小弟拿起了酒杯，向着赵双敬酒。

赵双点点头，拿起酒杯与对方虚碰一下，再放到嘴边随意碰了一下，算是应付了过去。

又一名小弟道：“赵哥，你是不是在担心李隆那家伙？”

“诸位大人亲征，吉开城哪还敢再做这种事情，赵哥你放心吧。”

“就是，诸位大人一定会逼吉开城交出杀人凶手，带回城中千刀万剐。”

“而且，这对于赵哥来说还是一件好事。”

众人奇怪，这李隆闹得人心惶惶，怎么还有人说是好事？

那开口惊人的家伙悠悠一笑，道："有资格与赵哥平起平坐的人都是死得差不多了，以后咱们赵哥不是鬼王都独一号的王者吗？"

第 2594 章 盘问

对啊！

赵双眼睛一亮，想想看，现在还有几个二世祖能够与他比肩的？

有，但少得可怜。

说起来，他真应该好好感谢那名杀手，扫除了他许多竞争对手，让他在二世祖中可以横着走了。

“对啊，咱们居然没有想到这点。”

“哈哈哈，我们赵哥都要成为独一号的人物了。”

“要好好感谢那位杀手。”

“最好那家伙再出手几次，让咱们赵哥从顶级公子哥之一，变成唯一。”

众人都是大笑，如果赵双真成了独一无二的公子爷，那他们的地位也会水涨船高。

赵双也来了兴致，这些天他一直担心，什么时候那名杀手会出现在自己的屋里，将他也杀了。但再想想，自从大人物们出征之后，半年来并没有发生一件刺杀事件，可见那名凶手肯定也是感觉到了压力，不敢再这么做了。

如此一想，他也就放下心来，举起酒杯与众人畅饮了起来。

凌寒原本想要等到他们酒散了之后再出手，可这些家伙也太会做乐了，总是喝个不停，丝毫没有散场的意思。

以仙王的精力，这一口气喝上十年八年都不是问题啊。

凌寒没有再等下去，他已经摸清楚了府第的情况，只有一名七重天仙王坐镇，这可以做他的对手，但凌寒相信他现在出手的话，那名仙王根本不会发现异常。

他悄然发动空间规则，将整个大厅隔绝出来，这样一来，这里就算打翻天也不用担心，那名七重天仙王根本查觉不到异样的波动。

完成布置之后，凌寒身形一闪，出现在了大厅中。

“咦？”

看到凌寒突然出现，众人都是一愣，然后在下一个瞬间，所有人都是张大了嘴，一个个都是面如土色。

李隆！

真是说什么来什么，刚才他们还期盼着那名杀手再去宰几个二世祖，让他们的“赵哥”成为独一无二的公子爷，可乌鸦嘴居然应验到了自己的头上。

“李李李李、隆！”有人率先开口，双唇都在打颤。

“来人啊！”

“救命！”

顿时，众人七嘴八舌地叫了起来，他们知道自己绝非凌寒的对手，只有叫来顶级强者才能活命。

凌寒完全不在意，他的神意笼罩之下，一切尽在掌握，这里的仙王最强的也才二重天，而且还只是皇者之资，他一个念头就能将之轰杀成渣。

“李、李隆，你想干什么？”赵双强作镇定，他要拖时间，拖到府中坐镇的七重天仙王出现。

凌寒微微一笑：“来问你几个问题。”他一屁股坐了下来，然后向边上瑟瑟发颤的侍女道：“麻烦倒杯酒，谢谢。”

那侍女打了个激灵，连忙给凌寒斟酒。

她是在仙王坟场中出生的，因为只有斩尘的修为，在这个地方简直就是渣一般。

但在凌寒看来，这倒可能是一个无辜之人，所以他客客气气。

“你想知道什么？”赵双问道，语气越来越平静，但只有他自己知道心跳得有多么厉害。

凌寒喝了杯酒，身形站起：“人太多了，都给我进来吧。”

他出手，抓起一人就丢进了空间仙器中。

众人都是变色，这家伙终于露出屠夫的一面了。

逃啊！

他们发出尖叫，一边向着大厅外冲去，可来到门口的时候，他们却是骇然发现，明明出口就在面前，却仿佛有一道无形之墙挡住了他们的去路，让他们怎么也无法冲过去。

这是怎么回事？

为什么他们冲不出去，为什么坐镇的七重天仙王还没有过来？

他们都快要叫破喉咙了，外面那些人难道都聋了吗？

凌寒随意出手，每次出手就能抓回一名仙王，封住修为之后再丢进空间仙器中，十几次出手之后，这里除了几个侍女、歌姬，便只剩下赵双了。

赵双瘫坐在椅子上，他很想动，但太过害怕了，让他连一根手指都没有办法动弹。

凌寒再次伸手，将赵双也拿下收进了空间仙器，然后向着那些侍女、歌姬一笑：“让你们受惊了。”他身形一闪，已是消失无踪。

“啊！”这时，惊呼声顿时响彻了整个赵府。

咻，坐镇的七重天仙王立刻出现，目光扫过之后，他顿时露出怒容，浑身涌动出可怕的杀意。

……

凌寒来到城中一个隐蔽的地方，然后进入了空间仙器，开始审问赵双。

赵双吓得浑身都在颤抖，更是欲哭无泪。

这真是报应啊，还指望着凌寒去干掉更多的二世祖，让他可以独鳌头，结果凌寒确实出手了，可目标却是他。

早知道，死也不能有这样的巴望啊。

凌寒拍拍赵双的肩，道："问你几个事。"

"隆哥，你尽管问。"赵双连忙道，只要能够活命，他不在意丢掉二世祖的架子，做一条老老实实的狗。

凌寒点头："你知道婆罗仙花多少资料？"

"啊？"赵双讶然，他没有想到凌寒居然会问这样的事情。

"啊什么，快说。"凌寒将眼睛一瞪。

赵双连忙道："婆罗仙花的果实是炼制升龙丹的主要材料，价值很高。"

就这么简单？

"你就知道这点东西？"凌寒十分失望。

见凌寒的眼睛里露出了凶光，他不由心中一颤，这是要杀他吗？他连忙道："隆哥，我可以带你去家父种植婆罗仙花的地方。"

凌寒呵呵一笑："是不是想让那里坐镇的仙王杀了我，将你救回去？"

赵双确实有这样的打算，婆罗仙花太珍贵了，因此哪怕他老子外出征战，还是留下了一名得力干将坐镇药园，绝不容有失的。

但被凌寒这么一说，他摇头连连，用力大到恨不得将脑袋都是摇下来："不敢，不敢，小弟哪里敢有这样的想法，隆哥你想多了。"

凌寒取出一颗丹药，向着赵双丢过去："吃了。"

"隆哥，这是什么丹药啊？"赵双苦着脸问。

"当然是毒药。"凌寒随口道。

"啊？"赵双已经想服药了，可听到凌寒这话立刻停了下来。

凌寒道："这是慢性毒药，服下之后不会立刻致命，但只有三天时间，三天一到，没有我的解药，你就自求多福吧。"

赵双可不笨，他自然知道凌寒是什么意思，只要他敢动歪脑筋，那么凌寒可能要死，而他绝对也会毒发身亡！

"小弟明白！小弟明白！"

第 2595 章 背后的秘密

赵双服下“毒药”，面如死灰，有一种生无可恋的感觉。

凌寒心中笑，他哪来的毒药，只是吓吓赵双而已，但为了让赵双确信无疑，他故意施加了手段，让赵双腹中如绞，奇痛无比。

这在可以忍受的范围之内，但又绝对无法忽略了。

赵双胆子小，没一会就撑不住了，道：“隆哥，我感觉毒性就要发作了，快给我解药！”

嘭，凌寒踢出一脚，将赵双踹飞。

若非这丹药是凌寒拿出来的，还真要被赵双那副惶恐的模样给骗了，也要以为这是真正的毒药。

“少废话，快！”凌寒没有耽误时间，立刻带着赵双上路。

赵双被掳，这样的消息很快就会传遍全城，就算药园那里地方偏僻也不可能滞涩太长的时间，因此他必须赶在消息传到之前进入药园并离去。

药园的位置确实很偏，藏在了一处荒山之中，但四周都布有阵法，有一名八重天仙王坐镇。

凌寒早就进了空间仙器，而赵双则是在外面行走，空间仙器藏在了他的身上。

这是一个冒险的行动，万一赵双胆子一横，向那名八重天仙王求助的话，那凌寒就是瓮中之鳖，哪怕可以逃生，必然也得付出巨大的代价。

但一来凌寒胆大包天，二来他也相信像赵双这样的二世祖更加珍惜自己的性命，绝不敢拼个玉石俱焚的。

赵双深深地吸了口气，将满脸的惊慌全部收了起来，恢复了他二世祖的纨绔，然后向着山中走。

“赵双，又来偷药了？”一个声音响起，带着揶揄。

赵双只见眼前一花，已是多了一个缠绕着八道异彩的人，正是此时坐镇的仙王。他心中一阵火热，求救之言差点脱口而出。

可他立刻想到了凌寒那平静的表情，似乎拥有着无比的自信，让他不由生起了寒意。

要知道，当初九重天仙王都是出动了许多，可依然没能将凌寒拿下！

——其实这是展飞羽的乱入，转移了视线，造成了误会。可从结果来说确实如此，听者不会想这么多，只会觉得凌寒无比牛逼，连九重天仙王都是拿不下来。

因此，他自然对八重天仙王更加没有信心，万一只是将凌寒赶走，那他身上的毒由谁来解呢？

这么一想，他火热的心便立刻冷了下来。

“许叔，您说笑了，我只是进去看看。”他这么说道。

“你每次都这么说，但哪一次会老老实实的？”那八重天仙王笑道，但还是挥了挥手，“进去吧。”这是赵元意的吩咐，只要赵双不过份，可以让他“顺”点婆罗仙花，毕竟是亲儿子嘛。

赵双点头，向着山中行去，走了几步之后，他还回头看了一眼，心中又有点冲动，但终是没有开口。

进入深山之后，凌寒从空间仙器中出现，他已经运转了欺天术，只要不出手，保证就是九重天仙王也不会查觉到这里多了个人——除非亲眼看到。

这是药园，种着许多仙药，但大部份的药龄都很低，于仙王没什么作用，至少也得等上个把纪元才行。

这让凌寒更加惊讶，因为仙王大药如此难以成材，为什么升龙丹却可以泛滥呢？

照理来说，婆罗仙花不应该需要几个纪元的时间才能成长、结果，严重地限制升龙丹的产量。

“隆哥，就是这了。”赵双停下，指向前方一块药田。

凌寒看了过去，这就是婆罗仙花？

这是一种异常妖艳的植物，枝茎鲜红如血，叶子则是呈紫色，上面有一道道青色的脉络，非常得夺人眼球。

有些婆罗仙花已经盛开，花儿大如拳头，花瓣十分肥腴，色彩更加斑斓，有的则只有花骨朵，有的更是结出了果实，同样色彩艳丽。

凌寒走了过去，近距离观察。

这花很鲜艳，甚至有点妖艳了，给他一种很邪恶的感觉。

这绝非错觉，因为凌寒闻到了血腥味。

“这花是用什么浇灌的？”凌寒扭头问道。

“隆哥，我感觉快要喘不过气来了，你是不是算错时间了，毒性已经发作了。”赵双却是心神不宁，根本没有听到凌寒的话。

啪，凌寒给他一记重重的耳光，才终于将他打醒了过来，一边捂着脸庞，一边委屈地道：“隆哥，你干嘛打我？”

“问你话呢！”

赵双打了个激灵，却道：“隆哥，你问什么？”

凌寒摇摇头，将问题重复了一次。

“我不知道。”赵双茫然摇头。

凌寒没有再问，这个二世祖眼里只有婆罗仙花而已，这能换到惊人的财富，可婆罗仙花是怎么种出来的，这点他就不在意了。

他只是观察着，心中升起了一个猜测。

一会之后，他突然一凛，向赵双道：“有人来了，不要露出马脚。”咻，他进了空间仙器。

很快，有人过来，这是一名五重天的仙王，看到赵双之后，连忙打了个招呼，道："属下见过公子。"

赵双矜持地点点头："免了。"

这名仙王走到婆罗仙花的药田边上，手一甩，顿时有许多具尸体出现，有人族的，也有兽族、禽类，但全是仙王，哪怕死了，依然有一股可怕的威压，根本无法伪造。

赵双的眼睛立刻变得浑圆，因为之前凌寒刚好问过，让他立刻生起了联想。

果然，那五重天仙王将仙王尸斩碎，化成血雨骨屑埋进了药田之中。

他的动作十分熟练，好像已经干过许多次了。

因此，他的速度很快，没多久就收工了，然后向赵双点了点头："属下告退。"

赵双还在震惊之中，只是麻木地点了点头。

待那名仙王离去，凌寒出现。

他脸色凝重，果然如他所料的一样。

之前他一直不解，为什么升龙丹便只有仙王坟场才有，而且效果那么逆天。

但现在答案揭晓了，因为婆罗仙花是用仙王尸体为肥料种植出来的。

这相当于用仙王在培养仙王，而且这其中肯定有大量的损耗，也许十名仙王才能培养出一名仙王来。可无所谓，这里是仙王坟场，年年都有大量的仙王关进来，提供大量"材料"。

难怪许多没有背景的仙王也被丢了进来，根本原因在这里。

等等，升龙丹如果拿不出去的话，外面的仙王何必干这样的事情，非要把仙王丢进来呢？

嘶！

凌寒顿时明白，这可能涉及到一个巨大的黑色市场。

第 2596 章 推究真身

在外界，一定有势力把手伸了进来，可以获得升龙丹。

也许这样的势力不止一个，而且因为升龙丹的效果，涉足这场利益的势力肯定无比强大，甚至有天尊背景，否则怎么将升龙丹拿出去呢？

他换位思考，如果他是一位天尊，为了获取升龙丹会怎么做？

派一名九重天仙王进来这里，而且还得是战力无比强大，可以拿得下一个城的那种，那么便能获得大量的仙王尸，大面积种植婆罗仙花。

到了一定时间，他就出手，打开仙王坟场，收走升龙丹。

这又不是劫狱，想要做到不难，又或是以送进去的仙王历练为借口，可以将人连丹一起捞出来，比如黑驴，它一亿年后能来捞自己，难道其他天尊不行？

凌寒眉头大皱，这应该是一个巨大的黑色利益链，他若去触碰的话，可能会引出天尊来针对他。

也许不止一名天尊，而是几个，甚至更多。

“我果然自带麻烦光环啊！”他感慨，进入这里只是想来战斗，快速提升他的修为，没想到竟会触碰到这样的大事。

他当然可以袖手旁观，反正被丢进这里的仙王大多都是罪有应得。

“不知怎么回事，总有一种不妥之感。”

凌寒沉思，就算他发现了升龙丹的秘密，这相当于许多仙王来成全一个仙王，但作为一名丹师，他还是无法完全接受这样的丹药。

丹药没有如此简单的，如果按此扩展，是不是十几株仙王大药一起炼制，就能同样达到升龙丹的效果？

完全不可能！

凭什么升龙丹可以？

凌寒解释不了，但以一位丹道帝王的直觉，他觉得婆罗仙花并不止用仙王血肉喂养如此简单。

他采了两株婆罗仙花收进空间仙器，以后可以慢慢研究，然后让赵双带他离去。

赵双哪敢有二话，立刻带着空间仙器离去，连婆罗仙花都没有顺走，因为他知道，这要是顺了的话，那也是要奉送给凌寒的。

他离开时，那名八重天仙王还出来看了一下，发现只少了两株婆罗仙花，便爽快地放赵双离去，否则的话，他一定会让赵双把婆罗仙花交出来的。

离开荒山，凌寒出现，将赵双收进了空间仙器。

现在他该知道的东西都知道了，是不是还要继续留在鬼王都呢？

想了一阵，凌寒决定留下来。

正因为有许多九重天仙王都想拿下他，才能给他足够的压力，让他保持修为的快速提升。

那就来斗上一斗！

凌寒战意熊熊，压力越大，他的斗志就越是昂扬。而且，他的脾气也是犟得可以，你们想要拿下我、杀死我，我偏偏就要留下来，让你们添堵。

而且他也很想从陆高尖的身上摸到那位神秘大人物的来历，到底是谁？

之前他并不了解，但现在因为升龙丹的关系，这可能涉及到几家强大势力的斗争，想要争夺婆罗仙花的市场。

因为，手底下掌握的人越多，就能培养出更多的婆罗仙花，相对的，升龙丹的数量也越多，这玩意拿到外面去的话，是可以改变一方天地的格局的。

赵双的失踪自然又在城里引起了大风波，这意味着那神秘凶手并没有因为青鬼仙王他们对吉开城的征伐而收敛，又伸出了魔掌。

但从另一方面来说，是不是吉开城顶不住压力了，需要用这样的方式让出征大军退兵呢？

鬼王都的人不知道，因为两城相距太远了。

又过了一年，出征之师终于归来。

许多仙王负了伤，更有许多仙王永远回不来了，但青鬼仙王却是宣布了一个让人振奋的消息，那就是他们打赢了，迫得吉开城付出了极大的代价，才让出征军停止了攻击。

不过，一回到城主府，众九重天仙王却是莫不将脸阴沉了下来。

他们虽然是获胜的一方，却失损失巨大，关键是，他们还闹了一个乌龙。

因为那个李隆根本不是吉开城的人。

展飞羽都是立下了道誓，说根本不认识李隆这个人，更是和陆离的死完全没有关系。

道誓还是可以相信的，这让青鬼仙王他们都是肯定，展飞羽应该是恰好给凌寒背了黑锅。不过，无论是展飞羽又或是吉开城也脱不了关系，因为他们确实在图谋鬼王都。

两边并没有一直打下去，因为虽然鬼王都方面占了上风，但并非压倒性的优势，再不收兵的话，哪怕鬼王都一方可以胜出，那也是惨胜，实力将跌到底谷。

到时候，别的势力趁机攻击，那等于是为他人做嫁衣了。

“那个李隆，到底是什么人？”青鬼仙王沉声问道。

“回师父，根据徒儿的调查，此人是新近才进入仙王坟场的……”阴河仙王立刻站了出来，说起了凌寒的资料来。

其实都不是什么秘密，凌寒在竞技场中大杀四方，神勇无敌，这也是众所皆知的事情。

“一个小小的四重天仙王，拥有如此战力绝不正常。”唐明伯沉声说道，他现在已经彻底冷静下来，愤怒无助于他报杀子之仇。

“确实。”青鬼仙王点头，“别说超级帝星，就是进化指数达到十二，也不可能让他在四重天的时候便可匹敌七重天。”

“他的身上，应该藏着巨大的秘密。”陆高全说道，还看了陆高尖一眼。

“难道……他身上也有天尊之秘！”众仙王都是惊呼。

也只有这个才能解释了，因为他们都是九重天仙王，绝对想不出有什么手段可以让四重天的仙王无视了境界压制，猛到如此穷凶极恶的地步。

这里既然可以出一门天尊秘术，为什么不能出第二门呢？

陆高尖也不能断定，他只知道九化天经无比强大，九部合一，战力恐怖无边。但能不能让一名四重天仙王去战七重天，这他就不知道了。

“总而言之，定要将那个李隆揪出来。”青鬼仙王沉声说道，“前一段时间他又做恶了，此子不除，我们还有什么脸面？”

“是！”其他仙王都是点头，有九重天仙王坐镇，可还是让凌寒为所欲为，想杀人就杀人，那他们个个都要颜面扫地。

“另外，还得再调查一下这个李隆，本座怀疑他的这个身份可能是假的。”青鬼仙王又道。

第 2597 章 荒月盟

“外来的历练者？”赵元意立刻道。

儿子失踪，就是那李隆所为，让他比任何人都想要找到凌寒，因为儿子可能还活着。

“非常有可能，否则的话，战力如此惊人，便是真得残杀了同门，应该也能得到特赦。”陆高尖说道。

现在搁在所有人面前最最大的敌人便是狂乱，只要未来能够成为抵御狂乱的主力军，那无论犯了什么事都可以原谅，至少也允许戴罪立功。

凌寒的战力妖孽到这样的地步，又怎么可能被丢进仙王坟场发臭呢？

所以，他是历练者的可能性更高。

“该死！”众仙王都是冷哼，对于历练者可说是无比痛恨。

青鬼仙王却是神情冷然，因为只有他自己知道，自己其实也算是半个历练者，但目的并非是提升修为，而是冲着婆罗仙花来的。

他想得更多，凌寒会不会某个势力派来的，目的则是与他一样，都是婆罗仙花。

“陆兄——”他向着陆高尖看去，“我们什么时候行动？”

陆高尖点点头，道：“元古墓关系无比重大，荒月大人的意思是，合仙王坟场所有九重天仙王之力，一起打开。所以，暂时还不会行动，还请青鬼兄多等待些时间，到时候，本座定会通知。”

这个回答让青鬼仙王不是很满意，他眉头一皱，道：“那我们什么时候可以拿到九化天经的第二部？”

“青鬼兄，不要急，按照约定，等到了元古墓前，荒月大人就会将九化天经的第二部奉上。”陆高尖笑道。

众人都是露出火热之色，得齐九部九化天经，融合为一，就能冲击天尊，这对他们的诱惑实在太大了。因为一旦成为天尊，他们就能离开这个鬼地方。

别看他们都是九重天仙王，高高在上，可一旦鬼王都被敌对势力攻陷的话，他们陪葬的可能性是非常高的。

在这里，仙王命不值钱，便是九重天仙王也不是不能牺牲的。

“那趁着这段时间，怎么也要将那个‘李隆’揪出来！”青鬼仙王冷冷说道。

众九重天仙王莫不眼喷怒火，没被凌寒干掉后代的人屈指可数，自然恨不得将凌寒立刻拿下处死。

……

凌寒可没有停下杀戮的步伐，他时不时便会出动，有高阶仙王坐镇，他就避而不战，可若是没有的话，那他便毫不客气出手，将鬼王都弄得是一团乱。

明明只是一个四重天而已，怎么就能搅出这么多的风雨呢？

一是，鬼王都太大了，而且这里是困禁仙王的监狱，有天尊布下的手段，大地坚实，对于神识扫视有特殊的削弱作用，便是九重天仙王也不可能尽复每一寸土地。

第二，凌寒参考了青鬼仙王的手段，改进了阵纹，让空间仙器变得更具有隐蔽性。

他甚至想把欺天术融进这件仙器中，让它自带伪装效果。

这不是不可能，因为仙器本来就是仙兵再加上武道意志而成。只是说来简单，真要做到却不是一件容易的事情，反正凌寒也不缺时间，赶上城中搜索严密的时候，他就在空间仙器中研究这东西。

时光匆匆，一万年光阴已是过去。

凌寒终于将欺天术融进了空间仙器中，使得这件仙器拥有了更好的安全性，便是九重天仙王盯着他，也无法将它与普通的石头分辨出来。

为此，凌寒也把这玩意伪装成了一块小石头。

“这便叫……仙客居吧。”

凌寒决定给这个空间仙器取个名字，他念了几句，觉得这个名字相当不错，让他很是满意。

“不过，这还不能与黑塔相比。”

黑塔可以任意缩小，化成了微末、芥子，可仙客居现在无法有大小变化。

“在炼器上，我还有很长的路要走。”

虽然仙客居还不能随意变化大小，这是一个缺点，但凌寒也相当地满足了，以后一步步来就是了。

而这么多年下来，他的修为也有了相当地进步，因为他每次出手可不是都能顺顺利利逃走，有许多次遭到了八重天仙王的追杀，费尽心机才逃出生天。

不断地游走在生死边缘，在危险中磨砺自己，他的修行速度自然快了。

再加上这里有大量的仙药，如今凌寒已经将四重天推进到了第三步。

区区一万年而已，按这样推算，他再过两三万年就可以冲击五重天了，这速度快得吓人。

而在这一万年里，却是发生了许多大事，一个巨大的联盟成立，称为荒月盟。

鬼王都便属于荒月盟，盟主是一个被称为荒月的神秘强者，据说如今仙王坟场之中，至少有三分之一的势力已经归属于荒月盟之下。

这逼得其他势力也只有纷纷抱团了，不然的话，荒月盟兵锋所指，有谁可以抗衡？

还好的是，荒月盟内部的结构却是相当地松散，荒月这个人并没有要各个势力完全效忠，同盟也只是同盟，也许也正是如此，各个势力才能这么快地融合到一起去。

凌寒早就将赵双放了回去，但还是让对方以为自己中了剧毒，必须要时不时地服用“解药”来压制，这是一个很好的耳目。

赵元意又怎么会怀疑自己儿子，所以很多秘密都被凌寒不费吹灰之力了解，正因为如此，让凌寒许多次避开了九重天仙王们特意布下的陷阱。

这一天，赵双照例来取“解药”。

“隆哥，我又打探到一个大消息。”赵双现在已经完全没有脾气了，而且他现在在鬼王都已经是数一数二的纨绔，这也是亏了凌寒。

凌寒哦了一下，道：“什么消息？”

“你还记得吗，我很久以前说过，我父亲他们愿意加入荒月盟，一是因为九化天经的关系，二则是元古墓，只要凑到足够的九重天仙王便能开启，里面有惊人的宝物。”赵双说道。

“嗯。”凌寒点了点头。

“之前，陆高尖收到消息，并通知了家父，十天之后就出发元古墓。”赵双还真得说出了一个大消息。

凌寒顿时心动，道：“十天？”

“隆哥，你要去吗？”赵双问道，潜台词则是，您老人家如果要去的话，拜托将他的毒给解了吧，每天都是提心吊胆的，他真得要崩溃了。

凌寒一笑：“当然去了。”他拍拍赵双的肩，“以后，少干点缺德事。”

“是是是。”赵双连忙点头，“那个隆哥，永久解药呢？”

第 2598 章 纷至

凌寒笑眯眯地看着赵双："什么永久解药？"

啊，你给我下的药，你不知道永久解药是什么？

不能这么玩我啊！

赵双连忙笑道："我这不是中了毒吗，都一万多年了，一直藏在我的体内，小弟怕有后遗症，万一落下什么病根的……不瞒隆哥你说，小弟还没有子嗣，怕影响下一代。"

凌寒有种想要笑出来的冲动，没想到这家伙一万年下来性格会发生如此大的变化，哪还有以前的嚣张？

他转过话题，又问："这次鬼王都有多少人会去？"

"基本上是个九重天仙王都会去，我们这些小辈也有几个能够跟着去。"赵双道。

"你？"凌寒看着对方。

赵双连忙摇头："我当然不去了，那么危险！"

靠，这个胆小鬼。

凌寒摇摇头，笑道："你回去告诉你爹，说你突然改变主意了，要跟着一起去。"赵双的老子是九重天仙王，要带些人一起肯定没问题的。

"啊？"赵双苦着脸，谁不知道这种地方最是危险，他真是半点也不想去，反正老子去了就行，无论得到什么他肯定有份。

这样既不费力、也不用冒险，却能坐享其成，有如此好事，他还要去冒险不是傻的吗？

凌寒拍拍他的肩："没问题吧？"

"没。"赵双只好摇头，谁让他的小命捏在凌寒的手里呢？

赵双回去之后，果然向赵元意提出了要去元古墓。

这让赵元意大喜，因为赵双自然不会说他是受到了胁迫，而是他突然觉得身为一名男人、更是一名九重天仙王的后代，需要勇敢一些。

这自然让赵元意十分欣慰，儿子终于有点出息了。

——如果他知道这还是因为儿子贪生怕死，不知道会气成什么模样。

过了几天，赵双又来找凌寒，带来了一些资料。

除了诸大九重天仙王之外，二世祖中，阴河仙王、杨笑玲都会前去，再加上赵双，这就是鬼王都硕果仅存的三个九重天仙王后代或是徒弟。

“我就跟着你，当个小弟了。”凌寒拿着名单看了下，然后对着赵双笑道。

赵双只有苦笑的份，他敢拿这位爷当小弟吗？

几天之后，大部队开拔。

凌寒混在人群中，他自然不可能再是李隆的模样，也不是自己的真面目，而是随便变化了一个，再让赵双给他弄个假身份。

赵双手里发出来的假身份其实和真身份一样，有这样的二世祖帮忙，还怕不能瞒天过海吗？

队伍其实很庞大，光是九重天仙王都有二十几个，反倒是二世祖比较少，就赵双三人，再加上他们带的一些小弟，总共才十几人。

凌寒并没有引起谁的注意，毕竟只是二世祖的一个小弟，谁会在意？

他们插着荒月盟的旗帜，全部坐在了一艘空舰上，有九重天仙王亲自催动，速度快得惊人，而且，仙王坟场虽然空间极大，但终究只是一个小天地，再大也是有限。

三年之后，他们终于接近了目的地。

九重天仙王亲自出手催动，居然还要三年时间之久？

因为这片天地是被天尊施加手段变成一个独立的区域，空间规则也受到了极大的影响，可以瞬移，但只能在小范围内实现，无法进行长距离的空间穿梭。

凌寒自忖，如果要他自己赶路的话，恐怕得需要二十年左右。

一是他的速度要比九重天仙王慢许多，二是他不可能一口气全力赶路二十年而丝毫不休息的。

他们的前方，出现了一片巨大的黑色沼泽地。

空舰就停在了沼泽地的边缘，没有进去，在半空来看，沼泽地升腾着黑色的气息，好像烟雾似的，化成了一条条蛇状。

这是一个死地，据说连九重天仙王都是不能闯，会有杀生之祸。

荒月之所以要把无数的九重天仙王联合起来，就是为了扫平这个区域，因为元古墓是在这个沼泽地的中心区域，不先把沼泽地推平了，他们可无法进入，又何谈收获了。

凌寒还不知道这个元古墓中到底有什么好东西，又或者这个元古是不是一名强者的封号，因为赵双怎么也没有打探到具体的消息。

也许连赵元意都不知道，被瞒在了鼓里。

他们并非第一个到达的，天空中还停着许多空舰，有些插着荒月盟的旗号，表示是自己人，可也有些却是插着其他的旗号。

现在的仙王坟场，基本分成了三个势力，一是荒月盟，二是万龙盟，三是春秋盟，其中万龙盟和春秋盟都是因为荒月盟的崛起而不得不联盟，否则一团散沙的话，肯定只有被碾压成渣的份。

这次荒月盟如此大张旗鼓地出动，显然也让另外两大联盟引起了注意，纷纷出动大军。

也许他们出动的人员并没有荒月盟多，但只要他们两家联手，那匹敌荒月盟还是不难的。

空舰很明显地分成了三堆，每个联盟各占一角，但明显万龙盟和春秋盟要彼此靠得近一些，而与荒月盟保持了更远的距离。

而在联盟内部，每艘空舰之间又保持了相当的距离，毕竟大家只是联盟，又不是真得成为自己人了。

又等了几个月的时间，来的空舰越来越多，密密麻麻地分布在沼泽地的上方。

荒月这个神秘强者终于出现，他笼罩在一袭宽松的黑色斗篷之中，完全看不出高矮胖瘦，甚至连是男是女也不能分辩。

他的声音飘乎，完全的中性化，也不可能藉此去判断他的性别。

大家都知道，他是故意隐瞒身份，因此也没有人去强迫他，虽然荒月境界不显，可就是九重天仙王都能感觉到沉重的压力，知道这个人强大无比。

不过，众人都是自信满满。

这里的九重天仙王太多了，便是来上一位一步天尊，也不敢说可以尽歼他们而不付出代价，相反，这位天尊被围殴致死的可能性更高。

当然了，二步天尊就不同了，真正掌握了元世界的本质力量，这样的存在不知道要比一步天尊强大多少倍，与九重天仙王的实力差距已经不是数量能够弥补。

荒月就算再强，也不可能是二步天尊，现在人多势众，谁也不用太过忌惮。

“既然万龙盟和春秋盟的各位也来了……”荒月傲立于天空之中，他转头四顾，扫了一圈，“不如，大家一起联手合作吧。”

第 2599 章 大魄力

没等万龙盟和春秋盟的人反对，荒月便将手一扬，刷，顿时在他身前出现了一个巨大的光球。

“要出手了吗？”

“胆子真肥，要以一己之力挑战无数九重天仙王？”

“哼，不自量力！”

众仙王都是冷哼，纷纷做好了出手的准备，他们一人只要轰出一记，荒月绝对是被轰杀成渣的份。

然而，荒月却并没有出手，他面前的光球上浮现出了无数的符文，更有一种超越规则的东西在扬动。

“这是！”有仙王扫过一眼，顿时双眼生光。

“九化天经，天尊之法！”荒月淡淡说道，“此为九化天尊所创，一经分成九部，若能尽得九部天经，融会贯通，便能打破天地束缚，成就天尊位。”

“什么！”

“竟有这样的妙法！”

“嘶，天尊！”

万龙盟和春秋盟的人都是发出惊呼，他们听说过荒月将某种秘法在盟内传授，但根本没有相信，谁会将无上妙法凭空传授呢？

这一定是荒月盟的阴谋，用意是要瓦解他们的同盟，绝对不能相信。

可谁能想到，荒月居然如此有魄力，当众将九化天经相传，简直……不知道说什么了。

凌寒也是震惊，别说他没办法将不灭天经传授给别人，就算可以，他也不可能见个人就传，而是会控制在严格的范围内。

比如他的媳妇、儿子，比如他的兄弟、徒弟，但要传授给一个甚至无数的陌生人，那是绝不可能的。

荒月在发什么疯?

天尊法是绝不可能让一名九重天仙王迈进天尊的，这点凌寒可以肯定，可是，天尊法毕竟是天尊法，拥有无比的威力。

比如不灭天经吧，只要有足够的资源支持，凌寒现在就能将体魄提升到仙金的层次，那他在仙王中就是不死不灭的存在了。

能够成为天尊，谁比谁弱?

因此，九化天经必然在攻击力方面有着可怕的加成，同阶一战，甚至威胁到不灭天经的防御也不一定。

这样的法……随意乱传?

凌寒心中这么想着，可目光却是盯在那只光球上，不管怎么说，这九化天经是真的，他当然不会错过。

一时之间，全场都是一片死寂，没人有说话的兴趣，他们都在贪婪地记着九化天经，每个人都是死死地盯着光球，仿佛那是一件无上至宝。

光球不断地闪动着，符文一个接着一个跳起，这是天尊法，却是分拆了九份，让仙王都有资格去触摸、去掌握，否则直接拿整部天经砸过来，再天才的仙王都只有犯晕的份。

从这点来说，九化天尊真是牛逼。

差不多一天之后，嗡，光球蓦然消失。

所有人都是怔然若失，然后发出了无比得嘈杂声。

“荒月道友，为什么这部天经并不完整？”有人问道。

“是啊，既然荒月道友不吝分享天尊妙法，何不痛痛快快地整部天经都拿出来。”

"荒月道友，这份情，我们都承了，日后定有所报。"

凌寒心中嗤笑，就算相信一只鬼，也不能相信仙王坟场中随便哪一个人的话，这里只有杀戮、只有利益、只有尔虞我诈，轻信他人只有死路一条。

这些仙王虽然将话说得漂亮，可只是想要得到完整的九化天经罢了，说不定得到之后，回过头就会向荒月递刀子。

荒月是怎么想的，没有人知道，他面容不显，谁也看不到他的表情、他的眼神，他淡淡道："不是鄙人吝啬，而是鄙人就只得到了三部九化天经。"

此话一出，众人都是哗然，只有三部九化天经，那他们怎么藉此推开天尊之门？

荒月按了按手："不过，鄙人通过种种线索，已经查到剩下六部九化天经的下落。"他顿了下，复道，"不错，就在这片沼泽之内，元古墓中。"

这句话落下，顿时点燃了所有人的激情，都是看向着沼泽地看去，眼神灼灼，战意冲天。

身为九重天仙王，他们当然可以分辨出之前看到的三部九化天经是真是假——绝对是真的，而且威力无穷，蕴含着无上玄奥。

所以，他们想要得到剩下六部九化天经的愿望就更加强烈了。

但是，并非所有人都是这么冲动的。

荒月说的话真能相信吗？

如果他其实手握完整的九化天经，却只是放出假消息，让他们去拼命、卖命？

可如果荒月都掌握了完整的九化天经，却还要图谋元古墓中的东西，那说明里面藏着东西无比宝贵，至少不会弱于九化天经，否则何须拿天尊法出来招揽呢？

众人都是各怀心思，但在有一点上却是达成了共识，那就是一定要夷平这个沼泽地。

诸大仙王联手，全是九重天级别，否则就是八重天仙王都没有资格参与，这片沼泽十分可怕，升腾的黑气具有可怕的杀伤力，便是九重天仙王都要全力以赴才能对抗。

“最最顶级的毒系规则。”凌寒看了几天之后，得出了结论。

顶级规则就是九重天仙王级别，也只有九重天仙王才能对抗，而这里一道黑气就相当于一位修毒系大道的九重天仙王，那想想就知道有多么可怕了。

必须由无数的九重天仙王联手，一点点扫平。

这推进的速度奇慢，因为“对手”太强大了。

消息传出，有更多的九重天仙王赶到，荒月毫不吝啬，反正已经将三部九化天经传了那么多人了，只要来一个九重天仙王都能得到传授。

一年、十年、百年，众仙王在稳步推进着，毕竟是真正的九重天仙王，岂是天地生成的毒气可以阻挡的？

不过，站在上空看，沼泽地依然无际，不知道还要几百几万甚至几亿年才能推平。

还好的是，仙王最不缺的就是时间了，无惧天人之厄，只要不是被强者干掉，寿元是无限的。

凌寒也会去沼泽地，抽取一缕毒气来磨砺自己，每一次都是让他死去活来，最严重的一次甚至让他全身都腐烂了，差点就这么化道归西。

这是在与九重天仙王战斗，哪怕只是一丝一缕都是无比可怕，可以轻易将他斩掉，完全是在玩火。

可效果也是惊人，一直在与九重天级别的规则战斗，让他的修为突飞猛进，向着四重天巅峰快速、稳定地进军。

一万年、十万年、百万年……时间过得飞快，可沼泽地却依然固我，似乎没有止境一般。

这要忙到何年何月？

第 2600 章 古墓群

越来越多的人来到了这里，不止是九重天仙王，还有八重天、七重天，甚至境界更低的。

谁都知道了，诸大九重天仙王有大图谋，要推平一座险地，里面藏着惊天动地的宝物，甚至可以让仙王成为天尊！

这消息是谁第一个散播出去的，已经无人可以考证了，只能看到造成的效果真是惊人，让这个区域变得无比得密集，人山人海。

人一多，免不了就会产生冲突，再加上仙王坟场又没有什么规矩，杀人真是太平常的事情了，每天都会有血战发生，甚至发出大规模的团战。

女皇、柔妖女都是易容之后参与过好多次团战，老是闭门造车的话，不利于她们的成长。不像小恐，它的战斗能力都刻在了本能之中，犹如战兵。

整整一千万年过去，这片沼泽地终于要被推平了。

四面八方的仙王出现了合围之势，虽然这个范围依然大得惊人，但沼泽地就只有三里左右的大小，再往前就是一片陆地，但升腾着雾气，不是看得很真切。

众仙王都是大振奋，又花了一天功夫，终于将沼泽地完全扫空，可以畅通无阻了。

“咦！”

他们登上这片陆地，迷雾散开，可以看到附近一里范围内的东西，只见零零星星地竖着几座大坟。照此推算的话，迷雾之后应该也是大坟，加起来的数量就惊人了。

这些坟墓真是高大，光是墓碑就有百丈来高，坟头更是如同一座小山，散发着森然的压迫力。

这么多墓？哪一座才是元古墓？

“诸位，元古墓在最中心的区域，需要大家同心协力杀过去，这里还是有些小麻烦的。”荒月出现，站在了最前方。

“麻烦荒月道友带路了。”众人都是说道。

“愿意随鄙人前往元古墓的可以跟着鄙人走，不过，这里每座墓中都有机缘，年轻些的人不妨去探上一探。”荒月说道，“有机缘，必有危险，务必注意、小心。”

众人都是讶然，荒月的实力绝对强大无比，可居然还会如此婆婆妈妈，简直不是强者的作风。

这个人，透着太多的谜了。

荒月说完就往前走，一大票九重天仙王互相看看，都是跟着而行。

要说这里有荒月布下的圈套，那谁也不相信，因为谁能穿越那么恐怖的沼泽地？就算荒月怀有歹心，那也只能利用这里本就有的布置来针对他们。

因此，最安全的做法反倒是跟着荒月，这么多九重天仙王一起出手，便是一步天尊都要胆寒的。

况且万一荒月说的是真话呢，剩下的六部九化天经藏在此间，那就更要跟着他了。

众九重天仙王离去，还让其他人小心行事，不要随意发生冲突。

这里二世祖之流太多了，哪个都是脾气暴，又向来嚣张惯了，打起来谁也不会让着谁，非要见死方休。

“隆哥，我们怎么办？”赵双小声向凌寒问道，他的小命捏在凌寒手里，早就没了脾气。

凌寒目光一扫：“当然是去那些古墓中看看了。”

跟着荒月走没前途，九重天仙王太多了，他连汤都不可能喝到，但荒月如果没有说谎，其他古墓中也有机缘，那他不妨去碰碰运气。

一千万年下来，他不但将修为推进到了四重天巅峰，三部九化天经也被他完全掌握、融合，战力自然又进了一步。

他自信只要不是九重天仙王出手，便是八重天仙王也留不住他，当然，打肯定还是打不过的，他还没有妖孽到可以跨四个境界战斗。

“不过，只要我迈进八重天，再依仗仙魔剑，完全可以与八重天仙王力拼，便是九重天出手，我也可以从容逃走。”凌寒露出一抹笑容。

这么多年下来，他终于快要触到规则层面的颠峰，达到传统意义上的最强级别。

“都跟我来！”阴河仙王说道，诸九重天仙王一离开，他就是年轻一代当之无愧的霸主。

杨笑玲没有意见，而赵双见凌寒没有反对，自然也不可能有意见。

那就走吧。

他们向着一座古墓行去，这个大坟在建造的时候就留下了门户，现在被人轰开了，露出了黑幽幽的入口，至少有七波人已经抢先进入。

他们刚想进去，却见后方又来了一波人。

“阴河，我劝你还是乖乖地躲后面去！”另一波人中，有人开口说道。

“王东森！”阴河仙王看了过去，立刻眉头一挑，露出了凶光。

王东森，吉开城城主王昀之子！

这是一个身材修长的年轻人，身上缠绕着七道异彩，显然也是一尊七重天的仙王。而相比之下，他们这一行就可称为兵强马壮了，因为除了王东森之外，居然还有三人达到了六重天，而且气宇轩昂，有一种迫人之势。

凌寒不由多看了两眼，这三名六重天仙王给他的感觉居然比这个王东森还要强大。

这只有一个可能，那就是这三人的武道天赋高得惊人，才能跨越境界，在气势上超过王东森。

鬼王都有个阿猿，吉开城居然出现了三名这样的存在？

“阴河，听说你们城里出了一个杀手，干掉了好多九重天仙王的后代？”王东森笑道，带着强烈的调侃之意，“哈哈，我听说之后差点笑死，有九重天仙王坐镇，还会让一个小小的四重天仙王闹翻了天，都是废物吗？”

“哈哈哈！”吉开城的二世祖们都是大笑，极尽嘲讽。

赵双不由看向凌寒，脸色古怪，心道你们要是惹恼了这位主，跑去你们城里也大闹一番，倒要看看你们还笑不笑得出来。

阴河仙王勃然大怒，森然道：“你们可不要忘了，家师率众出征，可是打得你们屁滚尿流，毫无还手之力！”

“放屁！”王东森立刻反驳，“那只是你们得到了荒月盟的支持，现在再战，我们吉开城也能请到援兵，再打一仗试试？”

之前吉开城被打得求和，赔偿了许多修炼资源，被这些二世祖也视为奇耻大辱，同样将凌寒恨死，若非这个人阴差阳错地将展飞羽曝露，说不定现在鬼王都已经属于吉开城了。

“想打架？奉陪！”阴河仙王森然说道，虽然之前诸大九重天仙王都警告他们不要随意开战，可被死对头骑到头上，又哪还忍得住？

“哈哈，一群虾兵蟹将而已。”王东森不屑地道，“贺义，你来出手，让这些人知道什么叫做强大。”

第 2601 章 十招即败

王东森的话音落下，便见一名六重天的仙王走了出来。

阴河仙王顿时皱眉，他们这一行除了他之外，最强的就是三名四重天仙王，分别是凌寒、阿猿和杨笑玲，随便哪一个上都不可能是这个贺义的对手。

难道第一战就要自己上场？

可他不出手的话，那只能收获一场惨败。

他站了出来："本座一人足矣！"

贺义露齿一笑："你能挡我十招，就算你赢。"

阴河仙王差点气炸，他可是七重天的帝者，你不过六重天罢了，居然说十招就要赢我，你是何来的勇气，哪来的自信？

他反倒冷静了下来，淡淡道："好啊，本座倒要看看，你怎么在十招之内打败本座。"

贺义将双手背负于身后："轻而易举。"

"真是不知所谓！"阴河仙王出手，向着贺义攻了过去。

贺义淡淡一笑，出手反攻，明明弱了一个境界，却是毫不畏惧地与阴河仙王对攻。

嘭！

两人对轰一记，同时身形颤抖，向后退去，腾腾腾，他们都是各退七步才拿稳了脚步，居然是一个平分秋色的局面。

这……鬼王都这边，所有人都是露出了惊容。

不可思议，六重天仙王竟能与七重天仙王对轰而不落下风，要知道阴河仙王还是一位帝者！

赵双不由向着凌寒看去，除了凌寒之外，还有如此变态的妖孽？

阴河仙王容色冷然："果然有点实力，但想在十招之内击败本座却是休想。"

"哦，那就再来试试看！"贺义继续出手，一指点出，有无尽的豪光耀眼。

"咦，九化天经！"众人都是感觉到一股熟悉的波动。

现在几乎没有人不修习九化天经，但每个人的进境则是完全不同。

有些愚鲁之人甚至连一部天经都是没能掌握，但资质上乘之人则是完全成了这一步，帝者级别都已经在修习第二部，甚至还有开始融合两部份的。

可贺义这一击的威力却是远远超出了融合两部九化天经的级别，而是将三部都是融合到了一起。

这是何等资质，太惊人了！

阴河仙王都是动容，他是帝者，可还在融合两部九化天经之中，对方却不但已经完成了这一步，甚至将三部天经都已经融合归一。

这么一比较，他根本就是渣渣啊。

他心中震惊，却是强行按捺了下去，那又如何呢，他毕竟拥有一个境界的优势，哪是这么轻易就能弥补的？

"三阴指！"他轻喝一声，食指、中指、无名指化成了一个古怪的资势，向着贺义刺了过去，三指上缠绕着黑色的乌光，阴气森森。

这是一记大招，更是以九化天经加持，提升了威力。

嘭！

两人再次对轰一记，还是纷纷被震退，难分轩桎。

贺义低喝一声，身形闪动，双拳怒挥，散发出大气磅礴之势。他明明战力与阴河仙王相仿，可散发出来的气势却是霸道无比，仿佛可以碾压阴河仙王似的。

这是一种无比的自信，就是那么得不讲道理，在气势上压倒对方。

众人都是相信，如果同阶一战的话，贺义绝对可以在十招之内打败阴河仙王，可差了一个境界的话，这又怎么可能做到？

三招、四招、五招……两人激战，贺义确实占了点上风，可要说还能在剩下几招内轰败阴河仙王，这差得也太远了。

八招、九招，只有一招了。

贺义突然大吼一声，整个人蓦然缩小了一大截，可一只拳头却是变大了许多倍，缠绕着绿光，一个个符文在跳动，气势一下子拔升到无比的高度。

他轰出了这一拳，狠狠地落了下去。

嘭！

巨响传来，只见阴河仙王被震飞了出去，嘴一张，一股鲜血狂喷而出。

他强行一个折身，落到了地上，双脚站稳，但身形微颤，一张脸瞬间变得通红，眼角竟有鲜血流了出来。

这是他强行压下了要夺口而出的鲜血，但他受到的冲击太大了，竟是从眼睛里流了出来，让场面变得更加得吓人。

虽然阴河仙王还站着，仍有一战之力，可大家都知道，他败了。

果然，十招即败。

贺义也是深深地吸了口气，他在最后一招上动用了绝招，虽然打败了阴河仙王，但于他也是一种极大的消耗，不可能连续使用。

随着这一口气的吸入，他的身体也膨胀起来，好像在充气似的。

“真是不堪一击啊！”王东森哈哈大笑，得意无比。

鬼王都的诸人都是无言以对，技不如人还能怎么样，真要打起来的话，他们只有全军覆灭的份。

凌寒没有出手，这于他何干？

贺义扫了一下诸人，然后指向一人：“你，说说那个李隆的事情，不得有一丝隐瞒！”

那人是阴河仙王的附属，一名二重天的仙王，他虽然很想犟一下脖子，在主子面前表现一番，可看到贺义冷漠无情的表情时，却是心中一骇，连忙将自己所知的一切都是说了出来。

贺义哼了一声，啪，一掌拍出就将那人生生震死：“什么都不知道，要你何用？”

“你——”阴河仙王大怒，向对方怒瞪而去。

“你也想死吗？”贺义目光森然，看向阴河仙王的眼神满是杀气。

阴河仙王双手握得紧紧的，但还是控制住没有爆发出来，不说还有两名六重天仙王，只要贺义与王东森联手便可以在短时间内轰杀了他。

他可以选择逃走，那干嘛还要在这时候逞强呢？

“走！”王东森挥了挥手，他们便当先向着古墓中走去。

直到他们全部消失了，众人才松了口气，只觉全身都是冷汗，刚才真是在鬼门关前绕了一圈，如果真得动手，他们这里恐怕除了阴河仙王和阿猿之外，其他人都要死。

“我们……还进去吗？”有人问道。

“进！”阴河仙王咬牙说道，“我们的实力虽然不如对方，但古迹夺缘，可不是实力强就一定能够笑到最后！”

他咽不下这口气，既然打不过对方，那就在夺宝上压倒对方。

众人都是心中惴惴，可阴河仙王既然这么说了，他们也只能听之，否则没有了阴河仙王的保护，他们这些二重天、三重天的仙王在这里可是人见人欺。

“哼，有什么好怕的？”阴河仙王不悦地道，当先而行。

凌寒兴致勃勃，也跟着迈出了脚步。

第 2602 章 入墓

其他人纷纷跟进，也进入了古墓之中。

别看外面的坟包像座山似的，可里面的通道也就五人并行这么宽，高度则在一丈左右，一排台阶往下去。

明明是小山般的坟包，为什么台阶却是往下的？

众人也不知道是什么原因，反正这台阶便是如此设计的，他们也只有顺着走的份。

这里很暗，但并没有影响到众人的视线，只要没有特殊的规则作祟，光是黑暗对于仙王来说毫无影响。

这里的转弯特别多，一排台阶最多十丈长，然后就到头了，必须转一个弯继续向下，走了一阵之后，他们突然止步，只见地上有血迹。

“仙王血。”他们立刻说道。

仙王血太特殊了，有特殊的威压，仙王自然也能一眼就辨别出来了。

这里发生了战斗，有仙王喋血。

他们顿时升起了强烈的警惕，这受伤的仙王是被人打伤的，还是……被这里的“东西”？

古墓之中，可能有机关、阵法，还有怪物。

在这里疏忽大意的话，那真是死了也不要怪人，纯粹是自找的。

又转了几个弯，地上出现的血迹是越来越多，甚至还有断肢，场面相当地血腥。

“嗯？”凌寒停下脚步，拣起了几缕黑毛，这毛发很粗，绝非人族。

“别愣着，快点走。”阴河仙王猛地停了下来，十分不耐烦地说道，他原本就憋了一肚子的气，现在凌寒居然还磨磨蹭蹭的，让他十分不爽。

“有什么好看的，不就是几根毛吗？”有仙王说道，这是阴河仙王的一名小弟，主子生怒，他自然要抢着表现了。

“不要以为你发现了什么线索，兽类仙王多了去。”又有一名仙王说道。

凌寒不理，只是看着手中的黑毛，这给他一种古怪的感觉。

“跟你说话呢！”之前喝斥的两名仙王同时出手，向着凌寒抓了过去。

凌寒随手一按，嘭、嘭，这二人便被震飞了出去，重重地撞到墙上，全身的骨头瞬间就碎了一半，嘴里狂喷鲜血。

“大胆！”阴河仙王立刻喝道，不过赵双的一条走狗，居然敢向自己的人出手，这胆子也太肥了。

“这里！”有人突然叫道，语气有些急迫。

众人纷纷走到前方，只见几道台阶之后，前方出现了一个小型平台，地上画着古怪的符号，好像是一个法阵。

这里，尸横遍地。

其实没死几个人，但因为这个平台本身不大，因此躺了五六具尸体、尤其还是被撕得四分五裂之后，东一块西一块，把整个平台都是堆满了。

除此之外，还有一头熊状的怪物，遍体黑毛，而且还长满了触手，无比得恶心。

“这些是最早之前进入此间的人。”阴河仙王先无暇与凌寒计较，他皱着眉，虽然这些人他也仅是看过一面，但以仙王的记忆力当然是过目不忘的。

“他们遭遇了这头怪物，然后付出了几个人的生命后，还是将之斩杀了。”杨笑玲也在一边分析道。

凌寒将手中的黑毛丢了出去，刚好落到怪物的边上，一对照，便能发现这些黑毛绝对是从这头怪物的身上掉下来的。

“战斗极其激烈。”

“不过，我们虽然进来得晚，但耽误的时间也有限，这里却已经死了如此多人。”

“这怪物应该十分凶残，伏击之下便伤了一人，然后边打边退，在这里才发生了大战，杀了这些人后，本身也被击杀。”

众人进行着推测，也差不多将真相还原了出来。

“这怪物是从哪里冒出来的？”赵双颤声说道，他也不过是仙王二重天，要是遭到这样的怪物突袭，会不会直接送了性命？

“我们不是第一批，前面的埋伏应该都已经触发了。”阴河仙王说道，这晚进也有晚进的好处，前面有人趟雷。

他看了眼凌寒，没有继续发飙，这里已经散发出了危险的气息，不宜在这时候搞内斗，以后再来处置此人也不迟。

“跟本座走，小心！”

他在前面带路，众人则是尾随于后。

这里黑暗、死寂，无论是呼吸还是脚步，只要稍微重一点就能发出很大的声响。

他们不断地转弯，没有多久，他们又发现了一处战斗的痕迹，残肢遍地，而在不远的地方，他们发现了第二具黑毛熊怪的尸体。

在这附近，则还是有一块小平台，上面画着法阵，但没有人认得出那是什么。

“似乎，这种怪物的出现与这个平台有关。”众人都不笨，立刻升起了这样的猜测。

他们再次前进，果然，第三处发生战斗的地方还是在平台的附近。

有人打起了退堂鼓，这里太危险了，仙王都是喋血，毫无安全感。

他们可都是二世祖，好勇斗狠学会了，却是更加得贪生怕死，有几个吃过苦头，又有几个是在生死线上徘徊过的？

阴河仙王却是不同意，他憋足了劲，一定要找到这里的机缘。

再走一阵，一个转弯之后是个小平台，可小平台的两侧却都有台阶向下，也就是说，出现了岔路。

众人都是看向阴河仙王，看他怎么说。

“走右边。”他选了一条路。

他们走右边的楼梯，没走一会，又有岔路了。

“还是右边。”阴河仙王一咬牙。

岔路不断，有若迷宫，可众人都没有感觉到空间的变化，因此，这应该只是岔路多，并非真正的迷宫，否则也太容易破解了。

许久之后，他们终于走到了尽头，这里出现了一座墓室，相比于外面那小山似的坟包来说，这小得可怜，但也有正常房屋的大小。

墓室的正中间，摆着一副石棺，上面没有一粒灰尘。

“难道，这就被我们撞到机缘了？”众人都是惊讶，一般来说，墓室里面如果有机缘的话，那肯定是陪葬品，铁定在棺材中。

“启棺！”阴河仙王毫不犹豫地道。

于他们来说，死去的仙王亦是肥料，又怎么可能有不能打扰死者的顾虑？

“我来！”一名二重天仙王跳出来，立刻就去启棺。

他的手刚刚放上去，嗡，只见整副石棺突然发光，一个符文亮起，向着那名仙王轰了过去。

“给我镇！”那二重天仙王大吼一声，一拳轰出，迎击符文。

嘭！

这个符文威力奇大，一击就把那二重天仙王震飞，重重地撞在墙壁上，只见一蓬血雾喷涌而出，他一头栽倒下来，气息瞬间变得虚弱无比。

第 2603 章 开棺

“有禁制！”赵双惊呼。

这自然是一句废话，难道还是鬼打的吗？

其他人忌惮赵双的身份，只是在心里说了一句，但阴河仙王和杨笑玲却是向赵双投过鄙视的目光，你丫也太胆小了，实是丢人。

赵双完全不在乎，在向凌寒屈服之后，他就已经不要脸了，只要活着就好。

“禁制之威还不小。”阴河仙王向前走，“我来试试。”

他也伸去手触，嗡，棺身再起豪光，化成一个符文，向着阴河仙王轰了过去。

嘭！

他硬接了这一击，不由腾腾腾地连退好几步，脸色微显难看。

众人都是对禁制之威有了明确的了解，阴河仙王可以硬吃禁制，但也非常吃力。

“不能蛮干。”阴河仙王说道。

众人都是点头，这蛮干一点前途都没有。

但这也让他们相信，这棺材中肯定藏着好东西。

众人都是围了上来，仔细研究。

禁制是阵法的一个分支，而阵法说到底那也是规则的衍化，因此，对于仙王来说，世上没有破解不了的阵法，差别只是时间长短而已。

他们很急，虽然他们第一个找到这里，但并不代表其他人就不会过来。

可事实上，都已经好长时间过去了，却始终没有第二支队伍又或是其他人出现，显得有些古怪。

凌寒也在研究着，他虽然只是四重天，可在规则上的掌握却完全不弱于阴河仙王，否则战力也不可能那么强大了。另外，他还从瓦里那里学了一套，从另一个角度去看问题，两者相结合，让他破解的速度更快。

否则的话，之前他也不可能只用了“半年”就破开了青鬼仙王的禁制。

他对自己施加时间流，这是九成九仙王不可能具备的能力，相当于又比别人快了一千倍。

因此，只是一天之后，凌寒便心中有数。

他出手，向着棺材按去。

“滚！”阴河仙王出手，他充满了不悦，自己正在破解阵法，可凌寒居然敢干扰，真是胆大包天，自以为是！

凌寒凝拳迎击，嘭，两人的力量撞到一起，顿时触发了棺材的禁制，一道光打出，化作两道，分别轰向凌寒和阴河仙王。

嘭、嘭，凌寒和阴河仙王都被禁制震飞。

“咦！”众人都是大惊，被禁制打飞不稀奇，稀奇的是凌寒刚才与阴河仙王对拼一记而不落下风。

这也太可思议了。

什么怪胎？

贺义可以压制阴河仙王，那人家好歹也是六重天的，你一个四重天仙王——就算你已经达到了巅峰，这依然荒谬无比，让人无法相信。

这人……难道比贺义还要妖孽吗？

阿猿看着凌寒，冷漠的脸上有了一丝表情变化，眼神也跳动一下，露出了战意。

阴河仙王则是目光阴晴不定，他盯着凌寒，心中充满了震惊，更是无法相信，这到底是怎样一个怪物？

凌寒却是没有继续出手，他走上前，开始破解禁制。

这个禁制不难，因此，他只花了一会时间就将其破解开来，然后伸手一抬，棺材盖便打开了。

一时之间众人也顾不上别的，纷纷围了过来，探头去看。

只见棺材中躺着一具尸体，早已经化成了白骨，身上则是穿着一副战甲，但还是可以看到有明显的伤，战甲破了好几个洞，对应的骨头都是粉碎了，应该不是被天人之厄弄死，而是被外力杀死的。

他的双手合十在胸前，身上则是放着一把剑，很长，没有鞘，虽然他的尸体已经腐蚀了，可这把剑却依然铿亮，虽然已经断成了两截，散发着无比得寒意。

除此之外，棺中便没有其他东西了。

众人都是无比失望，他们期望的宝物呢？

这把剑虽然看上去很锋利，但绝对不是仙器，而且还断了，更加没有意义了。

费了这么大的劲，就为了看一眼这具尸体吗？

谁这么无聊啊，还在棺材上布下了禁制，不是闹着玩吗？

“走！”阴河仙王哼了一声，他终是知道自己的运气并没有那么好，而一直没有其他人过来，恐怕像这样的棺材还不少，大家都是忙着在破解禁制呢。

也许，这里其中一副棺材中藏着宝物呢？

没有耐心怎么行。

等其他人都出去之后，凌寒露出一抹笑容，他取出了仙魔剑，放在了骷髅胸前的长剑上，仙魔剑的吞噬之力立刻发动。

这把剑不能称为仙器，但其中却有一丝丝的仙金，才让这把剑一直没有腐蚀。

——要知道，这骷髅身前可是一名仙王，可他都已经化成了骷髅，凭什么一把凡剑可以不朽？简单，就是因为其中掺入了一丝仙金。

不多，但足以让这把剑变得更加得坚硬、锋利。

虽然不多，可蚂蚁腿再小也是肉，不要白不要。

“前辈，冒犯了。”凌寒将那一丝仙金之力抽掉，顿时，这把剑就化成了腐朽，这个世界上可以对抗时间之力的，恐怕也只有仙金了。

他重新盖上棺盖，然后去追其他人。

这里并非什么迷宫，而是一个巨大的陵墓，葬着许许多多的人，因此每一条岔路的尽头都是一个墓室，摆着一具棺材。

他们很快就来到了第二个墓室，破解了禁制之后，棺中的场景是完全一样的，一名被杀死的仙王化成了骷髅，身上则是放着他生前用过的武器，同样残破了。

众人失望而去，而凌寒则是小有收获，又得到了一丝丝仙金。

他们不断地开棺，也在不断地积累失望，只有凌寒十分满意，因为每次的收获虽然有限，但积少成多，如果能够开上几百万口棺材的话，说不定仙魔剑就能一跃达到天尊宝器的程度。

期间他们还遇到了别的开棺队，但大家都很失望，似乎这里都是这样的棺材，并没有所谓的机缘。

“走，去别的地方。”阴河仙王挥了挥手，他对这里已经不报什么希望了。

众人都是跟着他走，可凌寒并没有，这里对他来说乃是一块宝地，干嘛要走呢？

“嗯，你还愣着干什么？”阴河仙王向着凌寒喝斥道，这个家伙总是落在后面，故意脱离队伍，这是在挑衅他的权威吗？

凌寒挥了挥手：“你要走是你自己的事情，不要多管闲事。”

阴河仙王暴怒，他看向赵双：“这就是你管教出来的手下吗？”

赵双尴尬，他怎么管得了凌寒呢？

“老虎不发威，你还当我病猫吗？”阴河仙王盯着凌寒，他决定要出手镇杀此人。

第 2604 章 强者联手

之前凌寒虽然能够与他对拼一记而不落下风，但那是因为他根本没有动用全力，这对付一个小小的四重天需要全力以赴吗？

敢挑衅自己，那就去死吧！

阴河仙王大步向着凌寒走去，一边走，他的身体中也在一边流淌着黑色的液体，在地面上交织着，化成一个网格状。

赵双大急，连忙道："大家都是一家人，有什么事情坐下来说，坐下来说。"

如果阴河仙王将凌寒干掉的话，那他没有"解药"，肯定也难逃一死，可要是凌寒将阴河仙王干掉了，那他"纵容"下属行凶，连青鬼仙王的爱徒也敢动，那便是赵元意也保不住他。

所以，他最不希望两个人打起来。

阴河仙王又岂会听进去，他一定要镇杀凌寒。

之前被吉开城的人挑衅已经让他憋了一肚子的气，却又苦于无法撒出来，现在自己的手下也敢跳出来公然挑衅他的威严，让他怎么能够忍得了？

杀，必须杀。

他出手，嗡嗡嗡，一掌拍出，凝聚着七个黑色的符文，向着凌寒按了过去。

轰，地上的液体纷纷浮起，依然保持着网格状，却是立体化了，如同一个牢笼，将凌寒困在了其中。

凌寒右拳一凝，虚空轰出。

一声巨响，黑水顿时崩碎，牢笼自破。

凌寒一声长啸，推动着这一拳继续向着阴河仙王轰去。

嘭！

两人再次对拼一记，只见凌寒立刻被震飞了出去，而阴河仙王明显在力量上占据了上风，站得四平八稳，可他的手掌却是裂开了，有鲜血渗出。

反观凌寒，毫发无伤。

这意味着，论力量确实是阴河仙王占了上风，可说到破坏力，却是凌寒更胜一筹，这样一加一减，两个人到底谁的战力更强就不一定了。

只能说，各有优势，胜负难料。

“九化天经！”众人都是惊呼。

凌寒刚才那一击上便用上了九化天经，加成了破坏力，才能一击便轰伤了阴河仙王，虽然连轻伤都是算不上，但并非九化天经的威力不大，而是两人的境界差距太大。

“融合三层了！”

这才是最让众人震惊的地方，原来这样的怪物并不止贺义一个，这才一千万年而已，就融合了三部九化天经，太恐怖了。

“你、究竟是谁？”阴河仙王沉声问道，他可不相信世上有这么多的妖孽，而且总能被他遇上。

莫非……他心中泛起一个名字，只是连他都是不敢相信，这也太胆大包天了吧？

凌寒展颜一笑，伸手在脸上一抹，露出了另一张脸来：“这样就认识了？”他问道。

“李隆！”众人都是惊呼，这张脸也太熟悉了。

凌寒微笑，脸型变化，又变回之前的模样。

“该死！”阴河仙王怒吼，他再次出手，抽取水系规矩，凝成一支黑色的长枪，向着凌寒挺刺而去，“飞流直下凝为枪，破尽天下防御！”

凌寒并没有祭出仙魔剑的意思，当初与阴河仙王初战的时候，他只不过是四重天初期，可现在却达到了巅峰，而且，他还修炼了九化天经，进一步提升了他的战力。

现在，他拥有战七重天帝者的实力了吗？

凌寒挺拳，向着阴河仙王攻去。

嘭！嘭！嘭！

他们爆发了大战，这里空间狭窄，一战起来余波乱涌，无比可怕，迫得赵双诸人不得不连连后退，根本没有资格近距离观战。

只有阿猿还站在近处，他的双眼灼灼生光，剑不由自主已是握在了手中。

同阶一战，凌寒是唯一打败过他的人，让他战意熊熊，极度地想要打败凌寒，证明自己才是当世最强天才。

凌寒心无杂念，只有战斗一个想法。

阴河仙王不知道为什么凌寒没有祭出仙魔剑，但这自然更符他的心意，否则他相信自己绝对不可能是凌寒的对手。

之前一战，他与凌寒打了个平手，其实让他十分憋屈，他的战力绝对超过了凌寒，甚至是碾压，就因为少了件仙器，他被迫只能接受平局这个结果。

现在凌寒居然托大不用仙器，那自寻死路也怨不得别人了。

他战力全开，要逼得凌寒连祭出仙魔剑的机会都没有。

战战战战，两人都是将本身的战力完全释放，打得无比激烈，也难分难解。

凌寒不得不承认，七重天帝者还是十分强大的，不用仙魔剑，他也就能够与对方打个平手，想要镇压对方？

不可能的事情。

就在这时，只见一道剑光划过，向着凌寒削了过去。

阿猿出手了！

他绝非趁人之危的小人，而是眼中根本没有规则这个概念，既然他战意熊熊，那就出手呗，什么一对一公平战斗，这种理念他从来没有存在于他的心中。

他不会抗议别人二打一甚至十打一来对付自己，现在与阴河仙王联手战凌寒，他也不会感到丝毫的不好意思。

阿猿加入，凌寒顿时压力暴涨。

阿猿是一名帝星，甚至是超级帝星，进化指数直飙十一，这意味着他的武道天赋惊人，一出手便可看出，他把三部九化天经全部融合了，这甚至超过了绝大部份的九重天仙王。

天尊法加持之下，他的剑法之威无比恐怖。

还好的是，毕竟他只是得到了三部天经，强则强矣，但还没有达到无法匹敌的程度。

凌寒不惧，反倒豪兴大发，双拳上缠绕着规则，与两大强者力拼。

但人力再强、再猛，那也有一个极限，阿猿与阴河仙王联手之威就超过了凌寒的极限，将他慢慢压制，完全落在了下风。

虽然占了上风，可阴河仙王却并没有太多的喜色，因为他感觉到了沉重的压力。

凌寒、贺义、阿猿，哪一个的天赋不是碾压他，之前他还沾沾自喜，他是鬼王都稀罕无比的帝者，可现在再比较一下，他简直就是渣渣啊。

阿猿的武道天赋确实牛逼，在凌寒手上惨败之后，他不但没有灰心，失去斗志，反而吸取了教训，将自己的不足之处弥补，战力变得愈发可怕。

而且，他也达到了四重天巅峰，进境不比凌寒慢。

两大强者联手，尤其是阿猿，他极其擅长攻击，这是他的信念，只要攻击力强大到可以碾压对手的程度，那就无需要再去理会防御，因为自己根本不会被打到。

这是一把利剑，给了凌寒严重的威胁。

第 2605 章 凌寒之威

阴河仙王很自傲，但一点也不笨。

他看到阿猿的攻击如此犀利，便主动压缩了攻击，主要负责防御，不但替自己防，也给阿猿防，让阿猿可以毫无后顾之忧。

这一攻一守的配合，将阿猿的战力完全释放了出来，进一步压制住了凌寒。

剑光扬动，有鲜血飞溅。

这是凌寒受伤了，阿猿的剑太快太利了，只要不被压制，让他的战力解放出来，真得是任何一个对手的噩梦。

凌寒不断地受伤，鲜血遍地。

为了放开手脚，他们一边打一边还在移动，来到了一处小平台，这里相对来说空间要大一些。地上画着法阵，怎么画的？

不是用笔刷，而是这部份的地面都凹了下去，因此，鲜血洒在地上，自然而然流进了凹槽中，这个法阵顿时变得鲜活起来。

嗡，当法阵全部填满了鲜血之后，突然发出了豪光，虚空生物，钻出来一头有若黑熊般的怪物，浑身长满了触手。

这种怪物……又出现了！

凌寒生起一种古怪的感觉，这怪物散发出来的气息让他有一种似曾相识的感觉。

刷，怪物一出现，就挥动着触手向着凌寒、阿猿、阴河仙王攻了过去。

凌寒哼了一声，躲开阿猿和阴河仙王的攻击，然后一拳向着黑熊怪的触手打过去。

嘭！

一拳轰击中，黑熊怪的触手立刻爆碎，根本就是不堪一击，可触手却是化成了无数道凝块，向着四面八方散去。

凌寒张开源力护盾，将这些凝块挡了下来，鬼知道这是什么玩意，他可不想被沾到。

另一边，阴河仙王也化解了黑熊怪的袭击，阿猿则是没有浪费一点力气，一剑削来，攻势凌厉。

黑熊怪再次出手，依然是同时攻击凌寒三人。

对于阿猿来说，这无所谓，反正有阴河仙王化解，可对于凌寒来说，他却相当于多了一个对手，本来他就处在劣势的位置，这又多了一个对手，自然让他压力更增。

没完的是，法阵还在继续运转，又有一头黑熊怪出现了。

凌寒怒吼一声，他已经完全明了自己的实力，没必要再这么挨打下去了。

仙魔剑出！

嗡，一道寒光闪动，剑气纵横，噗噗噗，便是这坚固无比的墙壁也无法承受仙魔剑的剑气，立刻多了无数道痕迹，深达数寸。

凌寒开始反击，噗，剑气扫过，那刚刚才出现的黑熊怪立刻便被腰斩，这种东西根本没有防御的概念，破坏力固然可怕，可防御却是零，只要战力碾压，杀之简单无比。

一剑出，他就一发不可收拾了，仙魔剑再斩，噗，第一头黑熊怪也被他斩成了两截。

叮！

他一剑架住了阿猿的剑，只见对手的剑上立刻出现了一个小颗粒，仙魔剑太锋利了，非仙金又岂能对抗？但阿猿的这把剑也不简单，并没有一剑就被斩断。

阿猿的应变能力快得惊人，一剑被招架之后，他立刻收剑，然后再刺。

叮叮叮叮，他连刺几百剑，却是在一瞬间之内便完成了。

这需要极强的体术支持。

阿猿的体术确实不能和凌寒相比，但与别的仙王一比，他却是强出太多了。

凌寒还以颜色，以快打快，将阿猿每一剑都是挡了下来。

“去死！”阴河仙王大吼一声，他也出手，要趁机将凌寒轰杀。

他凝聚水系规则，化成了一条黑龙似的，向着凌寒刺去。

凌寒冷眼向着阴河仙王看去，充满了不屑：“你也配与我为敌？”

他可以将阿猿视为对手，但阴河仙王？呵呵，真得不配，就算他战力再强也不入凌寒的眼睛。

他轻喝一声，向着阴河仙王攻去。

仙魔剑生光，这可是凌驾于仙兵之上的存在，虽然还没有达到天尊宝器级别，但威力却是无与伦比，光是剑气就无比可怕，对仙王级防御都能造成巨大的威胁。

阴河仙王哪敢硬接，他可是吃过苦头的，顿时连连后退。

阿猿在攻，但凌寒却只是主动运转不灭天经，短时间他的防御可比仙金，任阿猿削斩都是无所谓。

凌寒就盯着阴河仙王，他要斩杀此人。

阴河仙王挡，可没有仙魔剑在手的凌寒便不弱于他，再加上一件仙器，他又怎么匹敌？

他挡了几招，却只是让他受伤累累，他一咬牙，立刻转身，要逃之夭夭。

阿猿？他才懒得管。

“跑得了吗？”凌寒展开空间规则，左手一按，嘭，阴河仙王好像撞上了一道无形之墙，虽然将之撞破，可速度却是大减。

凌寒追上，继续斩，九化天经的加持之下，仙魔剑变得愈发可怕了。

阴河仙王大吼，他不甘心死在这里。

他可是帝者，而在仙王坟场中，他有很大的机会成为九重天仙王，而未来更有一丝机会成为天尊，虽然这机会渺小得无以复加。

这样的天才，怎么可以死在这里？

他要逃，不修到九重天仙王再也不出来了。

凌寒又哪会放他离去，各种规则在他的手里不断地使出，时间流减速，空间禁锢，重力如山，让阴河仙王根本没有脱身的机会。

阿猿的攻击虽然同样凌厉，可在不灭天经的防御之下却是根本奈何不了凌寒，除非他手中的剑换成仙兵，这才能够对凌寒的体魄造成威胁。

阴河仙王咬了咬牙，回过身来，现在只有死战一途，不然他肯定只有死路一条。

杀！

他冲向凌寒，绝不相信凌寒的防御是完美无缺的，还能无止境地持续下去，只要撑过凌寒这一波爆发，他就能与阿猿联手，重新压制凌寒。

这个想法不能说不对，只是他高估了自己与阿猿的联手之力，也低估了凌寒和仙魔剑的威力。

凌寒强势镇杀，仙魔剑每次斩出总能带起一道血花。

仙魔剑是什么？

仙器，甚至都在向着天尊宝器进发，这破坏力太可怕了，被斩上一记绝不是受点伤那么简单，可怕的煞气会侵入身体各个部位。

阴河仙王吐血，仙魔剑已是将他的内脏破坏得支离破碎，让他不得不呕血。

他痛苦无比，甚至有种感觉，再这么打下去的话，他根本不用被仙魔剑斩中要害，积累起来的伤势便能让他挂掉。

怎么凌寒的防御效果还没有消散？

“我要杀的人……逃不了！”凌寒森然说道。

第 2606 章 堵截

这句话在阴河仙王听来，充满了讽刺。

之前在鬼王都的时候，他出手要保唐远，凌寒便说出了类似的话，结果，唐远便在他的面前被凌寒轰杀了。

现在，凌寒又说出了这句话。

阴河仙王怒不可遏，却是没有一丁点的脾气，只想着可以活命而已。

他全力出手，为了生命而拼搏。

“十招之内，取你性命。”凌寒冷然说道，不带一丝感情，却又充满了肯定。

阴河仙王双眼喷火，之前贺义说十招便能败他，现在凌寒又说十招内要干掉他，让他愤怒无比，在这两个家伙的眼中，自己就那么弱吗？

他不弱！他不弱！他不弱！

阴河仙王怒吼，他狂暴出手，要证明自己不是那么得弱。

一招、两招……九招，只剩下一招了。

噗！

一道剑光划过，凌寒收剑，而阴河仙王则是脚下踉跄，他低头看向自己的胸口，那里出现了一个血洞，正是心脏的位置。

他被仙魔剑刺中了要害！

他满脸的茫然之色，抬起头看向凌寒，想要开口说话，却是一个字也吐不出来，啪，他栽倒于地，生机迅速抽离身体。

果然，十招轰杀！

凌寒回头看向阿猿，目光中森然，压力无比可怕，恐怕普通的四重天仙王在这道眼神之下就会崩溃。

可阿猿却是完全不受影响，也没有因为阴河仙王的死而乱了方寸、乏了斗志，他长啸一声，长剑连刺，攻击依然狂暴，只攻不守，有若拼命三郎。

凌寒哈哈大笑，仙魔剑出，与阿猿硬拼。

叮叮叮叮，剑鸣之声不绝，两人对轰，但只是百来招后，两人再拼一记，便见阿猿手中的剑轰然破碎，化成了千百块碎片。

非仙兵却能与仙魔剑硬碰硬那么久，也相当不凡了。

凌寒止剑，停在了阿猿的颈部。

“为什么不杀我？”阿猿问，只要仙魔剑再刺下一分，以仙器的破坏力，他的生机也将被瞬间摧毁。

凌寒收剑：“我期待你成长起来，与我一战。”

像阴河仙王属于嗜杀的变态，凌寒自然毫无怜悯地将他干掉，可阿猿却只能说是嗜战的狂徒，杀之可惜。

这样的人有朝一日是可以冲击天尊的，应该用更好的归宿，哪怕是死，也应该死在对抗狂乱的战场上，而不是这个仙王坟场。

阿猿盯着凌寒看了一会，才道：“我一定会超越你的。”

凌寒大笑：“能不能超越我，可不是用嘴说的。”

阿猿点头、收剑，大步离去，他决定以后就一心磨砺剑法，再不考虑别的事情。

凌寒拾阶而行，却发现杨笑玲等人早就没了踪影。

也是，都发现了他是“李隆”，哪还敢留下来，有几条命都是不够杀的啊。

当然，除了赵双，他中了“毒”，自以为小命还掌握在凌寒的手里，自然不敢离去的。

凌寒走了过去，拍拍赵双的肩：“你可以走了。”

赵双以为他是在说反话，连忙将脑袋连连摇："隆哥，您说什么话呢，我怎么可能背叛您！"他满脸的义气。

凌寒将拳头一扬："再不滚蛋，我便将你的脑袋砸爆！"

被这么一威胁，赵双才骇得脸白，连忙转过身飞奔离去，心里自然慌得要死，这没有解药的话，不是晚死几天的功夫吗？

他跑了一阵，自然不想这么认命，便又回去找凌寒，可又哪里还有凌寒的影子？

他担心受怕，但三天之后，他发现自己身上并没有任何的变化，到了第四天还是活蹦乱跳的，终是知道上了凌寒的当。

之前凌寒就说了，他并没有"永久解药"，原本以为是一句玩笑，没想到却是大实话。

——凌寒确实没有永久解药，因为自己根本没有中毒。

赵双十分愤怒，居然被凌寒一骗就是一千多万年，但再想想，他面对的可是李隆，鬼王都最著名的煞星，能够与对方相处这么长的时间而不死，不是天大的运气吗？

如此一想，他也就心平气和了，决定回去好好做他的二世祖，再也不浪了。

……

凌寒漫步而行，他到处找棺材。

有些棺材的禁制被解开了，有的则没有，但里面的兵器基本没有人拿走，不是仙金更不是仙器，而且还是残破的，谁要？

凌寒开心，他一个个墓室转着，收获可说是沉甸甸的。

数天之后，他终是把这个墓穴转了一遍，将所有的棺材都是开了一遍，然后十分愉悦地出来。

刚刚走出大坟，来到外面时，只见一行人正守在门口，不是吉开城的那几个吗？

凌寒目光扫过，只见鬼王都有一个二世祖落在了他们的手里，名字凌寒就不知道了，他根本没有去记。

“李隆？”贺义拎着那名二世祖走了出来。

凌寒站定，道：“有何指教？”

“哈哈！”贺义将那名二世祖抛起，然后就是一脚踢在他的身上，嘭，那二世祖立刻化成了炮弹也似，向着凌寒撞了过去。

凌寒侧身一让，那二世祖顿时撞到了后面的墙壁上，骨头碎裂的声音连作，他也化成了肉泥，滑倒在了地上。

他没有受什么罪，早在贺义踢出一脚的时候，他就被恐怖的力量震死了。

堂堂仙王，却是死得这么低贱。

这就是仙王坟场，仙王与土狗并没有太大的区别。

“或者应该叫你另一个名字——”贺义缓缓收腿，“凌、寒！”他一字一字地道。

凌寒心中一惊，这人是怎么知道他的名字？

“什么意思？”他淡淡说道。

“不用抵赖了，天底下有几个人能够在四重天的时候战七重天？”贺义嗤了一声，“就是天下第一武院之中，恐怕也找不出第二个来，就只有你这么一个体术逆天之人了！”

凌寒看着贺义，突然露出了笑容：“不错，我就是凌寒！”他心念一动，模样顿起变化，变回了本来面目。

他悠悠道：“你们三个，应该也是武院的人吧？”

不然的话，也不可能对他如此了解，而且这三人给他的感觉强大无比，贺义更是十招之内便打败了阴河仙王，这绝对是武院中最最顶级的天才了。

他想了想，又道："看你们三人这模样，摆明了是在堵我，也就是与我有仇。在武院之中，六重天仙王的超级帝星屈指可数，你……应该是谷合义吧？"

合与贺的发音类似，那贺义便是谷合义了。

第 2607 章 突围

贺义、也就是谷合义不由地脸色的变化，万万没有想到凌寒只是凭借如此少得可怜的信息，就认出了他的真实身份。

不过，这也正常。

因为他、萧英雄、苗化进入仙王坟场之后，也是因为听说了凌寒的妖孽之名，才一路赶到了吉开城，因为他们猜测，拥有如此妖孽战力的人肯定只有凌寒了。

可当他们来到吉开城的时候，凌寒已经出发前往元古墓了，他们三人便加入了吉开城，一同前往。

他们的目标便是凌寒，因此之前遇到鬼王都的诸人后才会问起凌寒的事情，他们相信凌寒绝不会放弃元古墓这样的机缘，肯定会想办法混进来的。

果然，他们后来便看到了鬼王都狼狈而逃的人，逮住一问，便知道“李隆”又出现了，便在这出口处守着。

王东森等人都没有意见，他们也恨不得将凌寒斩杀。

“凌寒，准备受死吧！”谷合义自然不会当众曝露身份，他只是哈哈大笑，便出手攻击。

他的实力可要比阴河仙王高出一大截，能够十招就击败一名七重天帝者，哪怕是动用了绝招，但依然证明了他的强大。

谷合义的战力绝对达到了八重天，一掌按出，轰，诸天都在颤抖，这是接近规则之巅的恐怖力量。

凌寒移动身形，他可以力拼阴河仙王，但对上谷合义，这还是超出了他的实力上限。还好的是，他的体魄十分强大，被余劲扫到一些也是不痛不痒。

谷合义连出数十招，却被凌寒全部躲了过去，仙王想杀仙王？难！

两人只差了两个境界，而实际战力的差距最多一个境界，因此，谷合义想要杀凌寒的难度无比之大。

不过，萧英雄和苗化动了，纷纷走了出来，成三角之势，将凌寒包围了起来。

“杀！”

这二人无情地出手，要将凌寒尽快杀死，直接抽取他的神魂。

他们三人每一个都要比凌寒战力强大，三人联手都能够与巅峰的八重天仙王激战，这是碾压级别的优势，让凌寒都是够呛，连连中招，留下了一道道的伤痕。

这还是因为凌寒的体魄达到了六重天级别，换了一个人的话，哪怕战力相当也要被轰杀成渣了。

叮地一声，凌寒祭出了仙魔剑。

“以为只有你才拥有仙器？”萧英雄三人都是冷笑，像他们这样的佼佼者哪个没有出入过最危险的古迹，得到一块仙金并非难事，自然早就拥有了自己的仙器。

退一步说，就算他们运气太差，始终没有得到仙金，这么多年下来了，武院怎么也会奖励他们一块。

嗡嗡嗡，可怕的气息扬动，三道豪光冲天而起，谷合义三人也亮出了仙器，依然占据了绝对的优势。

这让王东森诸人都是看得眼热。

他们只是二世祖，而仙王坟场虽然不乏仙药，但仙金却是少得可怜，除了仙王进入时自带，根本不可能在此地发现的。

因此，他们再受宠也没用，连九重天仙王都没几个拥有仙器，更何况他们了。

现在看到凌寒四人个个都有仙器在手，岂能不让他们嫉妒？

萧英雄三人可都是超级帝星，甚至都在向着进化指数十二推进，不但战力惊人，而且悟性也无比可怕，同样将三部九化天经融合，并运用到了战斗之中，大大提升了战力。

“今天，你必须死！”萧英雄冷然说道。

他们三人联手，封锁了凌寒一切逃生的路线，绝不会让他有一丝逃脱的可能。

这三人哪一个不是绝强天才，只有他们逆境界而胜的传说，可现在不但以高出两个境界的优势去战低阶仙王，甚至还是三人联手，这是完全放下了面子。

无疑，这太具有威胁了。

凌寒无比艰难，这三人联手可要比阿猿与阴河仙王联手强大太多了，让他很快就喋血。而且，这三人都拥有仙器，这被斩到一下，绝不是流点血的事情。

不能再这样下去，否则他会死。

凌寒长啸一声，开始突围。

“想跑？”苗化挥出一棍，将凌寒硬生生逼了回去，他们三人联手要还是让凌寒跑了，那他们以后也没脸见人了。

凌寒哈哈大笑，他的战意已经完全激发，别人视为不可能的事情，他就偏偏要实现。

不就是三个八重天仙王的战力吗？他不可能战胜，但要突破绝非不可能的事情。

一声长啸之中，凌寒开始突围。

仙魔剑斩动，他化成了一道风，向着萧英雄杀了过去。

萧英雄不由大怒，凌寒选择了他这一面进行突破，是不是认为他最容易对付呢？

可恶！可恶啊！

“去死！”他怒喝，一拳轰出，要将凌寒打回去。

凌寒却是无视了这一击，强行突围。

嘭！

萧英雄这一拳打在了凌寒的后背上，但只见一道光华闪动，凌寒毫发无伤，反倒在这一击之下加速前进。

——凌寒主动运转了不灭天经，现在他的防御不说是仙金级别，但绝非八重天仙王可以伤害得了。

“这该死的防御！”萧英雄哼了一声，要是让凌寒这么突围离去的话，那他可要丢人丢到家了。他轻喝一声，手中长枪疾刺，仙器之威完全激发。

你体魄再强横又有何用，只要没有达到仙金级别，那又怎么挡得住仙器的锋锐，否则仙器又怎么可能那么珍贵？

他起步晚，再加上还以一拳“助”了凌寒一臂之力，正常是不可能追得上凌寒的，他也知道这点，因此当长枪去势已尽的时候，他猛地一推，嘭，长枪脱手，却是以十倍的速度暴发，向着凌寒追去。

这一击，太快太快了。

凌寒如果继续直行的话，那肯定要被仙枪击中，而他如果折向的话，那必然会影响速度，从而让谷合义与苗化追上，将他重新阻截下来。

然而，凌寒的反应却是任何人都没有料到，他只是将身体微扭，噗，长枪射到，便是他的体魄也无法阻挡，枪尖顿时没了进去，但扎得并不是太深，而凌寒的脚步却是停也不停。

“回来！”萧英雄虚空一抓，长枪顿时倒卷而回，带起了一蓬鲜血，也让凌寒脚下打了一个踉跄。

可凌寒却只是发出一声虎吼，速度反而更快，全力突围。

这样一来，谷合义和苗化便追不上凌寒了。

跑到足够安全的距离后，凌寒回过头来，目光在萧英雄三人的脸上扫过，冰冷无比，好像在看着三具尸体一般。

第 2608 章 再次大战

凌寒没有说话，但无论是谁看到他的表情，都可以猜到他想要表达的意思。

那就是必诛萧英雄三人！

这有点像个笑话，萧英雄三人可都是六重天仙王，战力更是直飙八重天，再加上联手之威，便是八重天巅峰的战力也可一战。

想要轰杀他们，怎么也得九重天的战力吧？

凌寒却只是四重天仙王，凭什么这么自信满满？

可萧英雄三人却都是从心底升起一股寒意，灵魂都有些颤抖。

他们为什么要进入仙王坟场狙击凌寒？一是他们觊觎凌寒体术强大的秘密，想要夺为己有，二则是忌惮凌寒的潜力，若不加以阻止的话，总有一天会超越了他们。

三人立刻坚定了信念，越是如此，就越是要将凌寒轰杀。

“哼，就算脱了围困又如何，重伤之下能够逃到哪里去？”苗化森然说道。

“就算追到天涯海角，也要斩了！”萧英雄同样表态。

“杀！”谷合义则是非常简单，但一个杀字却也是将他的想法完全表达了出来。

咻咻咻，三人同时追击。

凌寒转身，空间规则展开，这里无法进行大范围的空间穿梭，但小范围之内还是可以的，同时他还在给三大强者制造麻烦，减缓他们的脚步。

“你跑不掉的！”萧英雄三人都是将神意锁定在凌寒身上。

凌寒爆发速度，他虽然要弱了两个境界，可在空间规则上的掌握让他拥有更快的速度，再加上这里的古墓成群，迷雾遮眼，很快就把三人甩掉了。

他进入一座大坟，找了一个角落，然后进入仙客居，立刻开始疗伤。

这一次，他受创极重，尤其是这最后一击被仙器轰伤，虽然避开了要害，可恐怖的破坏力涌动，还是让他三分之一的身体直接坏死。

不但如此，这种破坏还在向他的全身蔓延着，若非他以源力包裹着心脏，恐怕早已经一命呜乎了。

凌寒服了一颗药，他没让众女知道自己现在的状态，否则女皇直接冲出去杀人都有可能，那就太糟了。萧英雄他们肯定不会伤了女皇，但结果却会更糟。

他运转不灭天经，先要拔除仙器留下的破坏力。

仙器之所以为仙器，便是因为其恐怖的破坏力，只要是仙金所铸就有这样的能力，差别在于炼成仙器之后，便能够被激活，本身就能够战斗，不像仙金简单铸成的兵器，必须要人手来操控。

从结果来说，凌寒被斩上这一记，无论是被仙器还是仙兵打的，造成的伤势都是差不多。

不灭天经在体内不断地流转，一点一点地将仙器的破坏力挤出去。

这速度真得很慢很慢。

理论上来说，仙金本身就站在了九重天的高度，被直接斩中的话，不啻是被九重天仙王轰中了一记，只是伤势不会立刻爆发出来，而是以缓慢的方式进行破坏。

尤其是伤在要害附近，又不能将整个区域都是挖掉，麻烦无比。

还好，不灭天经可是凌驾于规则之上的天尊宝术，哪怕限于境界，凌寒还无法发挥出天经的全部威力，但他是力量之源，仙器的破坏力却有穷尽，只要时间足够，他肯定可以将这股破坏力消除。

他对自己用上了时间流加速，以缩短恢复所需的时间。

他花费了五百多年的时间，现实时间则是过去了半年左右，凌寒才终于将仙器之伤完全治好。

凌寒出了仙客居，他要一边进行修为的最后积淀，准备冲击五重天，一边则是在大坟中转了起来，让仙魔剑吞噬足够的仙金，从而晋级。

无论是他迈进五重天，还是仙魔剑晋升为天尊宝器级别，都会让他的战力发生脱胎换骨般的变化，再战萧英雄三人的话，他就不至于要狼狈而逃了。

“这笔账，我一定会讨回来的！”

他在这个大坟中不断地开棺，每开一棺他都会先向死者道一声歉，在抽取出仙金之后，小心翼翼地将棺材盖好，死者为大，他打扰死者的长眠，心中有愧。

突然之间，凌寒感应到一股极其危险的气息，立刻将仙魔剑竖在身前。

咻，一道剑光划过，向着他斩了过来，剑气凌霄。

叮！

凌寒出剑，将这一剑挡住，可身形却是被斩退，嘭，撞到了后面的墙上才停了下来。

“说了，你跑不掉的！”出手之人现出身形，正是谷合义，他仗剑而来，浑身气势沸腾，以他现在接近八重天巅峰的战力，在这里几乎是无敌了。

对方是怎么找到自己的？

这样的念头在凌寒的脑海中划过，但他却是毫不犹豫地选择了突围。

这里的墙壁太厚实了，等于是个天然的牢笼，那么只要萧英雄和苗化都赶过来，一人守住一条通道，那他真得是插翅难逃。

所以，一定要趁合围之势形成之前突破。

他运转不灭天经，剑剑拼着两败俱伤而去。

这让谷合义都是头大，他的实力确实要比凌寒强，但也不敢被仙器斩中一下。而且凌寒的战力也达到了七重天，这岂能等闲视之？

他可不想将凌寒镇杀之后，自己也遭了重创，到时候萧英雄和苗化赶到，谁能保证他们不会对自己突下杀手？

这可是仙王坟场，每个人内心中的黑暗面都会被挖掘出来，并无限放大。

这里没有任何的规矩、束缚，很容易让人变成疯子、变态。

而在这里死掉，谁会追究、又能怎么追究？

所以，他要将凌寒拿下，却又不能让本身受伤，至少不能受到重创，影响了战力。

有了这样的顾忌，他想要拦下凌寒就难了，而且这里虽然不是迷宫，可分岔路也着实不少，很容易就让凌寒逮住了机会，趁机杀了出去。

谷合义连忙追击，心中窝火，居然让凌寒再次逃脱了。

可谁让凌寒掌握了不灭天经，短时间内让体魄变得强横无比，有资格以伤换伤，再加上他又心有顾忌，怎么拦？

既想收获，又不愿付出代价，怎么有这样的好事。

凌寒急动，这里弯弯绕绕的台阶实在太多了，极大地影响了他的速度，他不知道绕了多久，刚转过一个弯，呼，一道棍子猛地横扫过来，带着无比可怕的劲风。

苗化的身形也出现了，他的脸上带着冷笑，想来他已经发现了凌寒，却并没有现身，而是在这里伏击！

够阴的。

第 2609 章 不可阻挡

如果凌寒是在正常状态下，那么苗化绝不可能伏击到他，肯定会被他提前发现。

可现在情况特殊，他在狂奔，而有更多的心力则是放在了后面的谷合义身上，导致灵觉就不如正常的时候，再加上苗化完全收敛了气息，只为了这一次的突袭，自然更加地防不胜防。

一棍扫出，凌寒才反应过来。

这时候再要变化身形已经来不及了，招架也晚了，凌寒哼了一声，运转不灭天经，身上顿时浮起了金色的符文。

嘭！

一棍已是撞了过来，凌寒被毫无悬念地震飞，重重地撞在墙壁上，恐怖的力量冲击之下，墙面都是凹了进去，整个大坟也在发出狂颤。

苗化这一棍太恐怖了，连如此坚硬的墙壁都是被他轰破，而另一方面也说明了这个墙体的坚固，八重天级别的战力轰击，居然只是凹出一个坑来，太匪夷所思了。

凌寒哇地一声，吐血连连，但他却是毫不迟疑，脚下一点，向着前方冲去。

“还想跑？”苗化冷笑，他一棍之势已经用老，但左手却是松开了棍身，向着凌寒拍了过去，嗡嗡嗡，一掌拍出中，他的手掌不断地变大，火焰升腾，瞬间就让这里变成了火山熔洞一般。

凌寒身上的衣物立刻起火，这可是用仙王毛皮做成的，可那又如何，以肉眼可见的速度烧焦，露出了里面的皮肤来。

但也只限于此，凌寒的发丝依然乌黑，有着一层晶莹之色，根本没有被高温烧坏。

这是自然，他的体魄强至六重天级别，苗化若是可以一掌直接打到，那以他的体魄也吃不消，可只是扬动火焰的一丝威能，那自然也不可能伤到凌寒一根头发。

轰，这一掌拍落，声势浩大。

凌寒长啸一声，回剑削出，刷，剑光惊耀。

噗！

那只大手立刻被斩成了两截，仙器之锐无物可挡。

苗化冷哼一声，他收回了左手，只见手掌心有一道浅浅的伤口，正在流淌着鲜血。还好，这只是剑气所伤，并非被仙器直接斩中，他运转功法，伤口便立刻停止了流血，愈合了起来。

“该死的家伙！”他咬牙，被他一棍扫中，凌寒绝对断了好几根骨头，内腑也被重创，居然还有如此战力，反击凌厉，让他没有想到。

这种越是处境危险，越是斗志激昂的家伙真是讨厌，有若困虎，绝不能疏忽大意，否则反要受其害。

咻，这时谷合义正好赶到，两人互看一眼，都是露出惊讶之色。

他们两大强者狙击，居然还是让凌寒突围而去，这个年轻人真是妖孽得不像话。

“追！”

两人同时起步，继续追击凌寒，若是让凌寒逃出这个大坟，那外面一来范围广，二来有迷雾遮眼，很容易就让对方逃走。

所以，一定要在这里将凌寒拿下。

“凌寒，你好歹也是武院的天骄，万古石上留名的存在，连一战都是不敢吗？”苗化说道，这自然是在扰乱凌寒的心神。

谷合义也道：“我们可以起誓，给你公平一战的机会，随便你挑一个，只要你能支撑千招，就永远不再找你。”

凌寒狂奔，嘴角则是露出冷笑，这两人的话自然是半个字也不能相信，公平？真要公平的话，他们怎么可能联手狙击自己，甚至都用出了偷袭的伎俩。

“从这一刻开始，你们好好珍惜每一天，因为留给你们的时间不多了！”他冷然说道。

谷合义和苗化都是大怒，这小子也太嚣张了，难道你有进步，他们就不再进步吗？他们承认凌寒是比自己的潜力更大，可想要超越他们的话，那也绝非短时间内可以做到的。

他们也有些不解，苗化既然已经赶到，怎么萧英雄还没有出现，如果任凌寒这么跑下去，他完全可能逃出去的。

可萧英雄真得好像失踪了一般，始终没有出现，让凌寒逃出了大坟，利用迷雾将苗化二人甩脱。

这让苗化和谷合义都是大怒，忍不住仰天长啸，声音滚滚，甚至将四周的迷雾都是暂时冲了开来。

就在这时，萧英雄出现。

“你怎地这么晚？”苗化二人都是问道，带着强烈的不满。

萧英雄的目光有些呆滞，眼球上蒙着一层黑色的东西，顿了一下之后，他的眼神立刻恢复了清明，道：“发现了点东西，所以耽误了。”

“有什么东西能够比拿下凌寒更加重要？”苗化哼道。

萧英雄却道：“我们若是可以破解那东西之秘，价值绝不在凌寒之下！”

“哦？”苗化和谷合义同时眼睛一亮，“那且去看看。”

……

凌寒狂奔一会，立刻又进入仙客居疗伤。

之前他被仙枪差点刺中心脏，这一次则是挨了仙棍一击，五脏六腑都是移位，骨头更是断了好几根，锐煞之气正在破坏他的身体。

“不灭天经的层次还不够，我若可以将之推进到仙王不灭体九层，那对抗仙器便不会如此困难，而若是修出不灭仙金体的话，那体若仙金，完全不惧仙器了。”

凌寒感慨，可将不灭天经推进到这个层次之后，想要再进一步就需要海量的资源，想想缘生天尊也是迈进天尊之后才把不灭天经修成的，因为实力不达，从哪弄来这么多的资源?

现在他的不灭仙王体层次甚至在境界之上，已经是个奇迹了。

又是半年现实时间过去，凌寒完全化解了仙器之伤。

“那三人是怎么找上我的？”凌寒思考这个问题，他躲在仙客居中半年一直平安无事，可一出现就被狙击，似乎那三人有特殊的办法找到自己。

“说不定在第一战的时候，他们在我身上种下了什么手段，连欺天术都不能遮盖，但仙客居乃是仙金所铸，这就超越了他们的手段，毕竟他们的战力也只是八重天级别。”

凌寒这样推测，却是毫不犹豫又跑了出去。

在三大强者手下险象环生地逃出生天，生死一线，更是被仙器轰中，虽然危险之极，却也让他明悟不断，他相信再来几次的话，他便可以将基础完全夯实，从而冲击五重天。

他要证实自己的猜测，在一座大坟的顶上坐着，看苗化三人会不会很快赶过来。

果然，只是小半天的功夫，迷雾中走出来三个人，不是苗化他们又是谁?

第 2610 章 诡变

凌寒刚想说话，却是微微一惊。

现在的萧英雄三人有些诡异，他们的眼球上蒙着一层黑色的东西，浑身更有一种无法形容的诡异之气，让凌寒不由自主地生起了寒意。

有点像是之前的黑熊怪，对，虽然形态完全不同，可在气息上却有种相同的东西。

"凌寒，你想通了，打算将性命交出来了吗？"萧英雄冷笑道，他昂然而立，散发着强烈的自信，似乎九重天仙王在前也敢一战。

"你的性命，终将葬在我等之手！"苗化也说道。

谷合义倒是没有什么废话，他一向温文尔雅，可现在却有一种说不出的狰狞，让人不寒而栗。

三人散开，形成犄角之势将凌寒包围起来。

凌寒自然不会让他们得逞，他已经证实了自己的猜测，三人有特殊的办法找到自己。他长啸一声，仙魔剑出，直接突围。

"跑不掉的！"萧英雄哈哈大笑，左手持枪轰出，右手则是对着凌寒虚空一按，一股可怕的压力顿时笼罩在凌寒身上。

凌寒只觉脑袋一疼，好像被无数根刺在扎着一般，让他直想晕厥过去，好不再承受这样的痛苦。

他不由大惊，要知道他的神魂也是被不灭天经淬炼过的，怎么会如此虚弱？

"凌寒，之前真是高看你了！"萧英雄已是杀到，一枪刺了过来，"在我面前，你根本不堪一击！"

凌寒出剑格挡，叮地一声，长枪被架住，但恐怖的力量袭来，推动着他不断地滑退。

“不过是四重天！”萧英雄不屑地说道，右手又拍了过来，掌心浮起一个黑色的符号，有点像是六角形，向着凌寒按了过去。

不可思议，现实时间只是过去了半年而已，怎地萧英雄的战力却是提升了那么多？

凌寒在心中划过念头。

萧英雄的境界没有变化，甚至力量也没有变化，却是掌握了一种手段，可以对神魂造成巨大的伤害。

就好像凌寒比别人多拥有了体术这样的手段，直接让他逆了天，萧英雄虽然没有如此变态，可同样将战力提升了一个档次。

他现在一人就相当于八重天巅峰的战力，完全碾压凌寒。

嘭！

凌寒运转不灭天经，硬吃萧英雄一击，然后借力加速，要逃出重围。

“哼！”苗化一棍横扫过来，右手也是一掌虚拍，可怕的压力袭来，同样让凌寒头痛欲裂。

这三人都掌握了某种秘法，让他们拥有了针对神魂的恐怖杀伤力。

凌寒大吼一声，瞬移展开，嘭嘭嘭，身体强行打破空间，瞬间即到遥远之处。

萧英雄三人并没有追击，而是纷纷露出冷笑。

“修炼这种秘法，我们的战力还能继续提升。”

“下次再遇此子，轻易便能取之性命。”

“他的体术很强，还是可以给我等一些提升，虽然相比于我等现在的手段，这已经不是很重要了。”

三人自信满满，知道追不上凌寒，索性也不再追击了。

凌寒跑了很久，再次进入仙客居。

这一次，他只用了小半天时间就恢复了过来，毕竟没有被仙器直接轰中。

“这三个家伙到底得到了什么奇遇，神魂攻击如此可怕。”

“不过，虽然只是交手了一两招，但我有种感觉，他们的性格好像也发生了变化，无比得嗜血、阴鸷。”

“这个大坟中，究竟藏着什么秘密？”

凌寒对荒月这个人忌惮无比，魄力大得将天尊妙法都是广为散播，那么他若不是天下第一好人，必然图谋无比巨大。

仙王坟场中会有好人吗？

也许有，但绝对好得有限，不然早被人生吞活剥了。

所以，荒月必然是后者，有巨大的图谋。

凌寒实在想不出来，对方所图的究竟是什么，让他可以如此大方。

他出了仙客居，开始到处走动起来，但并没有进大坟之中，这样就算情况不对，他逃生也方便。

行了一阵，苗化三人没有杀过来，却让他遇到了两波人的战斗。

他不知道这两波人是为何发生了冲突，但战斗得无比激烈，而且……他们都用上了类似萧英雄他们的手段，而且比萧英雄他们的变化更加明显，浑身升腾着黑气，有若魔煞。

咦！

凌寒突然一怔，这不是与黑熊怪有点相似吗？

如果他们的身上再长出些触手来，那真是没有区别了。

他们……被此地潜移默化地改变了吗？因为没有人发现有什么异样，依然在寻宝、战斗。

为什么自己没有呢？

凌寒内查自身，他的眼球上并没有黑色的物质，当然也没有掌握神魂破坏的手段。

他仔细想，难道是因为他待在仙客居中的时间居多？还是他修炼了不灭天经，这是天尊所创的淬体术，对神魂强度亦有极大的提升效果。

他在心中敲起了警钟，能够让萧英雄三人的性格都是发生改变，这种手段太惊人了。

咦，难道这就是荒月的图谋吗？

他要让这里的人都变成嗜血的疯子？

虽然仙王坟场中人人好杀，跟变态似的，但每个人毕竟还是很珍惜自己的小命，也各有谋划，一个个势力的形成就是明证，否则大家只需要打成一团就行了。

只是这对于荒月有什么好处呢？

仙王岂会做无意义的事情，让这里的人自相残杀，最后死得干净，荒月从中能够得到什么？

婆罗仙花？升龙丹？

在他思索的时候，两波人的战斗已经结束，以一方的全灭收场。

没有人逃走，都跟疯了似的。

胜出的一方也只剩下了三个人，他们看向凌寒，眼睛里有黑光闪动，散发着可怕的寒意。

他们毫无顾忌地冲了过来，向着凌寒发起了攻击。

凌寒哼了一声，身形冲出，嘭嘭嘭，连轰三拳，这三人便被他打爆。

有三道神魂冲击而来，让凌寒微微有些刺痛感。

他讶然，这三人修为最高的才只是三重天，照理来说任其轰击也不可能让他有一丁点的感觉，却居然让他生起了刺痛感，这十分得不对劲。

“好像，在这里的人都变得强大起来了。”

“咦！”

凌寒发现，这三人的身体上都是升腾起了黑气，正向着他飘来。

他身形一飘，急退百丈，但黑气如影随形，还在飘过来。

这是什么玩意？

凌寒没再躲，他好奇心太大了，要以身相试。

第2611章 中心区域

凌寒伸出手指，那三道黑气仿佛受到了牵引，顿时从他的手指尖钻了进去。

一瞬间，凌寒的眼前闪动着无数的符号，大道在他的面前浮现，却又好像与他所修的任何一种规则都不同，让他感悟丛生，又有些神经错乱。

他凭空就掌握了一种手段，可以攻击对手的神魂，造成可怕的破坏。

原来，萧英雄他们的神魂攻击术是这么来的。

凌寒有种感觉，甚至是渴望，那就是击杀更多的人，他掌握的手段会变得越来越强，甚至连九重天仙王都能轰杀，让对方变成一具行尸走肉。

他猛地一惊，要是被这股冲动控制了，他还是自己吗？

然而，对于实力的渴望却是那么得强烈，让他都有些克制不住自己的冲动了。

他深深地吸了口气，难怪以萧英雄三人的妖孽尚且被影响了，因为这符合每一名武者最深层次的渴望，那就是想要强大。

对于仙王坟场的人来说，杀戮不是再正常不过的事情吗？不用受这个的影响，他们就一直在杀戮，再多杀一些又何妨？

凌寒进入仙客居，他要驱除这种杀戮情绪的影响。

一进入仙客居中，凌寒不由感到一阵轻松。

“似乎，整个环境都在影响我，只是这黑色气息更加明显。”

“仙器可以有效地隔绝这种影响，所以我进入这里后会变得轻松许多。”

“这也应该是我迟迟没有被影响的原因。”

凌寒盘坐，不灭天经展开，让自己保持心灵空净。

我即是我，不为外物所动。

十几天之后，凌寒站了起来，他凝结水汽，化成一面镜子，仔细看着镜中自己的眼睛，温莹平和，没有一丝戾气。

“应该化解了，但整个环境还是会产生影响，我不能在外面久待，否则必然会一步步丧失自我。这是潜移默化的影响，利用人渴望强大的心理，一步步侵蚀。”

“只是我化解黑气之后，便无法再动用这精神冲击术，似乎这黑气仍是力量之源。”

“荒月……他到底想要干什么？”

凌寒出了仙客居，决定暂时不离开，一是要看看这到底会有怎样的结局，二是他还想要这里的仙金，加起来也不是一个小数目。

他知道仙客居能够隔绝萧英雄他们的追踪，便行动一会便进入了仙客居中，正好也化解一下环境对他的影响。

凌寒有若局外人，他看到了无数次的厮杀，将这里也变成了真正的坟场，葬下了大量的仙王。

一晃，便是十几年过去，凌寒差不多将外围的大坟都是转了一个遍，抽走了所有的仙金，仙魔剑的威力又提升了一大截。

这时，他将目光投向这个区域的中心。

荒月带着几乎所有九重天仙王进入了这里，现在他们得到这里所谓的宝藏吗？又或是荒月埋下了一个惊天大阴谋，将所有人都给坑了呢？

“先冲击五重天，再进入一探，只有达到五重天的高度，我才能够应付九重天仙王的追杀。”

凌寒准备冲击五重天，可他却是发现，这压制修为太久了，居然让他找不到突破点了，几个月下来，体内的仙树丝毫没有开花结果的迹象。

他这个人受到的压力越大，动力越足、战意越强，可现在太过安逸了，让他的战意也是沉沉，居然无法突破。

“我需要一战。”

他想要将萧英雄三人引来，再有一战的话，他当可以藉此引动战意，冲击五重天。

可他不想遇到萧英雄他们的时候，这三人总会像鬼一般地出现，可真当他主动要引这三人出现时，他们却好像人间蒸发了一般，没影了。

“难道，他们已经进入了最后的区域？”

凌寒看向迷雾，这里的能见度依然奇差，顶多就是看到两里之外的地方。

“那就进去！”

凌寒改变主意，他本想突破五重天之后再进入最后的区域，但现在需要提前进入，否则他根本没有突破五重天的契机。

他大步而行，迷雾在他的面前散开，这很古怪，就只是遮掩两里之外的地方。

走了数天之后，前方突然豁然开朗，现出了一座大山。

不，这不是山，而是一座大坟，一块墓碑高耸入云，上面写着四个字：元古之墓。

这就是元古墓了。

到了这里，迷雾终是完全散去，可以清楚地看到整个大坟的模样，有一道道光华在扬动，散发着超越规则的压迫力。

这是一座天尊墓吗？

这座坟可没有设置进去的通道，但现在被硬生生轰出了一个缺口，相信是荒月等九重天仙王干的，哪怕这里有天尊压力又如何，成千上万的九重天仙王联手，活着的一步天尊都能生生干翻，更何况只是死去的天尊了。

只是虎死威在，在这股隐约的天尊气息压迫下，五重天以下的仙王还是没有进入大坟的资格，只能在外面徘徊。

一场场战斗正在爆发，不断地有人死亡，却也让其他人变得更加强大。

凌寒扫过一眼，只要目光所及，便发现每个人的眼睛上都是蒙着一层黑色的光，散发出让人发寒的气息。

“一个可口的小家伙！”凌寒在观察的时候，他也被人发现了，只见一名女子摇曳着美臀向他走了过来，妖艳无比，双眼中虽然有着黑光，却让她更增了几分妖异的诱惑。

她扬动香风，走到凌寒三丈处还是没有停下脚步，脸上挂着让人沉醉的笑容。

刷，一道寒光闪动，她蓦然出手。

她明明娇滴滴的模样，可兵器却居然是一把足有三丈长的大刀，被她抡舞着斩向凌寒的脑袋。

呼，大刀呼啸着劲风，有符文一枚枚地亮起。

凌寒顿觉脑袋剧痛，有若针扎。

真是讨厌。

凌寒眉头一皱，这女子也不过是四重天仙王，从表现出的战力来看，不过是皇者之资，可居然能够让他生起刺痛感，那种神秘手段真是惊人。

他没有留情，一拳轰出，嘭，那名女子顿时被他轰杀成渣。

有一缕黑气升起，向着凌寒飘了过去。

“我的！”

“都给我滚开！”

顿时有十几人扑了出来，要抢夺这道黑气，跟疯了似的。

凌寒冷哼，双拳连挥，嘭嘭嘭，这些人莫不被他打爆。

每死一个人，就有一道黑气升起，十几道黑气飘扬，俱是向着凌寒飞去。

“滚！”凌寒大喝一声，他不需要这种东西，不是自己修出来的力量，就算威力再大他也会弃若敝履。

第 2612 章 三大强者

黑气当然不会听凌寒的，依然向着他飘去。

凌寒右拳一振，轰向黑气。

轰，一拳捣过，这些黑气都是飘扬不止，化开了、分散了，但立刻又融合了起来，而且不再是十几道分散的，而是全部融到了一起。

诡异的是，明明是十几道黑气融合的，但并没有变粗，好像在凌寒一拳之下受了重创。

但凌寒却清楚，并非黑气被他打击受了“伤”，而是它变得更加精敛了。

黑气涌动，如同一条灵蛇，向着凌寒钻了过去。

凌寒出剑，刷，仙魔剑疾刺黑气。

黑气有明显的躲闪动作，但凌寒这一剑太快了，又怎么躲闪得了？

嘭，一剑刺中，黑气顿时再次荡开，但化成烟雾状之后，再次急快地融合到了一起，重新化为一条黑色的灵蛇，继续向着凌寒缠去。

凌寒却是露出一抹笑容，这次看起来又做了无用功，但他敏锐地查觉到，黑气的浓度淡了一些。

虽然只是一些些。

凌寒不断地出剑，刷刷刷，这次他不等黑气重聚，仙魔剑连斩，将黑气不断地斩碎，而在这个过程中，黑气也在慢慢变淡，差不多十几个呼吸之后，黑气终是完全消淡，不复可见。

仙魔剑毕竟是仙器，杀伤力远远超过凌寒。

不过，这里的人若是看到凌寒这样的“浪费”，肯定会怒到癫狂吧，这是他们强大之源，这样的浪费完全不能宽恕。

凌寒收剑，这黑气还真是顽固，连仙魔剑都要斩这么久，要是他赤手空拳的话，也许还无法解决。

他连杀十几人，终是立下了威严，四周虽然还有许多人盯着他看，也露出了跃跃欲试之色，但终究没有出手。

黑气影响武者的性格确实是真的，会让人变得嗜杀，但也不会完全改变一个人的智商，如果有一分机会，这些人都会冒险尝试，但实力差距大到毫无可能的话，那他们自然也不会白白送死。

但是，这里并非没有实力强大的存在。

一名男子大步走了过来，他有若一头巨型猩猩，身高足有丈许，而背心则是弓着，头向前倾，奇大如斗。他的舌头吐在外面，足有一尺长，血红血红，跟吊死鬼似的。

另一边，一名背剑老妪也悄然而出，一身青衣。

而在凌寒的身后，一名红衣年轻人有若灵豹般潜行而走，没有一丁点的气息波动，神觉根本不可能捕捉，只有肉眼才能看到。

凌寒目光一寒："你们都要找死吗？"

"区区四重天仙王罢了！"大猩猩不屑地说道，他大步而行，一脚下去就让大地发出颤抖，将他的威势衬托得更加夺人。

老妪叮地一声抽出剑，发出沙哑的声音："战力倒是不俗，掠夺你的修为，对老身当有些好处。"

只有红衣年轻人没有说话，他对自己的潜行术极有自信，相信绝不可能被凌寒识破。

凌寒负手而立，他要说的话已经说了，接下来就只有一战了。

"死！"大猩猩率先扑出，双臂伸出，一枚枚符文在他的体表发光，让他的皮肤变得如同金属一般，反射着刺眼的光芒。

他高高跃起，双臂化成个锤子，向着凌寒重重地捶了过去。

刷，老妪也在同一时间出剑，寒光如炽。

但最最致命的，却还是凌寒背后那红衣年轻人。

他已经潜到凌寒身后不足一丈处，双手一振，已是各多了一把三爪尖刃，向着凌寒刺了过去，无声无息。

红衣年轻人露出一抹残忍的笑容，他的三爪尖刃虽然不是仙器，却是用仅次于仙金的珍贵金属制成，尖锐无比，再加上他本身的力量，就算八重天仙王不专心对待，也可能被一击就夺走了性命。

他是十足的杀手，眼看着爪尖距离凌寒不过寸许了，他终是大喝一声："死！"

"该死的人是你！"凌寒猛地回头，仙魔剑刺出，噗，直接从红衣年轻人的额头刺了进去。

这可是超越仙器的存在，便是九重天仙王全力防御都未必挡得住，更何况区区五重天了。

红衣年轻人睁大了双眼，脸上充满了不信，嘴角还带着之前的笑容，显得诡异无比。

他无法相信，凌寒怎么可以发现他这个暗杀之王的，要知道，他被丢进仙王坟场便是因为他刺杀了太多的仙王，有几个还大有来头。

这次他以五重天的修为袭杀一个四重天仙王，怎么想都不可能失败，却反过来被凌寒一剑杀掉，让他怎么能够相信，怎么能够甘心？

凌寒淡淡一笑："在我面前卖弄潜行之术，不自量力！"

他修炼的欺天术经过瓦里改良，甚至让一步天尊都是无法看出端倪来，而对应的，他发现隐秘术的能力也是大增。

这红衣年轻人如果正面出手，也许还能多抗凌寒两招，却偏偏对自己的暗杀术太有信心，根本没有想到凌寒可能反击，而且反击之力是那么得恐怖。

其实，他死得不冤。

另一边，大猩猩和老妪的攻击也是袭到。

凌寒根本没有转身，嘭、嘭，两道攻击先后袭到，可他的身上却是浮现出一道金光，将两人的攻击都是挡了下来。

这自然是不灭天经发威了。

“什么！”

大猩猩和老妪都是惊呼，脸上全是骇然。

他们是被黑气影响了，但只是嗜杀，智商可没有受到影响。

这也太恐怖了，三大五重天仙王联手合击，可不但没有让凌寒掉了一根毫毛，反而被这个四重天仙王一剑杀死了一个。

凌寒回过身来，露出森然之色：“都跟你们说了，不要找死！”

他脚下一点，仗剑而攻。

大猩猩和老妪都是连连后退，凌寒的攻击力太狂暴了，让他们根本无法匹敌，只有退的份。

“死！”他们发动神魂攻击，这一招很强。

凌寒的动作顿时微微一滞。

“哈哈！”大猩猩立刻挥臂拍了过来，这是一个绝好的机会。

老妪却是身形摇动，向着侧方飘去，她的目标是红衣年轻人死后飘出来的黑气。

噗！

凌寒突然一剑刺出，大猩猩大惊，他以为凌寒已经被他的神魂冲击影响，没想到却是反过来在给他下套。他连忙极力躲闪，可还是被一剑刺在了左臂上。

“嘎嘎嘎！”老妪大笑，她已经吞噬了那道黑气，瞬间就感觉自己强大了许多。

第 2613 章 再战罗浮明

所有人都是震惊到爆。

三大强者联手攻击，要结果却是一死一伤，这个年轻人的战力也太恐怖了吧。

凌寒对着大猩猩露出一抹笑容，却是毫无感觉色彩，如同在看着一个死人似的："我说过了，不要来找死！"他一指点出，向着大猩猩按去。

"啊——"大猩猩自然知道踢到了一个强力铁板，可又哪里甘心引颈待割，大吼一声中，那攻击神魂的手段已是发动，向着凌寒冲击而去。

嗡，凌寒只觉脑袋微微一痛，哪怕他已经有了准备，可还是被这一击刺伤到了，虽然不是很厉害。

不得不说，这种手段十分惊人，难怪这么多的仙王都是入套，于仙王来说，还有什么比强大的实力更具有诱惑性？

大猩猩见这一击凑效，不由露出惊喜之色，两只拳头并到一起，化成了一只重锤般，当头砸落。

凌寒摇摇头，这一招虽然对他有效果，可大猩猩也不过仙王五重天，最多只是让他感觉刺痛一下，可又能影响他多久？他一指微顿，但立刻又是凌厉霸绝之势向着大猩猩点了过去。

噗！

大猩猩虽然极力招架，却是毫无效果，被凌寒一击生生洞穿了脑门，魂归西天。

所有人再次失声，这真是一名四重天仙王吗，杀五重天如宰鸡，强悍得无法形容。

老妪却是再次掠夺了大猩猩死后升腾出来的黑气，她发出嘎嘎怪笑，体内沸腾的力量感让她拥有着无比的自信和贪婪，她要吞噬更多的黑气，使得自己变得更加强大。

她盯上了凌寒。

虽然凌寒一剑一指连杀二人，可她却是无惧，那无比的强大感也同时麻痹了她。

“给老身献出性命来！”她飞扑而出，双臂张开，有若一头蝙蝠，而身在半空，嘴却是一张，嗡，一道声波轰出，袭向凌寒。

声波未至，可一股精神念冲击却是率先袭来。

因为声波冲击根本就是一个诱饵。

凌寒只觉脑袋生起了刺痛感，他摇摇头，老妪现在的精神攻击比大猩猩要强大得多，则她只是吞噬了红衣年轻人和大猩猩两道黑气而已。

这实力的提升似乎容易之极，自然让人上瘾了。

凌寒淡淡一笑：“让你连夺两道黑气，就是想要看看你能够增强到什么程度，结果却真是让我失望！”他伸出手，向着老妪按了过去。

嘭！

老妪顿时从天空中摔落下来，她是被一股奇强无比得重力硬生生扯落下来的。

她骇然，达到她这样的高度又岂会再受重力的影响？能够影响她的只有规则！

这年轻人在规则上的掌握远远超过了她，才能轻轻一牵引就让她坠落下来。

饶是老妪已经被黑气影响，变得狂躁、嗜血，可面对一个远比自己强大的存在，她还是露出了惧色。

生存是智慧型生物的本能，只要智慧还在，本能就会发挥作用。

老妪颤抖了，听凌寒这话的意思，对方根本就是故意让她夺取黑气的，而目的只是为了让她强大。

何等自信！

这样一句话不但让老妪震惊，附近其他人也是莫不乍舌，更有一种深深的无法理解。

没有人知道黑气的来历，却知道它可以提升自己的神魂攻击力，甚至可以让自己的战力提升近一个境界！

这样的好东西，谁不想要？

可凌寒居然弃若敝屣，这让谁能接受？

凌寒看也没有多看一眼，只是对着老妪虚空一按，啪，老妪便被震成了血沫。他拍拍手，仿佛做了一件无足轻重的事情，然后环扫诸人："这就是挑衅我的代价。"

所有人都是低下头来，这样的人绝对是九天之龙，哪是他们可以匹敌？

如果这里还有五重天以上的仙王，那还能仗着境界压制凌寒，可现在？

凌寒为尊！

仙王无数又如何，黑气影响神智又如何，在绝对的力量面前，这些人都选择了臣服。

凌寒却并不是很满意，他本有借老妪之手突破五重天的打算，却没有想到故意放水了，老妪的实力还是这么得弱。

五重天不行，六重天估计也够呛，得七重天仙王才能够给他足够的威胁了。

凌寒并没有贸然闯入最后的大坟，里面多得是八重天、九重天的仙王，而且还拥有可怕的神魂攻击，要是被这样的存在轰中，凌寒也不敢保证自己不会晕死过去，甚至直接被震碎了神魂。

他在外面观察，希望可以看出一些端倪来。

一天、两天、十天。

轰隆隆，这一天，大地突然发生了剧颤，好像地震一般，然后便看到一道道人影从大坟的各个角落飞射出来。

嘭！

就有一人摔落在凌寒附近的区域，看他狼狈无比的模样绝非自己跑出来的，而是被逼又或是被强者打出来的。

凌寒看了过去，不由地露出一抹讶然之色，因为这个人他认识。

罗浮明，罗央之父。

当初他轰杀罗央，罗浮明自然要报杀子之仇，与他激战，却最终被他靠着仙魔剑击退。

七重天仙王，应该是个不错的对手。

凌寒眼睛一亮，向前大步而行。

罗浮明爬了起来，脸上闪过一道惊悸之色，对这个大坟似是充满了忌惮，可贪婪之意却是怎么也按捺不住，他一咬牙，就要重新进坟。

“等等！”他还没有动，便见一人在他面前伸出了手，做势要拦阻于他。

他看了过去，却是差点嗤笑出声。

四重天仙王。

区区四重天仙王居然也敢阻挡自己？

他在心中哼了一声，却是毫不犹豫地出手，对着凌寒按了过去。

这样的臭虫，直接一击镇杀就是了。

一掌轰落，只见凌寒轻轻一抬手，只见规则冲击，化成了无尽的涟漪，罗浮明这一击顿时被化解得干干净净。

“嗯？”罗浮明不由一怔，这一击虽然不是他全力所为，可居然还无法镇压一名小小的四重天仙王？

这让他想起了一个人，他的杀子大仇人，同样具有逆境界战斗的能力，只是那恶子是三重天仙王，而且也不是这样的长相、气息。

“尔是何人，为何要阻本座？”他沉声说道，七重天仙王的气息涌动，无比可怕。

凌寒微微一笑：“罗浮明，不认得我了吗？”

“你是——”罗浮明眉头微皱，他认不出凌寒，却感觉对方这说话的语气似曾相识。

第 2614 章 来！

凌寒微微一笑，然后在脸上一抹。

“是你！”罗浮明顿时暴怒，因为凌寒已经变成了“李隆”的模样，气息也是一样，自然立刻让他回忆起了丧子之痛。他仰天大笑，却是森然莫名：“好胆！好胆！你居然还敢出现在本座面前！”

凌寒笑：“当初，好像是你落荒而逃的吧？”

罗浮明不禁语塞。

其实那次也不是他落荒而逃，而是他奈何不了拥有仙魔剑的凌寒，只能含恨离去。但七重天仙王居然还无法镇压三重天仙王，他好意思和凌寒争辩吗？

“今日，必取你性命！”罗浮明冷冷说道，信心十足。

虽然凌寒的境界提升了，他还在原地踏步，似乎胜利的天平更向着凌寒倾斜，但罗浮明可是知道自己掌握的神魂攻击手段有多么惊人，便是八重天仙王在猝不及防之下也可能被他一击直接毁了识海。

四重天仙王？呵呵！

他承认凌寒的体魄强横无比，但神魂是最最难修的，可能也坚不可摧吗？

凌寒拍拍手：“要的就是你这种斗志，来！”

七重天仙王，现在应该是他最好的对手了，应该可以让他的战意沸腾，从而冲击五重天。

“给本座之子偿命来！”罗浮明出手，他咆哮着，发出惊天动地的声音。

七重天仙王，哪怕是因为仙王坟场特殊的环境才造就的，不管是王者还是皇者，这境界摆在那呢，战力岂容小视？

况且——

罗浮明双眼变得一片乌黑，他还打出了一道精神冲击，直袭凌寒的识海。

这才是最最恐怖的一击。

饶是凌寒早有防备也没用，只觉识海一阵剧震，真得好像大海生波，震荡得他浑身难受。就在这时，罗浮明的攻击也打了出来，一掌劈来，化成万千劲气，要给予凌寒重创。

凌寒强行压下神魂的剧痛，一掌向着罗浮明回敬而去。

嘭！

两人对轰一击，凌寒不由地脚下踉跄，连退了好几步，脸色也难看无比。

论真实战力，凌寒绝对不输罗浮明，可被对方一道精神冲击先袭中神魂，影响了他的反击之力，导致在这一击上不如了罗浮明，更是因为精神冲击让他的神魂也受了点小伤。

七重天的王者不可怕，但现在被黑气影响，修出了神念魂攻击，俨然变成了七重天的帝星，这就可怕了。

“哈哈，不堪一击！”罗浮明见一击凑效，不由大笑，他再次袭来，双拳连轰，而一道道精神冲击也附加在拳击之中，向着凌寒不断地冲击而去。

凌寒不惊反喜，他故意走出来迎击罗浮明，就是因为对方可以给他足够的压力，让他昂扬战意，从而突破五重天。

他不语，只是鼓起双拳向着对方迎去，九化天经缠绕在双拳上，让他的攻击力暴涨一大截。

嘭！嘭！嘭！

两人对轰，凌寒明显落在了下风，没办法，罗浮明的精神冲击他根本没有办法挡，每次都能凑效，让他神魂刺痛，影响了战力。而且，这精神冲击对神魂也有着极强的破坏性，就那么数千拳对轰之后，凌寒有一种头都要爆掉的感觉。

得想个办法化解这种精神冲击，否则现在只是罗浮明，以后要是遇到谷合义、萧英雄他们呢？

六重天的超级帝星本身就要远远强于罗浮明之流，再加上这精神冲击，凌寒根本没有抗衡的能力。就算他突破了五重天，在常规战力上可以不怂萧英雄之流，但精神冲击还是一道坎，他必须想办法跨过去。

这个罗浮明，就是他最好的陪练对象。

轰！轰！

他们对轰个不停，罗浮明当然不在意与凌寒对轰，他现在占尽了便宜，相反凌寒每与他对轰一记都会神魂受创，哪怕每次受的创伤非常小，但积少成多，累积之下直接爆掉识海都不是没有可能。

“死！死！死！”他厉吼道，被黑气影响，他本就十分嗜杀，再加上丧子之痛，他变得愈发狂暴。

凌寒之前也曾被黑气影响，知道如何运转精神攻击，但将黑气驱离身体之后，他就无法再运用这个能力。

一切都是基于黑气的，所以，夺取的黑气数量越多、质量越高，打出的精神攻击也越是恐怖。

凌寒不可能去吸收黑气，这玩意太邪了，可以影响人的神智，所以他只能从罗浮明的身上下手。

之前他也屡屡受到这样的攻击，自然早就开始思索对策。

他一开始的对策是不灭天经，以天经妙法加持神魂，但他发现这毫无作用。

天尊之法都是没有效果？

不是的。

凌寒在心中摇头，连仙金都能有效隔绝黑气的影响，不灭天经怎么可能反倒不如？

这是因为他来到了新的位面，各种规则都与仙域不同。

这么多年下来，凌寒自然早就把不灭天经做出了调整，使得天经符合了炎霜位面的规则，但只是体魄方面，神魂这个层面凌寒还没有时间去弄，直到现在被精神冲击搞得十分被动，才让他猛地意识到，需要在这方面进行加强。

他一边与罗浮明激战，一边在引动规则，调整不灭天经，进行神魂级别的增强。

要知道，他的对手可是七重天仙王，掌握了精神冲击的存在，在这样的情况还要分心，自然让他险象环生，时刻都是游走在危险边缘。

可就是这样强烈的危机感，让凌寒每一分潜力都是爆发了出来。

他发现，自己的境界松动了。

五重天的大门……终是向他敞开。

而且，这并非唯一的好消息，他在不灭天经上也有了新的掌握，正在急速适应炎霜位面的规则，毕竟他之前在体魄层面已经调整了过来，现在再调整神魂层面难度自然要低了许多倍。

来吧！来吧！

他放声大笑，豪气干云。

“死到临头，还敢狂妄？”罗浮明冷笑，这个小子真是不知所谓，连受他几千记精神冲击，神魂自然受了重创，还敢狂笑？

凌寒根本不理，如果罗浮明没有掌握精神冲击之法，他三拳两腿就能将之轰杀，现在自然也是没有被他放在眼里，不过是被黑气影响的傀儡罢了。

“来！”他冲着天空喝道。

来什么？

罗浮明正想继续冷嘲，却是猛地升起一股心悸，他抬头看，只见乌云滚滚，有恐怖的闪电在扬动。

靠，来的居然是天劫！

第 2615 章 突破五重天

雷云滚滚，天劫将至，闪电在雷云中翻滚，散发着让七重天仙王都要惊悸的可怕气息。

罗浮明大惊失色，凌寒居然会在这个时候渡劫？

这年轻人的实力强悍无比，四重天就能匹敌七重天，现在要渡五重天的大劫，威力可比八重天吗？

哐，第一道天劫已是落了下来。

凌寒无惧，挺拳迎上。

闪电击在铁拳上，雷系规则大爆发，溅闪出无边闪电，好像打翻了一池雷海，恐怖无比。

罗浮明看得是目瞪口呆，他虽然知道凌寒很牛逼，但牛逼到这样的份上，还是让他瞠目结舌，无法相信。

因为他知道，自己也许接得下这样的天劫，但肯定要付出巨大的代价，就算没有被重创，也绝对不可能再毫发无伤地接下第二招。

可天劫会仅仅只有一道攻击吗？

整整一天！

他确实修出了秘术，战力大涨，可那是针对人的，你对天劫施以精神冲击，天劫会迟钝片刻？

所以，面对天劫的时候，他其实还是原来那个七重天的罗浮明，一点进步都没有。

这样的天地之威让他颤抖，哪怕他为仙王，与规则是在一个层面的。

他哪里还敢出手，不说他卷进天劫之后，劫威会不会以他的境界放大，就算是一模一样的，他也肯定只有死路一条。

“这个小子怎地会那么妖孽？”他喃喃说道，脸色难看到了极致。

而四周，众人也是同样惊爆了一地的眼球。

“天哪，我看到了什么！”

“四重天的仙王可以匹敌七重天的大能！”

“而且，还在战斗中突破了。”

“这天劫之威也太可怕了吧，怎么给我的感觉像是九重天的无量劫！”

雷云之中，凌寒激战天劫。

于他而言，天劫并不难渡，因此，他祭出了仙魔剑，在雷劫之下淬炼，引这样恐怖的雷霆进入剑体，可以让仙魔剑拥有雷霆之威，有可能让仙魔剑发挥出八重天的威力。

这自然非常之难了，天地之力岂容窃取？

凌寒却是不管，反正要渡天劫，哪怕只有一分得益都是白赚到的。

哐！哐！哐！

天劫劈个不停，每一道似乎都可以将凌寒碾碎成渣，可事实上却都是无功而返。

罗浮明迟疑，他是在这里继续等着凌寒渡完天劫呢，还是立刻离去。

走，他不甘心，杀子仇人就在面前，而他之前也确实在战力上占了绝对的上风。可不走吧，万一凌寒渡过天劫，战力飙涨，反过来将他镇杀了呢？

因此，他十分犹豫，进退两难。

犹豫好久，他终是神情坚定，决定要留下来。

一，他要为儿子报仇，二，凌寒身上肯定藏着极大的秘密，不然不可能如此强大，他要得到！

——如果换成是进入元古墓之前的他，说不定便会选择避为上策，强大固然不错，可小命显然更加重要。可现在，他被黑气影响，贪婪之念一发就不可收拾了。

再说，他极度地相信那精神冲击的威力，认为此招一出，凌寒肯定也只有像之前那样，被他打得满地找牙。

他在一边静坐，将状态恢复到最佳，同时也在蕴蓄最强一击。

现在，他可是掌握了完全的主动，出手只在他一念之间，有的是时间去准备大招。

他最强大招就是三根阴骨针，需要准备十息以上的时间才能打出一根，在势均力敌的战斗中哪有时间给他去准备？但现在他却不但可以打出阴骨针，甚至可以将三根针全部打出去。

罗浮明不由露出一抹不舍之色，这三根阴骨针乃是他在没有进入仙王坟场前在一个古迹所得，十分珍贵，杀伤力惊人，也被他藉此暗杀过几个境界超过他的仙王，但每用一次，阴骨针就会多一些裂痕，只怕仅仅只能各再用一次了。

这样的不舍之色只是一闪即逝，罗浮明便坚定了想法，只要将凌寒诛杀，他得到的收获将远远超过三根刺骨针，别的不说，光是这小子手里的仙器就值了。

时间悄然而过，眼看着一天时间就要过去。

罗浮明猛地站了起来，他抬头看天，雷云密而不发，结合时间来看，显然正在酝酿最后也是最强的一击。

他目注凌寒，神念也将对方牢牢地锁住，只要最后一道天劫劈下，他也会紧随其后打出三根阴骨针，在这样的情况下凌寒若还能平安度过的话，那他还真是不信了。

哐，最后一道天劫劈落，壮观无比，仿佛一道雷龙化形，向着凌寒咆哮而去。

与此同时，罗浮明也是右手一扬，咻，三根阴骨针已是打出。

这还没有完，罗浮明在等，只要天劫劈到凌寒身上，他就打出精神冲击，否则就要算他插手天劫，绝没有好果子吃。

凌寒露出一抹冷笑，罗浮明一直在边上等着，他又怎么会想不到对方是要在天劫之后狙击自己，他将仙魔剑一挑，迎击最后一道天劫，然后左手探出，向着三根阴骨针按了过去，时间规则发动，三根阴骨针顿时急剧减速，有黑色的光明灭不定，似乎要穿破时间规则的束缚。

罗浮明大惊，阴骨针的威力是何等可怕，他在二重天仙王的时候就暗杀过三重天仙王，这绝对是九重天仙王炼制出来的宝器，除了九重天这个级别，应该不受任何的规则束缚。

可凌寒居然让阴骨针停了下来，这是何等的不可思议？

这家伙也就是迈进了五重天，有这么可怕吗？

不过，他也只是一愣而已，立刻就是一道精神冲击打了出来。

这超越了规则，又或是另外一种规则，根本没有距离这个概念，一打出来就轰进了凌寒的识海。

罗浮明露出一抹得意之色，凌寒受到这一击的影响，必然会失去对于规则的掌控，而哪怕只是一瞬间而已，阴骨针便能重新向着凌寒刺去，而这一次是绝对不可能再被阻挡的。

死吧！

咻，精神冲击已是打到，可让罗浮明震惊的是，三根阴骨针居然还是纹丝不动。

这怎么可能！

罗浮明完全无法接受，这一幕颠覆了他的常识。

凌寒傲然一笑，他可不止是简单地突破了，而且还将不灭天经对于神魂的修炼也补完了。

这种精神冲击确实还能影响他，可从罗浮明手中使出来，其实和从之前那大猩猩、老妪手中用出来差不多，就是让他微微地刺痛一下，这完全在他可以承受的范围之内。

第 2616 章 一掌拍死

罗浮明微微一顿之后，突然掉头就跑。

连精神攻击都不能影响凌寒，那他还怎么可能是凌寒的对手？

之前凌寒还只是三重天就能靠仙魔剑与他打个平手，现在对方直跃两个境界，那么全力一战的话，他还有一丝胜算吗？

不但没有，而且还有性命之危。

他嗜血、他贪婪，但面对必死、必败的结果，他自然不会蠢到去送死了。

凌寒摇了摇头："晚了！"他伸出右手，向着罗浮明抓去。

轰，大手如山，规则化成了实质，将罗浮明所有的进退路线完全封锁。

"不——"罗浮明惊骇失色，脸上更是充满了悔恨，为什么之前不早点逃跑，非要将自己逼入这样的绝境之中？

他不是这样的人啊！

罗浮明升起强烈的不解，他这个人向来谨慎，没有十足把握的事情绝对不干，可凌寒明明在三重天的时候就能抗衡他，哪怕他掌握了精神冲击秘术，可对方也迈进了四重天，现在更是突破了五重天，为什么他还会被贪婪所左右呢？

直到此刻，他也没有想明白自己到底是被什么东西影响了，居然做出了完全违反本性的事情。

凌寒一掌拍落，啪，毫无悬念，罗浮明顿时被他轰杀成渣。

精神冲击一旦不起作用，罗浮明根本比不上阴河仙王，而凌寒在四重天的时候就能杀阴河仙王，现在都已经跨进了五重天，要杀罗浮明不是翻掌之间的事情？

四周的仙王看到这一幕，都是骇然失色，瑟瑟发抖。

这位五重天仙王也太猛了吧，杀七重天仙王居然只需要一掌，这实力应该直飙八重天了吧？

凌寒却是微微摇头，随着他的境界越来越高，他发现想要跨境界杀敌也越来越难。

罗浮明只不过是七重天的皇者，若非此地环境特殊，他根本不可能修到七重天。而这样的七重天也是弱爆了，才会被他轻易一掌拍死，可若是七重天的帝者呢？这就没有如此容易杀了。

要是让人知道他的感慨，肯定要骂凌寒贪心不足了。

——你可是跨了两个境界杀敌啊，这本来就是逆天之举，还有什么好可惜、好遗憾的？

凌寒搜了一下罗浮明的空间神器，不过里面只有上百颗升龙丹，库藏与青鬼仙王一比自然是黯然失色了。

没办法，这只是一名七重天仙王而已。

凌寒盘膝坐下，他手中拿着位面卷轴，这境界上限一打开，他自然又能将体术再提升一格了。

他不知道元古墓中藏着什么危险，但一定不容易对付，否则那些九重天仙王应该早将九化天经的剩余部份得手，撤出了古墓。

实力自然是越强越好，况且他也不需要花费太长的时间。

说是如此说的，可凌寒这一坐就没有了动静，一晃已是十七年过去。

在这么长的时间内，有仙王杀进了元古墓中，压不住贪心，要分一杯羹，也有许多仙王在外面发生血战，横尸古墓之前，也有新的仙王到达，不可一世。

不过，没有人去招惹凌寒，因为当初他一掌轰杀罗浮明的事迹还在众人中流传，新来的人哪怕不怎么相信这样的故事，可没有必要又何必去招惹凌寒，万一传说为真呢？

可总有自以为是的人。

“胡说什么呢，五重天仙王杀七重天？天底下怎么会有如此荒谬的事情！”一名女子俏生生地说道，她长得美丽无比，但俏脸上还布满了骄傲。

“就是，怎么不说他还宰了九重天的大帝呢？”边上有人附和道。

这是一群年轻人，充满着二世祖的纨绔之气，一共是九个人，六男三女，实力都很接近，基本是五重天仙王，有两人则是达到了六重天，分别是一男一女，傲气凌人。

“许少可是亿万年难出一个的帝者，可也最多只能同境界无敌。”一名穿着黑衣的男子比着大拇指朝向那名男性六重天仙王，“现在居然说有人能够以五重天的修为斩七重天，那又将我们行少置于何地？”

“还有我们的清姐，同样是六重天的帝者，未来必成九重天的绝世女帝！”又一名女子说道。

被称赞的两名男女都是露出矜持的笑容，可神情却是傲然之极，显然笑纳了这样的夸奖，认为自己当之无愧。

“那个人是谁，站出来让我刘宇恒看看，到底是生了三个头，还是长了六条臂！”一名紫衣年轻人迈了出来，目光扫过，睥睨众生。

“好嚣张的家伙！”有人嘀咕道。

“嘘，不要乱说话，你难道不认识这几个人？”他的同伴连忙向他警告道。

“他们很了不起吗？”第一个人不解地问。

“那可是天化都的几个少爷小姐！”他的同伴说道。

“嘶，天化都！”第一个人露出震惊之色，“传说之中，那是由最早投入仙王坟场的几名仙王所创，也是仙王坟场最早建立的城市之一！”

他的同伴点头：“不错，天化都强者如云，九重天仙王更是多达百名，而且，最早被关进仙王坟场的那些人……可都是真正的强者，哪个不是背景可怕，天赋卓越？他们就不用说了，便是他们的子侄辈也同样有着强大的天赋，据说好多都是帝者！”

“帝者！”第一人深深地吸了口气，哪怕是在炎霜位面，帝者依然稀少无比，只是仙域可能亿万里出一，这里便是亿里出一。

能够被冠为帝的称号，这已经可以说明问题了。

这样的小声议论也发生在许多的角落，哪怕众人都被黑气影响了神智，可最基本的敬畏却还在那，莫不噤若寒蝉。

刘宇恒傲视众人，四周的议论之声虽然不大，可他却是听得清楚，让他得意非常。

天化都这块招牌，一直很管用。

他嗤了一声，道：“果然是吹嘘出来的，见到本少居然连站出来都是不敢！哈哈！”他随便指向一人，道：“你，告诉本少那个所谓的天才妖孽在哪？”

被指名的那人自然半点也不想得罪凌寒，可他并没有亲眼见过凌寒发威，只是听别人这么说的而已。因此，天化都的威胁显然要更大，让他只是犹豫一下便向着凌寒指了过去。

刘宇恒顺指而看，只见在前方极远处正盘坐着一人，四周空荡，如同众星拱月，又如大帝，强绝天下，却注定孤独。

第 2617 章 一脚踩死

刘宇恒看着凌寒，不由地升起一股渺小之感，仿佛面对的并非是一名五重天的同阶仙王，而是高高在上的九重天大帝！

他连忙摇了摇头，自己可是来教训这个人的，让大家知道，什么五重天杀七重天，这根本就是天方夜谭，哪里可能是真的？

居然被这个家伙吓到了，真是丢脸！

“宇恒，怎么傻愣了？是不是怕啦？”后面有人笑道，这是刘宇恒的同伴，发现了刘宇恒微妙的变化。

刘宇恒顿时勃然大怒，大声道：“本少会害怕？”他盯着凌寒：“兀那小子，见了本少居然还敢大大咧咧地坐着，是不是活得不耐烦了？”

凌寒虽然一直在抽取位面卷轴的能量，却并非是闭关状态，而是随时可以停下来，只是看他愿不愿意罢了。

他扫了眼刘宇恒，露出一抹不耐烦之色：“滚！”

“哈哈哈哈！”凌寒的回答让刘宇恒大部份同伴都是笑了起来。

“刘宇恒，这家伙好像十分看不起你呀！”

“这人可真是丢大了，居然让一个不知从哪里冒出来的人给当众喝斥！”

这几人嘻嘻哈哈，让刘宇恒的表情变得越来越难看。

他原本只想教训一下凌寒，可被同伴这么一冷嘲热讽，顿时杀意升腾了起来：“真是自己找死！”他悍然出手，双手牵引，土系大道被他引动，化成了上百颗流星对着凌寒狠狠地砸了过去。

“刘宇恒的实力越来越强了！”九人中，那六重天的男子说道，他叫许还，地位最高，这句话也是带着点评的口吻，把自己放到了刘宇恒之上。

“这一招万星落乃是刘寻大人的绝招，虽然在刘宇恒的手里还无法发挥出万分之一的威力，可在五重天这个级别中，已经很不凡了。”那六重天的女子也点评道。

她叫赵清，背景与许还差不多，但本身的修为则要稍逊一些。

“嘿嘿，看来刘宇恒是动了真怒。”有人笑嘻嘻地道。

“谁让你们这么刺激他！”有女子娇嗔。

“也是这小子自己找死，怨不得人。”其他几个男子则是纷纷摇头，他们刚进入此间，还没有被黑气影响，但身为天化都几名大人物的后代，他们自然也不会将人命放在眼里。

这杀了嘛也就杀了，谁让这小子正好撞上呢？

轰隆隆，上百颗流星砸落，每一颗都相当于一名五重天皇者在全力轰击，这自然恐怖了，瞬间就把整个区域抹平了，只剩下尘埃冲天，化成了一道巨大的蘑菇云。

“这就干掉了？”

“本以为将他吹嘘得那么厉害，多少总有一些实力，没想到却是如此之弱！”

“呵呵，真不知道是谁吹出来的！”

许还这些人对于凌寒万分得不屑，便是四周许多后来的人都有一种被欺骗的感觉，这是什么强者啊，根本弱到家了。

“不堪一击！”刘宇恒将双手负在身后，轻轻说了一句，却是在每个人的耳边传荡。

这很狂，但谁让他真得有实力呢？

“你说谁不堪一击？”一个清朗的声音从尘爆的中心区域传了出来，然后便看到一个年轻人大步走了出来，任你规则如何乱作，却是根本近不了他的身。

自然是凌寒了。

“什么！”

“不可能！”

“我的天！”

看到凌寒如同散步一般走了出来，所有人都是张大了双眼，露出无法相信之色，便是许还和赵清都是微微动容，以他们六重天帝者的实力当然也能做到这点，可凌寒却只是五重天！

刘宇恒先是一愣，然后又凶神恶煞：“不过接住本少一招，有什么了不得的？”他丝毫无惧，背后还有赵清、许还两大强者，更有天化都这样的庞然大物，区区五重天仙王再厉害又有什么用？

他再次出手，一掌抓过，土系大道再次衍化，化成一杆方天画戟，对着凌寒狠狠地刺挑而去。

凌寒目中生寒，他虽然知道自己确实很能惹麻烦，但这一次却真是太无辜了，好端端地在那打坐修炼，碍着谁了？

现在他已是五重天，体术再加上规则之力、仙魔剑，匹敌八重天战力都是不在话下，遇到九重天仙王也能从容而走，在这个仙王坟场中还需要有什么顾忌吗？

老虎不发威，你真以为我是病猫？

凌寒一拳轰出，嘭，那杆方天画戟顿时崩碎，化为无数的规则碎片弹飞，啪啪啪，有几块还扫过了刘宇恒的脸，顿时留下了几道伤口，鲜血溢出。

凌寒长驱直入，一掌拍向刘宇恒。

刘宇恒大惊失色，他想要躲，可区区五重天皇者，要是还能躲过现在凌寒的一抓，那他绝对是纪无名、萧英雄一样的级别了。

嘭，刘宇恒被凌寒一巴掌扇倒在地上，他刚想爬起来，可凌寒却是一脚踩在了他的脑袋上，重如星辰，让他根本动弹不得。

他又怒又羞，堂堂天化都超级强者刘寻的公子，何曾受过这样的委屈？

有见识过凌寒之前出手镇杀罗浮明的人只是冷笑，人家连七重天的仙王都是翻手镇压，你区区五重天又算什么？都已经告诉你凌寒强横无比，你还要凑上去挨打，不是犯贱吗？

但更多的人都只是听说过凌寒的强大，现在亲眼见证，莫不倒抽凉气，震憾无比。

许还目光一挑，露出了怒容，但很快又压了下去，淡淡道："将人放了，再自断一臂一腿，可饶你不死！"

"听到没有，还不放人！"其他人立刻叫嚣起来。

"咱们许少可不是一直这么好说话的，不要错过这个机会！"

"哼，你可知道我们都是谁吗？"

凌寒都是一愣，这些人也太嚣张了吧。他看向许还，似笑非笑："你在命令我吗？"

"放人，不要逼本少出手！"许还依然淡淡说道，虽然见过凌寒的出手，但他依然有着强烈的自信。

"许少，杀了他，杀了这个混蛋！"刘宇恒却在大叫，"这个家伙竟敢辱我，我要他死！"

凌寒缓缓将脚抬了起来。

众人一见，还以为凌寒妥协了，都是纷纷摇头。

"没办法，谁让那是天化都的人，那里可是有许多老怪，据说一人就能屠掉一座城！要是惹出了这些人，哪个势力扛得住？"

"别看荒月盟、万龙盟、春秋盟人多势众，但天化都绝对不弱于任何一个！"

"这是明智之——操！"

就在众人的议论纷纷之中，只见凌寒毫不犹豫地一脚落下，啪，刘宇恒的整个脑袋顿时被踩成了烂西瓜一般。

第 2618 章 灭魂鼓

一时之间，全场皆寂，没有人说得出话来。

谁都以为凌寒认怂了，不敢招惹天化都——而这也是很明智的选择，天化都真得太强了，是仙王坟场最老牌的势力，创立者可都是最早一批关进来的仙王。

那个时候的仙王，都是背景奇大，不能杀的那种，本身的实力、天赋也是杠杠的，据说都有帝星级别的存在。

所以说，天化都光是一城便能匹敌荒月盟或是万龙盟、春秋盟。

凌寒这是闯了滔天大祸啊。

“这家伙死定了！”

“真没有想到，他居然这么猛！”

“猛个屁，这是鲁莽，自寻死路！”

有人佩服凌寒的霸气，有人则是摇头，五重天仙王就想挑战天化都，真是再多命都是不够杀的。

许还八人则都是表情冷然，怒到了极致。

当着他们的面，凌寒居然敢杀人？

该死！

许还怒极反笑：“好！好！好！我还没有见过这么狂傲的人，你真是让我开了眼界！”轰，他释放出气势，化成了一道道怒龙在他的四周咆哮，甚至可以让五重天的仙王直接晕死过去。

轰，他跨出一步，顿时地动山摇。

这是一尊六重天的帝者，生命指数直飙一万一，几可媲美普通的七重天仙王了。

现在这里又哪有六重天仙王，早就进入元古墓中去寻宝了，被许还的气势压迫，离得近的人直接倒了一片，远处的人也是身形摇晃，好像喝醉了一般。

要知道，能够来到这里的人可都是仙王，许还之强可见一斑。

“许少一出手，这狂徒必死无疑！”

“哼，居然敢挑衅我们天化都，真是不知道死字是怎么写的。”

“不能简单地杀死他，要将他的灵魂抽出来，以万化炉焚烧，炼化个数万年，让他受尽痛苦而死，悔悟不该与天化都为敌！”

赵清七人在后方说道，他们不是愤怒于刘宇恒的死，而是天化都的威严受到了挑衅。

“你必须死！”许还说道，他大步向着凌寒走了过去，每一脚落下都让天地动容，这是一尊帝者，掌控大道的能力远在普通仙王之上。

围观诸人都是震骇，他们原本对凌寒充满了信心，可现在看到许还的气势如此惊人，却不由地动摇起来。

也许……这个人更强！

凌寒岿然不动，任许还发出的气势如同海啸，可他却是擎天巨峰，海啸又如何，拍上来只有被弹回去的份。

“给我拿下！”许还终是出手，他探出了右手，轰，规则具化，可以用肉眼看到一条条青色的巨蟒出现，莫不散发着大威力，向着凌寒镇压而去。

赵清七人都是冷笑，许还一出手，别说凌寒只是五重天，就是同样是六重天也只有被轻松拿下的份。

这可是一位帝者！

啪！

就在众人以为凌寒必败的时候，只见凌寒跨前一步，一挥手，便抽了许还一巴掌，打得对方直接飞了起来，嘴一张，更有好几颗碎牙和血而喷。

太简单了，就好像大人欺负小孩似的。

全场再次死寂，无人能够说话。

这也太强了吧，六重天的帝者都扛不过一招，说打脸就打脸，这实力差距得多大？

赵清七人原本还在冷笑，现在笑容却是瞬间凝固，只剩下一片麻木和恐惧。

这个男人……到底是什么怪物啊。

嘭，许还摔倒在了地上，原本白衣胜雪，可现在却是灰扑扑的，显得狼狈无比。

他爬了起来，眼神中射出羞怒和恐惧之色，就这么一掌下去，他的下巴就快要烂了，不但牙齿碎飞了许多，便是里面的骨头也全部断了。

以他六重天帝者的实力，居然连一招也接不下？

他不甘，他不信！

许还右手一振，手中已是多了一张鼓，很小，就巴掌一般，通体鲜红，好像还在流淌着血液，更有一道道黑气升腾，化成一个个怨魂。

“啊，我的头好疼！”

“好像有鬼在厉叫一般。”

“我也是！”

四周的人莫不抱头，有的双眼流血，有的鼻孔流血，有的耳朵流血，但更多的则是七窍全部流血，面容可怖。

这些可都是仙王啊，再弱都是踏上了规则层面，居然因为一张鼓就流血！

“这是许方大人的灭魂鼓！”赵清俏脸动容。

“真没想到，许方大人竟然将灭魂鼓都传给了许少！”

“哈哈，据说灭魂鼓可是以仙金为基，再蒙上了一头九重天大兽的头皮制成，每杀一人，就能融入一道血魂，提升灭魂鼓的威能。”

“这么多年下来，灭魂鼓不知道杀了多少人，只要复苏，恐怕大部份九重天仙王都不是对手。”

“哼，在仙器面前，这小子还怎么挡？”

这些人重新恢复了傲然之色，他们狂，可不止是因为他们本身的修为，而是身后的背景。

这才是他们真正的倚仗！

许还持仙器在手，顿时重新恢复了信心，他森然看着凌寒，用神念道：“你真应该接受本少之前的建议，自断一腿一臂！但现在，就算你跪下求饶，本少也不会放过你！”

居然敢将他打得满地找牙，这样的奇耻大辱若不狠狠地报回来，他以后还怎么做人？

凌寒摇摇头：“你废话太多了，快点复苏仙器！”若非想要看下这件仙器的威能，他早就一拳把这个家伙打死了。

许还顿时气得七窍生烟，他仰天大笑：“好！好！好！那就让你见识一下灭魂鼓的威力！”他左手持鼓，右手则是对着鼓面一拍，嗡，一道轻烟冒出，化成了一头青色厉鬼，立刻向着凌寒扑了过去。

如果许还的父亲在此，那他全面复苏仙器的话，可以打出一头九重天级别的厉鬼，可许还远远不足以完全复苏灭魂鼓，因此，这头厉鬼自然不达九重天。

不过，许还好歹也是六重天的帝者，再加上仙器之威，这头厉鬼倒也达到了七重天。

非常不凡了，相当于六重天的仙王轰出了七重天级别的攻击，这还不够牛逼吗？

而且，许还还在拍鼓，第二头、第三头、第四头……越来越多的厉鬼出现，纷纷加入了围攻凌寒的队伍。

许还的脸立刻惨白起来，每召唤一头厉鬼就要消耗掉他大把的力量，毕竟他才只是六重天，强行复苏灭魂鼓自然勉强了。

可他却是露出了快意的表情，一口气召出了八十一头厉鬼，足以将凌寒撕成碎片了。

第 2619 章 一剑斩灭

说来话长，但从许还召出第一头厉鬼到现在，其实只是一瞬间而已，八十一头七重天级别的厉鬼齐齐向着凌寒咆哮而去。

这太可怕了，整整八十一头厉鬼啊，足以让八重天初期的仙王都是退避三舍了。

所有人都是摇头，这下毫无悬念了，凌寒就算再强也不可能达到八重天的高度，肯定要被这些厉鬼撕成碎片。

这就是仙器之威！

“哈哈哈，在仙器面前，你又怎么翻得了身？”许还傲然说道，这就是他的倚仗，“跪下受死，本少可以考虑给你一个痛快！”

凌寒摇摇头：“只不过想要看看这仙器之威而已，真以为我奈何不了你？”

“死到临头还敢嚣张！”许还冷然嗤道。

“还不快快跪下！”赵清等人也跟着喝斥，现在他们可是站在了绝对的优势位置上。

“真是一群井底之蛙。”凌寒淡淡说道，刷，仙魔剑出。

一道寒光划过，啪啪啪啪，所有厉鬼都是被一剑两断。

许还却是毫不在意，这些厉鬼又非实体，而是仙器杀了一个又一个强大的存在，将他们的神魂永远困在灭魂鼓中，削断了就削断了，立刻便能复接起来。

“垂死挣扎而已！”他不屑说道，可就在下一个瞬间，他却是将眼珠子都是瞪了出来。

因为这些鬼影虽然极力挣扎，想要重新凑成一团，却是怎么也无法做到，就那么在卷动着。

这怎么可能！

仙器打出来的攻击居然如此得不堪一击？

他却不知道，凌寒手里的仙魔剑也是仙器，而且还吞噬了许多的仙金，虽然还没有跨进天尊宝器这个级别，但至少比寻常仙金已经拉开了一大段的距离。

之前凌寒渡劫，引动雷劫进入剑体，虽然没有吸收到多少，可被强至八重天的雷劫洗炼，仙魔剑的威力自然又提升了许多。

这一剑之威……可比八重天强者出手！

力量占了绝对优势，再加上仙魔剑本身的锋锐和破坏力，这些厉鬼自然一削便断，而且怎么也无法复原，否则仙魔剑不是要沦落到普通仙器级别了？

所有人都是失声，许还手里的那面鼓可是仙器啊，而且还是九重天仙王亲手炼制出来的，哪怕许还没有办法发挥全威，可整整八十一头七重天厉鬼也足以让八重天初期的仙王抖上三抖。

可凌寒一剑就摆平了。

嘭！

怎么会这么强的，怎么能这么强！

凌寒收剑，向着许还看去："还有招吗？"

许还的脸色变幻不停，他真得看不惯凌寒这么嚣张，可有什么办法，连仙器都祭了出来，这还不能镇压凌寒，那只有请他老子出手了。

可惜的是，他老子早就进入了元古墓，远水又哪里能够救得了近火？

"算你狠！"许还也真是拿得起放得下，他强行按捺下怒火，转身就要离去，待与老子汇合之后，再请老子出手来镇压凌寒。

"谁让你走了？"凌寒悠悠说道。

"你难道还想留下我不成？"许还傲然说道，他父亲可是许方，不但是九重天仙王，而且还是一尊帝星，实力强到足以以一己之力推平仙王坟场任何一座大城。

而且，许家背后还有一位二步天尊！

凌寒摇摇头：“没有新招，那就去死吧！”他出拳，向着许还轰了过去。

他之前没有出手，只是想要看看许还有什么绝招，既然对方已经技穷，他自然也不会再留手了。

“什么，你竟敢向我出手？”许还又惊又怒，难道对方不知道自己是谁？

他连忙再拍灭魂鼓，一头头厉鬼再现，只要他的力量源源不绝，他也能不断地召唤出厉鬼来助阵。

嘭！

可一头厉鬼刚刚出来就被凌寒一拳轰灭，现在凌寒的战力可比八重天，区区七重天级别的厉鬼又怎么可能是他的一拳之敌？

许还连忙一边退一边继续拍击灭魂鼓，以六重天的修为却要催动出七重天的攻击，哪怕其中有仙器的原因，还是让他难受得想要吐血。

这样下去，就算凌寒不杀他，他也会耗尽力量而死。

“你可知本少是谁？”他忍不住吼道，“我乃许方之子！我父为九重天帝星，一人就能推平一城！我许家老祖更是一位二步天尊，你若敢杀我，我父必不会饶你，而你就算逃生仙王坟场，我老祖也能感应到你的气息，就算上穷碧落下黄泉，你也难逃一死！”

二步天尊啊，这可是真正超脱天地的存在，跑到任何一个位面上都能保证拥有一步天尊的实力。

凌寒却是脚下不停，他的道披荆斩棘，他的道勇往直前，若是因为忌惮一名二步天尊就畏手畏脚，那他的成就也就如此罢了。

他的原则无比简单，人不犯我、我不犯人，人若犯我、百倍报之！

许还吐血吐个不停，他真是拼了老命在催动灭魂鼓，可每一道厉鬼都是被凌寒一拳轰灭的下场，根本没有办法积到一定的数量，形成质变。

可不召唤出这些厉鬼的话，他会死得更快。

现在他是饮鸩止渴，明知道这样会将自己耗死，却是不得不为。

“一起上！”另一边，赵清连忙说道，再这样下去许还一定会死。

另外六人瑟瑟，以许还的实力再加上仙器都被凌寒压制得死死的，他们上又有什么屁用？

他们有仙器吗？他们又有六重天的修为吗？

“清姐，咱们还是赶紧跑吧！”

“对，留得青山在，只要找到诸位大人，再来救许少也不迟！”

他们纷纷后退，哪敢去送死。

赵清气急，别说他们很难遇到许方等人，就算真得撞上了，那也不知道是多久以后的事情，估计许还坟头都已经长草了。

这群懦夫！

她长啸一声，仗剑而出，向着凌寒杀了过去。

她和许还可不止是朋友的关系，还是未婚夫妻，早早就订下了婚事，而她也十分满意自己这个未婚夫，怀有极大的期待，哪能死在这里？

赵清参战，一剑横削，卷起万千火浪。

凌寒回头，对着赵清一指按了过去，噗，那些火浪顿时被瞬间熄灭，而赵青的胸口则多了一个血洞，气息暴跌。

咻！

趁着这个机会，许还却是掉头就跑，丝毫不顾这个未婚妻。

“许还！”赵清惊呆，她完全没有想到，自己奋不顾身去搭救许还，而未婚夫却居然这样来回报自己。

凌寒摇摇头：“还真是无耻！”他双眼射着寒芒，以为这样就能逃脱，真是天真。

第 2620 章 许还死

凌寒一步而出，空间规则扬动。

嘭！

许还正在跑，却是一头撞上了道墙，顿时将他震了回去。

他大惊，以他六重天帝者的实力，什么墙不是被他撞上就粉碎的份？而且，这里又哪来的墙？他定眼一看，却是骇然色变，因为这道“墙”赫然是凌寒。

“还真是高看你了，如此心性还有脸活着？”凌寒冷然说道，一拳向着许还轰了过去。

“不！”许还将灭魂鼓挡了过来，这可是仙器，哪怕他无法全面复苏，但凌寒想要以力破之却也只是休想。

凌寒当然不会去主动硬碰仙器，许还无法发挥仙器之威，但他如果去直接碰撞的话，那等于是在催动仙器自行复苏，这是愚蠢之举。

他收拳，奇快无比。

许还露出喜色，他成功躲过了一劫，而待他发动一门身法之后，他的速度将暴涨四倍，到时候凌寒便不可能追上自己了。

“想得美！”凌寒冰冷的声音响起。

啪，许还听到了骨断的声音，然后奇痛袭来，让他顿时一个踉跄撞到了地上，只觉整个下半身都是麻木了，没有一丝丝感觉。

他的盆骨被凌寒一脚全部踢得粉碎。

但仙王就是仙王，骨断又怎么可能就束手待毙了？

许还顾不得剧痛，强烈的求生欲望让他双手连动，在地上拍击，顿时，速度如飞。

达到这个级别，无论是攻击术还是身法，其实都不限于用手或是脚来施展，因为规则的运转需要的是神识。

许还根本不敢多看凌寒一眼，只有一个念头，那就是逃之夭夭。

“我说过，人不犯我，我不犯人。”凌寒淡淡说道，“但人若犯我，我会百倍以还！”

噗！

这句话说完，他已是追上了许还，一拳轰出，将许还的后背生生轰出一个大洞。

“你、真……敢！”许还颤声说道，这一拳直接轰爆了他的心脏，这是极重的伤，但更致命的却是凌寒的武道意识，在他的体内肆虐，他的神魂在这股意志面前不堪一击，识海沦陷在即。

而这，就是他的末日。

“我爹一定会杀了你！杀了你！”他大声叫道，然后轰然倒地，双眼兀自睁得大大的。

在这里，仙王命如狗，强如六重天帝者又如何，身为天尊后代又如何？

凌寒收回拳头，目光扫过剩下的七人。

啪啪啪，这些人纷纷跪倒下来，瑟瑟发颤。

“饶命！”他们都将头低到地上。

凌寒不为所动，只是道：“我若落于你们之手，你们会饶了我吗？”

显然不会！

他出手，啪啪啪，五重天仙王又如何挡得住凌寒一击，莫不被轰爆了脑袋。

就只是一会儿功夫而已，许还九人全灭。

四周一片死寂，看向凌寒的目光却如同看到一具尸体似的。

那九人可是出自天化都，有无上九重天大帝坐镇的，你将他们的子嗣手起刀落全部干掉，杀得确实痛快，可又给自己留下了多大的麻烦？

所以，凌寒看似活着，其实已经是一个死人了。

在这个仙王监狱中，绝没有人可以阻止许方等绝世仙王杀人——无论对手是谁。

凌寒却是毫不在意，他既然已经迈进了五重天，便有了在九重天仙王手下脱身的把握，而且，他的实力每时每刻都在提升，待到六重天的话，恐怕九重天的帝者他都可以相抗了。

他盯着灭魂鼓，有些犯难。

这可是仙器，蕴含着大量的仙金，让仙魔剑吞噬的话，必然能使之向着天尊宝器的方向又前进一格，可惜的是，这可是九重天仙王炼制的，在没有人操控的情况下反倒更猛。

便是凌寒亦不敢动，否则就是直面一位九重天仙王，而现在他遇上九重天的战力便只有转身就跑的份。

算了，日后再来收取。

凌寒在心中说道，算是惦记上了。

他看向元古墓，这里面现在至少有仙王坟场九成的九重天仙王，而且不说全部吧，九成九应该被黑气影响了，变得嗜杀而疯狂，他进去的话，绝对是危险无比。

心中虽然是这么想的，可凌寒却是毫不犹豫地迈出了脚步，他太好奇了，荒月这个人到底想要干什么。

他向着元古墓走去，身形很快就消失在了其中。

……

元古墓中，许方正在与一道黑影激战。

不止是他，还有好几个九重天仙王在协助他战斗，饶是如此，他们这一方居然还是没能占到上风，战斗异常得胶着。

这一幕若是让人看到，必然会大呼不可思议，这黑影到底是什么存在，居然有如此强大的实力，连诸多九重天仙王联手都是无法摆平。

仔细看便能发现，这黑影其实有活动范围的局限，才让许方等仙王虽不能胜，却亦能不败。

但这黑影的速度太快了，根本看不清它到底是什么玩意，是人是兽，又或是宝器，或者其他什么东西。

就在这样关键的时候，许方突然一顿。

他是绝对的主力军，这一顿怎自然让其他仙王压力大增，有一名仙王更是被黑影抽飞了出去，胸口赫然裂开了一个口子，受创十分严重。

“快退！”另一名九重天仙王连忙叫道。

他们连忙撤退，黑影因为有活动区域的限制，追击出一段距离后便退了回去。

“许兄，你这是怎么了？”众人都是看向许方。

许方神情冰冷，道：“本座之子被人杀了！”

“什么！”众人都是大惊，谁这么大胆，连天化都的人都敢动？

“是哪个狂徒出得手？”

“荒月盟还是春秋盟？又或是万龙盟？以为几个九重天仙王联手，就能与我天化都为敌吗？”

许方心念一动，虚空一抓，然后道：“待本座收回灭魂鼓，便可知道凶手是谁！”

此话一出，众人就更加震惊了，许还都有灭魂鼓在身，居然还是被人杀了？

“哪怕还侄无法发挥出灭魂鼓的全部威能，但怎么也能达到八重天初期吧？那凶手至少得拥有八重天中期及以上的战力。”

“符合这样条件的人在仙王坟场实在太多，根本不能缩小多少范围。”

“不过，年轻一辈中，可以击杀还侄的人根本不存在，必然是成王多年的老怪。”

就在众人说话之间，只见一面血色小鼓已经飞射而至，被许方执在了手中，他微微感应一下，不由地露出惊怒之色。

“杀死我儿的，是个五重天仙王！”

第 2621 章 碧精珠

五重天仙王！

其他那些仙王都是一愣，这怎么可能呢，分析了半天，虽然都是废话，却是肯定了出手者必然得是八重天中期及以上的战力。

区区五重天仙王，怎么可能有这样的战力，这不是滑天下之大稽吗？

“许兄，会不会……看错了？”有仙王问道，他也是九重天的大帝，也是最早被关进仙王坟场的人，但只是帝者之资，就不如许山强大了，但他身后同样有二步天尊的背景，这点便丝毫不逊了。

——最早被丢进仙王坟场的人，肯定都跟天尊有关。

他这话要是让别人听到，估计会笑死，堂堂九重天大帝会看错了？但其他人却是毫无笑意，在他们看来这确实是完全不可能发生的事情，唯一合理的解释就是许方看错了。

许方哼了一声，被人质疑他当然不悦，可他也知道这有些不可思议，便强行压了下来：“本座通过灭魂鼓看得仔细，确实是一名五重天仙王出手，斩了我儿！”

他再次强调，众人便只有相信的份，一位九重天大帝会胡言乱语不成？

但那名凶手凭什么如此强大？

“五重天杀六重天，而且还侄还是帝者之资，就算不考虑灭魂鼓，那凶者的实力也必然得达到七重天，否则的话，还侄想走还是轻轻松松的事情。”一名九重天仙王分析道。

“五重天的境界，却拥有七重天的修为，此子的进化指数至少达到了十一！”又一名九重天仙王说道。

许方目光凌厉，缓缓道：“不止我儿，还有赵清侄女、宇恒贤侄等人，都被那凶徒杀得干净！”

“什么！”

其他仙王都是惊呼，数一数他们的人头，加上许方刚好九个，正是许还这九人的父辈。他们都跟着许方混，儿辈则是以许还为首，没什么不妥的。

乍然听到自己的子嗣被杀，他们又有哪一个忍得住，莫不眼中喷火，恨不得立刻出去找那名凶徒。

许方沉吟片刻："现在这里已经到了最关键的时候，我们万万不能放弃。而那名凶徒已经进入此间，我们便先把这里拿下，然后去找那凶徒，免得前功尽弃。"

"好！"众仙王都是点头。

其实他们中有几个人是想直接去找凌寒的，但许方既然这么说了，他们也不好反对，再想想，反正凌寒也进了元古墓，迟早会被他们遇到的。

"但愿再遇到此子的时候……他还活着，让他尝尽世间一切酷刑之后，才能结束他的生命。"

……

凌寒进入元古墓，这个大墓并没有进去的门，而是被众仙王硬生生轰出来的，但大坟内部确实有结构，并非实心。

他走着走着，现在这条路还是被硬凿出来的，但很快就连通了里面的通道，两边点缀着明珠，散发着柔和的光芒，但有些却被抠了下来。

"这是……碧精珠！"

凌寒看了一眼后，露出讶然之色。

碧精珠是一种果实，生长在海底，成熟之后自行脱枝，再被海底的冰寒能量包裹，历无数亿亿年方能凝成珠子，可以提升仙王的修为。

当然了，仙王的境界越高，碧精珠的提升效果就越是弱，但总是有一些作用的。

现在这些珠子奢侈到用来照明，而且还是给一名死者，这手笔真是大得离谱。

碧精珠十分稀有，采到一颗都是幸运，可现在光是目力所及就有几十颗了。

凌寒探手去抓，强大的力量扫过，可碧精珠却是纹丝不动。

他不信这个邪，将仙魔剑取了出来，然后用剑尖去撬，以仙魔剑的无坚不摧，只听卡地一声，一颗碧精珠已是被他挖了下来。

难怪这里有些碧精珠被撬了，有的却没有，因为之前经过这里的人不是不想，而是做不到——又有几个人拥有仙器？

能够拥有仙器的，基本是九重天仙王了，又怎么会在乎碧精珠呢？

而且，碧精珠都只能当照明灯，那这里又藏着多么惊人的宝藏？

如此一想，谁还会浪费时间在抠碧精珠上呢？

“嘿嘿，别人不干那是别人的事情，我可不会错过的。”凌寒不但自己干，还将女皇也叫出了仙客居，她也有一把仙器，夫妻合力，可以将效率最大化。

女皇虽然冷傲，认为天下之物皆属我有，这碧精珠应该是由别人奉送给他，可既然凌寒开了口，她也勉为其难了。

叮叮叮，当当当，他们也不管别的人，就在那里抠碧精珠。

反正已经过去了这么多年，也不再差这么点时间是不是？

他们一路走一路撬，凌寒的速度显然要更快，一来他的修为要比女皇高，二来仙魔剑也要更加得锋利。

三天下来，他们已经前进了数百丈，可通道连绵，似乎没有尽头。

“这里安葬的人……应该是一位天尊吧？”凌寒猜测道，否则一位九重天仙王也没有如此大的手笔，拥有这么多的碧精珠。

女皇点头：“这么看来，剩下的六部九化天经可能藏在这里。”

“悬。”凌寒摇头，“荒月这个人无法琢磨，谁知道他想要干什么。”

他们继续前进，又是好几天之后，这条通道终是要到头了。

可就在这时，后面传来了脚步声，从气息来感应，应该是八名仙王。达到仙王境，完全可以落地无声，可对方偏偏发出了脚步声，说明他们的自信，又或是嚣张，无所顾忌。

很快，八个年轻人出现，境界参差不齐，有三重天的，也有六重天的，但个个傲气冲天。

“留下碧精珠，立刻滚蛋！”一名仙王说道，他扫了眼女皇，不由露出惊艳之色，指着她道，“还有这个女的！”

“找死！”女皇森然，直接仗剑而动，向着这八人杀了过去。

“敢！”那八人连忙迎击。

凌寒也出手，将六重天仙王拦下，其他的便交给女皇去对付。

居然敢打他媳妇的主意，自然让凌寒怒不可遏，出手无情，两名六重天仙王根本不堪一击，连绝招都没有机会放，直接扑地而亡。

“你、你闯下了滔天大祸，那可是孔思大人的独子！孔思大人乃是九重天的帝星，战力通天，你注定是一个死人！”其他人看到，都是瑟瑟发颤。

女皇哪管，仙器挥舞之中，人头滚滚。

凌寒收剑，无所谓地道：“反正已经得罪了许多九重天仙王，多一个不多，少一个不少。”

第 2622 章 雷林

凌寒很光棍，可元古墓中，又一组九重天仙王停下了脚步，很快就爆发出厉声怒吼。

这自然是孔思一行了。

凌寒毫不在意，这条通道已经到了尽头，他与女皇携手而出，滋，只见一道电弧却是向着他们抽了过来，长有百丈，仿佛一把弯刀。

女皇轻喝一声，便要出剑，却被凌寒挡在了前面，一拳轰出，啪啪啪，电弧打在他的拳头上，闪动出无尽的火花。

“这电芒的破坏力达到了六重天，你硬接会受伤。”凌寒说道。

女皇点头，难怪说进入这里至少得是六重天仙王，其实要求的是六重天级别的战力，才能挡得下这电弧的攻击，否则只有狼狈而逃。

抬头望，这里是一片树林，种着一棵棵高大的树木，通体发蓝，叶子肥大，而无尽的电芒则在树林之中闪动，偶尔便会成型，化成电弧扫出。

仔细看，那些叶子的脉络中流淌着闪电，十分惊人。

“这是蓝月雷木！”凌寒说道，然后露出了震惊之色。

蓝月雷木，这是一种奇树，抽取天地之间的雷系规则为养料，待完全成长之后，便有闪电笼罩，满则溢，轰出电弧，破坏力可比六重天的战力。

而且，这种树还会结出雷心果，对于修炼雷霆规则的仙王来说，这真是无上至宝。

凌寒目光扫过，至少在他目力所及的范围之内，并没有一颗雷心果的存在。

这不奇怪，他晚了这么多年，雷心果肯定被人采摘光了。

九重天仙王也许抠不下碧精珠，又或许不屑于此，但来到这里，采摘雷心果却是举手之劳，白送的便宜干嘛不要呢？

凌寒向女皇道："你先进仙客居，炼化碧精珠，争取早日突破。"

"好！"女皇没有二话，立刻进入了仙客居，这里雷电纵横，至少达到了六重天的破坏力，她留在外面只会给凌寒添麻烦。

凌寒大步而行，啪，他一脚跨进了树林，顿时，原本还在树上张溢的闪电好像找到了攻击的目标，滋滋滋，向着他劈了过来。

"哈哈，八重天级别的天劫我都能纵容应对，更何况这个！"他根本没有动手，直接走了过去，啪啪啪，闪电劈在他的身上，却造成不了一丝丝的伤害。

他的体魄可是达到了六重天的级别，哪怕站着不动，六重天仙王都需要花费大手脚才能将他的体魄破开。

凌寒如闲庭信步，在这片雷霆树林中穿梭，他在找，还有没有遗落的雷心果。

可惜的是，这被摘得很干净。

"还什么九重天仙王，太小气了，连雷心果都要！"凌寒吐槽，这些人也采得太干净了，根本不给他留下一星半点。

"算了，还是赶紧通过这里。"

他正要穿越这片雷霆区域，却是微微一怔。

"奇怪，这如果是一位天尊之墓，那么这片蓝月雷木存在的意义又是什么？"

"阻挡外来者盗墓？开玩笑了，天尊布下六重天级别的手段来狙击？"

"不对！"

凌寒站定，想了一会，他又绕着这片林子转了起来。

要通过这个区域并不需要花费太长的时间，但要一圈一圈地绕下来就长了，足足七天过去，凌寒才停下了脚步，他双眼闭合，在心中默想，七日之内走过的每一步都在脑海中实现。

“这是一个阵法，但并非用来伤敌、阻敌，如果我没有猜测的话——”

他没有睁眼，就那么起步而行，走了差不多一炷香的时间，他停了下来，睁开双眼，前面是一棵足有百丈高的蓝月雷木。

“果然，这是阵眼！”

他露出笑容：“而阵眼的作用是——”

凌寒走到树下，盘膝而坐，滋，顿时，整个林中的闪电立刻向着他的这个方向汇聚，噼里啪啦，全部对着他电击而去。

“传承仙术！”

凌寒哈哈大笑，双手牵引，将所有的闪电都是聚于掌中。

“青木狂雷。”他暗暗说道，雷霆入体，顿时化成一个个符号，向他传承着某种秘术。

绝不是坐在这里就能得到秘术传承的，而是要将这个密林的格局摸透，才知道怎么牵引这些闪电，并将之融合成符号，否则根本无法体悟。

凌寒将女皇、柔妖女也召了出来，让她们一起修炼青木狂雷这门秘法，这是一位天尊布下的，绝非等闲之术。

这里是阵眼，再加上掌握了整个阵法的布局，那么闪电便不会造成一丝一毫的伤害，反倒在帮助提升雷系规则的感悟。

凌寒三人的境界提升太快了，都只能择一规则精进，而他们所选的大道绝非雷系，因此，这对于他们来说帮助巨大。

三人都是盘坐，贪婪地吸收雷霆之力，并体悟着青木狂雷的妙处。

时间过得飞快，三千年已是过去。

这片密林中的闪电几乎被凌寒三人吸收得干净，而他们也在不断地吞服碧精珠，再加上时间流加速，其实在他们看来，已经过去了整整三百万年！

青木狂雷自然被他们掌握了，而且在碧精珠的帮助下，他们的修为都是提升了一大截。

凌寒达到了五重天中期，而两女也已经触到五重天的天花板了，距离突破并不遥远。

“可惜，碧精珠都吃完了，否则若可以一口气突破到六重天就爽了。”凌寒感叹道，他若迈进六重天，那连普通的九重天也能一战，遇到九重天帝星也能从容脱身。

“我们的修炼速度已经够快了，不能太过贪心。”柔妖女抿嘴笑道，换作以前的话，她做梦也不会想到自己居然有朝一日可以成就仙王的。

女皇则是摩拳擦掌，她憋足了劲，要在实力上赶超天生，将这个胆敢打伤她夫君的恶人碎尸万段。

“走吧，这里的闪电之力已经被我们吸得干净。”

凌寒说道，他伸出右手，滋，掌心中有青色的闪电在跳动，恐怖无比。

他露出满意的笑容：“这青木狂雷威力惊人，我这一掌拍下去，保证八重天的仙王都要颤抖。”

柔妖女则是开心，她并没有仙器，因此得到一门强大的秘法对于他的战力提升就帮助太大了。

“咦！”

凌寒正想说话，却是向着前方看去，只见一行五人正走了过来，分别是四男一女，为首的乃是一名男子，身上缠绕着七道异彩，气势惊人。

第 2623 章 雷法之威

那五人也看到了凌寒三人，目光扫过之后，莫不停留在了女皇身上。

女皇之美，可以说是惊天动地。

那名七重天仙王立刻翩翩而至，道：“在下万高杰，可否请教仙子芳名？”

女皇直接无视了，只是给了他一个厌恶的表情。

如果换作是凌寒如此的话，这个万高杰肯定会杀机迸发，直接出手杀人。可女皇本就是冷傲型的，这样的气质配合这样的表情，却是让万高杰心中痒痒的，更想折下这朵高傲带刺的玫瑰。

“仙子，我们万少可是万成白的公子！”他身边的人帮腔道。

“万成白大人乃是九重天的帝星，是最初一批进入仙王坟场的人，一己之力便能横推任何一座大城。”

“能够得我家万少赏识，那是三生三世修来的福气！”

“更何况了，我们万少本身更是七重天的帝者，未来也能成就九重天的大帝，这样的俊杰上哪去找第二个？”

万高杰则是故作谦虚，将手一按，道：“我不过沾了点父辈的福荫，哪有大家说得这么好。”

“哎呀，万少你就是太谦虚了！”

“我要是万少啊，早就蹦到天上去了，也只有万少才会这么低调。”那四人又马屁拍个不停。

唯一的女子看了眼女皇，脸上满满的都是嫉妒：“我说这位姑娘，可不要太过矜持，错过了这村，可就没有那个店了！”

凌寒叹了口气，道：“你们说完了没有？”

这五人你一言我一句，都不带停的，直到此刻才让凌寒插了一句。

万高杰微微嗤了一声，区区五重天仙王，根本让他多看一眼的资格都没有。不过，在女皇面前他显得很是谦虚，道："这位朋友，你怎么称呼？"

他是担心凌寒乃是女皇的亲戚，得罪了不太好。

凌寒微笑，道："我是谁，你们就不用管了。我们也没空答理你们，别在这里像是苍蝇似的，你们不烦，我们可烦！"

苍蝇？

万高杰五人都是勃然大怒，居然敢说他们是苍蝇？

"好大的胆子！"一名五重天仙王森然说道，"万少好说话，不代表我也是如此，哼，不给你一点苦头吃吃，你真不知道什么叫做天高地厚！"

他直接出手，一巴掌向着凌寒抽了过去。

这充满了瞧不起凌寒的意思，就那么一掌拍过来，根本不将他当回事。

凌寒眼中闪过寒芒，随手一按，也是一巴掌回敬而去。

"自不量力！"那五重天仙王冷然说道，他虽然只是皇者，但修的法却是高深无比，战力远远超过普通的五重天皇者。

两只大手很快就撞到了一起，嘭，一只大手立刻崩碎，而另一只大手则是毫不受影响，继续向前拍了过去。

噗！

那五重天仙王发出惨叫，嘴一张，顿时吐出一口鲜血来，而这一开口，他就怎么也停不下来，吐血不止，吐到最后，脏器也跟着一起出来。

他惨然看着诸人，却是头一歪，直接倒地而亡。

这！

万高杰四人都是震惊无比，同阶一战，五重天仙王居然这么不经打，一巴掌就拍死了？

“好胆！好胆！”万高杰冷然说道，这时候哪怕凌寒是女皇的亲弟弟，他也必须将凌寒拿下，否则不是让追随自己的手下寒心吗？

他站了出来，伸手便向凌寒抓了过去。

七重天帝者出手，十拿九稳。

凌寒毫不在意，他运转青木狂雷，右手上有青色的炽电缠绕，还是一巴掌拍向万高杰。

“找死！”万高杰冷笑，区区五重天仙王居然敢和他这个七重天帝者硬拼，这是何等的嚣张？

他运转秘法，要一击将凌寒轰杀成渣。

凌寒只是淡淡一笑，究竟是谁在找死？

啪！

两只大手拍到一起，顿时掀起了可怕的波纹，向着四面八方振荡而去。

万高杰只觉一股沛不可挡的大力袭来，让他不由自主地向后震飞，然后右手上传来剧痛，只见那里一片血淋淋的。

一道道青色的电弧在乱作，并向着手臂延伸上来。

他惊呆了，以他七重天巅峰帝者的战力，能够一击轰得他断手，怎么也得是八重天的战力吧？

一个五重天的仙王？

他重重地跌到地上，只觉浑身都在哆嗦，难受得无法形容。

剩下的三人一见，全部失声无语，这一幕是他们完全无法接受的，甚至想像的。

“你怎么可能这么强！”万高杰爬了起来，看向凌寒的目光充满了恐惧和嫉妒。

刚才，他感觉到了死亡的压力，但一个五重天仙王能够厉害到这个地步，同时也让他嫉妒无比，如果他也能拥有这样的战力……岂不是连九重天仙王都可以不放在眼里了？

凌寒淡淡一笑："不强一点，怎么保护自己的爱人，又怎么消灭你这样的肖小？"

肖小？

万高杰差点气疯，他可是七重天帝者，更是天尊后代，居然敢说他是肖小？

他森然看着凌寒，心道只要逃过这一劫，便去找到父亲，请他老人家出手镇杀凌寒。

凌寒摇了摇头："在我手里，你还想活着离开？"

万高杰哼了一声，仙王难杀，就算他比凌寒的战力弱上一些，但最多就差了一个层次，想逃的话，凌寒怎么挡得下自己？

"今日之仇，我记下了！"他咬牙说道，说完，他就直接脚下一弹，轰，瞬间爆发出惊人的速度。

"去！"凌寒没有追，只是将右手抬起，滋，一道青色的雷霆凝成一杆长矛，然后咻地一下被他掷了出去。

电矛的速度快得惊人，瞬间就已经追上了万高杰，从对方的后背刺了过去，生生将他钉穿在地上。

"啊——"万高杰发出痛吼，他的心脏被恐怖的雷霆之力生生击穿，此时雷霆之力还在体内乱作，让他感觉自己要四分五裂了一般。

"快、快放了万少！他可是万成白大人的独子，杀了他，你要被灭全族！"剩下的三人连忙向凌寒威胁起来。

"哼！"凌寒右手一扬，咻咻咻，又道三道电矛被他掷了出去，将那三人也全部钉在了地上。

他们可不比万高杰，瞬间就被青木狂雷绞灭了生机。

雷，可以代表天地施罚，本就是破坏力狂暴的代表，若非万高杰乃是七重天的帝者，实力强大，现在早已经死透了。

“走吧。”凌寒有些意兴阑珊，随着他的修为越来越高，可以做他对手的人也越来越少。

女皇和柔妖女点头跟上。

在他们离开很久之后，万高杰这才垂下了脑袋，彻底失去了生机。

第 2624 章 巨虫

凌寒招惹麻烦的功力依然在，总能遇到背景惊人的二世祖，有的觊觎女皇美色，有的则是纯粹找麻烦，自然悉数被凌寒镇压。

就那么几个月的功夫，死在他手里的二世祖便以百计了。

可以想见，这个元古墓中有多少九重天仙王想要拿下他，斩了他的人头。

凌寒却是漫不在乎，他甚至有些期待遇到九重天仙王，与这样的强者激战，当能让他感受到无穷的压力，更快地拔升到九重天。

他们三人走出雷林区域，穿过一条无尽的大河，翻过一座大雪山，最后进入了平原，青草才能没过脚踝，踩上去软软的，十分舒服。

可就在这片草原上，却有仙王喋血，甚至鲜血都是染红了一大片的青草。

很诡异，仙王血那是何等霸道，沾在石头上，石头将立刻化成尘埃，沾在草木上，草木也应该炸裂，怎么可能像是凡人之血一般？

凌寒俯下身体观察，一会之后，他眉头皱起，道：“血液中的霸道力量已经被抹除，空有仙王威压，实是中看不中用。”

“尸体呢？”女王问道。

他们四处寻找，但都是不见有仙王之尸。

“奇怪，难道没有仙王陨落吗？”

这里有大战的痕迹，一大片一大片的平原都是化成了废墟，可奇怪的是，只见仙王血却不见仙王尸，似乎与这样的大战不符。

“小心！”柔妖女说道。

女皇却是战意盎然，她已经很久没有战斗了。

他们继续前进，平原遥无边际，似乎没有尽头。

轰！

突然，地面破开，只见一根长足有十丈的巨矛突然从地底下探了出来，然后对着凌寒他们狠狠地砸了过来，矛身有大道缠绕，哪怕没有被刺中，光是被大道波动荡动一下，那也是够呛。

女皇哼了一声，仗剑而斩。

嗡！

长剑斩在巨矛上，仙器无坚不摧，非仙器、九重天仙王不能相抗，只见巨矛立刻被一剑斩断，有灰色的液体喷洒而出。

不过，女皇也被震飞了出去，这巨矛的冲击力太强大了，远远超过了女皇。

“吱！”一声吼啸中，只见一头庞然大物猛地从地底钻了出来，这是一只六足之虫，但体型巨大，身长在二十丈左右，但现在两只前足只剩下一只了，有若利矛，因为另一只已经被女皇斩断。

它通体覆盖着黑色的鳞片，有九幽死气缠绕，好像是从幽冥地府中爬出来的怪物。

它盯上了女皇，断足正在流淌着灰色的血迹，但很快就停了下来，只见幽光涌动，这只断足正在恢复生长，只是一个呼吸的时间而已便已经完全长好。

巨虫厉啸，猛地四足一弹，便向着女皇扑击而去，两只前足同时扬动，对着女皇粉嫩的玉颈斩落。

凌寒轻哼一声，身形闪动，已是拦住了巨虫的去路，右手探出，向着巨虫抓去。

巨虫自然不可能将他无视，一只前足斩变了削斩的方向，向着凌寒劈落。

凌寒右手凝起，青木狂雷运转，再加持九化天经之力，一拳轰出。

嗡！

巨足大得像是天矛，凌寒的拳头根本不成正比，似乎不用看也知道会是什么结果。可真当巨足斩到凌寒的拳头上时，却见豪光迸闪，这只巨足竟是反弹了起来。

卡，一道裂缝在巨足上出现，然后迅速扩张，只是一瞬间而已，便遍布了整只巨足，啪，这只巨足竟是完全崩碎了。

这可把巨虫痛得，嘴里不断地发出怪叫，身上更有一团团九幽火涌出，显示出它的强烈愤怒。

但这一回巨虫却并没有立刻发动攻击，而是盯着凌寒，灯笼大的双眼中散发出忌惮之色，它虽然是狂暴之物，可对于危险却有着本能的警觉，认为凌寒十分强大，不可鲁莽而动。

凌寒却不会给它喘息的机会，身形继续杀出，一拳直捣巨虫的头部。

巨虫连忙挥动前足相迎，嘭，这又哪里挡得住凌寒，被他一拳就轰开了厚甲，整个人长驱直入，青色的闪电缠绕之下，凌寒没进了巨虫的脑壳之中。

巨虫的动作立刻戛然而止，然后轰然倒地，啪，它的甲壳被轰出一个洞，只见凌寒大步走了出来，青色神电交织，他身上不沾一丝污垢。

“那些仙王尸体，应该都是被这种东西吃掉的吧？”柔妖女说道。

凌寒点头，这里肯定死了不少仙王，现在尸体不见了，肯定是葬身在了这种巨虫的腹中。

他抓起一条巨足腿仔细研究，露出一抹讶然之色，道：“这腿上有许多细刺，中空的，一记削斩之中，无数的刺扎进身体，便可吸收掉血液中的精华。”

这样一来，即使有仙王血挥洒，也只是凡血罢了，难以造成破坏。

“走！”

可没走多远，又有新的巨虫出现进行伏击。

这种虫子若是潜在地底下，气息全无，根本无法发现，直到巨足破开地面进行攻击时才能查觉，对于五重天、六重天的仙王来说，这已经为时已晚了。

还好凌寒三人可不是普通的四重天、五重天仙王，完全可以应对。

十几天后，他们终是走出了这片平原，前面是一条小河，河上有木桥横跨，桥边则是一座小茅屋，正有一名老者坐在屋前的场面上，抽着水烟，咕嘟嘟地冒着泡泡。

在老者的前面，则有一大群人围着，一个个都是愁眉苦脸，好像遇到了天大的难事。

再看得仔细，原来老者正在与人对奕，他似是棋力超凡，因此颇有余暇在抽着水烟，而他的对手则是呆若木鸡，眉头皱得紧紧的。

这是怎么回事？

凌寒在前面那人的肩上拍了拍，道："老兄，这是在干嘛呢？"

那人吓了一跳，居然被人如此接近都没有意识到，如果对方刚才并非是拍他之肩，而是向他发出致命攻击的话，那他现在岂不是已经挂了？

不过，发现凌寒仅仅只是五重天的修为时，他不由松了口气，好歹他也是六重天的存在。

嗯，刚才应该是太过关注于棋局之上，所以才让这小子趁虚而入了。

按他的脾气，本该对凌寒置之不理，区区五重天也敢向六重天相询？但看到凌寒不怒自威的表情时，却不知怎么地就改变了想法，道："想要过河，必然对奕赢了那个老头。"

第 2625 章 下棋

“过河？”凌寒显得十分讶然，“不是很方便吗？”

这河不过十丈宽，随便一跃就过去了。

“没有这么简单。”那人是个看上去三十来岁的大汉，双眼中蒙着一层黑色，散发着嗜血的光芒。这是被此间的黑气影响了，但他却并没有对凌寒出手，被凌寒无形的威压震慑住了，连他自己也不知道。

他解释道：“你若是七重天、八重天、九重天的仙王，自然可以轻易闯过去，但之下的仙王去硬闯的话，只有被河水轰杀成渣的份。”

“咦？”凌寒随口道，“这么厉害？”

“可不，否则我们为什么会被阻在这里？”大汉说道，他向着老者呶了呶嘴，“这可不是真人，但实力强大无比，他看守着那座桥，强闯只有被他轰杀丢进河里的份。”

“要过桥也可以，只要下棋赢了就行。”

“不过，这可不是普通的下棋，你上去试试就知道了。”

噗！

仿佛在给他的话做注释，那正在对奕的人突然一口血狂喷出来，脸色瞬间变得苍白，腾腾腾，他连退十七步，身体摇摇晃晃的，差点一头摔倒下来。

“又败了！”

“唉，役动棋子需要注入神魂，一旦被吃子，神魂便要受创。”

“这家伙已经第三次失败了，估计神魂都已经被斩得差不多了。”

“唉，我在这里十六年，可只看到七人闯关而过，这也太难了。”

众人都是摇头，他们都上前对奕过，但哪一个不是被一败涂地，神魂受过创，吃过苦头？

凌寒不由感兴趣，大步走上前去，一屁股坐了下来。

“咦，这小子是谁？”

“新来的吧，没见过。”

“嘿嘿，还真是初生牛犊不怕虎，以为这很容易吗？”

众人纷纷说道。

“闭嘴！”女皇冷冷喝斥。

“你什么东——”有人下意识地就回击，可一转头看到女皇绝美冷艳的俏脸时，不由就是一窒，哪里还说得出话来。

“真是漂亮！”

“天底下怎么会有如此绝色女子？”

女皇的绝美顿时引发众人的惊呼，也让许多人露出了贪婪之色。

他们都被黑气影响，变得嗜血，也变得毫无顾忌，敬畏之心大减。

“这是我的！”一人直接出手，向着女皇抓了过去，区区四重天仙王，自然轻易就能拿下。

刷，一道寒光闪动，女皇出剑，向着那人斩了过去。

那人哪料到女皇这个四重天仙王竟然还会拥有仙器，只以为六重天的修为可以碾压女皇，还生怕被别人抢先，整个人都是扑了过来，而并非只是探手来抓人，因为这样很容易被人劫胡。

除了九重天仙王，谁能挡得住仙器之威？

一剑划过，那人已经被拦腰削断，鲜血飞喷，而肠子之类的东西也跟着喷涌出来，直接毙命。

众人莫不失声，那可是一尊六重天的仙王啊，居然被一个四重天的一剑斩死，让人如何相信？

他们再在脑海中细想一下，立刻发现并非女皇的实力强到可以秒杀六重天仙王的地步，而是那名仙王太过大意了，再加上女皇手中的仙器，这才造成了秒杀的结果。

那是……仙器！

顿时，这些人的目光变得更加炽烈起来，绝色美女再加上仙器，这样的诱惑谁能抗拒？

这里是仙王坟场，本就没有规矩，再加上现在这些人又被黑气影响了，自然更加得肆无忌惮了。

凌寒并没有管，女皇都快要达到五重天了，再加上仙器之威，这里又仅是六重天仙王——七重天直接跨河而过了，她足以应对。

他安心坐下，开始与老者对奕。

这是围棋，他执黑先行，而老者自然是执白了。

一子落下，凌寒轻嗯一声，因为落子之后居然抽走了他一部份的神魂，顿时，棋子变成了他的一部份。

老者一边抽着水烟，一边落子。

啪啪啪，两人在一开始的时候都是落子飞快，直到三十余子之后，他们的速度才慢了下来，这需要计算的东西是越来越多。

不止如此，连下三十多子后，凌寒也被抽走了许多神魂，这肯定对他的计算力、判断力都有影响。

他越下越慢，每一步都需要相当的时间，但棋盘边上有一个沙漏，他一下子就会落下沙子，差不多十个呼吸的时间就会流尽。

这在沙子落尽时还没有下子的话，那就直接判负了。

凌寒用足了时间，绝不早落子。

他与老者云淡风轻，而另一边，女皇则是大开杀戒，仙剑纵横，她也如云中仙子，翩翩起舞，却是勾魂夺命，让人胆寒。

不过半炷香的时间，女皇便已经斩杀了十数名仙王，也让其他仙王吓得脸绿，哪还敢再出手，莫不纷纷后退，保持了足够的距离。

女皇仗剑而立，守在了凌寒身后，美得惊艳绝世，也让众人看得是嫉妒无比，这样的绝色丽人居然在凌寒面前温柔似水，谁能不眼红呢？

啪，老者一子落下，合围之势成，吃掉了凌寒七颗棋子。

“唔！”凌寒眉头一皱，棋子被吃，他的神魂也被斩了一刀，让他的识海震荡，难受得无法形容。

棋子被吃，他也要受创！

难怪了，就算有人的棋力在老者之上，可下棋总免不了互相吃子，那神魂受创必然会造成影响，结果越来越吃亏，最终难免一败。

“哈哈，被吃子了。”

“这是失败的开始，没有几个人神魂强大到可以硬撑过去。”

“活该！”

四周的人都是冷冷地嘲讽，他们是太嫉妒了。

女皇柳眉一挑，凤眼中顿时射出丝丝寒芒，她太傲娇了，这才懒得追击，可这些人居然敢嘲讽凌寒？

她不能忍！

女皇再次杀出，一人一剑，飘飘若仙。

杀戮再起，凌寒却是不动如山，他沉着冷静，随手放下一子。

老者的应对就要快多了，几乎不用思考便落下一子，若是留意的话，便可发现他下子所用的时间是完全一样的。

你来我往，棋盘渐渐被黑白两种棋子占满，剩下可落子的地方已经很少了。

凌寒的嘴角露出一抹笑容，他会下棋，但并不擅长，但与瓦里相处得久了，他也学会了瓦里一些计算、分析的能力，只是远远不能与原装的相比。

他已经算过了，这盘棋下来了，他可以赢至少三子。

第 2626 章 癸水怒雷

棋局进入了官子阶段。

在这个阶段，双方都会迅速收割对方的棋子，因此，棋局上也是杀气弥漫。

凌寒眉头紧锁，每被吃掉一子，他的神魂就受到了一次创击，让他难受无比。

如果换了一个神魂强度弱一点的人，只怕现在已经意志崩溃了，不是时间到了还落不子，就是猛地受创之下落子失误，从而满盘皆输。

难怪很少有人可以对奕赢了这名老者，便是神魂强度不够。

——以仙王的学习能力，哪怕不会下棋，这看个几盘就能成为个中高手了，这绝非是困住如此多仙王的主因。

还好，凌寒的神魂已经用不灭天经修固过了，稳若磐石，根本不为所动。

他一子又一子地落着，紧守着自己的优势，绝不贪进。

一炷香的时间之后，大局已定。

凌寒赢了三子半。

老者开口："过！"

凌寒微微一笑，虽然他的神魂遭到了一定的伤害，但在这样的对弈过程中，相当于在锻炼他的神魂，好处其实也是不少。

他一看，只见四周鲜血遍地，人头滚滚，女皇早已经收手，但距离他们最近的人也在百里之外，根本不敢靠近女皇这个煞星。

"你们是去对奕，还是进仙客居？"凌寒问道。

"我来！"女皇收剑，坐在了老者对面，她也要对奕。

柔妖女则是摇头，她最怕动脑筋什么的。

女皇与老者对弈，她的棋力着实不凡，远在凌寒之上，而且神魂强度也很坚韧，因此，她虽然受到了一些影响，却还是以五子的大优势胜出。

他们都获得了渡桥的资格。

两人相视一笑，携手走到了桥上，大步而行。

河水流速很慢，但可以看到其中有黑色的闪电在跳动着，哪怕隔着一层桥面兀自可以感觉到一股可怕的压力迎面而来。

“咦！”凌寒脚下一停，盯着水面看，“这跟前面的蓝月雷木林有些像。”

女皇美目一亮：“难道这里又蕴藏着一门雷系秘法吗？”

“找找看。”凌寒说道。

光是这么看就只能看到河水中有闪电流动，但不可能藉此得到秘法传承，就像在之前的林区中，一定要找到阵眼，还得熟悉整个林区的布置，才能接引闪电入体，否则只会受到雷电的攻击。

看到他们上桥，逃得远远的人这才敢回来，可看到两人居然在桥上来来回回地转悠，却不由都是呲牙。

你们到底过不过桥啊，给个准话啊，这样晃荡来晃荡去的，不是在吓人吗？

之前对弈赢的人可都是痛痛快快地过去了，哪有你们这样子的，好玩吗？

可他们又不敢催促凌寒二人，万一女皇又化身成煞星，谁受得了？

“这里！”

凌寒一直盯着桥面在看，这是一座木桥，但桥面被漆成不同的颜色，变成了一个个小方格，但有大有小，各不相同。

他站在其中一个方格，统领全局，顿时有了不同的感觉。

他将自己的体悟与女皇共享，女皇走了过来，站在他的角度一起观摩。

一会之后，两人同时坐了下来，伸出双手，滋，顿时，河水中的黑色闪电好像受到了某种神秘力量的牵引，从河水中飞腾而出，向着凌寒、女皇打去。

原本平静的河水立刻沸腾起来，无数的闪电飞射而来，将凌寒与女皇包裹了起来，将两人各化成为一颗电球。

“癸水怒雷！”凌寒和女皇都是在心中说道，这些黑色闪电进入身体之后，同样化成了一个个符号，这是大道规则的具化。

青木狂雷、癸水怒雷！

“这是蕴五行于雷霆之中。”凌寒说道，不由赞叹连连，“真是奇妙，将五行规则与雷系大道完美地结合到一起，创造这门功法的人太天才了。”

女皇点头，武道发展了不知道多少年，自然天才辈出。

“照此推算，再接下来应该还有金雷、土雷和火雷了。”凌寒说道，“我有种感觉，五种神雷应该都能融合，到时候五行推动雷霆，攻伐之力绝对惊人。”

“这是……天尊法！”女皇道，“与九化天经差不多，那位前辈将天经化成了九部，让一重天仙王都能修炼，而这则是五行藏雷，有异曲同工之效。”

“前人的智慧，真是让人大开眼界！”凌寒赞叹不已。

两人不再说话，而是专心汲取雷霆之力。

这不止是雷系规则，还有水系，吸收这些雷霆之力，可以同时提升对于雷系和水系两种规则的感悟。

四周的人见凌寒二人坐下不动了，等了几天之后，终是坐不住了，又纷纷跑了回来。

“他们这是在干嘛？”

“引动万道雷霆入体，这不是在找死吗？”

“可惜了那个大美女！”

“嘿嘿，那大仙女杀人不眨眼，你想要找死吗？”

“不过，人若真要死了，怎么雷霆还没有停下来？”

“嘶，难道他们还没死？”

“这么恐怖的雷霆齐轰，竟然还不死？”

众人都是觉得不可思议，但一天、十天、百天过去，他们也渐渐从一开始的震惊到麻木，最后则是习惯了，好像这座桥天生就是如此的。

他们又开始与老者对奕，想要胜过老者，赢得过桥的资格，可惜的是，始终没有人成功。

一年、十年、百年。

时光如飞，自然又有新人来到这里，发现整条河流都在暴动，自然震惊无比，而他们听别人说起那两个电芒团中居然还有人时，却是嗤之以鼻。

以为他们傻的啊，在这么狂暴的雷霆之中怎么可能有人活着，而且还是上百年的时间？

但没有人赢得过老者，也不可能近距离去观察电团。

不是没有人想要硬闯上桥，却被老者轻易拿下，丢进了河流之中，瞬间就被狂暴的雷霆之力劈成了碎渣。

这里，只有七重天级别的战力才有资格横渡。

五百年、一千年、两千年！

这里汇聚的人越来越多，终于来了一名强者，明明只是六重天的境界，却拥有七重天的战力，一剑斩开了雷霆，从容渡过了河。

“嘶，这人是谁？”

“六重天却拥有七重天的战力，这是……帝星吗？”

“绝对是，否则便是六重天巅峰的帝者，战力还是要被束缚在六重天，不可能跨越七重天的槛。”

“他叫苗英卫，是来自冰原都的天才。”有人傲然说道，见众人的目光都看了过来，他嘿嘿一笑，“不才常志，乃是苗少手下的一个小小追随者。”

“苗少，注定将横扫天下！”他双眼放光，充满了仰慕。

第 2627 章 苗英卫

虽然常志说得很夸张，可四周的人却是一个也反驳不了。

苗英卫的实力摆在那呢，七重天的战力发威，一个人就能将他们杀得血流成河。

“也不过七重天的战力。”有人小声嘀咕，“之前那大美女仅是四重天巅峰而已，却拥有六重天巅峰的战力。”

边上有人点头：“虽然那也是因为有仙器之助，但她本身的实力怎么也得达到六重天级别。”

“跨了两个境界，比帝星更强！”

“比我还强？”苗英卫的声音响起，谁也没有注意到，他不知道什么时候居然又劈开雷霆走了回来。

之前正在议论的两人连忙闭嘴，他们虽然也同样是六重天的修为，却知道自己根本不可能是苗英卫的对手，一旦发生冲突的话，他们只有逃之夭夭的份，否则死战必挂。

“说！”苗英卫冷哼，“什么人可以超越我苗英卫？”

那二人并不想离开，因此他们便将女皇的事迹说了出来。

“不过仗着仙器之威！”苗英卫不屑地道，他声音转低，仅仅只有他一个人听得到，“能够拥有仙器，那不是这里的九重天仙王后人，便是历练者。”

他双眼发亮，饶是他天才绝艳，可因为背后没有天尊，却没法拥有一件仙器。

他眼红了，至于这二人将女皇的美夸到天地下少有却是半点也不相信，没有进入仙王坟场之前，他也被无数的美女环绕，什么绝色没有见过？

也就仙王坟场中的土包子了，见得女人实在太少了，可能稍有姿色就夸成了绝丽。

“你们所说的那二人，便在那闪电光团中吗？”他指着桥上问道，得到肯定的回答后，他却是摇摇头。

便是以他的实力都不可能在这样的攻击之下坚持太长的时间，更何况是几千年了。

呵呵，这二人肯定是以讹传讹，区区四重天仙王怎么可能做到？

“我倒要看看！”他大步而行，向着桥面上行去。

“不可！”有人连忙道，“若不对弈胜出，便贸然闯上桥，只有被丢到河里等死的份。”

“哼，我苗英卫有何可惧？”苗英卫大步向前走，他才不相信这些人的胡说八道。

他很快就来到了桥的边缘，微微迟疑一下，还是一脚跨了出去。

咻，电光一闪，只见那名老者已是诡异地出现在桥上，对着苗英卫便是一手抓了过去。

“我岂惧你？”苗英卫冷笑，起掌相迎。

嘭！

老者的大手落下，苗英卫的反击根本不堪一击，被他毫无悬念地拿下。

“九、九重天仙王！”他咬牙道，境界压制太厉害，与这样的强者硬拼他自然只有被镇压的份。

老者却是根本不开口，随手一甩，啪，苗英卫便被丢进了河流之中。

“啊！”苗英卫的身上爆发出一道豪光，竟是从河中杀了出来，他立于半空之中，双眼之中全是恼恨之色。

“居然没死！”

“不可思议！”

“不愧是天才啊，太强了！”

众人都是惊呼，这是他们看到的第一个被丢进河流中却不死的人。

苗英卫却是毫无得色，他被丢进河流中时可是被封禁了修为，原本只有等死的份，可他身上有一件秘宝，乃是从一个古迹中所得，只有在他遇到生死危机时才能激发，而且只能使用一次。

现在这件秘宝发挥作用，代表着他已经死了一次。

什么都没有得到，却是浪费了一件保命之物，让他如何能够高兴得起来？

他在河边盘坐下来，现在他更想要得到仙器了，不然他实是不甘心。

一百年、两百年，终于，电芒越来越弱，现出了凌寒和女皇来。

苗英卫如有感应，立刻将双眼睁开，目光一扫，顿时露出讶然之色。

这电芒团中居然真有两个人，而且仅仅只是四重天和五重天的修为，这太不可思议了。

他们怎么活下来的？

之前二人在电芒中待了多久苗英卫不知道，也不会相信别人是怎么说的，可光是他在这里就坐了两百年。

两百年啊，他知道自己绝对熬不了这么久。

不过，当他看清女皇的模样后，不由地双眼爆闪光芒。

太美了，怎么会有这么美的女子？

他猛地大笑，突然间觉得失去一件保命秘宝也没有什么。

“我可以冲击五重天了。”女皇说道，两千多年的时间中，她一直在吸收雷霆之力，助推修为的提升，而她本就是四重天巅峰了，自然具备了冲击五重天的资格。

凌寒点头，他也达到了五重天后期，如果再能这么来上两次的话，他应该便能达到五重天巅峰，冲击六重天了。

女皇放开修为，顿时天空中有雷云滚滚而来，她准备渡劫。

苗英卫原本已经打算上前了，可看到女皇竟要渡劫，便只有无奈停下的份。但女皇暂时不能打扰，另一个人却可以。

他盯着凌寒，开口道：“小子，过来！”

对方还站在桥面上，他可不敢再上去了，保命宝物已经用掉，再被封住修为丢进河里的话，他只有等死的份。

凌寒讶然，向着苗英卫看去，他怎么又拉到仇恨了？

“叫你过来，听到没有！”苗英卫喝斥道。

凌寒摇摇头：“白痴。”他嘀咕。

“找死！”苗英卫哼了一声，刷，右手一振，已是多了把长剑，然后一剑向着凌寒斩了过去，只见剑气化成一头白色的老虎，咆哮着冲击凌寒。

凌寒眉头一皱，此人先向自己喝斥，又无缘无故地出手，以为他的脾气很好吗？

他脚下一动，已是从桥上跃了下来，一拳轰出，嘭，剑气凝成的猛虎顿时被打爆。

苗英卫眸子一紧，五重天仙王竟能一拳打散自己的剑气，这小子还真是有点实力。但他也没有在意，那只是随意一击罢了，根本不是他的真实战力。

“给你一个机会，立刻滚开，永远不要再见到这位仙子，否则我必斩你人头！”他淡淡说道，说到“这位仙子”的时候，他向着女皇看了一眼。

此时，女皇已经开始激战天劫，哪怕在这样的情况下，她依然丰姿绝美，让人怦然心动。

凌寒哦了一下，原来还是女皇的绝美给他拉来了仇恨，这点从他和女皇结缘开始便不可避免了。

他摇摇头，笑道："你又是哪一家的二世祖，要搬出父辈的名号来压我？"

第 2628 章 杀之

苗英卫露出不屑之色："我自身便能无敌，何须靠什么父辈！"

这番话，他说得是傲气冲天。

"哦？"凌寒微微有些讶然，他还真没有在这里遇到像苗英卫这么自信的人，不像那些二世祖，虽然嚣张无比，可内里却有一种自卑，因为他们其实只是囚徒。

难道说？

凌寒笑道："你是从外面进入此间的历练者吧？"

苗英卫一听，不由脸上变化。

哪怕他自信无比，可实际上却只是六重天的修为，战力撑死七重天巅峰，遇到八重天、九重天仙王肯定只有歇菜的份。

要是揭露了他是历练者的身份，那必然要遭到仙王坟场中所有人的群起而攻，那他除了在一个角落隐藏起来，别无他法。

"胡说八道！"他森然说道，再次出手，不给凌寒开口的机会。

凌寒哈哈一笑，他知道自己猜对了。

他随意还击，将苗英卫的攻击轻松化解，现在七重天级别的攻击又怎么放在他眼里？

苗英卫连连出手，却是越来越是惊骇，凌寒只是随手招架罢了，却是守得四平八稳，将他的攻击化解穷尽，显得轻松无比。

这让他不得不承认，对方的实力不在他之下。

仙王坟场这种地方，怎么会出现如此妖孽的人？

他灵光一闪，道："原来你也是外来者！"

大千世界，天才无数，这才可能出现比他还要妖孽的人。

凌寒淡淡一笑，右手按出，向着苗英卫抓了过去。

他运转出了癸水怒雷，将苗英卫当成了陪练，以磨练他对于这门秘法的掌控。

苗英卫全力出手，这一道道包裹着水系规则的雷霆太可怕了，他若有保留的话，那分分钟就会被轰杀成渣。

不得不说，苗英卫的战力虽然不算太强，但拥有帝星之资，还是有可取之处的。

凌寒压制力量，将自己放到了与对方相当的水平，达到最好的磨砺效果，而不是靠力量去碾压对手。

如此一来，两人顿时打得难解难分。

凌寒明悟不断，他开始融合青木狂雷和癸水怒雷。

五行蕴雷，方是这门秘法的最强一面。

借着一名帝星之手，凌寒正在快速提升他在这门秘法上的感悟。

苗英卫又岂看不出来，可凌寒的攻击如海啸般一波接着一波，让他根本不可能停手，否则就是被立刻被轰杀的份。

他只觉窝囊之极，堂堂天下第一武院的帝星，未来有资格成为天尊的霸主，居然沦为陪练，让他如何能够不怒？

但这不是他自找的吗？

“你到底是谁？”苗英卫怒吼道，天下第一武院汇聚了无数位面的妖孽，根本不好猜测对方的身份。

“现在才想到问我是谁？”凌寒冷然说道，此人明显对女皇动了念想，让他已是判了对方死刑。

“同为天下第一武院之人，不必如何咄咄逼人吧？”苗英卫说道，能够说出这句话来，其实他已经认怂了。

凌寒又怎么可能留手，他淡淡道：“我将力量压制到与你相同的层次，你若能够支撑一百招，我就饶你一命。”

“你太小看我了！”苗英卫大怒，他承认自己不及凌寒，但力量都相同的情况下他都扛不住凌寒一百招？开什么玩笑！

凌寒淡淡一笑，一掌再拍，威力顿时大了无数倍。

——他已经将青木狂雷和癸水怒雷融合到了一起，形成水木之雷。

三种规则融合到一起，这怎么可能不恐怖？

苗英卫顿时被压制，任你再天骄，又怎么匹敌天尊之法？

别说苗英卫，就是天尊传人都未必可以匹敌。

为什么？

天尊法可能不分高下，但并非所有天尊法都适合仙王修炼，比如封情天尊的鱼龙术，连御虚仙王这个九重天霸主用出来都是勉强，那低阶仙王想要运转天尊法自然更加不可能了。

所以，九化天经、水木之雷放到天尊级别也许不算顶尖，可在仙王层次中，这就厉害无比。

苗英卫狼狈不堪，哪怕力量相当，面对天尊法的威能，他也只有落在下风的份。

“想在百招之内镇压我，你真是做梦！”他说道。

落在下风是一回事，但他有信心撑上三百招，甚至更多。

“是吗？”凌寒哈哈一笑，又将九化天经运转了出来。

两门天尊法！

如果再算上不灭天经的话，那凌寒身上整整有三门天尊法，虽然只有不灭天经才是完整的，但一人身兼三门天尊法，关键还掌握了、能够运转，这就太恐怖了。

苗英卫顿时发出闷哼，九化天经加持攻击，瞬间就让凌寒的战力提升了三四倍，他更加不能匹敌了。

一百招……难撑！

苗英卫喋血，凌寒运转了两门天尊法，这战力太恐怖了，再战斗下去的话，他会死。

他咬了咬牙，猛地转身就跑。

咻，凌寒展开空间规则，瞬间就将他挡了下来。

“哼，你现在已经动用了超越我的力量！”苗英卫斥道，否则他不可能被追上。

凌寒淡淡一笑：“前提是，你不能逃！”

他开出的条件是双方公平一战，既然苗英卫不守约定，他自然也不会再给自己加上束缚。

“同为武院弟子，为何要苦苦相逼？”苗英卫换了种方式。

“这样没有自尊地求饶，不觉得丢人吗？”凌寒冷笑，再没有留手，双手如斧，招招都是重击，两门天尊法同时运转，威力奇大。

苗英卫苦苦支撑，但又怎么可能是凌寒的对手，连逃跑都是做不到，很快便被生生劈死。

凌寒毫无怜悯，一旦触及他的底线，他便只有一个字，那就是杀。

他看向女皇，目光顿时转柔。

女皇已是祭出了仙剑，面对天劫也是十分从容，完全不需要担心。

四周，众人都是震惊，原来凌寒和苗英卫都是外面进入这里的历练者！

他们的目光立刻变得森然起来，作为囚徒，他们最最讨厌的就是来这里历练的人，只是凌寒的实力太强了，他们根本不敢匹敌，只能暗暗压在心里。

不过，只要凌寒一离开，他们就会将凌寒是外来历练者的身份曝光，引出无数强者，怎么也要将之轰杀成渣。

一天之后，天劫过去，女皇落下身形，娇躯上缠绕着五道异彩，散发出强大的气息。

“走！”

凌寒根本不将四周那些人放在眼里，他距离六重天越来越近了，便是身份曝露又如何，他根本无惧。

第 2629 章 狙击升级

凌寒和女皇对这个元古墓越来越有兴趣，这里藏着一门天尊法，而且还是他们现在就能修炼的，意义非凡。

他们继续深入，而关于两人是外来历练者的消息也是如同野火燎原般传播着。

“外来者！”只是几天之后，凌寒与女皇就遭到了狙击。

这是三名七重天仙王，目光森然，杀气腾腾。

他们最最讨厌的就是外来的历练者，将他们当成了提升修为的踏脚石。

凌寒站定，目光扫过，不由笑道：“就你们三个？完全不够看啊。”

“放肆！”这三人一起出手，向着凌寒镇压而去。

女皇出剑，刷，寒光惊艳，她现在可是五重天了，再加上仙器之威，战力可比七重天巅峰。

这一剑无比可怕！

三大七重天仙王都是大惊，连忙纷纷散开，以躲避这一击，然后他们就发动了反击。

精神冲击！

嗡，三道可怕的精神攻击打来，女皇不由地轻哼一声，俏脸上露出了痛苦之色。

境界差距太大了，这样的精神冲击足以对她造成大影响。

之前苗英卫没有施展这门秘法，乃是因为他才刚刚进入元古墓，时日尚短，并没有被黑气影响，也就没有修出这样的秘法。

但这三人不同，他们早就进入了元古墓，不但早就被黑气影响，还杀了许多仙王，掠夺了对方体内的黑气，使得他们的精神冲击对于神魂的破坏性更大。

“不过五重天！”三大仙王冷笑，乘胜追击，要一举将女皇击溃。

他们的目光中充满了贪婪，因为女皇手里可是有一件仙器。

女皇临危不乱，一边游走身形，一边剑出如雨，凭借着仙器之威，让三大七重天仙王都是不敢过分相逼，否则距离一旦太近的话，便可能被仙器斩伤。

可他们只需要在安全距离不断地打出精神冲击，同样可以将女皇镇压。

凌寒叹了口气，道：“三个七重天仙王围攻一个五重天，好意思吗？”

“老李，你去杀了这小子！”一名穿着紫袍的七重天仙王说道。

“好！”着黑色长袍的仙王点头，转向朝着凌寒杀了过去，他可不相信凌寒也能这么妖孽，以五重天之身匹敌七重天仙王。

紫袍仙王和青袍仙王则是继续合攻女皇，他们认为这才是棘手的人物，需要两人合力。

“立刻投降，交出仙器，可饶你一命。”紫袍仙王说道，眼睛里闪动着贪婪之色，他既想得到仙器，又想得到这个绝色丽人。

女皇不答，只是挥剑而斩，她才懒得理会这两个臭虫。

“你们……似乎忘了我哩。”凌寒的声音悠悠响起。

什么，这个小人物还没有死?

紫袍仙王和青袍仙王同时向着凌寒看去，却是立刻嘶了一声，连攻击都是停了下来。

——黑袍仙王已经倒在了地上，背心处有一个血洞，正在汩汩流淌着鲜血，而生命气息已是完全消失了。

如果是在外界，那么一名仙王死去，天地同悲，明显无比。可在这里，仙王死了就死了，就像随便哪个阿猫阿狗。

嘶，这也倒得太快了吧？

一名七重天仙王不敌五重天，这已经是匪夷所思的事情，而死得这么快简直无法想像，那可是七重天仙王啊，要是一心想跑，便是突破不久的九重天仙王也无法阻止。

这小子动用了什么大杀器吗，不然他们真是无法接受。

“来，哪个做我对手，一对一，至少相对公平一些。”凌寒微笑道。

紫袍仙王站了出来，他立刻一道精神冲击打了过去，然后才道：“我来！”

嗡，精神冲击打到，凌寒不可避免地皱了下眉头，只觉脑袋一痛，如被针扎。

不知道多少次了，可没有办法，这种攻击无视距离，防不胜防。

但也仅仅如此，他已经把不灭天经的神魂篇也补完了，痛一下便没事了，识海浩荡，圆润无缺。

“来而不往非礼也，你也吃我一拳！”凌寒身形杀出，一拳直袭紫袍仙王。

紫袍仙王哼了一声，也是一拳轰出，向着凌寒迎去。

只要凌寒不使出大杀器，他就无惧——在他想来，凌寒一定是动用了某种九重天级别的秘宝，这才将黑袍仙王杀死的，否则的话，区区五重天仙王哪有这么猛的？

嘭！

两人的拳头撞到一起，顿时形成了一道冲击波，向着四面八方波动而去。他们的动作都是一顿，然后便看到紫袍仙王的拳头瞬间破碎，冲击力上涌，手臂也跟着炸裂，白骨和着血肉飞弹。

啪啪啪啪，直到整条胳膊都是炸得粉碎，这股力量才终于停顿了下来，只见紫袍仙王的整条右臂都是没了，鲜血还在汩汩喷涌。

另一边，青袍仙王已是吓呆，靠，一拳就将七重天仙王的胳膊都是打爆了，这是何等恐怖的破坏力？

“你、你、你怎么可能这么强大？”紫袍仙王终是知道黑袍仙王为什么这么快就被凌寒干掉了，不是此人有什么大杀器，而是他本身就为大杀器！

“下辈子好好修炼，你就知道了。”凌寒杀出，又是一拳挥了过去。

距离太近，根本无法避闪，紫袍仙王只能硬着头皮去接，左拳挥出，迎击凌寒。

嘭！

毫无悬念，他这条胳膊也是瞬间就被打爆，变成了无臂人。

这对于仙王来说是小意思，体内生机盎然，随随便便就能重新生长了出来。可问题是，紫袍仙王现在根本没有时间去催生胳膊，凌寒的第三拳又打了过来。

紫袍仙王飞起左腿迎击，啪，左腿也被打爆，变成了独腿人。

他再不敢接了，仅剩的右腿一弹，便要逃之夭夭。

天哪，这个五重天仙王太可怕了，根本不是他可以杀得了的。

凌寒摇头：“现在还想跑，来得急吗？”

如果紫袍仙王一遇到他就转身逃跑，那纵使凌寒掌握了空间规则也很难拦截，可现在两人的距离这么近，若还让紫袍仙王跑了的话，那真是开玩笑了。

凌寒瞬间追上，一拳直捣。

噗！

紫袍仙王狂喷鲜血，他脚下踉跄，缓缓转过身来，只见胸口赫然多了一个血洞，心脏已是被生生打爆了。

他低头看看胸口，又抬头看向凌寒，眼神中充满了不可思议。

堂堂七重天强者，居然就这么死了？

这个念头刚刚转过，他就轰然倒地，扬起了一地的灰尘。

第 2630 章 火焰传承地

青袍仙王瑟瑟发颤。

那可是两尊七重天仙王啊，无论在仙王坟场还是炎霜位面，那都是威名赫赫的存在，但在凌寒面前却是不堪一击，摧枯拉朽般便被全部轰杀。

他连忙甩下女皇，便要逃跑。

“哼！”女皇发动太宙无极体，时间流扬动，青袍仙王的速度顿时陡降。

“时间体质？”青袍仙王大惊，连忙全身一振，他全面发威，七重天级别的规则扬动，他的速度顿时恢复了正常。

大道加持，万法不侵！

但女皇借着这点时间已是追至，一剑削了过来，如九天惊鸿。

“给本座让开！”青袍仙王连忙一记精神冲击打出，让女皇动作一滞，他则是趁机杀了出去。

他心中暗暗发誓，再也不想看到这对男女了，太特玛德变态了。

咻，他只觉眼前一花，只见面前已是多了一个人。

凌寒！

嘶，这速度怎地那么快？

空间规则，一定是空间规则，否则怎么可能速度如此惊人？

他心中大骇，无论是追击还是逃跑，最怕就是遇到擅长空间规则的人。

“还没有打完，跑什么？”凌寒淡淡说道，却不出手。

女皇追上，一剑削了过来。

青袍仙王不得不迎击，否则必死无疑。

他打，凌寒便在一边观战，可他要是想逃，凌寒便会阻挡，根本逃不了。

青袍仙王也知道不可能逃脱得了，心中发狠，他必须战胜女皇，并且将对方拿下，用以威胁凌寒，否则他今天肯定要交代在这。

这个决定一下，他就打消了逃跑的想法，与女皇死战。

他虽然算是水货仙王，可能够成为仙王便已经说明了问题，他一拳拳暴轰，战力极其狂暴，若非女皇手握仙器，其实并非是他的对手。

毕竟，就算是超级帝星也很难跨过两个境界。

可有仙器之助就不同了，女皇渐占上风，将青袍仙王牢牢压制，不再给对方任何的机会。

三千多招后，女皇一剑斩过，噗，青袍仙王人头飞起。

凌寒目注远方，道："看来，接下来的路不好走了。"

这还只是七重天仙王，要是八重天仙王出现，普通的凌寒可以一手镇压，但若是帝者就不好对付了，帝星的实力肯定超过凌寒，超级帝星就更加不用说了。

"至少还有三处传承地。"女皇说道。

凌寒点头，学到了两种雷术之后，他更加想要获得剩下的三种雷术，融合五行之雷，那才是真正的天尊法。

他们勇往直前，期间又遭遇了几次七重天仙王的狙击。

现在只有七重天仙王出现，大概是以为这足以镇压凌寒二人，但几次三番地全军覆没，终于让仙王坟场的人知道，七重天仙王可杀不了凌寒二人。

于是，八重天仙王出动了。

这时候，凌寒二人来到了一座大山前，这座山通体赤红，但并非岩石或是植被的颜色，而是山顶的火山口一直在喷发着，流淌着岩浆，染红了整座山。

岩浆中有赤色的闪电在跳动，化成了各种动物的形态。

并没有什么人被阻在了大山前，因为这可以绕行而过。

凌寒和女皇却是不打算绕，他们已经获得了两门雷之秘术，照前面的推算，这里极可能藏着第三种——火雷之术。

“去看看。”

他们上山，但还没有走近岩浆呢，便已经感应到了滚滚热浪袭来，让他们的衣物都是炭化发焦。

两人可不想光溜溜地走在此间，纷纷扬动源力，在身前结出了一个光盾，有规则在流转，抵御高温。

但这只是一个开始，越是接近岩浆，这温度越是高得惊人，让他们不得不凌空踏行。

绕着大山行了一圈，他们却是毫无所获。

“难道这里并没有蕴藏着天尊法吗？”他们不由怀疑起来。

“除非——”

两人互看一眼：“传承在岩浆之中！”

“我且去看看。”凌寒对女皇说道，他的体魄惊人，防御力远远超过女皇。

女皇点头，在一边盘膝而坐。

凌寒原想让女皇进仙客居，见状便打消了这个念头，以女皇的实力再加上仙器之助，遇到八重天仙王也不是没有脱身的能力。

他落下身形，直接没进了岩浆之中，顿时，恐怖百倍的高温袭来，他的护体盾瞬间破灭，嗤，衣物起火，也是瞬间即被烧烬。

可也只能如此，他的体表有一个个符文跳动，散发着金光。

这是他主动运转了不灭天经。

以他现在的修为，在这个状态下便是九重天的战力也需要轰击好多次才能伤到他了，而且随着他的修为越来越高，能够运转不灭天经的时间也越来越长。

他在火海中徜徉着，双眼灼灼生光，便是这火海也无法压制。

凌寒一寸寸土地搜索着，这里的岩浆中流动着强大的火系规则，影响了视线，无法及远，因此，他只能走到哪看到哪，速度并不快。

半个时辰后，他飞身而起，一是他不可能耗到不灭天经完全无法运转的地步，二来他也要查看一下女皇的情况，毕竟他们现在可说是举世皆敌。

女皇安坐，凌寒扫过一眼之后，也落在了女皇边上，恢复一下源力。

一天之后，凌寒才重入岩浆，他恢复到了最佳状态。

他每天只能探索有限的区域，但没有搜索全部的区域之前，他是不可能离开的。

三天、五天、十天……一晃已是三个月过去。

这一天，凌寒进入岩浆之地后，很快就露出了笑容，因为他看到了地面有些不同，出现了一道道分明的脉络，好像人体经脉似的。

看起来好像是天然的，只是山体长得奇怪一些罢了，可凌寒却不这么认为，他看到了这些脉络中隐藏的东西。

“不错，这就是第三处传承地。”

凌寒在心中说道，他有些入迷地研究起来，若是没有找出阵眼的话，那无尽的火焰和怒雷入体，便是他的体魄也无法承受。

而在外面。

嗡，一道可怕的气势降临，一名仙王踏天而至，他的身上赫然缠绕着八道异彩！

女皇立刻被惊醒，她睁开美目，向着那名仙王看了过去。

“你便是外来的历练者？”这八重天仙王说道，目光扫过女皇时，以他的修为心性仍是忍不住心簇动摇，但立刻按了下去。

女皇不答，从来只有她问别人的份，哪有反过来的道理？

她直接出剑，遥指那八重天仙王。

第 2631 章 八重天仙王出手

“小小的五重天仙王，还不速速弃剑投降！”那八重天仙王负手而立，显得威风霸道。

他当然有这样的资格，八重天仙王啊，距离仙王坟场的巅峰战力仅仅只差了一个境界，当然有资格叫嚣，有能力霸道。

女皇懒得回答，仙器在手，她想要一战。

“本座张天言！”那八重天仙王说道，“看你还算天资可以，本座给你一个活命的机会，只要你拜在本座门下，本座便可饶你一命，还可授你无上神通！”

他是贪婪女皇的绝丽，这收徒是假，金屋藏娇是真。

女皇娇斥一声，主动出手。

“不自量力！”张天言冷笑，一掌按出，嗡，可怕的压力压来，规则化成了实质，向着女皇镇压而去。

嘭！

女皇顿时被震飞出去，她虽然很强大，却无法和凌寒相比，哪能以五重天的修为匹敌八重天？

还好，仙器斩开了规则，她并没有受创太重。

“那小子呢？”张天言游目四看，他怕凌寒看到自己出手，直接开溜，那还真有可能让对方逃脱了。

女皇不答，左手一抓，无尽的水雾、闪电滚滚而来，而地上则是冒出了青草，拼了命地生长。

“咦！”张天言微微露出讶然之色，水、木、雷三种规则正在被急速地抽取，融于女皇之手。按理来说，五重天仙王绝对不可能凝聚这么多的规则，这都达到了七重天的级别了！

“有意思！”他的眼睛微微一亮，“这女娃子竟掌握了一门秘法，似乎还非常不凡。”

他心中大动，既能收获一名美女，又能得到一门秘法，这次出手真是满载而归了，相比之下，就算没有将那名男子拿下也没有什么了，反正还有其他仙王出手。

“倒要看看这门秘法究竟有多么不凡。”他在心中说道。

这么一想之间，女皇已经完全凝聚了三种规则，癸水怒雷与青木狂雷融合，化成了水木之雷，一道青黑色闪电矛出现，握在了女皇手中。

“真得很不凡，这一击本座只要稍有懈怠，甚至可以撕开本座的防御！”张天言喃喃说道，眼睛更加明亮，他进入这里是为了得到九化天经的剩下六部，但现在却是发现，女皇身上的秘法丝毫不逊。

赚大了。

滋！

女皇出手，电矛掷出，向着张天言疾射而去。

张天言自负强大，自然不屑躲闪，伸出手向着电矛抓去，大道缠绕在他的手上，几若万法不沾。

啪，可他显然高估了自己的实力，也低估了这门天尊法的威力，电矛虽然被他抓住了，可电芒肆虐，还是让他的右手炸开，有鲜血流出。

这只能说是小伤，可五重天仙王出手居然可以让八重天仙王见血，这本身就是一件稀罕无比的事情。

张天言却是不怒反喜，电矛的威力太大了，也让他惊喜无比，这门秘法若是为他所得，那他是不是可以藉此威慑九重天仙王呢？

他哈哈大笑，身形闪动，向着女皇欺了过去。

既然已经见识过了这门秘法的威力，他也就失去了耐心，现在他要拿下女皇，人、法并获。

女皇骄傲是真的，但又不傻，八重天仙王既然发威了，她怎么可能硬拼，连忙展开身形躲闪。

“想在本座手中逃生，你真是想多了！”张天言大笑，大手按落，方圆十里之内皆在他的完全掌控之下，便是规则本身都要向他低头。

八重天仙王就是这么霸道。

女皇冷然，手中仙器斩动，硬生生削出了一条路来。

“嗯，仙器？”张天言一愣，尔后大笑，他真是乐坏了，这次出手哪是一举两得，而是三得，居然还能再收获一把仙器。

这是老天爷要赐予他无上机缘吗？

“哪里逃！”他再次出手，抽取天地规则化成了一根根柱子，要将女皇围困。

女皇挥动仙器开路，左手则是不断地打出水木之雷轰击张天言，硬生生逼住了对方的速度。

你来我往，张天言惊讶地发现，他居然奈何不了女皇。

倒不是女皇强得逆天，而是对方手里的仙器无物不斩，便是他的规则化成的囚笼也是轻易便被斩开，而更关键的是，他出手也有顾忌，不愿伤到女皇，想要拿下一个完整无缺的美娇女，这才让女皇得以从容闪躲。

几次三番下来，张天言渐失耐心。

在他看来，女皇已经不是一个人了，而是一个宝库，他必须得到，而且不能与任何人分享。

伤了就伤了吧，反正仙王只要根源不伤，任何伤势都能很快复原。

他这么一想，出手之间便狠凌了无数倍，让女皇显得捉襟见肘。

没办法，境界差距太大了，女皇能够撑到现在已经非常非常了不起了。

“不想再吃苦头的话，速速投降！”张天言冷然说道，像他这样的仙王只要心念一定，那是绝不可能动摇的，任女皇如何楚楚可怜都无法让他心软。

女皇还是不答，这种臭虫哪有资格让她开口。

“冥顽不灵！”张天言哼了一声，双掌如斧，向着女皇凌空斩去。

哪怕他顾忌仙器之威，不敢过份逼近，但是八重天的修为催动攻击，每一掌劈过来都是重如山岳，将规则都是生生碾碎，也让女皇想要抽取规则变得困难无比。

这就是高阶仙王的强大，以高境界直接把规则抽空，那低境界仙王无法调用规则，直接就成了斩尘级别。

女皇便只能以仙器削斩，这不受张天言的影响，可斩灭一切。

“给本座老老实实地坐着！”张天言哈哈大笑，他已经完全占据了上风，一掌按下，要瓦解女皇的全部战力。

可当他一掌落下时，却发现自己的速度居然变得奇慢。

“咦，时间规则？”他讶然，在他的大能力之下，女皇应该抽取不到任何的规则，这时间规则又是从哪里跑出来的？

而且，不到九重天就能运用时间规则，这美娇娃的运气是多么逆天？

咻，女皇趁机斩破封锁，再次逃出生天。

这是她发动了太宙无极体，自身的体质自然不可能为张天言封锁，否则就代表了她已经落于对方之手了。

“本座还不信了，难道拿不下你一个小小的五重天！”张天言也动了真怒，堂堂八重天仙王出手，居然这么久还没有拿下人。

“哦，是吗？”凌寒冷冷的声音响起。

第 2632 章 激战

凌寒在岩浆中研究了一阵脉纹，发现快要维持不了不灭天经的运转之后，他就飞身而出，便看到张天言在追杀女皇。

这自然让他怒不可遏，立刻一闪而出，向着张天言追击而去。

“嗯？”张天言微微一怔，没想到那个小子居然藏在了岩浆之中。

这片岩浆很可怕，有火、雷两种规则流淌，便是九重天仙王也不会特意跑进去，那又没有什么好处，凭白地消耗自身之力罢了。

你一个小小的五重天跑进去干嘛？

“打爆你！”凌寒二话不说，直接杀了过去，双手凝成拳，规则缠绕，全力爆发，既有规则缠绕在双拳上，又发动了体术，还有两门天尊宝术，无尽地加持战力。

这自然让他的攻击变得无比狂暴，一拳轰出中，整个人仿佛一头人形真龙，散发着无比恐怖的气息。

张天言原本没将凌寒放在眼里，小小的五重天仙王，又没有仙器在手，他需要当回事？可凌寒一出手，他就震惊了，这战力足以媲美八重天初期、不，中期了！

真是疯了，五重天仙王不靠外力，居然可以发挥出八重天中期的战力，这是要逆天吗？

照这么说，只要这小子达到六重天，不是可以站在仙道巅峰，与九重天仙王分庭抗礼了？

这对男女都太不凡了！

难怪敢进入这里历练，恐怕背后有天尊的身影吧？

不过，这里可是仙王坟场，天尊绝不会踏足，这是所有天尊达成的共识，他就算杀了凌寒也不怕，绝不会有天尊进入这里追杀他的。

“以为本座怕你不成？”张天言冷笑，他可是八重天后期的修为，虽然只比凌寒稍胜一筹，但已经足够了。

他也向着凌寒杀了过去，双手劈斩，如真龙、如远古恐兽。

凌寒哈哈大笑，双拳轰击而去。

嘭！嘭！嘭！

两大强者对轰，每一拳对拼之后，劲力震荡，似是要将天宇都给震塌下来。

一口气对轰了十余记之后，张天言不由骇然。

果然，在力量上他确实占据了上风，可凌寒的体魄也太恐怖了，虽然每次都会被他震退，但体内气血流动却是如龙如虎，根本不乱。

换成别人，哪怕真是一名八重天中期的仙王，在这样的对轰中肯定也会气血翻腾，战力亏损，甚至直接被一屁股震翻在地都不是没有可能。

像凌寒这样，明明落在了下风，可依然战力不损，这太不可思议了。

怎么会有这样的人？

凌寒怒发冲冠，双拳挥击如雨：“臭老头，竟然敢伤我媳妇，我要将你打成渣渣！”

张天言郁闷，他也没有想要伤到女皇，只是要把对方拿下而已。而且，一个五重天仙王居然说要打爆自己，这让他情何以堪？

“小子，你太狂了！”他率先变招，右手一振，已是多了一座金色的小塔，一出现便滴溜溜地旋转，悬在了他的头顶。

金塔垂落着宝气，肉眼可见，每一缕都是奇重无比，将规则都给镇压了下去。

这并非仙器，但材料也是非凡，再被他以八重天的修为日夜淬炼，威力当真是非同小可，可以说不但不弱于他，甚至还要稍微强出那么一丁点。

“死！”对上凌寒的话，张天言就没有一丝一毫的顾忌，本来就是他要击杀的目标，一拳轰出，本身的力量再融合金塔的宝气，威力暴涨。

凌寒大吼一声，仍是一拳迎上。

嘭！

这一回凌寒就远远不是对手了，被一拳就震飞出去，浑身骨骼都是发出卡卡卡的声音，若非他的体魄强横无比，恐怕这一击之下就要断了许多根骨头。

“不堪一击！”张天言冷笑，他根本不在意自己都祭出了宝器，而凌寒却仍在赤手空拳地战斗。

输就是输、赢就是赢，其他都是借口。

他长啸一声，乘胜追击。

凌寒擦了下嘴角，他知道终是境界差得太大了，赤手空拳的情况下，也只能匹敌赤手空拳的八重天仙王，一旦对方祭出了宝器，那他还是如此的话就太吃亏了。

“臭老头，你这是自讨苦吃！”他祭出了仙魔剑，寒光闪动，仿佛一尊九重天仙王现身，散发出凌厉霸绝之势。

吞噬了足够多的仙金，仙魔剑哪怕不达天尊级别，却远远凌驾于仙金之上，至少在威势上已经可以比拟九重天仙王了。

“嗯？”张天言一惊，又是一把仙器！

靠，好不奢侈。

他可是八重天仙王，可至今也只是看过仙器而已，但这对男女都只是五重天，却个个有仙器在手，一比较，他这个八重天仙王也太寒酸了。

外面进来的人，果然不一样啊，背后有天尊撑腰，仙器都是随便拿出来的。

“杀你！”凌寒仗剑而动，向着张天言狂斩。

“凭你也配？”张天言差点气死，要知道他才是来镇杀这两个外来历练者的。他引动金塔宝气，一拳轰出，劲气化成一头金色战狼，向着凌寒扑去。

他忌惮仙器之威，不敢近身战斗。

噗！

凌寒一剑划过，那头金色战狼立刻被斩成了两截，在仙魔剑恐怖的破坏力之下，金色战狼根本不可能有融合重新攻击的机会，直接湮灭。

张天言大惊，他之前并非没有与仙器交过手，可在女皇手中，仙器的威力大是大，但哪有这样的威能？

凌寒强势攻来，左手一振，水木之雷发动，化成一根电矛，向着张天言砸了过去。

他早已经运转了九化天经，虽然达不到最大的加成效果，可三部合一，这威力已经相当不凡了，电矛激射，仙剑挥舞，他完全占据了主动。

张天言无奈，他空有一身惊天动地的实力，却是不敢与凌寒硬碰硬，哪怕他是八重天仙王，硬撼仙器绝对没有好果子吃。

堂堂八重天仙王居然被五重天仙王压制了，这非常不可思议，却是真真切切地在上演。

“该死！该死！”张天言咒骂道，这是他出手之前完全没有想到的，这对男女的实力都太强了，尤其是凌寒，强得不讲道理了都。

“竟用塔形宝器，更加饶你不得！”凌寒目光扫过张天言头顶的金塔，杀意更炽。

虽然黑塔已经被天生夺去，但凌寒还是深受影响，最是讨厌塔形的宝器。

张天言有种不知道说什么的感觉，靠，我把宝器铸成了塔形也碍着你了？

第 2633 章 愈伤愈强

“打爆你！”

凌寒右手执剑，但左手却是千变万化，时而掌、时而拳，时而就是一挥，打出电矛，变化全在一念之间。

他已经走出了自己的路，武道并不局限于形，而是随心而动。

张天言却是苦不堪言，凌寒的攻击看似杂乱无章，偏偏却又威力奇大，看似他在力量上还占了上风，可打起来他却落在了下风，让他无法理解。

但他毕竟是八重天仙王，看到凌寒平静的脸庞上笼着宝光，仿佛有一尊仙灵要从他的体内走出来，不由脱口而出：“你走出了自己的路！”

他清楚地知道，想要成就天尊，最最基础、也是最最重要的一步，那就是走出自己的路。

每一位天尊都是独一无二的，哪怕像林洛门下有三位天尊，但最后一步莫不是自己跨出去的，师父只能起到引领的作用，而无法让后辈顺着自己的脚步亦步亦趋。

一时之间，他嫉妒无比。

虽然说走出了自己的路并不代表一定可以成为天尊，可最最关键的一步已经跨了出去，已经扫除了突破天尊最大的难关。

这样的人，居然还跑进仙王坟场来？

“你是自己找死了！”他冷冷说道，嫉妒之心狂作，让他恨不得立刻轰杀凌寒。

“你跑过来就是在找死，还打伤我媳妇，将你碎尸万段都是不能解我之恨！”凌寒大吼，剑出，无尽光华璀璨，他也不再保留，将战力催发到极致。

张天言不相信凌寒的战力可以一直维持在这样的高位上，不然也太不合理了。

所以，他半步亦不退，招招与凌寒硬拼，要尽快将凌寒轰出现在的状态，到时候，他收割凌寒的人头，再把女皇抓住，收获惊人。

机缘当然伴随着危险。

现在摆在他面前的就是最大的机缘，那有危险不是很正常的吗？

嗡，他发动了杀手锏。

精神冲击！

这太讨厌了，便是凌寒早有准备都是无用，只觉脑袋一痛，已是中招。

“本座不得不承认你很强大，也无比妖孽，但你终究是太嫩了，境界太低是你无法改变的弱点！”张天言趁机杀了过来，他的战斗经验何等丰富，抓到破绽就要猛攻，一口气将对手干掉。

凌寒冷笑，猛地一剑削出。

“什么！”张天言大惊失色，在他想来，受他这精神冲击的影响，凌寒就算神魂不伤，怎么也得停滞小半个呼吸的时间，这足以让他完成绝杀了。

这一剑，太出乎他的意料。

他连忙脚下一点，想要躲过这一击，但已经晚了。

噗，血花飞溅。

张天言疾退百丈，他看了看空荡荡的左臂，这被齐肩斩断，只有鲜血在汩汩涌出。

“好！好！好！”他咬牙道，没想到他这个猎人反倒上了猎物的当，被经验给骗了。

“说了要杀你！”凌寒跃出，一剑再斩。

他确实还是会受精神冲击的影响，但现在仅仅只能让他刺痛而已，就像肉身被斩了一剑，会痛，但靠着坚韧的意志完全可以忍下来。

张天言再发精神冲击，双手则是化成拳头，同样攻击不断。

凌寒只觉识海一片沸腾，在精神冲击之下难受无比，可越是如此，他的战意就越是狂暴，追着张天言猛斩，非要将这个对手轰杀。

张天言却没有这么强的战意，他固然以精神冲击对凌寒造成了不小的伤害，但本身也被凌寒欺近，仙魔剑哪怕没有直接斩中他，可凌厉的剑气依然足以让他吃上一壶的。

关键是什么，他的左臂被削断了，那可是被仙魔剑直接砍下的，无尽的煞气也通过伤口进入了他的体内，正在疯狂肆虐着。

仙器之威岂容小视，更何况仙魔剑之威远远超过了仙器。

张天言是八重天仙王没错，但也不可能扛得住仙魔剑的破坏力。

如果他有时间坐下来疗伤，那还是可以将仙魔剑的煞气一点点逼出体内，可现在被凌寒缠着，他又哪里有时间？

这是以伤换伤。

凌寒拼着识海被不断地冲击，七窍中都是溢出了鲜血，却是攻击不断，战意凌天，同样给张天言制造了巨大的麻烦，剑气纵横，让他也伤痕累累。

两人的伤势不同，但破坏力却是差不多，就看谁先撑不住了。

张天言很快就露出了退意，他怕即使可以将凌寒斩杀，自己也会受创太重，陪凌寒一起挂掉。

他贪婪，可达到八重天的高度，他自然也能控制住自己的贪欲，一咬牙，转身就跑。

他一个人绝拿不下凌寒，更何况女皇的战力也不容小觑。

走，去找个帮手，回头再来镇压这二人，反正有两件仙器，够分的。

“让你走了吗？”凌寒又怎么会让对方逃走，空间规则展开，顿时将空间化成了一层层的，如同泥淖一般。

“本座要走，你又怎么挡得下？”张天言狂笑，八重天仙王一心想逃，便是九重天仙王也很难阻止，更何况是小小的五重天了。

“不但会挡下来，还杀给你看！”凌寒对自己用上空间规则，穿越层层空间，对张天言展开追杀。

张天言以规则加持自身，他站在了八重天的高度，只论规则的话，自然碾压凌寒。

嘭嘭嘭，他强势闯过空间障碍，速度几乎不受影响。

但几乎并不代表完全，凌寒的速度本来就快得惊人，张天言只是微微受阻，凌寒便已经追上，仙魔剑斩出，无坚不摧。

“可恶！”张天言无法，只能转过身来，与凌寒继续对轰。

还是以伤换伤，两人的伤势也变得越来越重，一个是由内而外，另一个则是从外到内。

到了这一步，比拼的其实就是意志了，谁的意志更强，就能站到最后。

嘭！

凌寒被轰中一拳，而张天言也被水木之雷击中，两人都是吐血不止。

但就在下一个瞬间，两人又展开了对轰。

嘭嘭嘭，两人不断地喋血，伤势越来越重。

张天言发现自己的战意越来越弱了，可相反，凌寒的战力不但没有削弱，反而还在提升。

这让张天言大惊，这种愈伤愈猛的家伙真是太对付了，尤其是在势均力敌的情况下，你是越打越弱，可人家却是越打越强，跟作弊似的，这还怎么玩？

“说了要斩你！”凌寒的战意直冲云霄，武道意志滚滚，不可阻止。

第 2634 章 三雷术

激战三天之后，张天言死。

他死得很冤，哪怕遇到最强的八重天仙王，他不敌也能从容离去，可遇到凌寒，他却是连逃走的机会都没有，被迫以伤换伤，换到他死为止。

啪，凌寒也是一屁股坐了下来，这一战他也受创极重，之前是一鼓作气，现在张天言一死，他也支撑不住了。

女皇连忙将凌寒送进了仙客居中，这加持了欺天术，便是九重天仙王仔细寻找都不一定可以发现。而且就算发现了，这可是仙金打造，要破开而入也不是一件简单的事情。

凌寒安心养伤，他有预感，这一次大战让他获益甚多，伤好之后无论是战力还是修为都会提升一大截。

时间一天天过去，又有新的八重天王到达，发现了战斗的痕迹，但并没有发现仙客居的存在，来了又去。

整整三年之后，凌寒才终于将伤势完全恢复。

“不错，我快要达到五重天后期了，这种将自己的潜力完全逼出来的战斗果然是提升修为最快的途径。”凌寒喃喃说道。

“媳妇，走，我们该去收获第三份神通了。”凌寒向女皇道。

女皇点头，两人一起出了仙客居，至于柔妖女则是仍留在里面，她可没有办法进入岩浆之中。

嗵，两人跃入岩浆之中，都是张开了源力护盾，时间极短的话，源力护盾还是可以支撑的。

他们来到了那地脉纵横之处，仔细研究。

女皇的防御不如凌寒，不得不隔一阵就出了岩浆，待恢复到最佳状态才重新进入。

凌寒也会将自己所得与女皇分享，这样，差不多三年之后，他们终于完全确定了地脉的一切细节，然后从其中找出了阵眼。

“下！”

两人再次下潜，但这一回他们可没打算立刻离开。

他们坐于阵眼之处，然后开始牵引这整个火山的力量，向着他们的体内涌去。

轰，火与雷交织，向着他们疯狂涌去，但这一回这些力量便没有伤害到他们，反而在他们的体内流转，化成他们的力量。

“赤炎风雷！”

他们得到了第三门秘术，大道符号在他们的识海中闪动，璀璨无比。

轰，整个火山都在爆动，岩浆喷发，赤电耀眼。

有人路过，发现了异状，却只以为这是自然现象，怎么都不会想到，这里面还藏着两个人。

这一动，又是近三千年过去。

火山的岩浆不再流淌了，闪电也停了下来，因为其中的规则之力已经消失了。

赤色的岩浆凝结，固化，变成了红色的岩石，但兀自还在升腾着热气。

嘭！

岩石破开，只见两道人影几乎同时冲了出来，正是凌寒和女皇。

“哈哈哈！”凌寒一个折身落在地上，他伸出右手，轰，青光、赤光、黑光同时耀动、融合，然后便见一道炽电缠绕，化成了一把小剑，又变成了刀状、矛状，变化随意。

他不但掌握了赤炎风雷，而且还把三种秘术融合，威力更增。

“在五行之雷没有尽得之前，这便叫……三雷术吧！”

“我已经迈进五重天中期了！”女皇露出笑容，对于他们这些仙王来说，再没有比修为的提升更加快意的事情了。

凌寒点头：“我距离巅峰也只有一步之遥。”

他也同样欣喜，如果迈进六重天的话，他就可以匹敌九重天仙王。

“之前战张天言就那么艰难，而此人不过是皇者之资，要是帝者的话，我便是有仙魔剑之助也未必可以斩杀。”

“之前，我还是太自满了。”

“不过，现在就算遇上八重天巅峰的王我也无惧了。”

“还差两种秘法！”

凌寒和女皇都是充满了期待，融合三门秘法之后，他们愈发觉得这门天尊法的强大，更加想要将剩下的两门秘法掌握，从而修出完整无缺的天尊之术。

两人携手而行，这元古墓中虽然危险重重，他们却已经无惧，战力都快要达到九重天了，确实有这样的底气。

数天之后，他们来到了一座小湖泊之前，遥遥地还没有靠近，便已经闻到了清香味儿。

“仙药！”两人对视一眼，立刻同时说道。

不过，并非只有他们才发现了这里有仙药，只见湖边围满了人，至少也是六重天的仙王，异彩纷呈。

“走，去看看。”

他们大步而行。

“区区五重天仙王也敢来这里？”有仙王发现了他们两人，不由露出了冷笑，显得不屑之极，只是看向女皇的眼神又有些火热。

“不要小看了他们，能够来到这里怎么都不可能是普通的五重天仙王，战力至少也得达到六重天！”边上有人说道。

“也就是说……帝星！”第一人立刻变得慎重起来。

帝者的数量就少得可怜，而帝星就更加稀有了，便是炎霜位面现在集合了无数位面的天骄，可帝星的数量也绝对有限。

这样的天骄是有资格成为天尊的，因此若非犯下十恶不赦之罪是不可能被关进仙王坟场的，真是扳着指头也能数得过来。

“不是猛龙不过江，还是别当出头鸟的好。”

众人都是说道，谁也不愿做第一个去挑战凌寒二人的傻子，万一对方的实力强得逆天呢？

凌寒二人腾起身形，站在了天空之中，这样视野无阻，他们清楚看到，湖中心生长着一株青色的浮萍，叶子硕大如盘，此时已经结出了一颗淡金色的果实。

果实飘香，传动千里。

“这是……玄青流波果！”凌寒露出了惊容，“看果实的模样，已经快要成熟了，可能就在几年之内。”

见女皇望来，他点点头：“绝顶的仙药，你我便是分食，也足以将我们都推上六重天了。”

“那必须摘下了。”女皇说道。

“哈哈，我说两位，你们的口气也太大了！”一名穿着青衣的仙王忍不住说道，他看上去已经是花甲老人了，皮肤紧皱，一点也不像是六重天仙王。

“你们可知道，有多少强者在争夺这颗仙果吗？”

“付智明大人！”

“左渊大人！”

“贺义大人！”

“……”

咦！

凌寒一怔，贺义，那不就是谷合义吗？

他们在这里？

哈哈，真是踏破铁鞋无觅处，得来却全不费功夫。

“贺义何在？”凌寒问道。

“当然要等到仙果成熟之后才会出现，到时候，诸位大人会展开最强战，胜者才能获得仙果！”那青衣仙王说道。

“我们嘛，便只有在这个时候，吸收一下仙果的气息，说不定有机会让境界屏障松动。”

“其他的幻想，就不要有了。”

第 2635 章 裴声海

凌寒没有再说什么。

谷合义暂时不会出现，那就等等，只要仙果成熟，他必然会现身的，到时候再斩他不迟。

凌寒与女皇在湖边坐下，吸取着果香，这其中有一丝天地能量，哪怕对于仙王都是大有好处，难怪许多人明知道不够资格争夺仙果，却依然在这里围坐。

大部份仙王都是受到了黑气的影响，一个个都是脾气暴躁，动辄出手，几乎每天都会发生战斗，有些战斗只是造成重创，有些却是以一方的死亡而终结。

这里最强的就是十三名七重天颠峰仙王，莫不是帝者之资，战力接近八重天，因此行事霸道，毫无顾忌。

凌寒现在只想着两件事情，一是等待谷合义的出现，二是采摘仙果，其他的概不关心。

因此，他也没有惹事，就是与女皇耐心等待。

不过他们不惹事，并不代表别人也不会惹到他们头上，尤其是两人都只是五重天仙王，女皇又长得奇美，这简直是一块不设防的瑰宝，太引人垂涎了。

凌寒发威，连斩了九名六重天仙王之后，终是无人再敢招惹。

“这小子似乎有点不凡！”凌寒的表现也引起了那几个七重天巅峰帝者的注意，纷纷将目光投了过来。

“小七，去，让这小子过来拜见本座！”一名七重天巅峰帝者说道。

“是！”

凌寒盘坐，微微抬头，向着正在接近的仙王看去。在他竖立威势之后，现在已经无人敢接近他身周十丈距离，但这个仙王却是大大咧咧地走了过来。

找揍吗？

“阁下，我家大人召见！”这名仙王说道，他是六重天的修为。

凌寒不置可否，反问道：“你家大人是谁？”

“裴声海裴大人！”那六重天仙王傲然说道，裴声海可是帝者，战力接近八重天，哪怕在这里都能列入强者级别。

凌寒摇摇头：“不认识这种阿猫阿狗。”

“你——”那六重天仙王顿时大怒，居然敢说裴声海是阿猫阿狗？他强忍怒火，道：“如果裴大人都只是阿猫阿狗的话，你又算是什么东西？”

凌寒目光中闪过寒芒，他在这里坐着，又招谁惹谁了？结果你不请自来，口气还那么大，张嘴就要他去拜见谁，凭什么还要他给好脸色？

“自己找死！”他冷然说道，一抬手，便向着对方镇压了过去。

“你敢！”那六重天仙王厉声叫道，却是一招都不敢还，连忙拔腿就跑。

他见过凌寒出手，战力太可怕了，哪敢硬扛。

可他要能跑得掉，那凌寒又凭什么杀八重天仙王？

嘭！

一掌落下，那六重天仙王已是被拍成了血泥。

四周诸人见状，都是倒抽冷气。

这位主也太狠了，动辄杀人，人家不过叫他去见裴声海罢了——裴声海是谁？七重天巅峰的帝者，绝对有资格摆这么大的谱。

你居然一言不合就把人家的手下宰了，这是在把裴声海往死里得罪啊。

死了死了，你之前可以嚣张、可以霸道，那是因为那些七重天仙王没有对你出手，更何况是七重天巅峰的帝者。

“而且……裴声海可是贺义大人的亲随啊！”有人爆出了一个更大的料。

“什么，贺义大人！”

所有人都是颤抖，贺义虽然也是七重天仙王，可战力却可以比八重天巅峰，否则也没有资格竞争仙果了。

“难怪了，原来裴声海是贺义大人留在这里看护仙果的守卫之一。”

“贺义大人真是太超凡了，本身也只是七重天仙王，却让七重天的帝者都是甘心追随，未来必能统领一城，成为一方霸主。”

“我都想追随贺义大人，搭个顺风船，可人家根本就不答理我。”

在一片议论声中，只见裴声海缓缓站了起来，然后向着凌寒大步走了过去，脸若寒霜。

一个小小的五重天仙王居然敢不给自己面子？

哼！

他走得并不快，但一步落下，自有可怕的气势震荡，仿佛一把利剑，直指凌寒。

居然敢当着自己、当着众人的面杀了他的手下，裴声海自然暴怒，他发誓，一定要让凌寒后悔无比。

“你好大的胆子，居然敢杀我手下！”裴声海冷冷说道，声音滚滚如雷，让附近的人都是耳中嗡嗡嗡地作响，脑海里只剩下一片空白。

这让众人大骇，这就是七重天巅峰帝者的实力啊，真是强大得让人无法想像。

凌寒淡定从容，道：“你的手下挑衅我，我将他杀了，你也想步他后尘的话，尽管过来吧。我这个不喜欢惹事，但谁要惹到我的头上，那就等着哭吧。”

“好胆！”裴声海怒吼一声，嗡，声音化成了波浪，如同海啸一般向着凌寒冲击而去。

咻，凌寒身形动，好像一把利剑，破开了声浪，向着裴声海冲击而去。

“有点实力，难怪敢如此嚣张！”裴声海冷笑，他抬起手，向着凌寒按了过去，“但在我的面前，这远远不够！”

凌寒蓦然加速，嘭，哪怕是仙王也无法捕捉到他的身影，众人只觉眼前一花，便看到凌寒已经出现在裴声海的面前，右拳挥起，猛地砸落。

“嗯？”裴声海发出轻哼，为凌寒的速度之快而感到震惊，但他并不慌乱，速度快可并不代表了战力也会强大。

嘭！

凌寒一拳砸了下来，裴声海则是举臂相挡，大道缠绕在臂上，仿佛有一层不坏金刚神光相护。

他自信非常，便是普通八重天也无法一击便轰碎他的防御，更何况是小小的五重天仙王了。

啪，拳头砸下，只见那层神光根本就是形同虚设，立刻便被轰得粉碎，在裴声海还没有来得及色变之前，拳力爆发，他的右臂顿时断折。

皮肉破开，白骨断裂，鲜血飞溅，而这还没有完结，沛不可挡的力量涌过，裴声海也一头栽倒在地上，嘭，声音巨大，他整个人都是没进了地面之中。

这一击，如石破天惊。

“五、五重天的仙王，居然一击就轰败了七重天巅峰的帝者？”

“太让人无法接受了，怎么会有这样的变态？”

“咦，一男一女，实力又强悍无比，莫非——”

“难道——”

“他们就是外来的历练者？”

所有人都是看向凌寒和女皇，既有震惊，也有畏惧，但更多的还是厌恶。

凌寒没有在意，只是微显惊讶：“居然还没有死？”

第 2636 章 不给面子

嘭，一道人影从大地中飞窜出来，傲立于长空之中，浑身则有血红色的气息沸腾，仿佛一尊大魔神，要大开杀戒，屠灭人间。

正是裴声海。

凌寒微显惊讶，在他的一击之下，七重天巅峰——就算是帝者，居然没有被轰杀？

“还真是小看你了！”裴声海声音轰轰，他的双眼中喷射出寒光，可以看到大道符文在跳动，他杀气如沸，愤怒到了极点。

“就说嘛，裴声海怎么可能被一击秒杀！”四周的人见状，都是纷纷点头，这才是他们印象中的无敌帝者。

“裴声海之前一定是太轻敌了。”

“他的实力绝不止如此。”

凌寒则是盯着裴声海看了一阵，哦了一下，道：“你修炼的护体之术倒是不凡，让你逃过一劫。”

达到他这样的高度，出手需要用到多少力量自然有数，绝不会浪费一丁点，但他没想到裴声海修炼了一门强横的护体之术，才让他一击没有建成全功。

“噗！”如斯响应，裴声海立刻喷出一口血来，他侥幸逃过一劫，并不代表他可以什么代价都不用付出。

看到这一幕，四周诸人顿时再次震撼莫名。

是的，凌寒没有一击杀了裴声海，可一击轰得对方吐血，这还不足以说明他的强大吗？

“天，他的战力怎么也得达到八重天吧？”

“就算八重天初期，他也已经跨了三个境界了。”

“五重天……却拥有八重天的战力，我要疯了！”

众人都是抱头，怎么也无法相信。他们知道这个世界上确实有妖孽，但这也太妖了，妖到他们都无法接受的地步。

裴声海暴吐鲜血，可精气神却反倒在涨，他双眼散发着神光，战意如沸，向着凌寒指了过去：“你成功激怒了我，注定只有死路一条。”

凌寒哈哈一笑：“你是来逗我玩的吗？”

“死！”裴声海杀了出来，这一次他再没有大意，双手中已是多了一杆银枪，刷，他的速度快得惊人，只见银光一闪，下一个瞬间他已经冲到了凌寒面前。

这一击，他带动起了天地大势，仿佛整个天地都在镇压凌寒。

帝者毕竟是帝者，实力岂容小觑？

而就在银枪刺到的一瞬间，一道精神冲击也向着凌寒打了过去。

嗡！

凌寒顿觉识海一痛，有一种脑袋都要爆裂的难受。

“死亡一枪！”裴声海暴吼一声，将全部的力量都灌注到枪身上，向着凌寒刺了过去。

精神冲击之下，凌寒就算识海没有爆裂，但也肯定会受到影响，导致反应变慢。而在这个级别的战斗中，反应只要慢上一拍那都是致命的。

去死吧。

裴声海冷笑，他双眼中都在流淌着血泪，显得狰狞无比。

可就在下一个瞬间，他脸上的笑容顿时变成了惊愕。

因为凌寒从容出手，轻轻松松就把枪身给抓住了。

真是只差了一丁点，枪尖就停在凌寒的咽喉处。

他奋力推动，可枪身却好像长了根似的，纹丝不动。

“怎么可能，你明明没有发出精神冲击，怎么会不受影响！”裴声海惊呼，他实是无法接受。

精神冲击可以互相湮灭，但凌寒明明没有发出这样的攻击，怎么会一点影响都不受？

凌寒微微一笑：“谁说我不受影响了？”他还是吃痛了，只是他现在的承受能力大增，再加上意志无比坚韧，因此也只是吃痛一下，战力并不因此受损。

这也叫受影响？

裴声海无语，但看到凌寒另一只手已经凝拳，要向着他轰击过来时，顿时心中生凛，连忙松手，脚下发力，咻，他拼了命地后退。

这个对手太可怕了，根本不是他可以抗衡的。

“向我出手，还想全身而退？”凌寒摇头，脚下飘飘，看似不紧不慢，可始终紧紧地贴着裴声海，只是拳头并没有挥出去。

裴声海的脸都白了，这是什么怪物啊，力量、速度、神魂都是全面超越了五重天，甚至碾压于他。

只是见凌寒始终没有出手，他终是心中略松。

对方……应该是在顾忌贺义大人吧？

也是，贺义那是何等存在，七重天巅峰的超级帝星，甚至进化指数都要飙到十二去了，这样的人物谁能不惧？只要贺义大人再进一步，那在仙王坟场就能横着走，要是成为九重天仙王，那就是绝对无敌的存在。

“算你识相，贺义大——”

噗！

裴声海刚想说几句门面话，却不料凌寒突然就是一拳轰出，直接将他的脑袋都是打烂，识海瞬间破碎，自然死得彻底。

全场一片倒抽凉气的声音，这位主还真是杀伐果断啊，裴声海都已经把后台报了出来，可凌寒还是毫不犹豫地出手，连贺义的面子都不卖。

“贺义啊……那可是绝对非凡的人物！”

“这家伙确实不凡，但五重天就想匹敌七重天巅峰的超级帝星？怎么都是不可能的事情！”

“就是，这家伙的进化指数就算达到了十二，那也不可能弥补两个境界的差距。”

“等着被贺义大人的愤怒撕成碎片吧。”

众人都是不看好凌寒，莫不纷纷摇头，连那几个七重天巅峰的强者也没有站出来说上几句，反正等贺义一来，凌寒就是一具尸体了。

可他们又怎么知道，凌寒不但进化指数达到了十二，而且还得到了无敌的体术，这才是他真正的倚仗啊。

凌寒回到原处，盘膝而坐，耐心等待仙果的成熟。

他对这枚仙果志在必得，只需要五分之一、甚至十分之一，他就有把握去冲击六重天，而迈过这道槛后，他体术与规则之力一起运转，匹敌九重天仙王不在话下。

应该最多只需要五年吧，他暗暗估计道。

连裴声海都几乎是被秒杀，自然不可能再有人再去挑衅凌寒，去觊觎女皇，有也只能放在心里。

时间悄然而过，谷合义并没有出现，似乎不等到仙果成熟他就不会现身。

凌寒也不在乎，他现在的眼里也只有仙果，只要他冲上六重天，管你什么人，统统镇压。

就这样，四年过去。

这一天，仙果散发出来的香味变得无比得深郁，让人的毛孔都打开了，飘飘欲仙。

绝世仙果，无上大药！

“哈哈哈！”一声长笑中，只见一道绿色人影从远处飞掠过来，一开始还在无穷远处，可一眨眼就已经出现在湖泊的上方。

众人莫不充满了敬畏，因为这个穿着绿色的老者身上缠绕着八道异彩。

仙果成熟在即，大人物们终于出现了。

第 2637 章 特来斩你

“这颗玄青流波果，我付云海收下了！”青衣仙王哈哈大笑，直接出手向着湖泊中心的仙果抓了过去。

“付兄，你太贪心了！”声音响起，但一道金光却早已经打了过来，向着付云海的手上打去，轰，这只大手立刻破碎，但金光也同时湮灭。

“牛苍玉？”付云海冷然说道，向着一处看去。

咻，金光一闪，又一名八重天仙王出现，他仅仅只有三尺高，乃是一个侏儒，但谁也不敢小看他，浑身气血升腾如一条条怒龙，恐怕随意一道就能镇压六重天仙王。

这侏儒正是牛苍玉，他向着四周扫了一圈，发出嘎嘎怪笑：“刁佑、薛成白、容文林、贺义，一个个都缩着脑袋干嘛，难道想躺着拣便宜？”

被他这么一说，只见三道人影立刻飞射而出，个个都是八重天仙王，气势惊人。

八重天仙王啊，距离仙道巅峰只差了一步而已。

但最后一人却是慢慢从天边走了过来，双手负在身后，一步一步，潇洒无比，但无论怎么看都是充满了装逼的味道。

他的身上缠绕着七道异彩，证明他只是七重天而已，却能与八重天仙王并列，倒确实有装逼的资格。

贺义……不，谷合义！

凌寒目光一挑，他站了起来，谷合义、萧英雄、苗化，这是他现在最想干掉的三个人。

“既然人都齐了，便来决定一下玄青流波果的归属吧。”牛苍玉说道，“六个人，每人六分之一，如何？”

“不如何！”谷合义摇头，“我要一半！”

“你！”牛苍玉五人都是将双眼一瞪，这家伙开口就要一半，那他们岂不是只能分到十分之一？

“你们都已经达到了八重天巅峰，十分之一的仙果足以让你们去冲击九重天了。”谷合义淡淡说道，他才是七重天巅峰，别说一枚玄青流波果，就是十枚他也不会嫌多的。

“哼，万一第一次冲击失败呢？”刁佑冷冷说道，“那本座还要一半呢！”

“你？不配！”谷合义看了他一眼，直接就将对方鄙视到底。

“大胆！”刁佑怒视谷合义。

“怎么，想死吗？”谷合义嗤然说道。

“贺义，我们知道你很强大、很妖孽，但这里可是有五名八重天巅峰仙王！”牛苍玉说道，目光闪烁，也不知道在想什么。

谷合义哈哈大笑：“你们这种渣渣，就是三人联手也不是我的对手！”

“但我们有五个！”薛成白说道，却是默认了谷合义的强大。

谷合义没有说话，而是直接亮出了一把剑，顿时，寒光冲天，耀眼生花。

“仙、器！”牛苍玉五人顿时面容苦涩。

光是谷合义一人就能匹敌三尊八重天巅峰仙王，而再加上一把仙器的话，那一以敌五都是不输。

“算你狠！”

“你取一半便一半吧！”

牛苍玉五人都是妥协了，真要打起来，也许他们可以赢，但绝对是惨胜，而且被仙器斩到一下的话，那后果可能不堪设想。

谷合义云淡风轻，虽然将五大八重天仙王都是逼得低头，可他却是毫无得色，因为在他的眼里，这再正常不过了。

他未来可是要成为天尊的人，压服几个八重天仙王又算什么？

“不愧是贺义大人！”

“真是威风八面啊！”

“以七重天之身，却压得五大八重天仙王都是低头，这绝对可以流传万古！”

众人都是激动无比，这一幕看得他们热血沸腾，将谷合义视为了偶像。

六大八重天仙王纷纷向着湖中心落去，既然已经做出了决定，现在就是收获的时候了。

刷！

就在这时，只见一道剑光划过，璀璨、耀眼，让所有人都是不由自主地闭眼，但立刻又吓得睁开，那可是剑光啊，闭眼不是找死吗？

剑光划过，谷合义六人却被硬生生逼得拔高了身形，没敢继续落下湖中心。

一人仗剑立于湖边，青衫飘飘，逸动如仙。

正是凌寒。

这！

“这家伙疯了吗？”

“贺义大人都还没有找他算账，他居然还敢主动站出来？”

“而且，同时攻击六大强者，他以为自己是贺义大人吗？”

众人都是只觉不可思议，这个世界他们已经看不懂了。

六大强者同时向着凌寒看了过去，见凌寒只是区区五重天仙王，莫不露出讶然之色，这也太夸张了吧，吃了仙龙胆吗？

谷合义则是大笑起来：“原来是你！”

“特来斩你！”凌寒淡淡说道。

“我该叫你张三呢，还是李四？”谷合义无所谓地道，凌寒虽然比他还要妖孽，但之前就被他和萧英雄三人杀得如过街老鼠，他又怎么会放在心上？

“我为……凌寒！”凌寒说道。

“呵，管你叫什么，既然让我看到了你，今日你必死疑！”谷合义满脸不屑，只是说到最后一句话的时候，他才流露出了强烈的杀意。

这个人比他还要妖孽，身上必然藏着大秘密，他想杀而取之。

“不过，现在我可没空理你，你就先在这里待着吧。”他伸手一抓，天地规则化形，竟是被他凝成了一个人，他再注入一丝神识，只见那个规则人形立刻丰满、逼真了起来。

规则人形向着凌寒杀了过去，轰，它散发着无比强大的气息，便是一般的七重天仙王都要望之胆寒。

“天哪，贺义大人居然强到了这样的份上！”

“随便抽取规则，注入一丝神魂便能拥有碾压七重天的战力。”

“最天才！最天才！”

众人都是震惊得头皮发麻，便是牛苍玉五人也是忌惮无比，这个年轻人真是太可怕了，如果对方突破到八重天的话，那他们五人加起来也不是他的一手之敌吧？

唉，那个叫“凌寒”的年轻人又何必自寻死路呢？两人的实力根本不是一个数量级的，现在谷合义还要先收取仙果，一旦他腾出手来的话，那灭凌寒只是一念之间的事情。

刷，一道剑光划过，只见那规则人形已是被斩成了两断，摇摇颤颤，还想要重新拼揍起来，但毁灭性的力量冲击之下，它立刻化成了无数道碎片。

可以镇压七重天仙王的存在，居然被一剑斩灭了？

我的天哪！

所有人都是抱头惊呼，完全不敢相信自己的眼睛。

凌寒收剑，淡淡道："我说了，特来斩你！"

第 2638 章 强夺仙果

刚才谷合义悠悠而来，让众人都是认为他装了一手好逼。

不过，跟现在的凌寒一比，却又逊爆了。

众人都是看着凌寒，眼神中充满了不解和敬畏，当然还有厌恶，毕竟大部份人都已经猜到，凌寒和女皇就是外来的历练者。

一名五重天仙王，怎么可以强到这样的份上？

谷合义也不由露出一抹慎重之色，虽然那规则人形只是他随手凝出，却是货真价实的七重天巅峰战力，却被凌寒一剑就斩灭了。

但他立刻又露出了不屑之色："不过仗着仙器之威罢了。"

牛苍玉等五大八重天仙王都是没有说话，互相看了一眼之后，用很隐晦的眼神交流了一下。

——这二人一旦打起来，他们就夺取仙果，这样每个人都能分到五分之一，比之前的约定整整多出了一倍！

凌寒向前走，一步步升空，与六大强者并列。

之前，众人就算知道他很妖孽也绝对不认为他可以与谷合义、牛苍玉等强者并立，但现在，大家则是不这么认为了。

这是第七位巨头！

"你非要现在就找死吗？"谷合义冷冷说道，他太不爽了，仙果就在眼前，得之就能将他送上八重天！

于别的仙王来说，这枚仙果更多的只是能够提升修为，但对于推开境界大门没有太大的帮助，但他不同，他是超级帝星，境界屏障对他来说是不存在的。

"斩你而已。"凌寒目光冷然，他自问没有得罪谷合义三人，可他们却是追杀进了仙王坟场，真当他好欺负吗？

“大言不惭！”谷合义冷然说道，猛地就是一掌对着凌寒轰了过去。

嗡，规则凝聚，化成一只青色的大手从天而降，向着凌寒拍下。

凌寒左手凝拳，对着天空轰去。

嘭！

空间振荡，那只青色大手顿时被震得粉碎。

“不怎么样！”凌寒说道。

看到这一幕，众人不由地兴奋起来，凌寒确实不弱于谷合义啊。

天哪，那只是区区五重天仙王啊！

要疯了，要疯了，这绝对打破了武道铁律，五重天仙王竟拥有了八重天的战力、不，是八重天巅峰战力，这还让不让别人活了？

“让你多活了几天，还真是个错误！”谷合义杀了出来，当初凌寒不是他的对手，对拼便只有被重创的份，一路仓遑而逃。

可当时没有将他找出来干掉，却是让此人突破了五重天，拥有了威胁到自己的能力。

“哈哈，难道我还要感谢你们的仁慈？”凌寒嗤笑，若非他意志坚韧，实力也是不凡，早被谷合义三人干掉了。

“现在斩你也不迟！”谷合义杀了过来，仙剑已是毫不犹豫地祭出，不敢对凌寒有任何的小觑。

“那句话还给你，大言不惭，再加赠一句，白日做梦！”凌寒也抓起仙魔剑迎上。

叮，两把仙器撞到一起，然后便是轰地一下，荡出无尽的煞气，向着四面八方涌了过去。

这连八重天仙王都要忌惮，莫不纷纷让开。

叮叮叮，嘭嘭嘭，两大强者、天骄、妖孽不断地对轰，尽展所能。

“居然是……平分秋色！”

众人都是惊爆，谷合义之前用杀戮证明了自己的实力，赢得了强者的地位，而现在凌寒也是一样，以谷合义为垫脚石，一战成名。

“不不不，现在只是常规战力的比拼，都没有动用绝招，所以哪个更强还不一定。”

“我认为应该是贺义大人，毕竟境界占优。”

“我觉得是那个凌寒，敢主动挑战，没有十足的把握又岂敢站出来？”

“我支持贺义大人！”

“我支持凌寒！”

两大天骄战得发狂，而五名八重天仙王却是露出了冷笑，他们的目光看向底下的玄青流波果。

就是这个时候！

他们纷纷扬动身形，向着湖面落去，要抢夺仙果。

刷、刷，两道剑气从天而降，向着他们削斩了过去。

这两道剑气并非同一个人打出，但威力都是恐怖得让人发指，让牛苍玉五人都是不得不避闪，否则整个人都可能被斩断。

因为，这是仙器打出来的！

凌寒、谷合义。

他们打归打，但又怎么可能让人拣了便宜，因此牛苍玉五人一动，他们便不约而同地出手，狙击五大八重天仙王。

“可恶！”牛苍玉五人都是低骂，这两个小辈也太狠了，打就打吧，居然还防着他们。

“不管了！”

“对，既然已经撕破脸，还管什么？”

五人纷纷向着仙果扑去，若能靠仙果迈进九重天去，那管他什么贺义、凌寒，统统都能一只手镇压。

凌寒长啸一声，甩下谷合义，仗剑而下。

相对来说，现在肯定是玄青流波果更加重要——仙果只有一枚，被人抢了就没了，谷合义却可以放在以后再杀。

谷合义也是相同的想法，他挥舞着仙剑，却是直接扑向仙果。

——先拿仙果，再杀凌寒。

“想得美！”凌寒冷笑，一剑划过，向着谷合义斩去。

“杀！”

场面顿时乱作一乱，七大强者一会在互殴，一会又向着仙果发起冲击，结果遭到了其他六强者的围殴。

这不向仙果出手还好，谁要出手谁就是公敌。

凌寒、谷合义的实力都是非凡，但在互相为敌的情况下，绝不可能还打下五大八重天强者的围攻。他们都是如此，更何况牛苍玉等人了。

七个人打得是激烈无比，却是一个困局，谁也无法率先破围。

嗡嗡嗡，一道道精神冲击也运转了出来，众人都想将其他人震眩晕过去，从而趁机采摘仙果，但七个人中有六个掌握了这样的大招，绝非谁能独占鳌头的。

战战战，战得是天昏地暗，战得是鬼哭神嚎，七重天仙王连近距离观战的资格都没有，不得不一退再退。

一天、两天、三天……时间在慢慢过去，七大强者的战斗却还是没有个结果。

凌寒心中发狠，他可不想这么一直纠缠下去。

他长啸一声，运转不灭天经，一个个金色符文在他的身上浮现，将他的防御力提升到一个匪夷所思的程度。

杀！

凌寒冲向仙果，这顿时引发了六大强者的暴怒，同时对着他展开了狂轰乱炸，可惜，现在的凌寒几乎是金刚不坏，便是九重天仙王出手也能硬扛好几下。

嘭嘭嘭，无数的攻击在他的身上炸开，可凌寒却是越冲越快。

他出手，向着仙果抓了过去。

第 2639 章 大麻烦

“敢！”谷合义六人都是大吼，攻击如同海啸般倾泄而出，一道道精神冲击也是打了过来。

“唔！”凌寒闷哼，现在不灭天经还是更多地守护肉身，对神魂的保护则要弱些，让他忍不住就是一口血喷了出来，身形也是踉跄。

但他却是双眼明亮，坚定不移地向着仙果抓了下去。

“死！”谷合义一剑斩出，刷，剑气纵横，这就可怕了，仙器啊。

噗，凌寒的后背顿时飞溅出鲜血，但这依然不能阻挡他的脚步，左手一抄，仙果已是落在了他的手中。

“啊！”

六大强者同时暴怒，这是他们志在必得的宝物，也在这里守候了多时，凌寒彻底点燃了他们的愤怒。

轰，绝招迭出，纷纷向着凌寒落去。

原本，凌寒可以运转不灭天经差不多一个时辰的样子，可在这么多强者的联手齐轰之下，他身上的符文已经开始闪烁不定起来。

还好，他终于不用硬扛攻击了。

咻，他展开空间规则，一步就便迈到了女皇身边，伸手抓过，女皇便被他送进了仙客居中，他顺手也把仙果丢了进去，向着女皇传递过一道神念。

然后，他哈哈大笑，转过身来，直面六大愤怒到爆的强者。

“交出仙果，可饶你不死！”牛苍玉说道。

“本座只要十分之一，只要交给本座，本座可以立刻走人。”刁佑则是退了一步。

“本座也只要十分之一，立刻走人。”容文林说道。

六大强者一一表态，除了谷合义之外，每个人都只要十分之一的仙果，这也与他们之前与谷合义的约定一样，是他们能够接受的底线。

至于凌寒和谷合义是怎么分配剩下的仙果，那就不关他们的事情了。

“呵呵，你们想太多了。”凌寒淡淡说道，“现在滚蛋的话，我还能饶你们不死，否则，你们也不用走了，便将性命留在这里吧。”

“真是个狂徒！”

“狂到没边了。”

“一起上！”

六大强者都被激怒，各出大招，向着凌寒轰了过去。

凌寒以躲闪为主，仙魔剑无坚不摧，在众强者的围攻之下守得顽强无比，若非精神冲击太过可怕，他甚至可以无伤守下来。

跑是跑不掉的，六大强者已是将他锁定，并动用大能力锁住了附近的空间，一个人不可能做到，但六人联手却是不难。

再说了，凌寒也没有打算跑。

战战战，凌寒右手斩动仙魔剑，左手则是运转出三雷术，再以九化天经加持，攻击力无比狂暴，而在防御方面，不灭天经也不是吃素的，替他屡屡化解险情。

一人独战六大强者！

众人都是目瞪口呆，他们已经够高估凌寒了，但发现还是小瞧了此人，这逆天得完全不讲道理了。

“守不可久，总会出现失误，那就是他的死期！”谷合义冷然说道，他的意志坚定，毫不动摇。

“善！”

牛苍玉五人也同意了他的看法，纷纷加紧攻击。

一天、十天、一个月，战斗还在持续，他们都是打出了真火，一定要把凌寒斩掉。

凌寒的身上伤痕累累，毕竟那可是六尊八重天的战力啊，再加上精神冲击的可怕，能够支持下来已是不凡，又怎么可能不受伤呢？

可凌寒却是愈伤愈强，长啸一声中，他战意如铁，反击凌厉，仙魔剑耀转，剑气纵舞。

三个月、半年！

凌寒微微一顿，突然开始强势突围。

“休想！”六大强者冷笑，他们已经封锁了空间，凌寒想要打破至少要十个呼吸的时间，足够他们追上、轰杀了。

凌寒却是将手一甩，只见一道绝美的人影出现，身上却是扬动着强大而不稳定的气息。

是女皇！

她一招手，咻，凌寒立刻向她纵了过去，身形急速缩小，然后便没了。

——进仙客居了。

“该死！”六大强者都是低吼。

“交人，否则，死！”他们都是强势无比，便是谷合义也按下了对于女皇的爱慕，凌寒必须死，否则后患无穷。

女皇不屑一顾，根本懒得回答。

“拿下她！”六大强者都是想要出手，不能给凌寒喘息疗伤的机会，这种人太可怕了，一旦让他恢复过来，说不定战力会更上一层楼。

女皇一笑，冷艳倾城，让天地都是失色，然而，乌云滚滚，可怕的威压袭来。

天劫，是天劫来了！

女皇在仙客居中已是炼化了一部份的玄青流波果，使得修为大进，时间流加速之下，她已是达到了五重天巅峰，率先拥有了冲击六重天的资格。

天劫出现，谁还敢出手？

干扰他人渡劫，这是对天地的大不敬之一，后果无比严重。

六大仙王同时收手，再出手就是和自己过不去了。

谷合义眼神闪烁，他是超级帝星，在一定意义上不惧天劫，但女皇乃是他倾慕的对象，若无必要，他真得不想与她兵戎相见。

但只是犹豫一下，他就坚定了信念。

凌寒肯定也是去炼化仙果了，要是让他也开始冲击六重天……那就完蛋了。

在这个前提下，女皇又如何？

“杀！”

谷合义纵剑扑出，哪怕天劫已是降了下来，他还是猛攻女皇。

“大胆！”女皇冷哼，双臂一振，两把仙剑同时出现在她手中——凌寒在进入仙客居的时候，将仙魔剑交给了她。

谷合义不由一怔，两把仙器？

众人也是一怔，两把仙器！

刷，女皇却是毫不犹豫，双剑齐斩，剑气冲霄。

两把仙剑合壁，这太不凡了，再加上女皇突破六重天在即，本身的战力可比七重天后期甚至巅峰，足以把仙器斩出八重天的威能。

只是谷合义一个人的话，女皇可以挡！

谷合义怒吼，这时候说不定凌寒已经把仙果吃了下去，虽然他还能将凌寒本身炼化掉，提取出其中的精华，但这感觉自然是糟透了，他又不是食人恶魔。

他要将女皇尽快镇压，将凌寒揪出来干掉，否则每过一分，凌寒便会多炼化掉一分仙果精华。

女皇无惧，谷合义的战力虽然在她之上，可对方渡的却是七重天大劫，又能腾出多少精力来攻伐自己？

至少这一天的时间内，她可以守得四平八稳，但天劫散去，五大八重天强者也会加入围攻的行列，到时候才真是麻烦了。

第 2640 章 绝境之战

女皇战谷合义，并不落下风。

当然，还有天劫在凑热闹，而且也是绝对的主力军，劈得两大天骄不断地东闪西躲。

“乱星仙子，你何必痴迷于那小子！”谷合义见无法拿下女皇，便改变了策略，开始挖起墙角来，“他根本配不上你！”

女皇不语，只是将双剑斩得更快，以此作为回应。

“我会比那家伙更爱你一百倍！”谷合义说道。

“恶心！”女皇冷斥。

谷合义深深地吸了口气，对女皇再不抱有幻想，就算他还想占有女皇，那也是直接以蛮力镇压，直接夺身。

“这是你逼我的！”他低语，手中仙器斩出，光芒万丈，“十煞夺魂剑！”

他放出了大招，一剑耀空，勾魂夺命。

嗡，精神冲击也同时发动，向着女皇冲击而去。

女皇顿时大危，天劫本来就是无比恐怖的事情，还要被一名七重天巅峰的超级帝星发动大招猛攻，自然让她压力巨大。

这是一个多境界的劣势，差得真是太多了。

女皇一边打一边退，现在天劫肆虐，之前六大强者布下的封锁自然是形同虚设，什么也不可能挡得下天劫，某种意义上来说，这超越了规则。

谷合义连连进逼，留给他的时间不多，若不能尽快镇压女皇的话，到时候即使将凌寒揪出来，对方也已经把仙果炼化得差不多了。

他想要突破八重天，他一定要尽快突破八重天，这才能够与九重天仙王争锋。

他的攻击越来越猛烈，可女皇也是守得顽强无比，关键是他只能将一部份力量用在攻击上，否则天劫可不会管你是帝星还是别的什么，照劈无误。

女皇守得顽强，很快，一天时间过去，天劫消散。

付云海五人同时出击，向着女皇展开了围攻。

这可是整整六个八重天级别的战力，哪怕女皇突破了六重天，还有两把仙器之助，可仍是无法匹敌，瞬间就被打得吐血。

连十招都没有撑满，女皇不得不退进了仙客居，不然她就是自寻死路了。

“嗯？”

这也太明显了，因此六大强者同时盯上了仙客居，哪怕有欺天术加持都是没有。

“空间神器？”薛成白不屑地说道，一拳轰了过去。

嗡，仙金发光，震荡出可怕的波纹，向着薛成白回敬。

薛成白不由地脸色大变，连忙纵身一跃，将这波纹让过。

仙金可不会自主攻伐，但在受到攻击的时候，却可以反弹伤害，这就恐怖了，附加着仙金本身的破坏力，非九重天战力不可抵挡。

“仙金所铸的空间容器！”见状，众强者都是惊呼。

太奢侈了，别人连一件仙器都没有，这边都已经拿仙金在铸空间仙器了。

“那又如何！”谷合义冷笑，“这仙器只是他们自己炼制，并没有九重天大帝布下的阵纹，不难破解。”

“对！”牛苍玉等人都是点头。

“来，联手一起破解！”

六大强者再次联手，但这一次就不是合击凌寒又或是女皇，而是针对仙客居。

他们都是贪婪，这可是仙金所铸，哪怕夺下来不重新炼成兵器，光是这么一件空间仙器就已经牛叉无比，布下绝世阵纹的话，连九重天仙王都可以无惧的。

这是凌寒以五重天的修为布下的阵纹，因此并不难破解，仅仅只是半天之后，六大强者便露出了冷笑。

成了！

凌寒……受死吧。

他们正要进入，却只见眼前一花，一道人影已是飞射了出来。

凌寒！

牛苍玉五人都是退后几步，他们对凌寒太忌惮了，而且他们更怕凌寒已经炼化了仙果，实力更上一层楼。

“不用怕，区区一天半的时间，他根本不可能炼化了仙果。”谷合义立刻说道，率先发动攻击。

凌寒右手一振，仙魔剑已出。

叮叮叮，两大天骄再次激战。

确实如谷合义所说，哪怕凌寒拥有时间体质，但区区一天半的时间还是不足以让他炼化了仙果，并将修为提升到五重天巅峰，去冲击六重天。

但他不得不出来，因为仙客居的阵法已经被破开了，等下敌人就要长驱而入，到时候他不但要被迫应战，还会让诸女都是面临危险。

见凌寒的实力并没有多大的提升，牛苍玉五人都是松了口气，然后纷纷出手。

凌寒战，哪怕他还没有突破，可战力仍要比女皇高，拳、剑齐出，他开始突围，四周的封锁刚才已经被天劫破坏了。

“休想！”牛苍玉五人连忙纷纷跃开，在四周重新布下封锁。

凌寒冷笑："你们非要找死，那我就成全你们！"

"死到临头。"谷合义始终纠缠着凌寒，不让他有机会脱身，而牛苍玉五人布下封锁之后，再次杀了过来，与谷合义联手镇杀凌寒。

"这小子气血冲天，本身就是一味宝药，我等拿之炼化，说不定可以直破九重天！"刁佑说道，目光在凌寒身上扫来扫去，毫无顾忌。

他这意思，就是要将凌寒活活炼化成药，然后食之。

"不错，体术如此惊人，这绝对是一味人体宝药！"容文林点头，还伸出舌头舔了一下，达到他们这样的高度，眼中就只有一件事情，那就是冲击九重天。

在这个前提之下，他们可以无视一切道理规矩、人间伦常。

"杀！"这些仙王的攻击更加狂暴，他们知道已经不可能再得到玄青流波果了，但是将凌寒炼化成药的话，效果也是一样的，甚至更好。

杀杀杀，他们死死地盯着凌寒，只要这么一直持续下去，他们终会将凌寒杀掉。

凌寒却是罕见地沉默下来，只是挥剑而斩，一句话也不说。

"负隅顽抗而已。"谷合义冷笑，虽然一时半会还无法看到胜利的曙光，但他相信这一天并不会太久。

不管是十天，还是一个月，甚至半年、百年，他都会坚持下去，直到他亲手斩掉凌寒为止。

时间在迅速流逝，凌寒的形势越来越恶劣，六大强者的联手之威太可怕了，再加上人人都会精神冲击，让凌寒伤痕累累，不灭真液已经不足以修复他的伤势。

他的伤势真是太重了，让他的战力直跌谷底。

"再加把劲，他快要支撑不住了！"付云海大叫道。

"杀！"六大强者都是双眼泛红。

就在这时，凌寒的身上猛地爆发出一股强大无比的气势，如同海啸，让六大强者都是不由地颤抖。

第 2641 章 天劫来

“不好，这家伙要突破了！”付云海脸色剧变。

“怎么可能，在我们的高压之下，他居然还有余暇突破？”牛苍玉的眼珠子都是瞪了出来。

“怎么办？”容文林倒抽凉气。

凌寒现在就已经如此猛了，一旦突破六重天的话，战力必然更上层楼。

谷合义也没有想到凌寒这么敢，在六大强者的合击之下居然还抽出了一部份心神用来突破，这真是在拿性命冒险啊，无论是突破时稍有失误便会走火入魔，便是被他们打中一下，那也要伤筋动骨的。

可凌寒就是这么干了，而且还成功了。

但谷合义立刻一凝神，道：“无妨，就算突破到六重天，他的战力也就提升一倍而已，我们还是足以镇压！”

刚刚突破的仙王，境界不稳，实力相比于突破之前确实会有很大的提升，但最多翻一个倍。

突破境界最大的意义是什么？

打开了继续前进的道路，让实力可以提升，否则只能在原地踏步。

牛苍玉等人一想，都是点头，他们在战力上对于凌寒的压制可不止是一倍，因此，哪怕凌寒突破到六重天，只要战力不破九重天这道关卡，他们还是可以撑得住的。

天空中，雷云滚滚而来，凌寒的六重天天劫就要远远超过女皇了，因为他还有体术这个能力，而且还在规则之上。

哐！

一道闪电劈落，带着灭世的伟力。

谷合义等人连忙退开，他们再强再能也不敢硬撼天劫，就算是谷合义现在也只有退避三舍的份，女皇的天劫他敢接，但凌寒的就不行。

——那真是找死了！

底下，众人都是看得瞪目，没有想到事情会有这样的大转折。

眼看着凌寒就要倒了，可他却是突然来了一个突破，要冲进六重天去，到时候，他的战力肯定会有大提升，会不会反败为胜？

“不可能的！”有人断然摇头。

“刚刚突破，境界不稳，战力最多提升一倍而已，完全不足以镇压谷合义等诸多强者。”

“而且，这天劫如此可怕，他就算可以成功渡过，必然也要付出极大的代价，到时候以伤残之躯再战六大强者，又怎么有胜算？”

“要我说，突破之后这个外来者的胜算反倒要更小。”

“呸，外来的历练者都该死！”

这是持反面观点的人，但也有人看好凌寒。

“像这样的妖孽不能以常理来衡量，别人突破后只能将战力提升一倍，说不定他不止呢？”

“而且，人家身上说不定还有什么秘宝。”

“谁胜谁负，还要到时候再看。”

在众人的议论纷纷之中，天劫已是浩荡而来。

天劫之威无限接近九重天，但并没有跨过这道线，正如谷合义说的那样，凌寒虽然突破了，但战力也就是提升一倍而已，还不足以碰到九重天的门槛。

看到这一幕，牛苍玉、付云海等人都是放下心来。

他们跃跃欲试，只要凌寒一渡过天劫，他们就会出手。

凌寒的情况很不妙，他在六大强者的围攻之下本来就已经伤势极重，快到了支撑不住的地步，而现在这天劫之威可不弱于六大强者联手，让他伤上加伤，几欲死去。

天劫是没有人可以战胜的，只能撑，撑到天劫完了而不死，那就算赢了。

哐！哐！哐！

灭世雷霆落个不停，达到这样的高度后，凌寒也无法将雷霆之力用来淬体了，接近九重天的高度啊，动辄就可以让他陨落的。

凌寒执仙魔剑，激战天劫。

一个时辰、三个时辰、半天，他身上的伤越来越重，不灭真液遍布于身，早在之前的战斗中就耗光了，现在他真得到了山穷水尽的地步。

他身上处处都是伤口，白骨清晰可见，虽然天劫也快要过去，可六大强者却都已经恢复到了最佳状态，各在酝酿大招，要给予凌寒雷霆重击，一举将他轰杀。

越是在这样的绝境之中，凌寒反倒越是镇定，战意如炽，双眼明亮得惊人。

他现在可以安心对抗天劫，绝没有人敢偷袭，否则就是自己找死，他的天劫再以境界放大，除了天尊无人可敌！

八个时辰、十个时辰、十二个时辰。

最后一道天劫迟迟不落，似乎也在憋大招，最后，一只金色的拳头从雷云中轰出，无数的闪电密布在拳头上，仿佛天地在出拳似的。

这一拳出，所有人都是骇然失色，只觉呼吸无比得困难，不由自主就趴到了地上。

这是真正的天地之威。

众人都是不能接受，他们不都成为仙王了吗，与规则齐平，居然会震慑于天地之威？

若是有天尊在此，立刻就会嗤之以鼻，规则只是天地创造的一套律法，天地若是不满，完全可以另立一套。而规则一换，仙王又算个屁？

所以，仙王只是与规则齐平，与天地？呵呵，连天尊都没有这样的资格——至少低阶天尊不可能做到。

凌寒长啸一声，主动出击，人剑合一，冲向那只大手。

嘭！

可惜，仙魔剑虽然一直无坚不摧，但这一次却是真撞上了铁板，根本轰不开铁拳，被连人带剑一起碾压了下来，重重地撞到了大地之中。

滋，雷电狂闪，释放出恐怖的破坏力。

什么规则都被震得粉碎，现在只剩下雷霆之力在狂作。

众人都是完全说不出话来，这才是真正的天地之威啊，而在这样的天劫之下，凌寒还可能活得下来吗？

“死了，一定死了，最后那一击便是九重天也要被重创吧，更何况是刚刚突破的六重天了。”

“就算不死也没用，肯定受了重创，接下来还有六大强者在等着他呢！”

“嗯，这样看他必死无疑。”

在众人的议论之中，只见那只金色拳头在慢慢消淡，可无边的雷霆还在从拳头上不断地流转而下，好像要将凌寒震成碎屑才会罢休。

足足半炷香的时间后，这只拳头才终于消失，而漫天的乌云也立刻收了起来，瞬间便告消失，好像从来没有出现过一般。

众人都是伸长了脖子，凌寒还活着吗，还是已经连灰都看不到了。

“在那！”有人突然向前一指。

一片废墟之中，只见凌寒正缓缓从大地中走了出来，哪怕刚才被雷拳镇压，他也依然保持着直立的姿势，现在拳头一去，他便直接步了出来。

“哇！”只是才刚刚走上地面，凌寒便连连吐血，血液居然是金色的，还能看到有符文跳动。

第 2642 章 穷弩之末？

“好机会，他受了重创，连精血都吐了出来！”谷合义哈哈大笑，一声大喝中，率先出手。

牛苍玉五人连忙也跟着出手，他们必须将凌寒干掉，不然的话，已经得罪凌寒那么深了，万一让对方喘过气来，到时候秋后算账，他们可挡不下这样一个妖孽。

正如谷合义所说，凌寒的伤真是太重了。

在天劫的最后一击中，他运转了不灭天经，可一来他之前已经消耗太大了，二来那一拳持续的时间也太长了，让他不得不燃烧精血来维持不灭天经的运转。

饶是如此，他的体魄还是被天劫轰开了，所以才会呕血，因为正在运转不灭天经，精血也有不灭天经的符文在跳动。

现在的他，虚弱到了极致，恐怕一名普通的六重天仙王都可以轰杀他。

可六道强横无比的攻击却是打了过来，怎么办？

轰，攻击袭到。

嘭嘭嘭，一道道能量炸开，整个湖泊瞬间就被蒸发干净，甚至将下方整个区域都是抹平，出现了一个海洋般大小的巨坑。

不少六重天仙王躲避不及，直接被余波轰成了血沫子，而余者也大多带伤。

六大强者一击，恐怖如斯。

凌寒……应该死得彻彻底底了吧。

六大强者根本不在乎其他人，纷纷用目光搜寻凌寒的尸体，却是一无所获。

“不对啊，刚才的攻击虽然绝非那小子可以抵抗，但以他体魄之强横，还是应该有尸体留存下来的。”

“难道天劫太过厉害，已经破坏了他的体魄？”

“那就太可惜了。”

六大强者都是皱眉，如果凌寒被轰杀成渣的话，那他们等于是白等了这么多年、白忙活了一场，自然让他们不甘心了。

尤其是谷合义，他还指望着玄青流波果踏进八重天，从此可以与九重天仙王比肩，可功败垂成，让他生起有怒发不出的郁闷。

咦，好像忽略了什么！

“你们是在找我吗？”凌寒的声音响起，咻，他身形一闪，也出现在了众人面前。

他依然浑身是伤，鲜血淋漓，白骨森森，但伤势却并没有再加重一分。

谷合义终于想到哪里不对了，脱口道：“刚才你躲进了空间仙器中！”

真相其实无比得简单，六大强者轰出绝杀的一击，可凌寒只是简简单单进了仙客居，让仙器去承受这一击。

仙器啊，那可是九重天级别的，世上也只有九重天的战力可以破坏仙器，可依然不能毁灭仙金本身，那八重天战力又岂能伤到仙器？

凌寒露出一抹笑容，配合他现在浴血的模样，这笑容却让人不寒而栗。

“该轮到我了吧？”他说道。

谷合义强行镇定下来，哼道：“就算让你逃过一劫又如何，以你现在的状态，又怎么可能是我们的对手？别说我们有六人，就算我一个人出手也能轻易镇压你！”

现在凌寒的状态太差了，突破六重天又如何，战力不涨反跌。

“是吗？”凌寒哈哈大笑，轰，他身上的气势如海啸般狂涨。

“怎么可能！”六大强者都是惊呆。

怎么凌寒的实力还在提升，而且还如此得快？

不可能啊，稳固境界需要水磨功夫，一百万年都不嫌多，尤其是到了这样的高度，有人用了百亿年都还在适应、掌握新境界也不是没有可能。

你一突破就稳固了境界，将战力成倍成倍地提升，这怎么可能呢？

“那是——”谷合义眼尖，盯在了凌寒左手中一张卷起来的卷轴上，他本能地意识到，这是让凌寒实力飙升的“祸首”。

他看了一会之后，突然脸上动容，惊呼道：“位面卷轴！”

他是天下第一武院的天骄、甚至是最近百亿年中的巨头，认得位面卷轴也不奇怪。

“什么位面卷轴？”牛苍玉五人纷纷问道。

谷合义原本不想解释，他打心眼里看不起这五人，空有境界，战力却是弱爆了。但想想也许还要用到这五人，便道：“打开位面卷轴，便能得天地之力灌注，立成天尊。”

“噗！”

牛苍玉五人同时喷了出来，然后目瞪口呆，有若痴傻。

他们确实惊爆了，相比之下玄青流波果又算什么？他们得之也就有一线希望可以冲击九重天，但位面卷轴呢，却可以直接将人送上天尊位。

天尊啊，哪怕对于九重天仙王来说，这都是高高在上、遥不可及的。

“怎么、怎么可能，世间居然有这样的神物！”刁佑颤声说道。

牛苍玉四人也表示不敢相信，这岂不是颠覆了一切武道铁律，根本不需要什么努力、奋斗，一道卷轴就能让人成为天尊了。

“没有你们想得那么完美和简单。”谷合义只能又解释道，“位面卷轴只有天地选中的人才能打开，立证果位！不过，这是天地赐予的力量，天地也能随时收回去，而且，永远也只能局限于一步天尊。”

原来这样。

牛苍玉五人这才明白，但他们眼神中的炽热却是不减反增。

他们终是知道为什么凌寒明明拥有这样的神物却没有动用了，因为他并非天地选择的那个人！

——说不定自己就是呢？

虽然这样的天尊要受天地掌控，而且也不可能再迈进二步去，但能够成就天尊还不够牛叉的？还有什么好奢求的？

“杀！”他们都不用谷合义再说，莫不纷纷眼红如赤。

为了玄青流波果的话，他们会拼，但绝不会拼命，毕竟他们只要有足够的升龙丹和足够的时间，总有突破九重天的一天。

但天尊位就不一样了，足以让他们不惜性命也要搏上一搏。

谷合义见状，不由露出一抹冷笑，他隐瞒了一个重要信息，那就是他们中如果有天地选择的人，位面卷轴会自行生起反应。

现在位面卷轴如同沉睡，说明他们哪一个都不是天地中意的人。

对此，他毫不在意，因为他的野心可不止于一步天尊，而且还是被天地控制的一步天尊。

我辈修炼，不就是为了有朝一日可以超脱吗？

他可不会说明，就让这些人去拼命吧，他总觉得凌寒现在这状态有些诡异。

咻咻咻，牛苍玉五人纷纷出击，向着凌寒攻了过去。

凌寒踏步躲闪，他受创太过厉害，已经无力法再运转规则了，这纯粹是在用肉身之力在动。

“加把紧，他只是穷弩之末！”牛苍玉五人叫嚣道。

第 2643 章 反击开始

牛苍玉五人都是奋力抢攻，都没有催促谷合义出手。

他们自然各有小打算，只要轰杀凌寒，立刻抢夺位面卷轴，如果能够被天地认可，将直入天尊位，那这个笼牢又怎么困住他们？

谷合义不出手才好，少了一个最强大的竞争对手，而且凌寒现在这状态差到了极致，他们五人足以灭杀之。

凌寒左手握着位面卷轴，不断地抽取着其中的力量，右手则是执仙魔剑斩动，给自己杀出腾挪的空间来。

“怎么还不死？”战了一会之后，牛苍玉五人都是觉得奇怪，凌寒这状态应该随时都会倒下的，怎么韧性那么强？

谷合义终是杀了出来，他在一边看了很久，自以为看出了一些门道：“他不知道用了什么办法，可以发挥出位面卷轴一些力量，所以能够一直坚持下去。”

“全力出手，只要让位面卷轴脱手，他就是砧板上的鱼肉！”

被他这么一“提醒”一鼓励，牛苍玉五人都是重振信心，继续攻击。

六大强者再次展开了疯狂的攻势，将凌寒完全压制。

他们明明占了绝对的优势，可就是无法将优势变成胜势，在他们眼中，凌寒也太顽强了，任他们轰扁，可只要力量一退，就又恢复了原状，怎么也灭不了。

“小子，何必让自己多吃苦头？”他们开始了心理攻势。

“你注定一死，何不死得痛快一些？”

“你受了这么重的伤，不可能翻得了身！”

凌寒却是不为所动，他的双眼低垂，不让六人看到他眼神中的杀机。

“冥顽不灵！”

“就算杀上一百年，也要将这小子灭了！”

有位面卷轴这样的宝物诱惑，牛苍玉五人又怎么可能半途而废，这本来就足以让人拼命了，更何况他们还受到了黑气的影响，自然更加疯狂。

战战战，他们都是拿出了全副本领，对着凌寒狂轰乱炸。

时间悄然而过，正如他们所说的一样，很快一年过去，然后又是一年、十年、三十年……不但打足了一百年，而且还没有完。

于八重天仙王来说，连续战斗几万年都是小意思，可对手如此之顽强，就是不肯乖乖受死，也让他们生起了一种无奈和寒意。

这个年轻人真是太恐怖了，若真让他稳固了境界，八重天这个级别内还有人可以伤得了他吗？

可越是如此，他们就越是想要杀了凌寒，这个眼中钉不除，他们不能安心，而且还有位面卷轴呢。

一百年、一百五十年，一百七十年！

凌寒突然一顿，不再躲闪。

“哈哈，终于认命了吗？”付云海大笑，身形扑出，一拳直轰凌寒的额头，左手则是化成了爪，向着位面卷轴抓去。

杀人、夺宝，一气呵成，只要拿到位面卷轴，他就能立成天尊，到时候便能横扫整个仙王坟场，无有顾忌。

当然了，他丝毫没有考虑自己可能不是天命之人。

他拒绝这样的可能性。

一拳轰到，付云海嘴角的笑容放大，成功在即。

牛苍玉等人开始还以为这是凌寒故意下套，但眼见这一拳就要轰个正着，凌寒怎么也不可能躲闪，不由都是懊悔，看来凌寒真得放弃了。

他们连忙加紧扑出，哪怕晚了一步，也要抢夺位面卷轴。

嘭！

凌寒猛地出拳，这一瞬间，他再不控制体内的力量，轰，磅礴的力量如同海啸，汹涌无比。

他后发而先至，这是体术的特点，爆发力太强了，在付云海震惊到无法相信的表情之中，一拳砸在了他的脸上，噗，拳头没了进去，然后从后脑勺破了出来。

什么护体源盾，根本不堪一击！

付云海连挣扎都是没有，识海被轰爆，那就是瞬死的份。

他四肢耷拉，整个人都是吊在了凌寒的手上。

靠！靠！靠！

牛苍玉四人吓得脸都绿了，哪还敢出手，连忙拼命地刹住身形，但他们之前都是为了抢夺位面卷轴而争先恐后，莫不拼了老命在冲，唯恐落后于人，这又怎么刹得住？

这场面很好笑，四大强者都在向着凌寒冲去，可一个个脸上都是充满了恐惧，双手双脚都在拼命地踩，想要刹住脚步。

但没有一个人笑得出来，因为他们都看到了付云海被一击打爆的画面，这让他们的心灵震撼，到现在还没有回得过魂来。

嘭嘭嘭嘭，凌寒连出四拳，将牛苍玉四人纷纷打飞，还好，他们全力防御了，不像付云海那么不堪一击，只是吐血连连，并没有被打爆。

谷合义也是戛然而止，他满脸的惊容，实是无法接受凌寒突然会变得这么猛。

“你一直隐忍，就是想一举爆发？”他沉声问道。

凌寒淡淡一笑，还是这个人比较聪明，猜到了他的想法。

他抽取位面卷轴之力，力量的提升其实是立竿见影的，但他若是有一点力量就发挥一点出来，那这六人见势不妙肯定会跑的，那他顶多就是杀掉其中一两个人，而无法全歼。

所以，他索性忍，按下提升的力量不动用，直到这一刻才爆发出来。

“……你是为了将我们一网打尽！”谷合义说道，声音都有些颤，他只能想到这样一个可能。

凌寒拍手：“不错。”

他一甩手，付云海的尸体顿时被他丢了出去，嘭，如同死狗一般躺在地上。

谷合义倒抽凉气，刁佑抹起了冷汗，牛苍玉只觉双腿颤抖，薛成白的心脏猛地收缩……面前这个人也太可怕了，为了将他们一网打尽，居然如此隐忍，难道不怕一个失误被他们反杀吗?

可对方就是熬了过来，现在……轮到他们要倒霉了。

溜!

他们都是眼神闪烁，但没有一个动，因为谁先动谁就肯定会成为凌寒第一个打击的对象，那只有死路一条，为余下的人制造逃走的机会。

凌寒淡淡一笑，抬手将位面卷轴晃了晃，道：“你们想要？”

牛苍玉、容文林、薛成白立刻摇头，但刁佑却不甘心被凌寒这么戏耍，或者说他的骨气要硬一些，道：“要又如何，你舍得给吗？”

“给啊。”凌寒将手一扬，真得将位面卷轴丢了过去。

刁佑下意识地一接，直到位面卷轴落到了手中，他才反应了过来，顿时被一片惊喜充斥，完全说不出话来。

这、这、这，怎么会有如此好事，凌寒的脑袋烧坏了吗?

第 2644 章 被耍惨了

看到这一幕，牛苍玉三人恨不得拿把锤子将自己砸死，为什么他们不点头呢？

便是谷合义也是奇怪无比，凌寒这是什么意思。

但他立刻恍然，根本没有人打得开位面卷轴，凌寒这是故作大方，耍人而已。

刁佑怔了一下，连忙伸出另一只手去打开位面卷轴，只要他能打开这道卷轴，他就将一步登天，成为整个仙王坟场最强大的人。

甚至，就算出去了，以他的实力也能肆无忌惮了。

天尊超脱规则！

牛苍玉三人悔之以晚，出手也来不及了，只能眼睁睁地看着。

刁佑的双手都有些颤抖，这位面卷轴几乎没有重量，可他却感觉重若山岳，一颗心快要从嗓子眼里跳出来。

他激动得无以复加，手指一动中，位面卷轴居然……打、开、了。

打开了！

所有人都是露出震惊之色，他们要看到一个奇迹吗，一位天尊在他们面前诞生，从此傲临绝世。

靠，这么好的事情怎么没有落到自己头上？

不只是牛苍玉三人，底下的仙王也是心情复杂，恨不得冲着凌寒吼起来，为什么不将位面卷轴给他们？

连谷合义也万分不解，在他想来，凌寒怎么也不是这样的人啊。

就算他打开不了位面卷轴，可也没有平白送人的道理吧？而且，刁佑怎么能打开位面卷轴的，这太不对劲了。

“哈哈哈，凡人们，都在本座、本尊面前臣服吧！”刁佑将位面卷轴完全打开，他伸展着双手，双眼闭着，一副陶醉无比的模样。

位面卷轴一旦打开，他就能得到天地的恩赐，就算是再平凡之人也能立成天尊。

因为这是天地之力，一个位面的力量加持，想让谁一步登天谁就可以。

他太得意了，目光扫过，带着不屑、带着睥睨，他再不将这些人放在眼里，与自已经不是一个层次上的生命了，渺小如蚁。

刁佑冷眼斜过凌寒，道：“念你奉送有功，本尊便饶你不死！跪下，向本尊臣服！”

小人得志啊。

凌寒嗤笑：“你傻了？”

“大胆！”刁佑冷笑，抬手便向着凌寒拍了过去，在堂堂天尊面前，这种小人物也敢放肆？

真是不知敬畏！

凌寒摇摇头，一拳轰出，嘭，刁佑顿时被轰飞，撞到了数百里外的一座山峰上，巨力震击之下，这座山峰崩碎、瓦解，不过刁佑也停了下来。

“怎么可能！”刁佑摇摇晃晃地升上天空，他都已经成为天尊了，居然不是凌寒的一拳之敌？

牛苍玉三人都是忍不住摇起了头来，他们看得清楚，刁佑还是原来那个刁佑，实力又岂有半点提升？

那什么位面卷轴，根本就是假的！

谷合义却不这么想，脸上露出无比得震惊之色，脱口道：“我明白了，为什么你的体术会那么强大，是因为你吸收了位面卷轴中的力量！”

什么！

众人都是惊呆，不是他自己说的吗，只有天选之人才能打开位面卷轴，其他人的话，便是九重天仙王也无可奈何，否则的话，天地之力未免也太不值钱了。

凌寒可以抽取位面卷轴的力量，这不是天方夜谭吗？

可这个猜测又很合道理，凌寒的体术之强真是突破天际了。

凌寒点点头："不得不说，你这人的智商还真是不低。"

"这张位面卷轴中的能量，已经被你抽空了吧？"谷合义又道，"否则的话，你绝不会丢给别人。"

"不错。"凌寒没有否认，不然的话，他就要戏耍谷合义诸人，也不会拿位面卷轴来开玩笑，万一他们中真有天选之人呢？

刁佑自然也听在耳里，不由地脸色赤红。

堂堂八重天仙王，居然被耍得跟个猴子似的？

他浑身都在颤抖，亏他刚才还那么兴奋，还那么得意洋洋，好像得到了一块绝世瑰宝，结果根本就是被狠狠地耍了！

他像个小丑，在众人面前表演着丑剧，什么脸面都是丢到天边去了。

他恼、他恨，他想杀人！

可刁佑下一个动作却是谁也没有想到，他转身、急跑，便要逃之夭夭。

愤怒在生命面前算个屁啊，现在的凌寒太强了，他根本不可能匹敌，上去送死吗？

越是高阶仙王，受到黑气的影响就越是小，确实会奢杀，但绝对不会白白送死。

"还想跑？"凌寒摇摇头，咻，身形一动，恐怖的体力运转，他暴射而出，瞬间就追上了刁佑，一拳轰了过去。

以他现在的爆发力，除非对方擅长空间规则，否则完全不可能在他面前逃遁。

噗！

一拳轰过，凌寒的拳头已是从刁佑的前胸突了出来。

刁佑低头看了看，想要说话，却是头一歪已是死去。

两大八重天仙王啊，却是被凌寒摧枯拉朽般轻易干掉。

底下的人都是震惊、麻木，而牛苍玉三人却是心胆俱寒，有一种说不出的苦涩。

他们互看一眼，纷纷转身就跑。

现在是最好的逃生机会，再不走就没有机会了。

“之前让你们滚不滚，现在还想走？”凌寒哼了一声，双脚发力，嘭，他的速度快得无法形容，瞬间就已经将薛成白追上，一拳轰杀。

但容文林和牛苍玉已是越跑越远，他顶多只能追上一个。

追谁呢？

凌寒轻喝一声，刷，仙魔剑被他掷了出去，化成了一道流光，向着牛苍玉疾射而去，而他则是迈动身形，向着容文林追去。

“啊！”惨叫声传来，牛苍玉被仙魔剑刺穿了肩膀，钉在了大地上，仙魔剑的煞气入体，迅速瓦解着他的战力，而容文林也很快被凌寒追上。

他奋起反击，但又怎么可能是凌寒的对手，三两拳就被凌寒生生打爆。

凌寒悠然而返，来到了牛苍玉的身边。

“饶——”牛苍玉抬起头，想向凌寒乞命。

噗！

凌寒一脚踩下，牛苍玉的脑袋顿时爆开，第五名八重天仙王，殒！

凌寒拔出仙魔剑，然后向着谷合义看去，有些奇怪："你居然不逃？"

"我谷合义一生战斗无数，从来没有不战而逃的先例。"谷合义傲然说道。

凌寒点点头："冲你这句话，我会给你做个墓碑。"

"凌寒，你太狂了！"谷合义哼了一声，"就算你实力暴涨，想要杀我却也是痴心妄想。"

"那就来试试看！"凌寒仗剑而行，虽然他连毙五名八重天仙王，但这五人加一起都没有一个谷合义强大。

谷合义也拔剑在手，他深深地吸了口气："借你之手，助我突破八重天！"

凌寒可以临阵突破，他也一定可以。

因为他是谷合义！

第 2645 章 十煞夺魂剑

谷合义充满了信心，既然凌寒可以临阵突破，那他也一定可以。

只论天份，他不输任何人。

凌寒摇摇头："百招之内，我便可斩你人头。"

谷合义不答，凌寒说得没错，他若不突破的话，那最多也就是撑上百招，但他有信心在生死压力下，这点时间足够了。

凌寒也不再说话，到了这时候，说什么都是毫无意义。

他大步而行，向着谷合义逼了过去。

谷合义亮剑，这是仙器，此时一枚枚符文亮起，散发出可怕的气息。

凌寒身形扑出，挺剑便刺，所有的愤怒莫不融于这一剑之中。

——初进武院，谷合义便对他流露敌意，因为他是女皇的男人。

——进一处古遗迹，却是针对他要布下杀局，结果因为何风天尊根本没死，反倒让谷合义、萧英雄他们几乎全灭。

——现在，他们三人又追进了仙王坟场，狙击之下差点让他饮恨。

这样的大仇，换了谁能够忍？

反正凌寒忍不了，他长啸一声，仙魔剑绽放无尽光辉，他仿佛一尊无敌的战神。

"来战！"谷合义挥剑迎上。

嘭！

只是第一次交锋，他便被震飞了出去，倒飞几百里才停了下来，不由脸白如纸，身体都在轻轻颤抖着。

要知道凌寒现在运转的可纯粹是体术，不假于规则，虽然不能借用到天地之力，但本身的强大却拥有更加狂暴的破坏力。

谷合义只觉身体内每一根骨都在颤抖，好像在下一个瞬间就会碎掉一般。

“高估你了，你连我十招都未必接得下！”凌寒淡淡说道，心中则是有些可惜。

位面卷轴中的能量终于耗空了，以后他就不能靠这个来提升体术了，而且因为是靠元世界的六种本源力之一淬炼身体，没有这种能量的话，他的体术也不可能再有提升，将永远停在这个层次上。

除非他能够再次汲取六大本源之力，那至少也得是他达到九重天时候的事情了。

但凌寒也只是可惜一下而已，他现在的进化指数已是达到十二，更是掌握了近乎三门天尊法，又何惧任何一尊仙王？

他再次杀出，对于谷合义他可没有半点怜悯。

谷合义迎上，却根本不堪一击，再次被轰飞，哇，他暴吐鲜血，只觉腹中好像打翻了一般，恨不得将五脏六肺全部吐出来。

他骇然色变，虽然对自己充满了信心，但在压力下突破，前提是他能够扛得住压力，比如之前的凌寒，虽然伤势累累，却始终可以守住性命。

可他不同，每一击都让他差点跌进了地狱，这根本不是生死压力，而是直接在要他的命。

这样下去，别说临阵突破了，他根本连性命都是难保。

“融我一魂一魄！”他大喝一声，伸手在头顶一抓，硬生生抓住一青一白两道光芒，然后按进了仙器之中。

他修十煞夺魂剑，可灭人魂魄，而先祭自己的神魂，可让这套剑法的威力提升十倍。当然了，代价也是奇大，人就三魂七魄，现在直接祭掉一魂一魄，将对他造成永远不可能修复的伤害。

可没有办法，不拼就是死路一条。

而谷合义坚信，他一定可以临阵突破的。

“杀！”他驾御着仙剑，向着凌寒冲了过去，十煞夺魂剑展开，他的战力一下子突破了九重天这道槛，终于拥有了和凌寒相匹敌的资格。

同是九重天的战力！

凌寒哈哈大笑，自然不可能畏惧，仙魔剑削斩，他与谷合义招招硬拼。

嗡，谷合义还发动了精神冲击，只可惜，凌寒的境界再上一层楼，这样的攻击也只能让他脑海一痛而已，以他的意志力完全可以忍耐下来，几乎没有影响。

战战战，杀杀杀。

两大天骄都是尽展所能，可纵使谷合义不惜自残提升了战力，但战力还是要稍弱于凌寒，被凌寒轰得横飞竖撞，落在了下风。

谷合义沉着冷静，至少他现在稳住了阵脚，接下来就看他能不能突破了。

凌寒摇头，谷合义想得太美了，临阵突破需要许多条件，最重要的一条就是本身已经达到了一个境界的巅峰，比如他，之前为什么坚守了那么久的时间？不正是在炼化仙果吗。

这是一个积累，需要漫长的时间，反倒是突破境界只需要一个契机，比如生死压力，有这样的环境突破就变得顺水成章了。

谷合义虽然已经是七重天巅峰的修为，但距离极限还差了一些，否则以超级帝星之资又何需仙果呢，根本没有境界屏障之说，直接就跨过去了。

这段距离对于谷合义来说不是问题，只要再给他几千万年的时间，他一定可以跨过去，轻轻松松破进八重天。

问题是，他现在还能支撑这么久的时间吗？

自残式的战力提升……可以维持多久？

凌寒左手化拳，三雷术运转，再加上九化天经的加持，他一拳拳暴轰，肉身即是最可怕的杀戮机器。

嘭嘭嘭，不断地对轰之下，谷合义开始负伤，鲜血飞溅，对手的强大超出了他的极限，便是献祭一魂一魄之后，十煞夺魂剑依然不是凌寒的对手。

“再祭我一魂一魄！”谷合义咬牙，从头顶又抓出一青一白两道光芒，按进了仙器之中，顿时，他的战力再次提升三倍。

别看只有三倍，但这是在他十倍战力提升上的又三倍提升，相比于最初的状态，那可是三十倍的战力飙升！

现在，他终于有了和凌寒完全对抗的实力。

“凌寒，我谷合义一生从不弱人！”谷合义大吼道。

凌寒嗤然：“我比你低了一个境界还多，而且你还动用了拼命之术，这才只能与我拼个平手，有何脸面说‘从不弱人’？”

谷合义顿时语塞，他之前被凌寒压制得太惨，好不容易将局面扳平，对他来说好像是以弱胜强，却是忽略了凌寒才刚刚跨进六重天的事实。

这才是真正的妖孽，哪是他可以比的?

“我不信！”谷合义吼道，战意复炽，“你是运气太好，才可以抽取位面卷轴的力量为己用，这是天在帮你，否则的话，同阶一战我都不惧你，更何况我还有一个境界的优势。”

“说这么多废话，也不能掩盖你是个失败者的事实！”凌寒字字诛心，仙魔剑出，毫不留情。

第 2646 章 结局已注定

谷合义无言以对。

任他如何自信满满，都不可能改变凌寒比他低了一个境界的事实，而就算如此，他还要自残式地提升战力，方能与凌寒一较高下。

根本不用比，一眼就能看出两人的差距了。

不过，谷合义毕竟是超级帝星，一生不知道经历了多少战斗，心性又岂会那么容易动摇的？

他立刻坚定信念，就算凌寒比他妖孽又如何，只要他可以迈进八重天，就能将凌寒诛杀，一个死人……曾经天赋再高又有鸟用？

“杀！”他运转十煞夺魂剑，威势无比可怕。

他也知道自己差在哪里，一边取出种种丹药吞食，在这当儿，他也管不了自己的身体能不能吸收这么多的药力，这是他唯一的机会，不拼怎么行？

凌寒毫不担心，这样若也能突破的话，那真是将修炼看得太简单了。

他一剑又一剑，每一剑都是可以将无数星辰爆碎。

现在的凌寒太强大了，体术与规则之力融合，他的战力直破九重天！

都说仙王九重天，一步一登天，这差了一个境界本来就是天差而地远，九重天更是一道天堑，这一步的跨越对于战力的提升太大了。

谷合义勉强可以对抗，但每化解凌寒一击都要付出巨大的代价，就像之前的凌寒一样。

他伤痕累累，他鲜血四溢，他白骨森森，整个人都是惨到了极点。

谷合义怒吼，他不敢再祭神魂了，不然的话他就是立毙的份，可现在这样下去，他也只是垂死挣扎而已。

再战，他必死无疑。

不能再这样了。

他发出一声长啸，再不恋战，转身便开始突围。

留得青山在，不怕没柴烧，他距离八重天只有一步之遥，只要迈过这道槛，他便可以反过来镇压凌寒……一定可以！

凌寒不由嗤笑：“是谁说从不惧敌而逃的？”

他身形追出，虽然他在规则上面也抽不出多少力量来，但体术爆发却是无比恐怖，一个箭步就已追上，左手化成拳轰出。

谷合义不得不招架，叮叮叮，两人仙剑互拼，双拳互擂，又是不断地硬拼硬。

这对谷合义太伤了，可凌寒逼得太紧，他只能硬扛，不然就要中招，而以他现在的状态又怎么敢硬吃凌寒一记呢？

谷合义吐血，虽然他现在还能与凌寒对抗，但他祭出的神魂已经快要烧尽，十煞夺魂剑的威力肯定会急剧跌落，到时候他还拿什么挡凌寒？

虽然现在还能苟延残喘，但他却仿佛已经看到死神在向他招手了。

如果没有外援，他必死无疑。

可这时候谁会来救他呢？

他咬牙苦撑，却无力改变注定的结局，到了某一个点的时候，他的战力突然暴跌。

——他献祭的神魂完全燃烧，已经无以为继了。

谷合义顿时面如死灰，在这样的状态下，他难敌凌寒一招。

“外来的渣渣，给本座死来！”就在这时，一个轰隆隆的声音响起，只见远处射来一道人影，散发着强大无比的气息，身上更有是异彩缠绕，比星辰还要耀眼。

来救兵了？

谷合义先是露出了喜色，可看到那来者身上缠绕着八道异彩时，他不由地一泄千里。

现在八重天仙王怎么挡得下拥有九重天战力的凌寒？

除非是萧英雄、苗化这样的超级帝星！

凌寒自然也看到了，他完全没当回事，一剑斩下，噗，谷合义顿时被他斩成了两截，嗡，仙剑脱手，向着远方疾飞。

一代天骄，就此退出历史的舞台。

“仙器！”那刚来的八重天仙王一怔，然后大喜，他只是得到消息，这里有两个外来历练者，这才杀过来取人性命的，没想到一到居然就被送了大礼！

仙器啊，在这里便是九重天仙王也没有几个能够拥有。

他身形疾闪，咻，已经追上了谷合义的那把仙剑，一把便抓在了手里。

仙器顿时自行发威，寒光交织，向着那名仙王斩去。

这是谷合义炼制的宝器，虽然不可能达到他的高度，毕竟是超级帝星嘛，可威力也着实不凡，足以与那名八重天仙王对抗了。

那八重天仙王满心喜悦，一门心思想着要夺取仙器，直到几十招后还是没有拿下仙器，他才骇然。

刚才仙器被人操控，可主人兀自被斩死了，那这个对手又得是多强？

他现在不啻于虎口夺食，在找死吗？

这个念头转过，他不由骇然而止，神意一扫，果然便发现凌寒正在他三丈之外，双手抱着臂，一副看戏的模样。

仙器也没有趁机反击，而是借着这个机会冲霄离去。

“给我下来！”凌寒出手，向着仙剑抓去。

自讨苦吃啊！

那八重天仙王在心中说道，没有九重天级别的战力，又怎么可能去硬撼仙器，那可是规则层面最高的存在。

然而，他的双眼在下一个瞬间便瞪得浑圆，因为凌寒赤手空拳，直接握住了仙剑。

不是剑柄，而是剑刃！

玛德，怪物啊！

那八重天仙王瞬间全身冷汗，止不住地颤抖。

凌寒牢牢地抓住剑刃，如果这把仙器是握在一名九重天仙王的手里，那他绝对不敢硬接，因为仙器之利再加上九重天的力量，绝对可以划破他的皮肤、对他的神骨都是造成重创，一剑直接将他的手指削断都不是没有可能。

可一把无主之剑，最多发挥出八重天巅峰战力的仙器，那凌寒又有何惧？

再锋利的器，也要配合力才能发挥出真正的威能。

凌寒淡淡一笑，在仙器上布下一道道禁制，封印了仙器之力，然后丢进了仙客居中，以后再慢慢炼化也不迟。

这时，他才向那八重天仙王看去，笑道："你刚才说什么来着？"

那八重天仙王脸色尴尬，他几十招都没有镇压住仙器，可凌寒一抓就搞定了，双方的实力差距之大不言自明。他连忙强行挤出笑容，道："晚辈是说，前辈您太威武了，一看就是人中之龙，霸气无比。"

八重天仙王居然叫六重天仙王前辈？

凌寒讶然，你好歹也是八重天仙王，怎么可以这么不要脸不要皮的？

刷，就在这时，那八重天仙王猛地转身就跑。

他可没把生之希望寄托在凌寒的仁慈上，而是故意去麻痹凌寒，给他赢得逃生的时间。

只要他起步了，那便是九重天仙王也很难追上。

可他的身形刚起，便见前方突然已是多了一个人，双手负立，好像在悠闲漫步似的。

不是凌寒又是谁？

第 2647 章 第四座传承地

怎么可能这么滴快？

那八重天仙王又惊又惧，他明明比凌寒先启动，可对方怎么就已经拦到了他的前面？

“你跑什么？”凌寒问道。

这个……

那八重天仙王眼珠子转了三转，才道：“晚辈尿急，想要找个地方方便一下。”

凌寒不由失笑，这个人确实无耻，而且还极度地无耻。

他对仙王坟场的人都是没有好感，更何况现在这些人还被黑气影响，别看对方现在似乎很老实，很低声下气，可那是因为凌寒的实力更强。

交换一下试试，那八重天仙王肯定已经露出了狰狞面目。

凌寒摇摇头：“既然你来猎杀我这个外来者，还不出手？”

那八重天仙王连忙摇头，道：“前辈你真是爱开玩笑，像前辈这样的英姿神武之人又怎么可能是外来者？您一定是我们自己人！”

凌寒突然觉得自己都是无话可说了，随手一剑斩过，吓得那八重天仙王连忙后撤。

刷刷刷，他一剑比一剑急，那八重天仙王仅仅只是躲过三招，便被凌寒一剑斩成了两截。

咻，凌寒纵起身形，立刻远遁。

在跑出足够远的距离后，他进入了仙客居。

别看他刚才威风八面，横扫无敌，可他之前受的伤又不是假的，只是他的战意太狂烈了，这才一直压制了下来。

现在敌人全灭，他自然也要静下来养伤了。

这一静，就是十三万年。

凌寒可不止是养伤，而且还在稳固境界，时间流加速之下，十三万年那可是一亿三千万年，自然让他的境界完全稳固了下来，并且颇有进境。

这种以伤换伤、拼死一搏的战斗最能提升修为，当然了，前提是不能挂，也不能受太重的伤。

女皇也同样稳固了境界，因为她不需要养伤，进境其实要比凌寒还快一点，但相差也是无几，毕竟在六重天这样的高度，若没有大药的支持，动辄就要几千亿年才能前进一步，一亿多年又算什么？

凌寒与女皇携手出了仙客居，他们在这里的冒险还没有结束哩。

在此期间，凌寒自然也把谷合义的那把仙器给仙魔剑吞噬了，只是从仙器到天尊宝器这一步也太难跨越了，就像九重天仙王与天尊的差距，大如天。

真不知道还要投进去多少仙金。

谷合义的家当很惊人，毕竟是武院这一届的巨头、超级帝星，迈进仙王更不知道多少年了，让凌寒都是小小地吃惊了一把。

可惜，并没有提升修为的宝物。

这也正常，有的话肯定被他全部用掉了，早就突破八重天了，那样凌寒便不一定斩得了对方。

凌寒将这些资源花在了他的体魄提升上，不灭天经的修炼就需要这些奇奇怪怪的东西。

现在，凌寒的体魄又进一步，勉强达到了七重天的高度，只是与他的战力一比，却又差了许多。

“萧英雄、苗化的家当应该也不少，若能得之，说不定便能让我的不灭仙王体接近圆满了。”

凌寒与女皇上路出发，五行雷术还差两道哩。

他们现在真得可以横行无忌了，凌寒已经是九重天的战力，而女皇加上仙器的话，战力也达到了八重天巅峰，任何一个都有独挡一面的实力。

对他们的追杀并没有停止，外来历练者向来便是这里的人最最痛恨的，可惜，现在便只有给两人送菜的份。

让凌寒可惜的是，这里的人都太穷了，杀了也得不到什么好处。

这一走就是七年，期间死在他们手中的八重天仙王不知凡己，而且根本不用凌寒出手，女皇便能解决。这也让两人的危险系数一路飙升，到了最近两年再没有八重天仙王来追杀他们了。

古怪的是，九重天仙王始终没有出现。

凌寒记得自己宰了好几个二世祖，怎么还是没有九重天仙王现身呢？

难道前方出现了什么超级宝物，众强者正打得不可开交，根本腾不出手来？

数天之后，前方出现了一座山。

这是一座金山，通体璀璨，散发着耀眼的光，而仔细看的话，山上则是插着一把把剑，好像长满了尖刺一般。在这些剑体之间，还有一道道金色的闪电在运转，滋滋滋地作响。

“金系之雷！”凌寒和女皇互看一眼，都是充满了喜悦。

这是第四座传承地！

他们往前走，刚刚来到山脚下的时候，嗡，便见山壁轻颤，有七把剑自动脱离了山体，剑尖倒转，指向他们二人。

咻咻咻，七剑齐动，向着凌寒和女皇削斩而去。

它们可不是普通的直刺而出，而是组成了一个阵势，因此明明只是七把剑而已，却是硬生生发出了千军万马之势。

女皇出手，与七剑战斗。

嘭！嘭！嘭！

只是一会功夫，女皇便将七剑全部镇压，她脾气不好，直接以仙器将七把剑都是削断。

——敢向她出手，这是大不敬，当然要斩了。

两人继续上山，只是几步而已，又有九把剑脱离山体，向着他们展开了攻伐。

在这里，战斗便是主旋律，走上几步便有剑体发动攻击，随着数量的增多，组成的阵法也是越来越复杂，威力也是越来越大。

好在凌寒和女皇的战力都是强横无比，便是剑体的数量再多也是无惧。

山间无人。

也是，如果不是在前面三处地方得到了传承，谁又会在这里浪费时间呢？跟剑体大战，又没有丝毫的好处。

“媳妇，你发现没有，我们要取得这里的传承，关键可能在于那些剑阵上。”凌寒说道。

女皇点头，剑阵千变万化，也许尽窥剑阵之秘，就能悟出这座剑山的秘要，从而找到阵眼，牵动这里的伟力，不但可以再得一份传承，甚至连修为也能更进一步。

也正是这样的考虑，她后来便没有再摧毁剑体了。

两人先放下功利心，就是在山间不断地转悠着，与不同的剑阵战斗，获得感悟。

足足半年下来，两人互看一眼，同时露出了一抹笑容。

他们已经掌握了这座剑山的秘要。

“走！”

他们再次往山上走，但这一次走得路线却是完全不同以往，而古怪的是，再没有剑体脱山，组成剑阵向他们发起攻击。

不过小半天的时间，他们就走到了山顶。

之前他们不是没有来到山顶，但看到的景物却完全不是如此。

这就是阵法之妙。

然而，在山顶的中心处，正有一人盘膝而坐，四周有无数金色小剑缠绕，仔细看，这并非实体，而是能量体。

凌寒眉头一扬：“萧英雄！”

第 2648 章 再战萧英雄

这盘坐于山顶的人，赫然是萧英雄！

也是，他与谷合义、苗化又不是亲兄弟，只是为了击杀凌寒才一起进入了仙王坟场，但当机缘出现的时候，他们自然要各自去获取了。

真是没有想到，萧英雄居然会先他们一步，得到了这里的传承！

刷，就在这时，萧英雄突然睁开了双眼，顿时，他的眼眸中闪过两道剑影，更有雷霆闪动。

他长身而起，噼里啪啦，浑身散发着闪电之威，他傲然看着凌寒，道："你来送死了吗？"

凌寒自然不会示弱，道："我也正想斩你，没想到得来全不费功夫！"

"哈哈，你配吗？"萧英雄不屑地说道。

凌寒淡淡一笑："谷合义已经被我宰了，你是第二个！"

"嗯？"萧英雄有些吃惊，与谷合义分开的时候，对方已经是七重天后期的修为，这么长的时间下来，对方怎么也达到了七重天巅峰吧，这都被凌寒宰了？

这家伙的实力又有了大进步！

不过，萧英雄立刻露出了傲然之色："谷合义是谷合义，我是我！"说话之间，他再不掩饰自己的实力，轰，可怕的气势如同海啸，而他的身上也现出了一道道异彩。

一、二、三、四……七、八。

八道！

他赫然是八重天仙王了。

"哈哈哈哈！"萧英雄大笑，"你们来晚了一步，我不但尽得剑阵传承，而且还获得了无穷的力量，早在五万年前就已经突破了八重天！"

八重天的超级帝星，而且稳固了境界，战力绝对惊人，足以媲美九重天中期甚至后期了。

凌寒无惧，他也已经稳固了境界，战力绝对不弱。

“说什么都是废话，来战吧！”他直接拔剑，遥指萧英雄。

“哈哈，我突破八重天，更是修得无上秘术，正好拿你血祭！”萧英雄傲然说道，勾了勾手指，“出手吧。”

凌寒并不客气，脚下发力，嘭，他瞬间爆发出可怕的高度，一闪便来到了萧英雄面前，一剑刺出。

嗡，这一全力出手，凌寒的修为也再无保留，六重天的气息张扬。

“哟，六重天！”萧英雄发出惊讶的声音，他实是没有想到，凌寒的修为进境也那么快，甚至还远远超过了他，这才多久啊，两人的境界差距就缩小到了两重天。

这又不是山河境、斩尘境，随便吃上几株仙药就能将修为啪啪啪地往上提升的。

他也是得到了大造化，化元归一果可是能够让九重天仙王迈进半步天尊的，而这剑山更不知道是多少年的积累，两重奇遇之下，他才从六重天迈进了八重天。

惊讶之后，他复又杀气狂炽，这个年轻人比他的造化还要惊人，绝对留不得，不然真得有一天会被凌寒超过。

他出枪，当成长棍来使，嘭嘭嘭，枪身扫过，附近的规则全部被打得紊乱，既有他本身的力量，又有仙器之威。

仙王强大之处在于哪里？

规则！

可现在规则都被打散了，又怎么调用呢？

萧英雄这一击直指根本，显示出他老辣的战斗经验。

他露出冷笑，第一击他就以更高的修为占据了主动，接下来他就会雷霆暴雨一般的攻势将凌寒生生击垮。

叮！

仙魔剑斩到了枪身上，一枚枚符文闪动，大道在碰撞，两个人谁也没有退后一步，竟是个不分高下之局？

萧英雄这下真是大惊，凌寒居然拥有与他分庭抗礼之力？

怎么可能呢？

规则都已经被他打散了，他从哪里抽取来的力量？要知道，仙王无法动用规则的话，其实也就是斩尘级别。

凌寒爆发，右臂一振，嘭，顿时被萧英雄弹了出去。

他挽了一个剑花：“六重天又如何？”

萧英雄先是无语，然后才道：“现在我相信你杀了谷合义！你的体术极其惊人，再加上规则之力，在力量上并不输我。”

他是超级帝星，要是连这点事实都不愿意去承认的话，那也不可能站到这样的高度。

“不过，我还是能够斩你！”他双眼绽动着神光，信心十足。

凌寒哈哈大笑：“不要将话说反了，我才是要斩你的人！”

“痴人说梦！”萧英雄挺枪疾刺。

之前在武院的时候，萧英雄与谷合义、苗化并列，三人即使有高下之别，但差距也是微乎其微。但现在他迈进了八重天，而且还稳固了境界，战力就绝非谷合义可比。

长枪刺、扫、拦、撞，扬动着规则，可怕无比。

凌寒在规则上落在了绝对的下风，两个境界的差距是他无法弥补的，但他的体术太强大了，而且不倚仗外物，不需要向天地借力，这是真正的自身强大。

他展开仙魔剑，左手操控三雷术，向着萧英雄狂轰。

“咦，你竟然也掌握了这种雷术？”萧英雄讶然，他之前并没有获得过类似的传承，直等来到这里之后，他才在偶尔之际获得了。

可凌寒居然也会雷术，虽然与他掌握的不同，却可以明显感觉到是一脉相承的。

“哈哈，我要杀了你，搜你的魂，尽得传承！”他大笑。

凌寒冷笑：“你还真是想得美！”

萧英雄不再说话，双手舞动之中，仙枪被全面复苏，仙器之威尽显。

凌寒也不弱，他本身的战力就不弱于萧英雄，而仙魔剑更要超过普通的仙器。

几千次碰撞之后，叮地一下，只见仙枪竟然被崩了一个角。

萧英雄大惊，连忙向着那崩掉的一角追去，却被凌寒阻拦，怎么也无法实现。

一番缠斗之下，这崩掉的边角却是被凌寒拿下。

萧英雄露出肉疼之色，那可是仙金啊！

虽然被崩飞了，但仙金拥有自我修复能力，只要给足时间，这块角料还是可以融合回去的。可现在被凌寒拿走了，那除非将凌寒杀死，不然便不可能夺回来。

同样是仙器，怎么自己的便不如凌寒？

“难道……那是噬金铁所铸？”他露出震惊之色，也只有噬金铁了，可以吞噬仙金提升品质，从而超越仙金，最终成为天尊级材料。

他看着凌寒，露出无比得羡慕之色。

噬金铁啊，最终将会成为天尊级别的材料，可现在居然落在了一名六重天仙王的手里，这是何等的幸运？

代表着天地气运在照拂吗？

萧英雄深深地吸了口气，便是天地宠儿又如何，他有绝对实力，当能夺之！

第 2649 章 终极之地

“杀！”萧英雄爆发全力，向着凌寒攻去。

嗡，他一枪刺出，却有七道金色的剑光从枪尖打出，更有雷霆缠绕，十分古怪。

这是他在这片剑山中得到的传承，庚金之雷！

嗡，精神冲击也涌了过来，凌厉无比。

凌寒不可避免地识海一痛，眼前都是发黑，八重天超级帝星的精神冲击太可怕了，远非谷合义可以相比。

但他将不灭天经又往前推进了一步，虽然还没有达到八重天的高度，可毕竟是提升了，抵御精神冲击的能力当然也加强了。

他紧守心神，仙魔剑削过，强势反击。

叮叮叮，两人大战。

从实力上来说，他们真是差不了多少，但绝对是凌寒占了便宜。

因为他的仙魔剑可是噬金铁所铸，锋锐程度已是超过了仙器，打得时间一长，什么仙器都要被它斩断、斩碎！

又是几千招后，萧英雄的长枪再损一角。

这是他无法承受的，要是仙器断碎，那他怎么挡拥有仙魔剑的凌寒？

“你等着！”萧英雄发出怒吼，长枪一捣，他强势逼退凌寒，然后转身就走，“待我尽得雷术传承，便是你授首之日！”

他现在根本拿不下凌寒，反而只会吃亏，便当机立断离去，一点也不拖泥带水。

凌寒并没有追击，他并不比萧英雄强，只是因为仙魔剑才胜出了一筹。

“获取此地传承，融合的雷术越多，威力越是强大！”凌寒向女皇道，萧英雄反正也跑不了，他只需要提升自己的实力便可。

女皇点头，她比凌寒更加渴望强大，因为刚才只有凌寒在孤身战斗，她帮不上什么忙。

她无比骄傲，又怎么能够容忍这样的事情？

两人来到山顶中心处，取代了之前萧英雄的位置。

他们已经尽得剑阵之秘，顿时，他们的脑海中便显化出一枚枚金色符号来，但这一次就没有力量入体了，因为全部被萧英雄吸取干净。

想要再得力量灌体，那可能需要一两个纪元之后，等这座剑山恢复。

相对的，萧英雄就算回到前面，那也只可能得到三种雷术的传承，而无法获得力量灌体。

获取秘术很快，因为没有力量灌体这一环，只是数天时间，凌寒和女皇便已经得到了传承，他们担心被萧英雄杀个回马枪，趁着他们修炼的时候偷袭，便离开了剑山，然后才进了仙客居。

又是数万年之后，两人终是将庚金之雷掌握，并与三雷术融合，形成了四雷术。

“五行哪怕只是缺一，但威力终是差得太多。”凌寒摇摇头，显得十分可惜。

看看不灭天经，这同样是天尊创造的法，威力何等强大？

五行雷术应该绝对不弱的，但凌寒自忖将不灭天经修到对应的高度，四雷术绝对轰不破不灭天经的防御。

那只有一个原因，就是五行不齐，这门天尊法不但无法发挥全威，甚至只能发挥出十分之一罢了。

从四到五，这是一个质变。

“那就尽快获得第五道传承。”女皇说道。

凌寒点头："还得抢在萧英雄前面。"不然的话，传承可得，却是少了力量灌体。

他们出了仙客居，继续进发。

五座传承已是出现了四座，可见这个元古墓也快要到了尽头了。

一片片山河在他们的身下掠过，两人都没有理会一路上的人，他们现在便只有一个目标，那就是第五座传承地。

虽然他们并没有浪费时间在其他人的身上，可总有人获取信息的速度太慢，才刚刚收到两人乃是外来历练者的消息，特意出来击杀他们。

八重天仙王又岂是两人对手，自然是被立刻镇压的份，可两人也从这些仙王的嘴里知道了一些隐秘。

据说，这个元古墓的尽头不但有着绝世功法的传承，甚至还有离开仙王坟场的通道！

但前提是，得达到九重天之境！

所以，现在所有九重天仙王都已经去了那里。

凌寒有点相信，因为确实没见一名九重天仙王出来殂击他们，但到底有没有绝世传承和离去之路，那就值得商榷了。

荒月！

这个元古墓是荒月带人来的，甚至还抛出了三部九化天经。如果说需要无数仙王合力才能开辟一条进入元古墓的路，这个凌寒相信，但为此就要付出三部九化天经？

凌寒绝对不信，因为只要放出消息，这个大墓本身就绝对吸引力十足了。

元古墓的尽头，应该藏着真相。

凌寒看向女皇，女皇则是对他点点头，以两人现在的实力可以去闯了。

七个月之后，他们的前方出现了一座巍峨无比的宫殿。

高耸入云，有一道道雷霆缠绕，威严、浩荡。

这是终点，因为宫殿之后就是无尽的虚空，不可横渡。

从外面看，这座宫殿枯寂无比，仿佛死地。

所有的九重天仙王都在里面？

“着实诡异啊，这么多九重天仙王都在里面的话，怎么会没有丁点动静？”凌寒低语道。

女皇紧了紧手中的仙器，左手则是拉着凌寒的手。

凌寒露出笑容，反握着女皇的纤手，大步而行。

这座宫殿太高大了，因此从看到真正接近，却又是差了许多的路，当他们来到宫殿大门前的时候，便看到一伙人正在奋力轰击殿门。

诡异的是，这宫殿的大门分明敞开着，只是有一道道雷霆密布，如同瀑布般垂落。

这伙人共有四人，一起出手轰击着，可雷霆垂落却是丝毫不受影响，他们根本穿透不过。

感应到凌寒二人的接近，那四人立刻停了下来，纷纷转身。

凌寒不由露出笑容，这个世界也太小了。

那正是王东森几人，来自吉开城的二世祖。

之前他们的数量可不止四人，大概是一路上折损了，毕竟这可不是吉开城，可以任他们横行霸道的。

“李隆！”看到凌寒后，王东森立刻叫道，之前萧英雄三人伏击凌寒，他们见过凌寒的本来面目，因此他现在一眼就认了出来。

凌寒淡淡道：“不想死的话，立刻给我滚！”

“真是个狂人！”王东森满满地都是不悦，他可是七重天仙王，凌寒见了他都得叫一声前辈或是大人的，现在却敢斥他滚开。

虽然此人能够从萧英雄三人手中逃生，确实不凡，但又岂能与他相比？

“坏我父大事，看我不斩你之首！”

第 2650 章 五行之雷

王东森有足够憎恨凌寒的理由。

当初展飞羽潜入鬼王都布局，一旦成功的话，鬼王都便将落入吉开城之手。

可就因为凌寒的关系，导致功败垂成，还让吉开城付出了极大的代价才平息了鬼王都的怒火。

这一切当然都是算到了凌寒头上，所以不但唐明伯、陆高全之流恨不得将凌寒碎尸万段，吉开城的诸位也不见得好到哪里去。

此时相见，自然是份外眼红了。

“聒噪！”凌寒出手，向着王东森拍去。

他现在又哪会将王东森放在眼里，能够被他视作对手的，便只有九重天仙王又或是萧英雄、苗化这样的超级帝星。

这种小人物，一巴掌拍死就是了，别浪费他的时间。

“找死！”王东森见凌寒如此不将他放在眼里，不由大怒，双手一错，已是展开了一门仙术，扬动起可怕的战力，向着凌寒轰去。

仙术运转，化成一头金色的龙龟，龙首昂动，利牙森森，全部是由符文形成。

凌寒的手掌压到，嘭，毫无悬念，这只龙龟顿时被拍得粉碎，大手继续按落，在王东森无法相信的表情中，将他也拍得粉碎。

区区七重天的皇者，现在又哪里挡得下凌寒随意一击？

血雨纷飞，纷落在剩下三人的脸上、身上，也让他们从震惊中回过了魂来。

强如王东森，居然不是凌寒的一合之敌？

三人互看一眼，根本没有战斗的想法，连忙拔腿就跑，要逃之夭夭。

女皇出手，随意挥出三剑就将三人斩灭。

“似乎这大门不太好进。”凌寒说道。

“九重天仙王一个不见，显然困不住他们。”女皇点点头。

凌寒走了过去：“我们试试。”

他抬动脚步，碰到了雷霆上。

雷霆扬动，似乎就要发动凌厉一击，但立刻又变得温顺起来，仿佛认可了凌寒一般。

凌寒讶然，道：“这雷霆本要向我攻击，但体内的四雷术突然运转，两者起了共鸣，雷霆的运转便停了下来。”

女皇上前一试，果然如此。

“看来，最后一道传承应该在这座宫殿中。”女皇说道。

两人进了宫殿，这里一片空荡，只有粗达百丈的柱子矗立着，金色的地砖反射着瑰丽的光芒，呈现出一派缤纷之色。

人呢，都去了哪里？

两人前行，不用多久就来到了尽头，却见前方出现了楼梯。

他们顺着楼梯来到了二楼，又把第二层逛了一遍后，出现了通往第三层的楼梯。

这样不断地往上，来到了第九层。

这一层就不同了，地砖不再是金色的，而是五颜六色，无比得驳杂。

“看来，传承应该在这里了。”

两人不断地走动着，但不同于之前，这里并没有任何的攻击性，一圈转下来，凌寒和女皇都是懵懵的，完全没有发现什么线索。

他们又重走了几次，用不同的思路去考虑，但始终没有任何收获。

“也许……这只是迷乱人心的？”

“上楼去看看。”

他们来到了第十层，却发现这里还是五颜六色的地砖。

什么鬼？

他们又把这里转了一圈，依然没有任何的头绪。

他们再上一层楼，发现第十一层还是这样的，然后十二层、十三层，一直到第十八层，全是这种五颜六色的地砖，不过从第十九层开始，地砖又恢复了原样，第二十、二十一层也是如此。

凌寒二人没有上二十二层，而是又退了回来。

“我相信，最后一道传承肯定在这里。”凌寒道。

女皇点头：“我们应该将九层宫殿联系起来再看。”

他们再重走九层宫殿，将那些五颜六色的地砖全部记了下来，然后再在脑海中一一浮现。

“九层重叠到一起，若是只留下相同的之色，竟是形成了一行字！”凌寒猛地睁开双眼，讶然说道。

“第十六层，第九百六十七行、第三千六百六十六列！”女皇也道。

他们连忙去了第六十层，找到了那对应的地砖处。

两人踏足其上，脑海中再浮现出九层宫殿地砖融合起来的图案，顿时，一道强大无比的意念涌进了他们的识海之中。

“本尊元古，此去对抗狂乱，不知还有无归来之期，为恐道法失传，特意布下五座传承之地！”

“只有得到前面四座传承，方有资格进入此殿，得本尊终极之法！”

轰，紧接着，就是无数的雷霆之光在识海中升腾，化成了一道道符文。

这是五行雷术最后的一块拼图，厚土之雷！

可惜，这最后一处传承地并非阵法，自然也没有力量灌体，但相比于这最后一道天尊妙法，修为的提升完全可以放到一边，这只需要时间罢了。

传承很快，七天之后两人便纷纷睁开了双眼。

他们都是露出了喜色，走出一些距离后，他们进入了仙客居，要立刻融合五种雷术，修出真正的天尊之法。

要掌握厚土之雷，这其实很简单，凌寒只用了三千年就做到了，可要将五行之雷融合，那就难了，因为拆开来只能算是仙王术，仙王自然可以轻易掌握，可一旦融合，那就是真正的天尊法，奇难无比。

“这还亏得元古天尊将五行雷术拆分为五行，只要圆悟五行相生万物之法，便有一线希望掌握这天尊术，否则的话，恐怕九重天仙王都是勉强。”

“难怪说，每一位天尊都是独一无二的。”

凌寒十分感慨，他盘坐不动，时间体质悄然运转，他要尽快掌握这门至尊宝术。

一年、十年、百年……万年、百万年、千万年！

时光匆匆，四千多万年已是流逝而去，而在仙客居中，凌寒和女皇若是算上时间流加速，他们渡过的时间却是长达四百多亿年！

某一天，凌寒突然睁开了双眼，一道闪电闪过眼眸，他心念一动，身体上顿时有无数道雷霆浮现，却不是白色的，而是九彩！

“终于将五行之雷融合成功！”

“现在，我并没有掌握元世界的本质力量，所以，五行之雷只能以规则催动，但五行规则再加上雷霆，六种规则共鸣，爆发出来的威力绝不止简单地叠加。”

“这威力有多强？”

“不过，先不管这个，我要渡劫了！”

凌寒出了仙客居，顿时，头顶上有雷云出现，电光隐约。

长达四百多亿年的修炼，自然让凌寒达到了六重天巅峰，借着天尊宝术融合成功的契机，一举就推开了七重天的大门。

第 2651 章 奇迹！

就算在这个大殿之中，天劫也是说来就来，无比任性。

但这座大殿确实不凡，理论上来说，天劫降临应该是在宫殿之外的，然后一道闪电落下，直接将宫殿都给劈毁了，这也是为什么渡劫要跑去荒山野岭的原因。

可在这里，天劫却是直接在这一层的楼顶出现，乌云密集，闪电交织。

十分古怪！

难道天劫知道劈不坏宫殿，所以只能在这一层直接出现？

不是没有可能，因为天劫之威是有极限的，那就是九重天巅峰，可天尊却可以跨出这个极限，那么天尊布下的手段又岂是天劫可以破坏的？

为什么天尊要被天地所憎恶，便是因为天尊破坏了天地的规矩。

一时之间，凌寒的脑海中翻过种种念头，却立刻凛然以对。

哐！

第一道闪电已是落下，达到了九重天中期战力的层次。

凌寒迎击，他运转五行雷术，竟是在牵引天劫之力，另一边也祭出了仙魔剑，他的境界提升了，仙魔剑的威力当然也得提升上去。

在他的识海之中，仙种正在进行第七次蜕变。

闪电不断地劈落，但其中的能量大部份被仙魔剑与五行雷术吸收，然而，九重天级别的天劫又岂是那么好对付的，凌寒还是被溢散的闪电之力劈得伤痕累累。

相比之下，他现在勉强才达到第七层的不灭仙王体真是有些弱了，在九重天级别的破坏力面前显得无力。

一天之后，天劫消散。

凌寒体悟一下自己的力量，不由露出一抹苦笑。

“这次的突破，可以说是自己有史以来实力增长最少的一次。”

因为位面卷轴中的能量已经耗尽，他的体术还在原地踏步，但他之前的战力主要就是靠体术撑起来的，达到了九重天初期的极限，接近中期的样子。

这次只有规则之力提升了，可规则之力原本只有八重天巅峰的样子，现在确实跨进了九重天，但也只是九重天初期，与体术合壁之后，凌寒的战力达到了九重天中期。

可以说，提升的幅度非常之小。

“这也是九重天与八重天的差距太大了，再加上体术的原因，搞得我这次突破跟没突破似的。”

如果还有位面卷轴的话，那他的体术提升，战力不说达到九重天巅峰，后期是绝对没有问题的。

不过！

凌寒抬起手，五行雷术运转，金、青、黑、红、黄，五种颜色交织，然后一道白色的雷霆闪动，顿时化成了一道九彩仙雷，在他的掌心中跳动着，可以化成任意的形态。

“五行之雷齐聚，形成了质变，一击之威足以让我爆发出九重天巅峰的破坏力！”

“我还没有见过哪种秘术可以这么强大！”

“不愧是天尊宝术！”

“不过，以我现在的实力也顶多打出九记，也是因为这为天尊宝术，威力太强了！”

“如果我能得齐九化天经，分别运转的话，那我的爆发力可以持续更长的时间。”

“可惜啊可惜，还少了六部。”

“与其在这里惋惜，不如试试看瓦里的模型，能不能直接抽取六种本质力量！”

凌寒立刻放下了可惜，开始去想怎么解决问题。

反正女皇还在闭关，有的是时间。

凌寒运转瓦里的模型，他原本是用这种“功法”去吸收位面卷轴中的能量，现在则是放到了这整个天地之中。

早在仙域位面的时候，凌寒就试过这么干，但当时没有成功。

但当时凌寒还没有跨进仙王，而且仙域也只是超低等位面，这里却是超高等位面，有太大的不同了，所以值得一试。

凌寒盘坐，这次他没有进仙客居，因为有仙金的隔阻，不方便与天地沟通。

他枯坐如石，还用时间流加速，至于会不会遇上敌人，他倒是完全不在意，以他现在的实力，就算对上九重天巅峰仙王也能从容离去。

甚至，蓦然爆发五行雷术，连九重天巅峰仙王都可能死在他的手里。

十年、一百年、七百年，凌寒始终感应不到一丝一毫的元世界的本质力量。

很正常，六大本质力量本就是天尊才能感应、掌握、运用的，而且还不是一步天尊，因为一步天尊只能动用每个位面特有的力量，从某种意义上来说这只能算是伪天尊。

凌寒才只是七重天，这就想要一步登天？

但凌寒又不傻，他这么干当然也是有道理的，便是他曾经已经吸取过虚子能量，再加上还有瓦里这种几百个纪元才能造出来的结晶，又花了无数年在高等位面研究出来的模型。

他也许、可能有一线机会。

凌寒越来越放松，进入了神游物外的境地。

一颗微粒突然涌进了他的体内，从体量上来说，它小得可怜，可从质上来说，却又是无比恐怖，就那么小小的体积之中却包含着毁天灭地的力量。

啪，这颗粒子爆开，化成了滚滚能量狂暴，在凌寒的体内流转。

“哇！”

凌寒顿时全身剧震，猛地一口鲜血吐了出来，只觉体内的骨头在一瞬间至少断了三分之二，真是差一点就挂了。

这是……虚子能量！

那微粒便是虚子，他吸取到了一颗，然而，虚子中蕴含的能量实在恐怖，就那么微小到连肉眼都无法捕捉的一颗炸开，就让凌寒差点死了。

要知道，他可是七重天仙王，战力可比九重天中期，体魄也强至七重天了，却是如此得不堪一击！

然而，凌寒却是不惊反喜。

他勾动到了虚子！

这说出去绝对没有一个人会相信，便是一步天尊都不可能触摸到六种本质元素，可一个七重天的仙王却是做到了？

“咳！咳！”凌寒大笑，可嘴里却一个劲地冒着鲜血。

他连忙运转不灭天经修复自身，然后引导体内的狂暴力量，用以淬炼身体。

现在的他，依然没有资格直接吸收虚子能量，只能以淬体的方式来强化体术，这样做等是绕了一个大圈子，但能够在仙王时就触摸到天尊级的力量，别说绕一个大圈子，就是绕一百个圈子，事百倍而功仅一成，那也是绝对值得。

“我的实力太弱，才会用了千年时间才引动到一粒虚子。”

“还是位面卷轴好，不但随时可以抽取，而且力量柔和，不像‘野生’的那么狂暴。”

凌寒摇摇头，吐槽一下之后，又开始修炼起来。

第 2652 章 齐至

没有了位面卷轴，直接汲取元世界的本质力量，这太难太难了。

饶是凌寒妖孽，饶是他早就接触过了虚子能量，可依然需要上千年才能牵引到一颗虚子，然而，这只是苦痛的开始，狂暴的能量炸开，直接对他的神体造成了重创。

凌寒就在这样的过程中不断地循环：辛辛苦苦汲取到一颗虚子，然后将自己炸得重创，再一边修复身体，一边抽取其中的力量淬炼体质。

无疑，这让他痛苦无比，但凌寒却是实实在在地感觉到了体术的提升，虽然这很慢，远远不能与抽取位面卷轴相比，却无疑打开了一个宝库。

——位面卷轴会消耗完，可只要整个元世界不灭，第二种办法就永远可以持续下去。

最最重要的是什么？

凌寒已经可以感应并吸取虚子能量，这意味着他只要达到一步天尊之后，迈进二步天尊便是板上钉钉的事情。

又是七百万年后，女皇出关。

她也同样成功融合了五行雷术，并且触到了七重天的瓶颈。

女皇渡劫。

她渡的十分艰难，境界越高，天劫就越是狂暴，更何况她还是超级帝星，天劫之威远超境界。

还好，靠着对于五行之雷的掌握，雷霆攻击对她的威胁要小上许多，女皇有惊无险地渡过了大劫，先进入仙客居中稳固境界。

凌寒则是早已经完成了这一步，他站了起来，大步前进。

这个宫殿中极可能隐藏着终极之秘，他十分感兴趣。

正当他站起来的时候，后方却是传来瑟瑟瑟的脚步声。

他回过头，不由地目光一挑。

萧英雄、苗化！

这二人居然了联袂而行，一起进了宫殿。

按元古天尊的意思，只有掌握了外面的四种雷术，才能通过雷霆之门，那么这二人应该也得到了前面四种雷术的传承，毕竟都是超级帝星，这点悟性自然不在话下。

不过，据说所有九重天仙王都在这里，他们又是怎么通过大门的？

是个九重天就能通过吗？

凌寒的脑海中闪过许多疑惑，但脸上却是露出了森然杀气：“你们两个是来送人头吗？”

“错了，是来杀你的！”萧英雄冷然说道，直接祭出了仙枪。

他运气没有凌寒那么好，在外面找了很久很久，这才尽得四种雷术的传承，来到了这终极之地，巧的是，他居然在这里遇到了苗化，还真不是他故意去找的对方。

“今日了断恩怨！”凌寒手握仙魔剑，他们若是出了仙王坟场的话，武院天尊是绝对不允许他们自相残杀的，所以必须在这里了断恩怨。

“杀你如屠鸡！”苗化不屑地说道，他也取出了仙棍，轰，八重天的气息磅礴如海。

早在几千万年前他就突破了八重天，而这么多年下来，他也将八重天修到了后期，战力更是直飙九重天后期——境界越高，跨境界的能力就越是弱，也就是超级帝星才能这么猛了。

轰，萧英雄也尽情释放自己的气息，同样是八重天后期的修为。

凌寒不动声色，右手将仙魔剑平举，左手伸出，微微勾了一下手指：“来吧！”

“嚣张！”两大天骄都是冷笑，纷纷出击。

一个枪刺、一个棍扫，他们不用配合，达到他们这样的高度，随意出手就能默契无比。

凌寒挥剑迎上，嗡，仙魔剑同时架住了棍和枪，巨大的力量涌动，顿时将他的手臂往下，快要抵到面门时才停了下来。

他再大吼一声，体术爆发，嘭，将枪与棍同时挑飞。

七道异彩缠绕，他有若天神。

“七重天！”萧英雄和苗化都是震惊，尤其是萧英雄，他之前与凌寒一战的时候，对方才刚刚突破六重天，但现在却赫然是七重天了！

这么多年下来，他只是从八重天初期修到后期，连巅峰都没到，距离突破九重天至少还要五千万年的时间——这已经快得离谱、快得惊人了。

跟凌寒一比，这不是和蜗牛爬一样吗？

照这么看，当他跨进九重天的时候，凌寒应该也差不多要突破这个境界了。

他看向苗化，道：“不惜代价，今日一定要让此人魂飞魄散！”

“好！”苗化点头，他只是盯着凌寒，将手中的仙棍高高举起，嗡嗡嗡，棍身上一个个符文亮起，“朝天一棍，仙王低头！”

他出击，轰，仙棍当头轰落，以他九重天的战力足以完全催发出仙金本身的威能，一棍扫出，一片金光璀璨，而与此时，他也发动了精神冲击。

“死！”他率先袭到。

萧英雄在一边准备，捕捉着凌寒露出的破绽，再补上一枪，取了凌寒的性命。

精神冲击打到，这完全无视了距离，立刻让凌寒不由抱头。

“哈哈！”苗化大笑，他对精神冲击充满了信心，只要不被对手同样以精神冲击湮灭，这轻易让人头脑绞痛，失去反应能力，重则直接刺爆了识海，夺人性命。

凌寒已是中招，他一棍落下，要趁机将凌寒打成肉饼。

这么简单？

萧英雄露出不解之色，之前他可是与凌寒交过手的，两人的战力难分高下，但对手的仙器却是噬金铁，逼得他不得不遁走。

凌寒有这么不堪一击吗？

“小心有诈！”他连忙提醒道。

苗化不屑，都已经中了他的精神冲击，就算凌寒故意卖个破绽给他，他也要将之变成真正的破绽，送对方上路。

一棍劈落！

凌寒猛地抬头，左手上有九彩雷霆闪动，向着仙棍按了过去。

徒手硬接仙器？

你以为自己是谁啊，纯粹是在找死！

苗化冷笑，一棍直落，就算这是凌寒给他下的圈套，那也是聪明反被聪明误。

嗡！

凌寒的手掌已是抓住了仙棍，啪，仙器的破坏力再加上九重天级别的力量震击之下，凌寒的手掌瞬间爆炸，七重天级别的体魄也是完全不够看。

然而，苗化也不由地全身哆嗦，因为一道可怕的雷霆之力通过仙棍涌进了他的体内，不但让他全身发麻，骨头、内腑更是瞬间就被雷霆之力震碎。

就在这时，凌寒出剑。

他面无表情，好像被震碎的那只手根本不是他的，眼神冷漠得让人发寒。

“住手！”萧英雄连忙出击，要阻止凌寒。

可他现在再出手又怎么赶得及？

噗！

仙魔剑直接刺进了苗化的脑门中。

第 2653 章 诡异一幕

苗化呆呆地看着凌寒，他完全无法接受这样的结果。

像他们这样的强者、妖孽，可说已经站在仙道巅峰，居然会用这样的打法，一招就拼了个两败俱伤。

不，凌寒是伤了，可他却是挂了。

他兀自充满了不解，为什么凌寒明明受了精神冲击，却是毫无影响？明明手都被打爆了，却还能那么平静？

而且，凌寒轰出来的力量直接震碎了他的骨头和内脏，让他瞬间失去了反应能力，才导致面对凌寒袭来的一剑连闪躲的动作都无法做出。

为什么？为什么？

他死不瞑目。

就在这时，萧英雄也终于袭到，枪刺凌寒。

凌寒撤，体术爆发，嘭，身形瞬间加速，让枪尖以毫厘之差错过。

他看着苗化，道："如果你知道这些年我都经历了什么，就不会奇怪我的忍耐能力了。还有，我把五行雷术完全修成，这是天尊宝术，你扛不住也正常。"

这五百万年中，凌寒每隔千年就会身体爆裂一次，相比于这样的痛苦，断手又算什么？而这样的痛苦承受多了，精神冲击又算什么呢？

像这样的打击，吃得多了，自然就有了免疫能力。

苗化仍是无法释怀，他缓缓吐出一口气，这是他不散、不甘的怨气，却是头一歪，死得透彻。

被轰破了识海，九重天仙王也必死无疑。

凌寒随手摘下了苗化身上的空间神器，不灭天经运转，断手立刻开始缓缓重生，但很慢，因为那是仙器打爆的，可怕的破坏力还在肆虐，阻止着伤复。

萧英雄深深地吸了口气：“没想到，你的实力竟达到了这样的地步！”

只是一眨眼啊，与他并列、齐名的苗化就挂了。

不是苗化的实力太弱，而是凌寒太拼，直接以伤换伤、以命换命，让苗化根本没有防备。

“无惧精神冲击，更是掌握了完全的天尊宝术，我还是小看你了！”萧英雄说道，但他并无惧意，手中仙枪一紧，他战意冲天。

凌寒淡淡一笑，他其实不用这么拼的，但他的战力就算可以压制萧英雄和苗化，可两人若是打定主意逃跑，一左一右，他追哪个？

无论追哪个都会让另一个人逃遁，以后再想杀的话，难！

所以，凌寒索性拼一把，拼着受了记重创，将苗化立斩，这下，就算萧英雄逃遁又如何，他有信心追到天涯海角也会将之斩掉。

再者，两大强者联手，凌寒还真不一定是他们的对手，更何况还要屠了这二人了。

“既然如此，你不如跪下受死吧。”凌寒淡淡说道。

“我可不是苗化！”萧英雄嗤然说道，“我没有他这么自以为是。”

“那，来战吧！”凌寒脚下一弹，嘭，他瞬间爆发出惊人的力量，已是冲到了萧英雄面前，一剑刺出。

叮！

萧英雄挺枪还击，架住了凌寒这一击。

“哈哈，果然如我所料的，你虽然突破了七重天，可战力的提升却远远不到一个境界。”萧英雄大笑，否则的话，他早就二话不说便跑了。

凌寒出剑如雨，这五百万年下来他的体术确实有了点提升，但幅度并不大，毕竟是靠自身在修炼，哪可能如飞一般？

他漫不在乎，现在只是缠住萧英雄，等他左手复生，再运转五行雷术，到时候萧英雄就会知道后悔了。

——旁观和亲自体验，那是完全不同的，完整的天尊宝术太可怕了。

叮叮叮，两人大战。

萧英雄虽然嘴上说得漂亮，但几次三番无法镇压凌寒后，他就再无缠斗下去的意思。

因为凌寒手握仙魔剑，这可以克制他的仙器，缠斗于他而言太亏了。

他毫不恋战，立刻转身就走。

凌寒追，这次不同，他已经尽得五行雷术的传承，没有留下来的理由。

一个逃，一个追。

萧英雄的目标很明确，他冲向这个宫殿的最上层，寻找传说中的通道，离开仙王坟场。

虽然没能斩掉凌寒，但一亿年都不到，他就从七重天初期飙升到了八重天后期，这进步还不大吗？

够了，先离开仙王坟场，反正以后还能再进来，获取五行雷术最后一道传承。

像他这样的人，当然拿得起放得下，知道取舍。

凌寒紧追，仙魔剑疾斩，他绝对不会放萧英雄离去的。

他们一路向上，很快就来到了第十八层，再二十层、三十层，当他们来到第三十三层的时候，却是骇然一惊，齐齐停下了脚步。

因为这一层不再是空空荡荡的，地上有一个个巨蛋，差不多有两人高，比合抱还要粗上一些，通体乌黑，还有黑色的气缠升腾着，诡异无比。

密密麻麻，几无穷尽。

据说，这里藏着终极传承，还有离开仙王坟场的路，怎么会是这样的一幕？

萧英雄看了凌寒一眼，身形再起。

凌寒抬起左手一看，只见原本光秃秃的断腕上已是生出了新手来，现在最后一根手指也是完全长出。

这意味着，苗化那一击带给他的伤害已是完全扫清。

凌寒微微蓄力，双腿弯曲，然后嘭地一下，猛地爆发，同时，他再运转空间和时间规则，伤势一去，他再无顾忌，完全释放自己的实力。

萧英雄虽然背对凌寒，可神识自然无所不包，“看”得是清清楚楚，凌寒以可怕的速度急追而至，一剑刺向他的背心。

这一剑，他不得不挡，否则就是找死了。

叮！

他回身出枪，架在仙魔剑的剑身上，以避开剑刃的锋锐。

轰，两大天骄的战力是何等恐怖，一击交锋顿时掀起狂暴的冲击波，向着四周涌动而去。

附近的巨蛋首当其冲，啪啪啪，莫不纷纷破开，但诡异的是，碎掉的只是外面一层而已，黑气散去，只见里面是一层近乎透明的壳体。

凌寒本想再补上一剑，可看到壳体中的物事时，他不由顿住。

那壳体中……居然有人！

每个蛋体中，都是一个人，而他们仿佛都在沉睡状态，双手抱着膝盖成球形，浑身光溜，但赫然有九道异彩缠绕。

九重天仙王！

天，每一个巨蛋中赫然藏着一名九重天仙王，仿佛正在蜇伏，发生着某种诡变。

凌寒终是明白那些迟迟不出的九重天仙王都去了哪里，但知道是知道了，他心中只有更多的不解，这他玛德到底是怎么回事？

第 2654 章 幕后黑手

萧英雄也是戛然而止，与传说不符，恐怕这里根本没有什么终极传承和离去之路，反倒是仙王的终结站还差不多。

更让人恐怖的是，这里有多少九重天仙王？联手合击，便是一步天尊都要退避三舍，怎么可能被全部拿下？

看他们这模样，分明又没有受伤，那么是谁的手段这么惊人，不但拿下了这么多的九重天仙王，甚至轻松无比，根本不用伤到他们就能做到。

一步天尊亦无法吧？

凌寒再顾不得追杀萧英雄，而是执剑在手，精气神提升到极致，以应对可能出现的突发情况。

萧英雄也同样如此，这时候两人再要战斗的话，那真是太蠢了。

“唉！”一个幽幽的声音响起，在大殿中回荡着，让人无法辩别究竟是从哪里传出来的。

“何必装神弄鬼，出来一见吧！”凌寒大声道。

“呵呵，本座可没有装神弄鬼。”话音落下，只见一个黑衣人也从一根巨柱之后踱了出来，他浑身上下都裹在一件黑色的斗篷之中，哪怕是仙王的神识也无法穿透。

“荒月！”凌寒沉声说道，这里只有一个人会如此打扮。

黑衣人发出笑声，道：“不错，本座荒月。”声音飘乎，无法辩别男女。

“这是怎么回事？”萧英雄指着四周的巨蛋问道。

“哦，本座为什么要告诉你们？”荒月淡淡说道。

“看你似乎将一切都掌控在手，何不与我们分享一下？胜利的喜悦若是无人分享，那快感岂不是要大打折扣？”凌寒笑道，“你以一己之力蛊惑了整个仙王坟场的仙王，这应该是大成就吧？”

“哈哈哈哈！”荒月放声大笑，“不错，本座确实很得意，但本座做事向来谨慎，万一让你们二人知道了秘密，却又逃了出去，那岂不是坏了本座的大事？”

这个人还真是谨慎。

“那就逼你说！”萧英雄杀出，咻，仙枪直刺。

荒月不躲不闪，连招架的意思都没有，可当萧英雄这一枪快要触到他的身体时，却是戛然而止，再无法前进分毫。

萧英雄脸上露出挣扎之色，甚至可以看到汗水从他的额头上滚滚而下，可依然不能动弹分毫。

凌寒心中狂悸，这荒月的手段也太恐怖了吧，手指都没有动弹一下就让萧英雄这样一个拥有九重天后期战力的超级帝星束手就擒，这难道是一位准天尊吗？

荒月伸出手，速度并不快，就好像常人很随意地抬抬手一般，握在了枪身上，然后缓缓向后推，枪尖顿时偏开。他笑道：“小心一点，这可是仙器，本座可不想被伤到。”

“很奇怪，为什么在本座面前，你连一分抵抗之力都没有？”他看着萧英雄，“原因很简单，因为你体内的东西受控于本座，你因它越强，就越是被本座控制得结实。”

凌寒突然灵光一闪，道：“那些黑气！”

他终是知道为什么如此之多的九重天仙王都是毫发无伤地被拿下了，因为他们体内都有黑气的存在，而只要有黑气在身，就会被荒月控制！

可控制了就控制了，为什么要将这么多仙王摆得如此古怪？

他到底想干什么？

“不错，很聪明，只是现在才反应过来……已经迟了！”荒月向着凌寒伸手，似是也要控制凌寒，但他立刻一怔，如果没有披着斗篷的话，也许可以看到他脸上的震惊。

靠，怎么不受控制？

在他眼里，所有仙王都只是自己的棋子，强如九重天又如何，按捺不住贪念便是原罪，注定要被他控制。可现在，居然有人脱离了他的掌控，这自然让他大惊。

“你、居然没有受到影响？”荒月冷然说道，他已经镇定下来，就算凌寒不受控制又如何，只是七重天仙王罢了。

凌寒展颜一笑：“总不能事事都在你的掌控之中吧？”

“哼，你以为进入了这里，还有逃出去的可能？”荒月在萧英雄的头上一抹，然后哈哈大笑，“没想到，这小子还那么恨你！”

“好，本座就给你报仇的机会！”他伸指在萧英雄的头上点过，顿时，一道道星光粒子涌进了萧英雄的体内。

凌寒目光一挑：“完整的九化天经？”他修炼了其中三部，对此十分敏感。

“不错！”荒月傲然说道。

“果然，一切都是你的阴谋，但我实在不明白的是，为什么？”凌寒道。

“如果你让黑气入体，本座就满足你一切的好奇心。”荒月抬起右手，轰，立刻就有一道黑气浮现，在他的手上缠绕着。

“这可以予你无穷的战力。”

“放开怀抱，接受这无上之力，你会得到新生！”

凌寒嗤了一声：“狗屁！”

荒月不再说话，而是挥挥手：“去，将他镇压，不过不要杀死，这样的人注定要成为天尊，是一颗十分重要的棋子。”

这句话是对萧英雄说的，刚才还呆若木鸡的他立刻眼珠一动，然后转过了身来，直面凌寒。

又要一战了吗？

凌寒将手中宝剑一振，他自然不惧萧英雄，但现在的萧英雄俨然傀儡，让他生起一股不舒服的感觉。

“杀！”萧英雄挺枪杀出，仙王之力沸腾，他战力熊熊。

叮！

两人对轰一记，凌寒不由讶然，因为萧英雄的力量居然提升了一截。

这是……九化天经的关系！

就那么短的时间内，萧英雄便掌握了第四部九化天经，使得战力提升了一截，虽然不算惊人，但仍是非常可观。

战战战，萧英雄虽然是受人左右才出战的，但战斗意识、能力却是丝毫不受影响，将一身所能尽情释放。

只从战力来说，他已经不是凌寒的对手了，要稍落下风，但完全可以支撑。

一炷香之后，萧英雄的战力突然又提升了一截。

他融合了第五部九化天经！

这非常不可思议，天尊之法怎么可能这么快就悟透了？

凌寒不相信萧英雄的悟性强到这样的程度，那只有一个可能，便是因为荒月。

究其原因，应该与萧英雄体内的黑气有关。

凌寒不由一惊，要是荒月让这里所有的仙王都修成九化天经，然后控制着这些仙王杀出去，那又能造成多么恐怖的破坏？

这个荒月，他到底想要干什么？

“杀！杀！杀！”萧英雄的战力步步提升，越来越强。

第 2655 章 荒月的真面目

“啊！”萧英雄发出怒吼，浑身血管暴突，满头黑发冲天，他已经运转出了完整的九化天经，战力恐怖得吓人。

可完整的天尊法又岂能一直动用？

强如御虚仙王，运转鱼龙术也只能持续有限时间，萧英雄可不是九重天仙王，因此，他可以运转九化天经的时间自然更短，更是负荷极大。

啪啪啪，有些血管直接爆掉，鲜血流淌，却是化成了一个枚枚符文，加持在他的身上，让他的战力变得更加强大。

轰，仙枪化成了神龙一般，煞气冲天。

这一刻的萧英雄无比强大，反过来将凌寒完全压制。

这可是完整的天尊法，不以完全的天尊法对抗，又怎么扛得住呢？

凌寒目光闪动，他在考虑要不要动用五行雷术，可一旦将五行雷术用在萧英雄身上，那又怎么对抗荒月呢？

虽然此人还没有出过手，但凌寒却相信他的实力绝对强大无比。

再退一步说，如果荒月将这里的九重天仙王全部唤醒，那凌寒只有逃之夭夭的份，有五行雷术在手，他才有足够的把握杀出一条血路来。

萧英雄却不会考虑这么多，只见他的双眼中弥漫着黑光，越来越多，渐渐布满了整个眼眶。

他有若失去了神智，变成了一副完全的杀人工具。

果然，黑气看似可以提升战力，实则是有毒的糖果，现在萧英雄就自食恶果了。

现在的萧英雄，还能算是他自己吗？

啪啪啪，萧英雄的皮肤不断地炸开，他一直在运转九化天经，但天尊法是绝对不可能一直运转的，否则肯定要付出极大的代价。

萧英雄现在就是在以自残的方式维持着天尊法的运转，换来恐怖无比的战力。

凌寒不得不运转不灭天经，他暂时还不想动用五行之雷。

轰！轰！轰！

他的身体上布满了金色符文，让他的防御力无限提升，可以硬吃萧英雄的攻击而不伤。但是，凌寒能够运转不灭天经的时间也就一个时辰左右，到时候又怎么办？

荒月发出笑声，他有若一个全然无关的旁观者，在一边看戏。

啪！

萧英雄的一根手指生生炸裂，可血气衍化，却让他又能继续运转九化天经。一道黑气从他的断指中漫延出来，取代了他的手指，好像没断一般。

啪，很快又是一根手指炸裂，可又有一道黑气出现取代。

第三根、第四根……当萧英雄的十指全部炸裂之后，他的脚趾开始炸裂，然后是其他骨头，每爆裂一根，就会有黑气取代，让他依然维持着人形，也维持着九化天经的运转。

一个时辰很快过去，凌寒已经无法再运转不灭天经了，身上的金色符文若隐若现，而萧英雄除了一颗脑袋之外，身体的其他部份已经全部被黑气所取代。

荒月发出一声叹息：“再打下去就真要废了，算了，退下一边吧。”

话音落下，可萧英雄却并没有听命，而是还在继续战斗。

“咦？”荒月发出讶然之色，这让他觉得奇怪。

轰！

萧英雄突然爆发出强大的气息，猛地调转枪头，向着荒月疾刺而去。

这显然完全出乎了荒月的意料，他迟钝了一下，这才做出了反应，然而，仙王交手能有这样的迟疑吗？噗，枪尖已是穿透了斗篷，然后从另一头刺了出来。

“谁也、别想、控制我萧英雄！”萧英雄怒吼道，双眼中黑光褪下。

凌寒也是吃了一惊，没想到萧英雄居然会在最后关头清醒过来，并给予荒月致命一击。

不得不说，萧英雄不愧是超级帝星，也无愧于他天下第一武院巨头的身份。

“该死！”荒月怒吼一声，嘭，他一挥手，打在了萧英雄的胸口，嘭，萧英雄的身体立刻炸开，他现在除了脑袋便是由黑气组成，而黑气又完全受控于荒月，自然一打就碎。

萧英雄露出不解之色，被仙枪轰中一记，不但不死，甚至连战力都是毫无影响？

咻，他还是做出了一些反应，长枪一挑，枪尖划过斗篷，顿时将荒月的斗篷给挑落了下来。

咦！

他立刻露出见到鬼似的表情，便是凌寒也同样如此，因为斗篷揭开，现出荒月的脸来，太可怕了。

这真是人吗？

虽然有鼻子有眼，可到处都是长着一条条黑色的触手，那并非实体，而是由黑色的气息形成。

嘭，萧英雄被打飞出去，浑身的黑气立刻散去，只剩下一颗光秃秃的脑袋。

“该死，居然敢揭开本座的真面目！”荒月怒容满面，脸上的黑色触手舞动，狰狞之中又显得无比恶心。

萧英雄的脑袋浮在半空中，达到他这样的高度，只要识海不破就不会死，还是能够运转一些神通的。他怔然看着荒月，脱口道：“你是常化云！”

荒月看向萧英雄，森然道：“没想到你这个后辈居然认得我来！”

“你不是早就死在了域外战场上？”萧英雄依然难掩震惊，任谁见到一个传说中已经死去的人，而且还变成现在这副稀奇古怪的模样，都会止不住地心潮如海吧？

“不错，曾经的常化云早已经死在了域外战场上，现在……本座乃为荒月！”荒月说道，脸上杀气腾腾，那是厌恶天下人的漠然。

“据说，你是被同门师兄陷害，才落进了陷阱……”萧英雄喃喃说道，声音越来越低。

凌寒接口，道：“你没有死，而是投靠了狂乱！”他终于想明白过来，为什么这些黑气给他一种似曾相识的感觉，因为这太像狂乱的触角了。

常化云落进了狂乱的陷阱，但狂乱并没有杀死，而是将他改造，利用他被背叛的愤怒，成功让他投入了自己麾下。

现在，常化云带着使命进入了仙王坟场，那他的使命便是？

凌寒看向四周的“巨蛋”，这里有一名名九重天仙王，都被黑气、也就是狂乱影响、控制，一旦让他们离开仙王坟场，那又会造成多么可怕的杀戮？

一个位面的强大，极大程度上取决整个生命圈的数量，而并非有限几个顶尖强者的层次。

这些仙王造成大杀戮后，必然会极大地削弱炎霜位面本身的实力，那么，距离狂乱吞噬这个位面自然又进了一步。

“嘶！”萧英雄也想到了这点，脸色顿时变得苍白无比，虽然他也只剩下一个脑袋了。

第 2656 章 真英雄

荒月目光扫过凌寒和萧英雄，脸上不断有黑气升腾，化成了一条条灵蛇，又仿佛一根根触手，恶心之极。

他露出一抹笑容：“还真是不能小看你们的智商，仅仅根据一丁点线索就差不多还原了事实的真相！不错，当初我被人出卖，身陷重围，最终被狂乱大人的军队淹没，所有人都以为我死了。”

“可我偏偏没死，是狂乱大人给了我新生，并给予我更加广阔的天地！”

“你们以为归顺狂乱大人是一种耻辱、一种错误吗？”

“错！”

“狂乱大人注定要融合所有位面，容纳天下，我们生活在狂乱大人的世界内，便可真正地超越天地，超脱天地！”

凌寒嗤了一声：“明明是为人走狗，却偏偏还如此得理直气壮，真不知道你怎么会有这么厚的脸皮！”

“年轻人，你现在盛气凌人，却不知道最黑暗的便是人心！”荒月哼道，目光中跳动着怒火，“等这些人……完毕，我便会带着他们去找那个陷害我的人，算一算昔年的账！”

“你想把这些仙王怎么样？”凌寒沉声问。

荒月本不用回答，但想了想，凌寒完全就是牢中之鸟，又何须在意呢？而且，他干了这么大的事情，不与人分享一下的话，也确实心里不痛快。

反正已经被他猜出了这么多，那再让他知道一些事情也没有什么了。

他笑了笑，道：“这些所谓的黑气，便是狂乱大人的精神碎片，于狂乱大人来说，这根本就是微不足道，但于我们这些仙王来说，却可以促进我们蜕变，走出无比关键的一步。”

他露出狂热之色：“试想一下，数万的准天尊出世，那是何等壮观的一幕？”

明明位面之力无穷，凭位面卷轴就能轻易造就出一名天尊来，可为什么天尊的数量却那么少？因为天地有天地运转的规矩，天尊级的力量绝对不容许出现。

可狂乱不同，它既是位面，又是生灵，有自己的想法，完全不用在意什么规矩，因此它想造出多少天尊都可以。

甚至，它现在都将手伸到了这里来。

在它的世界中，造就天尊只是一念之间的事情，但在别的位面就没有这么简单了，必须假他人之手，还要许许多多的时间。

“就算是准天尊，也不可能轰破仙王坟场。”凌寒淡淡道，但这句话却是一个伏笔。

果然，荒月接口，道：“这元古墓乃是元古天尊生前便布置下的大坟，葬着他一路追随的手下，后来，他前去域外战场对抗狂乱大人，自然是被轰杀成渣的份。”

“不过！”

他微微一顿，复道：“狂乱大人获取了元古天尊所有的记忆，便以大手段花费了许多精力，硬生生在这里打开了一条通道，可以直通外界！”

“所以，你那些担心还是收进肚子里面吧！”

“小子，不要有不切实际的幻想，你自己主动将黑气吸入身体还能少吃一些苦头，不然的话……我可是非常乐意折磨一名天骄的！”

凌寒问这句话，其实就是想要知道这里有没有离去的路，果然，荒月既然布置了这么大的阴谋，已经安排好了所有的细节。

只要这些九重天仙王突破准天尊，那么荒月就会带着这些人出去，不管是分散而动，还是集体出击，这股力量都是无比得恐怖。

关键是，域外战场战事吃紧，又能调出几个天尊回来解决这个大麻烦？

一步天尊根本不够瞧，连这么多的九重天仙王都搞不定，而等这些人迈进准天尊后，恐怕二步天尊也不够看吧。

“唉，看你目光闪烁，显然是不愿接受我的建议了。”荒月摇摇头，然后道，“萧英雄，还不替我将逆臣拿下？”

萧英雄露出挣扎之色，但双眼很快被黑光重新掩盖，轰，他的断颈中垂落下无数道黑气，组成了他的躯干。

“杀！”他推动着仙枪向着凌寒攻了过去。

荒月叹了口气，要是凌寒和萧英雄早来一些时间的话，他倒是可以唤醒一些九重天仙王来助阵，但现在正是这些仙王冲击准天尊最最关键的时候，打断的话，便无法再与遥远的狂乱联系上，自然不可能再冲上准天尊了。

不过，就算萧英雄收拾不下凌寒，再加上他……还不够吗？

叮叮叮叮，凌寒与萧英雄不断地战斗，两个人从东打到西，从南打到北，余波震荡，将宫殿中的巨蛋外层全部粉碎，可里面的蛋体却是丝毫无坏，根本影响不了其中的仙王。

“嗯？”荒月眉头一皱，心中生起一股不妥之感。

就在这时，只见萧英雄一声怒吼，轰，他的头顶腾起一道金光，瞬间就震散了组成身体的黑气。

“不！”荒月惊呼，这意味着萧英雄又脱离了他的掌控。

怎么可能呢？

一旦让黑气入体，那就会被黑气影响，那可是狂乱的精神碎片，哪怕只是一丁点，而且还处在这个位面的压制之下，但要影响九重天仙王却是轻轻松松的事情。

九重天仙王都是不可解，更何况是区区八重天了。

但萧英雄不但解了，而且还是两次！

这就是超级帝星的意志吗？

“走，我来挡着他！一定要将消息带回武院，否则我做鬼也不会饶你！”萧英雄大吼道，猛地对着额头上一抓，手上已是多了一团白色的光华，向着凌寒掷了过去。

凌寒探手一抓，这个光团乃是完整的九化天经。

他不由感慨，萧英雄虽然一直与他做对，绞尽脑汁想要杀掉他，但在最后关头却是做了一件真正英雄的事情。

——刚才他们在战斗的时候，萧英雄就向他传音，说他还有一线神智清醒着，故意与凌寒打到宫殿的偏远处，给凌寒制造逃走的机会。

因为荒月的计划一旦得逞，几万准天尊进入炎霜位面，那造成的破坏就太恐怖了。

在这样的大是大非面前，萧英雄压下了私人恩怨，光明了一回、大气了一回、英雄了一回。

他知道自己十死无生，便将九化天经也抓出来丢给了凌寒，他可不是荒月，没有办法让凌寒一下就完全掌握了这部天经，只能将记忆给他，让凌寒去慢慢琢磨。

凌寒容色肃然：“萧英雄，你我从此恩怨两清，容我叫你一声萧兄！”

“哈哈哈，不要说得这么肉麻，让你滚，是因为谁也不能辱我萧英雄！”萧英雄转过头，金色能量重新化成了他的身体，他手握仙枪，散发着一往无回的豪情。

虽千万人！

第 2657 章 离去

“给我拿下！”荒月气急败坏，哪里还顾得上别的，伸手向着凌寒和萧英雄一指。

顿时，啪啪啪，十枚怎么也打不破的蛋体顿时自行碎开，十名九重天仙王从曲抱成球的状态下站立了起来，一个个都是散发着恐怖的大气势。

他们正在向着准天尊的高度进军，现在虽然进程被打破了，而且也可能永远不可能再成为准天尊，可十尊九重天巅峰的仙王联手，便是准天尊估计都能斗上一斗了。

然而，这十名九重天仙王双眼都是漆黑一片，根本分不出眼黑和眼白，诡异无比。

行尸走肉。

凌寒立刻在心中说道，他们获取了狂乱的力量，但也不可避免地成为了行尸走肉，没有自我思想，只能听从号令。

这也是为什么需要荒月的关系，不止是他要牵线搭桥，还要负责指挥这些“准天尊”战斗。而且，为什么荒月只是仙王而非准天尊？

恐怕也是相同的原因。

萧英雄大笑，轰，他无尽释放着金色能量：“快走，这里有我萧英雄挡着，谁也别想踏前一步！”

凌寒深深地吸了口气，道：“希望还有再见之日！”

“哼，不要说得好像我们是朋友一般。”萧英雄冷然说道，“我只是看你状态比我好，才选择让你突围，事实上，我还是十分乐意斩掉你的脑袋！”

凌寒点点头：“我会给你报仇！”

他不再拖泥带水，有这么多的九重天仙王包围过来，哪有时间给他浪费？

咻，他身形一纵，立刻向着这层宫殿的深处跑。

“给我拿下！拿下！”荒月气急败坏，如果将所有仙王都唤醒的话，那定然可以阻下凌寒。可突破准天尊的进程一旦打断，那就没有第二次机会了。

布局万万年，却只放出去一些九重天仙王？

这不是搞笑吗，随便来一位二步天尊就能搞定了。

荒月也只能唤醒有限数量的仙王，不然他也承担不了这样的后果，毕竟他现在只是狂乱的一条狗而已。

“哈哈哈哈，看我萧英雄怎么大杀四方！”现在的萧英雄反倒更加豪迈，他一振仙枪，轰，仙枪上也有金光腾起，如同火焰一般燃烧着。

十大九重天仙王冲了过去，但俱被萧英雄挡了下来，金色能量暴涌之中，他神勇无比。

凌寒叹了口气，这是萧英雄极尽璀璨之战了，就算他赢了，也会因为消耗过大而陨落。甚至，他可能在大战之中就突然死亡。

在大是大非面前，萧英雄站住了脚跟，对得起他天下第一武院巨头的身份。

敬你！

凌寒按下心中的思绪，体术爆发，嘭，他的速度再次提升，绝不能浪费萧英雄拼死给他争取的时间。

嘭嘭嘭，后方金光与黑气在火拼，还有荒月的怒吼，他向着凌寒追了过来，只身一人。

没办法，这些九重天仙王在进化的过程中被打断，有若初生的婴儿，虽然听指挥，但对于命令的理解实是不到位，让他们杀凌寒和萧英雄，他们见萧英雄近，就盯上他狂攻，完全不理会凌寒。

所以，荒月只身而追。

他早已经达到了九重天巅峰，而且同样是一尊超级帝星，战力无比恐怖，但只说速度的话，他却未必比凌寒快，而且还是后发，离凌寒有一大截的距离。

凌寒却不敢有任何的大意，一旦让荒月追上的话，那他再放出十几个九重天仙王来，那凌寒就算爆发五行雷术也不一定可以突围。

他必须赶回武院，将这里的消息上报，否则又怎么对得起萧英雄的牺牲？

这一层是宫殿的最高层，没有第三十四层了，当凌寒来到宫殿的尽头时，只见前方有一个黑色的光门，有黑气在打着漩涡。

离去之路吗？

凌寒微微一顿，露出迟疑之色。

轰，可怕的气势传动过来，荒月已是追了过来。

凌寒一咬牙，不管是不是了，他必须动起来。

咻，他纵身一跃，进入了光门之中，顿时身影即告消失。

荒月追至，他也同样停下了脚步，露出了迟疑之色。

“狂乱大人虽然打开了通道，但还没有调整好出口的位置，这小子就算可以逃出去，但会出现在哪里却是个问题。也许，等他回到武院的时候，我这里已经完成了任务。”

“到底要不要追？”

“进化已经开始，我其实并不需要一定守在这里。”

“为了以防万一，还是追吧！”

他一脚跨出，也进入了黑色光门之中，咻，身形也立刻消失。

……

轰，巨大的拉扯力袭来，让凌寒浑身剧痛，这确实是一条空间通道，可以离开仙王坟场，但那是为准天尊设计的，现在让凌寒去渡，自然让他吃足了苦头。

无情的能量削来，就算他运转了不灭天经也没用，动辄就会伤到，而不运转的话，那伤势更重。

便是凌寒也吃不消了，身形一闪，进入了仙客居。

滋！

能量流刮过，仙客居的表面上立刻燃烧起了熊熊光焰，符文亮起，然后又迅速磨灭。

还好，这终是仙金，抵得住能量流。

也不知道过了多久，嘭，仙客居被迸射了出去，在长空中划过，然后落进了一堆青草地中。

凌寒身形出现，目光扫过，这是一座平原，绿草如茵。

离开了。

凌寒立刻在心中说道，这里绝非仙王坟场，感觉完全不同。

他腾起身形，立刻远遁，鬼知道荒月什么时候会跑出来。

先看看自己在哪里，距离武院又有多远。

他现在的速度快得惊人，而且体力绵绵，更适合长途奔行，爆发力又强大，简直完美。

“难怪天尊那么强，因为用的是自己的力量，不像仙王，需要一个调动规则的过程。”凌寒一边跑一边说道，这时候他就不敢再去吸收虚子，万一将身体炸毁，可不知道要修养多少年。

“这次回去之后就闭关，将体术提升到七重天极致后再出来。”

山川河流在凌寒的脚下不断地远去，跑了小半天之后，他终是发现了一座大城，直接散发大气势降临。

此城的最强者不过是五重天仙王，看到凌寒有七道异彩缠绕，连忙上前高呼前辈，恭敬无比。

“这是什么城，距离天下第一武院又有多远？”凌寒问道，他直接亮出七重天仙王的身份就是想要节省时间。

第 2658 章 追击

那五重天仙王一愣，没想到凌寒居然会问这样的问题。

您这是傻了吗？

他在心中说道，当然嘴里可不敢这么说，连忙老老实实地回答：“此为来星城，距离天下第一武院还真是有些远。”

“拿地图来。”凌寒挥了挥手。

那五重天仙王连忙取来地图，向着凌寒递了过去。

凌寒目光一扫，这确实远得可以，以仙王的脚程都要跑上百八十年。他要比一般的仙王跑得快，但五十年肯定是少不了的。

他将地图丢还给对方，嘭，双足发力，破空而去。

“乖乖，这位主的威势好不惊人。”那五重天仙王不由将手按在了胸口上，“明明只是七重天，怎么给本座的感觉却比九重天还要骇人？”

他一屁股坐了下来，要喝点茶压压惊。

只是一杯茶还没有喝完，嗡，又一股可怕的气息出现，然后便见一个浑身笼罩在黑色斗篷中的人出现，不辩身材、难分性别。

“阁下何人？”那五重天仙王壮着胆子问。

斗篷人自然是荒月了，他不做理会，而是伸出右手牵引一下，顿时，之前凌寒与五重天仙王对话的场景复现。

时间规则，追溯历史。

这因为才刚刚发生，所以才能追溯，否则时间一长的话便不能触碰了。

那五重天仙王忍不住擦了一下冷汗，面前这个神秘人给他一种无比可怕的感觉。

荒月收回了手，向着那五重天仙王看了一眼，眼神中杀机沸腾。

他为人陷害，变得憎恶所有人，而且被狂乱改造之后，虽然神智还在，却难免影响性格，让他变得嗜血无比，现在出了仙王坟场，这里所有人都是他的猎物。

“用不了多少时间。”他喃喃说道，轰，体内顿时暴涌出无穷的黑光，向着整个城市蔓延而去。

“你做什——”那五重天仙王连忙想要阻止，可甫一接触到黑光，他就立刻变成了一具木偶似的，再也动弹不得。

只是几个呼吸的时间，城里所有生命皆被黑光捕获，化成了石头、木头一般，刚刚还热闹无比的城市瞬间就成了一座死城。

“哈哈哈哈！”荒月大笑一声，嘭，他身形腾起，继续向着凌寒追去，咻咻咻，所有的黑光也被他收进了体内，可城里所有的生灵也在同一时间化成了尘埃。

“狂乱大人的计划，绝不能因你而止！”

……

凌寒只知道荒月肯定会追他，但在追他的过程中还会造成大杀孽，那他就不知道了。

他体力充沛，一路都是不带停的，直取天下第一武院，达到他现在的高度，一路上又有谁会阻挡他？不说他战力远超境界，光是七重天仙王的身份就足以横行了。

可要知道，凌寒是自带麻烦光环的人！

他赶路赶了好几年都是没事，可某一天的时候，他却是一头撞进了某个战团之中。

这有点冤，他跑得太快了，而且为了节省时间，他肯定是一条直线前进，没想到就冲进了好几伙人的混战之中。

他没考虑停下，而是直接硬闯，反正体魄强横，运转不灭天经之后甚至可以硬吃九重天仙王的攻击，那自然毫无顾忌了，只需要一口气冲出去就行。

“大胆！”

“贪心！”

没想到这么一冲居然将所有人都是惹毛了，纷纷向着他出手。

这些人中有七重天仙王，更有八重天的存在，否则也不敢悍然攻击一名七重天仙王了。

凌寒直接无视，顶着攻击前冲，却是引发了这些人更加疯狂的出手。

他全身泛动着金光，无视了一切攻击，嘭，冲出了人群，只见前方有氤氲之气升腾，一团紫霞如同火焰般璀璨。

原来是一株仙药！

凌寒总算明白了，这些人都在争夺仙药，还没有决定出归属，正打得激烈，没想到他却是乱入，横插一手，直接冲了出来。

“休想！”众人都是向着凌寒抓去。

凌寒哈哈一笑，既然看到了那也没有错过的道理，这株仙药确实是仙王大药，而且年份惊人，对他亦有不小的帮助。

他出手，向着仙药抓去。

嘭嘭嘭，所有的攻击打来，皆被不灭天经轻易吸收，可凌寒一掌按下，却是轻咦一声，因为他竟是按了一个空。

仙药长腿跑了？

凌寒收回手，却见仙药还在原地。

障眼法！

这株仙药的本体并不在这里，甚至不在这个空间中，只是折射出了形体，真身根本不知道在哪里。

若是给凌寒足够的时间，他肯定能够找出仙药的所在，但他现在急着要回武院，自然也只有舍痛割爱了。

他摇摇头，便要离去，却是眉头一皱。

“你可真是让我好找。”荒月的声音响起，只见漫天的黑气垂落，有若一道道的栏杆，将凌寒包围了起来，因为这个牢笼太大，之前那些人也同样被笼罩了进去。

“你是什么人？”

“为什么要将我们困起来？”

“不要自误啊！”

那些人都是叫道，莫不愤怒。

“聒噪！”荒月冷哼，黑气突然暴动，刷刷刷，那些人莫不被黑气轰中，立刻变成了石头一般，然后轰然破碎，化成了飞灰。

他可是九重天巅峰的超级帝星！

凌寒转过身，直面荒月，虽然他并不想现在就和荒月杠上，但谁让他遇到了事，就耽误了那么一会，便让荒月追了上来。

“还不知道你的名字哩。”荒月淡淡说道，“能让本座亲自出手，你有资格让本座记住你的名字。”

凌寒摇摇头：“我可不在乎一条走狗的恭维，不过既然你问了，那记下吧，我为凌寒！”

“可惜，你失去了更进一步的机会，否则的话，你将前途无量！”荒月摇摇头，现在凌寒已是被困，一切已成定局。

“说得比唱得还好听，但终究只是痴人妄语。”凌寒祭出了仙魔剑，咻，他身形动，却根本没有兴趣与荒月力拼，而是向着黑气化成的牢笼削去。

现在最重要的就是赶回武院通报情况，其他一切都可以以后再说。

仙魔剑那是何等锋锐，超越了仙器，便是九重王仙王被直接斩中的话，那也只有被一剑两断的份。因此，一剑斩落，黑气立断。

凌寒杀出，身形暴射，奇快无比。

荒月讶然，一边急起身形而追，一边向着仙魔剑看去，他露出恍然之色，那是噬金铁啊。

第 2659 章 抵达

凌寒跑，荒月追。

两人各展手段，荒月不断地打出精神冲击，又以黑气化成各种武器，向着凌寒激射而去。凌寒也不惧，以不灭天经硬吃攻击，又以五行雷术反击。

蓦然打出五行雷术后，荒月差点吃了大亏，但他毕竟是九重天巅峰的超级帝星，战力要比凌寒高出太多，再加上也掌握了九化天经这样的天尊宝术，以吃了点小亏为代价，还是化解了。

这一击之后，荒月当然变得小心谨慎了许多，不再将凌寒当成七重天仙王，而是与他境界相同的存在。

可他这么一谨慎，虽然凌寒无法再伤到他，可无形当中也让他对凌寒的威胁小了许多。

咻咻，两大仙王不断地穿梭空间，速度都是快得离谱。

一路之上当然有许多人看到了他们，但哪一个又怎么敢插手，向他们问问是怎么回事？

荒月能够被狂乱派出来主持大局，当然不止是九重天巅峰超级帝星这么简单，他见久久不能将凌寒追上，眼神中闪过狠厉之色，祭出了三根细针。

这是狂乱赐予他的，当然不是狂乱自己炼制的宝器，而是在漫长的战争中，从战死的天尊手里所得。

这是……天尊宝器！

当然了，三根细针已经损坏严重，远远达不到天尊级别的威能了，可依然超出了九重天的级别，无限接近准天尊的威能。

关键是，在他的手中，可以将这三根细针的威力完全发挥出来。

“去！”

他轻喝一声，全力运转之下，三根细针已是被完全复苏，但并没有任何的符文扬动，只有无尽的力量在滚滚而动。

天尊可不修规则。

咻咻咻，三根细针齐射，向着凌寒追击而去，速度快得无法形容。

凌寒不由升起一股强烈的警觉，神意一扫已是发现了三根细针，但当他发现的时候，这距离他已经只有不到百丈了，而且还在迅速接近。

九十丈、八十丈、七十丈，这速度远在凌寒之上。

他发动空间规则，让自己瞬移到另一个方位上，可细针自动转向，如同有着自我意识。

如果天尊宝器可以这么容易躲闪掉的话，那也太掉价了是不是？

凌寒再展时间规则，想要延缓三根细针的接近，但同样没有效果，那仿佛万法不沾。

“天尊宝器！”凌寒在心中说了一句，只有天尊宝器才拥有这样的威能！

只能硬接了！

凌寒一个急转，仙魔剑已是挥出，斩向三根细针。

叮！叮！

两声脆响，仙魔剑先后斩到了两根细针上，以无坚不摧之势将之斩断，可第三根细针却是突破了仙魔剑的防线，直袭凌寒的身体。

凌寒已是运转了不灭天经，但这一次不灭天经却是不起效果了，细针破开了他的皮肤，进入他的血管中。

荒月不由一叹，时光以降，便是天尊炼制的宝器也荒废了，不然的话，那细针虽然不是仙金更不是噬金铁所制，可也不应该是被一斩即断的。

但还是有一根细针进入了凌寒的体内，这就足够了，准天尊级别的力量爆发，就是九重天巅峰仙王都只有死路一条！

凌寒收剑，回身继续跑，他知道不妥，但也只有一边跑一边想办法了。

痛！

他只觉体内的血液好像都在燃烧，难受无比。

这绝非错觉，他清楚地看到自己的皮肤上冒出了热气，水份正在迅速地流失。

这是大杀器，要将他生生焚成干尸。

凌寒哼了一声，左手抓出，抽取天地间大量的水元素进入体内，以缓解体内的危局。他再运转不灭天经，试图将那根细针逼出来。

但细针顺着血液而动，依然快得惊人，根本无法捕捉。

“不要徒劳了，那可是千变天尊当年亲手淬炼而成的兵器，虽然是他随手所炼，而且也没有取用珍贵的材料，但依然不是你一个小小的七重天仙王可以对抗的。”荒月在后面说道。

凌寒自然不会加以理会，他一生经历了无数的危险，又怎么可能因为对手三言两语而放弃？

不过，荒月有一点没有说错，他确实没有办法将细针逼出身体。

那就——

凌寒突然露出狠色，猛地对着自己的手指就是一剑斩下。

啪，血光溅起，一根手指立刻被斩了下来，可体内那股要人命的沸腾却也消失了。

因为那根细针正好运转到手指处，被他一剑随着手指一起斩掉了。

壮士断腕，不是不在意这只手，而是更加珍惜自己的生命。

凌寒连眉也不皱下，之前身体不断地炸裂，现在斩断一根手指又算什么？

荒月都是震惊，没想到凌寒不但对自己奇狠，而且洞察力如此惊人，以最小的代价排除了一个大杀机。

他眼神中杀气狂溢，这要让凌寒逃出生天，此子未来必成绝世强者，成为抵御狂乱的主力之一。

不能留。

他奋力疾追，要灭掉这个隐患。

凌寒不怒不惊，他的目标无比的明确，现在便是有机会斩杀荒月他也不会出手，因为阻止元古墓中那些九重天仙王迈进准天尊才是最重要的。

追、逃，追、逃，十年、二十年、三十年，时光飞逝，差不多五十年之后，天下第一武院所在的那座大山已是在望。

荒月作为曾经的武院弟子，又怎么可能不知道这就是天下第一武院？

他怒吼一声，却是不得不停下追击的脚步，折身而走。

如果引出了武院中的天尊，那他绝对是被秒杀的份，卖身投靠狂乱，哪怕他是七步天尊的亲儿子都会被立刻斩掉。

“该死！该死！”他哼道，“只有启动备用计划了，绝不能让一个小卒子坏了狂乱大人的计划。”

凌寒再行一阵，已是进入了天下第一武院的势力范围，这里可没有守卫，九绝阵便能将不合格的人全部拒于外面，何需守卫？

他很快就通过了大阵，然后仰天长啸，发出如同雷鸣般的巨响。

“鬼叫什么？”立刻有许多仙王冲了出来，向着凌寒咆哮道，这里可都是来自无数位面的天骄，哪一个都有无敌之资。

凌寒毫不理踩，大声道：“黑驴前辈可在？”

“咦！”黑影一闪，一头黑驴突兀出现，驴脸上写满了震惊，“你小子怎么跑出来的？是谁放你出来的？”

凌寒正容道：“前辈，出大事了！”

第 2660 章 出大事了

“什么大事？”黑驴漫不在乎地道。

“哟，小寒子你怎么回来了？”大黑狗也跑了出来，看到凌寒的时候，不由将狗眼都是瞪了出来，这太不可思议了，进了仙王坟场的人还能自己跑出来的？

“找个僻静的地方再说。”凌寒道。

黑驴人立而起，挥了下蹄子，一人一狗一驴便突然消失。

那些跑出来的天骄都是奇怪，这人是什么毛病？

“此人是谁？”

“不认识。”

“他叫凌寒！”

有一名年轻人却是突然开口，脸上露出笑容。

严仙路！

当初凌寒与天生一战之后便再没有消息，大部份人都说他已经死了，虽然严仙路不相信凌寒是这么容易死的人，可如此多年都没有出现，让他也心中没底。

但就在刚才，他终于看到了凌寒。

“凌寒又是谁？”有人问道。

“那说起来话就长了。”严仙路笑道。

……

凌寒、黑驴、大黑狗出现在山巅，黑驴不耐烦地道：“小子，到底是天塌了还是地陷了？”

凌寒将元古墓中发生的事情说了一遍，黑驴顿时露出了惊容。

“哎哟乖乖，这可真是出大事了！”黑驴悚然大惊，“这事，本座也搞不定啊！本座立刻去找周恒，让那家伙出马，否则只要跑掉一两个，都会造成巨大的麻烦。”

“而且，当初建立仙王坟场就是顾及到各个天尊，现在要将里面的仙王全部镇杀，一定会遭许多天尊的反对，很难圆满处理。”

“靠，狂乱这个贱人怎地使出了这样的阴招？”

黑驴四脚跳，显得十分烦躁。

这要镇杀一众九重天仙王自然不难，难的是许多九重天仙王身后都有强大的背景，现在又是齐抗狂乱的时候，万一闹得人心不齐，那会动摇整个大局。

“不管了，本座先去把消息带到。”黑驴撕开空间，直接离去。

凌寒和大黑狗大眼瞪小眼互看，虽然快要一亿年没有见到了，但他们却根本没有一丁点的变化。

“死狗，仙金弄得怎么样了？”凌寒问道。

他们还有一个任务，那就是把天生镇压，让缘生天尊的灵魂取而代之，但天生的体魄可比仙金，想要重创到他，先得把仙魔剑提升到天尊宝器级别，才可能威胁到天生。

“切，你以为仙金是大白菜吗？”大黑狗不爽地说道，但还是取出了七块仙金。

凌寒讶然：“你去哪里坑蒙拐骗的？”

短短一亿年不到就弄到了七块仙金，哪怕是在炎霜位面都是十分不容易。

“去去去，会不会说话哩？”大黑狗挥了挥爪子，“快点看看，能不能让仙魔剑晋级？”

凌寒点头，取出仙魔剑，开始吞噬仙金。

仙金坚韧，便是九重天仙王可以重铸，可以切断，但始终无法将之毁灭，然而面对噬金铁的时候，仙金却是脆弱无比，很快就被抽取走了所有的精华，变成了尘埃。

凌寒扬动仙魔剑，仔细体会了一下，才道：“还差一些，估计还要三五十块仙金吧。”

“我去！”大黑狗呲牙，“怎么还要这么多，让不让狗活了？”

凌寒只是笑笑，盯着大黑狗看。

“好了，狗爷继续去弄还不行吗？”大黑狗转身离去，它比凌寒还要期盼缘生天尊可以复活，毕竟凌寒可没有真正与缘生天尊接触过，但大黑狗却一直跟随缘生天尊修炼，感情无比深厚。

凌寒回到住处，这么多年下来，他也积累了无数的修炼资源。

女皇、柔妖女也出了仙客居，把自己的修炼资源全部拿了过来，交给凌寒来处理。

凌寒打算炼丹，光靠武院供给的话，获取的修炼资源还是有限，毕竟他要提升不灭仙王体，这需要的资源也太多了，靠武院给的话，那估计得一个纪元才能竞功。

他一边养伤，一边修炼，一边炼丹，至于元古墓的事情已经不需要他去担心了，要是连周恒都搞不定这件事情，那他这个七重天仙王又能起到什么作用？

数年之后，他的断指复生，没有留下一丁点的后遗症。

又是几年之后，有消息传出，仙王坟场被推平，只有少数人活着出来。

这非常惊人，引起了无数人的关注，也让许多大势力非常生气。

因为升龙丹的关系，其实仙王坟场有许多仙王是被特意派进去的，比如青鬼仙王，可现在这些人都死在了这里，升龙丹自然也不可能再有了。

这让各大势力在愤怒之余，也在追查事情的真相。

凌寒得知之后，心道肯定有些势力会把账算到自己头上，因为是他的报讯，才导致了仙王坟场的毁灭。

这当然不关凌寒的事情，若不是他带回消息，那么多准天尊出世，不知道会造成多大的破坏，这是天大的功劳。可那些势力又怎么会这么想，他们只知道自己的利益受了损，而直接原因便是凌寒。

“要怪就怪好了，我若修为大成，怕着谁来？”

“谁敢来找麻烦，直接干掉，做出这么丧心病狂的事情来，个个该杀！”

凌寒很快就把这事放在一边，专心修炼和炼丹。

他一千年才能吸取到一颗虚子，然后用来淬炼一下身体，获得体术上的提升，而身体则要先经历一次全方位的蹂躏，这样的实力提升太艰难了，但也扎实无比，肉身在这么千锤百炼之下，不灭仙王体的第七层居然完全修成了。

凌寒再接再厉，实力稳步提升，另一方面，他也炼出了许多丹药，打算找个机会去交换些天材地宝。

三万年之后，他出关。

人刚出来，雨皇、严仙路、异等人便纷纷过来，与他叙起了旧来，算起来，他们都是快要一亿年没有再见了。

雨皇的修炼速度依然迅猛，达到了五重天的高度，严仙路、异就要差一些，仅止三重天，这不能与凌寒相比，可无论放到哪个位面去，这都是快得惊人。

“凌寒，我家主人有话传递于你，还不速速出来跪听！”一个声音却是突然传了过来。

“是谁这么嚣张？”严仙路立刻站了起来。

异却是目光一闪，道：“那好像是天生的走狗，朱宏玄。”

天生！

凌寒和雨皇的眼神都是一亮，露出了熊熊战意。

“我去打发他走。”异也站了起来，向着门外走，天生只是派出了一个手下，那他们这边也不能让凌寒去面对，不然岂不是掉价？

第 2661 章 天生约战

凌寒没动，但只是一会，便听外面传来了很大的动静，显然异已经与朱宏玄打了起来。

这场战斗倒也没有持续多久，很快就风平浪静，然后便见异大步走了进来。

“天生想要做什么？”严仙路忍不住先问道。

异深深地吸了口气，道：“他向凌寒发出约战，于三天后在千风林一战。”

天生挑战？

凌寒想了想，道：“天生现在是什么修为？”

“他进步惊人，已是七重天了！”雨皇说道。

一亿年都不到，他就直破了两重天，这速度快得惊人，要知道境界越高，提升起来就越是慢。

凌寒绽出一抹笑容：“七重天吗？好，答应他，三天之后，千风林一战！”

雨皇、异、严仙路同时变色，纷纷劝了起来。

“凌寒，不要冲动，天生此人的战力远超境界，妖孽程度不在你之下！他曾经挑战过九重天的强者……赢了！”

“而且，此人体魄强如仙金，这点是最最可怕的，便是再强的仙王都只能将他压制，而无法斩掉。”

“他天生就站在了不败之地，太不好对付了。”

凌寒只是微笑，然后将境界放开，顿时，七道异彩在他身上缠绕，轰，惊人的气息流转，雨皇三人都是惊骇失色。

“四弟，你竟然也突破了七重天！”一惊之后，雨皇脸上便全是喜色。

凌寒点点头，虽然他已经在境界上追平了天生，可脸上却并没有多少喜色。因为在他的计划之中，可是要以一亿年的时间突破到九重天的，现在足足差了两个境界，与预计值差得有些多。

“同阶一战，四弟的战力绝对不输天生！”雨皇点头道。

“可是，天生最最强大的并非是他的战力，而是他的体魄，仿若仙金，不坏不灭！”严仙路仍是担心。

凌寒笑道：“无妨，我这次回来就想试试这家伙的成色，便是他不向我约战，我也会与他一战的。”

“那……我去回复他了。”异又出去。

很快，一个惊人的大消息传出，天生约战凌寒，三日之后，千风林中。

顿时整个武院都是轰动了。

凌寒是谁，估计十个人里有九个是不知道的，但天生却几乎是无人不知、无人不晓，他一路走过来，不知道挑战了多少强大的学员，大部份都是以完胜收场，而偶尔不胜却也以平局结束。

因为无人可以奈何得了他的体魄，强横无比，仿佛仙金！

九重天仙王才可能炼化仙金，可依然无法毁灭仙金，那又怎么真正伤得了天生？

这是一个怪物！

现在这个怪物居然要挑战一个名不见经传的人，这让人怎么接受？

“难道凌寒此人无比低调，事实上却是九重天巅峰的大帝吗？”

“是啊是啊，若非如此，又怎么值得天生挑战，他从来只挑战比他境界高的人，同境界一战，便是强如萧英雄、苗化等人也不是他的对手。”

“错了，你们都错了，这个凌寒……只是七重天罢了。”

“什么！”

“天生居然会挑战同阶仙王？”

“嘿嘿，据说这个凌寒与天生乃是来自同一个位面，以前就是老对手了，天生虽然占了上风，却没能杀得了他，所以，这次是他们不知道多少回的决战了。”

“我还听说啊，他们是因为一个女人结怨的！”

“呸，我怎么听说是天生追求凌寒，可凌寒不喜断袖，结果天生因爱生恨，彻底反目呢？”

“你们说得都不对，你们可还记得，万古石上留名的张三、李四吗？”

“当然记得，那可是绝对的猛人啊！”

“凌寒便是张三、便是李四！”

“嘶！”

“那这二人之战就有看头了，凌寒绝对不弱。”

“那又如何，别忘了天生的体魄，可比仙金，无惧任何仙王。”

“也是，应该还是天生的赢面更大。”

学员们议论纷纷，一下子变得无比八卦起来，而许多大势力也是闻风而动，能够被天生挑战的，必然是非凡之人，他们想要与凌寒结识一下。

整个学院都在期待，三天之后的龙争虎斗会是多么得精彩。

凌寒却是毫无战斗的紧张感，他就是与诸女平静地生活，好像三天之后要去战斗的并不是他。

“夫君，你有把握吗？”刘雨桐诸女都是问道。

凌寒微微一笑：“天生此人，只从防御来说，已经达到了仙王巅峰，可以真正毁灭仙金的，也只有天尊之力了。”

“那怎么办？”众人都是急，尤其是柔妖女，她可是见过天生发威的，当初便是凌寒、雨皇、纪无名、火芙蓉等人联手也不是他一人之敌。

“无妨，你们夫君也不是吃素的。”凌寒笑道，这几万年下来，他也将九化天经掌握，一人手握三门天尊宝术，这还没有资格战天生吗？

众女见凌寒这么有把握，也只有相信这位夫君了。

三天时间，一晃即过。

因为决战的双方都很有名，再加上有心人的推波助澜，当决战来临的时候，不但这一届的学员悉数过来观战，便是往上几届也出来了超卓无比的人物。

阿牧、残月、杜十一，那可是在万古石上留名的人物，早已经达到了九重天巅峰，可天尊这一步太难跨越了，他们至今还在这个层次上苦苦挣扎。

连他们三个都到了，可见这场决战的关注度有多高了。

三名学员巨头负手立在天空，遥不可及，九道异彩缠绕，却又好像要融合为一，捉摸不定。

这是他们快要迈进准天尊去了，一旦跨出这一步，便脱离了仙王的范畴。

天生早已经到了，他如被众星捧月，身边有一大群人，他则是负手而立，七道异彩缠绕，锋芒毕露。

眼看着时间不断地过去，可凌寒始终不见身影，众人都是开始急了。

“凌寒呢？”

“不会怯战了吧？”

“嘿嘿，如果答应一战，却又临阵逃脱，他以后还有脸再待在武院吗？”

“可真要遗臭万年了！”

观战之人中，要数卓凯最是郁闷，他被凌寒狠狠地修理了一通，本想报仇，可他在武院中能量有限，老祖宗更是在域外战场战斗，根本不可能回来，只能一直憋着口气。

后来凌寒悄然去了仙王坟场，他更是没了报仇的可能。

好不容易等到这个机会，他无比迫切地想要看到天生暴打凌寒，怎么凌寒就不来了呢？

就在这时，只见远处突然出现了一道人影。

正是凌寒。

第 2662 章 卖药

凌寒来了。

众人顿时兴奋起来，另一位主角终是到场，决战一触即发。

凌寒当然不是一个人来的，还有雨皇、严仙路等人相陪，还有女皇、柔妖女等相随，阵势也不弱于天生。

“纪兄！火仙子！”

一路走过，凌寒还笑盈盈地向纪无名、火芙蓉等人打过招呼，这次决战也吸引了仙域位面的所有天骄，因为这次战斗的双方都是来自他们的世界。

仙域本是一个超低等位面，可现在却是连出两名绝代天骄，这让仙域位面的武者都是与有荣焉，提起天生和凌寒的时候，自己脸上也是有光。

灰也在附近，他同样是仙域位面蕴生，强大无比，只是体魄不及天生，被克制得死死的。

他自然倾向于凌寒可以赢，却也知道这个希望太过于渺茫了。

只要知道天生的能力，谁能相信凌寒会赢呢？

“凌寒，你终于来了！”天生淡淡说道，语声虽然不高，却是充满了威严和霸气，这是他自信的表现，“在我看来，你也勉强可以算是一个天才，向我臣服，从此追随于我。”

凌寒只作未闻，继续向前走。

“天生，你这是在做梦吗？”异开口说道。

“小小的三重天仙王，也敢这样与天生大人说话？”天生自然不屑与异争辩，但小弟们肯定会跳出来护主的。

天生只是冷眼看着凌寒，道：“既然你不愿接受我的好意，那就等着被我打爆吧！”

他出世之后，只有凌寒摆了他一道，让他功败垂成，没有尽得所有天骄的精血，不然的话，他现在还能更加强大。所以，他最讨厌的人当然也是凌寒，否则又怎么会主动挑战？

凌寒还是不理，他走到人群的边上，突然破颜而笑，取出几只丹瓶，大声道："来来来，走过路过不要错过，这有无暇丹，可修复之前武道路上的根基不稳，还有破云丹，能够增加冲击境界时一丝突破的机会……"

他突然化身商贩，在那叫卖了起来。

这！

谁也没有想到，凌寒居然会来上这么一出。

可一片惊讶之后，许多人却是怦然心动，因为凌寒卖的丹药还真是他们渴求的。

"我要一瓶！"

"我要十颗！"

"给我也来一份。"

众人纷纷向着凌寒围了过去，谁也不知道凌寒身上到底有多少这样的仙王级大丹，因此个个都是争先恐后，生怕被别人抢了个空。

看着这幅画面，刘雨桐诸女都是脸色古怪。

李思蝉弱弱地道："这难道才是夫君答应挑战的真正原因吗？"

"利用天生的影响力，将所有人都是吸引过来，然后趁机卖丹，恐怕也只有夫君才干得出来了。"

"可以想像，天生——"

"一定气爆了！"

确实，天生已经气得不行了，他是何等人物？便是武院许多教官都是对他十分客气，因为以他的资质，未来成为天尊是板上钉钉的事情。

在诸多学员之中，他也同样是佼佼者，在万古石上，他更是力压阿牧等绝世妖孽，可称纪元第一！

然而，他主动开口，凌寒不但没有理会他，居然还卖起了药来。

你是小贩吗？

这不但让凌寒的形象崩塌，甚至也拉低了他的威严。

看看，你居然挑战这样的人，可见你的水准也不咋地啊。

“呵呵！”天空中，阿牧不由地笑出声来。

“这位师弟还挺有意思的。”杜十一也笑着说道。

“但愿不是空会卖弄。”残月则是冷冷说道，他讨厌华而不实的人。

底下，天生终于忍不住了，大声道：“凌寒，你还打不打？”

“打啊！”凌寒一边与人做着交易，他当然不收星石，而是以珍贵的材料进行交换，武院天才云集，但丹道大师却是稀罕无比，他的成丹率又高得惊人，可以赚取惊人的利润。

“那你在做什么？”天生忍着怒火说道。

凌寒讶然：“我们约定是今天一战，又没有说是什么时候？你急什么，这不今天还没有过吗？”

天生顿时无语，他玛德有这样的道理吗？

咱们约定今天一战，你人都已经来了，却还在磨磨蹭蹭，这不是故意逗我吗？

“凌寒，你要是怕了的话，立刻跪下来求饶！”

“对，快求饶吧！”

天生的手下纷纷叫道，替主子说话，因为有些话以天生的身份不方便说。

异、严仙路等人也开口相斥，他们自然是帮着凌寒的。

两个正主还没有开打，手下小弟倒已经争得是面红耳赤，大动肝火。

凌寒的生意很好，这里可都是一个个位面的天骄，不说个个身家惊人，但确实有这样的“富人”，有些更是天尊后代，拥有的资源多得吓人。

只是半个时辰都不到，凌寒手里的丹药已经全部卖出，他暗暗算了一下交换到的物资，若是同样炼成丹药的话，量是之前的九倍多。

他差不多赚了十倍！

凌寒很满意，他排众而出，可依然有许多人想要购丹，包围着他不肯离去。

“各位放心，一万年后，我会再次售丹，还请大家不要错过。”凌寒说道。

这才让众人满意，于仙王来说，一万年自然是小意思了。

凌寒向着前方走，道：“天生，出手吧！”

天生已是气得脸绿，他等了多久？等了多久！

“凌寒，我会让你知道戏弄我的后果！”他一字一字地说道，目光凌厉无比。

凌寒呵呵，挥了一下手：“少说这种废话，别浪费时间，快点出手！”

“哼！”天生终是忍耐不住，嘭，猛地冲天而起，双手一振，已是化作两把金色长枪，“来！”

凌寒双足发力，嘭，他也冲天而起，与天生隔空相望。他也取出了仙魔剑，平举至胸，遥指天生，双眼中散发着寒光。

“死去！”天生暴动，咻，他身形飙射，向着凌寒冲击而去。

叮！

枪与剑相击，顿时引发了空间塌陷，向着四面八方传动而去，可两人却都是没有退后一步，两张脸仅仅相距不足一尺，俱是战意沸腾。

嘭嘭嘭，四周的空间爆炸，规则都是化成了碎片，在两大强者的轰击之下不堪一击。

“哼，许久不见，你的实力倒是提升了许多！”天生一振双臂，将凌寒震退了回去。

“你的实力倒是在我的意料之中，不过如此！”凌寒淡淡说道。

天生忍不住又呲牙了，这个人的嘴怎地那么损呢？

第 2663 章 区别

“在我面前耍嘴皮子，对你一点好处也没有！”天生森然说道。

“哦，那又怎样？”凌寒淡淡说道。

“你会知道的！”天生再次杀了过来，还是一枪扫过，当成了棍使。

嘭！

凌寒出剑相迎，仙魔剑挡下了金枪，但诡异的是，这金枪却突然变成了鞭子似的，柔不受力，枪身缠绕了一下，向着凌寒的面门又疾射而去。

这根本不是仙器，而是天生的手臂，可以随意变化。

“有点意思。”凌寒说道，左手凝拳轰出。

嘭，恐怖的力量震荡，天生立刻被震退而去。

甫一交手，两人都是各展神通，战力难分高下。

“碎灭！”天生大吼一声，双臂化成了浆，高速旋转了起来，这形成了大破坏，四周的规则原本就已经紊乱之极，再被他这么一绞，顿时全部破碎，再无法抽取了。

天生哈哈大笑，双臂再化成剑，向着凌寒刺来。

没有了规则，仙王就是渣渣。

他的战术简单而又粗暴，但有效之极。

底下的天骄们看着，莫不皱起了眉来，这相当于强行剥夺仙王之力，以肉身之力交战，那又有几个人挡得住？

这个战术无比简单，可想要破解却是毫无办法。

“除非境界在天生之上，强行抽取更远处的规则。”

“要么提前将规则锁于体内，但这样的话，只能以雷霆手段迅速镇压天生，否则时间一长，规则耗尽同样要糟。”

“问题是，天生的体魄可比仙金，谁能在短时间内将他镇压？”

“这是无解的！”

“天生若是达到九重天，那仙王境中，他可称无敌！”

众人都是摇头，想要打破天生的体魄，那必须得超越九重天，这只有半步天尊才能做到。

凌寒怎么解？无解！

然而，凌寒却是勇往直前，一剑削过，轰，同样撕碎了空间，斩断了规则，无比恐怖。

这！

众人都是震惊，这家伙没有调用规则，为什么还能发挥出如此可怕的战力？

嘭，两人再次对轰，却依然难分高下。

“这二人……都是体术惊人！”有人无比感慨地道。

天生尤显讶然，他的体术为什么那么强大，因为他是天地意志的化身，自然早早就能接触到元世界的本质力量，只是限于境界，他根本无法调用，却可以用本质力量淬炼己身。

但是，凌寒凭什么可以做到？

“你是什么东西，只不过是天地化身罢了，拥有一些特殊的能力，否则根本就是一个渣渣！”凌寒不屑地说道，天生的强不是努力得来的，而是他生来如此。

就像一个富二代，生下来就拥有无穷的财富，不需要奋斗也比普通人要强出几万倍。

“今天我便告诉你，生而得到的，与努力得来的区别！”凌寒怒吼一声，左手化拳轰出，嘭嘭嘭，每一拳都是沉重无比，不带一丝规则，却又比大道压制更加可怕。

这几万年凌寒可没有停下修炼，不断地以虚子能量淬体，体术一直在稳步提升着，哪怕没有达到七重天的巅峰，可依然暴力无比。

“竟敢在我面前得瑟！”天生不甘示弱，一手化成了剑，一手则是拳，与凌寒对轰。

他显然是故意的，用以证明他的强大。

“我生而强大，这是我的优势，而我在后天付出的努力又岂是你能够想像的？”天生剑拳齐轰，威力绝不弱凌寒一丝一毫。

“哼，你体魄如仙金，这既是你的优势，但同时也是你最大的弱点，根本没有生死压力，你又怎么能够领悟武道的真谛？”凌寒冷笑。

“你是在小看我的战力吗？”天生怒吼。

“渣渣一般！”凌寒哈哈大笑，他强势而攻。

嘭嘭嘭，剑拳连连轰中天生，如在证明他的结论。

天生顿时脸如黑锅，虽然他的体魄强横，这样的攻击打在他的身上根本不痛不痒，可被凌寒这么轰中，却等于是在说，他在战力上确实不及对方。

同阶一战，他居然战力不及？

“果然，还是凌寒要更胜一筹。”天空中，阿牧等三巨头开始点评起来。

“在生死压力下修出的武道意志，绝非生来的强大可以相比。”杜十一也点头。

“凌寒……已经走出了自己的路，这是真正的强大，天尊之门已经对他敞开一半了。”残月也难得地表现出对于凌寒的欣赏。

走出自己的路，那也只是看到了成为天尊的希望，因为成就天尊还要看运气。

像他们三人其实也都走出了自己的武道之路，却总是踏不出那最后的一步，便是欠了一些机缘，这要看契机，可能下一刻他们就能一步登天。

天生纵使再不心甘情愿，也不得不承认凌寒的战力确实在他之上。他哼了一声：“那又如何，我体魄无敌，你有何解？”

“今天就教你怎么做人！”凌寒连连轰击，他的战斗能力是在无数次的生死徘徊间培养出来的，哪是天生可比。

欺负弱鸡，天生完全没有问题，力量碾压之下，三招两式就能胜出，哪怕对手可以相抗，依仗着体魄也能胜出，可面对凌寒这种级别的对手，天生的弱点也曝露无余。

嘭嘭嘭，他不断地中招，被爆打。

“啊！”天生发出怒吼，虽然凌寒的攻击根本不可能伤到他，可当众被打，却是让他脸面大损。

只有轰败凌寒，才能弥补了。

他发动大招，咻咻咻，一道道金光从他的体内射出，化成了一道道金箭。

凌寒运转不灭天经，只是将双手交叉护在脸前，金箭袭过却是毫发无伤。他淡淡道：“不是只有你才拥有绝对防御！”

“不灭天经！”天生咬牙说道，他的体内有一丝缘生天尊的神魂，连黑塔都被他拿去，自然不可能不知道不灭天经之秘。

他懂不灭天经，却并没有修炼，因为这于他无用，本身的体魄就达到了不灭仙金体级别，而想要达到不灭天尊体，需要的资源太多太多，就是他成了天尊之后，也可能要好几个纪元才能修成。

因此，他现在也懒得去浪费时间，这是在做无用功。

“天生，接我这一招看看！”凌寒深深地吸了口气，左手平伸，滋，五行雷术运转，五色光芒跳动，再加入一道白色的雷霆之后，立刻化成九彩仙雷。

天生立刻变色，生起一种强烈悸动。

第 2664 章 踩脸！

天生震惊，他体魄可比仙金，可凌寒展现出来的手段居然让他生起了悸动感，这是怎么回事？

凌寒脚下一动，向着天生杀去。

天生心有忌惮，却不敢硬接了，连忙运转身形躲避。

一个追，一个逃，在好几个呼吸的时间内两人居然没有再交手一记。

这让底下诸人都是讶然，你天生不是号称体魄无敌的吗，天尊之下谁也不惧，怎么现在怂得根本不敢接招呢？

他们的境界差得有些远，看得不是分明，可阿牧等三巨头却是露出了震惊之色。

“这是……天尊宝术！”

“难怪连我都是生起一种不想去对抗的忌惮。”

“不过，仙王即使可以运转天尊宝术，又能超出仙王极限吗？只要不能迈进天尊级别，天生又何惧？”

“难道，这一击竟可以突破仙王极限吗？”

这就是三大巨头都是不能肯定，毕竟是在观战。

天生狼狈不堪，凌寒的爆发力居然还在他之上，追着他的屁股杀。他只觉脸上火辣辣的，同时也生起了一股怀疑，凌寒的战力真可以突破到准天尊级别吗？

怎么想都是不可能吧，只是七重天仙王而已。

底下，天生的手下们都是失声，他们心目中的不败王者居然在逃！

要知道以前哪怕是挑战九重天仙王的时候，天生也是毫不示弱地硬撼，这么一对比，差距也太明显了。

天生将众人的脸色变化都是看在眼里，他咬了咬牙，决定不能再这样下去，否则他以后还有脸见人吗？

再说了，他不相信凌寒的战力真能强到那样的份上。

“来！”他大喝一声，双手同时化成巨锤，向着凌寒轰击而去。

嘭！

他这么不闪不避，自然立刻与凌寒对轰上了。

恐怖的力量沸腾，在天空中形成了大爆炸。

“哈哈，真是高估你了，还以为——”天生大笑，这一对轰他就发现自己真是多虑了，凌寒的力量不过如此，根本不比他强大。

亏得他还那么忌惮，居然被凌寒吓住了。

可在下一个瞬间，他却是脸色剧变。

一股可怕的雷霆之力冲进了他的体内，正在肆虐爆炸。

他可以说是仙金体，便是巅峰级别的仙王力都是不可伤，但这却是雷霆，伤不了他的身体，却久久不散，每一次流转都让他四肢发麻，难受无比。

是的，仙金不惧雷霆，可雷霆在仙金中传导也不会消耗一分力量，每一次流转都让天生吃足了苦头。

天生又惊又奇，普通的雷霆根本不可能影响到他，可凌寒之力明明不达准天尊级别，又为什么会让他如此难受？

难道凌寒可以动用元世界的本质力量？

可如果是这样的话，代表着凌寒已经成为天尊了，那杀他简直如屠鸡，又怎么可能战得如此艰难呢？再说了，凌寒身上缠绕着七道异彩，这是货真价实的七重天仙王。

他却是不知道，凌寒虽然不能调用虚子能量，却是被这样的力量淬炼，才拥有了恐怕的体术，以这样的力量催动五行雷术，自然而然也拥有一丝丝的天尊之威。

哪怕只有一丁点，却足以让天生大吃苦头了，毕竟他也只是七重天。

天生浑身都是闪动着电光，他因为仙金体魄而几乎仙王境无敌，可现在也因为仙金体而吃足了苦头，雷霆之力久久不散。

当然了，若非天生的话，换了其他人早被这一记打死了。

“爽吧？”凌寒淡淡说道，以他现在的实力也只能运转九记五行雷术，但这也足够了。

再来！

嘭！嘭！嘭！

凌寒连连出掌，将一记记五行雷术按在天生的身上，以天生现在的状态根本不可能躲得掉，轰得他全身哆嗦，完全失去了战力。

天生一头栽倒在了地上，完全失去了意识，可身体却还在一抽一搐的。

此战，天生完败。

不过即使如此，凌寒依然不能真正伤害了天生，他现在就好像一件仙器，被镇压了，可本身却是不坏不朽的。

然而这个结果却是出乎了所有人的意料，那可是天生啊，号称不败的男人，之前哪怕对轰九重天仙王，败则败矣，可九重天仙王亦是丝毫不能奈何得了他。

现在这一幕实是太惊人了。

天空中，阿牧三人也是十分惊讶。

“准天尊的路上，又多了一人。”杜十一说道。

“这并不稀奇，稀奇的是，他才只有七重天！”残月的眸子微微收缩，露出强烈的战意。

“期待他快点成长！”阿牧则是笑道。

众人都是仰望着凌寒，这个家伙的杀伤力也太惊人了，连号称仙金体魄的天生都是干翻，未来的成就绝对高得惊人。

这里有大势力的后代或是传人，莫不眼神闪烁，这个人绝对值得拉拢。

凌寒抬脚、落下，踩在了天生的脸上。

他并没有用什么力，因为天生体如仙金，根本不可能受到伤害，他也懒得去费这个劲。但是，一脚踩下，天生的脸上却是多了一个脚印。

众人看在眼里，莫不张大了嘴巴。

这对于天生的肉身当然一点伤害都没有，但羞辱的意味却是再明显不过了，日后天生若不将凌寒打倒的话，那他注定在凌寒的面前抬不起头来。

嘶，凌寒这是要和天生结下不死不灭的大仇啊。

凌寒长笑三声，扬长而去。

异、严仙路等人都是兴奋无比，凌寒是他们的旗帜，战胜了号称不败的天生，自然让他们好像打了鸡血似的。

这一战，在武院中引起了大轰动。

据说，天生醒来之后，硬生生吐了三口血，脸色难看得吓人，有个手下去安慰他，差点被他一巴掌拍死。

这一战对天生的影响太大了，让他跌落了神坛，相反，凌寒却是取而代之，成为了这一届新生中最最闪耀的存在，许多势力都是想着与凌寒交好关系，这是一位未来的天尊。

别看炎霜位面现在天尊很多，但依然不能改变天尊超卓无敌的地位，值得任何势力去拉拢。

因此，这一战之后，凌寒就不断地收到各个势力发来的请帖，请他去赴这个宴、参加那个会，但凌寒基本上是不做理会。

他在整理之前换取到的资源，从其中选出对于他修炼不灭天经有用的东西，然后开始闭关。

这些资源相当丰富，相当于武院一亿年赐予的宝物再乘以十倍，凌寒算了下，差不多可以让他将不灭仙王体的第八层修成。

第 2665 章 王家相邀

时间流加速之下，仅仅十七年而已，凌寒就将不灭仙王体推进到了第八层，但想要再进一步，这需要的资源又是一个天文数字。

凌寒打算炼炼丹，再去兜售一回。

就在这时，他收到了一个大势力的请帖。

之前他虽然也收到了许多的邀请，但都只是对他一番恭维，然后要与他交个朋友云云。但这封请帖不同，直接说明了目的，说可以替凌寒销售丹药。

这让凌寒起了兴趣，因为炼丹只是他获取修炼资源的手段，如果可以省却了销售的环节，那他也相当得乐意。

他想了想，决定去赴这个约。

这个大势力便被称为王家，王家老祖乃是一位三步天尊，来自霍兴位面，也是那个位面的最强者，很早就来到了这里，并且带上了家族中的许多人。

这么多年下来，王家在这里早就生根发芽，开枝散叶了。

王家除了老祖之外，还有一位准天尊，名叫王安德，现在正与王家老祖一起在域外战场抵抗狂乱，王家当家作主的人叫王千阳，乃是一位九重天仙王。

不过，王家这次倒不是专程为了宴请凌寒，而是王家有位嫡系族人刚刚破进仙王，因此，王家便广邀天下客，尤其是武院中的优秀学员。

这个嫡系族人也非常有名，名为王佳月，乃是一位绝色丽人，而且武道天赋极高，这次突破仙王之后便会进入天下第一武院了。

据说，王家这位小姐的追求者众多，可她却是眼界极高，从来没有对哪个男人流露出亲近之色。可也另有传言，说王佳月早已经有心仪之人了，所以才会不将其他的追求者放在眼里。

王家在很远的地方，但因为这次请的主要是武院弟子，所以主会场便放在了武院之中，毕竟王佳月也马上就要进入武院了，这场宴会也有给她刷刷脸的意思。

凌寒只是行了一会，便来到了王家举办宴会的地方，这是王家一个小辈在此的洞府，如今已经是八重天仙王了，实力当然不容小觑。

这里可不是仙王坟场，每一名学员至少也是帝者之资。

王家的面子极大，毕竟有一位三步天尊的老祖和一个准天尊的大能，因此来者如云，甚至好多学员都以能够收到王家的请帖为荣。

凌寒十分低调，他递上请帖，悄然进入了会场，在一边喝喝酒，静静等待。

王家收到请帖之后，肯定知道他到了，那自然会有人出来迎接他，商讨一下代售丹药的细节问题。

凌寒坐着喝酒，看着人来人往，许多人都在互相打着招呼，沟通着感情，平时大家都在修炼，这是难得的机会。但也有许多人和凌寒一样，冷然而坐，毫不理会别人。

“你、你、你——”一个声音在凌寒的耳边响起，气急败坏的。

凌寒转头一看，只见此人有些熟悉，可似乎又不怎么记得起来，便道：“你谁？”

卓凯差点气死，他被凌寒坑得极惨，可凌寒居然连自己是谁都不记得了？他咬着牙，道：“我是卓凯！”

凌寒想了一下，便哦地出声：“你是卓凯子！”

他终于想了起来，这是他刚进武院就收拾的一个二世祖，有一个准天尊的老祖，所以十分得嚣张跋扈。

卓凯气得冒烟：“我是卓凯，不是凯子！”

“反正也没有差多少。”凌寒笑道，这种二世祖当然不会放在他的眼里。

卓凯哼了一声，道：“凌寒，你不要以为我收拾不了你！我祖就要从域外战场下来轮休，到时候看你还怎么嚣张！”

凌寒眉头微皱：“不跟你一般计较，是因为你这种渣渣根本没有放在我的眼里，你却在我面前上蹿下跳，以为我不敢收拾你？”

他直接出手，向着卓凯按了过去。

差不多一亿年过去，他已经成了七重天仙王，可卓凯却还在原地踏步，明明看到这一掌拍过来，他却根本无法躲闪。

啪，一声脆响之中，他被重重地扇了一巴掌，顿时半边脸都是被抽去，现出血淋淋的下巴来，骇人而又恶心。

卓凯痛得惨叫，顿时引来了其他人的关注，纷纷看了过来。

“咦，那不是凌寒吗？”

“还有卓凯。”

“那凯子又去招惹是非了？嘿嘿，这回他真是踢到铁板了，凌寒是谁，连天生都被他踩脸，是这一届学员中最最牛逼的人。”

“你难道不知道吗，卓兵大人就要轮休从域外战场回来了。”

“哦，难怪这家伙敢如此嚣张！嘿嘿，一位准天尊啊，而且还是从域外战场血战归来，战力根本不是刚刚突破的准天尊可比，再妖孽的仙王见了也只能恭恭敬敬地叫上一声大人。”

“所以啊，凌寒这时候是爽了，但卓兵大人若是发怒，那他也没有好果子吃。”

众人你一言我一句，不少人更是幸灾乐祸，毕竟凌寒崛起得太快太突然，让许多人眼红。

凌寒毫不在意，卓兵若是归来向他发难，他就把黑驴抬出来，大黑狗与它打得火热，请它出来吓吓人绝对不成问题。

就在这时，只听环佩叮当，一道香风袭来，一名少女也从内院走了出来，身着绿色宫装，黑发如瀑，肤白若雪，美得出尘，空灵韵味十足。

这少女一出现，顿时吸引了许多人的目光，莫不变得火热起来。

她就是今天宴会的主角，王家的掌上明珠，王佳月。

“佳月仙子！”不少人都是叫道，显得很是狂热。

便是以凌寒那么挑剔的眼光都是不得不点点头，称她一声美女，可见这女子确实美得惊人，难怪会被称为王家明珠，引得无数人爱慕。

王佳月对着上众人福上一福，俏脸上带着甜甜的笑容，却是谁也没有理睬，显得十分高傲。她的目光很快就扫到了卓凯身上，不由皱了皱眉，道：“这是怎么回事？”

在她的晚宴之上，居然发生了伤人的事情，这是不给王家的面子，也不给她王佳月的面子。

自然有人抢着拍马屁，将刚才发生的事情说了一遍。

王佳月顿时露出了不满之色，向凌寒道：“凌公子，你与卓公子有什么恩怨可以在外面解决，这里可是王家！”

凌寒笑了笑：“好吧，下次我会注意的。”

在他眼里，王佳月只是一个娇纵的小丫头，懒得与她一般见识。

第 2666 章 任性小公主

在凌寒看来，他是不想与一个女人一般见识，可在王佳月看来，凌寒的态度却是太过狂傲了。

她是谁？

王家嫡系、小公主，也是王家老祖最最疼爱的后代。而王家老祖是谁？三步天尊！

她一言出，应该如法如律，这个小子不吓得屁滚尿流，跪倒在她面前赔罪已经是大不敬了，居然态度还如此得漫不经心？

可恶，太可恶了。

“凌寒，你太过份了，不知道这位乃是王家大小姐吗？”有人跳出来给王佳月冲锋陷阵。

——王佳月不但美如天仙，武道天赋惊人，更有一个三步天尊的老祖宗，这三个要素集中在一个女人的身上，能不让无数男人变成花痴吗？

“就是，这可是王家的地盘！”有人也跟着叫嚣。

一时之间，许多人都在斥责凌寒，这是一个表现的机会，能够巴上王家的话，可能会有大造化。

当然了，也有许多人坐壁上观，因为总有耳目通灵的人，打探到凌寒乃是周恒特意留了一张位面传送符，才可以从仙域到来这里。

也许周恒纯粹只是爱才，也许还有将凌寒收作徒弟的打算呢？

要知道，周恒可是六步天尊，而他的师父更是天上地下最强的存在。

七步天尊，林洛！

这一比，王家又算什么呢？反正与自己无关，又何必瞎凑热闹，别万一弄得两头都不讨好。

凌寒眉头一皱，他不与人一般见识可不代表他就好欺负了。他目光扫过，淡淡道："我没记错的话，这里是天下第一武院，何来王家地盘一说？你是什么东西，一开口就把武院的地盘划给了王家？"

被他这么一质问，那开口之人顿时无言以对。

这里确实不是王家，可王家在这里举行宴会，某种意义上就是王家的地盘是不是？

"总之，你必须向王仙子赔罪！"那人就死死地抓住这点。

凌寒没了废话的意思，直接出手。

那人虽然也是六重天仙王，可哪怕是帝者又如何，挡得住凌寒一招半式吗？

啪，他被凌寒一巴掌直接抽飞，鲜血四溅，他与卓凯一样，也是半边脸都被抽去，惨不忍睹。

众人都是倒抽凉气，只觉凌寒真是太凶残了，还真是一点也不卖王家的面子啊。

王佳月更是气得浑身发颤，绣拳握得紧紧的，双眼直要喷出火来。

凌寒则是悠悠道："我建议你说话谨慎一点，更不要想动手，我这个人虽然不喜欢打女人，但遇到泼妇，也不会心慈手软。"

王佳月半张着小嘴，差点气晕了过去。

泼、泼妇？

她堂堂王家千金，三步天尊最最宠爱的后代，居然被人说成了泼妇！

可她还真得被凌寒吓住了，她又不傻，人家六重天仙王都被一巴掌抽翻，她这个刚刚突破的仙王又算什么。别看凌寒风轻云淡的，可眼神中的煞气却说明了他刚才的话绝不是在开玩笑。

她身娇肉贵的，需要和一个鲁男人拳脚相加吗？

王佳月连忙退后，她打不过凌寒不要紧，难道这里如此多人，谁也奈何不了凌寒吗？毕竟只是一个七重天仙王罢了。

“谁替我镇压了这个恶人！”她大声说道。

一言落下，全场静悄悄的，连刚才替她摇旗呐喊的人也是只当没有听到。

这！

王佳月惊呆，在她想来，自己一句话落下，肯定有无数人会立刻冲出来，替她出力。现在这局面却是她怎么也没有料到的，怎么会这样，好像这些人都很怕凌寒似的。

这人到底是谁，七重天仙王竟有这么猛吗？

“月月，怎么了？”一个柔和的声音传来，只见一名青衣男子大步走了进来，身上有八道异彩缠绕，英气勃勃，一步一动，有若龙腾虎跃。

“海哥！”王佳月一看，顿时露出了喜色，好像遇到了主心骨似的，连忙一指凌寒，“这个家伙在我王家宴会上出手伤人，还想要打我！”

她委屈极了，从小到大何曾被人如此对待过？

“马玉海！”有人立刻低声说道。

“这位也是个人物啊！”

“他是上一届学员中的佼佼者，好像是超级帝星吧。”

“不止如此，他的父亲可是马峰！”

“噗，马蜂？”

“嘿嘿，就冲你这样的调侃，真可能被宰了也是白死！马峰大人可是一位半步天尊！”

“嘶！”

众人小声议论着，也揭开了这个青衣男子的身份。

“看王佳月的态度，两人似乎是情侣关系？”

“难怪王家小姐对谁都是看不上眼，原来早就有了意中人。”

“啧啧，马玉海啊，难怪了，难怪了。”

许多人都是露出了艳羡之色，那可是王佳月，不但美如天仙，还是一位三步天尊最宠爱的后代，娶了她，定能得到一位三步天尊的全力培养。

马玉海大步走了过来，他先停在了王佳月的身边，眼神温柔、宠溺，道：“月月不要怕，有海哥在这里，绝不会让你受一点委屈。”

“嗯！”王佳月乖乖地点头，看向马玉海的目光充满了崇拜。

她很久以前就认识马玉海了，而无论拿家族中多么优秀的人出来跟他相比，莫不被马玉海比得是黯然失色，因此在她的心目中，马玉海也是战无不胜的。

无论什么事情，只要马玉海说他可以解决，那就一定能够解决。

马玉海收回了目光，然后看向凌寒，淡淡道：“跪下赔罪，我可以考虑只废你一只手！”

早在几百万年前，他就开始追求王佳月了，挟翩翩风度，卓越的武道天赋，让这个涉世不深的少女立刻对他产生了好感。

他的目的很明确，就是要抱上王家的大腿，当然了，王佳月美如天仙，武道天赋非凡，他也十分喜欢。

凌寒呵呵一笑，摇摇头：“就冲你这句话，我会把你的四肢都打断了！”

这些人一而再、再而三地挑衅他，让他已经忍无可忍了。

“哈哈，敢在我马玉海面前如此嚣张，你是头一个！”马玉海冷笑，他伸手便向着凌寒抓去，“只是……你又哪有这样的资格，给我躺下吧！”

仙王交手，肯定破坏性无比之大，一般是不可能在室内展开的，可马玉海自恃实力碾压凌寒，只要一出手就能拿下凌寒，那就算在室内开战又如何呢？

第 2667 章 给王家一个面子

凌寒右手凝掌，九化天经运转，瞬间就让他的战力提升无数倍。

完整的天尊宝术无法一起运转，因为威力太大了，未伤人先把自己给震爆，不过对付马玉海的话，九化天经足矣。

“蝼蚁之力，也敢匹敌于我？”马玉海不由冷笑，区区七重天仙王居然敢和他硬撼，真是不知所谓！

他可是八重天巅峰的超级帝星！

嘭！

两人的手碰到了一起，顿时，可怕的波动震荡开来，就那么一瞬间而已，这个洞府便被摧枯拉朽般推平，而马玉海则是脸色骤变，啪，右手当即震得粉碎，然后一路往上，啪啪啪，骨头一节接着一节破碎，直到肩膀处才停了下来。

马玉海又怒又惊又惧，凌寒明明只是七重天，为什么爆发力会如此之强，自己居然不是一合之敌？

这是当然，凌寒的战力原本就已经迈过了九重天，不会比他逊色多少，再以九化天经将战力提升无数倍，任哪个九重天仙王都要退避三舍，岂能硬顶？

他却完全看不起凌寒，非要硬撼，属于自讨苦吃，怎么会不受伤呢？

噗，马玉海全身都是喷出了一层血雾，整个人则是轰然而倒。

没死，被震晕过去了。

废墟之中，有一个个光团扬动，那自然是众人都是张开了源力护盾，以规则守护己身，更关键的是，刚才跳出来几位九重天仙王，联手稳定了局面，否则这里的人大部份都要伤残。

众人都是目瞪口呆，马玉海啊，八重天巅峰的超级帝星，居然不是凌寒的一合之敌？

不敢想像，太不敢想像了。

王佳月也是半张着小嘴，心灵被震撼得一塌糊涂。

在她的心目中，马玉海就是无敌的王者，只有他以弱胜强，同阶更是没有对手，怎么会想到他居然会败给一个七重天的仙王？

马玉海那光辉无敌形象顿时轰然崩塌。

凌寒大步而行，来到了马玉海的边上，将一只脚高高抬起，然后猛地踩落。

“啊——”剧痛之下，马玉海生生痛醒了过来，他发现自己另一只手也被踩断了，甚至没有一丝皮肉相连，像是被斩掉了一般。

“凌寒，差不多也该适可而止了！”一名九重天仙王说道，他脸上布满了严霜。

这是王家的一位大人物，名为王扬名，乃是一位帝者，九重天便是他的极限，无望冲击天尊。可九重天仙王还不够牛逼吗，天尊之下无敌！

他看不惯凌寒的嚣张，要知道你刚刚才摧毁了王家的宴会，现在又当着他的面行凶，真以为他是死的吗？

凌寒又将脚给抬了起来，对准了马玉海的左腿根，这才漫不经心地看向王扬名：“你说什么来着？”

“不要试图挑——”

啪！

王扬名刚刚才开口，凌寒的脚已是落了下去，将马玉海的左腿也给生生踩烂。

这真是赤裸裸的挑衅了，让王扬名的脸色难看无比，头发无风自动，双眼喷射出寒芒来。

他想要动手，镇压这个大胆狂徒。

“呵呵，凌小友果然胆色惊人！”又一名九重天仙王大笑起来，“老夫没有看错人！”他看上去明明只有四十来岁，却是自称老夫。

“家主！”王扬名大惊，向着那人看去，这可是王家当代家主王千阳，更有希望冲击天尊的存在。这样的大人物，居然会替凌寒说话？

凌寒一笑：“是你邀请我的？”以他现在的实力，便是在九重天仙王面前也能平起平坐，不用顾忌什么，客气什么。

“不错，老夫王千阳。”王家家主笑道，“凌小友，可否借一步说话。”

凌寒在王千阳的身上看了一阵，此人虽然同样是九重天仙王，但给他的感觉却要比王扬名强大十倍都是不止。

他想了想，道：“好，看在王家家主的份上，我留这人一条腿。”

之前马玉海说要废了他的手，凌寒便决定断了他的四肢，不过王千阳明明战力惊人，却跟他客客气气，让凌寒也决定卖对方一个面子。

王扬名快要气炸了，你一个小小的七重天仙王也配给王家面子吗？

王千阳却是大笑，向凌寒招招手：“凌小友，来！”

凌寒走了过去，王千阳引路，两人来到了此山的峰顶，显然不想让其他人听到他们的对话。

王佳月想了想，也跟着上山。

众人都是呲牙，心道凌寒可真是猛啊，在王家宴会上三次出手，凶残无比，甚至将王家后人的洞府都给打爆了，可王家家主却是丝毫没有见怪，反而客客气气。

“嘿嘿，如果你们谁能打败天生的话，肯定也能获得同样的待遇。”有人悠悠说道。

这话一出，其他人全部哑了。

打败天生？

开什么玩笑啊，便是大部份九重天仙王都无法办到，肯定得是阿牧、杜十一等巨头出手才行。可凌寒以七重天的修为就做到了，就冲着这点，被王家捧为上宾又有什么呢？

峰头上，凌寒与王千阳并立。

“小友在丹道上也有研究？”王千阳有些好奇地问，他活了已经有七个多纪元了，可仍是觉得时间不够用，为了冲击天尊位，他几乎一直在闭关之中。

可凌寒明明武道成就惊人，又怎么还有时间花在丹道上的？

凌寒笑道：“不止是研究，什么丹药我都可以炼。”

好大的口气！

王千阳愣了一下，然后哈哈大笑：“凌小友真是一点也不谦虚。”

“实话实说罢了。”凌寒说道。

王千阳点点头：“请小友过来，便是想与小友一起做丹药的生意。相信小友必然精力有限，不能浪费在无聊的琐事上，所以，收集材料、贩卖丹药这些事情我王家都可以包了，小友要做的事情便只是炼丹。”

“哦，那分配比例又如何？”凌寒倒是不反对，他确实不想在琐事上浪费时间。

“一半一半。”王千阳说道。

凌寒只需要炼丹，却可以拿走一半的利润，这听起来似乎对凌寒太有利了，但事实上不然，五星丹师太稀有了，哪一个不是超然无比，基本是请不动的。

凌寒考虑了一下，道：“我要仙金。”

仙金！

王千阳讶然，以凌寒的能力和实力，难道还没有一件仙器吗？不对，如果凌寒只缺一件仙器的话，也不会这么说了。

“你的利润，都要以仙金支付？”

第 2668 章 态度改变

凌寒点头，展颜一笑："不错。"

王家势大，老祖宗甚至是三步天尊，因此王家要获取仙金的难度肯定远在他之下。若非如此的话，凌寒又何必与王家合作，自己炼丹，利润全部是自己的。

王千阳考虑了一下，道："好！"

但他立刻又道："仙金太过珍贵了，小友可是需要炼制许多丹药才能换到一块。"

"我知道。"凌寒点头，"你明天就把材料送过来。"

王千阳大笑，凌寒这种雷厉风行的风格很对他的胃口，他心中一动，有了一个想法，但犹豫一下，便在心中道："等此子炼出了几炉丹药，看看成丹率和品质再说吧。"

"告辞。"凌寒拱了拱手，正事既然已定，他也没有留下来的必要了。

"小友，不喝上两杯吗？"王千阳挽留。

凌寒不说话，只是用嘴朝着山下呶了呶。

王千阳这才想到下面的洞府已经被凌寒和马玉海战斗的余波给破坏了，只好苦笑一下，向着凌寒道："小友请便。"

当凌寒飘然远去之后，王佳月这才走了出来。

"爷爷，你为什么对那狂徒如此客气？"她撒娇着道。

王千阳露出慈和的笑容，他向来喜欢这个孙女："人家有真本事，那当然可以狂了。"

王佳月嘟了嘟嘴："不过能打一些罢了。"

"哈哈哈！"王千阳大笑，他抚着孙女的头，突然道，"月月，你也不小了，现在更是破入了仙王，也该考虑一下终身大事了吧？"

王佳月顿时害羞，跺着脚道："人家才不要嫁人哩，要陪着爷爷！"

"傻丫头，谁长大了不嫁人？"

……

凌寒回到自己的洞府，将发生的事情向众女说了一遍，也让众女连连摇头，这个夫君还真是让人不省心，跑到哪里就惹到哪里。

第二天一大早，果然，王家就派了一名重量级的人物过来，护送炼丹材料。

是王扬名。

这些材料太珍贵了，万一路上被人打劫了怎么办？

九重天仙王护送，哪怕遇到打不过的人，可要脱身而走却是轻松加愉快。

王扬名显然对凌寒没什么好感，来到这里之后，将一件空间神器丢给凌寒，就急匆匆地跑了，似乎多看凌寒一眼都会闹心。

凌寒自然不会在意，王扬名不待见他，他也对王扬名没什么好感。

为了仙金，凌寒开始炼丹。

他先看了一下王家送来的材料，不由升起了感慨，果然是豪门，财大气粗。

这些材料足够炼制七炉仙王极大丹，而据王扬名说，这只是微不足道的一部份。

以纪元计存在的势力，财力太非凡了。

凌寒运转体质，时间流加速，仅是几个时辰而已，他就把第一炉丹药炼制了出来。

"完美无缺。"凌寒笑道，随着他的修为提升，炼制仙王大丹也是轻轻松松，不但可以保证成丹率，成丹的品质不是上品就是极品。

他再接再励，一天下来就把七炉丹药全部炼成。

然后，他就通知王扬名来拿丹药。

没过多久，王扬名就来了，不过他的脸色有些黑。

“找本座干嘛？”他不耐烦地道。

“丹药炼制好了，拿去吧。”凌寒丢出那件空间神器。

王扬名嗤笑，开什么玩笑啊，才过去了一天你就把丹药炼制好了？你以为我只会吃药，一点也不知道丹道吗？

“小子，做人要踏踏实——咦！”

他刚想教育一下凌寒做人的道理，可当神识探进空间神器中后，他却是发出了惊呼，因为这里面确实放着七瓶丹药。

不是假的吧？

他连忙取出一瓶丹药，拔开瓶塞之后，脸上顿时动容。

真药！

他再换一瓶，还是真药，七瓶都是。

牛逼啊，一天就炼出了七炉仙王大丹。

等等！

他露出震惊之色，七炉丹药那只是理论值，可炼丹爆炉不是很正常的事情吗？尤其是仙王级大丹，那炼制起来自然更加困难，爆炉乃是稀疏平常的事情。

要说连炼七炉，炉炉都是运气暴棚没有爆掉，有这么巧的事情吗？

王扬名深深地吸了口气，然后点点头：“凌小友，之前是本座小看你了！”他向着凌寒微微躬身，行了一礼。

凌寒不由对此人大为改观，不愧是豪门出生，虽然难免会有骄纵之气，但也拿得起放得下，气度也是不凡。他点点头：“好说。”

“本座要立刻去见家主，呵呵，希望以后会有更深的联系。”王扬名笑道。

凌寒呲了下牙，这老头变脸变得太快太多，让他一下子有些不能适应，总觉得他别有用意。

王扬名去了很快又来，这次他带的材料就多了，可以炼制二十炉仙王丹。

凌寒继续炼丹，只是三天之后，他又通知王扬名过来。

虽然已经有了心理准备，可王扬名依然被吓了一大跳。

二十炉，一颗不少，达到了理论上的最大值。

他叹为观止，拿着丹药再次离去。

一天之后，王千阳亲自过来……还有王佳月，她已经闯过了九绝阵，成为武院的正式学员。

“小友，老夫虽然已经很高估了，没想到还是小看你了。”王千阳感叹无比。

他想到前几天同凌寒对话的时候，对方轻飘飘说出什么丹都会炼制的时候，他还不以为然，认为凌寒是年少得志，难免夸大其辞，没想到凌寒那岂止是实话实说，根本还是谦虚了。

王佳月则是美目生光，讶然地看着凌寒，这几天她也了解到凌寒许多的事迹，终于知道这个家伙有多么厉害了。

相比之下，马玉海简直就是渣渣。

“小友，这里有三块仙金。”王千阳递出一件空间神器。

凌寒自然不会客气，伸手接了过来，神识一扫，立刻露出了笑容。

不愧是王家，真是财大气粗，连仙金这样珍贵的东西也是一次就能拿出三件来。

“多了。”凌寒高兴归高兴，却还是说道。

他虽然炼制了近三十炉丹药，但对半分利润的前提下，一块仙金足以对付他的报酬了。

王千阳哈哈大笑：“剩下的两块，便当是预支了。”

有这样的好事？

凌寒笑了笑：“王家主可还有别的事？”

王千阳欣然，这小子还真是闻弦音而知雅意：“我家月月也老大不小了，想要找个乘龙快婿——”

他一句话还没有说完，凌寒便接口，道：“我有一个兄弟，武道天赋惊人，目前倒是尚未婚配。”

王千阳顿时黑脸。

第 2669 章 联姻

刚刚还在夸凌寒聪明，怎么一下子就智商不够用了？

王千阳自然知道，这不是凌寒突然傻了，而是人家在婉拒。

只是王千阳十分不解，他那孙女美若天仙，凌寒又不是没有见过，为什么会考虑都不考虑一下便拒绝了？

王佳月则是显得十分难堪，虽然大家都没有将话挑明，可谁又听不出这里面的意思？

凌寒居然拒绝了她。

这个自以为是的家伙，凭什么如此得目中无人？

呸，以为修炼的速度快一点，又会炼几手丹药，就能无视自己了吗？

这个天杀的混蛋！

王千阳自然不会在意孙女已经快要气炸了，他也是老狐狸了，既然凌寒已经将话说到这样的份上，他也不会再自讨没趣，便道："那老夫便去为小友寻找更多的仙金。"

"麻烦了。"凌寒笑道。

王千阳带着孙女离去，凌寒虽然看到王佳月快要气炸了，却是只作未见，达到他现在的高度还需要在意一个小小的一重天仙王吗？哪怕这个仙王拥有极大的背景。

他继续炼丹，现阶段他最迫切想要完成的两件事，一是将不灭仙王体提升到第九层，二是将仙魔剑推进到天尊宝器级别。

要完成这两点，他都需要掌握巨大的财富，所以，他就只有辛苦炼丹了。

可王家有意把掌上明珠许给凌寒的事情却是不胫而走，这让众人都是羡煞，王佳月的条件太优秀了，谁不想摘下这朵娇花呢？

而马玉海在听说了这个消息之后，气得把自己的洞府都给砸烂了。

他太愤怒了，几百万年来一直在与王佳月培养感情，眼看着就要收获了，结果却被人横插一脚，不但让他蒙受了奇耻大辱，还夺走了他未来媳妇。

这口气，他忍不下来。

可他不是凌寒的对手，虽然当时确实是他大意了，但他在脑海中重新演绎了一遍，就算全力以赴了，也不可能招架得了这样的攻势。

怎么办，难道就这么眼睁睁地看着，任其发展吗？

“找人帮忙。”他想了半天，终是做出了决定，虽然以他的实力还要请人帮忙对付一个七重天仙王显得十分掉份，但总比几百万年的努力尽付流水要好，而且，他也确实很喜欢王佳月，倒并不是完全因为对方可以帮到自己。

他出了洞府，一路翻山越岭，来到了一座险峰之下，正要上山时，只见有一名老者突兀出现，身材佝偻，连连咳嗽，道：“原来是海少，不知所为何来？”

虽然这名老者气血衰败，看上去随时可能双腿一蹬死掉，但马玉海却是丝毫不敢小看了对方，这位主当年可是一位猛人，不知道杀过多少强大的存在，只是后来闹得实在太大，只好躲进天下第一武院避避风头。

再说了，这位老者背后的那人更加可怕。

“见过秦霜大人。”马玉海恭敬行礼，然后才道，“我有事求见何少！”

“少主正在闭关。”老者秦霜说道。

马玉海想了想，道：“那还请秦霜大人助我！”他取出一瓶丹药，道，“这是家父抽取自身精血炼制的天尊丹，相信对秦霜大人会有一些帮助。”

秦霜不由地神情一动，露出了激动之色。

他乃是九重天仙王，当然早就达到了巅峰层次，却一直苦于无法突破天尊位。马玉海的老子虽然只是准天尊，炼制出来的天尊丹名不副实，但依然对他有很大的助益，有可能让他窥到一丝天尊的奥秘。

炼制天尊丹需要抽取本身的精血，不管是对于天尊还是准天尊来说，都是消耗奇大，不知道多少年才能炼一颗出来。

要不是马玉海的亲爹就是准天尊，恐怕就是亲爷爷都不舍得把自己的精血炼成丹。

秦霜没有办法拒绝，达到他这样的高度，唯一能够被他放在眼里、挂在心上的，便只有冲击天尊这么一件事了。

“你要老朽做什么忙？”秦霜说道。

“杀一个人！”马玉海说道，脸上全是狰狞之色。

“谁？”秦霜却是毫不在意，他当年杀过的人不计其数，天骄级别的也不在少数，自然不会动容。

“凌寒！”

“说说他的具体资料。”

“好。”

……

凌寒专心炼丹，他一天就能炼好几炉，相信就算以王家的家底也很快就会被他炼空。当然了，王家对此肯定只会高兴，资源只有转换成可以使用的丹药才能体现出价值来。

不过，平静的日子没能持续几天。

异突然到访。

“何事？”凌寒还是抽空出来了一趟。

“马玉海公然发话，要你拒绝王家的联姻要求，否则定要让你好看。”异说道。

凌寒讶然，这个马玉海还真是吃不够教训吗？之前被他打得那么惨，现在居然又开始神气活现了？

何来的底气？

“不用理会。”他摇了摇头，只是他原本就拒绝了王家的联姻提议，要是王家将消息传出，不是要让别人以为他是害怕了吗？

可为了证明这点，就要他答应与王家的婚事，那不是更加搞笑？

见凌寒没有回应，几天之后马玉海又向凌寒发出了邀请，让他去自己的洞府，彻底解决了此事。

凌寒不由嗤笑，这家伙以为自己是谁，说要他去就去？

他再次忽略了这个人，现在每天都要炼丹，很忙的。

然而，接下来几天发生的事情却让凌寒愤怒了。

异、严仙路等等，凡是从仙域过来的人都被人挑战，但莫不惨败，被打得面目全非。

——在武院中，只要境界差距不超过两层，可以不征得对手的同意就出手。

不用说，这肯定跟马玉海有关，否则这时间点也太巧了。

适正此时，马玉海再次向凌寒发出邀请，让他在三天后于大炎山一会，如果凌寒不答应的话，那针对仙域位面武者的挑战还会继续。

“夫君，马玉海明明不是你的对手，却是几次三番向你挑衅，其中必然有诈！”诸旋儿说道。

凌寒点点头：“他应该一开始就料到我不会理会他，所以去他洞府赴约只是一个幌子，一切都是为了大炎山布局。”

“路上……可能会有绝强者狙击？”柔妖女道。

凌寒伸手敲了敲桌子，道：“武院现在就只有两名天尊，都与马玉海没有什么关系，那么仙王级别，谁能杀得了我？”

第 2670 章 伏击

“夫君，你这样想就进入了一个误区。”李思蝉说道，“我们都知道你的具体实力，可马玉海并不知道。”

水雁玉立刻点头：“不错！马玉海虽然不是夫君的对手，但从他的角度去推衍夫君的实力，可能认为夫君也就相当于九重天巅峰。”

柔妖女接上：“但遇上九重天巅峰的帝星甚至是超级帝星，那夫君便不是对手了。”

“所以，马玉海肯定请动了这样的强者！”众女达成了共识。

凌寒呵呵一笑：“我的常规战力确实只有九重天后期的样子，不过，无论是九化天经还是五行雷术爆发，便是遇上九重天巅峰的超级帝星都有一战之力，更何况我还有不灭天经，一经运转，体魄可比仙金，脱身绝对不难。”

“夫君要赴约？”众女都是看向凌寒，便是女皇也停下了修炼，用妙目看着他。

凌寒点点头：“我也想借这个机会解决掉马玉海，省得再给我惹麻烦。”

“他可是武院学员，若是传了出去——”赫连寻雪迟疑着说道。

武院不反对学员之间的良性竞争，甚至欺负人也没有关系，只要境界不超过两重天，随便你想怎么玩。但有一个底限，那就是绝对不能杀人致残，这里的人以后都可能是抵御狂乱的主力，哪能损于内斗？

凌寒想了想：“我会看情况，能杀就杀，不能杀……以后再杀！”

他敢肯定，马玉海将他约出武院，就是抱着要杀他的想法，对于这样的人，凌寒自然也在心中判了对方死刑。

这次能够干掉当然最好，不能嘛便先记账，绝不放过。

三天之后，凌寒出发，向着大炎山行去。

大炎山在武院的西面，差不多一个时辰的行程，这当然是以凌寒的脚程算的，普通仙王可不止要跑这点时间，如果要准时赴约的话，那一定得早一点出发了。

凌寒悠悠闲闲，脚踏空间规则，一步就是无穷远。

他看似漫不经心，可四周的一举一动皆在他的掌控之下，一丁点风吹草动都逃不过他的眼睛。

“嗯？”

凌寒发出一声惊讶的低哼，原本这天日晴朗无比，可一下子却好像变成了黑夜，到处是一片黑漆漆的。

不止是环境变黑暗了，神意好像也被局限，只能放出上百里远，再远，便好像撞上了一道堤坝，立刻弹了回来。

凌寒停下，双手负于身后，不急、不惊。

啪啪啪，鼓掌声响起，只见一名佝偻老者走了出来，一副离死不远的模样，可凌寒却是丝毫不敢小瞧他，只觉这老者好像是一头远古凶物，煞气凌天，无比可怕。

“遇到突变还能如此镇定，老朽真是生平仅见。”这老者说道。

凌寒淡淡一笑：“有实力又何须紧张？任你千变万化，我自一拳破之。”

“哈哈哈，说得好！”老者大笑，然后便剧烈地咳嗽起来，“不过，小家伙你认为自己的实力足够强吗？”

“比起老人家来应该差点，但每个人都有自己的绝招，绝招一出，那就不一定了。”凌寒笑道，“老人家怎么称呼？”

“秦霜。”老者盯着凌寒，双眼渐渐变得有神彩起来，压迫力也越来越强。

“马玉海请你出手的？”凌寒又问，闲着也是闲着。

“不错，一颗天尊丹，让老朽很是满意。”秦霜毫不隐瞒，“小家伙，你是自杀，还是要让老朽出手？”

“哦，好端端地我为什么要自杀？”凌寒笑道。

“因为老朽若是出手，你会死得……非常之惨！”秦霜森然说道，双眼爆射出寒芒，阴气阵阵，煞气十足。

凌寒毫不在意：“刚才我便说了，我虽然实力不及老人家，但一旦交手，打出绝招就不一定了。”

“看来，你是非要让老朽出手了！”秦霜身形纵起，向着凌寒纵去，一手探出，化成一只滔天般的黑色巨掌，散发着金属般的寒光，一枚枚符文浮现，散发着至高威压。

这是一尊九重天的霸主！

凌寒有心试试对方的实力，便鼓足力量，挥起一拳迎去。

轰！

一声大爆炸中，凌寒如同一发炮弹急弹出去，嘭嘭嘭，他一连撞断了好几座山峰，最终才停了下来，却并非是去势已尽，而是他撞上了一道无形之墙，坚固无比，将他强行挡了下来。

“这是小天元禁锢大阵，只要是仙王，被困在里面便不可能离开。”秦霜一步步从远处走了过来，在这一击上他占据了绝对的上风，“只有老朽手里的这块核心石才能开启大阵，所以，你就断了逃出去的想法吧。”

“对了，此阵隔绝空间，自成一个小世界，外面的人根本不可能发现这里正在进行一场战斗。”

秦霜慢慢说道，脸上带着残虐之色，如同猫戏老鼠。

很久很久之前，他就是一个大煞星，死在他手里的强者、天骄不计其数，最近几万亿年他虽然一直在修身养性，可所谓江山易改本性难移，现在他的杀性已起。

据他得到的资料，这个名为凌寒的人乃是进化指数达到十二的超级妖孽，不过修为却只有七重天，靠着某种秘法爆发才一击轰败了马玉海，他虽然有点好奇，但并没有太过放在心上。

因为他可是九重天巅峰的帝星！

凌寒祭出仙魔剑，对手的实力太强，他没必要以己之短迎敌之长。

“仙器！”秦霜眉头一皱，但随即便舒展了开来，因为他也有仙器。

他也取出了自己的仙器，乃是一把锯刀，兀自可以看到上面猩猩点点的血迹，刺眼之极，有的森寒如冰，有的却是如同烈焰，有的则是闪动着雷霆。

这是他杀了太多强大的仙王，仙器上凝结着仙王不灭的精血。

“死！”秦霜再次攻了过来，脚下一跨便已经来到了凌寒身前，挥刀便斩。

惨烈的杀气沸腾，一刀在手，秦霜好像变了一个人，满头灰发飘舞，哪还有一丝老态。

凌寒挥剑迎上。

轰！轰！轰！

仙器对轰，扬起了无边的风暴，在这样的大杀器之下，四周的规则都是被生生斩断、斩碎。

秦霜哈哈大笑，他乃是九重天仙王，操控规则的能力远在凌寒之上，伸手一抓，无尽远处的规则顿时被他抽取了过来，直接让凌寒没有规则可以调用。

第 2671 章 自作自受

这对于其他七重天仙王来说是致命的。

仙王之所以强大，就在于他站到了规则的高度，可以直接调用规则，代表天地施罚。为什么又有仙王九重天，一步一登天的说法？

也是因为规则。

正如秦霜现在所做的，他直接把附近的规则打散，以他更高的境界当然可以抽取更广范围内的天地规则，但凌寒却不行。

一个被剥夺了规则的仙王……又能比斩尘强吗？

“哈哈哈哈！”秦霜狂笑，挥舞着锯刀而来，任凌寒秘法再强又有鸟用，只要让对方没有规则可以调用，那就是死蟹一只。

一击就能夺命！

凌寒不为所动，仙魔剑挥舞，向着秦霜迎去。

轰！

两件仙器撞到一起，顿时引发了剧烈的波动，而秦霜更是身形摇颤，被震飞了出去。

他骇然失色，更是完全不能理解，自己居然在力量上落在了下风？

怎么可能呢！

要知道在之前的轰击中，凌寒根本不敌他，差距不是一星半点，怎么到了这里，反倒是他不敌了呢？

凌寒的实力飙涨了？

不是。

秦霜立刻在心中说道，以他的眼力当然可以立刻就判断出来，其实凌寒的力量并没有提升，相反还降了一些些，变化的是他。

他的力量跌落太多了。

很正常，虽然他还能抽取规则，但毕竟是从遥远区域以外的地方而来，原本嘛，这没有什么，哪怕他只能抽取到一成的规则之力，但对上凌寒的零，那还是无穷的碾压。

现在的问题是，凌寒并没有因为抽取不到规则而力量跌落，可他却因为抽取到的规则少了而实力大损，这么一对比，他居然在力量上不如凌寒了。

这！

想清楚了这点，秦霜既震惊又后悔。

他震惊，凌寒肯定还修有体术，所以才能在规则不能调动的情况下还这么猛，只是这小子的体术也太霸道了，居然可以站在与规则相同的高度，甚至还要强大一些。

后悔的，则是他亲手打碎了附近的空间，破坏了规则。

自己把自己推进泥淖之中，他不是白痴吗？

“谢了！”凌寒还雪上加霜地说了一句。

秦霜不由地老脸通红，这真是太讽刺了，之前他耻高气昂，一副大局尽在掌握的自信，认为只要出一招就能将凌寒斩掉，结果却是恰恰相反，别说斩掉凌寒，自己都是吃了一些小亏。

他怒吼，将手中锯刀对着凌寒：“小小竖儿，竟敢讽刺老朽，好大的胆子！”

“怎么，你来杀我，我还要对你恭恭敬敬的？那是我傻呢，还是你在犯贱？”凌寒口不饶人，他可是跟大黑狗练出来的，损人的功力绝不弱于他的战斗力。

秦霜气得满头灰飞飘扬，他再不跟凌寒废话了，又是一刀挥斩过来。

凌寒无惧，不但挥动仙魔剑相迎，左手更是凝成了拳，对着秦霜狂轰乱炸。

在这段时间内，他处于绝对的强势时期，完全可以压着秦霜打。

秦霜郁闷之极，他的实力远在凌寒之上，可就因为没有想到凌寒居然还修有恐怖的体术，结果一着错、满盘输，现在只能被暴打，都快要妈都不认识了。但他毕竟是九重天巅峰的帝星，又掌控着这座大阵，正在将这里的空间迭换。

空间换过了，规则自然也恢复了原状，到时候他还是高高在上的九重天霸主，而凌寒也将被打回原形。

有仙器之助，秦霜勉强可以支撑，在付出了被凌寒轰中三拳的代价后，他终于抽取来另一方天地进行迭换，顿时，狂乱的规则恢复了平静。

“竖子，你要付出代价！”秦霜怒吼，他挨了凌寒三拳，饶是以他的实力都是分别断了一根肋骨、臂骨和肩骨，久久无法恢复。但现在规则重归，他的伤势也立刻恢复，双眼之中散发着凶光：“你彻底激怒我了！”

之前他还“老朽老朽”的，现在则是出离了愤怒，自然是顾不得了。

他只有一个念头，拿下凌寒，折磨个够，然后再杀死。

凌寒哈哈大笑：“藏头露尾的小人，只会偷袭暗算。若是同境界一战，我一根手指便能杀你！现在嘛，则要花费一些手脚了。”

秦霜压制火气，右手挥刀袭来，左手则是抓起一支大道，化成了一根通天巨棍，向着凌寒砸去。

这才是他真正的战力体现。

凌寒淡淡一笑，他现在的战力也迈进了九重天，哪怕不敌九重天巅峰的帝星，可大家都在这个层次之内，再上面就是准天尊了，那层次一样，他哪怕弱一点又如何呢？

轰！轰！轰！

两大强者对拼，凌寒丝毫不怂，每一招都是与秦霜力拼。

在战力上，凌寒确实不敌，而且还要吃很大的亏，但在体魄上，凌寒却是强横得一塌糊涂，仙王境界可以超过他的也就是天生了，大黑狗也算一个，毕竟它也修炼了不灭天经。

因此，战力不敌是不敌，但凌寒却是几乎不受伤害，只要架住了锯刀，以秦霜本身的战力想要伤害凌寒？

难。

甚至凌寒在运转不灭天经的情况下，他都可以硬扛仙器了，只是不成天尊，他也只能将不灭天经连续运转一个时辰左右。

十招、百招、千招，凌寒顽强无比。

“不得不承认，你是我见过的最强七重天。”秦霜突然停下了攻击，似乎很欣赏凌寒似的。

凌寒却是摇头：“在我见过的九重天中，你可排不进前十。”

比如大黑狗、杜十一、阿牧、御虚仙王等等，哪一个都比秦霜要强。

秦霜不由嘴角抽搐，他这么点评，是出于一种上位者的身份，带着居高临下之势，可凌寒一开口，直接将他贬到了沟沟里去，让他如何还能保持高高在上的仪态？

这小子的嘴……比他的战力还要可怕。

“嘴贱的小子，你真得激怒我了！”秦霜浑身发抖，双眼中流转出金色的光芒，如同眼泪似的，不断地垂落下来，不止如此，他的头发也从灰到金，皮肤从松瘪瘪地变得紧绷，化成了金色，佝偻的身材恢复了挺拔。

现在的他，好像一下子从六七十岁的老翁变成了年轻人。

凌寒的眼眸中寒光一闪：“终于要拿出全部的实力来了吗？”

达到仙王境，哪一个不是寿元无限，不再惧天人之厄，又怎么可能像秦霜这副模样，所以，他要么脑子有病，故意伪装成这样，要么就是在修炼什么古怪的功法，这是功法所致。

第 2672 章 谁是猎物？

“哈哈哈！”秦霜仰天大笑，现在的他身材挺拔、壮实，浑身上下更是一片金色，“谁都以为，我秦霜隐入武院，投在何雨风的手下，是因为我被追杀的缘故。呵呵，这确实是一个原因，但最主要的原因……却是我为了修炼这门‘天羽圣金术’。”

“现在，我已经小有所成，就让你这个小子来尝尝威力吧！”

他双脚一弹，嘭，整个人顿时激射而出，速度奇快。

咦！

凌寒讶然，秦霜这一次的暴发，并非用上了空间规则，穿梭空间而加速的，而是他肉身的速度太快了。

武者能够发挥出多少的速度，受限于两点。

第一，极限速度，第二，肉身的承受能力。因为在高速移动之下，身体会承受可怕的压力，便是仙王都可能因为这样的压力四分五裂。

所以，对于大部份仙王来说，其实实际速度远远达不到极限速度。

但在刚才，秦霜的速度绝对超过了极限速度，或者说，超过了他之前一直保持的极限速度。

便是因为他金属化了身体，让体魄变得无比得强横。

这速度太快了，当凌寒有所反应的时候，秦霜已经扑到了他的面前，一刀就挥了过来。

凌寒勉强竖起仙魔剑相击，嗡，仙器交锋，扬起了可怕的余波，嘭嘭嘭，又开始肆虐空间，破坏规则。

秦霜大吼一声，一掌又拍，向着凌寒的胸口按去。

凌寒运转不灭天经，硬吃这一击。

嘭！

一击打过，凌寒顿时被震飞了出去，而秦霜则是大笑，他又抓来新的空间进行迭换。

凌寒倒飞，直撞到这个大阵的边缘才被硬生生逼停了下来，他的胸口有符文跳动，久久才黯淡下来。他只觉胸口有些沸腾，嗓子间痒痒的，想要吐血。

都运转了不灭天经，他居然还被打得险些吐血？

这一击的威力当真惊人。

“这可是一位准天尊创造的法！”秦霜哈哈大笑，“当初我逃进武院，求何雨风庇护，便是因为杀了这位准天尊的独子，躲避风头罢了。另外，正好有时间来修炼这门天尊宝术！”

凌寒恍然，难怪对方这一击居然可以动摇了不灭天经的防御，因为这是准天尊宝术。

可因为带个准字，自然不能和真正的天尊宝术相比，所以，也只是震得凌寒胸口沸腾，没有真正伤害到他的内腑。

这家伙还真是胆大包天啊，连准天尊的独子也敢杀。

凌寒抓抓头，还说别人，他自己不也是这样的人吗，而且，他若是杀了人，可绝对不会投身于别人手下当奴才。

“果然高看你了，你只是一条走狗罢了！”他满脸的不屑。

秦霜大怒，他修成了准天尊宝术，又是九重天巅峰的帝星，在仙王境内无敌，一个小小的七重天仙王居然敢这么讽刺他？

“死来！”他再次杀出。

凌寒呵呵一笑，这一次他完全不躲不闪，直到秦霜杀近时，咻，他的胸口突然飞射出一道黑影来，向着秦霜迎了过去。

嘭！

一击对轰，秦霜顿时被震飞了出去。

“啊依呀呼！”那道黑影化成了一条大狗，不是贼贱的大黑狗又是谁来？

“想杀狗爷的人宠，你问过狗爷没有？”大黑狗人立着，摆着出拳的架势，铁内裤反射着光，配着它满脸的猥琐，奇贱入骨。

凌寒忍不住一脚踹了出去：“死狗，你说谁呢？”

“你居然在武院中？”秦霜震惊，他详细了解过凌寒的资料，知道他与大黑狗交好，但大黑狗明明不在武院之中，怎么会突然出现的？

“狗爷神机妙算，知道有人想对本座的小弟动念头，所以狗爷便回来了一趟，灭几个这样的渣渣。”大黑狗反剪着爪子道，一副我很聪明，一切尽在我掌握之中的模样。

凌寒又想踹它，分明是这条贱狗偷盗一名准天尊的宝库失败，这才逃回武院的。

他原本想要独自赴约，反正以他的实力想走也不难，可大黑狗自告奋勇，凌寒便将它带上了。

秦霜皱了皱眉，但立刻又露出自信之色：“多一个又如何，只是要多花费我一些功夫罢了。”

他再次杀了出来，横刀挥斩，显露出无比的自信。

“在狗爷面前，你这种渣渣也配嚣张？”大黑狗伸爪拍击，硬撼仙器。

嘭！嘭！嘭！

达到九重天高度，便与规则齐平，而仙器也只代表了规则层次的最高杀伤力，因此，九重天仙王完全不惧仙器，规则缠绕之下，硬撼仙器那是小事一桩。

两大九重天仙王对轰，可以看到，大黑狗很快就占据了优势。

它前世便跟随了缘生天尊，修至高功法，只是限于资质，它无法修成不灭天经，也无法跨出最后一步，但缘生天尊化道后，它动用了秘法，自葬前世，在旧胎之中蕴育出新生，真个是九死一生。

它成功地活出第二世，这不同于纪无名，它可不是转世重生，而是在前胎的基础上大涅盘，难度更高，但质变的程度也更加大。

现在的大黑狗，进化指数应该直飙十二了，有极大的机会推开天尊之门。

大黑狗哇哇大叫，占了上风不算，它嘴里还在说个不停，奇损无比。

如果说凌寒的损人功夫只是入门的话，那大黑狗就是大成级别了。

秦霜的郁闷可想而知，他不但要在肉体上被大黑狗蹂躏，在精神上同样要被摧残，这让他压力山大，没打一会就已经失去了斗志。

他决定开溜，否则的话，他可能被生生气死于此。

他掌握着阵法的核心，只是一念动，大阵立刻撤去。

咻，他身形扬动，就要开溜。

“早等着你！”凌寒冷笑，嘭，他双足发力，体术完全迸发，疾如流星般射向秦霜，仙魔剑斩过。

秦霜一心突围，哪有功夫与凌寒缠斗，一掌推出按向凌寒，要将他震退。他都没敢动用全力，否则大黑狗追上来，他可能无力爆发速度，那就惨了。

然而，当仙魔剑斩来的时候，秦霜猛地意识到不对，凌寒这一剑的威力竟是比之前强大了百倍都是不止！

怎么可能？

他脸色骤变，但再想要变招或是加力已是晚了，刷，一剑削过，他的一条胳膊顿时被斩断，而剑势不消，又划过了他左肋，留下了一道深深的伤口。

第 2673 章 没想到吧

秦霜惨叫，这一记打击对他的伤害实在太大了。

然而，凌寒的攻击还没有结束。

他左手化掌，滋，九彩光芒闪动，对着秦霜按了过去。

秦霜已经无法再变身形，只能硬吃。

嘭！

一掌按下，秦霜整个人都是被炸开，这一击的威力完全不在仙魔剑的斩击之下。

凌寒气喘，但身形却是不顿，拎剑继续追击。

秦霜确实被他轰得极惨，整个人都四分五裂了，但头颅还保持着完整，并没有死，这对于仙王来说并不是致命伤，只要给秦霜一些时间，他很快就能催生四肢和身躯恢复战力。

他第一剑用上了九化天功，将战力提升了无数倍，第二掌则是运转了五行雷术，两门天尊宝术虽然没有同时运转，但间隔得时间太短，依然让他气血沸腾，难受无比。

但现在可不是休整的时候，当乘胜追击，一举灭敌。

一颗头颅又怎么和凌寒比速度？

凌寒追上，再补上一剑。

噗，秦霜的脑袋被仙魔剑刺透，识海破裂，终是死亡。

凌寒收剑，双手一抓，已是将秦霜身上的空间神器抓了过来。

“这个阵法不错，以后狗爷再也不用担心被谁跑了。”大黑狗也拿走了秦霜身上的阵法控制核心，它开始屁颠屁颠地收阵。

凌寒对这个阵法也有兴趣，但总不能让大黑狗白忙一场，以后再想要请它帮忙就难了。

他将神识探进秦霜的空间神器之中，扫了一下，手中已是多了一颗丹药。

虽然他已经是五星丹师了，可依然认不出这颗丹药来，但可以肯定，其中扬溢着强大的气息，甚至还在仙王级大丹之上。

联想到之前秦霜所说，他是收了马玉海一颗天尊丹才出手的……那这就是天尊丹了。

“天尊丹，有什么用呢？”他知道这是好东西，但并可不知道用途。

“什么，天尊丹？快点给狗爷！”大黑狗立刻跳了过来，恬不知耻地伸过了爪子。

凌寒连忙将天尊丹收起：“滚开，你已经拿了一套阵法，还想要这个？”

“宝物嘛，多多益善！”大黑狗的脸色极厚，想让它自觉是不可能的事情。

凌寒只是竖起了一根中指。

大黑狗这才道：“天尊丹是天尊抽取自身的精血，再融合本身的武道意志炼成的人体宝药，对于仙王都大有好处。不过，最好还是给狗爷服下，可以让狗爷更快地迈进天尊位。”

凌寒只是呵呵，这条死狗说话的时候眼珠子转个不停，鬼才相信它哩。

他将秦霜的仙器收了起来，大黑狗也帮着镇压，磨去了其中的武道意志，方便给仙魔剑吞噬。在这点上，大黑狗倒是没有说什么，因为仙魔剑能不能晋入天尊宝器可是涉及到缘生天尊能不能复活的大事。

“小子，要狗爷陪你去赴约吗？”大黑狗问，一边则是把玩着刚刚得到的那套阵法基石，这很简单，只有四根柱子，但埋进大地之后，四根柱子圈起来的区域便会化成个一块独立的区域。

“不用。”凌寒摇头，只是一个马玉海的话，他自然没有放在心上。

一人一狗背道而驰，大黑狗还要去弄仙金，随着与王家的合作开始，仙魔剑晋级的那一天已是越来越近，也让大黑狗变得动力十足。

因为路上耽搁了好长时间，当凌寒来到大炎山的时候，这一天已是快要结束了。

“不会来了吧。”山上，许多人都是特意赶过来观战，可等到月上中天，这一天只差一丁点时间就要过去，凌寒却依然没有出现，那估计是不可能来了。

“怯场了？”

“不是吧，之前凌寒不是一招就轰败了马玉海吗，怎么现在却是怂了？”

“只能说，之前是马玉海大意了，凌寒是侥幸获胜，现在知道不可能两次得逞，便认怂了呗。”

“嘿嘿，没想到他竟是这样的人。”

众人议论纷纷，马玉海则是露出一抹冷笑。

他不但要凌寒死，还要挽回自己的声誉，否则王家的小公主又怎么可能对他回心转意？

他清楚得很，凌寒是不可能来的，秦霜出手，凌寒早已经陈尸荒野了。

而他呢，在众目睽睽之下一直等在这里，自然跟凌寒的死没有半毛钱的关系。

马玉海将手一拂，道：“各位，让大家失望了，还请回吧。”

众人都是纷纷起身，心里对凌寒充满了鄙夷，居然怯战了。

“一天之期尚未结束，大家急什么哩？”平静的声音响起。

众人都是脚下一顿。

凌寒，那是凌寒，他终于来了。

马玉海的脸色则是剧变，怎么凌寒就来了呢？

那秦霜呢，难道他没有伏击到人吗？

如果是这样的话，那还好，凌寒显然不会知道他的阴谋，可要是秦霜都出了手，凌寒却依然出现在了这里，那其中的问题就大了。

他止不住地颤抖，到底发生了什么事情？

凌寒大步而行，来到了山顶，直面马玉海。他笑了笑："看到我出现，很震惊吧？"

马玉海强行镇定："我震惊什么？原本就是我约你一战的，你自己拖拖拉拉，直到现在才出现。"

凌寒盯着马玉海看，足足好几个呼吸的时间，然后才道："你请人半路伏击我，想要置我于死地，看到我活着出现，刚才心里面肯定七上八下吧？"

什么？

听到凌寒这话，四周诸人都是轰地一下炸开了锅。

真得如此吗？

"挺有道理的，否则的话，马玉海明明遭到了惨败，又没有明显的进步，为什么敢约战凌寒？"

"嘶，这也太阴险了吧？"

"嘿嘿，要是让武院方面审查凶手，交待出一切的话，便是马峰大人也保不住他，至少也要开革出武院，那就是奇耻大辱了。"

马玉海双手紧紧地握拳，他心中也是充满了忐忑，万一秦霜真得被拿下，还交待出两人合谋欲杀害武院弟子的事实，那他就要惨了。

就在他心神恍惚的时候，只见凌寒突然加速，一个急跳已是来到了他的身前，然后一拳挥了过来。

嘭！

马玉海顿时被一巴掌抽飞，人在半空之中已是一口血喷了出来，和着好几颗的断牙。

——如果他不是这么走神的话，那绝对不会被一巴掌就打飞了，可谁让他此时内心正在和打仗一样，再加上凌寒的爆发速度实在太快，让马玉海再次被凌寒一击即倒。

他摔倒在地上，扬起了一地的灰尘，刚想爬起来，只觉脸上一重，被一只脚硬生生踩了下去。

“这次饶你一命，但绝没有下次！”凌寒森然说道，脚踩一位天骄，目光扫过，所有人都是不由地低垂下头来，连对视都是不敢。

第 2674 章 何雨风出关

此时，月上中天，这一天刚刚过去。

众人都是惊骇，凌寒一来一去才用了多少时间，可马玉海已经被他打翻在地了。

这得是多么悬殊的实力差距？

但明眼人当然也不少，纷纷道出了真相。

“凌寒的实力确实强，但马玉海并不见得比他弱。”

“但之前被凌寒一击即败，马玉海已是留下了心里阴影，这一次又是东窗事发，刚才正心情激荡，恐怕雷鸣也是不觉，再加上凌寒的速度太快，才导致他又被一击即倒。”

“遇上凌寒，也真是马玉海的不幸。”

众人纷纷摇头，但也有人好奇，猜测起马玉海请动的人是谁。

“那人肯定要比马玉海强。”

“九重天级别。”

“帝星甚至超级帝星。”

众人将武院中九重天的帝星、超级帝星一列，却发现疑犯还是多得离谱，因为这可是天下第一武院，聚集了整个元世界的所有天骄。而且，大部份天骄当然也是被卡在九重天这一关，因此，这个层次的天骄是最多的。

阿牧、杜十一、残月、御虚仙王等等，莫不被怀疑了一遍。

凌寒却没有管这么多，既然马玉海想要开战，那就成全他。

这次他没杀马玉海，不是他不想，而是不能。

毕竟马玉海想杀他也只是他单方面的说法，现在秦霜已死，要再把马玉海也给杀了的话，那就死无对证了。

杀害武院弟子，罪名太大了。

“主要还是我的实力不够。”凌寒暗暗说道，“如果我为天尊的话，那杀一个八重天仙王又算什么？”

“所以，只有成为天尊，才能真正得超脱，凌驾于规则之上。”

他回到了武院，再次埋头炼丹。

他得到的仙金越来越多，但数量来到四十块之后，便是王家也开始犯难了，仙金可不是大白菜啊，他们自己有些库存，又搜购一些，又向别的豪门势力以仙丹换取了一些，但四十块已经是极限了，短时间内弄不到更多的了。

凌寒便让王家以其他资源代替，他还要将不灭仙王体推进到第九层。

他的炼丹工作也缓了下来，因为王家几个纪元收集起来的药材也被他炼得差不多了。

凌寒取出天尊丹服下，他现在迫切需要实力。

轰！

丹药服下，却是化成了一条火龙，在凌寒的体内肆虐，一股强大的意志沸腾，如同高高在上的神祇，让人只有膜拜的份。

这是马峰准天尊的神念。

凌寒哼了一声：“区区准天尊也想让我折腰？”

一位准天尊真正降临了，那也只能镇压凌寒的肉身，想让他的意志屈服却是不可能的事情，因为他已经走出了自己的路，只从质的角度来说，他不输天尊。

现在一道准天尊的意志也想压倒他，这不是开玩笑吗？

这可是他的身体，他才是王！

在他的强力镇压下，便是准天尊的意志也只有低头的份，轰，惊人的能量在凌寒的体内流转，提升着他的修为。

“一步天尊便是掌握了某个位面独一无二的力量，而准天尊的话……已经可以接触到这样的力量，并抽取过来淬炼己身，从某种程度上来说，就是修炼了体术的九重天仙王。”

凌寒从这颗天尊丹中窥到了马峰的一丝武道精髓，难怪这可能让九重天仙王突破天尊。

但这对于凌寒就没用了，他早已经走出了自己的路，甚至都能抽取虚子能量来淬炼身体，需要的仅仅是修为上的提升。

十天之后，他将这颗天尊丹中的药力全部炼化。

“这只是一名准天尊炼制出来的丹药，还不能称为天尊丹。”

“不过，还是将我的修为推进到了七重天后期，相当不错。”

“如果还能再有三四颗的话，我应该可以达到巅峰了，那便可以冲击八重天。”

凌寒不由叹惜。

……

最近一段时间，马玉海可真是度日如年，每天都是心中七上八下的。

他害怕东窗事发，从此身败名裂。

他去看过秦霜，可秦霜却是失踪了。

如果秦霜死了的话，他反倒没事了，只要他咬紧牙否认一切，那武院方面也不可能因为凌寒的一面之辞拿他定罪。而且，他可是一位准天尊的儿子，没有确凿的证据，谁又敢搜他的神魂呢？

可秦霜如果是被擒的话，那就糟了。

一个月、半年、三年，时间过得很快，而武院方面迟迟没有人出现，向他询问凌寒遇伏的事情，让他也终于渐渐放心。

看来，秦霜是真得挂了。

四年之后，一个重磅消息传出，何雨风出关了。

何雨风是谁？

他比阿牧、杜十一、残月还要高出一届，乃是上上届的绝顶天骄，而且，他还另外有一个显赫的身分，那就是他的亲父乃是一位四步天尊，名为何荣，封号血雾。

何雨风此人非常低调，常年都在闭关之中，知道他的人也少得可怜，但绝不能因此否认他的强大，在他那一届中，他可是数一数二的强者，几称无敌。

只是如此的话，那他出关就出关，也不会引发这么大的震动，关键是，他迈出了所有仙王梦寐以求的一步，成为了准天尊！

这就太惊人了，在整个武院都是引发了骚动。

强如阿牧、杜十一等巨头，差不多在百亿年前就已经是九重天巅峰了，可一百亿年过去，他们却还是在原地踏步，为什么？

他们的天份不够高吗？他们不努力吗？他们的机缘不足吗？

错，他们具备了一切冲击天尊的条件，可仍是没能跨过去。

想要成就天尊，需要漫长感悟天地的时间，以为谁都像凌寒这么幸运，可以成为一方天地之主吗？

何雨风跨进准天尊，含金量十足，在他那一届的学员中，他也是目前唯一跨进准天尊的人。

这其中肯定有何荣的手笔，为儿子准备了无尽的修炼资源，最最顶尖的宝物，但依然不能否定何雨风的能力，那可是天尊啊，历史上可以荣登这一步的人，莫不冠绝一个时代。

之前凌寒打败天生，风头无两，可随着何雨风突破为准天尊的消息传出，自然将凌寒的势头完全压了下去。

再强的仙王跟天尊一比，那就是渣渣。

马玉海得知这个消息后，顿时一跃三尺高，他是太兴奋了。

他连忙去求见何雨风，手下死在凌寒之手，何雨风应该会非常愤怒的。

第 2675 章 仙体大成

马玉海还算是个人物，因此在他拜见不久之后，何雨风还是接见了他。

“恭维的话就不用说了，我已经听腻了。”何雨风淡淡说道，非常直接。

马玉海有些尴尬，但对方俨然是与自己的老子一个级别的，他又怎么敢有意见？他连忙道：“何少，出了点事情。”

“什么事情？”何雨风向着他看了过去。

马玉海顿时觉得压力山大，这就是准天尊，一个眼神都是让他差点崩溃。他调整了一下心态，这才道：“何少的仆从，秦霜大人可能被人杀了！”

何雨风目光一厉，啪，马玉海顿时一屁股坐在了地上。

这才是准天尊真正的威势！

“你又怎么知道的？”何雨风收回了目光，淡淡说道。

秦霜只是他的一条狗而已，他自然不会在意其是生是死，但怎么说那也是他的人，如果真被谁杀了，这所谓打狗也要看主人，他自然不会善罢甘休。

马玉海原本已经编好了一堆谎言，但被何雨风这么一看，那些谎言全部跑到天边去了，连忙一五一十地把真相说了出来，没敢有任何的加油添醋。

何雨风听完之后，不由冷笑：“你的胆子不小嘛，连武院弟子也敢谋害？”

马玉海刚刚才从地上爬起来，闻言又吓得一屁股坐了下去，哪怕他是八重天巅峰的超级帝星又如何，面对准天尊完全就如同蝼蚁似的。

“秦霜因你而死，你自断双臂，再去破云火山待上一年。”何雨风再次开口。

马玉海又哪里敢有意见，连忙点头，可脸上却是充满了惧色。

自断双臂还好说，但破云火山乃是炎霜位面的一处险地，那恐怖的火焰连仙金都能轻易烧融，要在山里待上一年，可以想见那是多么得危险，更会让他吃足苦头。

但他敢说一个不字吗，准天尊已经不受任何规则束缚了，要是让何雨风不开心，人家一巴掌拍死他又如何？

“是！”马玉海恭敬说道。

“凌寒此人……敢杀我的仆从，我也会让他付出应有的代价！”何雨风又道。

马玉海顿时大喜过望，一位准天尊要出手对付凌寒，那无论他多么妖孽都是白搭，是死是生，全在何雨风的一念之间。

“还不滚！”何雨风不悦地道。

马玉海连忙转身就走，惹怒一位准天尊的话绝没有好果子吃，他可是见过顶尖天骄仗着有些天赋、有些背景，在他父亲面前只是稍微流露出一丝的不敬，结果就被轰杀成渣。

天尊，那是超越规则的存在，便是准天尊亦是高高在上，天威不可犯。

……

王家又送来了大量的资源，其中有许多天材地宝，凌寒扫过一眼后，不由露出满意的笑容。

这么一来，他的不灭仙王体应该可以修到第九层了。

他为此闭关，三个月后他就功成。

“终于完成了，完全态的仙王不灭体！”凌寒哈哈大笑，现在他的防御强大到何等程度？便是九重天仙王全力轰击也不坏，哪怕是仙器，或是九重天巅峰的帝星、超级帝星出手，也只能在他的身上造成轻伤凌寒。

“可惜，距离不灭仙金体还是有些远，哪怕还是像之前那么炼丹，估计一万年才能够收集到足够的资源。可王家积累纪元的仙药都被我炼光光了，哪怕他们可以去四处搜购，但又哪里跟得我的炼丹速度？”

“看来，要成就仙金不灭体的话，至少是上亿年之后的事情了。”

他出关，刚刚才坐下来，便见诸旋儿拿着一张请帖过来，道：“夫君，你又有活干了。”

“什么活？”凌寒随口问道。

“何雨风的宴会。”诸旋儿扬了扬手中的帖子。

“什么何雨风，不认识。”凌寒摇头。

“夫君，人家可不是阿猫阿狗，而是刚刚突破的准天尊。”诸旋儿正容说道，“何雨风的父亲更是一位四步天尊！现在武院中不知道多少人以收到何雨风的邀请为荣，可惜，这请帖发出的数量极为有限，只有真正的天骄和天尊传人才有这样的资格。”

凌寒一想，顿时恍然：“原来是这个何雨风。”

“夫君跟他认识？”诸旋儿好奇地问。

凌寒摇头：“不认识，不过我宰了他一个手下。”

诸旋儿只有翻白眼的份，这人还没有见着呢，却已经拉起了仇恨，这样的能力恐怕也只有她这个夫君才有吧？

“那夫君还是别去参加这个宴会了。”她说道。

凌寒摇头：“人家既然请了，为什么不去？”

“可是——”诸旋儿还想再说，但看到凌寒那漫不在乎的表情之下，藏着的一丝丝坚韧时，她就知道再劝也是无用的。不过，这里毕竟是武院，谅何雨风也不敢怎么样吧？

何雨风的宴会放在了七天之后。

这距离他正式成为准天尊已经过去了大半年，为什么拖到这么晚才举办宴会呢？

那是因为成就准天尊可是一件大事，甚至在炎霜位面这样的超高等世界中，正常来说一个纪元也就能出一两个。当然了，现在各方天骄云集，整个元世界的天才都在这里，准天尊出现的频率就要高多了，一个纪元甚至可以出上百个。

平均一下的话，就是一千多亿年出一个，那依然少得可怜。

这样的盛事，当然要请方方面面的大人物过来了。

不过，因为天尊们都在域外战场对抗狂乱，而且在他们眼里，准天尊那还算不得天尊，不足以与他们平起平坐，自然也不会纡尊降贵过来了。

饶是如此，何雨风的洞府也是九重天仙王如云，如果不是九重天仙王的话，那一定有天尊级别的背景，不然根本没有资格出现在这里。

凌寒问了一下，在他身边的人中，便只有大黑狗接到了请帖。

他便与大黑狗一起，来到了何雨风所在的山头。

“请帖。”在山下坐镇的居然是一名九重天仙王，他看了一人一狗的请帖之后，便向着他们笑了笑，让二人上山。

“小子，你看看，别人都有马车代步，就我们两个用脚走。”大黑狗看着一辆辆飞驰而过的马车，不由向着凌寒抱怨，“狗爷可是九重天仙王，站在了仙道巅峰，不能这么没面子。”

“你是想说，我们回去弄辆马车再来吗？”

“不用这么麻烦，只要你小子趴在地上，给本座当坐骑就行了。”大黑狗舔着脸道。

“……滚！”

第 2676 章 超大排场

能够得到何雨风邀请的人，那真是非富即贵，不是家里头有天尊坐镇，就是本身的实力、天赋无比惊人。

因此，他们个个都坐着神骏的马车，这是只有在赶赴重要场合时才用的，一是体现对于主人的尊重，二也可以昭显自己的身份。

凌寒和大黑狗便看到一个排场超大的人，坐骑居然是一头仙金化形的老牛，只有巴掌那么大小，看似慢慢腾腾在走，可一步就是无穷远，惊人之极。这看得凌寒和大黑狗恨不得冲上去打劫，但想到这毕竟是武院，终是按捺了下来。

其他虽然也有一些排场大的人，但都不能与这位主相比。

“不知道是谁？”凌寒好奇。

大黑狗也用爪子挠了下脑袋：“走，我们敲闷棍去。”

凌寒白了它一眼，仙金本就稀罕无比，而仙金通灵，化成兽形，那就更加稀罕了，这辆马车的主人必然非凡无比，去敲闷棍的话，不怕被反过来爆揍吗？

“要去你去。”他果断摇头。

大黑狗也只是说说而已，并没有继续叫嚣。

很快，一人一狗就来到了山顶，现在外面停满了各种各样的马车，但那头金牛所拉的马车虽然奇小无比，可是无比得醒目，因为四周根本没有一辆马车敢接近，莫不保持着足够的距离，让它显得是鹤立鸡群。

也是，仙金化形，哪怕只有一重天，可防御力却已经达到了仙王巅峰，不死不坏。

想想天生就知道了，这是多么难缠的一个人？

可现在，一头仙金化形的强大生灵居然为人做了脚力，背后之人又是何等强大？

“到底是哪家的？”

不止是凌寒和大黑狗在好奇，洞府门口许多人都在议论纷纷，他们都没有见过这辆马车，莫不在猜测马车的主人是谁，或者说，这次来的人又是哪一位天尊的后代。

有些人早早就进了洞府，有些人却在外面呼朋唤友，要成群结队了再进去。

“凌寒！”

有人在叫，凌寒抬头看去，这是一个从来没有见过的人，但他却知道是谁，因为当初他与天生战斗的时候，曾经扫到过此人的气息。

“阿牧？”他说道。

“不错。”阿牧点点头，并不奇怪凌寒认出了自己，他在武院中名垂百多亿年，资料早就被人熟知，现在被凌寒认出来又有什么呢？

“呵呵，何雨风已经迈进了准天尊位，我们也要抓紧了。”又一个声音响起，杜十一出现，他身材魁梧，霸气侧露，气势凌人。

“说不定是凌寒师弟后来居上，先一步成为准天尊。”残月也出现，脸上一片冷漠之色，不知道的人还以为他对自己有意见呢。

三巨头出现，顿时引来全场的观注。

大黑狗自然不会怂这样的场面，一边挺胸收腹，一边对着四周的人挥爪打招呼，一副我是大人物的模样。

“见过三位！”凌寒拱了拱手，与三巨头见礼。

三巨头对他十分客气，他们个个都是傲气凌人，便是九重天巅峰仙王也不会放在他们眼里，可一旦证明未来可以与他们平起平坐，他们也会放下架子，变得相当得平易近人。

凌寒便已经证明了他未来有资格成为天尊，这只是时间问题罢了，自然让三巨头接纳了他。

大黑狗虽然不靠谱，骚包无比，但它也确实有资格成为天尊，同样让三巨头不敢怠慢，而且它已经是九重天仙王了，无论从哪方面来说，它都不输三巨头。

“哼！”

一声冷哼中，御虚仙王出现，他不是一个人，还带着他的儿子。

“老不死的，哼什么哼？”凌寒还没有说话，大黑狗率先发飙，它对于御虚仙王自然是恨之骨里，将利齿露了出来，口中呼着热气。

“一头畜牲，敢辱我父？”御无敌立刻跳了出来，在他的心目中，父亲就是天下第一仙王，无人可敌，现在一条黑狗也敢当面喝斥他父，自然让他不能忍。

“小小的三重天仙王，不要自讨没趣。”凌寒淡淡说道。

在武院中，强者不能对低了两重天的人出手，但并不代表弱势的一方可以主动挑衅，否则的话，那打了也是白打。

在这个世界，终究是实力为王。

现在御无敌主动挑衅一名九重天仙王，那就是被打得半死也是活该，大黑狗屁事都不会有。

御无敌显然知道这点，他还敢这么跳，自然是因为身后正站着他的父亲。

“凌寒！”御无敌看向凌寒，不由地眉毛挑起，怒不可遏。

他走仙王路，本想成就完美仙种，却被凌寒所迫，不得不提前突破，与完美无缘，这自然让他含恨在心，只是本身的战力远远不如凌寒，又怎么有雪耻的机会？此时仇人相见，自然是份外眼红了。

凌寒却不看他一眼，这种级别的货色已经不放在他眼里了，若非是在武院之中，他直接便一巴掌拍死了。

他盯着御虚仙王，淡淡道：“不管好你儿子的臭嘴，那我可要打烂它了！”

御虚仙王不由冷笑：“凌寒，你还真是嚣张，以为迈进七重天了，就有与本座分庭抗礼的资格？”

“老鬼，你凶什么，不知道这小子是狗爷在罩着吗？”大黑狗跳了出来，手指御虚仙王，挑衅之意十足。

御虚仙王十分不屑：“手下败将，本座一人便可镇压你两个！”

大黑狗大吼一声，悍然出手。

御虚仙王倒是一愣，在他的心目中，大黑狗是个标准的软骨头，怎么敢向自己主动出手的？想是这么想的，他自然也不会任大黑狗轰击，右手凝拳，向着大黑狗打了过去，无穷规则凝聚在他的拳头上，这一拳威势惊人。

嘭！

两人对轰一拳，顿时纷纷身体一颤，向着后方退了几步，轰，可怕的冲击波涌出，附近的人都是遭了殃，如同稻草般被抛飞了起来。

还好，今天可以来这里的人，不是本身实力超卓，就是有天尊级别的背景，身上又怎么可能没有保命的宝物呢？

一时之间，各种光华乱闪，超越大道的恐怖气息漫卷。

凌寒、杜十一等人自然毫不在意，如果御虚仙王或是大黑狗向着他们展开攻击，那他们肯定要躲闪或是招架，但只是余波的话……小意思。

“咦！”御虚仙王露出讶然之色，因为大黑狗在这一击上居然丝毫不逊于他。

第 2677 章 何雨风现

“老不死的，没想到狗爷那么猛吧？”大黑狗得意洋洋，屁股扭动着，铁内裤还反射着光，要多贱就有多贱。

御虚仙王固然气得半死，便是凌寒等人也有种眼睛被辣瞎的刺痛。

“奇怪！”御虚仙王喃喃说道，达到他们这样的高度，可能一个纪元才能将实力提升一丁点，可这才过去了多久，大黑狗居然就能与自己平分秋色，这进步大得也太惊人，根本不现实。

这是自然，大黑狗强不是因为它的修为有了提升，或是突然领悟了什么，而是凌寒将九化天经传给了它，现在大黑狗已经领会、融合了其中四部，这自然让它的战力提升了一大截，足以与御虚仙王媲美。

而且，完整的天尊宝术固然威力更强，但消耗也大，哪怕九重天仙王也不可能一直运转，但分拆的天尊宝术就不同了，以大黑狗的修为完全可以一直运转下去。

“再来！”大黑狗一击不落下风，自然不愿罢休，前仇新恨齐上心头，它怎么肯停下来。

御虚仙王冷哼一声，他自然也不会怂。

两大仙王大战，掀起了巨大的破坏。

凌寒看向御无敌，并不说话，就好像饿狼盯着一只小白兔。

御无敌被他看得心中生寒，不由地步步后退，直退到一根断柱撞上的时候，他才猛地醒悟过来，脸色刷地变得通红。

“两位够了吧，今天可是我家少主的大日子，还请尊重一下主人！”一道声音响起，扬动起强大的气息。

御虚仙王和大黑狗又对拼了三记，这才收手。

开口劝架的是一名九重天仙王，但只是一名帝者罢了，并没有被御虚仙王和大黑狗放在眼里，但他可是代表一位准天尊在说话，还是要给点面子的。

“老鬼，以后见你一次打一次。”大黑狗指着御虚仙王道。

御虚仙王差点气爆，你他特玛德又没有占了上风，为什么说得如此理直气壮？他原本没有这么容易激怒的，可大黑狗的样子实在是太拉仇恨了，浑身都是透着一股子的贱味，真是让人想不生气都是不行。

杜十一悠悠一叹，道：“谁再跟我说，凌师弟、黑狗兄所来的位面乃是超低等，我一定跟谁急。”

阿牧不由失笑，确实，哪个低等位面可以一下子冒出来如凌寒、天生、御虚仙王、大黑狗、火芙蓉、纪无名……这样的绝世天才？个个都可能迈进天尊，这个超低等位面是要大爆发了吗？

“哼！”

御虚仙王招呼儿子进入洞府，进去之前则是对着凌寒和大黑狗狠狠地剜了一眼，尤其是对凌寒，当初没能在仙域位面解决，结果让这个小兔崽子获得了成长的空间，现在都快要与他并驾齐驱了。

可惜，悔之晚矣。

凌寒也与阿牧等人进入洞府，他知道何雨风请他过来肯定没有好事，但躲得了初一躲不了十五，事情总要面对，逃避也是无用。

所以，他来了。

宴会都是差不多，吃吃喝喝，再结交一下朋友。

王家也来人了，而且不止是王家小公主，还有王千阳、王扬名两个重量级的人物，算是给足了何雨风面子。

现在王扬名对凌寒的态度比王千阳还要热情，一看到凌寒就拉着王佳月走了过来，道：“凌小友，好久不见了！”

能有多久？

凌寒呵呵一笑，道：“见过两位王前辈。”王佳月嘛，当然被他无视了。

王佳月哼了一声，这个男人居然敢拒绝自己，让她又是生气又是不服。

阿牧等三巨头都有自己的圈子，自然不可能一直陪着凌寒，见王家人过来，他们就笑了笑，告辞去到一边。

凌寒与王千阳、王扬名闲聊，难免说到了何雨风。

“此子真是妖孽，不过三百亿年而已，就跨进了准天尊之位，这样的成绩在最近一个纪元之中，可以排进前三了。”王千阳十分感慨，“老夫苟活了三个纪元，却还是无望天尊之位，一比，真是让人唏嘘。”

别看九重天巅峰与准天尊只隔了一道线，但无法感应到天地间那独一无二的力量，哪怕你再天资出色，一百个纪元后还是只能停留在仙王境。

王扬名不服，道：“我家安德也不差多少，只不过用了四百亿年便踏进了准天尊位！”

王千阳也有一丝傲然之色，何雨风能够更快地跨进天尊位，那也是因为他老子是四步天尊，为他弄来了足够的天材地宝，否则他突破准天尊的时间并不会少于自家那名绝世天才。

凌寒只是笑笑，他可不好意思说，其实他已经可以感应到虚子能量，并能够抽取过来淬炼己身，某种意义上来说，他现在已经是准天尊了，只是弱化了无数倍，连九重天巅峰的战力都是勉强。

这就不吹了，估计也没有谁能够相信。

七重天的准天尊？呵呵。

人来得越来越多，凌寒一直在找那辆仙金黄牛马车的主人，但无论问谁，谁都是摇摇头，并不知道还有这样一位牛逼无比的人物来了宴会。

这人也太低调了。

月上中天时，有人突然大叫：“少主到！”

顿时，全场安静了下来，纷纷看向内院的出口。

一名年轻男子的身影很快就出现了，他身材修长，面容英俊，一身气息更是内敛，如同一个普通人，但只要多看两眼，就会发现他的与众不同，可要说出哪里不同的话，却又没有什么言辞可以形容。

何雨风，刚刚突破的准天尊。

“臭屁！”大黑狗嗤了一声。

凌寒也点了点头，却有一丝讶然，因为何雨风突破不过半年，却已经控制住了气息，显然稳固了境界，从这点便能证明对方的妖孽了。

何雨风风度翩翩，举杯邀众人相饮，说话也十分客气，丝毫不摆准天尊的架子，让众人也渐渐放下了顾虑，场面又恢复了热闹。

“哪一个是凌寒？”何雨风突然问。

顿时，全场再次变得鸦雀无声，纷纷向着凌寒看去。

凌寒只作未闻，端着一杯酒慢慢地品。

何雨风看了过来，道：“我那个仆从，便是被你杀的吗？”

此言一出，众皆哗然。

这是什么时候发生的事情？凌寒也太猛了吧，连何雨风的人也敢动？

“不错，从结果来说，确实是我杀的。”凌寒很爽快地点头。

第 2678 章 霸道

如果秦霜是武院弟子，那凌寒肯定会推个干干净净，这残害同门乃是重罪。

可不是武院弟子？

那就没什么好顾忌的，兵来将挡，爱怎么着就怎么着。

“胆子真是不小，连我的人也敢动！”何雨风说道，但脸上依然是云淡风轻，似是毫不动怒。

确实，秦霜只是他的一个手下而已，又不是亲人，再说了，他都修成了准天尊位，又怎么可能轻易动于颜色？

“本尊现在的心情不错，就罚你做本尊一个纪元的仆从，你服是不服？”何雨风又说道。

众人一听，莫不在心中呲牙。

凌寒的妖孽大家都看在眼里，别说一个纪元，可能只需要几百亿年就能跨出仙王境，成就准天尊之位。真要是拜在何雨风的门下，成为对方的仆从，那就算以后凌寒成为了天尊，也要留下一生洗不掉的耻辱。

纵观历史，还没有出现过天尊为人仆从的事情。

——哪一个天尊不是高傲无比的？

何雨风也太狠了吧。

凌寒淡淡一笑：“我为武院弟子，你这么做，不觉得过份吗？”

“过份？”何雨风哈哈大笑，“你太天真了！规矩只能束缚凡人，而本尊现在已经跳出了凡尘，天地规则不能加于本尊之身，世俗间的规矩亦是不能！你以为，本尊今天将你格杀于此，武院会严惩本尊吗？”

“最多不痛不痒地说上几句！”

这番话无比得放肆，简直就将武院视为无物，可众人却是不得不承认，何雨风说得确实在理。

天尊、哪怕只是准天尊，那已经跳脱出了棋局，可以自己制订规则，来决定游戏怎么玩。

武院方面会为了一个仙王弟子，而对一名准天尊施以重罚吗？

绝对不会！

否则的话，当初也不可能有仙王坟场了，犯下大恶的仙王直接斩了不就好了，还送什么监狱？

有背景的仙王都是如此，更何况天尊本身了。

何雨风双手负在身后，神情之间显得悠闲无比，在他看来，这只是一个形式而已，凌寒若不是不屈从，那就伸手将其抹掉，简单无比。

他就是这么霸道，可又如何？

他是天尊，他就可以这么横，你愤怒、你悲懑、你不服又如何？

所有人的目光都是看向凌寒，想要知道他的反应。

是忍一忍，先应付了这一关，还是宁可战着死呢？

无论如何，凌寒的结局注定要惨。

凌寒展颜一笑："我还真是不信了！"

何雨风脸上的笑容瞬间凝结，他哼了一声："天尊之言，比天地规则还要重，你竟敢不从，这是在羞辱本尊！"

天尊岂可辱？

他伸出手，顿时，可怕的压力如山，所有人都是只觉呼吸困难，血管在暴突，好像要炸裂了一般。

“何大人！”王千阳突然开口，“老夫要向何大人讨个面子，饶了此子一回。”

王千阳！

众人都是在心中说了一句，王家可是老牌豪门了，王家老祖宗更是三步天尊，是属于众人只能仰望的存在。王千阳这么开口替凌寒求情，相信何雨风肯定要给个面子吧。

何雨风不说话，只是盯着王千阳看，气氛变得越来越森冷，每个人都是忍不住颤抖。

直到有人都快要失声尖叫时，何雨风才终于开口：“如果是王家那位三步天尊大人开口，本尊会退避三舍，如果是安德兄开口，本尊会给一个面子。但是，你不过区区九重天仙王，有什么资格让本尊给你面子？”

嘶！

众人都是倒抽凉气，他们都是没有想到，何雨风居然会不卖王千阳面子。

要知道，王千阳乃是王家之主，而且也有可能突破天尊的。

但众人再一想，却都是点点头，论背景，何雨风的老子可是四步天尊，比王家老祖宗要高出一个层次，而只论本身，何雨风是准天尊，高高在上。

那，何雨风确实不用给王千阳面子，谁也找不出什么错来。

王千阳则是气得浑身发颤，他乃是王家之主，某种意义上代表着三步天尊，便是真正的天尊见了他也会十分客气，现在被人鄙视到了骨子里，岂能不让他生气？

“再说，本尊刚刚突破，你就敢让本尊师出无功，这是什么意思？”何雨风冷然说道。

王千阳胡须皆动，他指着何雨风：“好，老夫倒要看看，你敢拿老夫怎么样？”

他挡在了凌寒面前。

王扬名微微犹豫，也同样迈出一步，与王千阳并立。

王家表态了，要与凌寒站在一起。

“不自量力！”何雨风出手，右手探出，化成一只滔天大手，向着王扬名、王千阳抓了过去。没有什么符号扬动，就是一只青色的大手，如同万载青石，可一手探出，威势滔滔，便是九重天仙王都要心悸。

一名准天尊，至少要十名九重天巅峰仙王才能挡得下来！

王千阳、王扬名都是全力尽出，可区区两个人又怎么挡得下一位准天尊，没几招便被轰伤，纷纷坐倒于地，吐血不停。

“看在凌云天尊的份上，小施惩戒，饶你们不死！”何雨风收回了手，傲然说道。

王千阳和王扬名都是不断地咳嗽，根本无力说话。

凌寒双手握拳，心中愤怒如火，他知道何雨风必然霸道，但霸道到这般地步却是他没有想到的。

人在武院之中，居然还如此肆无忌惮！

“还有谁反对本尊的做法吗？”何雨风淡淡说道，向着四周环顾。

无人敢与他对视，莫不低垂下了目光。

御虚仙王、御无敌则是大喜，凌寒这下完蛋了，绝对的。

另一个人则是卓凯，他笑得嘴都要裂到耳朵根去了，恨不得拍手鼓掌。

“狗爷不服！”大黑狗挺身而出，“小子，你不过多修炼了几年，再给小寒子几亿年时光，看他不吊打你，让你喊爷爷！”

何雨风顿时脸色一黑，这条贱狗的嘴可真是毒啊，一句话不但羞辱了他，连他父亲也被带了进去。他哼了一声：“敢在本尊面前放肆，岂有此理！”他再次出手，向着大黑狗抓了过去。

以他的力量，要是被他抓个结实的话，那大黑狗肯定只有化成碎渣的份。

“有本事来追狗爷啊！”大黑狗刚才还说得气焰嚣张，可真要打起来，它却是溜得比谁都快，咻，瞬间就冲出了洞府。

第 2679 章 给个面子

大黑狗的目的很简单，就是引何雨风离开，给凌寒制造逃走的机会。

可惜，何雨风并不上当。

他一击拍了个空，很是随意地收回了手，目光依然盯在凌寒身上。

大黑狗见状，立刻又跑了回来，在门口大叫道："死鱼眼的小子，为什么不来追狗爷？你是不敢吗？来来来，狗爷也不欺负你，让你一手一脚怎么样？"它各收起一条前爪和后爪，黑狗独立式。

这非常嘲讽，让何雨风都是不由地嘴角抽搐了一下，忍不住便是一掌向着大黑狗拍了过去。

轰，力量滚滚，可怕之极。

"狗爷又走了。"刷，大黑狗撒腿就跑，奇快无比。

它在不灭天经没有修成之前，就以速度见长，这才是它真正的保命绝活。

何雨风一击落空，还没有说话呢，大黑狗又出现了。

它在门口探头："有没有想念狗爷？狗爷又回来了！"

何雨风的眼神中跳起了火，他执意要对付凌寒可不止是手下被杀的关系，还因为他要立威，所谓新官上任三把火，他初踏天尊位，自然也要立威，向所有人宣告他的崛起。

王家要阻挡他，他毫不犹豫地将之推倒，一条大黑狗要阻挡他，他也立刻下了杀手……问题是，没有得手。

这条死狗的速度怎地那么快？

何雨风决定不加理会，凌寒的修为虽然最低，可他之前已经放出了话，要么凌寒跪下臣服，做他奴才，要么就被他杀死。堂堂准天尊开口，岂有说话不算话的道理？

他盯着凌寒，目光中杀气闪动。

“死鱼眼，欺负一个七重天的小子算什么本事，有种和狗爷大战三百回合？”大黑狗连忙叫道。

这次何雨风却是完全不理，他出手，向阒凌寒按了过去。

准天尊出手，哪怕凌寒的速度快得超越寻常的九重天仙王又怎么可能躲得了？

轰，这一掌刚打出来就已经出现在凌寒面前，青色的大手如同磨盘，可以磨灭一切仙王。

凌寒大喝一声，不灭天经运转，他已经修出了大成的不灭仙王体，让他有信心接下这一击。

嘭！

一掌按下，顿时让整个洞府都是剧颤起来。

仙王大战都可以将这洞府破坏了，又何况是准天尊出手？还好，何雨风当然不会毁了自己的洞府，左手跟着一抓，及时湮灭了余波，才只是让洞府剧颤。

灰尘散去，只见凌寒的前方多了一道金光闪闪的身影，待到金光黯灭下来，现出了大黑狗的身影。

刚才它及时冲出，挡下了何雨风的一击。

牛啊，九重天仙王居然可以挡下准天尊一击。

“痛、痛死狗爷了！”众人还在感叹的时候，大黑狗却是一屁股坐在了地上，大声叫起来了疼来，立刻让众人刚刚才改观的印象重新跌进了贼贱的深渊里。

这就是一条贱狗，改不了的。

大黑狗没有它表现出来的那么惨，它也修出了不灭仙王体，主动运转了不灭天经，以它九重天的修为运转出来，威力肯定超过凌寒。

这一击，最多让它内腑震荡一下。

何雨风的脸色终是变得难看了，他要杀一个七重天仙王……有这么难吗？

他刚刚才突破准天尊，正是意气纷发的时候，为什么偏偏有这么多人要跟他做对？

凌寒必须死，必须死！

他哼了一声，大黑狗可以阻他一次，但可以阻一百次、一千次吗？准天尊要杀人，是一个九重天仙王可以阻止的吗？

“我也想请何兄给个面子，就此罢手如何？”一个清甜的声音突然响起，立刻如三月的春风，融化了寒冰，让人浑身都是舒服。

何雨风却是更加不舒服了，他只是想杀一个七重天的仙王，为什么总有人反对？

他向着那开口之人看去，目光扫过，眸子顿时微微一紧。

这是一个少女，长相清雅，谈不上如何得美绝天仙，却是让人看着就心里舒服，如同一株淡菊，值得人仔细品味。但这并非重点，关键是，他之前根本没有发现这个女子的存在。

他堂堂准天尊，神意何等强大，居然会错漏了一个人？

“姑娘怎么称呼？”何雨风沉声问道，这个少女虽然一点气息都不显露，却让他的内心不由地升起忌惮。

这女子温和一笑：“林，林飘雪。”

林飘雪？

众人面面相觑，都是摇摇头，并没有听过这个名字。

“小寒子，咱们不用跑了，这女娃子好像很厉害的样子。”大黑狗凑过头来，小声地说道。

凌寒点头，这女子虽然气息不显，却给他一种无比危险的感觉。

何雨风眉头微皱，这女子只报姓名，却不说出身或是修为，这等于什么也没有说。他迟疑一下才道：“林姑娘为什么要保此人？”

“哦，我爹爹比较看好此人，便让我走上一遭，将他带回家看看，助他一臂之力，将修为提升上去一些。”林飘雪说道，十分得随意。

可听在众人的眼里，却一个个都是震惊。

凌寒已经是七重天了，再“将修为提升上去一些”又岂是容易的事情？可林飘雪却是说得好像吃碗饭似的，靠，你家是干什么的？你家老子又是谁啊？

吹牛的吧。

何雨风也不相信，他淡淡道：“尊父又是谁？”

林飘雪温和一笑：“现在是我向何兄讨个面子，与家父无关。”

“那要看你有没有这个实力了！”何雨风终是决定出手，他修成准天尊之后，说出来的第一件事都没能办到的话，这也太伤他的面子了。

轰，他还是一手探出，化成青石磨盘。

林飘雪可不是大黑狗，她自然不会躲，而是伸出一根玉指对着天空点了过去。

一道黑光闪过，啪，天空中那只盘磨立刻崩碎。

轰，这一出手，她的气息就再无法隐藏，如同海啸一般汹涌。

“准天尊！”

“天哪，又是一位准天尊！”

“这样的人物，怎么从来没有在武院中见过？”

“而且，她可不是刚刚突破的准天尊，还有一股铁血杀伐的霸气。”

“——她是在域外战场突破的，或已经在那里血战了无数年。”

众人都是震惊，这也是一位准天尊，而且极可能比何雨风强大。

林飘雪脸上满是柔和的笑容，仪态雍容："何兄，可否给个面子？"

第 2680 章 匹夫之怒

这已经是林飘雪第二次说出同样的话了。

第一次，何雨风只是好奇和有一些忌惮，但第二次说出这句话时，他心中却是升起了寒意。

虽然只是出了一招，但他却已经看出了自己和林飘雪的差距。

他不及。

因为他是靠资源的堆集、漫长的闭关修炼才突破准天尊的，当然，他的天赋也摆在了那里，不然再多的资源、再长的苦修也是白搭。可对方却是在血战中突破的，武道意志做不得假，充满了铁血和杀伐。

相比之下，他就是温室中的花苗，而对方却是经历了暴风雨的乔木，两人若战，他会惨败。

他就缺在了经验上，如果可以和准天尊多多交手的话，他的战力一定可以迅速提升上去，不会输给对方。

但现在，他打不过。

因此，这个面子他也必须给。

就像之前，他可以无视武院的规矩，想对付谁就对付谁，甚至公然说要杀死凌寒。为什么他可以这么横？实力！现在也是如此，他的实力不及林飘雪，所以他必须认怂，否则林飘雪出手，打得他狼狈不堪又如何？

准天尊也只是准天尊，在相同层次的存在面前，他也要忌惮、甚至低头。

“看在林姑娘的份上，本尊便饶了这小子一回！”他目光扫过凌寒，眼神中闪动着寒光。

这个人害得他脸面全失，自然让他心中暴怒，这一次他不能杀人，但下一次的话……林飘雪总不能时时刻刻都待在凌寒身边吧？

明天他就把人给宰了！

“滚！”他向着凌寒挥了下手，眼不见为净。

众人都是感慨，凌寒还真是福星高照，先有王家出面照拂，再有黑狗这样的高手相护，最后更有一名神秘的准天尊帮忙，试问还有哪一个七重天仙王有这样的面子？

没有一个人觉得凌寒委屈。

你委屈啥？

一名准天尊都是被迫收手，你这面子真要上天了。

这件事情之后，凌寒的声名肯定还要再上一层楼，虽然这是因为别人的关系。

凌寒动了，但出乎所有人的意料，他并非转身而行，相反，他大步向着何雨风走了过去，直到两人只相距一丈时，他这才停了下来，道：“在下虽然只是区区七重天，不可能是准天尊的对手，但匹夫一怒，尚血溅三尺！”

这番话，他说得十分低沉，扬动着他积压了大半天的怒火，让众人不由地动容。

可……你想做什么呢？

向一位准天尊叫板吗？

凌寒顿了一下，复道：“在下想向何天尊讨教十招！”

此话一出，所有人皆是一片讶然，不少人都是怀疑自己的耳朵是不是出了问题，才会听到如此不可思议的话。

一个七重天仙王居然向准天尊挑战？

嘶！

但诸如杜十一、阿牧等巨头，却是露出了欣赏之色。

正如凌寒所说，匹夫一怒，尚能血溅三尺。

如果凌寒就这么忍气吞声，那固然是一种明智的做法，却会被他们划入下等之列，虽然不至于轻视了，但也不会引为知交。

讨教十招，掷地有声！

我是七重天，自然不可能是准天尊的对手，但我有傲气，绝不是你为准天尊就能欺我、辱我。

林飘风也是美目一亮，她虽然出面帮了凌寒一把，那只是受了父命罢了，本身对于凌寒可没有什么好感，当然也没有恶感，就是一大街上见到的人，没有任何的感觉。

但现在她有些明白了，为什么像父亲这样强大的人都会对凌寒那么看重。

就冲这份勇气，就绝对值得她跑这么一趟了。

她很有兴趣，想要知道凌寒到底真得只是匹夫之怒，被愤怒蒙蔽了，才自不量力地提出了挑战，还是他真得胸有成竹，有信心在何雨风的手下撑上十招。

这最最气愤的当然是何雨风了。

堂堂准天尊，居然被一个七重天仙王挑战了！

他当然可以一巴掌就拍死凌寒，但一个仙王就敢向准天尊挑战，对于他的尊严来说，不啻是被狠狠地捅了一刀、刮了一记。

他深深地吸了口气，才道："还真是一个不知所谓的家伙！好，本尊就容你连出九招，待第十招的时候……本尊会让你知道敬畏！"他打定主意，要在第十招上轰杀凌寒，不给林飘雪出手救助的机会。

没办法，谁让这小子要挑战准天尊？

天尊之威不可犯！

凌寒淡淡一笑，他没有祭出仙魔剑，只是双手一振，捏成了拳头，九化天经运转，他的战力在疯狂提升。

他现在的常规战力便达到了九重天巅峰，再以九化天经放大，至少在这么短短一段时间内，他的战力可以媲美九重天巅峰的超级帝星，甚至还要强。

“杀！”

他冲了出去，双拳怒捶。

就算他只是七重天仙王又如何，就没有脾气，可以任人羞辱？

还有王家两位强者，为了他还被何雨风打伤，大黑狗也是差点被重创，为什么无辜之人却要受到牵连？

就因为你强？

嘭！嘭！嘭！

凌寒双拳怒打，巨力滔天。

众人都是骇然，这真是一名七重天仙王吗，怎么感觉比九重天仙王还要强大？

然而，更可怕的却是何雨风，他将双手负在身后，任凌寒怒击又如何，他如不动磐石，简直让人绝望。

这就是准天尊啊，脱离了仙王层次，脱离了规则的级别，上升到了一个仙王只能仰望的高度。

“就这点实力吗？”何雨风嗤笑。

林飘雪暗暗摇头，凌寒现在的战力确实不凡，如果他是九重天的修为，那么运转这门秘术之后还真有伤到准天尊的可能。但是，凌寒毕竟只是七重天，这样的攻击可以让任何一个九重天仙王忌惮，甚至不敢撄其锋芒，可要对付一位准天尊却还是差得远。

七招、八招、九招！

何雨风淡淡一笑，挥掌对着凌寒拍去：“蝼蚁，你也吃本尊一击！”

轰，这一击挥出，天地都要崩裂了。

林飘雪也不好出手，是凌寒说要打十招的，那如果被何雨风打死，那也是他自找的。

天尊岂容挑衅？

凌寒没有后退的想法，他大吼一声，双眼闪过凌厉之色，脸上全是坚毅，右拳化掌，滋，九彩仙雷闪动，向着何雨风狠狠地迎击而去。

啪啪啪，这一掌挥出之中，他的右臂就开始爆裂，血管在同一时间全部炸开，皮肉纷飞，只剩下累累白骨，一往无回。

匹夫之怒。

第 2681 章 准天尊见血

只是挥出一记五行雷术，为什么凌寒的手臂都是炸裂了？

很简单，那就是他不但运转了五行雷术，还以九化天经催发了威势。

天尊法是不可能一起运转的，仙王承受不了这么大的威力，未伤人先死己。

如果换成是几天之前，凌寒确实也不敢这么乱来，但现在他的不灭仙王体已是大成，体魄比之仙金只是差了一线，却让他有信心、有勇气这么来上一次。

虽然是匹夫，但一怒也能让天尊溅血！

杀！

凌寒冲了过去，浩浩荡荡，一往无回。

何雨风终是露出一抹慎重之色，他骄傲，但绝不会盲目自大，凌寒这一击轰出，他的第一反应就是避其锋芒。可他是谁，堂堂准天尊，居然要避让一个七重天的攻击，这让他情何以堪？

而且，他若是避开了这一击，凌寒就真得走满了十招！

一个七重天在准天尊面前夸夸其谈，说可以走过十招，结果却真得让他实现了，那他这个准天尊以后还有脸做人吗？

不能躲，必须硬扛，将凌寒镇杀。

何雨风冷哼一声，双手上缠绕了青色的光华，散发着远远超过仙王境的威压，向着凌寒按了过去。

这一次对轰，石破天惊。

阿牧、杜十一等巨头莫不失色，他们自忖，如果换成自己去接凌寒或是何雨风的一击，那只有被重创的份，唯一的对策就是避开，硬扛那是和自己过不去。

可何雨风这么强大在情理之中，凌寒又凭什么这么牛逼呢？

不可思议，不可想像，不可接受！

便是林飘雪都是露出了一抹讶然之色，内心之中更是暗暗点头，凌寒能够轰出这么一击，真是对得起他之言放出的豪言。

匹夫一怒，尚能血溅五步！

轰，两大强者打出的攻击终是撞击到了一起，形成了超越规则层面的大爆炸，林飘雪连忙出手，将一道道攻击余波按下，否则若是让这些战斗余波肆意狂虐的话，不知道有多少人会被波及，大部份肯定只有死路一条。

恐怖的力量波动，虽然有林飘雪化解了大部份的冲击，可有一些小的波纹还是溢了出去，让不少人吐血、断骨，他们都是骇然，连一道小小的余波都是如此，那战斗中心的两人又要受到多么恐怖的冲击？

烟尘散去，只见凌寒还站在原地，可不但右臂尽数炸毁，只剩下累累白骨，便是整个上半身都是没了血肉，只剩下了一副骨架子。但他依然站得稳，双眼中散发着冲天的战意，有若一把出鞘的绝世神剑。

再看何雨风，他还保持着右手按出的姿势，情况要比凌寒好上太多了，衣物整整齐齐，几乎没有受什么伤，只有右掌中心破了一个口子，在滴滴答答地流着鲜血。

看到这一幕，所有人莫不震惊得头皮发麻。

何雨风受伤了。

何雨风居然受伤了！

一名准天尊，在对阵七重天仙王的时候，居然被对手伤到了，流血了。

天哪！

众人可不会管凌寒伤得更重，付出了多少代价，他们只知道一位准天尊被七重天仙王打伤了。

这是前所未有的奇迹，这是谁也不敢想像的壮举！

凌寒就是这个创造奇迹的人，而何雨风？注定将成为永远的注解，伴随着他的一生，以后谁要说起凌寒今日的壮举，都会将何雨风带上一次，以他的羞耻来衬托凌寒的妖孽。

这就是凌寒的匹夫之怒！

牛逼，一怒能够让准天尊见血，还有第二个七重天能够做到吗？

天生？不行，他顶多就是保自己不失。

杜十一、阿牧、残月？

也许他们现在爆发绝招的话，可以换到准天尊一滴血，但当他们还是七重天的时候，这只是做梦。

凌寒淡淡一笑，身上的血肉正在以惊人的速度重生着，他之所以会这么惨，其实更多的是体内两门天尊宝术冲突的关系，属于自伤，这恢复起来就快了。现在不灭天经流转，再加上凌寒又有虚子能量的底子在，恢复速度自然奇快。

“何大人，受教了！”他抱了抱拳头。

虽然凌寒说得很客气，可何雨风却只感觉脸上火辣辣的。

他知道，自己将要成为永世的笑柄，用以衬托凌寒的妖孽。

他双眼冒着怒火，杀意沸腾，他要杀凌寒，绝对不容许对方活着离开，到时候别人一看到凌寒，就会说起今天的壮举，然后把他拿出来狠狠地踩上几脚。

绝对不行，他是注定要成为天尊的人，怎么能够带着这样的耻辱？

死！

他怒吼一声，双手迸射着青光，向着凌寒镇压过去。

凌寒虽然妖孽，不但与准天尊力拼了十招，甚至还把准天尊给打伤了，但十招之后，他也是到了强弩之末，又怎么挡得住一位准天尊的含恨反击？

可凌寒却是丝毫不乱，只是淡淡地看着对方。

“何雨风，你过了！”林飘雪出手，她玉臂轻舒，十指如摘花，看似不带一丝火气，却是威力奇大，嘭，轻易便将何雨风震了回去。

两人虽然都是半步天尊，可何雨风才刚刚跨进这个境界，而林飘雪可能就要迈出去了，实力差距极大。

何雨风连退上百步才站稳了脚步，他满脸赤红，一是被林飘雪一击给震的，二是气的。

准天尊想杀一个小小的七重天，有这么难吗？

“你真要为了这个小子得罪我何家吗？”何雨风森然说道。

听到这句话，杜十一等人莫不摇了摇头。

何雨风这么说，就是在拿他老子何荣来压人。

他们莫不是绝顶天才，自身的强大才是根本，才是骄傲，才是底气，可何雨风却把老子搬了出来，这其实便是认怂了。

这自然让他们看不起，瞬间就把何雨风从能够与他们并列的层次推了下去。

林飘雪俏脸平静，肤白胜雪，似乎毫无火气。她看着何雨风，眼神有些古怪，好像充满了可怜似的。

“不想惹我何家的话，立刻离开！”何雨风指着门口道。

“唉，真是个傻小子。”一个声音悠悠响起。

“大兄弟！”大黑狗立刻一蹦而起，那是黑驴。

黑驴慢悠悠地走了进来，它人模狗样的，将两只前爪负在了身后，挺着一只圆滚滚的肚皮，一副猥琐的样子可不比大黑狗逊色多少。

“见过神驴大人！”所有人连忙行礼，便是何雨风也不例外。

第 2682 章 跟人家拼爹？

黑驴乃是天尊，可不带个准字的。

何雨风哪怕跳出了规则又如何，强者为尊才是亘万永存、不可能消失的规则。

所有人尽皆低头，向着黑驴行礼，便是那林飘雪也是微微一福：“驴叔。”

驴叔？

黑驴走了过来，啪，对着何雨风就是一蹄子，将他踹翻在地。

何雨风大怒，他好歹也是准天尊，比之黑驴并不逊色多少，你敢这么辱我？

“臭小子，本座这是在救你！”黑驴伸出一只蹄子踩在何雨风的脸上，“你爹要是知道了，估计得给本座送大红花来感谢本座。”

众人都是嘴角抽搐，这头驴子还真是损，把人家踩在了脚下居然还说为了别人好。

何雨风当然气疯了，他发誓，一定要把这件事情告诉父亲，就算你和周恒关系好，也不能这么对他！

黑驴嘿嘿笑，拿蹄子在何雨风的脑袋上敲着：“小子，还不肯死心那？好吧，本座就让你死得瞑目！你拿自己的爹去压人家，可你知道她爹是谁吗？”它指着林飘雪说道。

众人不由都是竖起了耳朵来，充满了好奇。

他们也确实很想知道林飘雪是什么来头，一个准天尊居然谁也不知道来历，这样的神秘本来就让人无比好奇。

“是谁？”何雨风硬着头皮问。

“跟人家拼爹，唉，你真是太嫩了。”黑驴却还在吊胃口，直到众人都是将脖子伸得老长了，它才悠悠道，“这丫头的爹姓林。”

废话。

众人都是在心中说道，当然没有一个人敢说出来。

“名萧扬。”黑驴又悠悠说道。

林萧扬！

“嘶，六步天尊林萧扬大人！”

“这么说……林洛大人不是她的爷爷了？”

“林家，林洛乃是七步天尊，其子林萧杨大人是六步天尊，两名徒弟周恒大人、楚浩大人也都是六步天尊，乃是传奇中的传奇！”

“跟人家比背景，哈哈，真是笑死人了，整个元世界又有哪个势力可以和林家比？”

“也许有，但绝不是何家。”

有的人窃窃私语，但有的人却是毫无顾忌，因为他们背后也有三步天尊、四步天尊甚至五步天尊的长辈，只是点评两句又怕什么。

“嘶，林家又出了一名准天尊，那若干年后又要多一位天尊了。”

“这只是林萧扬大人的女儿，我听说林洛大人还有一个女儿，虽然比林萧扬晚生了无数年，可天赋却是一点也不弱，也许早就成为天尊了。”

“林家的实力……强大得让人无法想像。”

何雨风也将众人的话听在了耳里，只觉羞怒无比，却是半点反驳的意思也没有升起。

确实，跟林家一比，什么势力都是渣渣。

一名七步天尊、三名六步天尊，随便走出来一个就能将元世界扫荡大半。

要是他真得和林家为敌，估计老子会亲手宰了他，然后提着他的人头去林家请罪。

“傻小子，现在知道本座是在救你了吧？”黑驴说道。

何雨风承认，黑驴确实可能替他化解了一劫，但用脚踩着他的脸，这分明就是在故意羞辱他——你完全可以好声好语地说是不是？

“凌兄，请随我来，家父想见见你。”林飘雪终于开口，向着凌寒说道。

她完全无视了何雨风，也许在她的眼里，区区半步天尊连让她多说几句的资格都是没有。

何雨风低垂着头，心中更恨。

这种无视比黑驴的羞辱更让他难受，可他根本不敢恨林飘雪，林家是他绝对惹不起的庞然大物。因此，他把所有的愤恨都是堆积到了凌寒的头上。

这是罪魁祸首。

他一定要凌寒死。

凌寒先向着林飘雪点点头，然后又看向何雨风，道：“何大人，今日之赐在下会牢记在心，日后必有回报！”

这当然不是报恩了，而是有仇报仇。

小小的七重天！

何雨风捏紧了拳头，但他自然不屑与凌寒争辩，准天尊还要逞口舌之利的话，那也太掉份了。他只是哼了一声，道：“若再让本尊看到你，便是你的死期！”

凌寒又向着王家两位仙王表示感激，然后才与大黑狗一同出了洞府。

“来。”

林飘雪引路，带着凌寒和大黑狗走向她的坐驾，赫然便是那头仙金黄牛所拉的马车！

凌寒和大黑狗互看一眼，莫不在心中暗说一句侥幸，幸好当初没真去敲闷棍，否则的话，他们不要撞上一块铁板，现在被吊打了吧。

“驴前辈，仙王坟场的事情解决了？”凌寒向黑驴问道，这些天他不是在闭关修炼，就是炼丹，还没有再见过黑驴。

黑驴摇头：“那小子跑得贼快，周恒过去的时候，那里已是撤得一空，也不知道都去了哪里。”

凌寒眉头一皱，这是一个巨大的隐患。

晋升准天尊的过程中断，这肯定有极大的影响，但就算那么多的九重天仙王一起出世，造成的破坏也是无比得可怕。

“天塌下来还有高个子顶着，你就把心放在肚子里，安心修炼，尽快提升实力才是王道。”黑驴说道。

凌寒点头，这次被何雨风仗着准天尊的实力欺压，让他愤怒之余也充满了斗志，迫切想要提升自己的实力。

黑驴离去，凌寒和大黑狗则是上了马车。

“林仙子，听你说，令尊是要帮助我提升修为？”凌寒问道。

“不错。”林飘雪点头。

“那我能不能带上几个人？”凌寒立刻开始讨价还价，林萧扬是谁？七步天尊之子，本身也是一位六步天尊，这样的大人物说要帮他提升修为，绝对不是说着玩玩的，好机会自然不能错过了。

林飘雪讶然，愣了一下才道：“行倒是行，但并非谁都承受得了这样的训练。”

“试试。”

凌寒叫上了雨皇，兄弟当然不能落下，然后又带上了女皇和柔妖女，这是自家媳妇，大黑狗当然也不会错过这样的好处，于是，他们四人一狗便乘坐着林飘雪的马车，出发林家。

“林仙子没有进武院吗？”路上，凌寒闲着也是闲着，不由问道。

“没。”林飘雪虽然家世惊人，却是一点架子都没有，柔和似水，她说道，“其实真正的大家族子弟是不进武院的，在家族中培养到一定程度上，就送进域外战场战斗，只要能够活下来，那前途都很不错。”

比如像她一样？

凌寒不禁悠然神往，他已经听说了许多关于域外战场的事情，突然很想去看一看。

第 2683 章 九死池

“你现在去域外战场的话，还早了一点。”林飘雪正容说道，“域外战场的残酷，远远超过你的想像，你必须准备得更加充分。”

凌寒点头，不再提域外战场的事情。

马车行得很快，一头仙金生灵充当脚力，速度当然惊人，一片片空间穿越而过，差不多十几天之后，他们来到了一座山脉，进入了某个门户之后，原本就连绵无数的山脉变得更加广阔，好像进入了另一个世界。

他们俱是下了马车，金牛懒洋洋地趴着，显得极是悠闲。

五人漫步而行，每一座山峰都有建筑，时不时便能看到有小孩嘻笑而过，毫不怕生，反倒对着凌寒四人看个不停，而大黑狗则是成了重点围观对象，毕竟穿着一条铁内裤又如此猥琐的狗非常罕见。

“雪姨，他们是谁呀？”

“雪姨，你回来啦！”

“雪姨奶，有没有带好吃的？”

小孩们纷纷围了地来，七嘴八舌的。

林飘雪温柔似水，一边拿出些东西分给这些小孩，一边给凌寒他们进行介绍，这是谁，那又是谁。

这是林家所在，但并不只是林家，还有林家的亲眷。

比如林飘雪母亲的家人，全部都是住在这里，整个林家的人数差不多有几十万了。

林家仙王无数，但达到了天尊级别的那也只有十个左右，少得可怜。

有七步天尊的指点，天尊数却依然只有这么点，可见成就天尊之难。

在林飘雪的带领下，凌寒见到了林萧扬。

这是林洛的长子，也是林家现在的掌门人，林洛则一直在场外战场坐镇，七步天尊是对抗狂乱的主力军，哪里抽得出时间回来。

林萧扬看上去不过二十来岁，年轻、英俊，身材修长，身上并没有一丝威压，平凡如常人。

这是真正的返璞归真了。

“拜见前辈！”凌寒恭敬行礼。

雨皇、柔妖女、大黑狗也同样行礼，便是女皇也是压下了傲气，微微一福。

林萧扬的脾性和女儿很像，云淡风轻，似乎永远不会有火气似的。他摆摆手，道：“我听说了你许多的事情，你很不错，我、还有周师弟都对你抱有很大的期望。”

一位六步天尊居然说出这样的溢美之词，如果传出去的话，那凌寒肯定会立刻名动一方。

“我不是那种喜欢听客套话的人，想要回报我，那就尽快将修为提升上去。”林萧扬说道，“我已经为你们开启了九死池，飘雪会带你们过去，并说明用法。”

六步天尊当然是很忙的，凌寒诸人都是点头，林萧扬可以抽空接见他们已经很不错了。

林飘雪带着诸人离开，很快就来到了一座山峰上，山顶有一个池子，升腾着绿色的雾气，充满了草木精华。

“这是九死池。”林飘雪说道。

凌寒几人都是惊讶，这个池子充满了生之气息，应该叫做生命之池才对，怎么会九死呢？

林飘雪摇头：“天地造物充满了神奇，极死之中蕴生，而极生之中也是藏着巨大的杀机。”

她顿了一下："这个池子之底有一棵神木，当初乃是木之本源得道，冲上了九重天的高度，可惜，遭天地所嫉，在冲击天尊位的时候失败陨落。神木精华充沛，乃为绝世大药，但当初神木陨落，被天地雷霆所斩，又蕴藏着无穷的杀机。"

"这个池子后来又为家祖祭炼，加入了许多大药，又有七步天尊的手段，使其中的草木精华变得越来越惊人，但同时，其中的杀机也是越来越狂暴。"

"进入其中，九死一生。"

林飘雪正容道："不过，若是能够熬得住药力中的杀劫，那好处也是无穷的。"

凌寒看向女皇、柔妖女和雨皇，三人都是向着他点点头。

"为什么不看狗爷？"大黑狗嗷嗷叫，"你们以为狗爷是贪生怕死之辈吗？"

"此番恩情，我等铭记在心！"凌寒四人都是向林飘雪说道，完全无视了大黑狗。

林飘雪则是点点头："都是为了天下大局。"

以林家的实力，其实已经不需要凌寒他们的感激，目的很简单，就是要对抗狂乱。

"你们入池修炼，我替你们护法。"她又说道。

凌寒三人都是没有再客气，纷纷进入了水池之中。

顿时，一股沛然无比的生机涌进体内，推动着他们的修为咻咻咻地往上升。

噗嗵，大黑狗也跳了进来。

"死狗，你已经是九重天巅峰了，还下来做什么？"

"吸收一点营养，多了也没有坏处啊。"大黑狗恬不知耻地道。

对于大黑狗的无耻，众人早就已经习惯了，都是不再说话，专心吸取着水池中的能量。

但很快，他们的脸色就变了。

这能量太狂暴了，一开始他们还能忍受，但很快就化作了毁灭性的洪流，在他们的体内汹涌着，似乎要将他们的身体都是生生冲垮。

这可不是感觉，他们很快就发现身上出现了血痕，那是体内的血管已经爆裂了。

“必须在水池里待满一天，否则不但无益，反而有害。”林飘雪在一边说道。

“靠，狗爷被坑了，早知道不进来了！”大黑狗哇哇惨叫，它已经是九重天巅峰，不可能再有什么提升，只是它太过贪心，见不得别人得了好处，它只能在一边看，因此老着脸皮跳了下来，结果却是活遭罪。

凌寒四人都是咬牙苦撑，不断地吸收着药力，转化为本身的修为。

一天之后，四人一狗都是连忙跳了出来，一个个都是喘息个不停，尤其是大黑狗，连眼泪都是流了出来。

“来，向我出手。”林飘雪说道，“你们需要活动筋骨，将药力完全催动，否则的话，这样狂暴的药力积郁在身体之中，会对你们造成很大的影响。”

四人一狗对看一眼，都是纷纷出手，向着林飘雪攻了过去。

别看人家毫无火气，却是堂堂准天尊，要是动起真格来，不用几招就能让他们团灭。

现在只是为了让凌寒他们活动开筋骨，林飘雪当然不会全力以赴，而是把自己当成了一个靶子，任五大强者联手围攻，只是化解，并不反击。

这样足足打了十天，她这才喊停。

凌寒四人暗查身体，发现修为居然向前迈进了一小步。

真是很小的一步，有点微不足道，可十天就能有这样的进步，却是无比得惊人。

第 2684 章 八重天巅峰

药力已经炼化完了，接下来又可以进入九死池中吸收。

可是，四人一狗的脸色都是非常难看。

别看修为提升起来是很爽，但这也太痛苦了，整个人都是几乎崩裂，谁也不想再承受第二次。

而且，九死池也不是说说而已的，真得一个不巧就会死人。

凌寒率先跳了进去，不用说其他的，只要想一想何雨风那盛气凌人的霸道，以力压人的嘴脸，就让凌寒生起了无穷的动力，要将这个浑蛋踩翻在地。

这需要实力，而九死池可以给他实力。

痛苦算什么？

凌寒之后，雨皇也毫不犹豫地进入了池子里，接着是女皇，她傲娇无比，但一颗追求强大的心也坚韧无比。

柔妖女则是犹豫，她确实渴望强大，但一想到之前承受的痛苦就让她打起了退堂鼓。

修为的提升……不急吧，反正有凌寒呢。

大黑狗则是坚决不下池，之前就已经被坑了，它可不想再来一次。

林飘雪却道："你虽然是九重天巅峰，但这个九死池对你还是很有帮助，可以打磨你的战力，变得更加精粹。"

大黑狗苦着脸，想了半天之后，还是又进了池子。

"痛死狗爷了，狗爷这是造了什么孽啊！"它哇哇大叫。

林飘雪都是无语，怎么会有这么无赖的家伙，你扛不住可以不进去，可进了池子却还那么鬼叫连连，真是让人无语。

他们都是吸收一天的药力，再打上十天以炼化开药力，修为飞升。

半年、一年、十年……时光如飞。

三十多年后，林飘雪便不再坐镇看护，因为她发现三人一狗不但有大毅力，而且实力、天赋都是顶尖，完全抗得住药力的洗体。而凌寒四个也能互相战斗，炼开药力，不再需要她时刻盯着了。

一位准天尊，可以为他们守护三十多年，已经够可以了。

凌寒四人则在继续修炼，苦熬肉身，在九死一生中艰难地前进着。

期间，他们四个都是经历了好几次的险关，差点就死去了，幸好他们的意志无比强大，生生熬了过来。

百年、千年、万年，一晃眼已是七十万年过去，凌寒达到了七重天巅峰，拥有了冲击八重天的资格。

这就不需要打磨基础了，因为每天都在经历生死苦熬，基础自然扎实无比，而也不需要突破的契机，因为他们几乎每天都在战斗，再加上他们的进化指数不是十一就是十二，突破自然也是顺理成章的事情。

凌寒先行离开，他去渡劫。

他的八重天大劫已是拥有了九重天巅峰的威力，但这基本是极限了，等凌寒以后突破九重天的时候，他渡的劫可能也只是如此，威力就算大一些也不可能大到哪里去。

哐！

天地发威，要阻止凌寒再进一步。

只是现在凌寒已经将不灭仙王体修到了大成境，体魄比之仙金也仅差了一些，天劫可以轰得他浑身鲜血淋漓，但也只是如此，不可能再进一步。

一天之后，天劫消散。

凌寒却是毫无得意之色，哪怕八重天也不可能与准天尊角力，他还需要继续提升。

回到九死池，凌寒埋头苦修。

又是几十万年后，女皇、雨皇纷纷突破。

时光如飞，七百万年后，凌寒已是将修为推进到了八重天巅峰，但他却是遇到了瓶颈，迟迟无法推开九重天的大门。

相反，女皇、雨皇却是高歌猛进，快要追上他的境界了。

“小寒子，九重天乃是规则极限，这一关可不是那么好破的。”大黑狗说道，“你需要在红尘中历练，体悟规则，才能迈出这最后一步。”

凌寒点头，帝星便能毫无困难地迈进九重天，但这并不代表着坐着不动就能看着修为飙升。

该走的路还是要走，必要的过程是不可少的。

只是，有些人即使走这样的路，却可能永远走不到头，而凌寒不但可以走得平稳，还能很快就走到头。

“狗爷也在这里打磨得差不多了，咱们兄弟该出去了，等你小子迈进九重天，恐怕准天尊也能斗上一斗了。”大黑狗嗷嗷叫，“打败何雨风那个小王八蛋，不就是早了几天迈进准天尊吗，有什么了不起的。”

凌寒点点头，决定与大黑狗先离开，至于女皇、柔妖女和雨皇则继续在这里修炼。

柔妖女偶尔也会进入九死池修炼，但她进一次的时间，其他人都能进去十几次，修为的提升远远不能与凌寒他们相比。

女皇三人都是同意，凌寒便与大黑狗先行离开，回转武院。

经过十数天的赶路后，他们回到了武院。

一晃已是七百多万年过去了，凌寒当初引发的大轰动自然也早就平息，只是偶尔看到万古石上的张三四李之名，才会让人唏嘘一下，武院中出过一名牛逼到爆的人物，以七重天的修为轰伤了准天尊。

当然了，错非当时在场的人，大部份人还是对此保持怀疑，这七重天仙王怎么可能伤到准天尊呢？

凌寒与大黑狗十分低调，悄然进入了武院，没有引起任何人的注意，不过武院也就那么点大，一人一狗再低调也总会被人看到，很快就在武院之中掀起了浪潮。

然而，众人所期待的凌寒再战何雨风的盛事并没有上演，因为何雨风早在几百万年前就离开了武院，据说去了域外战场。

他自然是受到了刺激，但绝不是因为凌寒，一个七重天仙王再妖孽也不可能让他生出紧迫感，而是林飘雪，同样是准天尊，他在林飘雪的面前感到无比得渺小，促使他下定决心要去域外战场，在血战中提升自己的战力。

“算那家伙运气，不然狗爷一定揍死他！”大黑狗在松了一口气之后，立刻又叫嚣了起来。

凌寒则是摇摇头：“我们的实力虽然突飞猛进，但仍是不可能跨越准天尊这道槛，绝非何雨风的对手。”

当初他拼着自创，同时运转两门天尊法，可也只是让何雨风受了点伤，流了些血，现在提升了一重天的修为，那顶多也只是让何雨风受的伤重那么些些。再说了，当时何雨风是碍于面子才硬接了这一招，事实上他完全可以躲闪的。

再战何雨风的话，对方还会限于什么十招之约吗？

“不过，只要我能够成进九重天！”凌寒的目光闪动着寒芒，到时候，准天尊他也可以无惧。

第 2685 章 仙魔剑渡劫

凌寒相信，当他迈进九重天的时候，就拥有与准天尊一战的实力，这是因为他一直在被虚子能量淬炼，事实上早就已经是准天尊了，只是他这个准天尊的实力不知道比真正的准天尊差了多远。

但是，一旦他迈进九重天，不需要达到巅峰，他就真得与准天尊站在了同一个层次上。

而他若是达到九重天巅峰的话，那他就是货真价实的准天尊了，绝对可以碾压其他的准天尊。

为什么？

因为其他准天尊只是用天地间独一无二的力量淬炼己身，但是，凌寒用的却是虚子能量！

虚子能量乃是元世界的六种本质力量之一，自然要比独一无二的力量更加强大。

这是质的压制。

现在的问题，便是他得突破九重天。

很快，王家又来人了。

还是王扬名，他是代表王家继续与凌寒合作的，而几百万年过去，王家也收集到了足够的仙金。

“你、你竟然突破了八重天？”王扬名惊呆，他知道凌寒很妖孽，实力强横到甚至可以击伤准天尊的程度，可一千万年都不到，这家伙就从七重天迈进了八重天，这速度也太快了。

凌寒点点头，并没有说其实自己已经达到了八重天巅峰，距离突破九重天也只有一步之遥，现在欠缺的仅仅只是一个契机。

两人聊了一阵，凌寒再次表达了对于王家的感激，而王扬名也表示希望和凌寒有更深的合作，结下更深的关系，比如娶了他们家的某位小公主，让凌寒不由地脸黑。

靠，都过去了这么久，王家还没有忘了啊。

王扬名走后，凌寒便开始提升仙魔剑。

这次王家一口气送来了十几块仙金，应该可以让仙魔剑晋级了。

知道消息之后，大黑狗也十分激动，跑过来围观。

凌寒取出仙魔剑，噬金铁的本能发动，立刻开始吞噬仙金。而面对噬金铁，强横如仙金也只有被轻易吞噬的份，其中的精华被抽空，化成了尘埃。

一块、两块、三块……随着仙魔剑吞噬的仙金越来越多，这件仙器也散发着炽烈的光芒，有古老的文字出现，却是无法辨认得出来。

“小寒子，千万不要错过任何一个字！”大黑狗睁大着狗眼，“这可是天尊符，只有天尊才能看懂的文字，可以沟通元世界的本质之力。不过，天尊可以看懂，却无法使之显化，只有噬金铁在晋升天尊级别的时候，才会引动天地，显化出这无上字符来。”

凌寒连忙也将眼睛瞪得浑圆，看得仔细，他很快发现，当初在黑塔上看到的不灭天经与这些文字有些像，但远远不如这复杂、深奥。

天尊自然得窥元世界的本资，创造的妙法有异曲同工之效。只是缘生天尊毕竟只跨出了一步，顶多就是洞穿了仙域位面的某种本质力量，所以他创造的法便不如这深奥了。

但也亏得如此，缘生天尊才能将不灭天经传下来，否则天尊亦不可写！

凌寒完全看不懂，却是生起了重重感悟，因为只要脑海中浮起这样的文字，他发现自己虚子的能量的效率便提升了许多倍。

原本要一千年才能感应、抽取到一颗虚子，但现在只需要……十年！

整整提升了一百倍，这也太惊人了。

凌寒大喜过望，就算这些天尊文字没有别的作用，光是提升他感应虚子的能力，这就足够了。

轰！

仙魔剑猛地释放出无量仙光，将天空都是撕开了。

只见雷云滚滚，天劫迅速成型。

“小寒子快跑，天尊宝器渡劫，以我们的实力待在附近就是找死的。”大黑狗连忙抓起凌寒就跑，脸都吓得白了。

凌寒也不敢犹豫，也跟着跑了起来。

咻，仙魔剑直射长空，迎击天劫。

闪电阵阵，向着仙魔剑劈落，一道接着一道，密集而又恐怖。

“千锤百炼，超越仙金层次！”大黑狗叹道，“昔年狗爷见过缘生天尊炼制三界塔，但那时大人已经成为天尊，因此可以助三界塔一起对抗天劫，可现在的话，就只有看仙魔剑本身了。”

“渡过去，便能真正超脱，渡不过去，与尘同哀。”

凌寒不语，他只是抬头看天，眼神中充满了坚定。

他相信，仙魔剑一定可以渡过去的，因为这是他炼制的宝器，一路跟随了他这么多年，他的性格也完全融入了进去，越是遇到挫折就越是强大。

天尊宝器渡劫，这动静实在太大了，整个武院都被惊动，便是两位坐镇的天尊亦是睁开了双眼，向着天空中看去，层层砖瓦挡不住他们的双眼。

“又有新的天尊宝器要出世了。”

“奇怪，这里并没有第三位天尊。”

“难道，这天尊宝器只是仙王所炼？”

“还真是胆大啊，也不怕天劫无情，将宝器雏胎轰爆，一无所有？”

两名天尊感叹一下便收回了目光，他们都是老牌天尊，自然早在自己的位面上就已经炼出了天尊宝器，不可能再对仙魔剑有什么想法。

当然了，若非因为对抗狂乱而让所有的天尊都是放下成见走到了一起，那他们肯定会出手抢夺，这天尊宝器又有谁会嫌多呢？

一天之后，天劫消散。

啪，仙魔剑从天空中跌落下来，剑身只剩下了三分之一，整个也是黯淡无关。

“果然，没有主人护持，没有渡得了！”两大天尊再睁眼看了下，纷纷摇了摇头。

武院中其他人也看到了，哪怕不是个个都认得出这是天尊宝器在渡劫，但也认为仙魔剑是晋级失败，自然不再关注。

这个世界就是如此，只有成功者才会名动万古，而失败者只会被立刻扫入历史的尘埃。

仙魔剑跌落，便掉在凌寒的脚边，通体黯淡，失去了一切灵性。

“居然失败了！”大黑狗满脸都是失望，它期盼仙魔剑晋级，日后压制天生，释放出缘生天尊的神魂，这已经成了它的执念，可现在仙魔剑晋级失败，自然让它失望无比。

凌寒弯腰，拣起了仙魔剑，摇头道：“我不相信它会失败！”

他有这样的信心，一是因为天劫持续了整整一天，仙魔剑确实渡过了天劫，第二，这可是融入了他的武道意志，具备了他坚韧不拔的信念，怎么可能失败？

第 2686 章 云傲空

大黑狗抢过仙魔剑，翻来覆去看了一阵，却是摇摇头："完全没有活性了。"

它伸蹄一弹，啪，一截剑身就那么掉落了下来，再被它一踩，立刻就化成了粉末状。

这强度……比仙金差了多少倍？

凌寒接过剑，以神念仔细流转，果然，这把原本盛气凌霄的仙剑已是变得死气沉沉，再没有一丝一毫的反应，更是没有了仙金坚韧的结构，松松垮垮的，别说是他了，就算来上一个三岁小儿，轻轻一嗑，估计仙魔剑就要化成历史的尘埃了。

真得被天劫狂劈，彻底完蛋了？

凌寒不相信，他一遍一遍地在剑身上搜索着。

大黑狗叹了口气，转身离去，既然仙魔剑无法晋升为至尊宝器，那么再想去弄一件也不是一件现实的事情，只有等他们中哪一个先突破了天尊，那要镇压天生还是可以的，但这时间可能又要晚上许多年了。

凌寒不死心，他总是怀着信心，仙魔剑可以说是他的副身，拥有他遇挫越强的特性，怎么可能被天劫一劈就挂了呢？

三天之后，凌寒的神念已经在仙魔剑中流转了几万次，突然，他触到了一个点。

这个点微不足道，极容易一闪就过去了，但凌寒却是发现，这个点中有一丝丝的活力。

他仔细揣摩，一会之后，他的嘴角露出了笑容。

这样的活力，超越了仙金！

别看只有那么一丝丝，可从质的角度来说，碾压一切。

仙魔剑果然渡过了天尊劫，只是没有主人护持，渡的也是无比艰难，以剑身几乎全灭为代价才撑了过去。因此，渡过天劫之后，它也没有光芒万丈，反而像是渡劫失败了一样，直接从天空中掉落了下来，让所有人都以为它失败了。

可就算成功了，这代价也太大了，几乎所有剑身都是毁灭，化成了废铁。

“没事，核心在，便能恢复！”凌寒暗暗说道，就算武者，只要渡过天劫，那无论受了多么重的伤总能养好，到时候实力飞涨，远胜往昔。

仙魔剑只要恢复过来，那就是真正的至尊宝器，迈进最强的层次。

凌寒没有告诉大黑狗，打算等仙魔剑恢复了，再给这家伙一个惊喜。

他开始炼丹，既然收了王家的报酬，怎么也要按时交货，再说了，之前王家立挺他，不惜与何家翻脸，这份情凌寒必须承。

忙活了几个月时间，凌寒就完成了任务，待王扬名过来的时候，凌寒便向他询问一下武院最近的情况。

除了何雨风去了域外战场，天生也去了。

天生还是只有七重天，可他为什么能去域外战场？自然是他的体魄太过惊人，仙金级别啊，防御力直追准天尊，因此，只要他小心一点，还是可以在域外战场打打酱油的。

凌寒犹豫，是不是也去域外战场？

他还没有做出决定，但他回来的消息已经在武院中流传开，也让一些人找上了他。

没过几天，便见一人出现在他的洞府前面，好像要死人似的，用力敲打着他的大门。

也太没素质了。

凌寒开门，只见门口站着一个二十来岁的年轻人，身上有四道异彩缠绕，气血很旺盛，英气勃勃。这人长得倒是很英俊，可脸上的傲气也太重了，一副睥睨天下的模样，好像所有人都应该跪在他面前似的。

“你就是凌寒？”这个年轻人大大咧咧地问。

啪！

凌寒就是一记耳光抽了过去，那年轻人又怎么可能躲得掉，立刻便被一巴掌抽翻在地，直接晕死了过去。

“没礼貌！”凌寒摇摇头，别看他是以大欺小，还是先出手，但区区四重天仙王敢这么对八重天仙王，这本来就是一种挑衅，被打了也是活该，凌寒可不担心自己破坏了武院的规则。

再说了，他好端端地在家待着，没招谁惹谁，不是对方自找的吗？

他将门一关，回去继续温养仙魔剑。

此剑与他一脉相承，他的武道意志可以促进仙魔剑的恢复，而且也只有他才能做到。

那年轻人就这么躺在凌寒的门口，总有人路过，见状不由乐了。

“那不是云家的傲空吗？”

“四重天的帝星，被云家寄予了很大的希望。”

“怎么会躺在这里？”

“这不是凌寒那煞星的洞府吗？”

“嘶，云傲空一定惹上了凌寒，才被凌寒打晕的。”

“可云傲空好像和凌寒没什么过节吧？”

“搞不懂。”

这个消息传出，也让许多想要去找凌寒的人打消了念头，凌寒这个人怎地如此霸道，连云家的少爷都没有进门的资格吗？

云傲空固然只是四重天仙王，但云家的老祖宗却是三步天尊！

难道，凌寒真得与林家有关系，否则怎么有如此霸气？

云傲空足足晕迷了三天才醒过来，他连忙爬起，脸上有些茫然，但立刻就恼羞成怒。

他居然被打晕在了这里！

虽然不知道过了多久，但时间绝对不会短，肯定会被人看到了自己这副狼狈的模样。

可恶啊！

嘭嘭嘭，他又开始敲起了门来。

过了一会，才见门打开，露出凌寒那充满不耐烦表情的脸来。

“凌寒，你太嚣张了，我可是云家的——”

嘭！

凌寒手起掌落，又是一巴掌将云傲空抽晕了过去，他才懒得管什么云家、马家，现在他的重心全在仙魔剑的恢复上。

这一幕恰好被人看到，顿时又传遍了武院。

云家的少家、连续两次、被打晕在凌寒的门口。

所有人听到这个消息时，先是哈哈大笑，然后就摇头，凌寒果然不愧是敢跟准天尊叫板的人，连云家也不放在眼里。

也是，何家更有四步天尊的老祖呢，也没见凌寒怂啊。

还是三天之后，云傲空再次悠悠醒转过来。

他一张脸涨得通红，更是发黑。

作为云家这一代最杰出的传人，他从小到大自然是在无数人的呵护中长大的，而且谁不给一位三步天尊面子，使得他一直没有遇到过任何的挫折。

可在这里，他一句话都没有说完便被人打晕，就那么躺在别人家的门口，日晒雨淋的。

他真得要疯了！

但想到自己的任务，云傲空便强行按下怒火，总不能就这样灰溜溜地回去吧？

他再次敲门，但这一次他用力就要轻得多，总算是吸取了教训。

第 2687 章 旧账

一会之后，凌寒出来开门。

“凌寒，我乃云——”

嘭！

可怜的云傲空，刚说了几个字又被打晕了过去。

三天之后，他第三次悠悠醒来。

他的第一反应就是要杀了凌寒，还要生吞活剥了，但想到被连续三次拍晕过去，他终是醒悟过来，对方可是连准天尊都敢对抗的牛人。

其实，他是不相信这样的“谣言”，七重天仙王可以轰伤准天尊，这不是天大的玩笑吗？

可现在他有点相信了，至少这个家伙的胆量确实大得惊人。

这么一想，他终于学乖了，小心翼翼地敲门。

门开，凌寒出现。

“在下云傲空，拜见凌师兄！”云傲空摆正了态度，向着凌寒抱拳一揖。

他心中忐忑，不会又被一巴掌打晕吧，他已经有了心理阴影。

凌寒终是没有再出手，这么几次下来，这个年轻人终于知道什么叫做规矩和尊重人了。他道：“何事？”

云傲空的嘴角抽搐一下，被打晕了三欠，终于换到说正事的机会了，不容易啊。

想到正事，他傲气复织：“我代表云家而来，请凌师兄为我们无偿炼一亿年丹药！”

啪，话音落下，他也被凌寒干净俐落地打晕过去。

凌寒呲牙，就算捧着天材地宝在他的面前，那炼不炼丹也得看他的心情，这云家上上下下的人都是脑袋被驴踢了吗，居然说要让他无偿炼丹一亿年？

靠，脑残。

现在他已经不需要仙金了，需要的是能够让他的体魄挺进不灭仙金体的材料，这不见得比仙金珍贵，但稀奇古怪，要比仙金难以获取几百倍。

他让王家代为寻找，但可能几亿年也不可能寻找得齐。

所以，云家就是同样拿着仙金过来，他也不会答理，更何况是免费了。

以为他傻的吗？

这次凌寒下得手就要重了许多，因此七天之后云傲空才又醒了过来，他摇晃着脑袋，一摸，脸都绿了。

他现在的脑袋肿得跟个南瓜似的。

“凌、寒！”他咬牙切齿，可话还没有说完，他不可能就这么回去，只好再次敲门。

门开现凌寒。

“别出手，让我把话说完！”云傲空连忙说道，还将双手护在了脑袋上，他真得被打出心理阴影了，见凌寒没有出手，他连忙道，“不要以为是我云家过份，我家老祖说了，可不要忘了仙王坟场是因为你而覆灭的。”

凌寒微微一愣，立刻恍悟过来。

在他回报荒月的阴谋之后，惹得周恒出手，强势灭了仙王坟场，仅止少数人才活着离开，因为大部份人已经被黑气、也就是狂乱的意志影响，只能杀掉。

他其实是立下了大功，否则几万个准天尊出世，不知道会造成多么可怕的破坏，可对于某些大势力来说，他们却认为是凌寒断了自己的一条财路。

——升龙丹。

在外界，没有人公然售卖升龙丹，因为这东西的底太不干净了，就是用仙王的血肉浇灌而成，但这些大势力却可以用来提升家族成员的实力，整体强大了，那话语权自然更大，可以赚取更多的利益。

为此，他们还将自己家族的成员送了进去，比如青鬼仙王。

可被凌寒这么一“闹”，仙王坟场干脆就没了，自然也断了升龙丹的供给，肯定让许多势力恼火了。

云家则是第一个找上门来的。

他们也不好直接让凌寒赔偿，毕竟关于仙王坟场的事情是摆不上台面的，好在凌寒还是一个大丹师，便有了让他无偿炼丹亿年的想法。

“真是异想天开！”

啪，凌寒又是一巴掌将云傲空打晕了过去。

九天后，云傲空才又醒了过来，这回他没再敲门了，而是掉头就走。

该说的话他终于说完了，既然凌寒冥顽不灵，那就等着迎接云家的怒火吧。

只是，为了说那么简单的几句话，他居然被打晕了五次，想想就让他郁闷，在心中更是将凌寒骂得半死。

云傲空离去之后，又有几个人找上了凌寒，或是客客气气，或是充满了威胁，但说的话却是大同小异，都是要让他赔偿仙王坟场中的损失，以无偿炼丹来赔。

凌寒自然不会理会，该打的打，该撵的撵，若非在武院中不方便杀人，他真想下狠手，来个耳根清静。

云傲空等人回去把凌寒的态度复述一下之后，自然引起了各个大势力的强烈不满。

在他们看来，凌寒破坏了仙王坟场，居然拍拍屁股就当没事了？

哪有这么便宜！

没有多久，便有许多九重天仙王进入了武院，要针对凌寒。

天尊？

所有天尊都按照协议去了域外战场，要战斗无数年才能回来修养一段时间，所以管你是三步四步五步天尊势力，都不可能把天尊请出来。再说了，这才多大点事，要让一位三步、四步天尊来对付一个七重天仙王吗？

——他们当然不知道凌寒已经晋阶八重天。

九重天仙王出手，只要数量足够，连准天尊都能扛得下来，镇压一个小小的七重天仙王自然不在话下了。

洞府之中。

凌寒长长地松了口气，他摊开手，只见手掌中有一把小剑，真得小，连半寸都是不到，但别看小，却是散发着骇人的气息，让天尊亦要动容。

天尊宝器！

在他的温养之下，仙魔剑已经从一个点恢复到了现在的大小，就好像一个小孩在成长似的。

嘭嘭嘭，就在这时，大门又被敲响。

凌寒叹了口气，他是不是太好说话了，所以总是有人来找他麻烦？

他站了起来，仙魔剑也立刻布满了铁锈，体型迅速增大，这些铁屑乃是仙魔剑上蜕下来的，也有一定的温养功效。

他出去开门，好家伙，门口居然站着三十几名九重天仙王，个个都是张扬着自己的气息，毫无忌惮。

除了他们之外，还有像云傲空这些年轻人，他们就要站得远了，一个个都是将双手抱在了臂上，冷眼看着凌寒，巴不得看到凌寒被踩在地上蹂躏，因为他们可都是苦主，之前在凌寒手里吃够了苦头。

“凌寒，你还真是胆大包天，闯出了这么大祸还不好好认罪？”一名九重天仙王开口斥道，直接就给凌寒定性了。

凌寒淡淡一笑：“仙王坟场中的事情，还是不要拆穿的好。你们现在就滚的话，我也懒得和你们一般见识，否则，就不要怪我不客气了！”

第 2688 章 群围

这样的威胁自然不会被众九重天仙王放在心上，别说凌寒仅仅只是“七重天”，就算他是准天尊又如何，差不多十人联手就能挡得下来，三十多名九重天巅峰仙王一起出手，便是准天尊也要抖上三抖。

“这小子蛮横不讲理，看来只有拿下了。”

“对，拿下来，这样的人不好好教育一下，有损武院的威严！”

“不能让这么一粒老鼠屎坏了武院的形象！”

这些仙王都是露出狰狞之色，规则在运转，他们出手在即。

这么嚣张，在武院公然出手？

他们不怕，因为他们背后都有天尊的背景，而现在在武院坐镇的两位天尊也早被他们打过了招呼，只要到最后凌寒还完好无损地回到武院就行。

当然，这也是底限，要是有他们坐镇还让学员受伤了，那也实在说不过去，又不是狂乱袭来。

凌寒目光扫过，道：“除了后面那些小家伙，你们都不是武院的人吧？”

“那又如何？”这些九重天仙王都是不屑地说道。

凌寒露出一抹充满杀气的笑容：“这样的话，我将你们全部干掉也没事了。”

“放肆！”这些九重天仙王都是冷冷斥道。

一名七重天仙王居然敢说要把他们宰了，真不知道是哪来的勇气。

“凌寒，需要帮忙吗？”杜十一的声音响起，他傲立在天空之中，毫不掩饰他九重天巅峰的气势，不知道要比其他的九重天强出多少。

他的进化指数极可能已经达到十二了。

“呵呵，需要的话，我也不介意出手。”残月也出现了，他将双手抱在臂上，眼睛发红，似乎已是动了杀意。

“还有我。”阿牧在另一边出现。

三大巨头同现，都是满脸的漫不在乎，完全没将这些九重天仙王放在眼里。

凌寒哈哈一笑，道：“谢谢三位，不过，只是一些渣渣而已，我还怕不够我杀的。”

可恶啊！

那些九重天仙王都是气得七窍生烟，阿牧三人这么霸气倒也算了，他们都是出了名的妖孽，公认可以成为天尊的，只是需要多少时间的事情。但凌寒又是什么东西，七重天仙王罢了。

以为可以让何雨风流血，就真把自己当成准天尊了？

开什么玩笑！

“小子，本座来教教你怎么做人！”一名九重天仙王跳了出来，便向着凌寒伸手抓了过去。

这一招非常直接，就是以九重天的境界来压人。

仙王九重，一步一登天，境界是仙王最大的优势，因为抽取到的规则是完全不同的。

凌寒肃立不动，等到这名九重天仙王的攻势来到之后，他才出拳。

但这一拳动，却是快如流光。

嘭！

他一拳便轰破了对方的攻击，拳力长驱直入，在那名仙王蓦然变色的表情中，拳力已是打到了他的身上，巨力碾压，他顿时被震飞了出去。

“哇！”那名仙王一屁股坐在了地上，连连吐血。

顿时，四周变得一片寂静，鸦雀无声。

什么情况？

七重天仙王一拳就轰得九重天仙王吐血？

“八重天！”凌寒这一出手，身上立刻浮现出八道异彩来。

“才过去了一千万年都不到，就从七重天迈进了八重天。”

“真是个妖孽！”

“但就算是八重天，一拳轰败九重天仙王……这也太不可思议了。”

那些九重天仙王都是脸色大变，他们万万没有想到，凌寒居然如此生猛。

九重天仙王啊！

九重天极难突破，哪怕是凌寒这样的妖孽，也要被卡在九重天一段时间，而迈过去之后，实力也会出现飙涨。因此，能够迈进九重天的，绝对没有水货，全是达到水准的强者。

就算是阿牧、杜十一这样的巨头，也就可以同时对抗四到五名九重天巅峰仙王。

凌寒怎么会如此猛？

阿牧等三巨头都是露出了讶然之色，现在的凌寒已经具备了与他们完全对抗的资格，那么凌寒一旦突破的话，不是可以压制他们了？

这小子到底是怎么修炼的？

原因很简单，因为凌寒还以虚子能量淬炼了己身，他还相当于是一位准天尊，只是上限为八重天而已，匹敌九重天巅峰当然不在话下。

一时之间，众九重天仙王莫不大凛，他们终于知道，凌寒敢这么夸口可不是他这个人爱吹牛，而是真得有实力，而且强横得让人不敢想像。

“不用担心，我们这里可是有三十多名九重天巅峰仙王，只要大家同心协力，要拿下这小子还是小事一桩。”云家一名九重天仙王说道。

“不错。”更多的仙王点头，八重天也只是八重天，在他们这股力量面前，便是准天尊亦要避让三分。

凌寒深深地吸了口气，淡淡道：“今天，就用你们这些九重天仙王的滚滚人头来铸就我的威名，倒要看看，以后还有没有人再向我伸出爪子来！”

“大言不惭。”众九重天仙王都是气爆了。

凌寒再不废话，他出手。

嘭，他双足发力，在地面上一踩，整个人顿时冲天而起，速度奇快。

“休跑！”众九重天仙王连忙急追，生怕让凌寒逃了。

凌寒只有一个人，但九重天仙王却很多，必然不可能都拥有一样的速度。而且为了不让凌寒逃走，速度快的仙王肯定全力以赴，不敢有所保留，这么一来，三十多名仙王立刻拉成了一条长龙。

就在这时，凌寒突然杀了一个回马枪。

他猛地煞住了身形，然后向着下方杀去，双拳怒挥。

九化天经已是运转，以凌寒现在的拳力，便是准天尊挨上一记都要受不轻的伤。

冲在最前面的仙王哪里想得到凌寒居然敢掉头杀过来，躲闪根本来不及了，连忙将所有力量都是凝注在双手之上，缠绕着大道，向着凌寒迎了过去。

嘭！

他们对轰一记，肉眼可见，那名仙王的双手在瞬间就被震爆了，化成了血雨纷飞，而他的皮肤好像水面似地在波动，嘭嘭嘭，双臂好像各撑开了一把伞，只剩下了一根骨架子，血肉莫不震开化成了圆弧形。

“啊！”那名仙王发出惨叫，这对他太伤了。

而这么缓上一下，其他仙王也追了上来，纷纷将攻击砸向了凌寒。

凌寒不由一叹，他毕竟只是八重天，不是真正的准天尊，哪怕精心准备了这一次攻击，也只是让对方重创，没能一举干掉。

第 2689 章 斩九重天

可底下看到这一幕的人却是彻底傻掉。

虽然之前凌寒也有过一击轰退九重天仙王的例子，但可能是那位仙王大意了，没有全力以赴。但现在不同，大家都知道了凌寒的妖孽，却还是被凌寒一击轰伤，这意味着凌寒的实力强横得变态。

不过，三十几位仙王已是追上，并形成了合围之势。

“这下完了，落进这样的重围之中，凌寒根本不可能逃得出去。”

“除非他是准天尊！”

十名九重天巅峰仙王也只是可以扛得住一位准天尊，勉强打个平手，但真要埋葬一位准天尊的话，那没有百来个九重天巅峰仙王出手是完全不可能做到的。因此，准天尊要冲破这样的包围自然轻轻松松，但是凌寒的话？

怎么想都是没有可能。

“除非坐镇武院的那两位主出手。”

“不可能的，这些九重天仙王敢公然出手，显然已经打过招呼了。”

“只要不重创凌寒就行了。”

底下，云傲空等年轻人则是冷笑连连，透着快意，他们终于要看到折磨过自己的魔王付出代价了。

阿牧、杜十一、残月互相看看，他们都是微微皱眉，他们在想，如果换成是他们的话，又该如何化解这样的困局？硬撼是肯定没有好果子吃的，哪怕可以拼掉几个仙王，但最终还是要被淹没的。

凌寒怎么办？

简单。

他长啸一声，大打出手，毫无顾忌。

莽，太莽了，这不是在加速自己的落败吗？

轰！

众九重天仙王齐齐出手，规则耀转，大道轰鸣，威势滔天，哪怕是准天尊都要皱眉吧？

凌寒挥拳迎击，但攻击实在太多了，有的攻击被他化解了，但有的没有，打在了他的身上。然而，可怕的事情一幕出现，这些攻击打在凌寒的身上，居然只是溅闪出一道道光芒，却无法轰破他的防御。

“什、什么！”

众仙王都是动容，这也太惊人了，这小子是什么防御啊，简直要超神了。

仙王不灭体！

修出这样的体魄，便是九重天仙王齐轰亦是不伤，只有准天尊才能破坏。

所以，凌寒何惧？

他在仙王群中横冲直撞，肆意出手，根本不需要顾及防守。

底下，所有人都是看得目瞪口呆。

居然有这么变态的体魄？恐怕比之天生亦不差多少了吧。

也许天生的防御还要强上一点，但问题是，以天生现在的战力又能撕得开凌寒的防御吗？

够用就行。

凌寒长啸，双拳怒挥，这些势力不感激他做的贡献也就算了，居然将仙王坟场覆灭的罪名怪到他的头上，这让他愤怒无比。

在他看来，这些人就应该丢进域外战场去，让他们自生自灭了。

那，现在就由他来清理！

凌寒毫无顾忌地出手，只是一炷香的时间都不到，便有十几名仙王被他轰伤。但因为凌寒也不可能一直运转九化天经或是五行雷术，因此，这些仙王也只是轻伤罢了。

他不是很满意，原本想要干掉几个的。

但这样的战绩落在其他人眼里，却是一个个都傻眼了。

这是准天尊吗？

被三十多名九重天仙王围攻，不但没有被压制，反而打伤了十几个仙王，这样的战力也是没谁了。

“出绝招！”那些仙王恼羞成怒，他们也觉得脸上火辣辣的，这么多仙王联手围攻一名八重天仙王已经脸上无光了，可居然还被对方反伤，以后他们哪一个还能抬得起头来？

由十几名仙王继续缠着凌寒，其他仙王则开始蕴积大招，要一举轰溃凌寒。

这很无耻，但非常有效。

十几名仙王连准天尊都能缠住，要挡下凌寒当然也可以，因此，凌寒只能眼睁睁地看着那些仙王开始憋大招，却根本无法阻止。

“镇！”

有七名仙王率先完成蓄势，轰出可怕的攻击。

轰！轰！轰！

更多的仙王憋出了大招，向着凌寒镇压而去。

无尽的光华璀璨而闪，有若烟花般美丽，但所有观战的人都有同样的想法，这么猛的攻击可别把凌寒给弄死了啊，那事情可就大条了，说不定林家都会出现。

林家是什么存在？有七步天尊坐镇的，就算林洛不出，便是周恒、林萧扬、楚浩随便走一个出来都能把元世界横扫个九成九，有谁惹得起？

攻击的光华散去，只见战团的中心处，正有一道金光化成了球形。

凌寒！

他撑开了不灭天经，硬挡诸大仙王的大招，几乎毫发不伤。

他还是伤到了，手臂、小腹上有伤口，但都只是小伤，毕竟是三十来名九重天巅峰仙王放大招齐轰，哪怕不灭天经也不可能让他一点也不伤。但这样的伤自然是小意思，根本不可能影响到他的战力。

见鬼了！

所有仙王都是只觉头皮发麻，这样的防御力简直让人绝望，完全无解了。

凌寒杀气如炽，他终是祭出了仙魔剑，要攻破这些仙王的防线、大开杀戒的话，那以他本身的实力绝不可能做到。

那就用至尊宝器。

“哈哈哈！”看到凌寒祭出这么一把兵器时，那些九重天仙王都是大笑。

你拿出这么破破烂烂的东西来是来逗人玩的吗？

他们都没有用仙器，一是仙金稀有，并不能让人手一件，二来他们是要拿下凌寒，自然不好动用仙器，否则一个不小心就会致死、致伤，与他们的初衷不符。

刚才他们还因为大招被凌寒防住而震惊，但现在莫不捧腹。

凌寒也笑，现在这些人尽管笑好了，等下有得他们哭。

他脚下一迈，体术爆发，速度疾快，已是来到一人身前，挥剑斩出。

现在这些仙王都知道他的体术惊人，因此都是两两一组，一人遇袭，另一人会帮忙一起化解。因此，两大仙王同时出手，向着凌寒回敬而去。

噗！

寒光耀动，九重天颤。

两大仙王虽然轰出了攻击，可寒光卷动中，他们毫无悬念地被斩成了两断。

——齐腰而断，如同草芥。

这这这，这是什么情况？

就算那把破破烂烂的残剑乃是仙器，那九重天仙王也站在了规则尽头，大道缠绕之下，仙器亦是不可能斩破。

可一剑下去，两大仙王皆被腰斩，这也太夸张了吧？

“天、天尊宝器！”

过了很久之后，才有人用艰难的语气说了出来。

第 2690 章 可称大帝

天尊宝器，至尊之威。

凌寒执剑而立，铁锈斑斑，似是柴房用久的刀器，可现在谁又敢小瞧了这把剑呢？

这是至尊宝器，斩仙王跟玩儿似的。

就算凌寒实力低微又如何？一个十岁小儿拿着绝世神剑，成年人硬扛的后果便只能让自己头破血流。更何况凌寒的实力一点也不低微，比之九重天巅峰亦不逊色分毫，甚至可以反过来压制。

一时之间，天降血雨，在哀伤两大仙王的逝去。

众仙王都是颤栗，他们绝对没有想到，事情居然会发展到这样的地步。

“现在，你们知道痛了？”凌寒森然说道，他毫不犹豫地再次杀了出去。既然已经开了杀戒，他又怎么还会留手。

他不惹人，但谁要是惹上他，他就打到他们痛到骨子里。

杀！

凌寒爆发体术之力，速度快得惊人，手中仙魔剑挥斩，根本不需要什么招术，这就是无坚不摧的超级利器。

顿时，三十多名仙王俱作鸟兽散。

已经有前车之鉴了，两大九重天仙王被摧枯拉朽般断成两截，至尊宝器的破坏力涌过，无论什么仙王都是被秒的份。

谁想做第三个？

他们本来就是乌合之众，在占了上风的时候自然团结，可一旦面对险境，那自然是独善其身，怎么会去在意其他人的死活。

但凌寒的速度更快，他追上一个，仙魔剑斩出，毫无悬念，这名仙王被他一劈为二，鲜血浑洒，再次引发了天地浩劫。

上一次凌寒这么大开杀戒的时候，还是靠黑塔灌力，在异域屠了许多仙王。

过去这么多年后，他终于可以靠自己的实力屠戮仙王了，而且还都是九重天仙王，含金量完全不同。

在武道上攀登了这么多年，他终于达到了仙道巅峰，具有了傲视天下的资格。

可称大帝！

凌寒疾追，惨叫声则是连连响作，一名又一名仙王被他追上，斩落剑下，以他的实力再加上仙魔剑之威，无人可挡一剑。

但是，当凌寒斩了十一个人后，余下的仙王也都跑得远远的，再也不可能追上。

不过，一战斩落十一名仙王，吓跑二十几个，而且个个都是九重天巅峰仙王，这还不够吗？

“最强仙王了吧。”

“绝对的，便是让何雨风过来，他也不可能做到，只会被轰得狼狈而逃。”

“这不是何雨风弱，而是天尊宝器太强大了。”

谁能想到，凌寒居然祭出了一把天尊宝器，以无比霸道之势破局，奠定了他仙王大帝的地位。

“经此一战，应该再没有哪个仙王敢向凌寒挑战了。”

阿牧三人也都是摇头，若是公平一战，他们自然不惧凌寒，但一个仙王却手握天尊宝器，便是他们也是无计可施。

这一战，影响深远。

涉事的豪门莫不战战兢兢，没有想到凌寒的实力居然强到了这样的地步，哪还敢找凌寒的麻烦？

十几个九重天仙王死了也是白死，谁让他们不是武院的弟子呢？

域外战场的天尊若是不回归的话，整个位面都能任凌寒横行了，便是准天尊恐怕也不能镇压他了吧？

凌寒落下身形，扫了云傲空等人一眼，淡淡道："放心，我不会动你们。只要你们不主动挑衅，你们也会受到武院规矩的保护。"

云傲空等人这才松了口气，只觉额头上全是冷汗。

"不过，你们都把自己祖地所在报出来。"凌寒又说道。

这家伙想干嘛？不会想打上他们的家吧？

"磨蹭什么？"凌寒将眼睛一瞪。

云傲空等人哪里敢说什么，连忙将自己家族所在的位置说了出来，他们倒也不信了，凌寒难道还真敢打去他们家里？要知道，他们可都是天尊势力，底蕴无比深厚，根本不是一名小小的八重天仙王可以想像。

待他们离去之后，阿牧等三人过来。

"凌师弟，看来你是卡在了九重天的瓶颈上。"杜十一首先开口，"我是过来人，这一关可不说，有的人几万年就迈过去了，有的人几亿年却还在踏步，而且，天份越高，反倒越是不好突破，这是天地在针对。"

凌寒点头，天地阻挠，当然困难重重了。

"我们也是被困在九重天巅峰太久了，想要去破云火山历练，那是一处绝对的险地，步步危机，你可以一起来，说不定可以找到突破的契机。"阿牧也说道。

凌寒想了想："什么时候走？"

"就在这几天内。"

"那你们先行，我还有些事情要处理，待完了之后，我再去破云火山与你们汇合。"

“也好。”

阿牧三人离去，凌寒也回了洞府，他正在规划路线，要把刚才围攻他的势力都去转上一圈，让他们给个交待、说法。

他好欺负是吧？

三十多名仙王一共来自九个势力，相信这只是插手仙王坟场黑色利益的一小部份势力，其他势力或许没想找凌寒算账，又或是还没有出手，这凌寒不管，他只知道谁向他伸出了刀，他就要狠狠地还以拳头。

没过一会，大黑狗到了。

“小子，你那么猛？”它双眼放光。

“一般一般啦。”凌寒笑道。

“仙魔剑真得晋级成功了？”大黑狗有些不敢相信。

凌寒点头：“是的。”

“好！”大黑狗用力捶了一下蹄子，然后就露出了可惜之色，“天生去了域外战场，否则咱们今儿晚上就去敲闷棍。”

凌寒哈哈大笑：“这里有天尊坐镇，想在人家眼皮底子下面干坏事，这难度太高了。去了域外战场更好，我们只要找到他，随便我们怎么折腾都没事。”

“也对。”大黑狗点头。

“在此之前，咱们先去收笔账。”凌寒说道。

“这个狗爷喜欢。”大黑狗欣然点头，“找谁收账去？”

听凌寒报出一个个势力的名字后，大黑狗不由地嘴角抽搐：“狗爷收回刚才的话，还是你一个人去吧，本座好像拉肚子了。”

这些可都是天尊势力，鬼知道有多么可怕的底蕴，它才不想去送死哩。

“没事，所有天尊都在域外战场，另外嘛，咱们将瓦里也带上。”凌寒笑道。

“有道理！”大黑狗点头，瓦里的破阵能力天下第一，有他在的话，他们的安全系数就能提升许多。

他们去叫瓦里。

瓦里一开始不愿去，但凌寒拿出三块仙金之后，他就从了。

第 2691 章 讨债开始

王家送来了十几块仙金，凌寒并没有全部用掉，现在于他而言，仙金已经意义不大，正好用来支付欠下瓦里许久的老债。

将该付的账都付了之后，凌寒三个出发，按照他制定的路线图，开始一家一家地去讨个说法。

离他们最近的是柳家，但哪怕是以他们三个的脚程，依然行了一个月左右才来到了地方。

他们并没有直接打进去，柳家可是有一位三步天尊的，虽然早就去了域外战场，很久很久才会回来一次，但谁知道一位三步天尊会布置下什么手段，也许连准天尊都能屠掉呢？

还是小心为妙。

瓦里先上，发出绿光进行扫描，看看柳家的虚实。

一亿年下来，他也将位面卷轴中的能量全部抽取走，而他的“转化”效率远在凌寒之上，有没有增加战力凌寒不知道，但这扫描能力却是提升了好几百倍，在他的意念转动下，绿光射出几百丈后就变成了透明色，如同那阳光照射，便是天尊亦不能辨别。

“十九名生命指数在一万三左右的生灵，三十七名生命指数在一万二左右的生灵……”瓦里说道，将柳家的虚实摸了个清清楚楚。

只有十九名九重天仙王，不够打啊。

凌寒感慨一下，随即失笑，十九名九重天仙王啊，勉强都能挡下两位准天尊了，在这个天尊不现的世界，那还有什么好担心的？

而且，就算是准天尊又岂敢冒犯柳家，不怕柳家那位三步天尊发飙吗？

“小子，我们真要干？”大黑狗问道，它还是有点怂，毕竟缘生天尊当年也只是一步天尊，远远比不上柳家那位。

“当然！”凌寒点头，他没有招谁惹谁，可九大势力却都要将他抓去炼丹，这口气他怎么忍得下来。

“没有天尊级别的力量吗？”凌寒问瓦里。

瓦里摇头：“没有。”

既然瓦里说没有那肯定没有了，想想也是，三步天尊的威名再加上十九名九重天仙王，还需要其他的手段吗？

“走！”

凌寒当先走了出去，大黑狗犹豫一下，也跟着而动，只有瓦里停在原地，身体变化，居然变成了一块石头，若非凌寒与大黑狗亲眼看到他的变化，绝不可能将他与别的石头区别开来。

“我不去。”瓦里说道，“我是分析型的战兵，不是战斗型的。”

“狗爷还是负责打扫战场，收收尾好了。”大黑狗也怂道。

“你跟我一起！”凌寒一把将大黑狗抓了起来，瓦里就算了，人家是帮忙的，大黑狗也想不劳而获？

“不要，不要哇！”大黑狗乱蹬着两条后腿，一副要被吃狗肉的酸楚。

他们一个走一个惨叫，很快就来到了柳家门前。

其实这是一个城市，但完完全全属于柳家，虽然城里也有一些非柳姓的人，但那都是柳家的外眷，再加上一些仆从，组成了柳家庞大的结构。

“何人？”门口有守卫，看到凌寒拖着一条大黑狗过来，虽然奇怪无比，但还是尽职地上前喝问。

凌寒停下脚步，道：“去通知能够说话做主的人，就说凌寒来讨债了！”

讨债？来柳家？

门口共有四名守卫，闻言莫不冷笑，柳家是什么地方？有天尊坐镇的圣地，你这是来找死的吧。

“大胆！”一名守卫立刻跳了出来，在不知道凌寒实力深浅的情况下他们当然不可能去通知上面，否则柳家大张旗鼓，结果来者却只是一个山河境，那不是要笑掉天下人的大牙吗？而他们更要受到严惩。

“给我拿下！”他出手，向着凌寒抓去。

凌寒轻轻踩了一下脚，卡，大地顿时裂开，一道裂缝从他的脚下一路向着城墙延伸而去，到了城墙根也没有停下来，而是继续向上，卡卡卡，城墙上立刻现出一个巨大的口子，好像在咧嘴微笑一般。

那出手的守卫脚下一个踉跄，身形摇晃一下才站稳，他骇然看着身边的裂隙，然后顺着裂隙的延伸而转身，看到城墙都破了的时候，他更是胆汁都要吓出来了。

这城墙可是被许多仙王炼制、加持过的，足以承受高阶仙王好几下的攻击，可凌寒只是跺了一下脚，城墙就破开了，根本没有受到直接攻击，这说明凌寒的实力强大了何等地步？

四名守卫同时哆嗦起来，这强得太过份了！

只是他们仍是不解，凌寒再强也不可能与三步天尊相比，为什么敢杀到柳家门上来？

“这是怎么回事？”一道厉声响起，咻，一道人影也从城内飞射出来，落在了城门口，他指着城墙上的那道裂缝向着四名守卫喝问道。

这是一个年轻人，从生命之火来看，最多修炼了几亿年，可身上却已经缠绕着一道异彩，赫然是一重天仙王，当真不凡。

四名守卫还在麻木状态，闻言都是向着凌寒一指。

他？

年轻人向着凌寒看去，不由地嘴角抽搐。

这是一对怎样的组合？

凌寒长得倒是正常，可手里却是拽着一条大黑狗，而这条大黑狗却是太不正常了，虽然皮毛光滑得像是缎子，可屁股上却是穿着一条黑色的铁内裤，还在那反射着寒光，怎么看都是透着一股子的猥琐气息。

“你是什么东西，竟敢毁我柳家城门？”年轻人明知自己不可能做到这点，实力肯定不如凌寒，可问这番话的时候却是耻高气昂，根本看不起凌寒。

这就是天尊级豪门弟子的傲气，怎么着，我有三步天尊的老祖，我就能这么盛气凌人，你不服我就灭了你。

凌寒叹了口气，左手伸出，对着那年轻人就是隔空一耳光。

他现在是何等实力，既然出了手，区区一重天仙王怎么挡？

啪，一记耳光抽到，那年轻人顿时横飞出去，巧得很，刚好嵌在了那裂开的城墙中，好像点缀似的。

“复、复明少爷！”看到这一幕，那四名守卫才猛地反应过来，连忙扯着喉咙叫，这可是柳家的嫡系子弟啊。

“你、你闯大祸了！”一名守卫指着凌寒说道。

“快去搬救兵！”第二名守卫则是急吼吼地叫。

凌寒微笑，随手取出一张椅子坐下，笑道：“不用急，我就在这里等，快去叫人吧。”

太嚣张了，太嚣张了！

四名守卫都是怒不可遏，闯到柳家，肆无忌惮地出手，还这么无所谓？

第 2692 章 赔我损失

“小寒子，快放开狗爷！”大黑狗叫。

凌寒依言松手，大黑狗立刻撒腿就跑，一边跑一边还叫：“本座给你押阵，要是不敌的话，狗爷就出来救你！”

咻，它就跑得没影了。

这死狗，贪生怕死。

凌寒也不在意，甚至还闭上了双眼，随意无比。

四名守卫则是哆嗦，柳复明可是还嵌在了城墙里，四肢耷拉着，是死是活都不知道，要是柳家人来了，一问，他们该怎么回答？

怕什么就来什么，只是一会之后，咻，便有三道人影飞掠而至。

虽然三个人几乎是同时到的，但他们并非一起，而是从城中三个角落分别赶过来的。

“什么情况？”

“复明怎么受伤了？”

“此人又是谁？”

三人目光一扫，都是露出了怒容。

谁这么大胆，敢跑到柳家动手伤人，而且还把柳家的城墙都打坏了。

“就是他！”四名守卫连忙齐指凌寒，“他叫凌寒。”

“凌寒？”过来的三人都是皱了下眉，好像没有听说过这个名字。

“有点耳熟。”其中一人绞尽脑汁想了一会，觉得好像在哪里听过这名字，不由又奋力地想了起来。

“哼，我不管你是谁，敢跑到柳家行凶，你这是活得不耐烦了！”一名着绿衣的男子说道，他是三重天仙王，满脸都是傲气，“就算你是九重天，到这里也只有趴着、跪着的份。”

这是柳家人的傲气，管你是谁，哪怕是九重天仙王又如何，他也不怂、不惧。

凌寒摇摇头：“还真是嚣张霸道惯了，都不知道好好说话了。”他挥手，向着绿衣男子抽了过去，同样漫不经心，同样隔空一击，似在打蚊子一般。

啪！

一掌拍过，绿衣男子顿时被打飞，重重地卡在了城墙的裂缝之中，紧挨着柳复明，一上一下，好像要把那道缝给修补起来似的。

“你好大的胆子，竟然还敢出手？”着红衣的男子厉喝，这个人真是太胆大包天了，居然还如此得放肆？

“你也一起吧！”凌寒再挥一掌，啪，红衣男子也嵌进了裂缝之中。

“你是凌寒，那个凌寒！”最后那人终于想了起来，他在哪里听过凌寒的名字，但头一抬起来，却见身边的两人已经没了踪影，一找，发现他们两人也一起嵌进了城墙中。

太凶残了。

他想到了关于凌寒的传说，一役杀了九大豪门十几名仙王，那可都是九重天巅峰仙王，哪怕是他们这样的天尊势力，培养一个九重天巅峰仙王都需要几个纪元的时间，陨落一个就代表着无数的资源尽化东流水。

“知道我是谁了？”凌寒一笑，可右手还是毫不犹豫地抽了出去。

啪，最后一人也被打飞，嵌进了城墙裂缝中。

“我这个人做事向来公平，既然是我把墙打破的，就会把它修好。”凌寒自语道。

那四名守卫一听，都是嘴角抽搐，心道哪有你这样修墙的，用一名名仙王去填，这也太奢侈了，而柳家也会被气疯的。

果然，只是一会之后又有仙王出现。

这次来的人就多了，因为距离警报发出的时间越久，收到消息的人当然也越多，而且，迟迟没有收到警报解除的消息，这自然也不对劲，肯定惊动了一些实力强大的存在。

咻咻咻，十几个仙王分从城中各个角落飞落。

“嗯？”他们看到城墙破了，而且其中还填着自己家族的四名仙王时，一个个都是眼中射出了寒芒。

是谁如此大胆，想死吗？

“混账，居然还敢坐着，还不跪下来受死！”一名年轻人跳了出来，他只有二重天的修为，但附近就有五重天、六重天的族人，他自然底气十足，丝毫无惧。

“聒噪！”凌寒冷哼一声，对着那年轻人虚空挥掌。

“大胆！”有两名六重天仙王立刻怒吼，居然敢在他们面前逞凶？他们纷纷出手，向着凌寒迎击而去。

嘭！嘭！嘭！

三声响，那两名六重天仙王再加上之前的二重天年轻人都是被一巴掌拍飞，同样嵌进了城墙之中。

这！

柳家其他仙王莫不看得浑身直冒寒气，这也太猛了吧，六重天仙王在他面前怎么跟玩具似的，随意一巴掌就被抽飞了？

凌寒抬头看着城墙，自语道：“还是差了十几个。”再填进去十几个人的话，城墙就能马马虎虎“缝”起来了。

听到这话，柳家那些仙王都是吓得脸都白了，莫不纷纷后退，现在他们中最强的也不过是五重天仙王，在凌寒的面前就跟小绵羊般得无力。

嗡！

一股可怕的压力降临，一名强者也从天空中落下，身上有九道异彩缠绕。

九重天仙王来了，终于有真正的强者出现。

“七渊老祖！”

“是七渊老祖来了。”

“老祖，快请出手，镇压了这个凶人！”

柳家那些仙王齐齐叫道，现在来了主心骨，他们一下子就硬了起来。

这名九重天仙王叫做柳七渊，他看着凌寒，沉声道：“原来是凌道友驾到，何不摆明身份，也好让寒家好生招待。”

什么！

听到这话，柳家那些人都是惊呆，老祖是不是疯了，居然对一个凶徒如此得客气？他们可是柳家啊，有三步天尊坐镇的，别说九重天仙王，就是准天尊来了都要恭恭敬敬、客客气气。

凌寒淡淡一笑：“我是来讨债的，你勉强也能算是个负责人吧，我就问问你，你们派人去武院围攻我，要怎么赔偿我的损失？”

赔偿你的损失？

柳七渊差点跳起来，你杀了我们柳家两名九重天仙王，居然还要我们柳家赔偿你？

不过，想到凌寒的凶残，当初可是三十几名九重天巅峰仙王齐齐出手，结果呢，不但没有将凌寒拿下，反而葬送了十几名仙道巅峰的王，亏到姥姥家去了。

现在，柳家“只”有十九名九重天仙王，根本没有准天尊级别的力量，怎么扛得住这个煞星？

“凌寒，你可不要忘了，这可是柳家，我家老祖可是三步天尊！”柳七渊森然说道，现在只求可以吓住凌寒，等日后柳家老祖归来，那镇压凌寒自然是翻手之间的事情。

凌寒哈哈大笑：“要是怕了，我还跑这一趟干嘛？”他收起了笑容，敲了敲椅子扶手：“不要浪费我的时间，你们不好好想想要怎么赔偿我，那我就进去自己取了。”

第 2693 章 不够！

“你——”柳七渊指着凌寒，气得说不出话来。

这可是柳家，柳家啊混蛋。

凌寒目光一厉：“我最讨厌有人拿手指我！”

他脚下一弹，嘭，顿时爆发出惊人的高速，向着柳七渊杀了过去。

柳七渊虽然对凌寒十分忌惮，但也不至于连一战都是不敢的地步，怎么说他也是九重天仙王。

“恶子，不要欺人太甚了！”他吼道，双手各抓起一条大道，向着凌寒砸了过去。

达到九重天高度，对阵低阶仙王根本不必动用什么秘法，只要抓起大道砸就行了，这是境界碾压，无往不利。

凌寒冷笑，体术与规则结合，他拳拳暴力，很快就将柳七渊压制。

柳家那些人看到，不由都是心神皆夺。

“他只是八重天！”

“八重天就能压制九重天巅峰的七渊老祖，那要是他迈进九重天呢？”

“不是可以镇压准天尊了？”

“天！”

他们纷纷抱头，这是他们绝不敢相信的一幕，太具有冲击性了。

“可恶！可恶！”柳七渊怒吼，他之前只是从柳家逃回来的仙王口中听到了凌寒关于强大的复述，现在自己正面对上之后，他才意识到凌寒强大到了何等地步。

他不敢相信，八重天仙王为何可以如此之强？

他战力全开，可根本翻不了身，任他如何折腾都没用，始终被凌寒压制着。

“欺人太甚！”他大吼一声，祭出了仙器。

这是一把伞，一撑开，原本万里晴空立刻变成了一片黑暗，滋滋滋，有雷霆闪动，散发着至高威压。

“死来！”柳七渊吼道，之前三十多名仙王围攻凌寒，只是想要将他拿下，没有要他性命的打算，甚至不能重创于他，自然都没有带上仙器。但这次不同，凌寒都欺到家门上来了，他就算以仙器将凌寒宰了，武院方面也不会说什么。

哐，一道闪电怒腾，向着凌寒打了过去。

凌寒伸手去接，嘭，电火花闪动，化成了无数道符文碎片，挟着一些血花。

他受伤了。

毕竟，他也只是大成的不灭仙王王体，并没有推进到仙金层次，徒手硬接仙器之威，还是让他受了点伤。

轻伤，只是见血而已。

凌寒摇了摇头，如果他迈进九重天的话，那以大道缠绕在手上，硬接这一击绝不可能受伤，除非是被仙器直接斩中，那还是会受伤。他现在只是八重天，战力可以压制九重天，那是因为体术霸道的关系，在规则上面当然还是不如九重天。

看到柳七渊祭出仙器后，一击就轰伤了凌寒，这让柳家那些人都是大喜，莫不大声欢呼起来。

柳七渊也是露出了一抹笑容，看来凌寒也不过如此，之前能够大逞凶威，乃是因为他手里握着仙器，而其他人没有的关系。

“比宝器吗？”凌寒笑，“你确定要这么干？”

“哼，你还不知道我柳家的底蕴，每一名九重天仙王都有仙器，一起发威便是准天尊也挡不住！”柳七渊冷笑，“你终究只是一个小小的八重天，又怎么知道我柳家以纪元积累的可怕？”

哐，哐，哐，闪电狂劈。

凌寒呵呵一笑，这家伙还真是占了一点便宜就卖乘啊，真以为仙器就有多了不起？

“那就让我来领教一下。”凌寒长啸一声，逆冲而上。

柳七渊挥舞着仙器向着凌寒扫去，要以霸道之势将凌寒镇压，至于是杀了，还是拿下之后逼凌寒炼丹，这还要看他们诸位大佬商量后的决定。

刷，寒光扫过。

柳七渊顿时被震飞了出去，而他赫然发现，伞面居然被划出了一个口子！

凌寒手执一把锈剑，看上去简直就是烂柴刀一般。

可偏偏，就是这把锈得快要成渣的剑，一举便将他的仙器给划破了。

“这、这是！”柳七渊脸色大变，逃回来的仙王说过，凌寒手里疑似有一件至尊宝器，他一直嗤之以鼻，小小的八重天又怎么可能拥有这样的宝物？可现在，他却是不得不承认，若非至尊宝器的话，又怎么可能那么猛？

“还比不？”凌寒笑道。

柳七渊说不出话来，柳家当然也有至尊宝器，可一直在柳家老祖的身边，陪着他征战域外战场。

面对一个战力超越九重天巅峰的强者，再加上一件至尊宝器，他怎么挡得住呢？

“呵呵，原来是凌大师驾到，恕我等有失远迎！”一声长笑中，十八名九重天仙王齐现。

这是柳家的最强力量，原本一直在暗中观战，可看到凌寒祭出仙魔剑并发威之后，他们自然坐不住了，便一起走了出来。

凌寒执剑而立：“少说这些有的没的，我的要求很简单，赔偿我的损失，我立刻就走。”

柳家当代家主柳洋河站了出来，道：“之前我等受奸人蛊惑，才会向凌大师出手，这确实是我们的不是——”

听到这话，柳家人莫不感觉脸上火辣辣的。

耻辱啊，自从柳家成立以来，何曾受过这样的委屈，被人打到门上来还要低声下气地道歉。

可谁让柳家人不争气呢，几个纪元下来也没有再出一名准天尊，不然又岂会这么惨？

看看别的豪门，比如王家，老祖宗是三步天尊，后来又出了一个天才王安德，修炼不过几百亿年就跨进了准天尊，再进一步成为真正的天尊也只是时间问题。

柳家怎么就后继无人呢？

“我们愿意赔偿凌大师，这里有三块仙金，还请凌大师收下！”柳洋河一挥手，立刻有一名美貌女子走了出来，手中捧着一个托盘，放着三块颜色各异的金属，但莫不放着惊人的光华。

这让柳家许多小辈羡慕，便是八重天仙王都是眼红，这可是仙金啊。

在柳家，只有成就九重天仙王才能赐予仙金，这是规矩。

凌寒看也没有看上一眼，便挥挥手，道：“不够！”

他的命只值三块仙金？开玩笑了。

柳家诸人都是大怒，你神气什么，若非柳家老祖宗要坐镇域外战场，轮得到你嚣张吗？

“凌寒，你不要太过份了！”有一名九重天仙王斥道，“我家老祖坐镇域外战场，抵御狂乱的入侵，正是有他老人家的牺牲，才有你成长的空间。你现在却在柳家逞凶，可对得起自己的良心？”

凌寒哈哈一笑："说得不错，柳家老祖抵御狂乱，这样的牺牲、贡献，我确实十分敬佩，但这是你们欺到我的头上，仗势辱我的理由吗？"

第 2694 章 认败

凌寒的话语落下，柳家人都是沉默。

有的只是被凌寒的威势所慑，不敢开口而已，有的人却是在真得反省，老祖宗的牺牲确实为柳家挣得了荣誉，可他们就是用仗势欺人来挥霍老祖宗的声望、威严的吗？

柳洋河长长地吸了口气：“十块仙金！”

“不够！”凌寒依然摇头。

十块仙金还不够？你到底想要怎样？

“凌大师究竟要如何，才能将这段恩怨了结？”柳洋河叹了口气。

“开放宝库，任我挑选。”凌寒说道。

“嗷！嗷！嗷！”大黑狗立刻从远处杀了过来，“宝库，宝库，宝库。”它贼激动，要能洗劫一位天尊的宝库，那肯定大发了。

“不可能！”柳洋河想也不想，立刻摇头拒绝。

凌寒一振仙魔剑：“那我只有大开杀戒，直到无人阻挡为止了。”

他这次一定要把这些大势力打怕了，以后再也不敢惹到他的头上，否则老是给他整妖蛾子，烦不胜烦。

柳洋河一怒，就想和凌寒开战，可看到凌寒手中的仙魔剑，到嘴边的话却是又咽了回去。

若是开战，可能柳家就要覆灭。

虽然柳家老祖只要回归，那杀凌寒肯定跟玩似的，但他又怎么忍心看到繁盛了几个纪元的柳家败在自己手里？

“家主大人，开战就开战。”

“我们柳家人可不怕死！”

“对，我们可是天尊后裔，绝不堕了威风！”

柳家子弟则是纷纷叫道，这些基本是年轻人，气盛，热血，但更多的人却是保持了沉默，凌寒的威胁实实在在，若是为了争一口气、一些身外之物而将柳家填进去的话，那真是太傻了。

别的不说，凌寒如果全灭了柳家人，难道他不能从容将宝库打开、取走里面所有的东西吗？

这就让他们的流血更加没有意义了。

“好！”柳洋河沉吟好长时间之后，这才吐出了一个字来，而说出这个字后，他也仿佛老了几十岁，再没有一丝傲气。

柳家今日蒙受了奇耻大辱，而他作为当代家主，感受自然最深。

“家主！”不少柳家人都是跪了下来，眼泪齐流，那叫一个哭天抢地，好像死了无数人似的。

凌寒丝毫没有心软，谁让柳家先惹上了他？

而且，若非他实力了得，估计现在已经在各个家族轮番打工，被逼炼丹，那又有谁来同情他？

他与大黑狗进了城，在柳洋河打开宝库之后，他们立刻开始了扫荡。

依大黑狗的想法，是不管三七二十一，将这里洗劫个干净，但凌寒没有它这么贪心，只择最最珍贵的东西，比如仙王级的大药，比如仙金，还有……修炼不灭仙金体所需要的天材地宝。

不愧是超级豪门，底蕴深厚得惊人。

凌寒十分满意，转了一圈之后，他走了出来，道：“柳家主，再见了。”

“以后我们来常来的。”大黑狗却是补了一记刀，直接让柳洋河捂着胸口，痛得说不出话来。

一人一狗离开了柳家，与瓦里汇合，凌寒丢给瓦里几块仙金，算是他的酬劳。

他们复又前进，继续扫荡。

赵家、李家、孙家……一个个天尊级势力在凌寒面前低头，没有天尊级力量坐镇，又怎么挡得住如今的凌寒呢？

在扫荡了六家后，凌寒收获满满，要是剩下三家也有这样的收获，他差不多就能将体魄提升到不灭仙金体了。

“接下来是……云家。”

几天之后，他们来到了云家。

云家不在地上、山上、海上，而是在云巅，一座座壮观的宫殿由一朵朵白云托着，飘浮在半空之中，金光璀璨，蔚为奇观。

不过，当凌寒他们到来的时候，云家也早有准备，每一座宫殿都是紧闭着大门，似乎在说不欢迎凌寒。

照例由瓦里先扫描一下，看看虚实。

“有一个生命指数超过一万四的生灵。”瓦里说道。

一万四！

九重天仙王再强大生命指数也只有一万三千多，不可能冲破一万四的大关。

“准天尊！”凌寒与大黑狗互看一眼，同时说道。

“铁皮，你确定没有看错？”大黑狗向瓦里问。

瓦里满脸鄙夷，拒绝回答这种浪费他精力的问题。

“小寒子，咱们还是撤吧。”大黑狗又向凌寒说，准天尊啊，那可完全不是仙王可比的。

乍一看，十名九重天巅峰就能敌住一名准天尊，而凌寒一个人就杀得三十多名九重天仙王丢盔弃甲，那么凌寒对上准天尊的话，应该也是凌寒完胜。

但不能这么比。

凌寒可以压倒那么多的九重天仙王，那是因为他手中有天尊宝器，哪一个仙王都是不可能力敌，只有被镇压的份。但准天尊不同，虽然也不能完全对抗至尊宝器，可至少也不会被完全碾压，毕竟仙魔剑只是在质上达到了天尊级别，威力则是差太多了。

反过来，准天尊在力量上更大、速度上更快，完全可以抵消天尊宝器带来的优势。

让凌寒现在去打准天尊，哪怕有仙魔剑之助也是够呛，应该只有逃之夭夭的份，因为他的力量不及、速度不及，只有挨打的份，仙魔剑威力再大，可打不中人又有什么用？

“打！”凌寒却是战意昂然。

“怎么打，那不是送菜吗？”大黑狗连忙拉住凌寒，不想让他去送菜。

凌寒摇摇头：“你和瓦里先退，我要战上一战。”

一来，他确实想要看看自己如今距离准天尊还差了多少，日后对上何雨风的话，他也心中有些把握。二呢，他距离九重天只差了一丁点，只需要一个契机就能跨过去，也许就是一些些的压力。

准天尊呀，足以给他压力了。

“小子，你自己保重了，狗爷先撤了。”大黑狗非常没有义气，拍了拍凌寒的肩，“你要是挂掉的话，狗爷会替你收尸的。”

凌寒哈哈大笑，脚下一点，已是直飙空中，他悬立着：“云家既然还有一位准天尊，何必还躲躲藏藏，出来一战吧！”

“还真是个胆大包天的小子！”悠悠的声音响起，一道人影也踏着空气走了过来。这是一个青衫年轻人，丰神俊朗，有一种慑人的风采。

“阁下怎么称呼？”凌寒笑道，以他现在的实力纵使不如准天尊也相差不远，完全可以与准天尊平辈论处。

第 2695 章 战准天尊

一个八重天仙王却与准天尊称兄道弟，这有点匪夷所思，太把自己当回事了？

但云家这位准天尊却只是淡淡一笑，毫不生气，道：“我姓云，名浩养。”

“好名字。”凌寒点点头。

“小家伙，你确实相当妖孽，能以八重天的修为压制九重天巅峰的王，恐怕可以闪耀万古，便是目前几位七步天尊的大人中，当初能够与你比肩的也是凤毛麟角。”云浩养给了凌寒极高的评价。

“但你要知道，仙王也只是仙王，在准天尊的面前就是渣渣。”

说到后面一句话的时候，他锋芒毕露，散发出绝世神剑般的光芒，压迫得人喘不过气来。

“那就来一战吧！”凌寒豪气干云，仗剑便向着云浩养杀了过去。

“哼，真以为你可以无法无天吗？”云浩养冷笑，身形闪动，同样奇快无比。

何为准天尊？

就是以天地间独一无二的力量淬炼了身体，在规则之外又拥有了惊人的体术，甚至超越规则之力的地步。当哪一天不但可以用这样的力量淬炼身体，甚至还可以调用了，那就不再是准天尊，而是真正的天尊。

准天尊，就是介于仙王和天尊之间的存在。

凌寒以虚子能量淬炼了身体，肯定要比一般的准天尊强，但他限于境界，却又不可能是真正的准天尊对手。

这是质的区别。

云浩养出手，他比凌寒的速度还要快，力量也更要大，一拳轰出中，拳力层层叠加，让凌寒的身形迅速变慢，然后静止下来，然后倒退、加速，嘭，他被轰到了地上，震得大地发出了巨响，灰尘漫天。

嘭，凌寒从地底飞射出来，衣物上全是灰扑扑的泥土，更有鲜血，皮肤都是裂开了。

准天尊出手果然霸道，饶是凌寒比之当初对抗何雨风的时候实力又进了一步，可硬扛准天尊一击仍是让他吃了点亏。还好，这只是小亏，只是伤到了皮肉，并没有伤到筋骨，更没有动摇到根本。

“嗯，果然体魄惊人！”云浩养点点头，他自忖哪怕自己的身体被天地间那独一无二的力量淬炼了，可仍是不及凌寒的体魄，对方必然是修炼了某种秘法，才让他可以将体魄提升到这样的高度。

凌寒拍拍身上的泥土，道：“准天尊之力果然强横，但云兄的战力只限于此的话，嘿嘿！”

这样的战力确实在他之上，但想要彻底压倒他却是不可能的。

“那就让你见识一下准天尊的厉害。”云浩养再次出手，简简单单，就是一拳轰出，但大道相随，再辅以恐怖的力量，却是让九重天仙王都要惊惧的浩然一击。

凌寒仗剑而动，刷，一剑斩下去，这股力量顿时被他断开，从两边滑过。

天尊宝器，无坚不摧。

“好！”云浩养露出一抹欣赏之色，“不愧是天尊级别的宝器，明明只是在质的层次上迈了过去，还不能称为真正的至尊宝器，却连本尊的攻击也能破开，真是不凡。”

他伸手向着凌寒抓去，力量化形，凝成一只灰金色的大手，既有符文密布，又有超越规则的气息弥漫。

这就是准天尊，以超越仙王的力量为主导，再辅以至高规则，战力高于仙王又低于真正的天尊。

“这件宝器，本尊收下了！”

“想得美！”凌寒哈哈大笑，运转起五行雷术，左手按出，迎向那只灰金色的大手。

轰！

力量大爆炸，掀起了无边的能量狂潮，咻，凌寒杀了出来，在催动天尊宝术之后，他的战力已是触到了准天尊的门槛，至少云浩养在不运转天尊宝术的情况下，是绝不可能压住他的。

他急射云浩养，手中仙魔剑斩出，反守为攻。

“画地为牢！”云浩养淡淡一笑，一手探出，只是轻轻地划了一个圈。

凌寒顿觉四周的空气变得凝实无比，将他的身形硬生生逼停了下来，他斩剑，刷刷刷，空气被斩开，他杀了出来，但有这样的间隔之后，云浩养又是一掌拍落，还是化成了暗金色的大手。

在云浩养手里，这样的攻击可以随意打出，他是真正的准天尊，施展这样的攻击当然是小意思了。

可对于凌寒来说，他的负担就太大了，哪怕跃进了八重天，他能够运转五行雷术的次数也就百次左右，哪经得起这样的消耗？

嘭！

他没有再运转天尊宝术，顿时被一巴掌按落下去，重重地砸进了大地之中。

几次对轰中，凌寒完全落在了下风。

对此，他毫不气馁，因为他早有意料，现在的战力不可能超越准天尊，他只是用对方的手来磨砺自己。

云浩养则是有些惊讶，他虽然听说了凌寒的妖孽，但并没有将凌寒放在心上，毕竟只是拥有一把天尊宝器罢了，可以把九重天仙王杀得丢盔弃甲，可在他的面前却是讨不了什么好处，连近身都是不能，又如何威胁到他？

凌寒的韧性太强大了，体魄强横，意志如铁，即使落在了下风也是镇定无比，显然是打过无数次逆风战的人，任他如何镇压，可凌寒总能立刻反弹。

这样的对手真是难缠啊。

他必须动真格的了。

“能够撑到现在，你还真是惊人，可称仙王境中的第一人。”云浩养说道，“不过，我若运转天尊宝术，你又能撑上几招？”

凌寒将双拳一振：“你且试试！”

“如你所愿！”云浩养双手虚开，左手伸得笔直，平举于胸前，右手则是做出了拉弓状，嗡，一道金色的光凝成，化成了一支长箭，直指凌寒。

凌寒立刻浑身寒毛直竖，有一种面临死亡的窒息感。

“不玩了！”他连忙拔腿就跑，他的战力本就不及准天尊，现在更是准天尊在放大招，他完全不可能扛得下来，硬接的话，不死也要重创，他真要傻了才会去干。

云浩养微微一愣，没想到凌寒刚刚还说得那么霸气四射，可一眨眼却是转身就直接开溜，那么直接，连一句场面话都没有留下。

想想也是，八重天仙王战准天尊，避战不是理所当然的？凌寒若是硬扛，传出去也没有一个人会说他勇敢，只会骂他是傻子。

心中想着，云浩养手一松，“去！”在他的轻喝一声中，金箭射出，向着凌寒疾追而去。

第 2696 章 云家窘境

云养浩一箭射出，威力无穷。

准天尊憋出的大招又岂能不强？

可问题是，凌寒实在太机灵了，一看到大招憋出来的威势，他就已经开始撤退，而云养浩在蓄大招的时候又不能动。

虽然这个过程仅仅只有半个呼吸都不到的时间，可对于凌寒来说，这点时间足够他跑出老远老远。

咻，黄金箭疾追，速度远远超过了凌寒，迅速拉近了距离，但强弩总有之末的时候，当箭尖接近凌寒十丈范围后，去势便已经用尽，金黄色的光辉不断地离开箭体，箭身也开始分崩离析，最终化成了虚无。

准天尊一击，无疾而终。

“下次再找你玩。”凌寒脚下不停，声音则是从远处飘了过来。

云养浩驻足，没有追击，观凌寒的速度就知道了，对方并不比他逊色多少，而凌寒更占了先启动的优势，再要追击已是不及。

也罢，他的任务只是驻守家族，待他将准天尊的境界完全巩固之后，便会去域外战场，只要在此之前解决凌寒便可。

凌寒奔行了很久很久之后，这才停了下来。

等了一会，大黑狗和瓦里便赶了过来。

“小寒子，这家有准天尊坐镇，咱们还是去别家吧。”大黑狗说道。

“不，在这里继续玩玩。”凌寒摇头，神情很坚决，他就要以云养浩为陪练，冲破九重天。

“小子，你这是在玩火！”大黑狗肃然说道。

天尊之威不可犯，凌寒主动挑衅一位准天尊，那就是被杀了林家也不好说什么，这是自找的。而以云养浩的实力，只要凌寒有一次失误，那就会陷入万劫不复之境。

凌寒笑道：“我会尽量不死。”

大黑狗翻了个白眼：“你要是死了的话，狗爷会想办法替你收尸。”

“还真是谢谢你了。”凌寒咬牙道，这个家伙就不能说点好话吗？

大黑狗拍了下凌寒的肩：“小子，你才修炼了多少年，现在都快可以和准天尊比肩了，何必急于求成？咱们还是一步一步来吧。”

凌寒也知道大黑狗说得在理，就算是在炎霜位面，最快迈进准天尊位的人也花了一百多亿年。凌寒只不过修炼了一亿年，就已经勉强能够与准天尊比肩，这是万古未有之事，快得不能再快了。

可是他心中有一种压迫感，不止是天生、何雨风、封情天尊等等，更大的压力来自狂乱。

仙王坟场的事情告诉他，狂乱可不止会正面进攻，它还会运用智谋。

武力值逆天就已经让人难以抵挡，现在又还能运用智谋，这样的对手太可怕了。

这次是仙王坟场，再下一次是什么？

狂乱始终处于攻势，这意味着，只要它得逞一次，那炎霜位面就要完蛋，而连锁反应之下，整个元世界也要尽入狂乱之手。

大黑狗也变得一本正经起来：“好，你要是被抓，狗爷会想办法将你救出来。”

凌寒笑了笑，开始养精蓄锐。

他在脑海中涌过与云养浩战斗的过程，一是研究对方的战术，二是看看能不能从中找到突破的契机。

只是达到准天尊境界，举手投足之间皆是妙招，又哪有痕迹可循？

凌寒叹了口气，决定找云养浩再战。

他行事果断，又杀了回去。

“云养浩，来战！”他来到云家门口叫阵。

“你居然还敢来？”云养浩哼了一声，刚刚才夹着尾巴逃走，这么快又回来了？

真是吃不够教训吗？

他果断杀出，二话不说，直接出手镇压。

只要云养浩不放大招，凌寒凭借不灭仙王体便足以应付，顶多就是受点小伤的事情。不过，当云养浩祭出大招时，凌寒便知道自己不可匹敌，第一时间撒腿就跑。

他跟云养浩耗上了，三天两头就杀到云家叫阵。

有时候间隔得长点，要十来天才去一次，那是因为他受的伤重了一些，有的时候则是隔了几个时辰就杀回去，那是因为云养浩放大招的时间太快，让凌寒早早就开溜了。

这样打来打去，半年时间一晃即过。

虽然凌寒没能攻破云家，可云家也没有将他拿下，而且因为凌寒的关系，云家人根本不敢出门一步，生怕被他半路截杀。

堂堂天尊势力，居然被迫当起了缩头乌龟？

这让云家上上下下都是十分愤懑，可谁让凌寒太妖孽了，速度并不比云养浩慢上多少，便是云养浩也拿他没辙，驱走凌寒是轻而易举的事情，但想要镇压拿下凌寒，却也是做梦了。

云养浩不是没有试过追击凌寒，但只要不放大招，他就奈何不了凌寒，可要放大招吧，却需要时间来准备，这点时间又足以让凌寒逃之夭夭。

准天尊出手，居然始终拿不下一个八重天仙王？

消息传出，所有人都是骇然。

上一次与何雨风交手的时候，凌寒还是不堪一击，虽然匹夫一怒，也让何雨风血溅，但差距之大还是无比得分明。

现在呢，整整半年时间，只见凌寒挑衅云家，却不见云家将他拿下，要说是云养浩放水的话，恐怕谁也不会相信吧？

太可怕了，只是提升了一个境界，战力就翻了无数倍啊。

他们却是忽略了仙魔剑的作用，若是没有这把天尊宝器的话，那凌寒遇到云养浩就只有立刻逃走的份，根本没有匹敌的资格。

就算如此，凌寒也确实够牛逼了，迫得一位准天尊只能在家族中防守，试问还有哪一个仙王可以做到？

然而，凌寒却是一点也不满意。

他一直向云养浩挑战，如同玩火，目的是为了借对方的手突破九重天，可半年过去了，他却是毫无所得，完全看不到突破的希望，这让他有些郁闷，更有一些烦躁。

再来！

他照例又去云家叫阵，而云养浩也是无奈应战。

“你是借本尊之手突破九重天吧？”打了这么久，云养浩自然也发现了凌寒的用意，否则这样一次又一次的挑衅便没有意义了。他眼中闪动着寒芒，一个仙王居然敢拿自己当磨刀石，这是有多么得狂傲，又是多么得看不起他？

凌寒展颜一笑：“被你看出来了？”

“你根本不可能做到！”云养浩冷笑，“九九归一，天之极数！本尊虽然承认你的妖孽，可九重天这一关却需要水磨功夫，花上十亿百亿年都算是短的，一个纪元也不长，而且，天赋越高，突破这一关的时间就越是长。”

“你根本熬不到那个时候，本尊的境界快要巩固完成，到时候战力暴涨好几倍，杀你如屠鸡！”

第 2697 章 真正一战

凌寒立于空中，他思索了一下，道：“你说得没错。”

“凌寒，你也差不多可以见好就收了。”云养浩劝道，“不过八重天而已，就取得了如此战绩，传出去你的声名将没有第二个仙王可及！域外战场需要你这样的天才，本尊亦不愿杀了你，所以你不要逼迫本尊！”

这自然是缓兵之计，堂堂天尊势力，被一个八重天仙王堵住了门出不去，这每多过去一天就是对云家天大的羞辱。

所以，云养浩希望可以将凌寒驱退，等到他彻底巩固了准天尊的修为，又或是家族老祖回归，那斩杀凌寒自然轻松加愉快。

现在嘛，就让先这个小子高兴、得意一下吧。

凌寒展颜一笑，道：“云养浩，来战，这次我要好好会会你！”

他刚才突然恍悟，每次云养浩放大招他就躲，这样的战斗虽然有些压力，也会让他受伤，可他自己知道绝不可能有性命之危。既然如此，他又怎么压榨得出自己的潜力，借助云养浩之手突破九重天呢？

他需要真正的压力，可以让他感觉生死就在一线之间，动辄就会陨落。

所以，他要再战，这次他不会再躲云养浩的大招了。

云养浩却是差点气炸，他都已经摆低了姿态，好言好语相劝，可凌寒还是油盐不浸，铁了心要跟云家杠上。

一位准天尊的话，就那么不值钱吗？

他满脸都是森然之色，这一回他是动了真怒。

“既然你冥顽不灵，本尊就让你尝尝后悔的滋味。”他几乎是一字一字地道。

凌寒不再废话，双拳一挺，就向着云养浩攻了过去。

他要将自己置于极度危险之地，动辄就会陨落，迫自己发挥出每一分潜力。

“你还真是狂妄！”云养浩气疯了，没有天尊宝器之助，凌寒凭什么与自己对抗？

嘭！

只是一击，凌寒就吐血，仙王不灭体可以让他对阵九重天巅峰仙王亦是无惧，但对上准天尊的话，却是一击就让他受了重伤。

“再来！”凌寒却是哈哈大笑，他发现自己的血液开始沸腾了。

原来，他一直错了，虽然在挑战一名准天尊，却总是在游斗，那也叫战斗？

战斗，就要轰轰烈烈的，置之死地而后生。

“真是找死！”云养浩冷笑，他不知道凌寒发了什么疯，可凌寒愿意与他硬拼却正合他的心意。

只希望这个小子不会再逃了。

轰！轰！轰！

两人对轰，凌寒处在了绝对不利的境地，每次对轰都让他喷血，十几次之后，他更是断骨。

可凌寒始终不退，也没有取出仙魔剑来。

他燃烧斗志，不灭天经运转之中，伤势恢复的速度快得惊人。

战战战，他如同疯魔一般。

云养浩都是有些震惊了，一名小小的八重天仙王有这么难杀吗？准天尊出手，都已经过了几百招，可凌寒却还在咬牙坚持，这任谁看了都要动容。

更让他担心的是，在这样的血战之下，凌寒真有可能突破自我，迈出仙王境的最后一步。

换了另一个人，那就算是九重天巅峰仙王又如何，他根本无惧，只手便能镇压，但凌寒不同，这家伙在八重天的时候就拥有这样的战力，那一旦跨进九重天可能就与他分庭抗礼了，再加上仙魔剑之助，真有可能反过来将他压制。

绝不能让这个小子突破！

他全力以赴，要以雷霆万钧之势将凌寒轰杀。

凌寒战斗得无比艰难，哪怕云养浩没有动用天尊宝术，可准天尊出手，那威力又是何等可怕？

他的伤越来越重，可散发出来的斗志却是越来越旺盛，如同狼烟一般冲天而起，化成了实质。他的脸庞早就被鲜血染红了，散发着狰狞的气息，如同受了伤的孤狼，反击只会愈加得凌厉。

便是云养浩都不敢大意，凌寒虽然没有动用仙魔剑，可运转了天尊宝术依然可以对他造成相当的威胁，他可不想伤在一名八重天仙王手里，哪怕是轻伤都是不行，这会让他被嘲笑万万世。

死死死，他在心中叫道，便是准天尊的心态都是失衡了。

可凌寒就是不死，顽强得惊人，被压制了之后便立刻反弹，而且，压制得越狠，这反弹的力度也越大。

云养浩叹了口气，不得不承认，只以常规战力的话，他真得奈何不了凌寒。

他必须祭出大招。

他与凌寒拉开了一些距离，双手虚开成弓，嗡，一支金箭迅速成型。

这样的大招便是他也无法连续动用多少次，因为这涉及到了天地间那独一无二的力量，他原本只能抽取来淬炼己身，而无法直接用来对敌，但通过天尊宝术却可以，哪怕只有一丝丝、一点点，但这可是凌驾于规则之上的力量。

碾压一切、破灭一切，非天尊之力不可挡。

凌寒立刻寒毛直竖，他的第一反应就是开溜，但被他硬生生按了下去。

他要突破，就要将自己逼到完全的绝境中去，再浴火重生，一飞冲天。

来！

他运转九化天经，将自己的力量无限提升。

不躲？

云养浩先是一愣，继而大喜，这可是天尊宝术，连准天尊都是不敢硬接，你一个八重天仙王却要硬撼，这真是自寻死路了。

不过，正合他意。

这次……真得去死吧。

咻，云养浩手一松，金箭立射。

太快了，这箭直接碾压了空间，突突突，在它的身后留下了一道道规则涟漪，才一闪就已经出现在了凌寒面前。

“破！”凌寒挥拳，滋，拳头上缠绕着九彩雷霆。

这一拳，他同时运转了两门天尊宝术，顿时让他整条手臂上的血肉都是同一时间炸开。

相比于七重天的时候，他的体魄并没有提升，可境界高了，战力当然也强了，却是让反噬之力也变得更加强大，对己身的伤害也更大。

嘭！

这一拳打在金箭上，无尽的光华迸闪，这一刻，天地都是为之失色。

无数的星辰被震落下来，好像下雨似的。

凌寒挡下了金箭？

没有！

哪怕是两门天尊宝术合璧都是不行，凌寒的整条手臂——现在只剩下了骨架子，瞬间就化成了无数块碎骨，向着四面八方激打，而金箭的能量只是消耗了一部份，继续向着凌寒轰射过去。

凌寒大吼一声，将不灭天经催发到极致，身上现出一个个金色符文来。

第 2698 章 九重天！

嘭！

金箭射在了凌寒身上，顿时，金色符文在瞬间黯淡下去，金光立消。

不灭天经形成的防御被破开了。

金箭没进了凌寒身体，还有一半则是留在了外面，冲势终于用尽。

啪，金箭一颤，完全化成了碎光。

这并非它的能量耗尽了，而是它命中了目标，其中的武道意志开始发威了。

凌寒只觉识海一震，差点爆炸。

这冲击力太可怕了，有若一位天尊闯了进来，在他的识海中大打出手。若非他之前在仙王坟场中经历了太多次精神冲击，恐怕这一下就能让他失去了意识。

饶是如此，他也够呛。

“竟然没死！”云养浩则是惊讶，生受了他这么一记大招居然还没有死，只是被重创，这小子的防御力还在他的预计之上。

不过，都已经到了这样的田地，凌寒肯定是强弩之末了。

斩草除根，绝不能留下后患。

杀！

云养浩从天空中冲落，他要趁凌寒现在这最最虚弱的时候要了这个年轻天骄的命。

凌寒鼓起余力，嘭，脚下发力，他开始狂奔，为自己的性命冲刺。

他的目的已经达到，将自己逼到了极限，现在他全身的血管还在突突突地激跳，死亡似乎近在咫尺，让他兀自绷紧了神经。

他感觉，突破不远了。

只要消化了这一战，他一定可以迈到仙道巅峰。

所以，现在还打什么？

他开溜，夺命狂奔。

“你不是说不逃的吗？”云养浩在后面追，一边以神念传音，意图激将。

凌寒又怎么会上当，他同样以神念传音道：“云养浩，你且等着，下一次我再出现的时候，就要轮到你跑了！”

这番话，他说得傲气冲天，更是信心满满。

他若为九重天，绝对可敌准天尊。

“那更加留你不得！”云养浩冷然说道，眼神中闪动着寒芒，这次无论追到天涯海角他都要干掉凌寒。

凌寒不答，该说的话他已经说了，接下来，就是他迈进九重天之后，回来大杀四方。

一个逃、一个追，都是极尽全力。

十天、一个月、半年……时间不断地流逝，云养浩不断地追上凌寒，展开大战，但凌寒也祭出仙魔剑回敬，根本不惧对方。可这一回，云养浩反倒不敢动用大招了，因为他一用大招就会给凌寒逃遁的机会。

因此，两人陷入了激烈的缠斗中，一个极力想走，另一个拼命想留。

凌寒走的并非直线，而是绕着云家打转，在转了一年之后，他突然一头撞进了迷雾之中。

这好不奇怪，在此之前他根本没有看到这里有雾气升腾。

“小寒子，按狗爷的吩咐走。”大黑狗的声音却是在凌寒的识海中响起。

虽然大黑狗奇贱入骨，但凌寒却是对它无比信任，闻言立刻按照大黑狗的话走动起来。

七步一进、三步一折，复杂无比。

咻，云养浩也闯了进来，却是立刻失去了凌寒的踪影。

“区区迷幻阵，也想阻止本尊？”他冷笑道，立刻卷动双手，发出准天尊级的威能，要一举扫平迷雾。

他可是准天尊，力量无边，碾压之下管你什么阵法都只有被摧枯拉朽的份。

然而，一击下去，迷雾虽然卷动如海波，却是不散。

“咦！”云养浩终是露出一抹慎重之色。

……

另一边，凌寒按照大黑狗的话，很快就走出了迷雾，只见大黑狗和瓦里正站在他的面前。

“走，这阵法困不住一名准天尊多久。”大黑狗叫道，模样急死了。

凌寒点头，他们立刻离去。

果然，只是一会之后，便听一声巨响，有可怕的冲击波浪涌动。

云养浩已是脱困，可他也失去了凌寒的踪影，不由仰天怒吼，声音滚滚，化成了无边的火海，这是他的愤怒转化成了实质。

“小子，怎么样，还是要靠狗爷来救你吧？”大黑狗得意洋洋。

凌寒则是笑道：“是瓦里布的阵法吧？”

瓦里点头，他最老实了。

大黑狗哼了一声：“那也是狗爷让他找出了阵法，再由狗爷亲手布置的，不然的话，你小子现在还在被追着屁股杀呢，哪有闲功夫跟狗爷抬杠？”

凌寒哈哈大笑，但一笑却是咳出了好多内脏碎片，他却毫不在意："那就谢谢你了。"

"当然，你小子可是狗爷罩着的。"大黑狗毫不客气地将功劳全部揽在了身上，它一顿，向凌寒问道，"小子，你死不了吧？"

"死是死不了，但需要很长时间来疗伤。"凌寒点点头，"不过，等我恢复的时候，便是云家低头的一天！"

"小子，你有把握突破九重天了？"大黑狗也十分欣喜。

"嗯！"

他们去找地方疗伤，云养浩肯定不会放弃，会到处寻找凌寒，解决后患，因此他们跑得很远，越是远，云养浩要找到他们的难度自然也越高。

一个月后，他们才停了下来，进入了一片海域的底部。

凌寒开始疗伤。

他恢复的很慢，这次可是被准天尊放大招打伤的，而且还错过了第一时间的恢复，让伤势变重了许多。而且，若非他早早就接触到了虚子能量，有了一定的了解和抗性，恐怕一箭下去就已经交待了。

他慢慢拔除着体内的异种武道意志，这是大考验，但同时也是一个机遇，让他可以无限近距离地体悟天尊之力。

时间悄然而逝，十年、百年、千年，一晃眼已是二十一万年过去，凌寒终于将体内的异种武道意志一点一滴地拔除干净，他长啸一声，从海底冲上了天宇，气息放开，顿时，风云滚滚，雷声轰轰。

天劫来了。

九重天大劫！

凌寒哈哈一笑，九重天劫又如何，他完全无惧。

来吧。

哐，天劫落下，向着他展开了狂轰乱炸。

可惜的是，天劫之力是有极限的，这也就比凌寒之前的八重天劫要强出那么一些些，已经完全不能撼动凌寒了。

天劫狂轰，在凌寒的身上打出了无数的闪电碎光，却总是无法轰破他的身体。

一天之后，天劫也无可奈何地收了起来。

漫天乌云消散，凌寒的身上闪动着九道异彩，代表着他终于踏上了仙道巅峰。

凌寒并没有第一时间杀向云家，他只是突破了九重天，但战力的提升却是不多，因为体术只是打开了上限，还没有开始提升。

他重新落回了海底，抽取虚子能量淬炼身体。

第 2699 章 王者归来

这又是一个漫长的过程。

凌寒在脑海中浮现天尊文字，这于他而言没有任何的意义，却可以让他勾动虚子的效率提升百倍。

饶是如此，他的进境也是堪称缓慢。

三万年之后，凌寒才再一次结束了闭关，双眼睁开，两道寒光照耀天地，更似可以射穿了炎霜位面。

然后，他的双眼变得平淡无奇，只剩下一片温润的光华，浑身的气势也是尽数收敛，如同一个普通人。

返璞归真，境之大成！

凌寒哈哈大笑，长身而起，随意鼓动一下双臂，轰，恐怖的气血沸腾，如长江大河。

“小寒子，你终于出关了！”大黑狗跳了出来，“狗爷等的花儿都谢了，屁股下面都坐得要生茧了。”

凌寒只是呵呵，以为他闭关就不知道吗，这条死狗骚包无比，哪可能静得下心来，肯定到处去浪，恰好这个时间点它没有出去罢了。

“生命指数……一万四千五百七十四。”瓦里眼发绿光，对着凌寒扫描着。

“嘶，你小子现在的实力真得不输准天尊了！”大黑狗激动地道，这太惊人了，九重天仙王就拥有准天尊的战力，那要是成就了准天尊，岂不是连一步天尊都能斩落了？

凌寒却是知道，自己没有那么猛。

因为他看似九重天初期，可在体术上已经达到了准天尊级别，这就是在他真正成为准天尊后也不会改变，所以，接下来他可以提升的只是规则之力，这幅度当然小了。

当然了，因为是以虚子能量淬炼的身体，他的力量也要远远强于绝大部分的准天尊。

“还好，至少可以痛揍某个人了。”他笑道。

从体术上来讲，他也只是准天尊初期，但因为虚子能量的关系，他的生命指数却可以与准天尊后期相比，这自然足以让他镇压云养浩了。

“太好了，狗爷已经迫不及待了！”大黑狗也是嗷嗷叫，抄家什么的，它最喜欢了。

他们离开了海域，向着云家杀了回去。

二十多万年过去，云家早就恢复了正常。

一开始，他们确实担心凌寒又卷土重来，但小心翼翼了一年又一年，却总是不见凌寒出现，他们便渐渐放下了心来。

凌寒应该已经死了。

这很正常，受了准天尊的一记大招，伤重不治不是很正常吗？

有云家人向云养浩询问，而云养浩经过慎重考虑之后，也说出了凌寒应该已死的论断。

——当时凌寒本就受了重伤，再被他追杀，伤势不断地加重，陨落的概率非常高。

之前他不敢肯定，但好几万年后凌寒还是毫无音讯，便是他也肯定了，凌寒必定已死。

他有些可惜，凌寒的体魄那么强横，肯定是修炼了一门天尊法，现在也随着凌寒的死而消失，让他觉得十分可惜。

之前被凌寒压得太狠，害得云家完全没了面子，因此虽然还没有找到凌寒的尸体，但有云养浩亲口肯定了凌寒的必死，他们便开始放出凌寒被他们家准天尊宰掉的消息，以挽回云家的声望。

“不过一个小小的八重天，怎么可能撼动得了云家？”

“准天尊一出手，宵小之辈只有授死的份。”

“这就是惹怒云家的下场。”

他们尽情吹嘘，完全忘了之前被凌寒堵门，连准天尊都无计可施的旧事。

不过，历史终究是掌握在胜利者的手里，凌寒又没有跳出来反驳，不少人也渐渐接受了凌寒已死的“事实”。

现在的云家，一片歌舞升平。

甚至，因为当初凌寒闹得动静太大，本身又太具有传奇性了，还专门有人跑过来瞻仰、吊唁，云家怎么也禁不了，久而久之，这里还形成了一个小镇，每天都有大量的武者在这里缅怀，一代超级妖孽凌寒最后一战，陨落于此。

当凌寒三个到来的时候，也被这下面突然多出来的小镇吓了一跳，有点懵，这是什么情况？

“去看看。”凌寒说道。

他们改变了一下形象，凌寒现在返璞归真，其实也不用多加掩饰，若非熟悉之人，根本不可能将他与之前的自己联系到一起，大黑狗则是化成了人形，乃是一个昂长七尺的大汉，很是威武，只是眼神极其之猥琐，改变不了它的本质。

瓦里则不用改变什么，他根本就没有露过面。

三“人”进了小镇，发现这里还真是热闹，有酒楼、有赌坊，甚至还有青楼，人们进进出出，穿梭如流。

“快来看，快来看，这是染有凌寒大人鲜血的石头。”有人在路边叫道，他摆了一个地摊，全是一块块石头，确实染着通红的血迹。

这一叫，顿时吸引了路上好多人的注意，纷纷围了过去。

“真的假的？”有人说道，现在有太多人打出凌寒遗物的旗号，结果证明绝大部份的东西都是假的。

“当然是真的，你没有感应到这石头上的血迹散发的威压吗？”那摆摊之人立刻傲然说道，“凌寒大人虽然陨落，但死在一名准天尊的手里却根本不损他妖孽之名。试想，你若是可以从凌寒大人的古血中得到他一丝武道传承，日后说不定可以成为第二个凌寒大人！”

这说法倒是不假，仙王血中蕴含着仙王的武道意志，推衍之下甚至可以窥到这名仙王的修炼之秘。问题是，这块石头上的血真是凌寒的吗？

围观群众却被那摆摊之人鼓动，成为第二个凌寒，这是多么惊人的诱惑。

“多少钱？”

他们纷纷问道。

“一百万星石！”摆摊之人说道。

众人都是犹豫，一百万星石可不是一个小数字，他们大部份都只是斩尘境的小人物，要拿出一百万星石来当真是不容易。

“什么凌寒大人，只不过是一个渣渣。”就在这时，一个突兀的声音却是突然插了进来。

众人都是大恼，会来这里的人莫不是听了凌寒的传说，将他当成了自己的偶像，现在有人居然贬低自己的偶像，自然让他们愤怒了。

他们纷纷转头看去，只见那是一个锦服少年，一看就是出身于大势力，那种傲慢怎么也掩盖不了。

“你是什么东西，敢诋毁凌寒大人？”有人愤怒地道。

锦服少年目光一寒，猛地就向着那人出手按去：“大胆，竟敢污辱本少，你还真是活得不耐烦了。”

Milton Keynes UK
Ingram Content Group UK Ltd.
UKHW051357270924
1887UKWH00036B/136

9 798330 426126